PLAVI GAVRAN

PLAVI GAVRAN

Srđan Serž Milanović

Globland Books

DECEMBAR 1952. GODINE — CENTAR SRBIJE

Negde oko ponoći vejavica je prestala kao što je i počela. Iznenada. Vetar je dunuo tek toliko da rastera vunasto bele oblake, a onda sasvim utihnuo. Vedro nebo pružalo je lep prizor, milion rasutih svetlucavih tačkica svojim treperenjem neodoljivo su podsećale na srebrnu srmu novogodišnjih jelki. Zvezda Danica, veća i sjajnija nego ikad, plenila je svojom nedostižnom lepotom. Meseca još uvek nije bilo, ali sve se videlo kao na dlanu. Mekana bela odora prekrila je svaku travku, kamen i granu. Nije više bilo oštrih crta ni tamnih kontrasta. Sve se stopilo u jednu božanstvenu, belu celinu. Cela ta idilična slika zimske noći mogla je ravno preći na neku božićnu čestitku da tišinu nije narušavalo ravnomerno škripanje, u početku udaljeno i jedva čujno, a zatim sve bliže i jasnije. Čak i nenaviknutom uhu ne bi bilo teško da pogodi da je to suvi sneg škripao pod nečijim nogama i zaista, iz šume na čistinu izbi muška silueta. Čovek je bio prilično krupan, ali to ga nije činilo nezgrapnim i trapavim. Njegovi gipki pokreti i siguran korak odavali su muškarca u najboljoj snazi. Veoma lako se nosio sa dubokim snegom i nepogrešivim osećajem čizmama pronalazio drum koji se odavno stopio sa okolinom. Na sebi je imao težak sukneni kaput a, izuzev očiju, celo lice i vrat bili su mu umotani u debeli, grubo naštrikan vuneni šal. Na glavi je nosio šubaru, poput čobana koji su živeli na obroncima Juhora.

Prošlo je nešto više od sat otkako je pešice krenuo iz Varvarina prema Bačini. Izbio je iza poslednje krivine i najzad sa male uzvišice ugledao nejednake konture zavejanih krovova. Selo je, po svemu sudeći, spavalo dubokim i mirnim snom. Njegove orlovske oči prepoznaše među svim ostalim krov male i naherene, a njemu tako drage kuće. Iz njenog okrnjenog odžaka se širio dim, a kroz prozore slabo žućkasto svetlo prosipalo se po okolnom snegu. Ispod grubog šala čoveku zaigra brk i on ubrza korak.

***

Sa požutele slike u drvenom ramu čovek strogog lica i velikih smeđih brkova kao da je posmatrao prostoriju. Nešto dalje na zidu, pritisnuta između stakla i nečeg što je ličilo na tvrdi karton, nalazila se slika s venčanja. Bila je svežijeg datuma od prethodne. Raspoređene u tri reda zvanice su ponosno pozirale u svojoj najsvečanijoj odeći. Odrasli muškarci tiskali su se u zadnjem redu i baš svi bez izuzetka nosili brkove, više ili manje guste i duge, već zavisno od njihovih godina. Sasvim levo na slici, jedan čovek je pojavom odudarao od ostalih. Bio je odeven u oficirsku uniformu kraljeve vojske. Ordenje na reveru, kapa u ruci i dugačka sablja, koja je okačena o opasač visila uz levu nogu u prelepoj, zlatom ukrašenoj futroli. Cela njegova pojava odisala je perfekcijom. Od sjajne tamne kose očešljane na razdeljak, do crnih kožnih oficirskih čizama, izglancanih kako samo pravi vojnik ume da izglanca svoju obuću.

Bele košulje sa svilenim vezom i dugačke suknje od tkanog štofa krasile su udate i starije žene. Kose spletene u kiku bile su im smotane na temenu i prekrivene ženskim heklanim fesom. Mlade devojke šepurile su se u tesnim jelečićima koji su još više isticali njihov tanak struk i jedre grudi. Među njima nalazila se devojka od čije lepote zastaje dah. Osim neveste, štrkljastog plavog devojčeta od nepunih sedamnaest godina, koje se bukvalno gubilo u naručju robustnog mladoženje, jedina se na slici smešila, pokazujući niz biserno belih zuba. Sjaj u njenim očima odavao je vedar duh. Deca su gledala svud drugde nego u objektiv aparata, govoreći time fotografu da su nestrpljiva, jer ih je tamo negde čekala neka mnogo zanimljivija rabota.

Jedan prost drveni orman, tronoška u uglu i bračni krevet sačinjavali su otprilike sav nameštaj u sobi. Pod od utabane zemlje okrečen u belo tu i tamo je bio prekriven ponekom ponjavom. Olupana lampa na gas je slabim plamenom sa police jedva osvetljavala taj primitivni dekor. U sobi pored vladala je tama, a kroz poluotvorena vrata dopiralo šištanje. Neko kao da se borio za vazduh.

Trpezarija je bila nešto veća od sobe. U njoj se ujedno i kuvalo. Sto sa šest stolica bio je dopola prekriven kariranim stolnjakom, a na drvenom podmetaču pušila se šerpa. Jedan jedini tanjir i pribor za jelo nekog su čekali. Sićušna mlada žena je klečala ispred crnog plehanog šporeta i prebirala mašicama po žaru. Levom rukom je dohvatila već spremljeno raspolućeno panjče, ubacila ga spretno u ložište i počela da duva. Plameni jezici brzo dohvatiše drvo i kada žena začu prepoznatljivo pucketanje, klimnu zadovoljno. Dugo je posmatrala vatreni ples umornim i odsutnim pogledom, kada je iz polusna trže tup udarac u vrata. U predsoblju je neko trupnuo nogama o pod. Brzo je zaklopila ložište i ustala. Osmeh zaigra na njenom ljupkom licu.

Trenutak kasnije u trpezariju upade ljudeskara. Jednom rukom je skinuo šubaru, dok je drugom već odmotavao ogroman šal otkrivajući snažan vrat i lice zaraslo u trodnevnu bradu. Jedno vreme nije progovarao. Zatvorenih očiju, s obe ruke zarivene u gustu kosu, češao se po glavi brundajući od zadovoljstva. Naposletku je sa sebe svukao kaput, okačio ga na stolicu i uputio svojoj ženi nežan pogled.

— Milka...

Ženica se nasmešila. Način na koji su se pogledali odavao je privrženost dva bića koja se neizmerno vole.

— Pojeo bih vuka! — reče on zagolican predivnim mirisom koji se širio iz šerpe na stolu.

— Danas nisam pekla vuka, ali ima pasulj — našalila se ona.

— Lele! — protrljao je ruke sa zadovoljnim izrazom na licu. — Znaš da sam ga nanjušio još kod crkve...

— Imaš dobar njuh, Viktore, znam. Ajde sedi...

— A ti?

— Već sam jela — reče dok je rukama lomila hleb. — Ali praviću ti društvo.

Sela je preko puta njega, oslonivši se laktom na sto. Uživala je da gleda svog čoveka dok jede, posebno kad je bio ovako gladan. Prvi tanjir je pokusao za nepun minut i tek nakon što ga je ponovo napunio, on poče da jede sporije.

— Ženo, pasulj ti je carski!

— Ma ajde, gladan si pa ti se samo čini — poče ona nevešto da se brani dok su joj usne igrale od zadovoljstva. — Pasulj kô pasulj...

— Ma šta carski! Ni drug Tito nije sigurno nikad jeo bolji pasulj u životu — nastavljao je on da je zadirkuje.

Milka se ljupko smešila, a onda se naglo uozbiljila.

— Nisam čula Božidarov kamion...

— Došao sam pešice — reče on između dva zalogaja.

— Pešice! — podvrisnu žena. Iznenađena jačinom svog glasa, pogledala je prema mračnoj sobi i oslušnula. A onda mu je uputila takav pogled da je prestao da žvaće.

— Pa, ostao je čovek da spava kod sestre u Varvarinu...

— A ti odlučio da pešačiš po ovoj hladnoći i snegu!

— Ja sam žurio kući da zagrlim moju lepu ženicu što kuva najbolji pasulj na svetu — reče on sa širokim osmehom.

Njen strogi pogled jasno mu je dao do znanja da je ljuta i da joj nije do šale.

— Slušaj, Milka, objasniću ti. Morao je da ostane jer je dubok sneg a gume mu nisu baš dobre. Uzeće sutra ujutru lance na zajam i doći.

— Ali, zašto nisu i tebe ostavili da prespavaš kod njih? Zar si ti marva pa da se noću vraćaš po hladnoći?

— Ženo, bre! — reče on tonom koji nije dozvoljavao nikakvo suprotstavljanje.

— Je l' razumeš da ne želim da spavam tamo? Pre bih prešao Igman nego da gledam onog njegovog zeta!

— Šta ti smeta njegov zet?

— To je jedna svinja skorojevićka! Božidar možda mora da ga trpi jer je „počastvovao" njegovu sestru oženivši se njom, ali ja neću. Jeste razroka, ali zaslužuje boljeg čoveka.

— Ali, Viktore, mogao si da se prehladiš.

— Ma kakvi — odmahnu on rukom — nisam ni osetio hladnoću.

— Nesvestan si jer se osećaš jakim i neuništivim. Sve bi učinio za druge makar izgubio zdravlje, a šta ću ja posle bez tebe?

Na poslednje reči glas joj je zadrhtao, a oči se napunile suzama.

— Milka, nemoj — razneži se muž. — Pa znaš valjda da imam čelično zdravlje.

— I Ružica je bila kao ti. Sećaš li se kako je bila zdrava i vesela na našoj svadbi? A pogledaj je sad...

— Sutra će doći doktor Darvas sa Božidarom. Zamolio sam ga.

— Ružica umire, Viktore, ne može joj on više pomoći.

— Ali dete? — reče on snužbeno. — Možda za njega ima još nade...

— I ono je bolesno. Neprestano plače i...

— Šta?

— Našla sam mu krv u peleni...

Viktor je prebledeo.

— Šta to treba da znači?

— Ne znam, ali sigurno nije ništa dobro. Opasno gubi na težini, neće ni da doji.

— Kako si uspela da ga uspavaš?

— Dala sam mu da pije čaj od kamilice, to ga izgleda malo smiri.

— Neka ga ipak pregleda doktor — reče dobroćudni gorostas. — Ako dete može da se izleči, lečićemo ga...

— A ko će da plati lekove, Viktore? Njena maćeha? Znaš da mi nemamo para.

— Živana da je htela, mogla je da spasi i Ružicu. Samo jednu njivu drumku da je prodala.

— Ta zloća nema milosti ni prema sopstvenom porodu, a kamoli prema tuđem. Valjda znaš kako te je oterala kad si je onda molio.

— Pitaću je ponovo, možda se ipak sažali na dete.

— Neće se sažaliti... — reče Milka odmahnuvši glavom.

— E, onda ću prodati ovce — reče on odlučno. — Pa, kako nam bude...

Ženica se nasmešila i pomilovala ga po bradatom licu.

— Ne možeš spasiti sve i svakog, ma koliko pokušavao.

— Ali mogu bar da pokušam, Milka.

Pogled na svog muža i njegove dobre oči raznežio je mladu ženu.

— Šta god odlučio, ja ću se složiti. A sada bismo mogli na počinak.

— Hvala ti što me razumeš.

— A tebi hvala što voliš moj pasulj.

Viktor podiže obrve, glumeći začuđenost.

— Što ga volim? Pa ja se, ženo, kunem u njega! — reče on zgrabivši je oko struka.

Nešto kasnije zaspala je srećna u naručju svog voljenog muža.

DOKTOR

Na nešto manje od sedam kilometara odatle nalazila se varošica Varvarin, odakle je Viktor došao pešice po snegu. Pijačnim danima, sredom i subotom, gotovo sve žene čobana izlazile su na pijacu ne bi li prodale svoj domaći sir. I posle svake striže ovaca, njihovi muževi su u Varvarin dovlačili bale sirove vune i prodavali ih nakupcima, koji su posle tu istu vunu skladištili i dalje preprodavali.

Uglavnom, bila bi to varoš kao i svaka druga da je ljudi koji su iz nje potekli nisu činili posebnom. Rodili su se u Varvarinu mnogi velikani koji su kuburom i jataganom, ali i umom, ispisali značajne stranice srpske istorije.

Bila je to i jedina varoš u okolini Kruševca koja se mogla pohvaliti pravom pravcatom lekarskom ordinacijom. Doktor Darvas, Jevrejin, bio je jedan visokoobrazovani gospodin, smiren i čovek urođene dobrote. Pre Drugog svetskog rata imao je privatnu ordinaciju u Kruševcu i čak dva asistenta, dva mlada apsolventa medicine, obojica poginula u partizanima boreći se protiv Hitlerove moćne vojske. Otprilike u to vreme i stari doktor je napustio Kruševac. Ostavio je teška srca kuću i ordinaciju, gde je apsolutno svaki predmet imao svoju priču. Jedno kratko vreme razmišljao je da ode u neutralnu Švajcarsku, gde je imao brojne prijatelje. Vesti o pogromu nisu ga ostavljale ravnodušnim i nije želeo da svoj plodan život završi zgažen nacističkom čizmom. Ipak, više od zarobljeništva i smrti plašila ga je pomisao da se ako ode, nikad više neće vratiti u Kruševac. Onog dana kada je sahranio svoju dragu i neprežaljenu suprugu Klaru, zakleo se na grobu da će jednog dana i on počivati kraj nje. I tako je odlučio da ostane. Sklonio se, jednostavno, iz grada i preselio u brda u okolini Varvarina, gde je proveo četiri pune godine. Zavoleo je za to vreme ljude među kojima je živeo, te čobane i zemljoradnike, seljake bez škole od kojih je većina bila potpuno nepismena. Donosili su mu hranu (sve osim svinjetine, na njihovo ogromno čuđenje), drva za ogrev i neizbežnu domaću šljivovicu predivnog mirisa koju su svakodnevno pili, takoreći umesto vode. Rakija je bila takve jačine da je mogla i mrtvog čoveka da zagreje. I doktor bi ponekad popio, ali samo čašicu-dve, čisto da im pravi društvo i da ih ne uvredi ako odbije.

Ono što ga je ipak najviše fasciniralo kod tih jednostavnih ljudi bilo je to što mu apsolutno nikada nisu postavljali neumesna pitanja. Nisu tražili da objašnjava zbog čega se jedan starac, koji čak nije ni sposoban za rat, krije u brdima od Nemaca. Mnogi od njih možda nikad nisu čuli za Jevreje, a ako i jesu, znali su o njima sasvim malo. Međutim, kao večito gažen, osvajan i proganjan narod, imali su urođenu sposobnost da razumeju tuđu muku. Kao mučenik, bio im je blizak, tako da su starog doktora usvojili kao svog.

Doktor nije imao novca i mada mu nisu nikad ništa tražili zauzvrat, osećao je da im mnogo duguje. Jedino što je mogao da učini da bi sebi umanjio taj nezgodan osećaj, bilo je da im pruža lekarsku pomoć kada je to bilo potrebno. Zaliha lekova koju je poneo iz Kruševca bila je neznatna i brzo se potrošila, ali još uvek je mogao da ispostavlja dijagnoze i savetuje ih kojim biljnim čajevima i prirodnim oblogama da leče prehlade, stomačne tegobe i kostobolju. Ako ničega drugog, bar je lekovitih trava bilo u izobilju.

Najčešće su ipak dolazili kod njega sa dubokim posekotinama i tada bi doktor iz kožnog kovčežića ponosno vadio niklovane instrumente nemačke proizvodnje i pred oduševljenim pogledima seljaka, što je bezbolnije mogao, ušivao zjapeće rane veštinom najprefinjenijeg krojača. Iako već u poodmaklim godinama, imao je sigurnu ruku, a svaki njegov šav bio je perfektan. Intervencija je obavezno bila propraćena smehom i pošalicama, dok je pacijent kao i da ne oseća bol, belo gledao ispred sebe. To i nije bilo tako čudno s obzirom na to da se ranjenik pre ušivanja, kao disciplinovan pacijent, svojski dezinfikovao iznutra, popivši na eks pola litra rakije. Smejao se i stari doktor, ponekad ni sâm ne znajući čemu. Do u sitne sate sedeo je i pričao im stare jevrejske bajke, koje je nekada slušao od svoje bake, i osećao je tada da više nikad u životu neće biti ni približno toliko srećan kao u tom trenutku. Šta je uostalom više i imao u životu i od života...

Nekada, i to ne tako davno, doktor je hvalospevno pričao o nemačkom koncu, makazama i iglama za ušivanje i o tome da niko bolje od Nemaca, bar što se kvaliteta tiče, ne može da napravi ni alat, ni mašinu. U toj kolibi za vreme rata čuvao je takve komentare za sebe smatrajući ih, u najmanju ruku neumesnim. Ćutao bi i ušivao. A kada bi ostao sâm, vadio bi iskuvane i sterilisane instrumente iz jedne olupane šerpe i sa ljubavlju ih brisao i vraćao u kožni kovčežić. Pogled bi mu ponekad slučajno pao na, u metal utisnutu, fabričku oznaku *Hergestellt in Deutchland*, i tada bi stari doktor samo duboko uzdahnuo. Skoro postiđen pred samim sobom zbog tih nežnih osećanja, ubacivao bi grubo torbicu u orman zalupivši vrata. Hirurški instrumenti, neosetljivi na doktorove promene raspoloženja, strpljivo su čekali na dnu starog ormana, a sâm doktor se kasnije u noći smejao svojim detinjarijama.

Jednog dana rat se završio. Doktor je mogao da se vrati kući. Ali, nije zatekao onaj Kruševac koji je napustio pre rata. Njegovi asistenti su poginuli u cvetu mladosti, većina prijatelja i poznanika preselila se na onaj svet, što od metka, što od starosti i bolesti. Nova vlast mu je priznala status penzionera i posle mnogo administrativnih peripetija, počela da mu isplaćuje sasvim pristojnu penziju. Ali, starac je bio usamljen. Shvatio je da bez prijatelja i rođeni grad postaje tuđ i da je pravi dom tamo gde su dragi ljudi.

Kuću i ordinaciju je prodao za jeftin novac, međutim, sasvim dovoljan da u Varvarinu kupi lepu kuću sa doksatom koji je gledao na starinsku baštu prepunu mirisnog cveća. Usred bašte granao se stari jorgovan i nadnosio nad bunar pun hladne, kristalno čiste vode. Novopečeni komunistički odbor opštine Varvarin progledao mu je kroz prste kada je na zidu njegove kuće osvanula tabla s natpisom *Doktor Darvas — Privatna ordinacija.* Kao prvo, svi su znali i cenili starog doktora, a kao drugo, svoje usluge je nudio potpuno besplatno. Bio je to način jedne poštene duše da se oduži ne samo svojim čobanima, već i celom tom kraju. Ostao je u Varvarinu, čekajući tu, u miru, i daleko od gradske buke, svoj sudnji čas. U Kruševac se vraćao s vremena na vreme, samo da bi položio buket cveća na grob svoje žene i malo „popričao" sa njom.

Prošlo je skoro pet godina od završetka rata. Doktoru je bilo sedamdeset i osam godina, pa iako je uglavnom bio veoma krepak, u poslednje vreme nije bio u zavidnoj formi. Grip koji samo što je preležao iscrpeo ga je kao nikada. Godine su počele da sebično uzimaju svoj danak. Sve je ranije odlazio na počinak, a sve kasnije i manje rado napuštao sigurnost tople postelje. Te noći nikako nije mogao da zaspi. Čovek koji ga je lupanjem trgao iz prvog sna bio mu je i te kako poznat. Dok je za vreme rata živeo u planini, bio je on čest gost u njegovoj kolibi. Stari doktor je bio dužnik tom mladom čoveku i njegovom, sada već pokojnom ocu Ljubanu. Donosili su mu puno puta namirnice i ogrev. Međutim, večeras nije došao da traži pomoć za sebe, a koliko god da je doktor pokušavao, nije mogao da se seti da je tog grmalja ikada video bolesnog. U Bačini, selu odakle je čovek bio rodom, umirala je od tuberkuloze jedna mlada žena. Opaka bolest koja je brzo uzela maha, i nije joj ostavljala nikakvu šansu da se izvuče. Sa njom je, da tragedija bude veća, umirala i njena beba. Nažalost, pomislio je doktor s gorčinom, i u novom poretku, gde su navodno svi bili jednaki, samo privilegovani su mogli doći do retkog i skupocenog penicilina.

— Ispričaj mi sve potanko, Viktore — rekao mu je doktor, kada ga je zadihanog primio u kuću.

Kasnije, dok je ležao u mraku, pitao se nije li pogrešio što je obećao da će doći i to rano već sledećeg jutra. Znao je nesumnjivo da nema nade za bolesnicu. U svojoj dugoj lekarskoj praksi video je previše mladih ljudi koji su bolovali od tuberkuloze. Bezbroj prerano prekinutih života, karijera i ljubavnih idila samo zato što je neki mali bacil odjednom odlučio da se useli u nečija pluća.

Nema nade za tu mladu ženu i njeno čedo. Znao je starac te stvari bolje nego mnogi, i nije sumnjao u svoju procenu. Pa ipak, toliko je želeo da nije u pravu. Želeo je da se desi neko čudo. Da dobri Bog uperi prst bar u to nejako i nedužno stvorenje i da velikodušno odluči da ga poštedi. I već je u mislima video zdravog i rumenog dečaka koji pravi prve korake, koji polazi u školu, odlazi u armiju noseći u srcu neku veliku ljubav, ženi se voljenom devojkom, po prvi put uzima sopstveno dete u naručje i ljubi ga, hvaleći Boga zbog tolike sreće. Obuzet tim lepim mislima, stari doktor je neprimetno utonuo u san.

OTAC

Ružica nije spavala. Nejasno je čula Viktorovo i Milkino šaputanje. Znala je da pričaju o njoj. Bila je žedna, a na ormariću pokraj kreveta stajala je prazna čaša. U jednom trenutku je htela da ih dozove, ali se osećala suviše slabom, a strah da će se zbog napora zakašljati i probuditi dete, odvratio ju je od te namere. Nije želela da smeta, istrpeće žeđ. Nije htela da ih uznemirava više nego što je to već činila svojim prisustvom i bolešću zbog koje se osećala uprljanom i žigosanom. Onog trena kada je pri napadu kašlja ugledala krv na svom dlanu, shvatila je da su joj dani odbrojani. Poslednjih dana groznice su bile jače i učestalije nego ikad, crpeći nemilosrdno poslednje atome snage iz njenog već izmučenog organizma, a sa njima i onu dragocenu volju za životom. Počela je čak da priželjkuje kraj, što pre i jednom zauvek. Njen mali sin venuo je zajedno sa njom, i sada, u mraku, nije ga više ni čula. Kao da uopšte nije disao.

„I bolje je tako...", pomislila je tužno.

Niz upale i blede obraze skotrljaše se suze. Njen sin, plod velike ljubavi, umire, a da nije ni upoznao oca. Jednom je čula i do skoro naivno verovala u to, da se deca začeta u pravoj iskrenoj ljubavi rađaju pod srećnom zvezdom.

„Laž!", kriknula je u sebi. „Odvratna laž!"

Da li će umreti, a da ne shvati zbog čega i u kom trenutku je sve pošlo naopako?

Rat se najzad okončao nakon četiri dugih godina. Godine terora i straha zamenila je radost oslobođenja i dok je za mnoge ta radost bila potpuna, za Ružicu je pravi košmar tek nastupao. Po selu se šuškalo da joj je otac osuđen za izdaju i streljan. U ratu se ginulo, i za sve četiri godine nije prošao nijedan tren da se nije bojala za njega. Ipak, bila je spremna da podnese i najgore, jer znala je da će, bilo šta da bude, uvek biti ponosna na svog oca, koji je u celom kraju, a i šire, važio za pravog heroja.

Kada se zaratilo, prvi je navukao uniformu, sakupio četu hrabrih i patriotski nastrojenih ljudi i otišao da se bori. Kao bivšem komandantu garde i rezervnom oficiru kraljeve vojske, bio mu je ponos da se bori u slavu otadžbine i kralja. Nije se bojao smrti, pa ga možda zato nije ni metak hteo, a Ružica je četiri godine s neskrivenim ponosom slušala o njegovim herojskim podvizima. Zvali su ga jednostavno Komandant Petar, a njegovo ime bilo je sinonim straha za neprijatelje, a nade u pobedu za sve rodoljube. Bar je to tako izgledalo u Ružičinim očima, jer devojka nije ništa znala o drugoj borbi koja se vodila paralelno. Borbi za vlast između starog režima i novog pokreta. Kralj se posle rata nije vratio u zemlju, neko je odlučio drugačije. Nastupila je nova era, a otadžbina dobila novog vođu koji je nosio neobičan nadimak. Zvali su ga Tito.

Događaji koji su usledili ubrzo nakon oslobođenja strovalili su se na mladu devojku poput odrona. Iako je bila pripremljena na eventualnu pogibiju svog oca, podrazumevala je pod tim herojsku smrt. Ni u najgorem košmaru nije mogla da zamisli da će čovek koji je u njenim očima bio oličenje svega što je plemenito i ispravno, biti proglašen izdajnikom, streljan kao najgori zločinac i nakon toga zakopan tajno u nekoj šumi da mu niko ne bi otišao na grob i upalio sveću. U novinama su ga nazivali četničkim vođom, pristalicom Draže i izdajničke kraljevske porodice. Pa zar se nisu svi borili da oteraju Nemce i rodnu grudu oslobode od Hitlera? Gde je u svemu tome bila izdaja zemlje i naroda, pitala se ona bolno. Mogu da pišu i nazivaju ga kako god im je volja, njen otac je bio i ostaće heroj zauvek, ako nigde drugde, u njenom srcu sigurno.

Posle prerane majčine smrti otac je postao centar celog njenog detinjeg sveta. Iako se posle nekog vremena oženio drugom ženom, udovicom, ona je i dalje ostala njegova mala devojčica.

— Anđele tatin... — znao je često da joj tepa.

Nova žena je sa sobom dovela sina iz prvog braka, jedno mršavo, uplašeno detence. Ružica ga je prigrlila i dala mu ljubav i nežnost, kao da joj je bio rođeni brat. Ljubav koju hladna majka nije umela da mu pruži. Nije mogla da razume zašto je otac oženio tu ženu, jer naslućivala je njenu pravu prirodu. Jeste ga dvorila i zalitala ali nikada u njenom oku nije videla ni trunku ljubavi. Ni jednu jedinu iskru nežnosti, ne samo prema njenom ocu, već ni prema kome. Godine su prolazile i život je tekao dalje. Održavala je kakav-takav odnos sa maćehom trudeći se da joj, i pored svega, život bude radostan i lep. U školi je marljivo učila, bila obožavana u društvu, a od oca dobijala svu ljubav koja joj je bila potrebna. Planirala je da upiše gimnaziju u Kruševcu, ali je počeo rat, tako da je ostala u Bačini sa ćutljivom maćehom, čekajući da joj se otac vrati iz rata. Videla ga je samo jednom. Jednog jutra je otvorila oči i na stoliću kraj uzglavlja ugledala ljubičice u rakijskoj čašici. Srce joj je poskočilo od sreće, znala je da to može biti samo on. Ostao je par dana i bio kum na Milkinom venčanju. A onda je ponovo otišao. Zauvek.

Ona pokvarenost koju je Ružica naslućivala izbila je na površinu poput vulkana onog trenutka kad su joj streljali oca. Maćeha je počela da pljuje po njemu glasnije i pogrdnije nego sve komunističke novine zajedno. Busala se u grudi i čupala kosu, proklinjući sudbinu što je nju, poštenu ženu udovicu, obmanuo taj đavo ljudskog lika.

— Hvala Bogu — govorila je kolutajući očima — te se nismo zarodili! Udavila bih zločinačko seme sopstvenim rukama i bacila ga u reku!

Sva Bačina koja je nešto vredela je prezrela sramotno ponašanje Petrove udovice, ali ona za to nije marila. Sačuvala je imovinu koju je donela u miraz, a kao podobnoj drugarici i novopečenom članu Partije, vlast joj je ostavila i muževljevu kuću i nešto zemlje. Sva ostala imovina, koja je po pravu nasleđa trebalo da pripadne Ružici, bila je oduzeta. Našla se tako bez igde ičega, na milost i nemilost te pokvarene žene.

Odvajkada je Ružica radila po kući. Iako je njihovo domaćinstvo bilo bogato, a oni imali poslugu, majka je odmalena učila da posprema, pa čak i u štali da pomaže oko stoke. Jedva da je mogla prstima da dodirne pod, a već je sedela na stolici pored majke i štrikala džemperić za mačka Marinka svojim malim iglama za pletenje. Bila je srećna kada je pomagala i volela rad.

Međutim, ono što je maćeha sada tražila od nje, nije se moglo nazvati radom. Bilo je to iživljavanje. Svi mogući poljski i baštenski poslovi, teški čak i za muškarce, bili su svaljeni na njena pleća. I to nije bilo sve. Menjanje polomljenih stakala i crepova na kući, krečenje, tresenje ćilima i pranje veša na ceđ u drvenom koritu bila su samo neka od njenih zaduženja, onda kada prisustvo na njivi nije bilo neophodno, sve dok su biljke rasle i dok je bilo dovoljno kiše da ih zaliva. Dan joj je počinjao sakupljanjem jaja i čišćenjem štale, a završavao se mužom krava. Njena maćeha je jedino kuvala, a izlišno je reći da nikada pastorku nije ugostila toplim obrokom, niti čak pozivala za sto. Bila bi tek toliko dobrodušna da smesti ostatke u ostavu, koje bi Ružica kasnije u mraku i tišini jela hladne, da ne bi nikog uznemiravala. Kada bi joj bilo najteže, prisećala se setno svog ranog detinjstva i oca. Kada je naučila da čita, poklonio joj je knjigu za rođendan.

— To je čarobna knjiga — rekao je vukući joj nežno uši.

Bile su to *Bajke braće Grim*. Ružica ju je pročitala za samo jedan dan, otišla na počinak prepunog srca, a ujutru čim je otvorila oči, zgrabila je knjigu i počela da čita ispočetka. Zgražavala se nad zlobom Pepeljugine maćehe i njenih ružnih kćeri. Kao i ona, sanjala je o lepom princu.

— Pa neka — tešila se sad — pošto sam dobila vernu kopiju Pepeljugine maćehe, možda na kraju dobijem i princa...

I tako je Ružica više od tri godine vodila život sluškinje u rođenoj kući. Izlaz iz te situacije i neko bolje sutra nije naslućivala čak ni u mašti. Nije znala gde da ide i šta da radi. Bila je zarobljena u Bačini, bez škole, imetka i zvanja.

SAMOSTALNOST

Jednog dana iskra nade se ipak upalila i sinula punim sjajem u devojačkom srcu. Milka, njena najbolja drugarica i kuma, donela joj je važnu vest. Vest koja je iz korena mogla da joj promeni egzistenciju. Naime, kruševačka bolnica raspisala je konkurs za medicinske sestre, gde čak i devojke bez ikakvog iskustva imaju priliku da budu primljene ako pokažu da su dovoljno motivisane. Sledio bi ubrzani kurs od mesec dana, a za devojke koje dolaze sa strane, gradsko veće obezbeđuje besplatni smeštaj i hranu u nekom bivšem internatu, i to čak tri meseca.

— Pa to je sasvim dovoljan period da se pametna devojka poput tebe snađe! — reče Milka ushićeno.

— Ako me uopšte prime...

— Tebe da ne prime? — ljutnu se ona tobož. — Ne samo da će te primiti, nego će se i neki mladi doktor odmah zaljubiti u tebe.

— Milka, bre! — zakikotala se Ružica.

Toliko je bila ushićena da je dohvatila iznenađenu drugaricu oko struka i zavrtela je kao perce. Na trenutak se osetila srećnom kao nekad kada je bila devojčica, a otac je vrteo oko sebe poput čigre pre nego što bi je obasuo poljupcima. Ali kao i svako ushićenje, i ovo njeno je brzo splasnulo, ustupivši mesto neverici i sumnji.

— A šta ako me ipak ne prime?

— Ne budi luda! Mlada si, lepa kao san...

— Da, ali...

— Ma šta, bre, ali? — naljutila se Milka, ovog puta ozbiljno. — Ko je bio najbolji u školi? Koga su sve drugarice volele i slušale?

Niko kao Milka nije mogao da joj povrati moral i izgubljeno samopouzdanje. Mršava ženica je uhvati za ruku i povede prema njihovoj omiljenoj klupi. Ružica je krenula za njom kao poslušno jagnje. Na toj klupi su uvek rešavale važna pitanja i donosile bitne odluke. Bila je to u stvari jedna polutrula daska, nespretno nakucana na dva bundruka. Ali ono što je mesto činilo posebnim bio je prastari Afus-Ali, vinova loza koja je divlje rasla uz klupu, nadvijajući se u luku iznad njihovih glava. Lišće koje je šuštalo na vetru i skrivalo ih od radoznalih pogleda ulivalo im je prijatan osećaj sigurnosti i nedodirljivosti.

— Znaš dobro da me nikad neće pustiti da odem — reče Ružica.

— Naravno da neće!

— Pa šta onda da radim?

— Predlažem da ostaneš i izigravaš roba... — reče Milka ironično.

— Ni u ludilu! — povika Ružica. — Ni dan duže!

— Ma ostani još malo... Dlanovi su ti još uvek za nijansu mekši od Viktorovih.

— Ti se sa mnom sprdaš, vidim ja! — namrštila se Ružica na svoju drugaricu. — I nešto mi kriješ, znam taj tvoj veveričji pogled.

Milka prasnu u smeh.

— Dobro, ajde reći ću ti! — reče dižući pomirljivo ruke. — Već si upisana. Poslala sam tvoju kandidaturu...

— Ma šta kažeš? — skoči Ružica kao oparena. — Ti nisi normalna! Kako ću ovakva da idem, nemam ni šta da obučem. Pa pogledaj mi samo ruke i kosu!

— Stvarno... — reče Milka uhvativši se za grudi. — Pravo si strašilo...

Sada je Ružica prasnula u smeh.

— Viktor i Božidar sutra voze vunu za Kruševac, kreću u zoru. Ima jedno mesto za tebe.

— Ali, kad je konkurs?

— Sutra, draga moja — uzvratila je Milka.

— Sutra? — uzviknula je Ružica iznenađeno. — Jaooo, šta mi ti radiš!

Okrenula se na petama i pojurila uzbrdo ne bi li se što pre spakovala, ali se posle par koraka ukopala u mestu i dotrčala nazad.

— Hvala ti na svemu! — reče zagrlivši je čvrsto. — Bez tebe, propala bih ovde.

— Imam nešto para ako ti treba... — reče Milka uputivši joj sestrinski pogled.

— Ne treba, hvala. Imam ja tajnu ušteđevinu za crne dane...

— Mislim ipak da te očekuju neki mnogo svetliji dani...

***

Živana, Ružičina maćeha, siktala je od besa.

— Nezahvalice! Kako možeš da budeš takva kučka posle svega što sam za tebe učinila?! Hranim te i oblačim, iako ni za šta nisi. Oduvek sam se pitala šta je to Petar video u tebi...

— Ne uzimaj mog oca u usta nikad više! — reče devojka uperivši prst u maćehu. — Da je sreće da se nikad nije oženio tobom.

— I ti misliš da će tebe neko da primi na posô? — nastavila je Živana podsmešljivo, kao da nije čula.

— Videćemo — reče Ružica mirno.

— Upozoravam te, mala! — vrisnu Živana. — Ako misliš da možeš da se vratiš u ovu kuću kô da nije ništa bilo, grdno se varaš! Nisi dobrodošla ovde dok sam ja živa.

U sedam sati sledećeg jutra, Božidarov mali kamion napustio je Varvarin i krenuo u pravcu Kruševca. Iako su s Petrovićem nakupcem morali da se obaraju oko cene, sada je obojici titrao zadovoljan smešak na usnama. Tvrdi trgovac je pristao na njihovu cenu s tim da oni direktno isporuče vunu vunovlačari u Kruševcu. Svaka para je bila dobrodošla u kući, i sada kad je je njihova muka najzad bila smeštena u džep, ushićeno su kovali planove i smišljali šta im valja kupiti sa tom šačicom novca.

Stisnuta uz vrata, nosom zalepljenim za staklo, Ružica je gledala kroz prozor ne slušajući njihov razgovor. Nju je zaokupljala njena novonastala situacija. Iako srećna što je uzela sudbinu u svoje ruke, bila je svesna da je neizvesnost u koju se otisnula ogromna. Duša joj je bila ispunjena strahom, ali i pored toga, nije ni pomislila da odustane. Tačno u osam časova stajala je ispred kruševačke bolnice, sa srcem u petama. Viktor se nagnuo kroz prozor.

— Ružice, ne možemo da te čekamo, nažalost. Ako, ne daj bože, ne bude ništa, javi se Božidarovoj sestri iz pošte. Doći ćemo po tebe...

— Dobro, hvala, Viktore. Ali, ni ne pomišljam da se vratim kući.

Kako je reč kuća neprikladno zvučala. Pogled joj je pao na velika bolnička ulazna vrata, koja su je u tom trenutku podsećala na čeljust neke nemani. Čak i takva, delovala su daleko gostoprimljivija nego dom u kome je živela njena maćeha.

***

U podne Ružica je nepomično sedela na klupi u parku, gledajući u prazno. Ukočeno lice nije odavalo nikakva unutrašnja osećanja. U njenoj glavi, naprotiv, vladala je prava konfuzija.

Došla je među prvima i već posle sat vremena sprijateljila se i čavrljala sa nekolicinom devojaka, koje su, kao i ona, bile sa sela i takođe, kao i ona, umirale od straha. Improvizovana čekaonica je za kratko vreme bila krcata. Suparnice su se gledale krišom i upoređujući se međusobno. Svaka je, naravno, žarko želela da bude izabrana. Ružica je sa olakšanjem konstatovala da nijedna devojka sa kojom je razgovarala nema medicinsku školu, pa čak ni najmanjeg iskustva u struci. Smatrala je da su time njene šanse, ako ne rasle, ono bar bile jednake sa ostalima.

Prozivanje je počelo oko pola deset. Strpljivo je čekala i trudila se da koliko-toliko deluje opušteno. Ipak, kako je vreme prolazilo, njeno nespokojstvo je raslo. Nešto nije bilo u redu. Kada je stigla, ostavila je svoje ime na portirnici. Bilo joj je stoga logično da je prozovu na samom početku. Otprilike je znala koja je devojka u kom trenutku došla i, za divno čudo, prozvane devojke bile su upravo one koje su stigle među poslednjima. A te iste, primetila je, držale su se po strani dignutog nosa, ne hajući za ostale.

Nije bila jedina koja je zapazila tu nelogičnost. Sirote devojke su se vrpoljile i uplašeno gledale prema vratima kroz koja su one privilegovane izlazile sjajnih očiju i sa ogromnim osmehom na licu.

Nonšalantnim korakom prelazile su čekaonicu, a svaki odjek njihovih visokih potpetica po tvrdom podu padao je Ružici na dušu kao udarac maljem. Neki neprijatan osećaj joj je polako stezao srce, i stvarno, trenutak kasnije njena bojazan se potvrdila. Jedna stara patronažna sestra ogromnog nosa i vodnjikavih očiju, otvori vrata i pljesnu rukama. Gest sasvim nepotreban s obzirom na to da su svi pogledi ionako bili prikovani za vrata.

— Drugarice — reče ona monotonim glasom — bolničko veće je odabralo potreban broj sestara, ostale mogu da idu. Konkurs je završen.

Kao eksplozija, bučan protest odjeknu prostorijom. Raspamećene besom i razočaranjem, devojke jurnuše u gomili ka staroj sestri. Optužbe su pljuštale sa svih strana, kako nisu dobile svoju priliku i kako je ceo konkurs namešten, da je lista devojaka za primanje unapred spremljena, da će se žaliti ovom ili onom i tako dalje. Jedna od devojaka, Kruševljanka, uveravala je druge da je među srećnicama prepoznala ćerku nekog direktora, te da je stoga sve i više nego jasno. Pod kišom pretnji, nosata sestra nije ni trepnula. Naprotiv, gledala ih je ravnodušno kao da je se to ni najmanje ne tiče i na kraju dodala:

— Ako bude zatrebalo još osoblja, bićete pozvane. Do viđenja.

To reče, okrete se na petama kao vojnik i nestade iza vrata. Vrata, koja su Ružici u tom trenutku delovala kao poklopac na njenom mrtvačkom sanduku...

POSAO

Piskav dečji glasić je devojku vratio nazad u realnost.

— Jesi li ti Snežana?

Jedna sasvim mala devojčica s prelepom bujnom kosom stajala je naspram nje i posmatrala je svojim ogromnim kestenjastim očima.

— Mo... molim? — trepnu Ružica zbunjeno.

— Jesi li ti Snežana? — ponovila je devojčica svojim vrskavim glasićem.

— Ne, nisam... A zašto?

— Vaspitačica nam je čitala bajku o Snežani, a ja sam je zamišljala baš takvu kao ti — objasnila je devojčica ozbiljno.

Nagnula se u stranu i bacila pogled iza nje, kao da očekuje da svakog trenutka iz žbuna iskoče patuljci. Ružica se nasmešila, zaboravivši na momenat svoje beznađe.

— A Pepeljuga? — upita malena sa iskrom nade u očima.

Ružica je pogleda tužno.

— Na neki način i jesam — promrmljala je tiho sebi u bradu.

To beše i više nego dovoljno devojčici. Poskočila je radosno i otrčala, ispraćena začuđenim Ružičinim pogledom. Tek tada je primetila veliku grupu dece nedaleko na travnjaku. Tiskali su se oko jedne mlade žene koja je držala bombonjeru u ruci i delila bombone uvijene u papir živahnih boja. Kada su najzad svi dobili svoje sledovanje, nezadovoljno su gledali u tuđe ruke, nalazeći da je tuđa bombona lepša od njihove. To je očigledno veoma zabavljalo njihovu vaspitačicu, jer sve su bombone bile potpuno iste, samo je raznobojni papir bio varka da se lepše prodaju. Smešila se gledajući ih s ljubavlju. Devojčica je dotrčala do njih, a posle kraće gestikulacije rukama i nogama, kojima im je verovatno dočaravala svoje otkriće, sva deca predvođena njome dojuriše do Ružice.

— Kaži im ko si! — reče molećivim glasom. — Kaži iiiim!

Ružica je nemoćno gledala u razrogačene dečje oči, ne znajući šta da kaže. Bila je to nezgodna situacija, koja joj je, a da čak toga nije ni bila svesna, prijala.

— Kaži im da si Pepeljuga, molim te! — insistirala je devojčica.

— Ostavite drugaricu na miru, deco, ajde odmah! — viknu vaspitačica neuverljivo. Pokušavala je da izgleda strože nego što je u stvari bila. Pogledala je u Ružicu slegnuvši ramenima. — Ne ljutite se na njih, drugarice. To im je prva šetnja ove godine, zima je bila veoma duga.

— Ma ne ljutim se uopšte! — odvratila je Ružica prijateljski. — Vratili su mi osmeh na lice, anđeli mali...

— Ma kakvi anđeli, đavoli su to! — reče vaspitačica prekorno, gledajući ih istovremeno pogledom punim nežnosti. — Ivice, prestani da čupaš Tamaru, videla sam te! — mlada žena se ponovo okrenu prema Ružici, pruživši joj bombonjeru. — Uzmite, Veri je danas rođendan. Probajte, od prave su čokolade.

— Hvala, rado — uzvratila je Ružica pružajući ruku. Stomak joj je radosno zakrčao, podsetivši je da od sinoć nije ništa jela.

— Nisu loše, a?

— Mmm, nisu... — promrmljala je Ružica zadovoljno dok joj je rastopljena čokolada prijatno klizila niz grlo. — A koja je Vera?

— Baš ova s bujnom kosom što Vas zove Pepeljugom.

— Srećan ti rođendan, Vera! — povika ona trudeći se da nadjača dečju graju.

Devojčica je radosno doskakutala do nje.

— Hvava, Pepevugo — jedva je prozborila punih ustiju.

Pomilovala je po glavici, a zauzvrat dobila najlepši čokoladni osmeh na svetu.

— Zlata — predstavila se mlada vaspitačica pruživši ruku.

— Ružica, drago mi je!

— Kako to? — začudila se devojka ko bajagi. — Pa zar Vi niste Pepeljuga?

Obe istovremeno prasnuše u smeh.

— Mislim da deci nikad nije dosadno sa Vama, drugarice — reče Ružica. Osetila je odmah bliskost prema toj mladoj ženi, koja ju je po ponašanju podsećala na Milku.

— Pa nadam se da nije — radosno će Zlata. — A nije ni meni s njima, verujte mi.

— Bavite se divnim poslom — iskreno će Ružica. Pogled na te mališane ispunio joj je srce nežnošću i stvarno učinio da na trenutak zaboravi svoju muku.

— Znam, ali nije uvek lako. Kad se razbole, pa nit mogu da jedu, nit spavaju i samo plaču. Danas su svi, sva sreća, dobro, a čini mi se da je to prvi put otkako je koleginica otišla.

— Otišla? — upita Ružica radoznalo.

— Da, udala se prošle godine za jednog podoficira, a on, nažalost, dobio prekomandu u Leskovac. Tako ti je to u vojsci, taman se negde navikneš i stekneš prijatelje, kad ono jadac. I gde će žena, nego za svojim mužem...

— Ne vodite valjda sami računa o tolikoj deci? — zgranula se Ružica.

— O trideset tri deteta — reče ona s mešavinom ponosa i nemoći. — Dolazile su neke „mamine maze" da traže posao, navodno po preporuci nekih važnih ljudi iz opštine, ali naša direktorka slabo mari za te nameštaljke. Ona za dečicu traži nešto izuzetno, a ne tamo neke nalickane svrake. A kad smo već kod toga...

Mlada žena je razvezala jezik, srećna što sa devojkom približnih godina i shvatanja može da se ispriča i dâ sebi oduška. Ali, Ružica se samo pravila da je sluša jer mislila je na nešto sasvim drugo. Čim je ugrabila priliku, hitro je presekla devojčino blebetanje.

— Izvinite, Zlato, a gde se nalazi Vaš vrtić?

***

Prostrani hol u kome je Ružica čekala na razgovor nalazio se na prvom spratu. Kroz tri velika prozora zlatna svetlost prolećnog sunca padala je ukoso na pod i sekla jasno kao nožem polutamu ogromne prostorije. Primetila je jedan zanimljiv fenomen, naime oku gotovo nevidljive čestice prašine najednom bi zasijale okupane sunčevim zracima. Kao male vile graciozno su lebdele kroz svetlost, da bi već sledećeg trenutka nestale, ustupajući mesto drugim česticama. Fotelja od skaja bila je daleko udobnija nego klupa u parku, pa i pored toga, sedela je kao na iglama. Da bi nekako ubila vreme i nervozu, osmatrala je prostor oko sebe. Na suprotnom zidu od prozora visili su veliki ramovi od tankih drvenih lajsni sa pozadinom od zelene čoje. U njima je bilo izloženo na desetine dečjih crteža, pedantno prikačenih špenadlama. Bilo je u holu predmeta i sprava koje još nikada uživo nije imala prilike da vidi, ali pretpostavljala je čemu služe. I pored toga što na njemu nije bilo celuloidne trake, odmah je prepoznala filmski projektor. Drugi, još interesantniji predmet bio je veliki stakleni akvarijum. Nestrpljivo se promeškoljila, bacivši pogled prema crnim vratima na kojima je na mesinganoj uglačanoj pločici pisalo *DIREKTOR*. Važan razgovor za nju vodio se iza tih vrata. Pošto ni pored najveće volje nije mogla ništa da čuje, a da bi suzbila sve veću želju za prisluškivanjem, ustala je i prišla akvarijumu.

Ribice drečavih boja, koje je nekada davno viđala u knjigama flore i faune, plivale su sada živahno pred njom. Nestajale su iza lišća neke vodene biljke mrkozelene boje, da bi se pojavile trenutak kasnije iza crvenog korala. Jedna mala zdepasta riba opasnog izgleda ljubomorno je čuvala prilaz minijaturnoj gusarskoj lađi od pečene gline, dajući time na znanje ostalim ribicama da sebe smatra jedinim kapetanom potonulog broda. Najneobičnija od svih bila je pegava riba buljavih očiju, koja je stajala nepomično u vertikalnom položaju, pričvršćena ustima za staklo. Noktom kažiprsta Ružica kucnu u staklo želeći da ribu malo zaplaši. Ova na to jedva vidno mrdnu repom, i to beše sve.

— Ružica Jovadžić! — preseče je ženski glas u trenutku kada je htela da pokuša ponovo.

— Da! — skočila je kao oparena na pomen svog imena.

— Ne bojte se — sa praga joj se smešila žena okruglog ljubaznog lica. — Možete da dođete.

— Hva... hvala! — zagrcnu se Ružica suvog grla. Dok je prilazila vratima, pokušala je da zauzme opušten stav, što joj, naravno, nije uspelo. Rukama je grčevito stiskala svoju demode kožnu tašnicu. Čelo joj se orosilo znojem.

Žena joj dodirnu mišicu i tiho joj reče:

— Odgovaraj samo na pitanja.

Ohrabrena simpatijom žene, koja joj je prijateljski dodirivala ruku, uspravno je zakoračila u kancelariju. Za radnim stolom na drugom kraju prostorije sedela je žena pognute glave. Naizgled duboko zadubljena u neku knjižurinu pred sobom, nije podigla glavu čak ni kad je Ružica prišla sasvim blizu. Nije nagovestila da je uopšte i primetila njeno prisustvo. Umesto da je to obeshrabri, direktorkina izglumljena nezainteresovanost, još je više učvrstila njenu želju da se dobro pokaže. Strpljivo je čekala posmatrajući ženu preko puta sebe. Elegantan tamni komplet, bela košulja i lagani svileni šal prebačen preko ramena. Srebrnasto seda kosa bila je zaglađena unazad i skupljena u besprekornu malu punđu. Fine naočare bademastog oblika na šiljatom nosu. Diskretne, jedva vidljive minđuše i tanka zlatna burma bile su sav nakit koji je žena nosila.

— Hmm — prozborila je ona najzad uputivši joj pogled. — Dobar dan.

— Dobar dan — spremno će Ružica. Glas joj nije odavao unutrašnji nemir.

— Odakle ste, drugarice Jovadžić?

— Iz Varvarina, drugarice direktorka.

— Za sada će biti dovoljno samo ono drugarice — opomenu je žena.

Ružica se ujela za usnu.

— Poznajete li doktora Darvasa?

— Samo po čuvenju.

— Rekoste da ste iz Varvarina...

— Ja sam, u stvari, iz jednog sela nedaleko od Varvarina, Bačina se zove.

Žena se jedva primetno nasmešila.

— Hmm, znam, naravno. Moja najmlađa sestra je imala drugaricu iz Bačine. Fina jedna devojka, vaspitana. Nažalost, umrla je mlada.

Na trenutak je zaćutala, a njen pogled odlutao je negde daleko. Ali veoma brzo, na njeno lice se vratila formalna ozbiljnost.

— Ako nemate ništa protiv, postavila bih Vam par pitanja.

— Izvolite, drugarice.

— Rečeno mi je da ste se prijavili na konkurs za medicinske sestre.

— Tačno.

— I?

— Sva mesta su već unapred bila popunjena — reče jednostavno Ružica, ne želeći da ulazi u pojedinosti svog neuspeha.

— Vi ste medicinska sestra?

— Ne, drugarice, ali...

— Učiteljica, vaspitačica?...

— Ne.

— A jeste li već nekad radili s decom?

— Nisam, ali... — zastade Ružica u pola rečenice ne znajući šta da kaže.

Žena je nekoliko sekundi ćutala i samo je preko naočara posmatrala pogledom oštrim kao strela. Nekoliko sekundi, koje su Ružici trajale čitavu večnost.

— Da li ste nekad bili zaposleni? Bilo gde?

Ružici je to pitanje, postavljeno na tako direktan način, oduzelo svu nadu. Kako da objasni ovoj ženi koja traži samo konkretne činjenice da je godinama bila rob svoje maćehe, da je kćer navodnog državnog neprijatelja i da joj je to možda poslednja šansa da se izvuče iz mulja. Kojim argumentima da umili ovu hladnu osobu da joj pruži jednu, makar i najmanju priliku da dokaže da nije rođeni gubitnik...

— Dakle, drugarice? — ponovila je direktorka neumoljivo svoje pitanje.

— Nisam... — promrmljala je Ružica jedva čujno, pogleda spuštenog na svoje stare, istrošene cipele.

— Vodim ovu ustanovu već dugi niz godina i veoma sam zahtevna. Čini mi se da ste dobra devojka, ali nažalost, to nije uvek dovoljno. Ne mogu da Vas primim, žao mi je.

Ružicu su te reči, poput ledenog tuša, ostavile bez daha. Stajala je i gledala ženu pravo u oči, kao da u dubini njene zenice traži malo ljudskosti i milosti. Kao da ne želi da poveruje u ono što je jasno i glasno čula. Ali, plave direktorkine oči bile su bezizražajne. Ako je još uvek nije izbacila iz kancelarije, bilo je to samo zato što je bila lepo vaspitana.

— Izvinite — reče devojka rešena da se uhvati za poslednju slamku — kako se zvala ta drugarica Vaše sestre?

Žena je podigla obrvu, zatečena.

— Zorica. Zašto?

— Zorica Panić, zar ne?

— Da... Znali ste je?

Ružica je odmahnula glavom sa tužnim izrazom na licu.

— Umrla je pre nego što sam se rodila. To mi je tetka.

Direktorka je trepnula, a njen pogled je momentalno izgubio onu poslovnu hladnoću. Ali, Ružica se pravila da to nije primetila. Umesto da pohlepno ugrabi priliku da se ženi dodvori, učinila je nešto sasvim drugo. Zahvalila se na pažnji i krenula. Ali nije stigla ni do praga, a već je čula njen glas.

— Čekajte — reče žena znatno mekšim tonom.

Ružica je zastala i pre nego što se okrenula, u sebi se pomolila Bogu.

— Spremna sam da Vam ukažem poverenje za jedan probni period od dva meseca. Jeste li dovoljno motivisani?

— Jesam, drugarice! — uskliknu devojka, ne mogavši da sakrije oduševljenje zbog ovog srećnog obrta.

Žena se nasmešila, kao da se na taj način i nesvesno izvinjava za pređašnju hladnoću prema Ružici.

— U tom slučaju, čekajte me u ponedeljak ujutru u sedam pred kancelarijom.

Ružica je samo klimnula glavom i uzvratila joj osmeh, mada bi najradije zagrlila i izljubila tu ženu koja ju je ukazanim poverenjem svrstala u red ljudi i otvorila put ka lepšoj budućnosti.

— Imate dakle skoro tri dana da nađete neki pristojan smeštaj u gradu. Pitajte drugaricu Komarek, pomoći će Vam sigurno.

— Izvinite... koga?

— Zlatu — začula je glas iza sebe. Žena dobroćudnog lica na čije je prisustvo Ružica potpuno zaboravila, smešila se s neskrivenom radošću.

— Ova ljubazna drugarica je šef kantine. Sve što deca, a naravno i mi jedemo ovde u vrtiću, ne može ući u kuhinju dok ne prođe ispit njenih stručnih ruku i nepogrešivog nosa. Milena, povedi našu novu koleginicu u vizitu.

— Sa zadovoljstvom, drugarice direktorka.

Direktorka je bez ijedne reči ponovo spustila pogled na raskupusanu knjižurinu, nabravši ljutito obrve iz samo njoj znanih razloga.

***

— Bila si odlična! — reče joj žena prisno, dok su se ruku pod ruku penjale stepeništem.

Ružica joj čvrsto steže podlakticu u znak zahvalnosti.

— Ovde na drugom spratu su spavaone. Imamo ih pet, ali za sada koristimo samo dve zbog relativno malog broja dece.

— Zbog čega ih ima tako malo? — upitala je Ružica i sama zaključivši da za toliki vrtić tridesetak dece nije bilo ništa.

— Posleratna beda, nažalost, decu čuvaju babe i dede. Ali biće bolje, nadam se. Država nas pomaže simboličnim donacijama.

Ružica klimnu.

— Ova velika soba nam služi za priredbe, takođe tu sa decom pravimo i praznične ukrase i poklone za roditelje. Svakog tromesečja biramo najlepše likovne radove, a onda ih izlažemo dole u holu.

— Primetila sam ih — reče Ružica s osmehom.

U tom trenutku ugledaše Zlatu, koja se na prstima iskradala iz jedne od spavaona. Zatvorila je tiho vrata za sobom i pogledala ih. Nije morala ništa da pita, Ružičin širok osmeh rekao joj je sve.

— Znala sam! — reče ona prigušeno, uzdržavajući se da ne vrisne od radosti. — Hajde ovamo!

Na drugom kraju hodnika uvela ih je u jednu sasvim malu prostoriju. Milena i Ružica su sele na dve minijaturne dečje stolice. Kolena su im doticala maleni sto. Zlata je sa police dohvatila šoljice za kafu, a u bakarnu džezvicu nasula tri merice vode i spustila je na rešo.

— Zaslužile smo po jednu divku, zar ne? — reče Zlata ne skidajući osmeh s lica.

***

Ružica je sačekala kraj radnog vremena, a zatim se sa Zlatom uputila ka kući gde je devojka živela kao podstanar.

— Teta Jelena! — viknula je Zlata upavši u dnevni boravak poput furije. — Da Vas upoznam sa mojom novom koleginicom Ružicom

Jovadžić iz Bačine. Možete da joj izdate sobu do moje jer ionako zvrji prazna. Dovela sam je da se dogovorite.

Jedna stara punačka ženica heklala je udobno zavaljena u veliku fotelju. Prekinuta naglo u poslu, zagledala se u devojke, u prvom trenutku ne shvatajući o čemu Zlata priča. Videvši nepoznatu gošću, u znak gostoprimstva je pokušala da ustane, ali u žurbi njene kratke noge nisu našle uporište. Upala je nazad u fotelju. Što je više pokušavala, sve više se uvaljivala, a njene debele nožice, kojima je mlatarala u prazno, bile su jedan izuzetno komičan i simpatičan prizor. Jedino je poštovanje prema starijoj osobi sprečilo devojke da ne prasnu u smeh.

— Izvol'te cure! — zadihano će ženica. — Zlato, pomozi mi, molim te, da ustanem!

Zlata je pritrčala i posle jednog dobrog „ooo'ruk", ženica se uspravila svom svojom visinom od metar i četrdeset. Lice joj je imalo mladalački izraz, a i pored starosti, oči su joj sijale kao u deteta.

— Teta Jelena je dunula osamdesetu svećicu, ali još uvek hekla bez naočara. Nema čak ni bore — poče Zlata da zadirkuje staricu.

— Ih, Zlato! — nasmeja se ona uštinuvši je nežno za obraz, a onda sa interesovanjem pogleda Ružicu.

— Dobar dan — reče devojka ljubazno. Simpatija između njih dve je bila trenutna.

— Znači može da se useli u sobu? — upitala je Zlata s nadom.

— Pa naravno!

— Jao, hvala, teta Jelena! — kliknula je Zlata ushićeno.

— Jeste li vas dve za kafu?

— Neka, hvala, popile smo malopre.

— Ali, sigurno ste gladne — reče ženica, uporna da ih ugosti bilo čim. Kuvala sam čorbicu od praziluka i krompira, a ima i pečene piletine od juče.

I pored glasnog protesta njenog praznog stomaka, Ružica htede da odbije. Ali Zlata joj je samo namignula i rekla kao iz topa:

— Odlično, baš smo gladne!

***

Nakon što je malo počistila svoju novu sobu, Ružica je iz koferčeta izvadila par stvarčica koje je ponela sa sobom i pažljivo ih spakovala u orman. Na dnu je ugledala fioku.

— Taman za moje mnogobrojne cipele — našalila se na svoj račun, bacivši pogled na dva para starih cipela i samo jedne sandale koje su je stidljivo „gledale" iz kofera.

Naposletku je izvadila neseser i malu uramljenu fotografiju. Srećnog lica, njeni mladi roditelji su stajali jedno uz drugo, a na jednoj stoličici večito nasmejana stajala je Ružica sa kosom upletenom u kikice. Imala je pet godina. Zlata je ušla bez kucanja.

— Drži, ima sve što ti je potrebno — reče ona spustivši posteljinu na krevet. — Ćebad, čaršav, jastučnica, sve je čisto i opeglano. Treba li ti još nešto?

Pošto nije dobila odgovor, Zlata diže pogled, baš u trenutku kada je Ružica brisala suze sa obraza.

— Šta je bilo? — upitala je zabrinuto.

— Ne znam kako da ti se odužim — šmrknu Ružica. — Stvarno.

Devojka je prišla i prijateljski je uzela za ruku. Po prvi put njeno lice je bilo savršeno ozbiljno.

— Nema potrebe, nije to ništa. Meni je isto toliko bila potrebna koleginica koliko tebi posao.

— Direktorka je stroga žena, ne bi me ni primila da nije poznavala moju pokojnu tetku...

— Bitno je da si primljena, a što se tiče drugarice Rade Ilić, ona je divna žena, pravična. Prava je sreća raditi pod njenom direktivom.

— Ne sumnjam. Trudiću se da je ne razočaram.

— Ostaje ti samo da pridobiješ dečje simpatije, ali sudeći po onome što sam videla u parku, dobila sam dostojnu suparnicu. Pomalo sam i ljubomorna, da znaš...

Ružica se nasmeja. Sličnost sa njenom dragom Milkom bila je sve očiglednija.

***

Dani su prolazili i sve je bilo u najboljem redu. Ružica se u ulozi vaspitačice snalazila kao riba u vodi. Deca su je, kao što je Zlata i pretpostavila, prihvatila od prvog dana. Zahvaljujući tim malim bićima, nijedan dan nije ličio na drugi i svaki momenat je bio jedinstven. Bila im je vaspitač i učila ih mnogim stvarima, ali ma kako to čudno zvučalo, učila je i ona od njih. Spoznala je u sebi kvalitete koje nije ni slutila da poseduje, kao da su deca probudila ono najbolje u njoj. Osećaj beznađa je sada bio samo daleka uspomena. Činilo joj se da sanja neki lep san u kome se njen pređašnji život, poput barke na pučini, polako ali sigurno udaljavao i gubio na horizontu. Ali, znala je da svaki san ima kraj i da buđenje ponekad može biti brutalno. Naime, čim je stigla na posao, rečeno joj je da se u devet sati javi direktorki. „Nešto nije u redu čim me zove", pomislila je zabrinuto.

Dva beskonačna sata do sastanka bila su joj ispunjena najcrnjim mislima. Kretala se mehanički, utrnulih udova od straha. Sve u svemu, mnogo pitanja bez odgovora, te ona odluči da je ipak najbolje pričekati presudu. Tačno u devet sati pokucala je na glatka crna vrata. Činilo joj se da gleda reprizu već preživljenog trenutka. Dok je hodala prema radnom stolu, činilo joj se da su joj noge olovno teške. Direktorka je nanovo bila udubljena u staru raskupusanu knjigu, ali ovog puta je digla pogled čim je devojka stala preko puta. Skinula je naočare i pogledala je.

— Da li je sve u redu na poslu, drugarice Jovadžić?

— Jeste, drugarice direktorka, koliko znam, sve je u najboljem redu — reče Ružica odvažno. Glas joj je bio jasan i pun samopouzdanja.

— Ima li nečeg na šta biste hteli da mi skrenete pažnju?

Plave oči su je ispitivački posmatrale.

— Nema, drugarice — reče Ružica izdržavši njen pogled.

— Niste zaboravili da se Vaš probni rad navršava danas u tri sata po podne?

— Ne, naravno. Nisam zaboravila — slaga ona. U stvari, potpuno je zaboravila na to i sada kad je saznala razlog direktorkinog poziva, njena bojazan nije bila ništa manja.

— Nismo imale prilike da se vidimo u poslednje vreme, naravno, obaveštena sam o Vašem brzom prilagođavanju. Da li ste zadovoljni platom?

— Jesam.

— Onda, što se mene tiče, ne vidim razloga da ne ostanete među nama. Ako Vi takođe to želite, biće mi zadovoljstvo da Vas sutra vidim na poslu.

Ružica se napokon nasmešila, ali je zadržala ponosan stav.

— Hvala Vam na ukazanom poverenju, drugarice. Učiniću sve da ga opravdam.

— Ne sumnjam u to, Ružice.

Po prvi put, direktorka je pozvala imenom. Uputila joj je čak i ohrabrujući osmeh. Mač koji joj je neprestano bio za vratom, najzad beše vraćen u korice. Napustila je kancelariju, rešena da se dobro našali sa svojom koleginicom.

— Zlato! — pozva je Ružica ugledavši je na hodniku. Glas joj je bio tih, a ruke oklembešene pored tela, davale su joj jadan izgled. Ova joj je odmah pritrčala.

— Šta se desilo? — uzviknula je uspaničeno, upavši pravo u Ružičinu zamku.

— Bila sam kod direktorke. Moj probni rad ističe danas... — rekla je patetično spustivši se na stolicu. Glavu je zabacila unazad, a nadlanicu spustila na čelo.

— Jao, nemoj mi reći da... — drhtavim rukama takođe je zgrabila jednu stolicu i sela naspram nje. — Pa nije te valjda? A meni se baš činilo... Pa dobro, šta ti je rekla?

Ružica je teatralno uzdahnula, a onda, videvši da je postigla još jači efekat nego što je očekivala, i da je izlišno duže je mučiti, šeretski je pogledala.

— Rekla je da ćeš još dugo morati da me trpiš!

— Ako ti pre toga ne zavrnem šiju! — skoči Zlata praveći se da hoće da je zadavi. — Znaš li da nisi normalna?

— Tvoja škola, žao mi je — odgovorila je Ružica, tobož braneći se. — Ti mi takve zvrčke praviš svaki dan.

Smejale su se poput šiparica, držeći se za ruke. U tom trenutku devojci bez roditelja činilo se da je opet pronašla svoju porodicu. I da ništa, ama baš ništa, ne može pokvariti njenu sreću.

ČEŽNJA

— Mogle bismo u petak u bioskop, pa negde na večeru — reče Ružica. — Ima u centru jedan riblji restoran. Da proslavimo... Šta kažeš?

— Za restoran ti je odlična ideja, ali za bioskop, mmm... ne znam...

— Zašto?

— Pa, niko te živi ne vidi u mraku.

— A ko ima da nas gleda?

— Ko da gleda dve mlade, lepe i povrh svega slobodne devojke? — reče Zlata ljutito. — Pa bar tuce zgodnih i neoženjenih mladića. Probudi se, ženska glavo, nismo babe!

— Pa gde onda misliš da idemo?

— Ima u petak uveče igranka u Domu omladine povodom praznika rada — reče Zlata razdragano. — Dolazi orkestar sa pevačem. Plesaćemo do iznemoglosti!

Ružica podiže ruku, u nameri da obuzda toliki nalet entuzijazma.

— Čekaj, polako — reče joj nabravši čelo. — Kao prvo, ne umem da plešem...

— Svako ume da pleše! — usprotivila se Zlata, napućivši usta kao razmaženo dete.

— A kao drugo... — nastavila je Ružica — nemam ništa prikladno da obučem.

Sada Zlata podiže ruku poput saobraćajca.

— Nije tačno! — reče ozbiljno. — Imaš ti par lepih stvari. Jedino što ti fali su elegantne cipele sa srednjom štiklom, i to je sve...

Ružica se zamislila. Očeva smrt i sva ona muka koja je usledila nakon rata učinili su da zaboravi da je u međuvremenu postala lepa mlada žena. Bilo je vreme da počne tako i da se ponaša.

— Znaš šta... — reče naposletku. — Prošetaćemo posle do „Borova". Pomoći ćeš mi da izaberem neke lepe cipele...

Radna nedelja je prilično brzo prošla, ali i pored toga, Ružica je uhvatila samu sebe da nestrpljivo broji dane, željno iščekujući igranku. Ali, u petak nakon radnog vremena njen entuzijazam je polako počeo da opada. Za vreme večere u ribljem restoranu stomak joj je bio vezan u čvor. Jedine zabave kojima je ikada prisustvovala bile su seoske svetkovine i, naravno, vašari. Bojala se da će gradska mladež u njoj prepoznati devojku sa sela i da će svima biti smešna. Drugim rečima, nije joj se više išlo, i da je odluka ležala samo na njoj, sasvim sigurno bi se nakon večere vratila kući. Čeprkala je po tanjiru, boreći se sa pastrmkicom kao da je šaran od dva kila. Da joj stvar učini još težom, Zlata je doslovno progutala svoju pastrmku na žaru i nestrpljivo cupkala pod stolom, pevušeći melodiju neke popularne pesme. Drugim rečima, požurivala je svoju prijateljicu delikatnošću dželata koji je svoju žrtvu vodio na stratište.

Na ulasku u Dom omladine dobile su po ružu. Muzika je uveliko treštala, a oni najslobodniji već su se uvijali u ritmu neke pesme čije su reči izgleda znali svi, osim Ružice.

— I tako uplašena divno izgledaš... — reče Zlata uputivši joj sestrinski pogled.

Već sledećeg trenutka, tutnula joj je svoju ružu u ruke i ostavila samu, otrčavši u pravcu gungule koja je igrala. Nije lagala govoreći da obožava da pleše. Ružica je posle trećeg prestala da broji kavaljere koje je njena drugarica neumorno menjala. S vremena na vreme pojavljivala bi se njena raščupana glavica iz gomile i namigivala joj je poput nekog prevejanog mangupa.

Ne želeći da sebi upropasti veče žuljevima, čekala je strpljivo da orkestar zasvira neke laganije melodije. Krišom je bacila pogled na svoje nove novcate, nerazgažene cipele. Bila je prilično zadovoljna sopstvenom pojavom večeras. Suknja od tergala stegnuta tankim kaišem oko vižljastog struka, džemperić od konca nežno roze boje, kožna tašnica na podlaktici davali su joj utisak da se ničim ne razlikuje od ostalih devojaka u sali. Da je samo malo bolje pogledala oko sebe, verovatno bi primetila da su svi pogledi, zadivljeni muški a zavidni ženski, okrenuti ka njoj. A da je kojim slučajem umela da čita tuđe misli, evo šta bi čula: „Ko je ona devojka lepa kao vila?"

Da je mogla to da čuje, verovatno bi se bolje pogledala u ogledalo i shvatila da je tokom onih mučnih godina od očeve pogibije izrasla u pravu lepoticu. I da je njena lepota sijala sve jače kako je razdaljina između zle maćehe i nje bivala veća. Kod nje je sve bilo u savršenom skladu, ako savršenstvo uopšte postoji. Vitka silueta, blage ženstvene obline, baršunasti ten, sjaj njene duge smeđe kose, usne nežnih kontura i oči boje meda, razlikovali su je od drugih devojaka. Posedovala je onu pravu, retku lepotu, a njeni maniri, iako toga nije bila svesna, niti se trudila, bili su maniri prave dame.

— Nećeš valjda celo veče da prestojiš tu? — upita je Zlata isprekidanog daha od igre, sklanjajući šiške s oznojenog čela.

Ružica je slegla ramenima i praveći grimasu, diskretno pokazala na svoje nove cipele.

— Možda kada krenu sa nečim sporijim... — pravdala se drugarici.

— Uglavnom, kavaljera ti sigurno neće faliti. Pogledaj samo onu petoricu kako se vrpolje. Umiru od želje da ti priđu.

— Ma hajde, Zlato, ne izmišljaj! Da je tako, već bi mi neko prišao.

— Pa naravno da ti niko ne prilazi. Izgledaš kao da si krenula kući!

— Što? — začudila se Ružica.

— Otarasi se te ruže već jednom i raskomoti se, devojko!

Trenutak kasnije njena koleginica je već plesala sa nekim nespretnim mladićem. Ružica se osetila postiđenom. Bila je uistinu jedina koja je još uvek u ruci stezala poklonjenu ružu na ulazu u Dom kulture. Na neki način je zavidela Zlati na takvoj opuštenosti. Pretpostavljala je da mladići vole neposredne devojke i poželela da i ona može neobavezno da skakuće a da je ne zanima ko će šta da pomisli i kaže. Ali jednostavno, ona to nije mogla. Sebe nije smatrala stidljivom i rezervisanom osobom. Imala je dosta drugova u ranoj mladosti, pa čak i poneku simpatiju. Ali, te platonske ljubavi nikada nisu prerasle u nešto više od drugarstva.

Ne, Ružica nikada nije bila zaljubljena. Čak ni najmanje. Jer da jeste, bila bi bar iole spremna na ono što joj se dogodilo kada je usmerila pogled ka ulaznim vratima. Kad ga je ugledala, imala je utisak da ju je pogodio grom. Stajao je sasvim sâm, kao i ona, usred mase koja se zabavljala. Odeven u košulju s kravatom, sako je nosio nonšalantno prebačen preko ruke. U drugoj je držao mali četvrtast kofer. Pogledom je šarao po sali, očigledno tražeći nekog. Ružica se ponadala da nije u pitanju neka devojka. Neki totalno nepoznat osećaj počeo je da joj prožima telo, kao neka nevidljiva ruka koja joj steže utrobu. Na njeno ogromno olakšanje, prišao mu je neki muškarac i njih dvojica su se srdačno pozdravila. Nekako u istom trenutku i orkestar prestade da divlja, a prvi akordi neke nežne melodije pomilovaše je po duši. Najednom, svet oko nje prestade da postoji. Činilo joj se da se nalazi u uskom, mračnom tunelu ispunjenom nežnim zvucima gitare. Na drugom kraju tunela, obasjan misterioznim oreolom, nalazio se on. Bio je visok i tanak, ali snažan. Crne, sjajne, pomalo razbarušene kose i visokog čela, koje je otkrivalo inteligentnog čoveka. Na skladnom licu žarila su se dva tamna, duboko usađena oka. Kada je ugledala njegov osmeh, kolena su joj prosto zaklecala. U tom trenutku Ružica je shvatila da se zaljubila prvi put u životu.

Ljudi obično kažu da svaka magija kratko traje. Njena je bila prekinuta tako što je jedan golobradi mladić stao ispred nje i zaklonivši joj pogled, vratio u realnost.

— Dru... drugarice — mucao je spuštenog pogleda — mogu li da Vas zamolim za ples?

U prvom trenutku iznenađena, Ružica ga je ljutito odmerila. Imao je na raspolaganju celo veče, a prišao joj je baš sad da je iz raja vrati na zemlju. Htela je da mu grubo odbrusi, ali kada je malo bolje osmotrila mladića, beše joj žao. Stajao je pred njom kršeći ruke i jedva se usuđivao da je pogleda u oči. Po svoj prilici, celo veče je skupljao hrabrost za taj korak.

— Stvarno mi je žao — reče ona udelivši mu učtiv osmeh. — Pre neki dan sam uganula nogu i ne bih smela... Možda neki drugi put?

Mladić promrmlja nešto što je ličilo na „hvala” i udalji se nesigurnim korakom, ušiju crvenih kao krv. Na drugom kraju sale, četiri druga su mu se podsmevala bodući se laktovima. Bilo im je tako lakše da zaborave da je jedino on imao petlju da priđe najlepšoj devojci na igranci.

Ružica je pogledom potražila misterioznog muškarca. Želela je da ponovo utone u ono magično stanje, ali njega više nije bilo na istom mestu. Nakon deset minuta grozničavog traženja pogledom, morala je da se pomiri sa poražavajućom činjenicom. Lepi neznanac beše nestao bez traga. Razočarana, ne, bolje reći očajna, želela je samo da što pre ode odatle.

Vraćajući se kući, Zlata nije prestajala da brblja. Iznosila je oduševljeno svoje utiske. Ružica se pravila da je sluša, ali dok je učtivo klimala glavom, njene misli su bile ispunjene samo njim. Još dugo u noći ležala je na leđima i sanjala otvorenih očiju. Nalazila se u tamnom tunelu, na čijoj je drugoj strani, poput ulaza u raj, sijalo njegovo anđeosko lice.

Prošlo je od tada tri nedelje. Ružica za to vreme nigde nije videla čoveka sa igranke, a pomisao da ga nikada više neće ni videti, morila je danonoćno. Svakodnevne obaveze su koliko-toliko ublažavale njenu patnju, međutim, noću je dugo uzdisala pre nego što bi utonula u san.

Tih dana atmosfera u vrtiću je prosto ključala. Devojke su imale još samo dva dana da pripreme dečju predstavu. Rođendan predsednika Tita bio je veoma važan događaj za celu Jugoslaviju. Škole su izgarale trudeći se da naprave najlepšu i najoriginalniju predstavu u slavu voljenog maršala. Pobediti u bilo kojoj disciplini bila je stvar prestiža. Pevalo se u horu i recitovalo, a folklorni ansambli su svojim umećem i narodnim nošnjama prosto plenili.

Titovi pioniri su svi, bez izuzetka, bili identično odeveni. Pantalone ili suknjice indigo boje, bele košulje i crvena marama oko vrata. I, naravno, neizostavna plava šajkačica sa crvenom petokrakom, iz milošte nazvana titovka.

Vrtić je na gradskoj priredbi učestvovao prvi put i nije spadao u klasu takmičara, što ni najmanje nije umanjilo Zlatin i Ružičin stres. To se na kraju i osetilo, i to na najgori mogući način. Zlata je vikala na decu, Ružicu je bolela glava, dok su mališani izgubili svako interesovanje za program. Zaboravljali su koreografiju i reči, čak je nekolicina bila na ivici plača.

— Ovo je katastrofa! — očajavala je Zlata. — Ako sa ovim izađemo pred publiku, možemo da se obesimo o prvu krivu vrbu!

— Imaju samo pet godina — branila ih je Ružica.

— Ali sećaš li se kako su u početku napredovali? Za tri dana su sve naučili, a pogledaj sad! Stvarno mi nije jasno šta im je.

Zlata je drhtavim rukama namestila kosu. Svaka crta na inače nasmejanom licu joj je bila u grču, odražavajući unutrašnji nemir.

— Meni je jasno... — uzvratila je Ružica potapšavši je prijateljski po ramenu. — Njihove glavice su prezasićene i ništa ne pomaže što vičeš na njih.

— Ružice, shvataš li da je priredba prekosutra?

— Veruj mi! Idi kaži direktorki da izlazimo.

— Gde izlazimo?

— Idemo u park da se igramo! — namignu joj Ružica.

Ružica je imala pravo. Deci je bilo daleko prijatnije u prirodi na suncu, nego između četiri zida. Bio je to jedan od onih dana zbog kojeg se voli proleće. Dečaci su trčali za loptom kličući radosno. Devojčice su velikim lastišom igrale neku igru, čija pravila i pored najbolje volje, Ružica nikako nije u potpunosti shvatala. Na njeno ogromno zadovoljstvo, dajući ritam svom grivacioznom skakutanju, pevušile su navodno zaboravljene stihove. Savršeno su znale i reči i melodiju, i svakim taktom vraćale osmeh na Zlatino lice. Ružica sede na klupu zabacivši glavu unazad. Glavobolja je polako jenjavala a u njene misli ponovo uplovi neznanac u svoj svojoj lepoti. Udahnula je duboko, želeći da se prepusti sanjarenju kad je prenu prštanje šljunka i odmah zatim dečji plač.

Jedan debeljuškasti dečak iz njihovog vrtića ležao je opružen na stazi između dva travnjaka. Držao se za koleno i drao iz sveg grla. Pre nego što su Zlata ili ona stigle da reaguju, jedan prolaznik je prišao dečaku i podigao ga. U trenutku kada su pritrčale, čovek je, okrenut leđima, nadlanicom nežno brisao uplakano buckasto lice. Dok se Zlata zabrinuto naginjala nad detetom, okrenuo se prema Ružici.

— Ne brinite, samo se malo ugruvao — reče sa širokim osmehom.

Ona je kruto stajala, kao stub zaboden u zemlju, nesposobna da progovori. Kao da je u momentu kada je susrela njegov pogled progutala jezik. Čovek koji je već tri nedelje živeo u njenoj svesti bio je tu pred njom, glavom i bradom. Piljila je u njega, neodlučna da li da mu uzvrati osmeh ili da padne u nesvest. Ćutali su tako nekoliko beskrajnih sekundi netremice se gledajući. Ružica od one famozne igranke nijednom rečju nije pomenula neznanca, a još manje osećanja koja su je danonoćno mučila. Ipak, samo jedan pogled na njih je Zlati bio dovoljan da shvati da je suvišna.

— Idem ja da pripazim na decu, opet mi se tamo nešto gurkaju — reče ona našavši razlog da se udalji.

Čovek učtivo klimnu glavom. Trenutak kasnije sva njegova pažnja je nanovo bila usmerena na Ružicu. Udahnuo je duboko da bi prikrio svoje uzbuđenje. Prosto nije mogao da veruje da je opet sreo onu lepoticu sa igranke. Došao je sasvim neplanirano i dok je tražio kolegu od kog je trebalo da uzme ključ službene garsonjere, pogled mu je pao na nju. Stajala je sama, prelepa i posebna, kao orhideja među divljim cvećem. Ali, na njegovo veliko razočaranje, već sledećeg trenutka prišao joj je neki mladić zaklonivši je, a on je morao hitno da ode. Na brzinu je pogledao garsonjeru, ostavio stvari i pozdravio se s kolegom, a onda trčećim korakom vratio na igranku. Naravno, devojke tamo više nije bilo. S obzirom na to da nikog nije poznavao, nije mogao ni da se raspita o njoj. A posle toliko dana, kada je već izgubio svaku nadu da će je ikad ponovo sresti, stajala je pred njim, lepa kao san. Shvativši da već pun minut ćute, trepnuo je kao da se budi iz sna i pružio joj ruku.

— Oprostite, drugarice — reče on, trudeći se da prikrije nelagodu i uzbuđenje u svom glasu. — Dozvolite da se predstavim. Mirko Petrov.

Njena obamrla ruka se nekako našla u njegovoj. Dlan mu je bio nežan i topao, a iako je dodir trajao duže nego što je to pristojnost nalagala, poželela je da traje večno. Nikada ranije nije doživela da neko ostavi tako jak utisak na nju. Grlo joj se stezalo i sušilo, a noge postajale sve teže i teže. A onda je začula sopstven glas.

— Ružica. Ružica Jovadžić.

— Drago mi je što sam Vas upoznao... Ružice Jovadžić — reče on pustivši joj najzad ruku.

— Takođe — odgovorila je Ružica i odmah se pokajala jer joj se sopstveni glas učinio kreštavim.

— Možda grešim, ali čini mi se da sam Vas primetio na prvomajskoj igranci u Domu kulture. Bili ste tamo, zar ne?

— Jesam, ali se ne sećam da sam Vas videla — slaga ona što je mirnije mogla, iako joj je srce zalupalo poput čekića.

— Ostao sam vrlo kratko, a štaviše, razgovarali ste s nekim mladićem.

„Joooj, i to je primetio!", pomislila je uspaničeno. Ipak, nasmešila se na njegovu opasku.

— Veče Vam se, znači, nije dopalo čim ste tako brzo otišli.

— Ne, naprotiv. Došao sam samo da se nađem s kolegom. Naime, samo što sam stigao s puta, a on mi je ustupio svoju službenu garsonjeru.

Ružica je bila začuđena sa kojom lakoćom vodi konverzaciju i pored čvora u stomaku i nogu teških poput olova. Naravno, postojao je stres zbog toga što se tako najednom našla pred čovekom koga je noćima sanjala budna. Ali, istovremeno, imala je utisak da je najzad pronašla prijatelja koga je davno izgubila iz vida. Taj čovek, od koga su joj se žarili obrazi i klecala kolena, ulivao joj je poverenje i samopouzdanje.

— Odakle ste stigli? — usudila se da pita.

— Iz Beograda. Često putujem zbog posla, a sada sam u Kruševcu na neko duže vreme.

Devojci je srce u grudima poskočilo od radosti.

— Pa gde iz prelepog Beograda dođoste u Kruševac?

Mirko se nasmejao.

— Zašto? Kruševac je lep grad. Uostalom, ja sam rodom iz Svetozareva i pravo da Vam kažem, da nije posla, ne verujem da bih voleo da živim u Beogradu.

„Kako je skroman", pomislila je ona oduševljeno.

— Čime se bavite, ako nije tajna.

— Paaa, u neku ruku, bavim se politikom.

— Političar ste? — začuđeno će Ružica.

— Politički savetnik i koordinator — ispravi je on. — Primam direktive iz Beograda i putujem po Jugoslaviji pokušavajući da na najbolji način to primenim na terenu. Regionalnim vlastima pomažem da centralnu politiku što efikasnije primene u svojim opštinama i srezovima. A Vi?

— Radim u vrtiću — reče ona pokazavši na decu koja su razdragano trčkarala po travnjaku.

— Pa da, naravno! — uzviknu on lupivši se po čelu. — Pitam gluposti.

Ružica se iskreno nasmejala njegovoj nespretnosti. Činilo joj se da nije bila srećnija još od vremena kada joj je otac bio živ. Ali, kada je Mirko pogledao na sat i začuđeno podigao obrve, znala je da je smehu došao kraj.

— Zovu me obaveze, nažalost — reče kao da se pravda.

Ružica je samo slegla ramenima. Razočaranje joj je svezalo jezik jače nego strah u početku. Između njih dvoje, poput magle, spustila se neprijatna tišina.

— Pa dobro... — reče on naposletku pruživši joj ruku. — Nadam se da ćemo se nekad ponovo sresti.

— I ja takođe... — promrmljala je tiho.

Neko vreme, kao da nešto iščekuje, on nesvesno zadrža njenu ruku u svojoj. Ali taj nestvarni tren nabijen neizvesnošću je prošao prebrzo. Već sledećeg trenutka pustio joj je ruku i okrenuo se. Kada je shvatila da odlazi, uhvatila je panika. Kroz glavu su joj prošle sve one besane noći kada je mislila da ga više nikada neće sresti. Nije želela ni mogla da opet prođe kroz to. Gledala je nemo za njim i činilo joj se da svaki njegov korak ima sedam milja, toliko je brzo odlazio iz njenog života. U glavi joj je zvonilo.

— Mirko! — viknula je, ne mareći sve te poglede koji su istog trenutka pali na nju. Bio joj je važan samo jedan pogled. Njegov.

On se naglo okrenuo, verovatno mnogo brže nego što je želeo. Shvatila je da se nalazi na samo desetak metara od nje, a ne miljama daleko.

— Izvolite, Ružice — rekao je sa primetnom nadom u glasu.

— Dajemo priredbu 25. maja u pozorišnoj sali. Ulaz je besplatan, pa ako nemate ništa drugo u planu, pozvani ste...

— Biće mi pravo zadovoljstvo. Kada počinje?

— U šest uveče.

— Biću tamo, Ružice! — reče, mahnuvši joj u znak pozdrava. Već sledećeg trenutka je pogledao na sat i prosto otrčao.

— I ja ću... Mirko — reče ona tiho, nežnim šapatom izgovarajući njegovo ime.

***

Dvadeset petog maja u 18 časova svetla u pozorištu su se pogasila. Posle par taktova, dva mala reflektora su osvetlila binu a zavesa se otvorila. Dečji glasići hora Pčelice, istoimenog vrtića, zapevali su *Pioniri maleni*, otvorivši time priredbu. Ružica i Zlata su se s mešavinom ponosa i treme vrpoljile iza kulisa, dok je direktorka Rada Ilić, među publikom u mraku brisala suze. Gvireći povremeno iza zavese, Ružica je bezuspešno pokušavala da u tami prepozna njegovu siluetu.

„A šta ako ne bude tu kada se svetla upale?", pomislila je uplašeno.

Ostatak predstave je tek delimično otpratila. Morile su je crne slutnje. Ipak, bile su prošarane bledom nadom da je ipak našao vremena i volje da dođe. Nakon što je žiri pročitao imena pobedničkih horova i folklornih ansambala, izvele su mališane na binu. Zatvorili su priredbu pesmom *Hej Sloveni*. Ljudi su spontano ustali, pozdravljajući i sami pevušeći stihove voljene im himne. Nakon poslednjeg takta, u dvorani se zaorio gromoglasan aplauz. Svetla su blesnula a njoj je srce poskočilo od radosti. Stajao je u publici lep kao Bog tapšući jače i glasnije od ostalih. A njegove crne sjajne oči, taj dubok pogled, činilo joj se, bio je upućen samo njoj.

— Stvarno Vam se svidelo? — upitala ga je dok su se nešto kasnije šetali trotoarom.

— Veoma! — reče on iskreno. — Pravo je čudo kako ste uspeli da ih naučite da tako lepo pevaju i igraju. Koliko im je? Četiri, pet godina.

U tom prijatnom ćaskanju, stigoše u centar grada. Veče je bilo prijatno, obećavajući toplo leto. Grad je vrveo od ljudi. Porodice su izašle u šetnju, deca radosno trčala tamo-vamo, dok su sa klupa sve to posmatrali starci, mnogi od njih sa štapom u ruci. Mladići u grupicama njihali su ramenima malo razmaknutih ruku, verovatno želeći da izgledaju šire i jače nego što su to uistinu bili. Pogledima punim mladalačke vatre posmatrali su gužvu, tražeći svako neku svoju izabranicu. Mlađane devojke, praćene majkama, a neretko i tetkama (da bi se, pobogu, čuvalo devojačko poštenje), išle su nogu pred nogu i gledale isključivo ispred sebe, ozbiljne i smerne. Čak i u posleratno vreme starije žene su bile stroge i nepopustljive kada su u pitanju bila njihova ženska čeljad pristigla za udaju. Nisu se libile da nasred korzoa počupaju i oteraju kući ćerku koja bi se usudila da samo uzvrati pogled nekom bezobraznom mladiću. Svaka devojka je, naravno, imala nekog za kim joj je srce čeznulo, ali taj obično nije bio po ukusu tetaka i majki. Da bi bar jednom susrele njegov pogled, dovijale su se na razne načine, a najomiljeniji im je bio „kibicovanje preko izloga". Naime, većina radnji je uz izlog imala i veliko ogledalo, tako da dok su se pravile da gledaju cipele i haljine, u stvari su gledale „njega".

Ulični prodavci grickalica i slatkiša nadvikivali su se poput petlova u zoru.

— Eeeera katrandžija, simidžija! — vikao je jedan od njih užičkim naglaskom. — Simiti vrući, zagoreli, još malo pa nestaloooo!

— Klakeri, sode, limunadeeee! — vikao je drugi.

Najviše novca iz roditeljskih džepova ipak je izvlačio prodavac kokica. On je ćutao kao zaliven, ali su pucketanje i miris koji se širio iz njegovog vrelog lonca, nepogrešivo privlačili klince.

Grad je odisao željom da stečenu slobodu udiše punim plućima, a da bolne uspomene na okupaciju što pre izbriše iz sećanja.

— Ne tako davno mislio sam da više nikada neću videti ovu idilu na ulicama naših gradova.

— Dosta smo svi propatili — klimnu Ružica glavom, pogledavši ga. — Jeste li učestvovali u borbama?

— Od prvog dana. Pridružio sam se partizanima zajedno sa starijom sestrom koja je slučajno nosila isto ime kao Vi.

Dok je izgovarao poslednje reči, glas mu je jedva primetno zadrhtao.

— Nosila? — reče ona skupivši obrve upitno.

— Da... Zarobljena je, nažalost, već na samom početku u nekoj diverzantskoj akciji.

— I?

— Nemci su je streljali na Banjici, posle tri dana ispitivanja. Priča se da je na kraju bila neprepoznatljiva od batina, ali da nije odala nijednog druga.

— Izvini, Mirko — reče devojka spustivši mu ruku na podlakticu. — Nije trebalo da pitam.

— Ne brini, moja sestra zaslužuje da je pominjem. Umrla je kao heroj, a naša ulica u Svetozarevu danas nosi njeno ime.

— Živiš dakle u Svetozarevu?

— Ne — nasmešio se Mirko. — Često sam tamo na sastancima Centralnog komiteta, ali ne živim tamo. Ja u stvari i ne znam gde živim. Evo, recimo, sada sam stacioniran ovde, u Kruševcu.

— Sviđa ti se posao? — upitala je, primetivši sa zadovoljstvom da su nesvesno prešli na ti.

— Veoma! Imam utisak da doprinosim pravim promenama i poboljšanjima u našoj zemlji.

— Dođe mi da se sakrijem od sramote — reče ona pokrivši lice rukama. — Ti se baviš državom, a ja sam samo jedna obična vaspitačica.

Zastao je i pogledao je sa ozbiljnim izrazom na licu.

— Nemoj tako da govoriš, Ružice. Tvoj učinak kao vaspitačice je nemerljiv. Zar ne učiš decu da vole i poštuju roditelje i otadžbinu? Ti si temelj njihovog obrazovanja, a to je jedna ogromna odgovornost.

Ružica se dobro zamislila. Još nikada nije posmatrala stvari iz tog ugla. Jedna jedina njegova rečenica je od nje stvarala važnu osobu i to joj je jako prijalo.

— Baš mi se pije limunada! — uzviknuo je iznenada.

— I meni.

— Dođi! — reče on pruživši joj ruku. Ružica ju je prihvatila kao da je to najprirodnija stvar na svetu. Cele večeri, a veče je dugo trajalo, njihove ruke više se nisu ni razdvajale.

Po prvi put u životu, Ružica je saznala šta znači voleti. Kao svaka zaljubljena žena, verovala je da je njena ljubav jedinstvena i najlepša na svetu. Sve je počelo na terasi restorana, dok su, držeći se za ruke, jedno drugo pili očima. Ne mogavši da skine pogled sa lepog muževnog lica, primetila je na njegovom desnom obrazu mladež, u najmanju ruku neobičnog oblika. Neverovatno je podsećao na srce, kakvim ga obično predstavljaju ilustratori u dečjim knjigama, s tom razlikom što nije bilo crveno nego mrko.

„Ovo kao da je božji znak!", pomislila je.

Nešto kasnije, pred kapijom teta Jelenine kuće, pomilovao je po kosi i spustio poljubac na njene usne, vrele i uzdrhtale. Bez mnogo suvišnih reči, brzo se oprostio i nestao u noći, a ona se kada je ostala sama, pitala nije li to bio samo predivan san. Sutradan, kada se vraćala s posla, ugledala ga je na uglu dvorišta sa grančicom jorgovana u ruci.

— Ako se zanemari činjenica da si ga negde bez pitanja otkinuo, prelepo miriše — zadirkivala ga je, suzbijajući želju da mu se baci oko vrata.

I tako je, lagano i spontano, otpočela njihova veza. Mirko je prema njoj bio veoma pažljiv, pa iako prilično zauzet poslom, posvećivao joj je svaki slobodan trenutak. Ona mu se bez ikakvog straha prepuštala, jer činilo se da pogađa svaku njenu misao i želju. S druge strane, on to poverenje nije koristio, i nijednim gestom nije učinio da se Ružica oseti neprijatno. Kao i svaka normalna devojka, i ona je volela iznenađenja. Jednom je to bio buket cveća, drugi put pozorište, sledeći put neka obična sitnica, ali napravljena u pravom trenutku, na pravi način. Najprijatnije iznenađenje, ipak, bilo je kada je poveo na piknik u prirodu van grada. Za tu priliku pozajmio je od nekog dva bicikla i malu pletenu kotaricu. Pored sendviča i limunade, koje je napravio sasvim sâm, bilo je u njoj i nekoliko jabuka i šljiva i nekoliko vrsta kolača kupljenih u poslastičarnici. Ružica je lebdela na oblaku sreće dok je srce gušilo od ljubavi. Glave položene na jake grudi, slušala je ravnomerne otkucaje njegovog srca poželevši da zauvek kuca samo za njom. Činilo joj se da čak i ptice pevaju odu ljubavi. Sasvim lagano, prepustila se njegovim poljupcima i milovanju. Toga dana, u hladu ogromne bele trešnje, Ružica je postala žena.

***

Osećala se kao Pepeljuga koja je pronašla svog princa nakon dugih godina beznađa, nepravde i sramote. Barka prepuna gorke prošlosti napokon je nestala na pučini, a ona sama uplovila u mirnu luku zvanu ljubav. S vremena na vreme, otprilike dvaput mesečno, Mirko je odlazio u Beograd. Nikada ga nije ispitivala o poslu, zadovoljavajući se onim što je sâm hteo da joj kaže. Ipak, neretko joj je pričao o ratu i borbama, kao i drugarstvu koje je vladalo tih godina ispunjenih glađu, vaškama i smrću. Njegov patriotski žar ju je ispunjavao ponosom, kao nekada kada je slušala o podvizima svog oca. Iako je Mirko za vreme rata bio partizan, a njenog oca streljali upravo partizani, ljubav je činila da zaboravi na tu činjenicu. Svi drugi su mogli biti krivi za njegovu smrt, ali ne i Mirko. Poput njenog oca, bio je pravi patriota. Bio je njen heroj. Ne jednom pogledala bi u nebo zahvaljujući Bogu što ga je sačuvao od smrti. Sačuvao, da bi jednog dana ona mogla da mu podari svoju ljubav i život.

Nakon tri dana odsustva ugledala ga je ispred vrtića sa neizbežnim buketićem cveća u ruci. Njegov čarobni osmeh činio je da sve brige i strahovi momentalno nestanu. Nekolicina zakasnelih roditelja su sa decom silazili stepeništem, a Ružica je na njima osećala njihove poglede.

— Izvini — šapnula je dok mu je na obraz spuštala lagan poljubac.

— Ne brini — nasmešio se Mirko, okrznuvši pogledom radoznale posmatrače.

Nešto kasnije te večeri devojka je na njegovom ramenu prela poput mačeta, dok je on nežno provlačio prste kroz njenu gustu, razbarušenu kosu. Gledala ga je razdragano, a strast u njenim očima lagano je ustupala mesto spokoju. Iznenada, nadneo se nad nju i spustio joj poljubac prvo na jedno, a zatim na drugo oko. Došlo joj je da prasne u smeh, ali je zastala ugledavši njegov ozbiljan izraz lica.

— Ružice... Toliko mi pružaš — rekao je sa uzdahom.

— I ti meni, Mirko...

— Kada sam sa tobom, osećam se tako bitnim. Tako vrednim.

— Ti i jesi bitan i najvredniji, jer ja... ja te volim.

— Je li to istina? Zar me stvarno toliko voliš? — upitao je ozarenog lica.

— Dala bih život za tebe, Mirko! — reče ona pod naletom emocija. — Ne zaboravi to nikada.

Mirko je zavrteo glavom sa loše izglumljenom brigom na licu.

— Šta sad ja da kažem na tako krupnu izjavu...

— Bolje ne reci ništa. Samo me još jednom poljubi u oko.

— Uh, jeftino sam prošao.

Oboje prasnuše u smeh na njegovu šaljivu opasku. U tom trenutku verovala je da je više ne može dotaći nikakva nesreća. Njegove grudi, njegov čvrst zagrljaj, izgledali su joj kao tvrđava otporna na sve. Uzvraćena ljubav ju je činila nepobedivom, tako joj se bar činilo.

SLUTNJA

Kada je ostala sama sa sobom, tišina njene podstanarske sobe spustila ju je sa oblaka na zemlju. Shvatila je da je put do sreće dug i još uvek neizvestan. Osećala je Mirkovu ljubav, to da... i strast. Ali, za razliku od nje, koja je o njemu znala gotovo sve i ipak odlučila da ga zavoli, on o njoj nije znao skoro ništa. Morala je da se ispovedi, da mu ispriča sve o svom životu i poreklu. Nikada nikom, čak ni Milki, nije u potpunosti otvorila svoje srce. Nije mogla ići napred ako to najzad ne izbaci iz sebe. Prećutana istina je isto što i laž, a lagati osobi koju voliš više od života, bio je za nju neoprostiv greh. Donela je odluku da mu već sutradan ispriča sve. Da iz njenih usta čuje istinitu priču o Komandantu Petru, čoveku i ocu kakav je bio, a ne ratniku i tobož izdajniku, kakvim su ga neki predstavili.

— Nikad mi nisi pričao o svom ocu — rekla je naizgled neobavezno dok je češljala kosu. U odrazu ogledala je susrela njegov isprva začuđeni pogled. A onda se nasmešio odmahnuvši rukom, kao da od sebe tera dosadnog komarca.

— Šta da ti kažem? — poče on oklevajući. — Između mog oca i mene vlada jedno ogromno nerazumevanje. Gotovo netrpeljivost. I oduvek je bilo tako, nažalost.

— Zašto?

— Pre izbijanja Drugog svetskog rata, otac je pripadao buržoaskoj klasi, kao i moj deda i pradeda pre njega. Klasi kojoj su samo društveni poredak i materijalni prosperitet bili bitni. Ja sam imao neke druge ideale...

— Razumem... — klimnu Ružica. — I?

— Poslao me je u Beč, na jedan prestižni univerzitet — nastavio je Mirko. — Žarko je želeo da mu sin nastavi trgovačku tradiciju, ali na jednom znatno višem nivou. Međutim, gorko sam ga razočarao.

— Nisi želeo da studiraš trgovinu?

— Ma, završio sam ja tu njegovu školu. Ali, dok sam boravio tamo, sticajem okolnosti sam počeo da se družim sa mladićima koji su delili moja načela o socijalnom poretku i podeli dobara. Priključio sam se tajno ilegalnoj Komunističkoj partiji upravo kad je Hitler pripojio Austriju Nemačkoj. Posle par meseci sam završio studije i vratio se u domovinu.

— Otac je saznao da si komunista?

— Da, nakon mog povratka iz Beča. Bio sam diplomirani trgovac, ali umesto da sledim njegov veliki san, rešio sam da sledim svoj. Ja, sin bogataša, postao sam komunista.

— Mogu da zamislim da je to veoma teško podneo — zaključila je Ružica.

— I te kako. Ali, kap koja je prelila čašu bilo je to što je mojom zaslugom ili krivicom, komunistom postala i moja starija sestra Ružica. Sumnjam da je ona na to gledala kroz ideale, kao što sam ja. Za nju je to bila idealna prilika da radi nešto zabranjeno, volela je rizik. Bila je ponekad nepromišljeno hrabra. Otac je vršio pritisak na mene da je urazumim...

— Pa šta si ti mogao? Bila je odrasla.

— Nisam mogao, iako sam pokušavao — uzdahnuo je Mirko. — Čim bih joj spomenuo robiju ili životnu opasnost, umesto da se uplaši, oči bi joj zasijale kao da u njima gori vatra. Rešio sam da ne insistiram, misleći da će je brzo proći, kao i sve do tada.

— Nije je prošlo?

— Ne, naprotiv. Hitler je sve više divljao po Evropi i, kao što znaš, jednog dana, napao je i Jugoslaviju. Otišli smo zajedno u partizane. Ja sam se vratio živ, a moja sestra nije dočekala ni prvu zimu. Uhvaćena je i mučena, nekoliko dana je na Terazijama javno pokazivana vezana za stub kao najveći kriminalac i bandit. Posle su je streljali.

— Strašno... stvarno strašno... Ali, nisi ti kriv zbog toga, Mirko.

— Po mišljenju mog oca, bio sam odgovoran za njenu smrt. Ko zna, možda je i bio u pravu...

— Nemoj sebe da optužuješ, Mirko. Svesno je rizikovala, nije bila dete.

— Bila je njegovo dete... — reče on setno.

— I ti si njegovo dete. Zar ne?

Mirko se nasmešio, ali njegov pogled je govorio da mu prisećanje na te dane pada teže nego što je želeo da prizna.

— Zbog toga je znači puklo među vama?

— Puklo je kada su nam nacionalizovali dve trećine celokupne imovine, a ja sam i pored toga ostao veran Partiji. Već pet godina nemamo nikakvog kontakta.

— Jesi li bar pokušao da progutaš ponos i pozoveš ga? Ili možda, ako ti je tako lakše, napišeš mu pismo.

— Nema svrhe, veruj mi — odmahnu on rukom. — Ne poznaješ ti gosn Milana Petrova...

— Imaš li još rodbine?

— Imam mlađu sestru, ista je mama — reče on sa nežnim prizvukom u glasu. — Udala se nedavno i živi u Beogradu.

— Zašto je ne zamoliš da popriča sa ocem? — beše ona uporna.

— Već je pokušala — nasmešio se kiselo. — Biće da me je „gospodin" zaista izbrisao iz svog života.

Ružica zavrte glavom u znak negodovanja. Nije želela da Mirko zdravo za gotovo prihvati činjenicu da otac ne želi da ga vidi. Da jedan drugog živog sahrane. Ona bi dala sve samo da opet može makar jednom zagrliti svog oca.

— Pusti to — reče on videvši da je zaustila da ponovo nešto kaže. — Pričaj ti malo o sebi. Ko je tebe stvorio tako savršenom?

Nežan dodir kojim je propratio svoje pitanje ohrabrio je devojku da voljenom čoveku potpuno otvori srce i ispriča svoju tužnu prošlost. Njeno detinjstvo i rano devojaštvo tokom rata ponovo su poprimali oblik, pretočeni u reči koje su poput bujice tekle s njenih usana. S posebnom nežnošću i pažnjom pričala je o svom ocu i njegovom patriotizmu. O čoveku kakav je stvarno bio ili bar onako kako ga je ona doživljavala u privatnosti, daleko od bojnog polja i političkih intriga. O nepravednim optužbama i sramnoj smrti jednog junaka i antifašiste. I pored očiglednog bola u njenom pogledu i glasu, Ružica nije nikog optuživala za njegovu smrt. Želela je u svojoj čistoti i naivnosti da opravda onog čija je krv tekla u njenim venama.

Dok mu je otvarala srce, Mirko je ćutao, zaronjen u njenu gustu kosu. Njegov zagrljaj bivao je sve čvršći a izraz njegovog lica, koji ona nije mogla videti, sve potreseniji. I kada je završila svoj monolog, on ju je zadržao u svom zagrljaju, milujući joj potiljak. Nedugo zatim, oslobođena emotivnog tereta, Ružica zaspa na njegovim rukama. Mirko je dugo buljio u tavanicu. Lice mu je bilo bledo, a pogled čudan, uplašen. Kao da je upravo čuo lošu vest. Opasnu vest.

Narednih dana, Ružica je bila pomalo razočarana, jer Mirko je još više nego obično bio zauzet poslom. Nalazio je razne izgovore i opravdanja što ljubav nikako nije dolazila na dnevni red. Ona je to mogla da shvati, ali ono što ju je pomalo bolelo, bili su upravo oni retki trenuci koje je maltene iznuđivala od njega. Bio je i tada drugačiji nego ranije, nekako odsutan. Na momente nazirala je u njemu onog starog da bi već sledećeg trenutka potonuo u njoj nedokučivu tamu. Noću je ležala i uzdisala, tražeći odgovore u svojoj nesanici. Osećala je da je u nekom trenutku učinila ili rekla nešto pogrešno. Tražila je grešku u sebi, uporno. Volela je Mirka kao svetinju. Bio je njen Bog. A nešto tako sveto nije moglo da pogreši.

— Kriva sam ja, nešto sam rekla i uvredila ga... — šaputala je u jastuk grizući obamrle usne. — Ali šta? Kada?

Dan pre nego što je otputovao u Beograd rešila je da preduzme korak i postavi mu direktno pitanje. Htela je da pokuca na vrata njegove kancelarije i odlučno potraži odgovor. Negde je čula da je i najsurovija istina bolja od najdivnije laži. Lično, bila je spremnija da prihvati neku bolnu istinu nego neizvesnost, koja ju je polako ali sigurno ubijala. Čim joj se završilo radno vreme, zgrabila je tašnu i odlučnim korakom krenula u susret svojoj sudbini. Nije morala da se trudi. Čim je zakoračila na prvi stepenik, ugledala ga je kraj kapije, pod drvetom, gde je voleo da je čeka. Smešio se. Bez reči ga je zagrlila. Obuhvatio ju je oko struka i privukao nežno k sebi.

— Jede mi se nešto slatko — rekla je poput kapricioznog deteta.

Nije ga ništa pitala ni dok su u poslastičarnici jeli baklave, ni posle ispijene kafe u njenoj iznajmljenoj sobi, ni dok su nakon strastvenog trenutka ležali zagrljeni. Plašila se da prekine tu magiju, makar to bila i iluzija magije. Bojala se da samo jedna njena reč može da učini da on zauvek nestane poput balona od sapunice. Sutradan je otputovao, a ona je istog jutra osetila prve zdravstvene tegobe. Izgubila je apetit i dobila napade iznenadnih mučnina. Pomislila je da jučerašnje baklave sigurno nisu bile najsvežije. Nadala se da će proći samo od sebe i zbilja, do kraja dana nije joj više bilo muka. Za ručak je pojela samo parče prepečenog hleba, a umesto večere, popila šoljicu čaja, ne želeći da opterećuje osetljiv stomak. Ujutru se probudila orna i čila. Umila se, presvukla i očešljala. Nasmešila se zadovoljno samoj sebi u ogledalu. Ličila je na rumenu zrelu jabuku. Pogledala je u budilnik i poskočila od iznenađenja. Trebalo je požuriti ako nije htela da zakasni na posao. Stavila je malo kalodonta na četkicu i počela ubrzano da pere zube. Iznenada, utroba joj se podigla i samo zahvaljujući tome što joj je želudac bio potpuno prazan, uspela je da se uzdrži a da ne povrati. Od tog trenutka, pa do ručka, svaki čas je skakala i sa rukom na ustima trčala u klozet. Vraćala se odande bleda i isceđena kao krpa.

— Idi u dispanzer — reče joj Zlata zabrinutim glasom. — Ima tamo jedna stara doktorka, odmah će znati šta ti je.

Ružica je klimnula poslušno docilno i odvukla se na sprat, držeći se za drveni gelender. Pokucala je na crna direktorkina vrata.

— Tebi nije dobro, dete moje — reče žena čim ju je ugledala na pragu. — Odmah idi doktoru.

— Zbog toga sam i došla, drugarice. Izgleda sam se otrovala hranom.

— Hoćeš li da pođem s tobom?

— Hvala, mogu sama. Doći ću ja odmah, samo da me pregledaju.

— Ne dolazi u obzir, ludice jedna, idi kući lezi.

Kruti prsti postarije žene, lekara opšte prakse, ispipavali su joj telo dobrih petnaest minuta. Naposletku je sela za svoj sto i nešto nažvrljala u jednu raskupusanu knjigu.

— Obucite se — reče, ne dižući pogled.

— Šta mi je doktorka? — upitala je Ružica, bleda u licu.

— Sedite drugarice — ovog puta joj je uputila dobroćudan pogled. — Moram da Vam postavim par pitanja.

— Dobro...

— Jeste li udati?

Mali alarm zazvoni u devojčinoj glavi.

— Ne. Zašto?

— S medicinske strane gledano, nemate apsolutno nikakav problem. Međutim...

— Međutim, šta?

— Vi ste, devojko, bremeniti — reče žena.

Ružica se naslonila na sto iskolačivši oči na nju.

— Molim?

— Trudni ste — pojasnila je ova.

Blagi izraz njenih očiju nije učinio da reči koje je upravo izgovorila učini blažima. Do njene svesti je polako dopirala istina koju njen um jednostavno nije želeo da prihvati. Zažmurila je i uzdahnula.

— Da li Vam je dobro, drugarice?

— Jeste li... potpuno sigurni u to? — upitala je Ružica umesto odgovora.

— U to da ste trudni?

— Da.

— Možete konsultovati ginekologa, naravno — reče ova slegnuvši ramenima. — Ali bojim se da će samo potvrditi ono što sam Vam rekla...

Polako i nesigurno, praznog pogleda, vraćala se kući. Oktobar je sa sobom doneo prve jesenje kiše, monotone i tužne. Padala je po njoj natapajući joj odeću, a ona kao da to uopšte nije ni primećivala. Slepljene kose, sa tenom davljenika, delovala je zaista izgubljeno i jadno.

„Šta da radim? Kako da mu saopštim?", pitala se jadikujući.

Bila je ogorčena na samu sebe što, zanesena strašću, nije vodila računa o posledicama. Suze su joj se u potocima slivale niz lice, mešajući se s kapima kiše.

***

Iako premoren, Mirko nije mogao ni oka da sklopi dok se autobusom vraćao iz Beograda u Kruševac. U glavi mu je besneo orkan nedoumica. Koliko god da je razmišljao, nije bio sposoban da donese odluku. Morao je da prizna da mu je život izmakao kontroli.

Trebalo je da se u ovom trenutku oseća potpuno drugačije. Ono o čemu je godinama sanjao, najzad je postajalo realnost. Dobio je stalno radno mesto u Centralnom komitetu Komunističke partije. Ne neko veoma značajno mesto za sada, ali to mu uopšte nije bilo bitno. Pružila mu se šansa da bude tu gde se mora biti ako želi da postane neko. U svoje sposobnosti nije sumnjao, bilo je samo pitanje vremena kada će mu ponuditi mnogo veće i važnije odgovornosti. Njegove ambicije nisu imale granica. Snage i volje da uzleti visoko imao je na pretek, i što je još važnije, imao je vremena. Bilo mu je tek trideset godina.

Onog fatalnog dana hteo je Ružici da saopšti radosnu vest. Želeo je da i ona krene s njim. Bio je do ušiju zaljubljen i iskreno se nadao da će pristati. Pripremio je u tu svrhu stotinu malih i velikih argumenata. Umesto toga, doživeo je ogroman, potpuno neočekivan udarac.

Otac voljene devojke bio je niko drugi do strašni Komandant Petar, noćna mora partizana, vođa jedne legendarne četničke brigade. Bio je to čovek vojnik, do koske veran kralju. Kada je postalo očigledno da Hitler neminovno gubi rat, svu svoju snagu usmerio je isključivo protiv partizana. Nije odustajao čak ni kada je mladom kralju zabranjen povratak u zemlju, a Tito stupio na vlast. Borio se hrabro i uzaludno do poslednjeg daha. Stoga nije bilo čudno što je Tito odlučio da ga zbriše sa lica zemlje, kada je najzad bio uhvaćen. Osuđen je na smrt i streljan i nikada se ništa više nije čulo o njemu. Sve dok onog dana nije ponovo oživeo u ispovesti svoje ćerke. Dok nije ustao iz groba, strašan kao avet koja je pretila da uništi njegove snove i budućnost.

Da stvar bude još gora, njegov prijatelj i mentor Rade Jovanović je možda bio jedini čovek kome je Mirkov uspon bio još važniji nego samom Mirku. Želeo je da mu se ispovedi, da traži savet od njega, ali njegov pokušaj beše sasečen u korenu.

— Tamo u Kruševcu, znaš, upoznao sam divnu devojku, ali... — počeo je Mirko.

Radetov pogled ga je presekao u pola rečenice.

— Jesi li ti uopšte svestan o čemu mi ovde govorimo? Znaš li ti šta se od tebe očekuje?

— Naravno.

— Onda se mani priča o ženskama i slušaj dobro šta ti kažem — reče ovaj upiljivši se u njega kao nekada dok mu je u ratu bio komandant. — Ako si do sada bio odličan, od ovog trenutka pa nadalje, moraš biti apsolutno bezgrešan. Čeka te uspon, ali svakim stepenikom ćeš sticati sve više i više neprijatelja koji će loviti svaku tvoju grešku ili slabost. Kopaće po tvojoj prošlosti i sadašnjosti, sve u cilju da ti unište budućnost. Ali, ti im to nećeš dozvoliti.

— Neću — promrmlja Mirko.

Neprestano su mu se vraćale Radetove reči i mučile ga, jer bio je nesumnjivo u pravu. Kao budući visoki funkcioner Partije, morao je biti perfektan u svakom pogledu. Šta bi bilo kad bi se saznalo da je bio na putu da oženi ćerku zakletog neprijatelja Tita i Partije? Njegova karijera bila bi svršena pre nego što je uopšte i počela. Rizikovao je zatvor, a o javnoj sramoti da i ne govorimo. Mirko je živeo za Partiju, pa iako je Ružicu voleo, njegova duša je prvenstveno pripadala državi i otadžbini. Sve ostalo, makar to bila i životna ljubav, padalo je u drugi plan.

„Oprostiće mi jednog dana. Shvatiće da sam morao da sledim svoj put.” I pored racionalnih misli, griža savesti ga je bukvalno razdirala. „Ona je divna devojka”, tešio se. „Sigurno će imati lep život pored nekog čoveka, boljeg i hrabrijeg od mene. Želim joj to...”

Njegova odluka beše doneta i ništa više nije moglo da je promeni. Ipak, nije mu bilo lakše zbog te činjenice. Bojao se njihovog susreta. Imao je predosećaj da oproštaj neće proći glatko. Kada je autobus najzad prispeo na kruševačku stanicu, stomak mu je od straha bio vezan u mornarski čvor. Kao da ide na sopstveno gubilište, brojeći svaki svoj korak, pošao je na njihov poslednji sastanak.

Ugledavši je kako polako i graciozno silazi niz stepenice, udahnuo je duboko kroz nos i ispustio vazduh na usta, kao što je video da čine skakači s mostova. Bio je i on, bar se nadao, spreman da skoči. Ali koliko god je želeo da izgleda odlučno i hrabro, osećao se potpuno utučeno. Ružica mu je prilazila pognute glave. Lice joj je bilo samrtnički bledo a usne stisnute.

„Ona zna!", pomislio je. „Ne znam kako, ali sluti da je kraj..." Očekivao je svašta, ali kada mu je Ružica prišla i nežno ga zagrlila, našao se u čudu. Ostala je tako, činilo mu se, čitavu večnost.

— Ružice — reče on naposletku. — Šta se dešava?

— Ne napuštaj me, Mirko, molim te! — zaridala je na njegovom ramenu.

„Zna!", bio je u to sada potpuno siguran. Njene vrele suze natapale su mu košulju, pekući kožu krivca poput usijanog gvožđa.

— Zašto bih te ostavio? — upitao je on iako mu je pamet govorila da to ne čini.

— Obećaj mi! — molila je kroz suze. — Umreću bez tebe!

„Šta to radiš, nesrećniče?!", vrištao je razum unutar njega. „Šta to radiš, budalo?! Reci joj da je kraj, okreni se i idi!"

I pored najbolje volje, nije mogao u sebi da nađe ni trunčicu hrabrosti za to. On, koji je u ratu hrabro jurišao, dok su mu meci zviždali oko glave, a granate raznosile drugove, pred njenim molećivim pogledom bio je manji i slabiji od novorođenčeta. Poželeo je da se u tom trenutku nalazio bilo gde drugde na Zemljinoj kugli. Pred streljačkim odredom, ako treba, samo ne pred njom.

— Obećavam ti... — slaga on kukavički.

Na te reči, Ružica je zaurlala poput ranjene životinje, a zagrljaj joj je postao toliko jak da je Mirku ponestalo vazduha.

— Nisam to htela, Mirko, nisam namerno m... majke mi! — počela je da se pravda. — Nisam kriva, desilo se!

Mirko je bio zbunjen.

— Ružice — reče on pokušavajući bezuspešno da se oslobodi njenog čeličnog stiska — ne razumem. Šta nisi htela?

— Da zatrudnim... — promrmlja ona jedva čujno.

Mirko se trgao. Da, bio je pred streljačkim odredom, i upravo mu je ispaljen ceo plotun u grudi.

„Gotovo je sve. Ja sam mrtav čovek..."

— Možda... — reče on napuklim glasom nakon celog minuta tišine — možda još nije kasno da se nešto učini. Pomoći ću ti da...

— Mirko! — preseče ga ona uputivši mu pogled od koga je poželeo da umre. — Možeš od mene da tražiš bilo šta, ali da ubijem naše dete, to nikada. Nikada!

On je dugo ćutao, boreći se sa sobom. Znao je da Ružica čeka njegov odgovor, ali njegov mozak jednostavno nije uspevao da iscedi ni kap racionalne misli. Njen zagrljaj bivao je sve slabiji. Naposletku, ona se odmače od njega i pogleda ga. U njenom pogledu nije bilo ni mržnje ni prebacivanja, čak ni nerazumevanja. Samo bol, duboka, bezgranična. Toliku bol u njenim očima Mirko nije mogao da podnese. Sa njegovih usana je nekontrolisano skliznula rečenica:

— Ne brini, mila, nisam ni pomislio na to. Biće sve u redu, sada sam tu.

Dok je izgovarao tu gnusnu laž, oči mu se napuniše suzama. Bile su to suze žalosti za izgubljenom ljubavlju i čašću. Plakao je jer ga je pekla savest, a on tu istu savest bezobzirno gazio. Te večeri je pustio da ga voli i priča mu o budućnosti. Te večeri zamrzeo je samog sebe.

KUKAVIČLUK

Sledeća tri dana koje su proveli zajedno, pre nego što je Mirko ponovo otišao na službeni put, bili su dani sreće. Iako je osećala da nije u potpunosti onaj Mirko od ranije, nije mu to uzimala za zlo. Razumela je da mu je potrebno vreme da se navikne na taj neočekivani preokret u svom životu. Ponekad bi upadao u letargiju i u tim trenucima delovao potpuno odsutno. Strpljivo je čekala da mu se popravi raspoloženje, a on bi je onda obasipao nežnošću, verovatno u znak zahvalnosti. Bila je spremna da mu dâ sve potrebno vreme, samo da ostane uz nju. Bio je izabranik njenog srca. Njen princ na belom konju.

„Biću mu najbolja žena!", razmišljala je sa ushićenjem. „Učiniću sve da bude ponosan na mene."

Neretko bi zatvarala oči, pustivši mašti na volju. Njena sanjarenja su išla toliko daleko da je mogla jasno videti njihovu zajedničku kuću sa divnim vrtom. Volela je u tom vrtu svaki cvet. Svaki kamen.

Videla je kolevku i u kolevci njihovo dete koje je ka njoj pružalo svoje bele ručice. Mirko bi stizao sa posla, uzimao ih oboje u naručje i govorio da ih voli i da je srećan.

„Bićemo najsrećnija porodica na svetu...", pomišljala bi nadahnuto, pre nego što bi otvorila oči vrativši se u realnost.

Prođe deset dana otkako je Mirko otputovao. Ružica je počela da brine, jer nikada ranije nije odsustvovao tako dugo. Štaviše, nije dobila od njega ni pismo, ni telegram. Nešto očigledno nije bilo u redu.

Te noći je imala stravičan košmar. Autobus je sleteo u reku i dok ga je bujica neumoljivo nosila i vukla u tamne dubine, jasno je čula Mirkovo zapomaganje.

— Upomoooć! Ružice, upomoooć!

Trgla se iz sna okupana znojem dok joj je srce, kao uplašenom zecu, ubrzano lupalo. Jutro je dočekala budna i uznemirena. Na trafici je odmah kupila novine. Kada je stigla na posao, grozničavo ih je prelistala. Skakala je sa članka na članak, sa stranice na stranicu. Nigde ni reči o bilo kakvoj autobuskoj nesreći. Nekoliko manjih nezgoda bez žrtava i to je bilo sve.

— Teta Jelena! — povikala je sa praga, čim je sa posla stigla kući.

— Tu sam, dušo! — odazvala se ženica. Trenutak kasnije, pojavila se na kuhinjskim vratima belih ruku od brašna. — Ako si gladna, ima...

— Ne, hvala — preseče je Ružica skoro bez daha. — Imate li možda novine od juče ili prekjuče?

— Od mesec i više dana unazad! — zakikotala se starica. — Čuvam za đake kad sakupljaju novine za sekundarne sirovine.

— Gde su?

— U špajzu na donjoj polici. Je l' sve u redu, dušo? — upitala je pomalo začuđena devojčinim ponašanjem, ali nije dobila nikakav odgovor. Ružica već beše odjurila.

Ništa i opet ništa, stranica za stranicom. Klečala je na podu sa hrpom raskupusanog papira oko sebe. Nije znala treba li da joj lakne što je nesreća s autobusom izgleda bila samo puki san. Od Mirka još uvek nije bilo ni traga ni glasa. Ružica ustade i ostavivši razbacane novine po podu, izađe iz kuće.

Hitala je trotoarom bez mantila, zamršene kose. Jesenji vetar je zasipao ulice suvim lišćem i brisao neumoljivo svaki trag proteklom letu, ostavljajući drveće golim i tužnim. Da stvar bude još gora, počela je i kiša. Kada je pola sata kasnije kročila u hol sedišta Komunističke partije grada Kruševca, bila je potpuno promrzla. Jedan čovek u sivoj portirskoj uniformi sedeo je za pultom i čitao novine u oblaku dima. Ničim nije odavao da je primetio njeno prisustvo, čak ni kada je ona, prišavši sasvim blizu, pročistila grlo. Jedna skoro sagorela cigareta balansirala je na ivici pepeljare, preteći da se svakog trenutka ili prelomi ili ugasi.

— Izvinite, molim Vas — obratila mu se tihim ljubaznim glasom.

Portir joj rukom dade znak da ućuti. Po svemu sudeći, na srednjim sportskim stranicama bilo je zapisano nešto od životne važnosti.

Nesvesno je rukama pokušala da namesti kosu. Brzo je odustala, bila je mokra i umršena. Nakvašena košulja lepila joj se za leđa. Bilo joj je hladno.

— Izvinite — usudila se ponovo — gospodine!

Nervoznim pokretom, čovek je odložio novine. Nasmešio joj se kiselo, pokazujući joj red, od duvana požutelih zuba.

— Mi smo se protiv gospode borili... — reče tonom nekog velikog filozofa. — Sad smo, ako nisi znala, svi drugovi.

— Naravno, oprostite... Htela sam samo... kako da kažem...

— Šta 'oćeš, bre, ti?! — izdra se portir, vidno šokiran tako neumesnim ponašanjem. — Misliš li da nemam pametnijeg posla nego da tu balavim s tobom?

Zgrabio je rezignirano novine i ponovo zaronio nos u njih. Verovatno bi to bio kraj razgovora da Ružica nije pružila ruku preko pulta i zaklopila mu ih. Podigao je glavu hoteći da joj ponovo odbrusi, ali se predomislio. Pred njim više nije stajala nejaka devojka koja je nervozno kršila ruke. Susreo se sa pogledom punim teško suzdržavanog besa.

— Druže... — procedila je kroz stisnute usne. — Želim samo jedno obaveštenje, ništa drugo. O jednom čoveku koji radi ovde.

— Kom čoveku?

— Mirku Petrovu.

— On ne radi više ovde.

Na njegove reči, Ružičina ruka se zgrčila u pesnicu. Začuo se zvuk zgužvane hartije.

— Kako ne radi?

— Pa, dobio je premeštaj.

— Jeste li sigurni u to?

— Naravno da jesam. Ja sam portir, znam sve što se dešava ovde.

— A znate li možda gde je premešten?

— E, to ne znam! A i da znam, ne bi' ti rekô.

— Zašto?

— Zato što je to državna tajna — reče važno, udelivši joj žuti osmeh.

Već sledećeg trenutka zažalio je svoj ton. Devojka je zgrabila njegove novine i poput besne mačke ih rastrgla u stotine froncli pre nego što je gotovo istrčala iz zgrade.

Od trenutka kada je shvatila da ju je Mirko ostavio, duša joj se, kao bombom raznesena, raspukla na million komada, ostavivši joj samo telo, da ga poput prazne školjke vuče sa sobom. Bizarno, čak i u toj naizgled praznoj ljušturi, tinjao je plamičak nade. Nije očekivala da joj se vrati. Nadala se samo da će jednog dana saznati šta je čoveka poput Mirka moglo da otera od nje. Da li je to bio strah od odgovornosti? Ne, zaključila je nakon kraćeg razmišljanja. Pouzdanost i odgovornost bile su njegove očigledne vrline. Njeno srce je znalo, a telo osećalo, da ju je Mirko voleo. Pa ipak, odlučio se za taj bezdušni korak.

Da li je to možda bilo njeno poreklo, njen ozloglašeni otac? Taj razlog joj se nekako činio najrealnijim. Bila je spremna, da je samo to od nje tražio, da promeni ime, da postane neka druga. Mogli su da žive vanbračno, u potpunoj tajnosti. Pristala bi na sve i sve podnela stoički, da je to zahtevao od nje. Mogao je sve što poželi. Umesto toga, samo je otišao.

„Kriva sam ja!", optuživala se, očajna. „Videla sam da mu je teško i da vene, a ja ništa! Prokleta da sam što sam ćutala! Trebalo je da ga... da ga ispitujem, šamaram ako treba, samo da mi se poveri. Sigurno je to od mene očekivao, a ja... prokleta da sam."

Plakala je svake noći, tiho, da je niko ne čuje. Ujutru bi se umila hladnom vodom i našminkala nešto jače nego obično, ne bi li od tuđih pogleda sakrila svoje bledilo i otekle oči. Dan za danom, komadić po komadić, pokidana duša počela je da srasta. U grudima pored njenog kucalo je malo srce nerođenog deteta, ispunjavajući je dotad nedosegnutim emocijama. Delila je deci oko sebe tu silnu ljubav, koja je kao iz obnovljenog izvora tekla iz njene duše. A ona su joj tu ljubav nesebično uzvraćala.

Niko nije mogao da nasluti da je ta blaga i nasmejana osoba jedna slomljena žena. Ono što je bilo daleko teže sakriti, bio je stomak koji se u poslednje vreme vidno zaoblio. Osećala je da se radoznali pogledi sve češće i duže zadržavaju na njoj, ali nije marila za to. Tuđi sud i osuda nisu je zanimali ni najmanje.

Nažalost, njena sudbina još uvek je zavisila od drugih, tako da se uskoro opet našla ispred crnih sjajnih vrata. Pokucala je. Umesto da čuje poziv iznutra, vrata su se otvorila i na njima se pojavila Rada Ilić, direktorka. Uzela ju je nežno za ruku i uvela u kancelariju. Umesto da sedne za svoj radni sto, privukla je jednu stolicu i sela naspram nje, sve vreme je držeći za ruku.

— Ružice — reče pomalo umornim glasom. Pogled joj se mahinalno spustio na devojčin stomak. — Ne želim da okolišam. Verovatno znaš razlog ovog poziva.

— Naravno — odgovorila je potpuno mirno.

— Stvarno mi je neprijatno što moram to da ti kažem, ali ljudi su počeli da zapitkuju.

— O čemu? — prkosno će ona, iako je to sa preciznošću znala. Žena je uzdahnula.

— Kruševac je mali, provincijski grad. Ovde svako o svakome sve zna.

— Ne znaju oni ništa o meni! Oni mene ne poznaju!

— Tačno, Ružice, ne znaju — reče ona, uputivši joj materinski pogled. — I ne žele ništa da znaju o tebi, nažalost. Znaju samo da nisi udata, a da čekaš dete.

— Pa je li to mana? — odvratila je Ružica glasom punim revolta. — Čini li to od mene nepoštenu osobu, nepodobnu da vodi brigu o njihovoj deci?

— Za nekolicinu, da, bojim se. Žele da odeš, u protivnom će povući svoju decu iz vrtića.

— Šta ste im Vi odgovorili na tu ucenu?

Direktorka obori pogled.

— Šta sam mogla da odgovorim? — nemoćno će ona. — Ovaj vrtić je sav moj život... Bez dece, on je mrtav. Šta sam mogla da odgovorim, Ružice?

— Jasno mi je.

— Stvarno mi je žao...

— I treba da Vam bude — reče devojka izvukavši svoju ruku iz direktorkine.

— Mnogo štošta je u pitanju — pravdala se žena. — Ma, da je samo do mene...

— Ne brinite, otići ću već večeras.

— Dobićeš tri plate nadoknade!

— Sigurna sam da ćete dati sve od sebe da meni bude dobro — reče Ružica ironično.

Ustala je i uzdignute glave izašla iz kancelarije, zatvorivši tiho vrata za sobom.

U pola šest uveče sedela je u autobusu za Varvarin, dlana položenog na zamagljeno staklo. Na peronu, stisnute jedna uz drugu, teta Jelena i Zlata su plakale u tišini. Bio je petnaesti decembar i prve pahulje su im poput paperja padale po kosi, topeći se istog trena. Nisu ni slutile da se gledaju poslednji put.

***

Vrativši se kući svoga oca, psihički se spremila na najgore. Stisnutih zuba, trpela je ubitačan sarkazam svoje maćehe, koja je prosto kipela od mržnje, pothranjivane uvek i nanovo iz samo njoj znanog izvora.

— Znala sam da ćeš da se vratiš! Da ćeš da puziš i moliš!

— Niti puzim, niti molim — odvratila joj je Ružica sa začuđujućim mirom.

— Trebalo bi da te išutiram odavde! — penila je Živana. — Mnogo sam ja dobra prema tebi!

— Nemaš ti pojma o dobroti, zato ne troši džabe reči na prazne priče. Da možeš, odavno bi ti mene izbacila, ali ovo je kuća mog oca i ti to dobro znaš.

— Opa! — nasmeja se tobož Živana. — Vidim da je mala postala opasna!

Ružica je na to samo ćutala i hladno je odmeravala.

— U pravu si, ne mogu da te oteram. Ali ne očekuj da se prema tebi ponašam drugačije nego prema nekoj vucibatini — reče ona prosuvši svoj otrov. — Kladim se da ne znaš ni ko je otac!

Bilo je to previše. U dva skoka, stvorila se kraj maćehe i unela joj se u lice.

— Kažeš li to još jednom — reče ona, cedeći kroz zube svaku reč — zadaviću te golim rukama!

Živana ustuknu, iznenađena. U krvavim očima joj se pojavio strah. Brzo se udaljila, i još par puta u neverici pogledala prema pastorki. Ružica ju je stisnutih usana i pesnica pratila pogledom, sve dok ova nije nestala iza ugla štale.

2

TRUDNOĆA

Od tog incidenta Živana bi joj tek ponekad dobacila preziran pogled, onako u prolazu. Nije se više usuđivala da pominje njen moral i samo retko, sebi u bradu, kritikovala ono što bi Ružica uradila po kući. Ćutala je i devojka, izbegavajući je koliko god je to bilo moguće. Takvo stanje stvari joj je savršeno odgovaralo, mada je slutila da ono neće potrajati. I uistinu, Živana je sve to vreme samo smišljala način na koji će joj se osvetiti. Ono što je smislila bilo je veoma jednostavno. Usred zime, naprasno je odlučila da generalno sredi kuću.

Sve ćilime, okačene na konopac između dve kruške, Ružica je morala da istrese praherom, a ćebad prala u koritu ispred kuće. Hladan zimski vetar ledio joj je oznojene plećke do samih kostiju.

Bilo je više nego jasno šta je zlobnica smerala. Sa već popriličnim stomakom, radila je ćutke, rešena da joj pokaže kako niko i ništa ne može da slomi njenu volju. U Ružičinoj spavaćoj sobi se više nije ni ložilo. Mala tučana peć je jednog dana nestala bez traga. Ni na to nije rekla ni reč. Svlačila se uveče na brzinu, drhtala još neko vreme u ledenoj postelji, pre nego što bi se koliko-toliko zagrejala da može da zaspi. Ujutru je bila ista priča. Uletala je, drhteći, iz tople postelje u ledenu odeću.

Da je tvrdoglavost često loš drug, Ružica je veoma brzo osetila na sopstvenoj koži. Jednog dana probudila se u groznici, teško bolesna. Glava ju je toliko bolela i činila joj se teškom da je svaki pokušaj da ustane iz kreveta bio uzaludan. Ležala je bespomoćno i ječala. Naposletku je Živana bez kucanja upala u sobu, radoznala da sazna razlog njene odsutnosti.

— Živana — prošapta ona bez snage — hoćeš, molim te, da mi skuvaš čaj? Bolesna sam.

— Naravno — reče maćeha sa zmijskim osmehom. — Evo sad ću.

Nakon sat vremena Ružica je pokušala da je dozove, ali njeno suvo i oteklo grlo nije više puštalo ni glasa. Glava joj je pucala od bola, a jezik bio natečen od žeđi. Skupila je poslednje atome snage i iskliznula iz kreveta. Obukla se, jedva stojeći na drhtavim nogama. Svaki dodir hladne tkanine po vreloj koži pričinjavao joj je neprijatnu bol, propraćenu žmarcima. Dok se, pomažući se nameštajem i zidovima, vukla prema kuhinji, imala je osećaj da će joj oči ispasti iz očnih duplji. U ložištu šporeta je jedva tinjao žar.

„Ostavila je namerno vatru da zgasne. Hoće da me ubije od gladi i žeđi! E, pa neće moći...”

Inat joj je ulio malo snage. Ubacila je par suvih kukuruzovih šišarki u šporet da oživi vatru. Na ormanu, na razastrtim novinama, pronašla je nešto osušene kamilice. Dok je čekala da voda u šerpici proključa, boreći se s nesvesticom, prevrnula je sve fioke u kući u potrazi za aspirinom. Nije našla ništa. Čelo joj je bilo vrelije od plotne.

„Ubiće me temperatura!”, pomislila je u strahu, brinući se prvenstveno za dete u stomaku.

U jednom od kredenaca pronašla je polupraznu flašu sirćeta. Prosula je malo kisele tečnosti po rukama i počela njome da se trlja. Prvo teme i vrat, a zatim, zavlačeći ruku što je dublje mogla ispod odeće, i ostale delove tela koje je mogla da dohvati.

Nakon što je popila dve šolje skoro vrelog čaja, vratila se u sobu. Na stopala je navukla pamučne čarape, natopljene preostalim sirćetom, a preko njih neke bapske vunene dokolenice. Nije imala pojma koliko je spavala, međutim, čim je otvorila oči, znala je da joj je bolje. Ispod jorgana se bučno oglašavao njen stomak. Bila je gladna.

Ne želeći da maćehi daje materijala za nasladu, Ružica nije ni pomenula svoju bolest, kao da se ništa nije dogodilo. Ali, poučena iskustvom, vodila je računa da uvek pri ruci ima aspirin, kao i flašu komovice i neki čaj, u slučaju da ponovo padne u krevet. Vukla je od tog dana neki dosadni suvi kašalj, koga nikako nije mogla da se otarasi. Ali, osećala se uglavnom dobro, pa je to nije naročito brinulo.

Poslednje zimske dane sunce je preinačilo u prelepo rano proleće. Prve laste su svojim virtuoznim vazdušnim ludorijama animirale nebo. Brzina kojom se život nanovo budio iz dubokog sna bila je fascinantna. Trešnjevi i kajsijevi pupoljci, praktično preko noći, pretvarali su se u predivne cvetove, privlačeći svojim opojnim mirisom horde bumbara i pčela. Bilo je tu i drugih krilatih insekata koji su, namamljeni slatkim nektarom, završavali u kljunovima ljupkih lasta. Točak života je nezadrživo počeo da se okreće.

Oduvek je proleće bilo njeno omiljeno godišnje doba. Pogled na taj leteći cirkus izmamio joj je prvi osmeh otkako se vratila kući.

„Ipak je ovaj život lep", pomislila je Ružica, obuzeta iznenadnom srećom.

Spustila je nežno ruke na stomak i njihala se lagano u struku, ljuljuškajući svoje nerođeno dete. Već par dana tražila mu je ime.

„Zvaće se Alisa, kao ona iz zemlje čuda." Smešila se dugo, zadovoljna izborom. A onda se najednom uozbiljila. „A šta ako bude dečak?"

Za divno čudo, nikada do tad nije pomišljala da bi mogla roditi dečaka. Od najranijeg detinjstva, igrajući se mame, uvek je zamišljala svoje buduće dete kao slatku devojčicu.

„Možda je bolje da bude dečak", pomislila je sa dozom gorčine. „Muškarcima se greške često praštaju. Nama, nikad!" Najednom joj je ime dečaka sinulo u glavi. Bilo je to jedino moguće ime, jedino koje je dolazilo u obzir. „Zvaće se Milan, kao Mirkov otac! Ako ikada potraži svog sina, znaće da sam mu oprostila."

Dete je živahno poskočilo i napravilo ispupčenje na Ružičinom stomaku, kao da time daje na znanje da mu se ime dopalo. Još uvek se njišući, tepala mu je nežno.

— Milane... Mile... sine moj. Mama te voli najviše na svetu...

Poslednje nedelje trudnoće (onoliko koliko joj je stanje dopuštalo) provela je sređujući staru udžericu u blizini nove porodične kuće. Tu kućicu je u prošlom veku sagradio njen čukundeda Blagoje, onako po turski. Od drveta, blata i pleve. Da ga kojim slučajem nije odvukao rat, otac bi je zasigurno srušio. Kako je u tom trenutku bila srećna što je „starica" preživela.

Seoski majstori su joj popravili krov i odžak, sama je zamenila porazbijana stakla za koja je Viktoru dala mere i novac, a on ih je iz Varvarina dopremio Božidarevim kamiončetom. Istovremeno joj je kupio na pijaci i doterao mali „Požarevac", šporet koji su od crnog lima pravili požarevački majstori, Cigani. Skoro pola njene ušteđevine otišlo je na posuđe, zavese i posteljinu, kao i na pravi pravcati šiveni dušek ispunjen vunom.

Jedan čudnovati čičica, stolar, za koga se pričalo da ima gavrana koji govori, napravio joj je jasenov krevet, kao i sto sa četiri stolice i malu kolevku, a da joj za to nije uzeo ni prebijene pare.

— Će plati onaj odozgo — reče odmahnuvši rukom, a zatim iz džepa izvadi frulicu i ode svirajući.

Živanin sin, na školovanju u Kruševcu, hteo je da iskoristi subotu i nedelju, koje je ponekad provodio kod kuće, da joj okreči sobe i pod. Taman je lepo počeo, kada je odnekud banula njegova izbezumljena majka i štapom i pogrdama oterala jednog momčića. Nekako su Milka i ona uspele da bez muške pomoći okreče kuću. Sutradan ujutru, Milka je prostrla par krparica po okrečenom podu, na prozore okačila zavese i tu i tamo koju sliku ili goblen. Kućica najednom dobi onu posebnu toplinu srpskih kuća. Četvrtast stolić su prekrile novim stolnjakom boje cimeta, a velika staklena tegla (vazu je zaboravila da kupi) primila je prelep buket majskih ruža.

— Mile! — reče Ružica ushićeno dok je rukom milovala stomak. — Vidi, sine, našu kućicu! Naš topli dom!

SIN

Jedanaestog juna hiljadu devetsto pedeset i druge godine, rodila je lepog i zdravog dečaka. Kada ga je prvi put položila na grudi, a on počeo da sisa, shvatila je šta znači prava i jedina večna ljubav. Ljubila mu je prstiće i toplu glavicu, a njegovo malo lice činilo joj se apsolutno savršenim. Na desnom obraščiću jedna tačkica joj je privukla pažnju i ona se saže da bi bolje osmotrila. Najednom se trgla, a oči joj se napuniše suzama. Bio je to jedva vidljiv mladež, pa i pored toga, imao je jasan oblik srca. Priroda je ponekad umela veoma čudno da se poigra ljudima.

— Eeee, Mirko, Mirko... Gde si sad da vidiš svog sina?

Davno, u nekoj knjizi, pročitala je jednu filozofsku misao. Nešto u smislu da treba verovati u sebe da bi i drugi u tebe verovali. Saznanje da nikada više neće biti sama, Ružici je vratilo veru u sebe i, samim tim, veru u bolju budućnost. Želela je da ponovo radi. Da pobedi malograđanske predrasude i uzdignute glave svom detetu pruži bolju budućnost. Ono joj je ulilo novu snagu, mnogo veću nego ikada. Jednom rečju, bila je majka.

Tih dana stiglo joj je pismo. I pre nego što ga je otvorila, znala je da je sadržaj veoma važan. Prepoznatljiv krasnopis kojim je na koverti bilo ispisano njeno ime i adresa, mogao je pripadati samo njenoj bivšoj direktorki, Radi Ilić. Pismo je u toj meri odisalo grižom savesti da Ružici prosto bi žao te naizgled hladne žene. Molila je da joj oprosti trenutnu slabost i pozivala je da se vrati u vrtić. Pod izgovorom da je mesto vaspitačice sada, nažalost, zauzeto, nudila joj je od oktobra posao kuvarice.

„Još uvek nisam za javnost...”, pomislila je sa malo gorčine. Ali u isto vreme, bila je toliko srećna da joj nije padalo na pamet da cepidlači. Odmah je uzela papir i olovku i napisala odgovor.

Izuzev onog suvog kašlja koji je još uvek nije napuštao, Ružica je pucala od snage, a njene grudi prelivale mlekom. Milan je svakim danom bivao sve veći i lepši. Već sa nepunih mesec dana počeo je da primećuje svet koji ga je okruživao, a veoma brzo i da prepoznaje draga mu lica. Okice bi mu se širom otvarale kada bi u sobi čuo glasove, a kada bi iznad kolevke ugledao Viktorovo i Milkino lice, bacakao bi nekontrolisano nožice od silne radosti. Milka je dolazila svaki dan, a neretko i njen muž, čim bi od silnih poslova malo digao glavu. Bavili su se detetom uživajući i, možda nesvesno, pripremali za sopstveno buduće potomstvo. U toj idili njihovog prijateljstva prođe leto.

Sa prvim kišnim danima i Ružičin kašalj je postao učestaliji i nekako bolniji. Popila je litre i litre čaja od belog sleza, misleći da će joj pomoći da izbaci to „nešto” što ju je danju gušilo, a noću joj gorelo pluća i dušnik. Dva dana pred put u Kruševac groznica ju je ponovo prikovala za postelju. Milka joj je celu noć skidala temperaturu, masirajući je rakijom i pojeći je čajem i limunom. Ujutru je Ružica ustala pomalo bleda, ali čila i vesela. Taman se ponadala da je prošlo, kada se malo pre večere temperatura vratila, još gora od prethodne. Nije više mogla da obuzda kašalj, a sa svakim novim naletom pluća su je sve više i više bolela.

Noć je bila užasna. Iako joj je glava padala od umora, Milka je svoju drugaricu negovala kao da neguje sopstveno dete. Pojila bi je vrućim čajem, ušuškavala debelim jorganom da se dobro preznoji, presvlačila mokru spavaćicu i tako ukrug, sve do jutra.

— Lezi kad ti kažem! — korila ju je Milka, dok se ova sa bolnom grimasom oblačila. — Vidi na šta ličiš, pobogu!

— Bolje mi je, stvarno — reče Ružica neuverljivo krenuvši prema vratima.

Kada je Milka pokušala da joj prepreči put, Ružica ju je pogledala molećivo.

— Pusti me da idem, seko, molim te.

— Sačekaj makar dan-dva, da ti stvarno bude bolje. Pa neće ti posao pobeći!

— Idem kod lekara čim stignem, obećavam ti! — zacvilela je. — Ionako počinjem tek u ponedeljak.

—Dobro-de! — reče Milka otresito, ali već malo pomirljivije. — Ali, nikako autobusom! Božidar će te voziti.

Onako suva i naizgled slaba, mlada ženica je levom rukom dohvatila koferče, dok je u desnoj već iz sobe nosila malog Milana. Njeno, od nespavanja bledo lice, bilo je odlučno.

— Ajd' ti samo polako niz stepenice, mogu ja.

Ružica joj stisnu mišicu u znak zahvalnosti. Pravila se pred njom da je dobro, a ni samoj sebi nije želela da prizna da je od iznemoglosti jedva stajala na nogama. Silazile su polako drumom prema Milkinoj kući, kada na pola puta sretoše Živanu, koja im je, penjući se, išla u susret. Ružica se teturala spuštene glave i sigurno je ne bi ni primetila da je ova nije oslovila.

— Šta je? Nestalo para pa se vraćaš na trotoar...

— Ne obraćaj pažnju na nju — šapnu joj Milka.

Valjda što Ružica i ne diže glavu kao da je nije čula, te Živana okrenu za njima.

— Sramota, bre — siknu ona pastorki za vrat. — Poštene ženske ne mogu da nađu posao od takvih... javnih!

Tek tada, kao da se upravo probudila, težina maćehinih reči je doprla do njene otupele svesti. Tek onda je zastala i okrenula se, upiljivši se u Živanu zakrvavljenim očima. Ova je od tog pogleda ustuknula korak.

— Šta reče ti?!

— Pusti budalu — reče Milka, trudeći se da, onako s koferčetom i detetom, stane između njih dve.

Ali, Živana je izgleda bila rešena da svoj otrov izbljuje do kraja. Podbočila se rukama na kukovima, sigurna u sebe kao neko ko zna da jedini poseduje istinu.

— Videćemo ko je budala, kad se drolja vrati sa još jednim kopiletom!

— Ne, Ružice! — povikala je Milka kada ju je njena drugarica jednim energičnim pokretom sklonila sebi s puta.

Brzinom divlje mačke i snagom začuđujućom za njeno stanje, Ružica je dograbila maćehu za kosu a drugom je počela da je udara po licu. Između dva udarca pesnicom, Živana je urlala od bola i straha. Lice mlade žene, inače tako lepo i blago, bilo je deformisano od besa. U njenim očima plamtela je ubilačka vatra. U telu iznemoglom od groznice i nespavanja, poslednji atomi snage budili su se i udruživali u samo jednom jedinom cilju — da smoždi i izbriše sa lica zemlje nju, Živanu. Htela je da joj naplati za sve. Tukla ju je i zbog det-injstva i zbog oca, udarala za sve one godine iživljavanja, za svaki tren proveden pod istim krovom. Tukla ju je jer se kao rak-rana uvukla u njen život i izjedala sve što se zvalo srećom i slogom.

Sve one uvrede, koje su je nekada toliko činile srećnom, padale su sada po Živani u vidu teške Ružičine pesnice. Vrištala je maćeha, vrištala i kajala se. Ne zato što je najzad shvatila da greši. Nikako zbog toga što je uvidela da čini zlo. Ne.

Kajala se što nije shvatila na vreme da je Ružica ipak ćerka svoga oca, ludački pravednog i hrabrog Petra. Kajala se što nije, ako ne baš držala jezik za zubima, ono bar doviknula izdaleka, pa da može da pobegne. Isto kao i njen otac, Ružica je za pravdu bila spremna da pogine, ali i da ubije.

Kajala se zlobna Živana, ne što je probudila zver (a morala je, bilo je to jače od nje), no što je dopustila da je zver ščepa. A sada je bilo kasno. U podsvesti je znala da je svaki udarac koji je dobijala, zaslužen. Isto tako je znala da kao što njenoj zlobi nema kraja, tako ga neće biti ni u Ružičinom osvetničkom besu. Bojala se po prvi put za svoj život i zbog toga posle svakog novog udarca, urlala sve jače. Bojala se smrti. Ne zbog smrti same, već zato što je još toliko zlobe imala da „podari" svetu. Kao što neko tamo voli da jede, pije ili spava, e tako je ona volela da mrzi. Mrzela je sve i svakog otkako je znala za sebe. Roditelje što su je prvu rodili, pa je morala najviše da radi od sve ostale dece i sve odreda da ih čuva i dvori. Mrzela je sestre što su bile lepše od nje. Brata što je bio majčin miljenik, a očev naslednik. Prvog muža jer ju je uzeo zbog miraza. Sina je mrzela jer je na rođenju skoro rastavio od života, a sada je bio takav mekušac. Drugog muža što ju je uzeo s detetom, znači verovatno iz sažaljenja. A najviše od svih zajedno, mrzela je svoju pastorku zbog svega što je Ružica bila, a ona nikada nije i neće biti. Neko bi pomislio da mrzitelji poput nje jedino sebe vole. To kod Živane nije bio slučaj. Jedino što joj je sopstveni život činilo podnošljivim i dragocenim bila je mržnja. Kao neka neizmerna i u svojoj snazi i postojanosti, veličanstvena energija. Kao najbolja prijateljica, verna i uvek pri ruci.

Milka je odmah bacila kofer i vukući Ružicu za džemper svom snagom svoje leve ruke, pokušavala da je odvoji od maćehe. U drugoj je još uvek čvrsto držala dete, koje se, uznemireno drmusanjem i bukom, dralo na sav glas. Do svesti joj je doprlo detetovo plakanje, tek Ružica na tren popusti stisak. Nekako u tom trenutku i Milka je povukla što je jače mogla i najzad uspela da ih razdvoji.

Poput razjarene zveri kojoj je umakao plen, Ružica je urliknula. Mlatarala je u prazno, tražeći da sčepa nekog koga njene, od groznice zamagljene oči, više nisu videle. Milka se odmaknula u strahu da Ružica u svom slepom besu, noktima ne dohvati nju ili, ne daj bože, dete. Još par puta se jadna žena zadihano okrenula oko sebe, a onda se iz njenih grudi začulo nešto što je ličilo na samrtni hropac i ona poče da kašlje. Ali ni taj kašalj nije bio kao ranije. Jak i bolan, ali ipak samo kašalj. Ličio je više na urlik nekoga kome se nož zario u pluća. I najzad, telo je popustilo. Ne mogavši da dođe do dragocenog vazduha, poslednjih čestica snage potrošenih u osvetničkom besu, Ružica je izgubila svest. Milka joj pritrča.

— O, moj bože, ne! — povikala je uspaničeno, ugledavši krv na njenim usnama i bledim obrazima. Shvatila je u tom trenutku da joj prijateljica boluje od tuberkuloze i da su joj dani odbrojani.

Sa dva prednja zuba i nekoliko pramenova kose manje, zatvorenog oka i polomljenog nosa, Živana je već grabila uzbrdo. Pomućene svesti i na izmaku snage od batina, spoticala se i padala nekoliko puta, guleći kolena i laktove. Činilo joj se da za vratom čuje Ružičino dahtanje, kao da će je svakog časa ponovo dograbiti. A noge su joj bile tako teške, olovne. Nije smela da se okrene. Nije smela da smrti pogleda u oči.

Put koji je vodio do njene kuće obilazio je u luku dugačak Viktorov plac, čiji je veliki deo bio ograđen plotom, spletenim od kolja i pruća. U strahu, nesposobna da pravilno razmišlja, Živana je odlučila da skrati put. Cepajući suknju i grebući noge, preskočila je plot i uskočila u tuđe. U daljini je čula Milkine povike.

— Ne tamo, Živana! Ne tamo!

Nije se obazirala nego je nastavila da beži, mahnito terajući ovce koje su joj stajale na putu i blenule u nju glupim pogledom. Sa desne strane, do uha joj je doprlo nešto nalik na topot kopita. Više instinktivno nego svesno, bacila je pogled preko ramena. Samo delić sekunde pre totalnog mraka, ugledala je dva savijena roga na ogromnoj ovnovskoj glavi.

***

— Šta se desilo?! — povika Viktor uplašeno.

Taman je s Božidarom uz čašicu rakije delio neku zaradu na tremu, kada je na kapiji ugledao Milku, raščupanu i zajapurenu. Na ruci joj je urlalo dete, dok je drugom, potpomažući se ramenom, maltene nosila polusvesnu Ružicu. U par koraka gorostas se našao kraj njih. Kao da Ružica nije teža od pera, nežno ju je podigao u naručje, uneo u kuću i odneo u gostinsku sobu.

— Izađi, moram da je svučem — reče mu Milka.

— Šta se, bre, ženo, dogodilo? — upitao je s nevericom.

— Pričaću ti posle. Nek Božidar ode po kofer, ostao je gore na putu, a ti brzo trči pozadi u tor!

— Zašto?

— Ona luda Živana preskočila plot i...

— Lele! — jeknu on. — Nije je valjda Atila dohvatio?

Milka je nemo klimnula glavom, na šta on skoči i izjuri iz sobe.

BOLEST

Saznanje da Ružica u plućima nosi smrt, unela je u kuću Viktorovu i Milkinu hladnu jezu. Jedva su se usuđivali da ostanu u istoj sobi s njom više od par minuta, i to skoro ne dišući. Znali su da i ona primećuje tu njihovu promenu i bilo ih je stid zbog toga. Ali, što su se više trudili da deluju prirodnije, njihov strah je bivao uočljiviji. Bojali su se tuberkuloze, shvatajući u tim trenucima koliko im je u stvari život dragocen. Jednog jutra, Viktor je pokucao na doktor Darvasova vrata.

— Ne brinite se ništa — reče starac potapšavši ga po ogromnoj ruci. — Sve dok ne jedete i ne pijete iz istog posuđa, nema opasnosti od zaraze. Posteljinu redovno presvlačite i iskuvavajte u zasebnom loncu, zajedno sa njenim maramicama i peškirima.

— A dete?

— Dete joj stavljajte samo na sisu. Nikako da spava s njom ili da ga ljubi.

— Mislite da može da ozdravi?

— To samo dragi Bog zna, Viktore — reče doktor ozbiljno. — Imam nekih veza u Švajcarskoj, mogu da urgiram da je brzo prime u najbolji sanatorijum za plućne bolesti, ali... ima li ona novca?

— Nema, ali imamo mi nešto ušteđevine!

Doktor se nasmešio na njegovu naivnu dobrodušnost.

— Treba mnogo novca za lečenje u sanatorijumu, dragi moj. Za put, za smeštaj i hranu, a da ti ne govorim o dugim i skupim terapijama.

— Pa koliko treba?

— Imaš li trenutno para da kupiš ovakvu kuću kao što je moja?

— Nemam! — uzviknu Viktor zabezeknuto.

— E, toliko ti treba... — reče starac slegnuvši ramenima.

***

Posle tog obeshrabrujućeg razgovora, Viktor se uputio pravo u kruševačku bolnicu. Na Odeljenju intenzivne nege ležala je Živana. Rezultat bliskog susreta s Viktorovim ovnom bila je fraktura desne butne kosti i nekoliko rebara. Nogu joj je polomio kada je na nju naleteo. Ona je od siline udarca odletela i na zidani bunar slomila rebra. Sreća u nesreći bila je što je samo par dana pre toga Viktor skinuo truli drveni poklopac na bunaru i zamenio ga zdravim, hrastovim.

„Mogao sam, ne daj bože, da je vadim udavljenu iz bunara!", pomisli on sa jezom.

— Zdravo, Živana, kako ti je? — poče on još sa vrata, gužvajući šubaru u rukama.

Spodoba u krevetu mrdnu. Lice joj je bilo obavijeno zavojima, što joj je glavu činilo duplo većom. Kroz prorez između dve, krvlju umrljane gaze, jedno oko je zasijalo zlobom i upiljilo se u došljaka poput koplja.

— Šta 'oćeš, bre, ubico jedan?! — siknu ona otečenim, bezubim ustima.

— Hteo sam samo da vidim kako si i da li ti nešto treba — odgovorio je, namerno prečuvši uvredu.

— Videćeš ti šta mi treba kad izađem odavde! Ima da robijaš, skote jedan, a... a onaj tvoj đavo, zaklaće ga i obesiti nasred sela za primer.

— Mani se ti mog Atile, čuješ! — reče Viktor nakostrešivši se.

Voleo je svog ovna kao oči u glavi otkako mu je kao tek rođenom jagnjetu kurjak u planini zaklao majku. Očuvao ga je Viktor uz pomoć tada još mlade koze Belke, koja ga je dojila zajedno sa svojim jaretom.

— Ko te je terao da preskačeš plot i podmećeš mu se? Dobro si i prošla!

— Ona kučka Petrova me je naterala, znaš ti dobro! — jeknu ona plačnim glasom. — Dabogda crkla i ona i ono njeno kopile!

— Budi bar jednom čovek prema sirotoj devojci, Živana — reče on skoro molećivo, iako mu je bilo potrebno mnogo samokontrole da pređe preko tako zlih reči. — Bolesna je od tuberkuloze, nije bila svesna šta radi, veruj mi!

— Briga me!

— Milka i ja imamo nešto para, a daće i Božidar... ali nije dosta! Došao sam da te molim da pomogneš... šta je za tebe da prodaš malo imanja.

— Mom sinu iz usta da vadim! — iskezi se ona, po prvi put iskreno šokirana.

— Život bi joj spasila, bre, Živana! — povika Viktor kršeći ruke. — 'De da umre ovako mlada!

— Nek crkne fuksa! — siknu spodoba iz kreveta. — Ne dam ništa!

— Majka si i ti valjda! Kako da ostavi dete samo? Pomagaj, bre, ženo, kô Boga te molim!

— Nek crkne i kopile!

— Joj, rđo jedna — zagrme Viktor — rđava zemlja što te nosi i đavo što te stvori!

Zaslepljen besom, tresnuo je šubaru o pod i zakoračio prema krevetu, širom rastvorenih ogromnih šaka. Ali pre nego je sčepao za vrat, stao je, zgađen.

— Zadavio bih te kao pile — procedio je kroz stisnute zube — al' se bojim Boga! Neću da mi potomstvo vuče prokletstvo zbog takvog šljama! Živi, rđo, dabogda se raspadala od zlobe. Živi takva iskrivljena, dabogda te ni đavo ne hteo u paklu pored sebe!

Dok je krupnim korakom grabio niz bolnički hodnik, za njim je odzvanjao njen veštičji smeh. Još dugo, danima, pratio ga je kao utvara čim bi pala noć, a oko njega sve utihnulo. I svaki put stresao bi se od jeze u kostima.

Nekoliko nedelja je prošlo od tada. Viktor se probudio u cik zore. Sinoćni hod od Varvarina do Bačine po snegu nije premorio gorostasa. Posle nepunih pet sati sna, osećao se savršeno odmornim. Oslušnuo je oko sebe pre nego što je tiho iskliznuo iz postelje.

Samo što je bio založio šporet, u trpezariju uđe Milka, ogrnuta velikim vunenim šalom. Bez ikakvog komentara muž je u džezvicu dodao šoljicu vode i malo šećera. Niko nije progovarao. Srkali su kafu u tišini, svako zadubljen u svoje misli.

— Kad reče da će doktor? — upitala je naposletku.

— Pokupiće ga Božidar čim stavi lance na točkove. Mislim da će do osam da stignu.

— Ajd' ti pozadi da nahraniš životinje dok oni ne dođu, a ja ću da spremim nešto za jelo — reče Milka.

***

Oko osam sati Viktor je u trpezariju uveo Božidara u društvu starog doktora, zgurenijeg i manjeg nego ikada. Na dovratku se, ubledela lica, pojavila Milka. U naručju je nosila Milana, koji je plakao iz petnih žila. Ne gubeći vreme, doktor je zbacio svoju staru krznenu bundu.

— Milka, svuci ga, molim te — rekao je i, osvrnuvši se oko sebe, pokazao na sto. — Dajte jedno ćebe, pregledaću ga ovde u trpezariji. Toplije je.

Viktor je odmaknuo stolice u stranu, a iz sobe doneo ćebe i njime prekrio drveni sto. Milka je položila golog dečačića, koji se bacakao i drao snagom začuđujućom za tako malo i mršavo stvorenje.

Ozbiljnog lica, doktor ga je od glave do pete ispipao svojim čvornovatim, znalačkim prstima. Naposletku, iz torbe je izvadio stetoskop i pažljivo oslušnuo detetova pluća, pritiskajući mu tu i tamo slušalicu na leđa.

— Ovo dete nije bolesno, ali je izgladnelo, ljudi! — reče on prekorno. — Sigurno već noćima ne spava!

— Kako ne spava, doktore? — začudi se ženica. — Spavalo je cele noći.

— Ma hajde, to nije moguće! — podviknu on skoro, opipavajući mu stomačić. — Ovom detetu je stomak skroz prazan!

— Ali sisao je, kunem se!

— A da li je napunio pelenu?

Milka je pogledala u doktora, pa u muža, naizmenično.

— Doktore — reče Viktor počešavši se po bradi — dete je iskakilo malo krvi...

— Majci je od temperature presušilo mleko, dete je gladno već danima. Dobilo je takozvanu „stolicu gladi” — reče starac, nimalo začuđen.

— Ajmeee! — uzviknu Milka preneraženo.

— Mene interesuje kako si uspela da ga gladnog uspavaš.

— Pa... davala sam mu malo čaja od nane umesto vode...

Doktor je primetio suze u Milkinim očima i shvatio da je bio suviše grub sa njom. Mlada žena, koja još uvek nije rađala, jednostavno nije mogla da prepozna simptome gladi kod deteta.

— Dobro je, Milka — reče odobravajući — ali mora i da jede.

— Znači dete nije bolesno? — upitao je Viktor s nadom.

— Ma kakvi! — odmahnuo je starac rukom. — Samo ga pod hitno nahranite, inače će, siroto, umreti od gladi!

Viktor skoči.

— Je l' može kozje mleko?

— Ne da može, nego je najbolje! — potvrdio je doktor radosno. — Nek pije pomalo, na svakih sat vremena. Večeras duplirajte dozu, ali proredite davanje na svaka dva sata. I nikako kuvano, nego pravo iz vimena.

— Moja stara Belka još uvek daje prvoklasno mleko! — uskliknuo je gorostas poput malog deteta. — Da nije bilo nje kad je Atila ostao bez majke, sigurno bi lipsao. A vidi ga sad, kao bik je!

Zabavljen poređenjem, doktor se nasmejao. Ispratio je pogledom Viktora, koji je s šerpicom u rukama već hitao u tor. I ćutljivi Božidar se smeškao, vidno srećan. Već sledećeg trenutka starac se okrenuo Milki i podigao upitno obrve. Ona mu glavom pokaza prema vratima iza kojih je Ružica ležala na samrti.

Posle nepunih četvrt sata, doktor se vratio vrteći glavom.

— Nema nade za majku — izgovorio je tužno ono što je Milka već ionako znala. — Učinite samo da joj odlazak bude što spokojniji.

Na te reči, Milkine oči se napuniše suzama.

— Gde je otac detetov?

— Ne znam, doktore — slegnu ona ramenima. — Nikada nije pričala o njemu.

— Da li ti ime Mirko nešto govori?

— Mirko... — ponovila je ona zamišljeno. — Ne, ništa. Zbog čega?

— Više puta ga je pomenula, ali... kada je postala svesna mog prisustva, ućutala je. Kao da se nečega boji.

— Jednom samo — priseti se Milka — kada se Milan rodio, rekla mi je da je isti otac. Zbog crnih očiju i mladeža na licu.

— Mladeža?

— Na obrazu ima mladež u obliku srca, verovatno kao njegov otac. Možda je to taj Mirko, ali verujte mi, doktore, nikada nije htela o njemu ni reč da mi kaže.

— Verovatno ga mrzi iz dna duše — revoltirano će on.

Milka je odrečno odmahnula glavom.

— Ne verujem. Mislim da ga još uvek voli, i pored svega. Sve mi se čini da svojim ćutanjem želi da ga zaštiti od nečeg ili nekog.

— Pa dobro — uzdahnu starac kao da je odjednom postao umoran od života. — Neka ga štiti ako tako želi, ali znaj da svaka istina kad-tad ispliva na površinu. Nije taj Mirko duh, pa da nestane.

Nešto kasnije, Milka je ušetala u sobu i prišla Ružičinom krevetu. U naručju je nosila malog Milana, koji je, sit i spokojan, spavao blaženim snom.

— Ružice — pozvala je tiho.

Njene upale oči lagano se otvoriše. Kao kod svih ljudi koji se rastaju od života, bile su nekako odsutne, zamućene. Pa ipak, na trenutak su zaiskrile nadom kada je u Milkinom naručju ugledala svog uspavanog sinčića.

— Dobro mu je, živeće — reče Milka u odgovor na njen upitan pogled. — Paziću na njega kao da je moj, kunem ti se.

— Hvala, seko, hvala — rekla je šapatom, jedva otvarajući suve usne. — Kaži mu koliko ga je majka volela.

— Hoću, sestrice mila, reći ću mu sve — obećavala je Milka, gutajući suze.

— Kaži mu da mi je žao što sam ga ostavila samog na svetu, ali... ne mogu više... nemam snage.

— Pa nije sâm! — briznu ova u plač. — Ima nas!

— Znam, znam...

— A ima i oca! — doda Milka s gorčinom. — Mirko se zove, zar ne?

Ružica se na pomen njegovog imena trže, sklopivši oči, stavljajući joj jasno do znanja da na svoje pitanje neće dobiti odgovor.

— Šta da mu kažem kad me upita za oca? Šta da lažem, Ružice?

Niz Ružičine obraze potekoše suze, ali i dalje nije progovarala ni reč.

— Zbog čega ga kriješ? — upita Milka s nerazumevanjem. — Od čega i koga ga štitiš, moram da znam!

Tišina.

— Kako možeš još uvek da voliš čoveka koji te je na taj način ostavio? Nekog ko te nikada nije voleo!

Na te reči Ružica je otvorila oči i uputila joj molećiv pogled.

— Nemoj tako o njemu, seko, ne poznaješ ga — reče, prosto cvileći. — On je tako dobar... nežan. Volela sam ga više od života... Voleo je i on mene, znam.

— Pa gde je sad? Što ga nema da vam kaže da vas voli?

— Dugo sam o tome razmišljala i noćas napokon shvatila — reče ona sa blagim osmehom na usnama. — Ako je onaj Mirko koga sam poznavala i volela nestao, učinio je to samo da bi zaštitio dete i mene.

— Od čega?

— Neke velike opasnosti, seko, sigurna sam — reče ona, potpuno uverena u to.

— Misliš li da će se vratiti kad opasnost prođe?

— Hoće... hoće sigurno — dahtala je Ružica isprekidano, iskolačenih očiju od napora. — Nemoj... više... o njemu. Pusti ga... na miru. Obećaj!

Dok je to govorila, borila se za svaku trunčicu vazduha. A onda je digla ruke prema stropu, grčeći koščate šake i grabeći nešto što je samo ona mogla videti.

— Neću više, mila, neću više! — povika ženica uplašena prizorom.

Ustala je brzo s kreveta i spustila dete u kolevku. U dva skoka se vratila Ružici i uhvatila je za obe ruke. U trenutku kada je ova osetila prijateljski stisak, opustila se i najzad udahnula punim plućima. A onda je sklopila oči, izdahnula poslednji put, a njeno telo se zauvek smirilo. Milka je zajecala. Još dugo je plakala, ljubeći joj hladnu ruku i tepajući joj.

Sutradan su je sahranili na seoskom groblju, pored majke. Imala je samo dvadeset četiri godine.

3

DETINJSTVO — APRIL 1958. GODINE, ŠEST GODINA KASNIJE

— Tata! — povikala su deca u duetu, strčavši niz kamene stepenice.

Jedna štrkljasta devojčica, praćena svojim mlađim bratom, pohitala je u pravcu kapije ispred koje samo što se zaustavilo staro kamionče. Oba deteta su još uvek bila u noćnoj košulji.

— Ne bosi! — povikala je majka za njima uhvativši se za glavu. — Kome sam ja kupila papuče na vašaru! — nezadovoljno je gunđala sebi u bradu, dok je prema njoj išao krupan čovek sa devojčicom u naručju i dečakom posađenim na široka ramena.

Zasmejavao je decu, vešto se praveći da mu od njihove težine klecaju kolena. Zanosio se tamo-amo kao da je pijan, na šta su deca cičala svojim grlenim glasićima.

— Kaži im, Viktore! — povika Milka želeći da izgleda strogo, ali se na kraju i ona nasmeja njihovim ludorijama.

Uživala je dok je gledala svog gorostasnog muža, koji je u društvu svoje dece postajao neozbiljan i razdragan, topeći se od očinske ljubavi. Ali, kao i svakoj brižnoj majci, pogled na njihova gola stopala nije joj davao mira.

— Ozbiljno kažem! — reče ona mršteći se. — Kupila sam im papučice, a oni ih nikad nisu ni obuli!

— Čujete li šta kaže mama! — povika on teatralno. — Odmah da ste obuli papuče, inače ću ih pokloniti Atili i njegovoj ženi ovci, da u njima šetaju po selu!

Mališani prasnuše u smeh, što je njihovom tati i bio cilj. Milka je na to zavrtela glavom i podigla ruke kao da se predaje.

— Ma, ti si još gore dete od njih. Ne znam zašto uopšte pokušavam.

— Milka, ljubavi moja — uzvratio je on nežno. — Nije hladno. Pusti ih kad vole da trče bosi.

— A šta ako se prehlade?

— Ma to su, bre, zdrava seljačka deca! — odmahnu on rukom. — Znaš li ti da sam ja cipele obuvao samo zimi, sve dok nisam pošao u školu. I nikad se nisam prehladio.

— Da znaš da sam sad mirna kad sam to čula — rekla je ironično. — Ti si mi, e znaš kakav primer!

Revoltirana, Milka se okrenula na petama želeći da ode, ali ju je snažna muževljeva ruka zgrabila oko pasa i privukla k sebi.

— Jao! Bockaš me bradom! — uvijala se Milka, dok je Viktor, držeći je jednom jedinom rukom (na drugoj mu je visila devojčica), pokušavao da je poljubi u vrat. — Jaooo, čupate me! — vrisnula je kada je dečačić sa očevih, poželeo da pređe na majčina ramena, vukući je pri tom za kosu.

Ličili su u tom trenutku na jedan ogroman, živi čičak.

— Gde je Mile? — upitao je Viktor naposletku, tražeći pogledom po dvorištu.

— Otišao je malopre da se igra. Ne verujem da je daleko.

— Je l' stavio bar nešto u usta?

— Pa ne bih ga valjda pustila gladnog! — ljutnu se ona.

— Pita li nešto za školu?

— Kako da ne! — nasmešila se ona. — Jedva čeka septembar. Stalno me zapitkuje kako je u školi i šta ga sve tamo čeka. Terao me je da ga naučim da čita i piše jer se plaši da ne ispadne glup ako jedini ne bude ništa znao.

— Dobro je on dete — reče Viktor zadovoljno. — A inače? Je l' sve u redu?

— Ma pusti! — dunu ona kroz nos. — Opet su ga vređali da je siroče bez roditelja! Kako deca mogu da budu okrutna.

— Deca iznose samo ono što čuju u svojoj kući — reče on stežući nesvesno pesnicu. — Samo da uhvatim te mangupčiće, reći ću reč-dve njihovim roditeljima.

— Ne možeš izmeniti selo, Viktore. Ovde je ogovaranje oduvek bilo glavna zanimacija. Nego hajde da jedeš, ispekla sam proju sa sirom i zeljem.

— Ah, zamalo da zaboravim! — reče on spustivši devojčicu na travu, dok je drugom rukom prebirao po džepovima.

Pred oduševljenim pogledima mališana, izvadio je dve šećerne lule.

— Crvena za Miru, plava za Mihajla!

Uz radosne poklike, deca zgrabiše svako svoj slatkiš i otrčaše da se igraju.

— Vidi ti njih! — viknuo je Viktor tobože uvređeno. — A poljubac za tatu?

— Mnogo bockaš, tata! — ciknu devojčica i ne okrenuvši se.

Viktor se lupio šakom po kolenu, nasmejavši se od srca.

***

— Ajde, bre! — reče jedan debeli dečak bodući laktom mršavog druga kraj sebe.

Pored debelog, ali s druge strane, riđe-plavi dečak cerio se glupim izrazom na pegavom licu. Sa dugim prednjim zubima i klempavim ušima neodoljivo je podsećao na kunića. Sva trojica su ležala potr-buške, skriveni u žbunju kraj puta.

— Zašto ja? — pobunio se mališan, štiteći instinktivno rebra od novog udarca. — Idi ti ako smeš!

— Ja sam već ulazio bezbroj puta, sad je na tebe red — reče debeljko podsmešljivo. — Pitaj Lordu ako ne veruješ.

— Jeste, jeste — slaga klempavi dečak — Mika se pred njega šeta ki kad je na vašar!

— Si čuo, kukavice jedna?

— Ko je kukavica? — ljutito će mršavko.

— Ti! — uzviknu debeli munuvši ga opet u rebra.

U istom trenutku, klempavi se pridigao na lakat i preko svog debelog pajtaša, povukao ga za uvo.

— Pustite me, reći ću vas kod...

— Kod koga, bre? — preseče ga debeljko potcenjivački. — Kod tvog oca možda?

— Ti nemaš oca, kukavica nema oca... — nabrajao je klempavi, tražeći istovremeno podršku u debeljkovom pogledu. Po svemu sudeći, goreo je od želje da se svidi svom jačem drugu.

— E, sad ćete da vidite ko je kukavica!

— Ajd' ako smeš! — podbode ga debeli zlurado.

Mršavi dečak je izašao iz žbunja na zemljani put i uspravio se. Bilo mu je oko sedam godina pa, iako nije bio krupan, bio je dosta visok i žilav za svoje godine. Lice mu je bilo snežno belo i u totalnom kontrastu sa crnom kosom. Oči su mu takođe bile toliko tamne da mu se zenica mogla videti tek kada bi gledao prema suncu. Dubok pogled i lepo iscrtane, prkosno stisnute usne, odavale su jak dečakov karakter. Na desnom obrazu jasno se video mali mladež u obliku srca.

Ne razmišljajući više ni sekundu, Milan se zaleteo i u dva skoka preskočio plot s druge strane puta. Lako se dočekao na noge i trudeći se da ostane u senci plota, osmotrio prostor oko sebe. Trebalo je da otrči do sredine dvorišta, dotakne bunar od cigle i vrati se živ i zdrav, pre nego što ga ugleda „on".

Problem je bio to što na toj strani dvorišta nije bilo ni drveta, ni žbuna. Samo niska trava. Od bunara pa nadesno, nekoliko nadovezanih drvenih oluka podbočenih bundrucima, protezalo se do velikog kamenog pojila. Oko njega se tiskalo stado ovaca, među kojima se izdvajala velika bela masa, nalik na neki vuneni brežuljak. Ali brežuljak se kretao, gurajući oko sebe ovce isto tako lako kao da su krpene lopte. Bio je to Atila, Viktorov ogromni ovan.

Dečaku se digla kosa na glavi, ali kikotanje koje je dopiralo iz pravca žbunja jasno mu je davalo na znanje da nazad nema.

„Sad ili nikad!", rekao je u sebi i potrčao u pravcu bunara nakon što se uverio da je Atila okrenut leđima.

Trčao je brzo i lako, sve više uveren u uspeh. Negde na pola puta, krajičkom oka je pogledao prema stadu. Taj mali trenutak nepažnje ga je skupo koštao. Noga mu zape o neku strnjiku koja je štrčala iz zemlje i on se svom dužinom opruži po tlu. Prekinutog daha i pomalo ugruvan, Milan se pridigao na kolena, pljujući sa gađenjem zemlju koja mu je pri padu uletela u otvorena usta.

Ne zaboravljajući nijednog trena odakle vreba opasnost, bacio je brz pogled prema pojilu. Od onog što je ugledao sledila mu se krv u žilama. Atila, koji se već izdvojio iz stada, stajao je nepomično i uzdignute glave gledao u njegovom pravcu. Milan se momentalno priljubio uza zemlju, misleći da će mu možda to pomoći da ostane neprimećen. Atili, međutim, kome je svaki kamenčić na posedu bio urezan u pamćenje, taj dečakov pokret nije mogao da promakne. Već sledećeg trenutka on je preteći sagao glavu i jurnuo. Dečak nije gubio ni tren, već je odmah skočio na noge. Razum mu je govorio da beži nazad preko plota, odakle je i došao. Ali instinkt ga je upozoravao da ovna mora da drži na oku umesto da ga ima za leđima. Ne razmišljajući više ni trenutka, potrčao je prema bunaru, koji je, kao jedini zaklon u toj polovini dvorišta, bio njegov jedini spas.

Kao da mu od toga život zavisi (što i nije bilo daleko od istine), trčao je koliko su ga noge nosile. Na jedno desetak metara od cilja uhvatila ga je panika. Već je u mislima video sebe kako nestaje, smrvljen pod ogromnim ovnovskim telom. Kako poput lubenice puca pod naletom njegovih strašnih rogova. U ušima mu je odzvanjao topot njegovih papaka. Još pet metara. Za vratom je čuo ovnovo dahtanje.

„Gotov sam!", pomislio je u magnovenju.

Poslednja dva metra su više ličila na beznadežni skok nego na neki promišljen akt. Još pre nego što je dodirnuo tlo, Milan je začuo tup tresak. Ležao je nepomično na zemlji, zatvorenih očiju. Oko njega tišina. Nije osećao nikakvu bol.

„Sigurno sam već mrtav...", zaključio je, ne znajući da li treba da bude očajan ili srećan što je kraj došao tako brzo i bezbolno.

Nedaleko od njega nešto je frknulo, vrativši ga u stvarnost. Otvorio je oči. Iako nije video ovna, za svaki slučaj je skočio na noge i, spretno poput mačke, popeo se na drveni poklopac bunara. S njega je ugledao nešto neverovatno. Atila, strah i trepet Bačine, pa i šire, Viktorov ponos, ležao je na boku kraj bunara, miran i bespomoćan kao neka ovca.

— Uraaaaa!!! — kriknu dečak oduševljeno.

Ispunjen ponosom, bacio je izazivački pogled ka dvojici dečaka koja su ga iza plota gledala razrogačenih očiju.

Taj njegov poklič kao da je ovna osvestio, tek, on skoči na noge i osvrnu se oko sebe. Disao je teško. Iz otvorenih usta mu je oklembešeno visio jezik. Pogled mu je bio prazan i nekako staklast. Nije ni primetio Milana, koji je stajao na bunaru iznad njegove glave. Levi rog bio mu je vidno okrnjen.

Dečak je shvatio zašto je čuo onaj tupi udarac. Usredsređen na svoju žrtvu, Atila je zaboravio da gleda oko sebe i svom silinom se zakucao u zidani bunar. Čak i njegova snažna ovnovska glava nije mogla da istrpi takav udarac. Drugim rečima, bio je žrtva sopstvene snage.

Stajao je tako nekoliko trenutaka u bunilu, a kada je napokon hteo da krene, umesto da se vrati svom stadu, počeo je da se vrti oko samog sebe. Milan je strpljivo čekao da se ovan udalji na sigurnu razdaljinu, jer je čak i polusvestan, svojim ogromnim telom ulivao strahopoštovanje.

— Šta je, kukavice, ne smeš da siđeš? — doviknuo mu je debeli dečak preko plota. — Je l' ćeš tu da noćiš?

Milan nije mogao da poveruje svojim ušima. Njegovom ličnom zaslugom Atila je udario glavom u bunar i pao u nesvest, a ovaj ga je još uvek nazivao kukavicom. Van sebe od besa, učinio je nešto totalno nepromišljeno. Poput kauboja, skočio je s bunara ovnu na leđa i zgrabio ga čvrsto za vunu. Snažna životinja je potrčala tresući ogromnom glavom, instinktivno pokušavajući da zbaci neželjenog jahača. Svojim žilavim nogicama, stezao je Atilina leđa što je jače mogao. Ali, i pored toga, osetio je da od truckanja počinje da klizi. Koliko god se trudio, nije mogao naći čvrsto uporište u mekanoj ovnovoj vuni. Mogao je da skoči s njega i bez ikakvog rizika pretrči dvadesetak metara koji su ga odvajali od plota. Međutim, izraz na licima dvojice dečaka, koji su cereći se zurili u njega, odvratio ga je od te pomisli. Njegovi „nazovi drugari" vrebali su i najmanju grešku da njegov trijumf pretvore u totalni neuspeh. Nije smeo da im pruži priliku za to.

Snagom kakvu samo očajnik može da dobije, zgrabio je ovna za desno uvo i povukao. Istog trenutka Atila je skrenuo udesno. Čisto da proveri, Milan ga je zgrabio i za levo uvo, povukavši i njega. Ovog puta, životinja je skrenula ulevo. Sasvim slučajno otkrio je kako da ogromnog Atilu povinuje svojoj volji.

„Pobedio sam!", pomisli on s ushićenjem.

Naizmenično ga vukući za uši, poput veštog ukrotitelja, Milan je terao ovna čas levo, čas desno, bodući ga istovremeno petama u slabine. Kao da je u pitanju pitomo jagnje, a ne opasna životinja, doterao ga je dečacima na noge i pred njihovim zabezeknutim pogledima, sa ovnovih leđa preskočio plot.

— Paaa, nije loše — reče debeli nehajno u odgovor na Milanov trijumfalni pogled.

Njegov riđi, klempavi drug, koji je do tada sa divljenjem posmatrao Milana, počeo je da trepće u čudu, ne znajući kako da se postavi. Na kraju se samo glupo zakikotao.

— Nije loše?! — prasnuo je Milan. — Rekli smo da otrčim do bunara i nazad, a ja mu dojahao na leđima i nije loše!!!

— Lako je da jašeš svog ovna! Ajd' da te vidim da jašeš tuđeg.

— To je Viktorov ovan, a ne moj!

— Jeste, ali te poznaje. Ako si mislio da nas pređeš, nije ti uspelo.

— Ma koga, bre, poznaje? Samo Viktor sme da mu priđe, kad ti kažem!

— Pričaj ti to nekom drugom — sprdao se debeljko ne bi li tako sakrio ljubomoru koju je gajio prema tom spretnom dečaku. — Mi imamo druga posla. Ajmo, Lordo!

— Gde ćete? — upitao je Milan razočarano videvši da se udaljuju sa rukama u džepovima. — Je l' mogu i ja s vama?

— Ne može! — odbrusio mu je ovaj.

— Zašto?

— Ne družimo se s lažovima i kukavicama.

Na te reči, Milan se saže i zgrabi kamen sa zemlje. Čvrsto ga je stezao u šaci gledajući besno za dečacima, ali ga je naposletku ispustio sebi pored nogu.

— Vi ste kukavice... — promrmljao je, shvatajući da je još jednom izigran.

Posle nekog vremena osvrnuo se oko sebe. Bio je sâm pored druma. Sâm kao bezbroj puta do tada. Trijumf ima gorak ukus kada nemaš s kim da ga podeliš. Iako ga je vrlo dobro znao, nije mogao na njega da se navikne i što je bivao stariji, ukus gorčine je bio sve nepodnošljiviji. Da je pao i razbio se kao lubenica, ona dva bizgova bi još bila tu i ismevala ga.

Ipak, Milan se još uvek nadao da će njegovi uspesi učiniti da ga drugi vole i prihvate kao sebi ravnom. Uvek je bio spreman da dokaže da sme i može mnogo. Ali, ma koliko se trudio, uvek su njegovi podvizi momentalno padali u zaborav, a on nazivan kukavicom, hvalisavcem i najčešće od svega, siročetom. Vremenom je shvatio da je njegova jedina krivica to što nije imao roditelje. Nažalost, bila je to i jedina stvar koju nikako nije mogao da ispravi. Mogao je da se popne na najviši orah, čak i kada pada kiša, da pogodi praćkom pticu u letu, da jaše razjarenog ovna... Možda bi mogao i da nauči da leti kao ptica, ali da stvori sebi roditelje, to nije mogao.

Sve što je znao o svojoj majci ispričala mu je Milka. Ostalo je bilo ispisano na maloj nadgrobnoj ploči od belog mermera. Još uvek nije znao da čita, ali je zapamtio ono što su mu pročitali.

Ružica Jovadžić,
rođena 1.7.1928. godine — preminula 21.12.1952.

Dvadeset četiri godine života. Čak i njemu, malom dečaku, bilo je jasno da je to premalo.

O ocu nije znao ništa. Zapitkivao je, nije da nije, ali ni Milka ni Viktor nisu imali odgovor. Čak ni stari Giša, stolar, pesnik, mađioničar i ko zna šta još, Giša koji je znao skoro sve o svemu, nije mogao ništa da mu kaže o ocu. S obzirom na to da je nosio majčino prezime, Milan je došao do zaključka da otac nikada nije ni postojao. Majka ga je rodila tek tako, bez ičije pomoći. Jednom je od neke babe čuo da je neka žena po imenu Marija isto tako rodila sina koji je postao poznat i voljen čovek. Zvao se Isus. Kada je to ispričao Milki, ova je razrogačila oči i prekrstila se.

— Milane — reče ona osvrnuvši se oko sebe, iako su bili sami na tremu — kao prvo, to je bilo davno i nije sigurno da je baš tako bilo. A kao drugo, nemoj slučajno da si to negde ponovo rekao.

— Što? — začuđeno će on.

— Obećaj!

— Dobro, obećavam... — reče dečak slegnuvši ramenima.

I stari Giša je bio kategoričan.

— Ne može to tako, dečko moj! Da se napravi dete, potrebno je i muško i žensko. Ne mog’ sad ti objašnjavam kako, mlogo si mlad, al’ oca sigurno imaš. Samo ja stvarno ne znam ni koji je, ni ’de je.

Otkako je znao za sebe, živeo je sa Viktorom i Milkom. Nikada nije shvatio ko su mu oni u stvari, a nije mu ni bilo toliko bitno. Bilo mu je jedino važno to što su ga voleli. A voleo je i on njih.

Jednom kada su mu dečja zadirkivanja naročito teško pala, utrčao je uplakan u kuću i bacio im se u naručje. Zamolio ih je tada da mu budu roditelji. Ne za stvarno, već samo pred selom. Samo da bi napokon prestali da ga zovu siročetom i ko zna kakvim još pogrdnim nazivima. Viktor ga je tada nežno pomilovao po glavi i rekao da bi oni takođe to voleli, ali da im ona stara veštica Živana to ne dopušta.

„Živana?”, začudio se Milan. „Kakve veze ta ćopava veštica ima sa mnom?”

Na tome je i ostalo.

DEDA GIŠA

Često puta je slušao strašne priče o vešticama. Uglavnom se govorilo da su stare, ružne i zlobne. Živana je posedovala sve te karakteristike. Verovatno je uistinu bila veštica, ali koliko god da je razmišljao, nije mogao da shvati šta bi ona imala protiv toga da mu Viktor i Milka budu roditelji. Neretko ju je posmatrao, onako krišom, izdaleka. Govorilo se da veštice bacaju uroke, a najviše vole da ih bacaju na malu decu. Radoznalost ga je vukla ka njoj, ali uvek se trudio da ostane dobro skriven i na sigurnoj udaljenosti. Bio je uveren da ni najopasnija veštica ne može da dobaci tako daleko, ma šta taj urok bio.

Nikada, ama baš nikada se nije približio velikoj veštičinoj kući, koja je sa brda dominirala selom. Govorilo se da iz njenog odžaka ponekad izlazi zelenkast dim. Niko nije znao šta to loži i kuva. Milan je ipak imao nekih ličnih predstava, i od svake mu se dizala kosa na glavi.

Sa glavnog puta, koji je silazio u centar sela, naglo je skrenuo desno i izgubio se u šipražju. Prolaz je bio toliko uzak i zarastao da je čovek mogao deset puta da prođe pored njega a da ga ne primeti. Uski putić je strmo silazio sve dublje. Milan se povremeno hvatao za okolno granje da se ne bi okliznuo. Svakim korakom dnevna svetlost je bivala sve slabija, a drveće deblje. Bio je u srcu šume. Nizbrdica je prestala isto tako naglo kao što je počela, presečena bistrim potokom. Na velikom kamenu, koji je poput ostrvceta delio potok napola, odmarao se debeli daždevnjak sa drečavim žutim pegama na crnom telu. Vidno iznenađen neočekivanom dečakovom pojavom, skočio je sa kamena i brzinom začuđujućom za svoje zdepasto telo, pobegao glavom bez obzira.

Milan se nasmešio. Nikada mu nije palo na pamet da neku životinju muči ili povredi bez razloga. Neretko bi na svom putu ugledao zmiju, ali za razliku od ostale dece, nije osećao strah. Viktor ga je naučio da ih se ne boji, pa čak i da pravi razliku između otrovnih i neotrovnih.

— Zmija ne ujeda čoveka iz zadovoljstva, nego iz samoodbrane. Nikada ona nije ušla u kuću i nekog ujela. Njena kuća je u prirodi i ako je ostaviš na miru, neće ti ništa — govorio bi mu Viktor.

Preskočio je potok i počeo da se penje. Nešto kasnije, zadihan i sa ponekom ogrebotinom na licu i rukama, izbio je na čistinu. Linija koja je označavala kraj šume je bila toliko naglašena da se iz polutame odjednom našao u polju, zaslepljen svetlošću. Štiteći oči od sunca, pažljivo, da ne bi previše izgazio, presekao je preko nezrelog žita. Posle nekog vremena nabasao je na prastaru ogradu. Provukao se poput miša kroz trule tarabe i zastao dignuvši pogled.

Kuća koja mu se ukazala bila je u jadnom stanju. Većina stakala na prozorima bila je razbijena. Nekadašnja fasada sada se samo gdegde belela, a na nekoliko mesta je duvar bio toliko ogoljen da su se nazirale deljane talpice. Na jednoj strani iskrivljenog krova falio je veći deo ćeramide. Čitavo dvorište je bilo zapušteno i zaraslo u gust korov a ispred kuće rastao je džinovski orah. Drvo je u toj meri odisalo snagom i zdravljem da se naspram njega, kuća činila još trošnijom. U senci krošnje nalazio se stari žičani madrac položen na četiri panja umesto nogu. Izbušeni prekrivač i od prljavštine potpuno crn jastuk su se tu bez sumnje nalazili danonoćno, i po suncu i po kiši. U krošnji drveta nešto mrdnu, privukavši dečakovu pažnju. Kroz lišće ga je posmatralo crno gavranovo oko.

— Zdravo! — viknuo je Milan prepoznavši Gišinu pticu.

Ptičurina je iskrenula glavu odmerivši ga. Iako je bio slobodnjak, gavran se nikada nije previše udaljavao od kuće. Giša ga je davno pronašao u travi kao goluždravog ptića i očuvao ga. Čak ga je, u to se Milan lično uverio više puta, naučio da priča. Znao je da kaže zdravo, na neki svoj kreštavi gavranski način, ali ipak sasvim razumljivo. Naravno, otpozdravljao je samo Giši i nikom drugom, ali dečak nije gubio nadu da će jednog dana otpozdraviti i njemu.

— Deda Gišo! — pozvao je Milan.

Tišina.

— Deda Gišooo! — povika on još jače.

Kuća je bila širom otvorena. Milan je par puta pokucao i ne dobivši odgovor, zakoračio u mračno predsoblje.

— Ima li koga?

Starčeva soba je bila mala i jednostavna. Krevet tek nešto čistiji od onoga napolju, mali drveni orman, stočić i jedna jedina stolica. Na stolu hrpa starih novina, buđava vekna hleba i tacna, iskapana žutim svećinim voskom.

Od sve kuće, Milan je poznavao jedino tu sobicu. Radoznao, kao i svako dete, poželeo je da obiđe i ostatak kuće koristeći Gišino odsustvo. Brzo se razočarao. Ostale sobe su bile potpuno prazne. Cvrkut ptica mu privuče pažnju i on diže pogled. Kroz urušen karatavan i krov bez crepa, naziralo se nebo. Ni velika soba na kraju hodnika nije izgledala bolje. Karatavan je još uvek kako-tako držao, ali je kroz pukotinu na zidu, koja je zjapila od poda do plafona, mogao da proleti vrabac, i to raširenih krila. Dečak začu neku škripu i pomislivši da se kuća ruši, kao furija izlete u dvorište.

Preko puta kuće, s druge strane oraha, nalazila se Gišina radion-ica. Bila je to dugačka koliba sklepana od mnoštva dasaka, od kojih verovatno nijedna nije bila iste boje, starosti i veličine. Milan je voleo tu daščaru, posebno ono što se u njoj nalazilo. Bila je prepuna interesantnih stvari. Ispod prozora protezala se teška stolarska tezga. Ponekad bi gurao dlan u stegu i, okrećući ručku, sam sebe stezao. Tek onako, da vidi dokle može da izdrži. Po tezgi su bile razbacane alatke. Čekići, burgije, šila i turpije, kao i rendeta svih mogućih veličina. Najveće od njih je uspravljeno, dosezalo dečaku do brade. Najmanje je moglo stati na njegov dečji dlan. Bilo je takođe raznih dleta za rezbarenje i nekoliko testera okačenih o klin. Giša nije voleo da mu se dira alat. Posebnu pažnju mu je skrenuo na testere.

— Testere su, sinko, opasne! — govorio bi mu starac. — Nemo’ đavo da te prevari da gi diraš! Gle’j ovamo!

Pokazivao bi mu tada levu šaku na kojoj je falilo pola kažiprsta.

— Ovo mi je uspomena iz detinjstva — plašio ga je starac. — Testere ne vole decu, zapamti!

Bila je to lekcija koju Milan nikad nije zaboravio. Uvek se držao podalje od testera i njihovih oštrih zuba. Dovoljno je samo bilo da pomisli na Gišin odsečen prst.

U radionici se takođe nalazila gomila nezavršenog nameštaja, starih stolova i stolica donetih na popravku i ko zna kakvih još stvari kojima tu nije bilo mesto. Ali starog Giše nije bilo.

Nije ga našao ni u štali u dnu dvorišta. Ravijojla, Gišina jedina krava, radosno muknu ugledavši ga na vratima. Milan ju je potapšao po leđima i pružio joj malo sena. Voleo je tu kravu. Jadao joj se ponekad, a ona bi ga predano slušala i gledala svojim vlažnim očima na takav način da mu se činilo da sve razume. Ravijojla nije bila osobito lepa. Imala je braonkasto-riđu dlaku bez sjaja i bila poprilično suva i sitna. Jedan rog bio joj je okrenut nadole. Jednom prilikom upitao je starca čemu mu služi jedna jedina krava, koja čak ne daje ni mleka.

— Imao sam nekad sijaset krava — odgovorio mu je Giša. — Sve sam gi prodao kad mi je žena umrla. Sve, osim moju Ravijojlu. Nju ne bi’ dao za brdo zlata!

— A što, deda Gišo? — čudio se dečak.

— Znaš li ti, sinko, da je moja Ravijojla pet puta uzastopce bila šampionka Jugoslavije u lepotu?

Dečak ga je pogledao s nevericom.

— Zvali su gu čak u Budimpeštu, na svetsko prvenstvo, al’ nije mlogo volela da putuje. Rešio sam zbog toga da pružim šansu drugim kravama. A da je otišla tada... ma, nije mogla nijedna vodu da joj nosi! Kad gu ja okupam na potok i istimarim, pa gu namažem papci s crni imalin, prošetam gu po selo, a oni da pocrkaju! Šapuću ki komina od ljubomoru! Ona ki da zna da je najlepša, pa treplje i pogleđuje gi s oni lepi oči... Koj da gu proda, bre, Milane?! Za koje pare, bre!

Dečak ju je počeškao još jednom po glavi, a onda se uputio ka centru sela u potrazi za starcem.

Ko je, u stvari, bio stari Giša?

Rastao je kao jedinac u oca i majke. Još od ranog detinjstva bilo je očigledno da se razlikuje od ostale seoske dece. Odavao je utisak leptira, tako je bio nežan i lep. Majka Stana ga je čuvala kao malo vode na dlanu i za njega šila kod Milentija šnajdera prelepa odelca od najfinijeg uvoznog štofa.

— Ćerka majkina! — tepala bi mu ushićeno, pijući ga očima prepunim ljubavi.

Po selu se u šali pričalo da bi ga i u haljinice oblačila, samo da je nije bilo strah od muža. Kada je porastao, postao je lep i naočit mladić. Nosio je tanke štucovane brčiće i imao prefinjene manire, što je bilo u totalnom kontrastu sa njegovim vršnjacima. Više od izgleda i ponašanja, bio je selu čudan način na koji je Giša posmatrao i doživljavao život i svet oko sebe. Dok su ostali namirivali stoku i obrađivali zemlju, on je šetao i sanjario. Ne da je bio lenj, bio je taj spreman da pomogne svakom i zasuče rukave čak i za najteže i najprljavije poslove. Ali bi ga njegova sanjalačka priroda činila nepouzdanim za bilo šta ozbiljnije. Mogao je u mislima da odluta daleko i lako zaboravi šta je započeo, pa da načini štetu ili, ne daj bože, nastrada. Stoga su više voleli da ga puste da šeta po Derđelinu, piše pesme i sanjari.

Sve što su ostali smatrali totalno nebitnim, njemu je bilo nesvakidašnje, čarobno. Cvrkut ptica, pčele koje sakupljaju med, leptirov let. Obična tuča dva pripita momka je u njegovim stihovima postajala dvoboj dva junaka za čast. Kao vrstan frulaš, bio je rado viđen gost na seoskim svetkovinama. Svirao je do besvesti, a seljaci, kada više od umora nisu mogli da igraju, skupljali su se oko njega i slušali njegove besede. Smejali su se do suza Gišinim dogodovštinama i tapšali ga po leđima. Niko kao on nije umeo da sroči i ulepša priču. Krišom su ga zvali „Giša lažov". A jeste preterivao, samo toliko je, jadan, i sâm verovao u ono što priča da niko nije imao srca da mu to kaže u oči. Smatrali su ga simpatičnom seoskom budalom, što je njegovom ocu Gvozdenu, bogatom svinjskom nakupcu i džambasu, veoma teško padalo.

Jednog dana, otac je odlučio da preseče i konačno sina dovede u red. Našao je za njega u selu Izbenici, nedaleko od Bačine, devojku iz domaćinske i poštene porodice. Krupna, duge crne kose i rumenih obraza, Miluška je za seoske pojmove bila prava lepotica. Nije bila neka miraždžika i bila je četiri godine starija od Giše, ali upravo to, smatrao je njegov otac, bilo je potrebno njegovom luckastom sinu da postane pravi čovek. Sagradio mu je i opremio novu kuću na sasvim drugom kraju sela i time majka Stani znatno otežao svakodnevne posete i mešanje u sinovljev brak. I tako je Giša postao oženjen čovek.

Nije mu ženidba teško pala, kao što to obično biva s mladićima naviknutim na slobodu. Giša se, naprotiv, osećao kao riba u vodi. Miluška se čim ga je ugledala, smrtno zaljubila. Mladi Giša joj je posle prve bračne noći napisao ljubavnu pesmu i time joj se uvukao u srce do kraja života. Patrijarhalno vaspitana i naviknuta odmalena na seoske poslove, Miluška je preuzela na sebe i kuću, i štalu, i baštu, i voćnjake, i vinograde. Nalazila je ona vremena za sve, a za ono što nije stizala, proste radne snage bar nije falilo. Sve što je od muža tražila, bilo je da uvek bude raspoložen, lep i uglađen i da ne gleda druge žene. Giša nikada nije prekršio to pravilo. Nalazio je u Miluški sve što je ikada poželeti mogao. I ženu, i majku, i obožavateljku njegove poezije. Kao nepismena žena, smatrala je Gišine stihove apsolutnom genijalnošću, posebno one posvećene njoj.

Događaji koji su usledili promenili su mu život iz korena. Godinu dana posle smrti oca, koji je, uzgred rečeno, umro totalno razočaran u naslednika, umrla mu je i mati. Nešto od tuge za mužem, a još više za izgubljenim sinom. Iako se jadna Miluška lomila da udovolji svekrvi svaki put kada bi im ova dolazila u goste, Stana je nije zavolela. Snaja je bila jedini krivac što joj je oduzeto ono bez čega nije mogla da živi. Više nije bila ona ta koja ga je prala, peglala i udovoljavala mu. Sin bi neretko svratio da je vidi, pa ipak, sve vreme je hvalio svoju ženu i ne sluteći koliko majku time povređuje. A kad bi ga ona ponudila da ruča, odbijao je sa osmehom i hitao kući.

— Ne ručam ti ja, majko, bez moju Micu! — govorio bi.

Da je bar unuče imala, pa da opet nekog dvori i za nekog da postoji. A ono, pet godina prođoše od Gišine ženidbe i ništa. Jednog dana, žureći se kući, zaboravio je kod nje torbicu od sukna. U njoj frula, mastiljava olovka i gomila papira. Sve same ispisane stranice. Svrbelo je da sazna šta na njima piše, ali iako imućna, kao većina žena tog vremena, bila je potpuno nepismena. Nije bila lenja, pa je odmah sišla u crkvenu portu.

— Pomoz Bog, Stano — reče pop Milun kada je ugleda zadihanu na vratima. — Kojim dobrom?

— Bog ti pomogô, oče! — odgovorila je sa snebivanjem. — Eve, ja došla... kad bi mogô da mi pročitaš... znam da nemaš mlogo vreme, al' ka velim... kad bi mogô, ete da mi ovo pročitaš.

I pruži mu one ispisane listove.

— Pa ovo su ti mori, Stano, neke ljubavne pesme! Odakle ti to?

— Moj Giša mlogo voli da piše! — rekla je, a u isto vreme osetila kako je nešto štrecnulo u grudima. — Nego, će mi pročitaš malko?

Pop slegnu ramenima i poče da joj čita, onako svešteniki brzo, ali razgovetno. Miluška ovamo, Miluška tamo, gotovo svakim stihom je Giša svoju ženu okivao zlatom. Ni jedna jedina strofa o njoj, majci.

— Kad sam ih venčavao, odmah sam video da su stvoreni jedno za drugo — reče joj pop pomalo šeretski. — Al' da će ovolika ljubav da se rasplamsa to nisam mogao ni da sanjam!

— Ako, nek se vole deca... — jedva je uspela da prozbori.

Sa rukom pritisnutom na grudi, otišla je Stana svojoj kući, okupala se, raščešljala kose i obukla u najlepše što je imala. Sinovljeve pesme je pažljivo presavila i vratila u torbu, onako obučena legla u krevet i zaspala. Te noći je u snu preminula.

Već na majčinoj sahrani, Giši je prišao neki neugledni čovek sa kojim je njegov otac Gvozden navodno trgovao. Skoro se izvinjavajući, jer nije ni mesto ni prilika, uveravao ga je da mu pokojni otac duguje neke novce.

— Ne bih ni sad tražio, Boga mi — govorio mu je skrušeno, kao da će svakog trena zaplakati — al' mi jedinče teško bolesno!

Giša, ionako skrhan zbog majčine smrti, na tu priču briznu u plač. Ni ne pomislivši da od čoveka traži neku pisanu priznanicu na očev dug, odmah izvadi pare i dade mu. Čovek se momentalno izgubio cereći se, a za njim su krenula još petorica isto tako neuglednih ljudi.

Koliko sutradan, novi potražitelj je zalupao na vrata i to pesnicom. Taj nije pričao srceparajuće priče nego je odmah, skoro preteći, tražio dug nazad. Giša mu jadan dade poslednje pare iz kuće, što, naravno, nije bilo dovoljno da pokrije izmišljeni dug. Čovek je obećao da će ponovo doći za tri dana i da će mu naplatiti kamatu ako do tada ne spremi pare. Negde predveče, neki potpuno pijani grmalj, masne kose i usijan od prljavštine, šutnu nogom u vrata. I njemu je Giša dugovao pare. Pokojni otac se više nije ni pominjao.

Po prvi put u životu, Giša je bio suočen sa okrutnom stvarnošću. A pošto više nije imao nikog da ga posavetuje i zaštiti, bio je potpuno izgubljen. Nije ni slutio da ga zli ljudi lažu i koriste njegovu čuvenu naivnost. Te iste njegov otac ne bi uzeo ni svinje da mu čuvaju, pa ipak, s punim pravom su sada nogom otvarali vrata, vređali i pretili.

Eh, da je samo znao da rastera bagru i to usranom motkom. Pošten do koske i uveren u ljudsku dobrotu, gutao je sve.

Morao je tako da rasproda očevu stoku, konje i fijaker, stvari, nameštaj i naposletku kuću. Prodao bi i sve njive, voćnjake i vinograde samo da uspomena na oca ostane neukaljana dugovima, ali nije do toga došlo. Jednog dana bagra prestade da lupa na vrata. Tek tako, odjednom.

Šta se, u stvari, dogodilo? Šestorica prevaranata, koji su dotad delili na ravne časti sve iznuđene pare, posvađali su se oko poslednjeg plena u nekoj birtiji. Pale su teške reči, sevnule pesnice i noževi. Kada su se opasuljili, dvojica ih je ležala mrtva, u lokvi krvi. Ostale su pokupili žandari i oterali u apsu. Nikada se više o njima ništa nije čulo. Giša je najzad bio slobodan, ali bez prebijene pare.

Bez ikakve sumnje bi žena i on nastavili da žive skromno, ali srećno, da se nije dogodilo nešto što ga je potreslo do te mere da je u roku od par dana postao sasvim drugi čovek. Jednog dana zatekao je Milušku u krevetu belu kao kreč. Nemoć i strah u njenom pogledu bili su nešto najstrašnije što je dotad video.

— Mico, sunce moje milo! — zavapio je Giša bacivši se na kolena pred njenim krevetom. — Šta ti se dogodilo?!

— Gišo — reče žena slabo a niz obraze joj potekoše suze. — Izgubila sam dete.

— Kakvo dete, jadna?!

— Bila sam bremenita, a nisam ni znala! — zajecala je ona kao da se pravda. — Krčila sam jutros onu gore trnjinu da posadimo šljive, kad mi samo obrnu svest a u stomak me nešto štrecnu.

— Pa zar da te izgubim zbog trnjinu i šljive, proklete da su! — skočio je Giša hvatajući se za glavu.

— Nisi ti kriv, zlato moje, ja sam kriva! Trebalo je na vreme da osetim da nosim dete, žena sam!

— Kako znaš da je to? 'Oće pesak u bešiku tako isto da štreca.

Na te reči Miluška je gorko zaplakala.

— Vide... videla sam ga u lo... lokvi krvi! — rekla je kroz jecaje. — Malo moje čedo!

— Šta si videla?!

— Ručice... glavicu... sve, Gišo! Sve!

— 'De je? — upitao je, jedva mičući usnama.

Bilo je to najtežih sat vremena koje je dotad proveo i koje će provesti do kraja svog života. U travi je pronašao minijaturne posmrtne ostatke svog nerođenog deteta. Nije bilo veće od mačeta, pa ipak, bilo je to praktično formirano dete. Uvio ga je u čistu košulju i sahranio u mali, ali duboko iskopan grob pod orahom. Na kori drveta je sekiricom urezao krst. Sve to vreme nije pustio ni suzu, iako mu se srce cepalo od bola. U tom malom grobu sahranio je deo duše.

Miluška je par dana kasnije ustala iz kreveta, a posle mesec, zahvaljujući Gišinoj nezi, skoro se potpuno oporavila. Deo nje je takođe ostao u tom grobu, mnogo veći nego što je tada i slutila. Ostala je jalova.

Kada je bio siguran da žena može bez njega, Giša se spakovao, oprostio s njom i zaputio u Kruševac. Nadničio je tamo i 'vamo kao prost radnik jer nikakvog zvanja ni zanata nije imao. Spavao je u štali sa konjima, jeo kad je imao, a kad ne, trpeo je gladan. Činilo se kao da kažnjava samog sebe za sve one godine lakog života, kada ga je majka, a kasnije i žena, dvorila i pazila. Pokušavao je da se seti šta je ikada učinio da im olakša život. Šta je za bilo koga ikada učinio? Bilo ga je sram.

Giša se promenio. Izbegavao je suvišne razgovore i zbližavanja sa ljudima. Svaku zarađenu paru krio je u čarapi. Jednom prilikom, tri meseca nakon dolaska u Kruševac, prenosio je na rukama ugalj nekom čoveku sa volovskih kola u podrum. Preko puta nalazila se velika stolarska radionica za pravljenje nameštaja. Jedan stariji čovek, po držanju i odelu bez sumnje gazda, sedeo je ispred radnje i pušio. Već neko vreme posmatrao je vitko i mršavo stvorenje koje je posrtalo pod težinom ugljenih grudvi. Na kraju je ustao i, gegajući se, prešao drum.

— Srećan rad! — pozdravi starac s osmehom.

Giša ga je samo okrznuo pogledom i klimnuo glavom. Već sledećeg trenutka se sagnuo, obuhvatio gromadu uglja i veštim pokretom je nabacio na butine.

— Da nisi ti Gvozdenov i Stanin jedinac? — upitao je čovek upiljivši se u njega.

Grudva uglja pade na zemlju. Giša se ispravio i uputio mu pogled pun podozrenja.

— Kad sam te poslednji put video, bio si, kako da kažem... drugačiji.

— Ko ste Vi?

— Tvoj pokojni otac i ja smo nekada bili najbolji prijatelji. Venčao sam ga s tvojom majkom.

— Kum Pera...

— Jeste — reče starac s prizvukom tuge. — Posvađasmo se moj kum i ja zbog gluposti, on umre i nikada se ne pomirismo... Kako ti je mati?

— Umrla je i ona.

— Nisam znao — reče ganuto. — Moje saučešće.

— Kume Pero... imam ovde još posô...

— Ako, sine, nego kad završiš, dođi preko puta u radnju kod čika Pere. Voleo bih da razgovaram s tobom.

Da li se duh pokojnog oca sa onog sveta stvorio i spojio ga s dobrim kumom ili je bila reč o čistoj slučajnosti, nije bilo bitno. Taj susret je Giši pružio jednu sasvim novu životnu šansu. Kum ga je primio kao pomoćnog radnika i dao mu sobicu za stanovanje. Veoma brzo je starac u njemu otkrio začuđujući talenat za rad s drvetom, tako da ga je, iako relativno matorog, uzeo na zanat. Posle dve godine, kao svršen stolar, postao je prvi majstor i šef proizvodnje. Jednom mesečno je išao kući i tamo ostajao dva-tri dana, kako kad. Ostavljao je ženi skoro celu platu, a ona je pare marljivo štedela. Pre nego što bi krenuo nazad, pakovala bi mu hrane koliko je moglo da stane u kotaricu i obavezno nešto za kumove. U zimu pete godine, kum Pera se razboleo i pao u postelju. Umro je samo par dana kasnije.

Sa prvim danima proleća Giša se vratio kući. Na volovska kola je natovario veliku stolarsku tezgu i alat, sve to doterao u Bačinu i otvorio stolarsku radionicu. Od ušteđevine je kupio dvadeset krava muzara i par jutara najbolje zemlje koju je dao napola. Isto je uradio i sa njivama i vinogradima koje je nasledio od oca. Voćnjake, baštu i dvorište su održavale sluge, Miluška kuću, dok je Giša pravio nameštaj po porudžbini. Nedeljom se sa ženom šetao po Đerđelinu, a najviše je voleo da se popne do Glavičice. Tamo bi seo u hlad između dva hrasta i dok je Miluška vezla ili štrikala, ponovo bi pisao pesme. Ali više nije bio Giša budala i lažov. Zvali su ga majstorom i gazdom.

Prođoše godine. Giša se ogazdio i čak prevazišao oca Gvozdena, ali jedno mu je grdno falilo. Žena i on nisu mogli da imaju dece. Starost je polako kucala na vrata. Negde između dva rata, umrla mu je žena, a on ostao sâm sa svojom tugom koja ga umalo nije ubila. Ostavio je i posao, i zemlju, i ljude. A kako i najbolja imovina bez dobrog gazde ništa ne vredi, tako i njegova veoma brzo propade, ugušena korovom. Svi koji su ga nekada znali i poštovali, pomrli su. Za nove generacije je bio samo luckasti odrpani starac, bez igde ikoga. Seoske šaljivdžije i pijanci su se sprdali s njim. Neki drugi su mu ponekad iz sažaljenja nosili nameštaj na popravku, misleći da mu time pomažu da preživi. Giša je imao osamdeset devet godina i samo jednog prijatelja. Bio je to Milan, dete bez roditelja.

4

GAVRAN I ČAROBNA REČ

U centru sela, na prostim drvenim klupama ispred zadružne prodavnice, sedela je grupica ljudi. Bili su to uglavnom besposličari i pijanci, a svaki od njih držao je po flašu piva u ruci. Jedan omanji čovek neodređenih godina i neurednih brkova ustade i povika:

— Ej, bre, čoveče, šalimo se s tebe! Gišo!

S rukama prekrštenim na leđima, starac je hitao preko ulice i ljutito mrmljao sebi u bradu.

— Ih, kaki si prgav i tvrdoglav ki mazga! — odmahnu onaj rukom i sede.

Kraj njih je protrčao dečak i posle nekog vremena sustigao svog prijatelja koji je još uvek gunđao.

— Deda Gišo!

— Mr'š! — brecnuo se starac ne prepoznavši u besu Milanov glas.

— Ja sam to, deda Gišo, čekaj!

Giša zastade na tren.

— Ah, izvini, sinko. Ajd' požuri!

— Što si ljut? — upita dečak.

— Ma pusti budale, 'bem im poreklo!

Ne želeći da ga još više srdi, Milan ga je pratio ćutke čekajući da ga ljutnja prođe. Najednom, starac se ukopao u mestu i uhvatio ga za rame.

— E znaš šta kažu oni džabalebaroši pijani? — reče drhtavim glasom. — Da je drvo biljka! Zamisli, bre!

— Stvarno? — nesigurno će dečak, jer iako veoma mlad i sâm je znao da je drvo ništa drugo nego biljka.

— Men' to da pričaju što sam ceo život proveo s drvo! Lišće možda, ja ne kažem, al' drvo da bidne biljka, ne može! Kad uzmeš dasku u ruke, šta kažeš? Što je lepa ova biljka!

— Pa ne...

— A kad sedneš na stolicu, na šta si seo? Na biljku možda?

— Hmmm... ne.

— Eto vidiš — reče starac zadovoljno. — Će vide hohštapleri kad mi opet donesu one klupe na popravku! Ću gi pomilujem po leđa s jednu biljku što se zove toljaga!

Na te reči Giša je prasnuo u smeh kao da ga je sopstvena doskočica zabavila. Bes na njegovom licu već se potpuno izgubio, a oči mu zasijale.

— A kako je kod tebe? Ima li šta novo?

— Polazim u školu, Milka me uči da čitam i da pišem!

— Odlično! — reče Giša potapšavši ga po leđima. — Kad naučiš, ću ti dam da pročitaš neku moju pesmu.

— Jahao sam Atilu! — uskliknuo je, setivši se najbitnije novosti zbog koje je u stvari i došao kod njega. Na putu prema Gišinoj kući dečak mu je ispričao detalje svoje jutarnje avanture.

— Ponosan sam na tebe, Mile — reče starac iskreno. — Ću te stavim u sledeću pesmu, šta kažeš?

Umesto odgovora, dečak je nerazgovetno promrmljao. Nije da ne bi voleo da se o njegovom podvigu čuje, ali nije poznavao nikog ko bi bio voljan da čita Gišine pesme.

Stigli su polako u podnožje džinovskog oraha. Giša je istresao prljavi prekrivač i raširio ga preko žičanog madraca. Kada su obojica bili „udobno" smešteni, starac iz džepa na gunju izvadi dve jabuke.

Jednu je pružio Milanu, a svoju istrljao o košulju sumnjive čistoće i zagrizao s ono malo zuba što je još imao. Žvakali su u tišini dok im je mlak prolećni vetar milovao lica.

— Znaš li ti, Mile — upitao je starac između dva zalogaja — zbog čega se svi šegače s tebe?

— Zato što nemam roditelje.

— Jok! To je samo izgovor.

— Pa zašto onda?

— Iz istog razloga što se šegače i s mene — rekao je smešeći se misteriozno.

— Ali ja ne pišem pesme! — ote se dečaku. Odmah je zažalio što je to rekao, ali, za divno čudo, Giša se još uvek smešio.

— Sprdaju se s nas jer smo drukčiji. Ljudi se plaše od onog što ne razumeju, pa im je milije da te pljuju, nego da ti pruže ruku prijateljstva, razumeš?

Milan nije bio siguran šta je starac hteo da kaže. Lično, nije sebe smatrao drugačijim od ostale dece, a da ga se povrh svega neko i plašio, zvučalo mu je potpuno neverovatno.

— Recimo, ovaj moj gavran — reče uperivši prstom u krošnju. — Koje je boje?

— Pa crn!

— A kad bi' ti ja rekao da nije baš crn, nego plav, šta bi ti odgovorio?

— Paaa... isto, da je crn — rekao je dečak, ne shvatajući zašto raspravljaju o nečemu što je tako očigledno.

— I pogrešio bi, ali to je normalno, jer ti ga gledaš površno. Kad bi ga znao ki što ga ja znam, video bi da je plav.

— Ne razumem...

— Ja tebi kažem da si ti najhrabriji i najpametniji dečak i nema veze šta drugi kažu.

— Ali kakve to veze ima s gavranom?

— Ima — reče starac uperivši prstom u njega. — Oni vide da si ti izuzetan, a žele da si crn i običan kao oni. Žele i tebe da ubede da si crn da crnji ne mož' da budeš. Ali ti ne mož' da bidneš crn ni da 'ćeš, jer ti si plav.

Milan se pipnuo po crnoj kosi, zbunjen.

— Ne pričam o boji tvoje kose, dete — nasmeja se Giša — već o tvojoj duši. O onome što si i što čini da si drugačiji. Izuzetan.

Gledao je u starčeve pronicljive oči. Ovaj je često pričao zbrda-zdola i nije bilo lako uhvatiti tok njegovih misli. Ovog puta ipak, imao je utisak da starac priča pametno i zato je pažljivo slušao. Kao da mu je pročitao misli, Giša se zacerekao.

— Jesi, izuzetan si iako to još ne vidiš. Ete, na primer, to srce što imaš na obraz, mogô bi' se kladim u šta 'ćeš da nije tu džabe! Sve je u životu već upisano.

Dečak je mahinalno dodirnuo mladež na svom licu.

— Mile... — reče Giša tiho nakon što je dobro osmotrio okolinu, kao da se boji da ih neko prisluškuje. — Misleo sam da nikad nikem neću da odam tajnu, al' tebi moram i 'ću.

— Tajnu? — ponovio je dečak zagolican Gišinom tajanstvenošću.

— Da. Jednu čarobnu reč koju jedini ja na svetu znam i posedujem.

— Kako neko može da poseduje reč? Reči su svačije.

— E, zato ova reč i jeste čarobna — reče starac ozbiljno. — Stara je kol'ko i svet, a može da je poseduje samo jedan čovek u isto vreme. Čuvar tajne...

— Čuvar tajne? — ponovio je Milan začuđeno.

— Šššš! Ne tako glasno! — šapnuo je stavivši prst preko usta, a zatim je ustao i opet dobrano osmotrio da nema možda nekog u blizini. Kada se uverio da su potpuno sami, seo je naspram dečaka.

— Samo čuvar tajne ima moć da koristi čarobnu reč, i samo on može da je prenese nekem drugem, a taj postaje čuvar tajne dok je ne prenese nekem trećem. I tako otkako je sveta i veka.

— A čemu ta čarobna reč služi?

— Svemu i svačemu, ali ja ti savetujem da gu upotrebljavaš samo kad ti je najteže u životu. Reč ima ogromnu moć i zato ne sme da se troši na gluposti.

Milan je zamišljeno protrljao bradu.

— Nije šala, dečko! Moraš da mi veruješ!

— Verujem ti, deda Gišo.

Milan je uistinu verovao starcu. Ali, iako je želeo da poseduje čarobnu reč, pomalo se i plašio. Želeo je toliko mnogo stvari da se pribojavao da ne napravi neku glupost sa tolikom moći u svojim rukama. Ipak, jedno je želeo više od svega otkako je znao za sebe. Možda...

— Nikakva čarobna reč ne može da vrne mrtvi s onaj svet — reče starac, nepogrešivo mu pročitavši misli. — Inače bi’ ja odavno vratio moju Micu. A bez nju, ništa mi drugo i ne treba. Ali tvoj život tek počinje, zato tebi ova čarobna reč može da koristi i ja ću da ti je predam ako si spreman...

— Spreman sam — promrmljao je Milan pomalo neodlučno.

— Dobro, ali pre nego je predam u tvoje ruke, mora ti kažem za šta još ova reč nema nikak’u svrhu. Nikako ne mož’ ti pomogne da te žensko zavoli! Seti se toga kad još malo porasteš.

— A što, deda Gišo?

— Ljubav je već sama po sebe čarolija, mlogo jača od bilo koju drugu. U ljubav imaš pravo da koristiš samo ljubavne reči. A ako ti je teško da gi kažeš... e, pa ti gi napiši u pesmu!

— Deda Gišo... — poče Milan nesigurno — je l’ može čarobna reč da mi dovede... oca?

Starac ga pogleda, skupivši obrve. U njegovim očima čitalo se sažaljenje. Ipak, posle kraćeg razmišljanja, klimnuo je potvrdno.

— Siguran sam da može, ako je još živ. Ako to želiš od sveg srca...

— Želim to najviše na svetu! — uzbuđeno će dečak.

— Reč je dugačka i teška za pamćenje — upozorio ga je starac. Ali čarobna reč i mora da bidne teška. Si spreman?

Milan klimnu glavom. Njegov pogled zračio je nadom, ili možda čak i uverenjem da će mu se od ovog trenutka život promeniti nabolje.

— Idemo... je'n, dva... *SANAKOLITASANAMARANASINOSANAOISANARAMANJANA*! — izdeklamovao je Giša u jednom dahu.

— A?! — reče Milan totalno obeshrabren.

— Ne brini, dečko — nasmeja se starac s razumevanjem. — Ni ja gu nisam naučio isprva.

— Nikad neću moći to da izgovorim, deda Gišo!

— Možeš, sinko, i te kako možeš...

— Ma ne mogu kad ti kažem!

— Mile — namršti se on — da mi je juče neki rekô da dete može da ukroti onog ludog Atilu, ja bi' mu rekô da je to nemoguće! I, naravno, grdno bi' pogrešio.

— Ali... mnogo je dugačko...

— Mogô si rizikuješ život i dokazuješ se nekem što ga baš briga za tebe! Men' se dokaži što sam ti prijatelj! Ne postaje se čuvar tajne bez ikak'i trud!

Milan saže glavu, postiđen.

— Ajd' ti samo ponavljaj s mene, pa će vidiš kako će naučiš. *SANAKOLITA*...

— *Sanakolita.*

— *SANAMARANA.*

— *Sanamarana.*

Ponavljao je tako reč za rečju, dugo i uporno. Na kraju je uspeo da je izgovori celu, polako, ali bez greške. Gišin ponosan pogled ispunio ga je srećom.

— Ne zaboravi — napomenuo je starac pre no što su se rastali — biti čuvar tajne je velika odgovornost. Pazi šta radiš.

— Je l' mogu da dođem sutra da ponovo vežbamo?

— Vežbaj pre spavanja — reče starac milujući ga po glavi. — A dođi kad god 'oćeš, tu sam.

OTKRIĆE

Pijačni dani u Varvarinu, a naročito subota, bili su pravi događaj u tom malom mestu. Već oko šest sati pristizali su krčmari, ne bi li ugrabili ono najsvežije na tezgama. U ogromne kotarice trpali su povrće i zelen, sveža jaja i čuveni ovčji sir i kajmak. Skoro svakom od njih u drugoj ruci, vezanih nogu i glave okrenute naopako, visila je po jedna ili dve kokoši. Tukle su potkresanim krilima, sluteći da ih ništa dobro ne očekuje u skoroj budućnosti.

Oko sedam počinjala je najezda domaćica. Brižnim pogledom, kružile su oko tezgi tražeći dobru ideju za nedeljni ručak, jedini dan kada je cela porodica bila na okupu.

Bilo je tu i besposličara kojima ništa nije trebalo, ali su jednostavno voleli tu halabuku. Za njihovu radoznalu dušu pijaca je bila pravi raj. Svud gde se neko malo glasnije pogađao oko cene ili, ne daj bože, krivio nekog da laže na kantaru, besposličari su bili tu, u prvoj loži. Mešali su se u razgovor i donosili svoj sud, iako ih niko ništa nije pitao.

Ženskaroše je bilo lako prepoznati. Svi odreda su imali besprekorno odelo i tanke brčiće. Zaustavljali su se kraj tezgi, gledajući tobož robu, i započinjali razgovor sa svakom malo lepšom ili bar mlađom seljankom.

Dva milicajca koja su bila zadužena da održavaju red i mir bili su u toj meri nestrpljivi na pendreku da su se za njega hvatali čim bi neko glasnije viknuo ili čak nakašljao. Sanjali su o tome da nekog džeparoša uhvate na delu i na njemu pokažu svu svoju umetnost pendrekanja.

Oko jedanaest gužva je počinjala da se osipa, buka primetno da se stišava i već su tezgaroši pakovali neprodato. Tu i tamo neka Ciganka sa stomakom do zuba i gungulom dece, muvala se među tezgama i uvežbanim, brzim pokretima, skupljala sa betona sve ono što nije bilo za prodaju. Neka crvljiva voćka, nagnječen paradajz i tikvica i čak ponekad celo, ili tek malčice razbijeno jaje. U podne se samo čulo šuštanje velikih metli i šmrkova koji su odnosili i spirali poslednje sokove i mirise pijace. U jedan sat po podne, osim ponekog psa lutalice, na pijaci više nije bilo žive duše.

Centar je takođe bio gotovo prazan. Bilo je vreme ručku. Jedan omanji stari čovek koračao je lagano opustelim trotoarom pomažući se lepim bambusovim štapom. S vremena na vreme zaustavljao bi se pred nekom radnjom, malo gledao po izlogu pa nastavljao dalje. Naposletku je ušao u jednu od njih. Na izlogu je lepim crnim, ručno iscrtanim slovima, pisalo: *Bora, frizer i berberin*.

— Kao i obično, doktore? — upita ljubazno mršavi čovek u lakom belom mantilu.

Njegova zift crna kosa i brkovi su, po svemu sudeći, bili ofarbani. Nogom je vešto spustio frizersku fotelju pomoću pedale, krpom otresao sitne dlačice sa nje i sa blagim naklonom pozvao dragu mušteriju da sedne.

— Da, druže moj, hvala — odvratio je doktor Darvas.

— Može li i jedno fino brijanje?

— Što da ne?

— Dozvoli da te poslužim kafom! — reče on uslužno dok je nogom već podizao fotelju na željenu visinu. — Stole, brzo!

Istog trenutka, iz kutka pregrađenog zavesom, istrča golobradi momčić sa džezvom u ruci i stavi je na rešo.

Dok mu je Bora češljem prebirao po sedoj kosi, doktor je zatvorio oči od umora. Više nije primao pacijente, a vremena za odmor je imao na pretek. Osećao je ipak da mu se život toliko približio ivici da je i najmanja bolest, kao dašak vetra mogla da ga gurne sa litice. Blago se nasmešio sopstvenoj metafori. Ponor smrti je za čoveka poput njega bilo željno očekivano oslobođenje. Nije se nadao tako dugom životu i svakog jutra dok se umivao, bio je iznenađen što sebe vidi živog u ogledalu. U poslednje vreme je skoro svake noći sanjao Klaru, svoju pokojnu ženu. Držali su se za ruke, nežno razgovarali i smešili se zaljubljeno, kao nekada. Bio je tako srećan i spokojan. Ujutru se budio sa uzdahom razočaranja. Bio je još živ. Njegova misija na zemlji je odavno bila ispunjena, pa ipak, dragi Bog ga još uvek nije hteo na onom svetu.

„Zašto?", često se pitao. „Šta još od mene očekuje?"

Varvarin je dobio novog doktora, Marka. Isto kao i Darvas, voleo je svoj poziv i pacijente, a to što je izabrao da leči u malom mestu, govorilo je u prilog njegovom humanom karakteru. Mladi čovek je doktor Darvasa veoma cenio i neretko tražio njegovo mišljenje i savet. Starac je znao da je to samo izgovor da mu izrazi poštovanje. Tim radije mu je priticao u pomoć, a vremenom se među njima razvilo iskreno prijateljstvo.

Dečak je prišao sa džezvom i nasuo crnu tečnost u šoljicu. Predivan miris kafe lagano je vratio doktora u stvarnost. Otvorio je oči i prošetao pogledom po prostoriji.

— Stole — reče, pokazavši na novine koje su, uredno presavijene, ležale na susednom pultu. — Daj, molim te, da prelistam jučerašnju „Politiku".

Starac još nije ni dovršio rečenicu, a dečak je već dograbio novine i pružio mu.

— Aha, Boro prijatelju! — pecnu doktor berberina ugledavši naslov na srednjim, sportskim stranicama. — Sutra se u Beogradu igra večiti derbi. Seci mi ruku ako Crvena zvezda ne pobedi!

— Šta?! — upalio se mršavi čovek brzinom šibice. — A ja dajem glavu da će Partizan da ih slisti kô Panta pitu!

Doktor je verovatno bio jedini čovek na svetu koji je Bori berberinu smeo da dira u Partizan, a da ostane čitavih ušiju. Ali, tu svoju privilegiju je, naravno, veoma retko koristio. Uputio mu je šeretski pogled preko ogledala i nasmešio se.

— Videćemo, dragi moj, videćemo...

Dok je čekao da se kafa malo ohladi, doktor je nastavio da lista. Nije tražio ništa posebno, tek voleo je da se informiše o zbivanjima u zemlji i van nje. Na stranice domaćih političkih zbivanja je tek ovlaš bacio pogled pre nego što je sklopio novine i spustio ih sebi u krilo. Sa pulta je dohvatio šoljicu s kafom i prineo je ustima. Međutim, umesto da srkne, stao je u tom položaju kao zaustavljena filmska sekvenca. To čudno ponašanje nije promaklo njegovom prijatelju berberinu.

— Šta bi, doktore? — upitao je zabrinuto. — Je l' kafa ne valja?

Starac je polako odložio šoljicu i otvorio novine. Kada je pronašao ono što je tražio, počeo je pažljivo da čita.

Zamenik sekretara Centralnog komiteta Komunističke partije Jugoslavije, drug Radomir Jovanović, objavio je imenovanje novog šefa Kabineta za razvoj industrije u Srbiji. Mirko Petrov, mladi politički funkcioner i istaknuti član Partije je, po mišljenju svog pretpostavljenog, idealan kandidat za tako odgovornu funkciju. Nekoliko sati posle nominacije, drug Petrov je izrazio svoje prve utiske...

„Mirko Petrov...", to ime je doktor već čuo sa usana jedne mlade žene na samrti.

Možda mu samo ime ne bi privuklo pažnju da se u članku nije nalazila njegova slika. Bila je to nevelika fotografija, međutim, svaka crta lica beše čista i jasna. Zrela lepota, crna kosa pažljivo začešljana unazad, dubok pogled i blago stisnute usne odražavali su ambicioznog čoveka.

Natuknuvši malo bolje naočare na nos, doktor se upiljio u fotografiju. Čovek je na desnom obrazu imao mladež. Isti onakav kakav je video na detetovom obrazu pre šest godina i kakav je viđao svaki put kada bi mu Viktor u društvu malog Milana dolazio u posetu. Mladež u obliku srca.

— Stole! — pozva on dečaka. — Trči kod doktor Marka i reci mu da hitno dođe kolima po mene.

Momčić istrča iz radnje kao furija. Bora berberin je doktoru uputio upitan pogled, ali starac to nije ni primetio. Ćutao je, gledajući zamišljeno ispred sebe. Iako je diskrecija bila nepisano, zlatno pravilo Borinog dućana, ipak je podlegao iskušenju i oslovio starca.

— Doktore, slobodno kaži ako nešto nije bilo u redu!

Darvas ga je prijateljski potapšao po ruci.

— Ne brini, Boro — reče s osmehom. — Samo, nek ostane brijanje za drugi put.

— Pa... dobro. Šišanje je gotovo, doktore — uzvratio je Bora dok mu je četkom čistio vrat i ramena.

— A evo i Marka! — uzviknuo je Darvas, ugledavši kroz izlog beli vartburg koji se upravo zaustavio ispred radnje.

Lagano je ustao s fotelje i, uz Borinu pomoć, navukao kaput.

— Mogu li da pozajmim novine?

— Naravno, doktore, samo nosi!

— Hvala puno, prijatelju.

Iz novčanika je izvadio i pružio mu novčanicu, a kada berberin htede da mu vrati kusur, samo je odmahnuo rukom.

— Daj to Stoletu, zaslužio je.

***

— Je l' sve u redu? — upitao je doktor Marko kada je starac seo u auto pored njega.

— Ni ne slutiš koliko! — reče Darvas radosno.

— Gde idemo?

— Vozi u Bačinu. Pravo kod Viktora!

Dok je njegov mladi kolega krivudavim putem hitao prema Bačini, starac se zadovoljno smešio. Shvatio je u tom trenutku svrhu svog produženog bitisanja na ovom svetu. Sudbina jednog deteta bila je u njegovim rukama. Bog mu je upravo dodelio poslednju misiju, bez ikakve sumnje odgovorniju i bitniju od bilo koje dosad. Nakon nje će, nadao se, najzad naći spokoj.

5

SAN

Poslušavši Gišin savet, Milan je svake večeri pre spavanja vežbao čarobnu reč. Ponavljao ju je u sebi, da ga Mira i Mihajlo, sa kojima je delio sobu, ne bi čuli. Možda bi rekli roditeljima da kao neki čudak šapuće u mraku, pa bi ga ovi ispitivali. Jedan čuvar tajne treba i da je sačuva. Poslednjih dana mu san nije hteo na oči. Ležao bi na leđima i razmišljao dugo u noći. Pokušavao je da zamisli kakav bi mu život bio da je oduvek imao roditelje. Viktorovi i Milkini mališani su bili srećna i razdragana deca. Ali, bili su ponekad suviše neposlušni i prgavi, kao da im je ta silna roditeljska ljubav dojadila. Možda kada imaš roditelje, tebi je to normalno pa ti i ne fale. Kada ih nemaš... eh, kako onda nedostaju. Bio je prihvaćen u tuđoj kući, voleli su ga. Voleo je i on njih, ali bila je to ipak tuđa kuća.

Kada je bio sasvim mali, verovao je da će mu se majka vratiti. Da će sići sa tog neba i pojaviti se na vratima, nasmejana kao na onoj slici sa venčanja. Kako je bila lepa...

Dovlačio bi stolicu iz trpezarije da može sliku da dohvati, i onda bi prstićima dodirivao njen lik i milovao joj kosu. A ona se smešila, samo njemu.

Sada je bio dovoljno veliki i znao da biti mrtav znači da se više ne možeš vratiti. I da nikakva čarobna reč ne može to da promeni. Ali, njegov otac je možda još uvek živ... Kako je onda moguće da niko ne zna ni ko je, ni gde je?

— Mile — govorio bi mu Giša — bolje i nikakve nego loše vesti.

Pokrio bi se ćebetom preko glave i lica zagnjurenog u jastuk šaputao čarobnu reč desetine, stotine puta, sve dok shrvan umorom nije utonuo u san.

— Milane... — začuo je šapat na svom uhu a topli dah mu je pomilovao lice.

Stresao se od jeze i otvorio oči. Neko vreme je ležao nepokretno i osluškivao. Bio je to sigurno san, glas koji ga je dozivao mu je bio potpuno nepoznat. Nije mogao sa sigurnošću da tvrdi ni da li je glas bio muški ili ženski. Nešto ipak nije bilo u redu. Ništa nije narušavalo tišinu sobe, čak ni disanje dece koja su spavala u susednom krevetu. Polako je seo i osvrnuo se oko sebe. Najednom se trgao. Osim njega, u sobi nije više bilo nikog i ničeg. Ni kreveta, ni dece, ni ormana... ničeg. Skočio je sa svog kreveta, ali umesto da na nogama oseti mekanu ponjavu, pod stopalima mu je nešto zapucketalo. Spustio je pogled i ugledao zemlju, skorelu i ispucalu kao kada za vreme vrelog leta presuši bara. Okrenuo se uspaničeno oko sebe i tada shvatio da se uopšte i ne nalazi u sobi, čak i njegovog kreveta beše nestalo. Stajao je potpuno sâm nasred neke ogromne puste ledine. Dokle god mu je dosezao pogled, nije bilo ni drveta ni žbuna. Tek pokoji kamičak. Nije znao gde se nalazi ni kako je tu dospeo, ali nije mogao da se otme utisku već viđenog. Bio je sâm, pa ipak, osećao je da ga neko posmatra. Neko, ko mu ne želi dobro.

Isprva jedva primetno, ali ubrzo sve osetnije, zemlja pod njegovim nogama poče da podrhtava. Stomak mu se zgrčio od straha. Poslednji put kada mu je podrhtavalo tlo pod nogama, uspeo je da se skloni iza bunara. Ovde na ovoj ledini, nije bilo nikakvog zaklona.

Želeo je da potrči, vikne, bilo šta. Ali, stajao je ukočen i nem, paralizovan strahom. A zemlja se tresla, sve više i više. I, napokon ga je ugledao. Atila, veći i strašniji nego ikad, jurio je razjareno prema njemu, dižući oblak prašine iza sebe.

— *Sanakolitasanamarana...* — poče Milan da deklamuje.

Ali ovan je i dalje jurišao, neosetljiv na magiju Gišine čarobne reči. U svakom njegovom pokretu, naslućivao je želju za osvetom. Zar je on, jedan ništavni mali dečak, umislio da može da pobedi moćnog Atilu? Nadao li se samo u svojoj glupoj glavi da će ga osveta mimoići? Shvatio je tada da je bio u zabludi, dok je ukočeno stajao tu i gledao smrti u oči. A Atila je svakim topotom bivao sve veći i veći. Postao je, naime, toliko ogroman da je podsećao na neku nezadrživu mašinu. Iz njegovih širokih nozdrva šiknu para i on na trenutak potpuno nestade u njoj. Odjednom, iz guste pare je umesto ovna, izronila parna lokomotiva. Jurila je prema dečaku, kome od straha srce u grudima nije više ni kucalo.

A onda je na trenutak nekako sve stalo. Huktanje besne mašine je naglo utihnulo, a prašina i kamenje, koje je svojim gvozdenim točkovima podigla, usporeno su lebdeli u vazduhu. Milan se najednom osetio tako laganim, oslobođenim. Do njega je dopro dubok glas.

— Ne boj se, Milane, ja sam tu.

Muška silueta pojavila se niotkud i stala između dečaka i lokomotive. Vreme je opet krenulo normalnom brzinom, a mašina jurnula pravo na čoveka. Milan je mahinalno zatvorio oči i gotovo istovremeno čuo zaglušujuću eksploziju. Šištanje vrele pare gubilo se u urliku gvožđa koje se krivilo i pucalo. Zemlja se tresla i poskakivala pod težinom železne sprave. I najednom, nestvarna tišina. Sve što je čuo, bili su ubrzani otkucaji sopstvenog srca.

— Pogledaj, Milane — reče čovek. Glas mu je bio blag.

Kada je Milan otvorio oči, prizor mu je prosto presekao dah. Okrenut leđima, čovek je stajao visok i uspravan kao bor. Svud oko njega, nešto što je samo trenutak ranije bila besna lokomotiva, bilo je rasuto u paramparčad u vidu gomile iskrivljenog gvožđa. Tako razbijena, činila se jadnom i bezopasnom. Postajao je svestan istine. Jedine moguće. Jedine koju je želeo. Tajanstveni spasilac nije mogao biti niko drugi do njegov otac.

— Tata? — reče stidljivo.

Čovek poče lagano da okreće glavu prema njemu, ali dečak još uvek nije mogao da mu vidi lice.

— Da, sine — oglasio se on. — Ja sam.

— Okreni se, tata, molim te!

— Otvori oči, sine!

— Otvorene su!

— Otvori oči, Milane! — gotovo viknu, nikako ne pokazujući lice.

— Gledam te, tata! Okreni se, molim te!

Telo poče da mu se trese, kao da su ga nevidljive ruke zgrabile za ramena i drmusale ga.

— Probudi se, Milane! — viknu opet Milka i dečak najzad otvori oči i uspravi se u krevetu.

Okupan znojem, gledao je zabezeknuto u nju kao da je prvi put vidi u životu.

— Kako ti je? — upitala je, pipajući ga zabrinuto po čelu i grudima.

Dečak nije odgovarao jedan priličan trenutak, shvatajući polako da je sve bio samo san. Iz grudi mu se oteo uzdah. Bacio se razočarano na jastuk, pokrivši lice dlanovima. Pokušavao je da uhvati tanke niti sna, da ga, ako je ikako moguće, produži bar malo. Zašto ga Milka nije probudila... ma, minut ranije? Ne bi morao da preživljava sav onaj užas. Ali ne sad! Ne u momentu kada je najzad pronašao oca, makar to bilo i u snu. Ne baš u trenutku kada je trebalo da mu vidi lik.

— Sanjao si nešto strašno? — upitala je Milka brižno.

— Ne! — viknuo je bacivši joj ljutit pogled. — Sanjao sam da mi se otac vratio i spasao mi život, a ti... ti si me probudila!

Na te reči, Milka se trgla kao oparena i ustala.

Milan se ugrizao za usnu. Nikada u životu mu Milka nije rekla ružnu reč niti ga udarila, a on tako... Poslednjih dana su oboje bili toliko dobri i nežni prema njemu, kao nikada.

— Izvini... — reče dečak s prizvukom kajanja. — Nisam hteo...

— Ništa, sine, nema veze — uzvratila je nesigurno. — Shvatam ja to.

Ona, istina, nije delovala uvređeno, ali izraz na njenom licu je bio čudan. Kao da je bila jako začuđena nečim što je rekao. Krenula je iz sobe, ali na vratima je stala i okrenula se.

— Umalo da zaboravim! Pitao je Viktor da nisi možda dirao njegove cigarete.

— Nisam — slaga Milan oborivši pogled. — Što?

— Izgleda se deca igrala pa ih sve polomila. Lepo sam mu rekla da ih popne na orman gde ne mogu da dohvate.

Dečak slegnu ramenima. Vežbajući jedan Gišin trik sa cigaretom, izlomio je pola pakle pre nego je shvatio da to nije za njega. Ugurao ih je tako jadne i istrgane u kutiju, vratio na orman i potpuno zaboravio na njih. Osećao se krivim što se sumnja okrenula na mališane. Obukao se, umio i pošao na doručak s namerom da prizna krivicu.

— Milka... — poče on još s praga.

— Sedi i jedi, sine. Sad će i Viktor.

— Gde je otišao?

— Odveo je Atilu kod veterinara.

— Zašto? — upitao je osetivši da su mu se noge odsekle.

— Nešto nije dobro. Već danima se samo vrti oko sebe.

U tom trenutku napolju je lupila kapija. Milan se mahinalno skupio, ne bi li postao još manji i neupadljiviji.

— Nije strašno — reče Viktor čim je ušao, uhvativši njen zabrinut pogled.

— Šta je rekao veterinar?

— Nije potpuno siguran, ali ovaj okrnjen rog... Misli da je udario u nešto tvrđe od svoje glave. Sigurno u bunar, ne vidim gde bi drugo.

— Kako nije video toliki bunar?

— Znaš ti njega — nasmejao se Viktor. — Ni ptica ne može da sleti u tor, a da je on ne potrsi. Jurnula budala za nečim i... Ma, moram da proverim da mi nije iskrutio bunar iz zemlje!

— Lud si! — nasmeja se i ona.

Dok su njih dvoje razgovarali, Milan je završio sa jelom i posmatrao ih dvoumeći se da li da uopšte i spominje cigarete. Poznajući sebe, ako krene s priznavanjem, izblebetaće i o Atili i pitaj Boga šta još. Naposletku je odlučio da o svemu ćuti, bar zasad. Iskoristivši njihovu zanesenost razgovorom, polako je ustao od stola i krenuo napolje.

— Mile! — preseče ga Viktorov gromki glas na samom pragu.

Dečak ga je pogledao.

— Molim?

— Dođi, sedi malo s nama.

„Priznaću, nema mi druge”, pomislio je utučeno.

Na njegovo iznenađenje, reč je uzela Milka.

— Mi... lane... — poče ona gutajući, kao da joj to što želi da kaže izaziva nelagodu. — Hteli smo Viktor i ja da popričamo s tobom... Kako da kažem...

Milan se umirio i čekao. Očigledno nestrpljiv, Viktor se umešao u razgovor.

— Hoće Milka da kaže da... ako tvoj... u slučaju da...

Dečak ih je gledao s nevericom. Da ga je Viktor izgrdio i čak propustio kroz šake, bilo bi mu verovatno lakše nego što su ga tu mučili zamuckivanjem.

— Slobodno me grdite — reče on u želji da prekine tu lakrdiju od razgovora. — Zaslužio sam.

— Da te grdimo? — začuđeno će Viktor.

— Ma ne pada nam na pamet da te grdimo! — nasmeja se Milka usiljeno. — Pa to što si sanjao svog oca... To je sasvim prirodno.

— Ko... koga je sanjao?! — uzviknu Viktor prebledevši.

— Ma nisam... u stvari, jesam, ali...

— Nemoj, sine, da se pravdaš — reče Milka spustivši mu topao dlan na lice. — Baš fino što si ga sanjao, o njemu i želimo da ti pričamo.

Milan je iznenađeno podigao obrve. Pogled mu se ukrstio s njenim. Nešto se čudno dešavalo od jutros. Svi ti čudni pogledi, mucanje...

— Šta se dešava? — upitao je s ozbiljnošću koja nije priličila njegovim godinama.

— Ništa... — reče ona, povukavši dlan s njegovog obraza.

— Hteli smo da kažemo da je sasvim normalno želeti da ti se otac vrati. Ako se to i desi, treba da znaš da...

Lajanje i zvuk automobila prekidoše Viktora u pola rečenice. Ustao je i bacio pogled kroz prozor. Beli vartburg približavao se putem, praćen čoporom pasa koji su mu kidisali na gume.

— Doktor Darvas — reče on. — Milane, idi da se igraš!

Bilo je to više naređenje nego zahtev i to baš u trenutku kada je razgovor počinjao da biva interesantan. Dečak je bezvoljno ustao od stola, navukao cipele i krenuo van. Na vratima se gotovo sudario sa doktorom Darvasom. Starac se nasmešio i pomilovao ga po desnom obrazu. Milanu se učinilo da mu se kažiprst namerno zadržao na mladežu. Drugom rukom mu je pružio bombonu uvijenu u providni celofan.

— Jedna svilena bombona za ovog dobrog dečaka.

Milan je dobro poznavao doktora Darvasa, što iz priča, što lično. Svaki put kada bi sa Viktorom išao u Varvarin, svratili bi do njega. Donosili bi mu ovo ili ono, malo posedeli i išli. Ali dokle god mu je dopiralo pamćenje, nije mogao da se seti da je doktor ikada došao Viktoru i Milki u kuću. A sada, u roku od deset dana, video ga je već triput. Danas je pored simpatičnog doktora Marka, doveo i nekog nepoznatog čoveka od čijeg se prisustva dečak osetio nelagodno. Neznanac je nosio šešir i tamni mantil sa dignutom kragnom. Gledao je ćutke u Milana kao da želi da upije svaku crtu njegovog lica. Od njegovog vučjeg pogleda penjali su mu se žmarci uz leđa.

— Druže Kralj — reče doktor Darvas — ovo je Milan.

Strančeve usne se razvukoše u neki poluosmeh, ako je to što je pokazao zube moglo uopšte da se nazove osmehom. Milan zgrabi ponuđenu bombonu i strča niz stepenice.

„Zašto doktor najednom tako često dolazi kod nas? Da neko nije bolestan?", zapitao se zabrinuto, pomislivši na to kako ga je Viktor skoro isterao iz kuće. „Šta to odrasli pričaju što ja ne smem da čujem? Ko je onaj čovek?"

Previše teških pitanja za dečju glavicu. Odlučio je da ode do Giše i upita ga za mišljenje. Taj odrpani starac od skoro devedeset godina bio mu je jedini pravi prijatelj. Jedino on je uvek imao vremena za njega i na svoj, istina, neobičan način, uvek uspevao da mu pomogne da nađe odgovor. Još je neko vreme koračao drumom, a onda naglo skrenuo levo i nestao u šipražju poput Indijanca.

6

DRUG PETROV

Na postolju od crvenog uglačanog granita, u dnu prostranog hola, stajala je bronzana bista. U pozadini skulpture, ogromni medaljon boje zlata reljefno je prikazivao isti lik, samo iz profila. Ispod medaljona, takođe zlatnim, jednostavnim slovima pisalo je: *Josip Broz Tito*. Zidovi presvučeni poliranim trešnjevim furnirom sijali su poput najfinijeg ćilibara, a na jednom od njih bila je raširena divna zastava Jugoslavije sa ručno šivenom, kao krv crvenom petokrakom od satena.

Osim duplih ulaznih, sva vrata u holu bila su tapacirana, jasno dajući na znanje da ono što se iza njih govori nije za svačije uši.

U lepoj kancelariji tišinu je jedva primetno narušavalo trljanje nalivpera po papiru. Crnokosi čovek sedeo je iza radnog stola nadnesen nad dokumenta i s vremena na vreme podvlačio ili nešto štriklirao svojim luksuznim penkalom „pelikan". Telefon sa njegove desne strane prosto je poskočio, prekinuvši svojom agresivnom zvonjavom tu prijatnu tišinu.

— Petrov. Slušam — javio se zvanično.

Trenutak kasnije njegovo lice se ozarilo.

— Ooo, pa to ste Vi, druže Jovanoviću! Čemu mogu da zahvalim toliku čast da me Vi nazovete?

Čovek s druge strane žice izgleda nije bio istog raspoloženja, jer Mirko iznenađeno podiže obrve.

— Nema problema, Rade, čim završim sa raportima...

Prekinut u pola rečenice, slušao je svog sagovornika, a začuđenost na njegovom licu je sve više rasla.

— Je l' to ne može da sačeka? — reče znatno hladnijim tonom. — Dobro... dolazim odmah.

Stisnutih usana i nabranog čela, polako je spustio slušalicu. Njegovom prijatelju i pretpostavljenom nije bilo svojstveno da bude tako odsečan i nervozan, pogotovo ne sa njim. Nešto nije bilo u redu. Bilo je, otkako je došao u Centralni komitet, raznih smeštanja i klevetanja od strane ljubomornih suparnika, ali Radetovo poverenje u njega bilo je neograničeno i nikada ga rivalstvo nije brinulo, naprotiv. Ipak, u trenutku kada je napustio svoju kancelariju i zakoračio mermernim holom, nešto mu je govorilo da će ovog puta biti drugačije.

Mirko se nije mnogo promenio poslednjih sedam godina. Nekoliko bora oko očiju i usana ostavljali su utisak da je više vremena provodio u radu i brigama, nego u pesmi i veselju. Taj utisak je bio i više nego tačan.

Otkada su velikani Partije odlučili da ga prime u svoje redove, dodelivši mu funkciju u samom srcu vladajućeg aparata, trudio se svim silama da opravda ukazano poverenje. Njegova prodornost i zdrava logika dopadale su se šefovima. Kao rođeni lider i organizator, iz ljudi je uvek uspevao da izvuče ono najbolje. Svojim prirodnim autoritetom gotovo trenutno je rešavao bilo kakav problem u kolektivu. Bodrio je i nagrađivao trud, pomagao sporije i nesigurnije kadrove, kažnjavao nerad i nemarnost. Gurao je i vukao sve i svakog. Uvek napred, uvek bolje. Nije čekao da mu se dodele zadaci, imao je nepogrešiv osećaj gde i kome je bio potreban i šta se od njega očekuje. Pročuo se kao veoma pouzdan kadar. Postao je neophodan. Neko oko koga su se svi otimali.

Njegove sposobnosti mu, naravno, kao što to obično i biva, nisu donele samo simpatije i lovorike. Neke starije kolege nisu mogle ni htele da prihvate da im žarko željene funkcije ispred nosa uzima taj prepotentni novajlija. Nisu želeli da vide njegove ljudske kvalitete, njegovu harizmu. Pripisivali su njegov fantastični uspon isključivo i jedino protektoratu Radomira Jovanovića. Njihov ego i bolesna ambicija nisu im dopuštali da shvate, da sebi priznaju da u odnosu na Mirka, nisu bili ni koliko crno ispod nokta.

A ono što ga je činilo još sumnjivijim i omraženijim bilo je njegovo poreklo. Sestra mu je bila narodni heroj, a on prvoborac, ali... bio je bivši bogataš. Ponikao je u svili i kadifi, bio je seme neprijateljske klase. To što je ratovao rame uz rame s njima, bila je, po njihovom mišljenju, samo proračunata lukavost. Prevara, kao ulog u budućnost. A to što je njegovoj porodici bila oduzeta gotovo cela imovina, bila je mala cena za ono ka čemu je stremio i eto sad, umesto njih i dobijao. Vlast. Moć.

— Ako ovako nastavi — govorili su puni jeda — za par godina ćemo u holu glancati njegovu bistu!

Dešavalo se da se Mirkovi raporti gube ili stižu prekasno na odredište. Postojao je uvek način da se neki kurir ili ćata korumpira. Novcem, ili silom i pretnjom. Uprkos tome, Mirko se i dalje uspinjao, sve brže i vrtoglavije. Nemali broj kadrova se zbog sumnjive prošlosti i kleveta oprostio od Komiteta i politike. Neki nesrećnici, dužni ili nedužni, završavali su i na Golom otoku. Ali kako oblatiti čoveka bez mrlje, koji je uz to bio i najbolji prijatelj možda trećeg čoveka u državi? Ni pored najbolje volje nisu mogli da mu doskoče. Jedino on je znao za svoj strašni greh i on ga je već sedam godina morio i bacao crnu senku na njegovu dušu.

Da, Radomir Jovanović je u Mirka imao potpuno poverenje. Zavoleo je tog hrabrog i odvažnog mladića dok su po šumovitim planinama Bosne ratovali protiv Nemaca i četnika. Bio je komandant, a Mirko običan vojnik, ali prava prijateljstva se jednostavno rode, ne poštujući konvencije ni pravila. Ne birajući ni vreme ni mesto. Posle rata su nastavili da se druže i sarađuju. Plivajući burnim političkim vodama, Radomir je dospeo na mesto zamenika sekretara Partije. Kada je osetio da je njegov mladi prijatelj spreman za prave odgovornosti, uveo ga je u elitne krugove vlasti i to je bilo sve. Za sve što je nakon toga postigao, Mirko je mogao da zahvali isključivo svojim sposobnostima. Postao je šef Kabineta za razvoj industrije za Srbiju. Nije želeo da se zaustavi na tome, a nije ni smeo. Njegova nominacija je otvorila nepresušan izvor zavisti i bio je svestan da mu nevidljivi mač neprestano lebdi nad vratom. Morao je da zgrabi pravu vlast, možda i onu najveću... Da postane nedodirljiv i bezgrešan. Imao je ambiciju i, što je bilo još važnije, imao je vremena. Bilo mu je tek trideset sedam godina.

Popeo se stepenicama na poslednji sprat, pokucao na vrata i ušao ne čekajući odgovor. Rade Jovanović je razgovarao telefonom, tačnije rečeno, vikao je u slušalicu. Lice mu je bilo crveno od besa. Mirko pomisli kako ga nikada nije video ni približno ljutitog. Ali ono što ga je daleko više zabrinulo bilo je prisustvo dva čoveka koji tu nisu smeli da se nalaze. Posebno ne u isto vreme kad i on.

Stevica Karan, bivši novinar, čovek bednih profesionalnih i još bednijih ljudskih vrednosti, bio je, naprotiv, prvoklasni poltron, njuškalo i klevetalo. Nije imao porodicu, verovatno ni jednog jedinog prijatelja, a želeo je samo jedno — da postane agent Udbe. Mirko nije poznavao nijednog čoveka u Komitetu koji je o toj gnjidi imao lepo mišljenje. Niko nije želeo da ga udostoji, ako ne prijateljstva, ono bar društva. Niko, osim onog drugog čoveka, a taj je upravo Mirka i brinuo.

Jovan Kralj, udbaš. Najopasniji koga je Mirko poznavao. Vraški sposoban, ali ljudskih kvaliteta podjednako siromašnih kao Karan. Doduše, teško da bi reč ljudskost i priličila osobi poput njega. Bio je pronicljiv i nemilosrdan. Mirko je negde pročitao da svaki čovek ima svog sabrata u nekoj životinji. I stvarno, kada se iole obrati pažnja, ljudi određenih osobina poprime i fizičke karakteristike životinje sličnih osobina. Stevica Karan je Mirka neodoljivo podsećao na pacova iz kanalizacije, a Kralj na vuka. Da. Kao vuk koji svoju žrtvu namiriše izdaleka, prati je i proganja i ne da joj predaha. Ne dozvoljava joj da jede i napije se vode, da spava, da misli... Sve dotle dok mu se žrtva sama ne preda. Dok se ne opruži i dobrovoljno mu ponudi vrat. A kada joj vuk zubima preseče grlo, umire srećna i zahvalna što je agoniji najzad došao kraj.

Kao i vuk, Kralj je bio inteligentan i nemilosrdan, ali dok je životinju priroda obdarila tim osobinama isključivo da bi opstala, Kralj je to radio iz čistog ličnog zadovoljstva. Pacov i vuk. Kakva ubitačna kombinacija. Poslali su njih dvojica više ljudi na onaj svet i na Goli otok nego cela Udba zajedno.

Iako je pretpostavljao da je postojanje takvih elemenata u jednom državnom aparatu neminovno, možda čak i neophodno, nije želeo sa sličnima da ima nikakve veze.

Rade je i dalje urlao u slušalicu, ali Mirko nije mogao ništa da poveže i shvati. Zašto mu je to radio? Zašto ga je prinudio da sa njima deli prostor i diše isti vazduh? Pacov se vrpoljio na stolici i gledao u pod. Vuk ga, naprotiv, nije ispuštao iz vida. Na ustima mu je lebdeo zloćudan osmeh, to jest kezio se na njega kao da će svakog trenutka da mu skoči u grlo. Mirko ga je hladno odmerio, a onda skrenuo pogled privučen zvukom zalupljene slušalice.

— Ostavite nas — naredio je Jovanović. Glas mu je bio promukao od vikanja.

Stevica Karan je sav zguren ustao sa stolice i sa primetnim olakšanjem prosto ispario iz kancelarije. Kralj je još dobrih deset sekundi odmeravao Mirka. Onda se polako uspravio i išetao. U prolazu ga je namerno očešao ramenom. Vrata za sobom nije ni zatvorio.

— Sedi, Mirko.

Okrenut leđima, posmatrao je nezainteresovano kroz prozor.

— Šta se dešava, prijatelju?

Čovek uzdahnu i okrete se prema njemu.

— Šta se dešava? — procedio je jetko. — To bih ja tebe hteo da pitam.

— Ne razumem.

— Hoćeš li nešto da popiješ?

— Ma reci mi, bre, šta je bilo! — ljutnu se Mirko.

— Dobro... Reći ću ti.

Nagnuvši se malo u stranu, iz fioke na radnom stolu je izvukao fasciklu i spustio je pored sebe. Mirka je štrecnulo u stomaku. Crveni pečat *Strogo poverljivo* nije slutio na dobro. Kroz glavu mu prolete slika Ružičinog uplakanog lica.

— Moram da ti postavim par pitanja, Mirko.

— U vezi sa čim? — reče što je mirnije mogao.

Radomir Jovanović je jednim pokretom razvezao mašnu na traci kojom je fascikla bila vezana i otvorio je.

— Poznaješ li ti nekog doktora Đorđa Darvasa?

— Hmm... ne — reče Mirko posle kratkog razmišljanja. — Nikad čuo.

— Čudno... meni se čini da on tebe zna.

— Valjda ja najbolje znam da li nekog poz...

— A Ružicu Jovadžić? — prekide ga Rade. — Ni nju ne poznaješ?

Na pomen tog imena, iz Mirkovog lica i usana nestade i poslednje kapi krvi. Gledao je zabezeknuto u Radeta.

— Ne moraš mi ništa reći, Mirko. Izraz tvog lica govori umesto tebe.

Mirko je ćutao, potpuno ošamućen. Prošlost ga je ošinula poput biča u vidu jedne mlade žene koju je trudnu bez reči ostavio.

— Mislio sam da najbolji prijatelji ne bi smeli jedan od drugog da kriju takve stvari. Imao sam u tebe poverenje, a ti u mene ne. Zašto?

— Pokušao sam da ti kažem, Rade, ali si me prekinuo...

— Trebalo je da insistiraš, Mirko, izbegli bismo ovo!

— Ali...

— Dobro me slušaj! — prekide ga Rade nestrpljivo. — Neću da okolišam. Situacija je veoma ozbiljna.

— Znam...

— Ne znaš još — uzvratio je Rade bacivši pred njega Udbin raport.

Mirko poče da čita.

Zahvaljujući informacijama do kojih je slučajno došao drug Stevica Karan, otvorivši, greškom, pismo upućeno drugu Mirku Petrovu, visokom funkcioneru Komiteta, u kome je doveden u pitanje njegov integritet i lojalnost prema Partiji, kao i njegovo ljudsko poštenje, otvorena je hitna anketa. Autor gore navedenog pisma je Đorđe Darvas, doktor u penziji. Navodim da je anketa isključivo imala za cilj da skine sumnju sa veoma cenjenog kolege Petrova. Nažalost, ona je ne samo dokazala istinitost optužbi, već je na račun Petrova leglo i par veoma otežavajućih okolnosti. Prilažem raport druga Jovana Kralja, glavnog inspektora:

„U periodu između maja i oktobra 1951. godine, drug Mirko Petrov je radio u sedištu Komunističke partije u Kruševcu. Po tvrdnji doktora Darvasa, drug Petrov je održavao ljubavnu vezu sa dotičnom Ružicom Jovadžić iz sela Bačine. Drugarica Jovadžić je tada bila zaposlena u vrtiću 'Pčelice' u Kruševcu kao vaspitačica. Razgovarao

sam sa njenom bivšom direktorkom Radom Ilić, sada u penziji, kao i sa Zlatom Simić (devojačko prezime Komarek). Obe su prepoznale druga Petrova na fotografiji koju sam im pokazao i potvrdile njihovu ljubavnu vezu. U toj kratkoj vezi, drugarica je ostala u drugom stanju, negde u septembru iste godine.

Prekid veze usledio je u oktobru, što se poklapa sa dolaskom druga Petrova u Centralni komitet. Par meseci kasnije drugarica Jovadžić je zbog svog kompromitujućeg stanja izgubila posao u vrtiću i vratila se u rodno selo. Dana 11. juna 1952. godine rodila je muško dete. U bačinskoj mesnoj zajednici sam, proveravajući krštenice, došao do veoma važnog otkrića. Naime, otac drugarice Jovadžić je bio niko drugi nego Petar Jovadžić, komandant četničkih snaga kruševačkog atara, poznatiji kao Komandant Petar. Nisam bio u mogućnosti da ispitam drugaricu Jovadžić o vezi sa Petrovim i to da li je i do koje mere odao tajne opasne po Partiju i državu. Ubrzo nakon rođenja deteta, drugarica Jovadžić je preminula od tuberkuloze. Dete, koje nosi ime Milan, spada pod tutorstvo Petrove udovice Živane Jovadžić, ali zbog svog lošeg zdravstvenog stanja, ona nije mogla da se brine o njemu. Brigu o njemu su preuzeli majčini prijatelji, Viktor i Milka Zorić. Imao sam, naravno, priliku da ih upoznam, kao i da dobro zagledam dečaka. Sličnost sa drugom Petrovim je do te mere frapantna da se očinstvo uopšte ne može dovesti u pitanje. Štaviše, dečak je od oca nasledio mladež u obliku srca na desnom obrazu, pojava vrlo retka, ali moguća.

Po tvrdnji Zorićevih, Mirko nikada nije pokušavao ništa da sazna ni o majci ni o detetu. Sama Ružica Jovadžić o njemu nije nikada govorila, prvi koji je saznao ime oca bio je doktor Darvas, i to samo par minuta pre nego što je izdahnula. Zaključujem da je svojim ćutanjem želela da zaštiti identitet Mirka Petrova, verovatno pod prctnjom dotičnog. Motiv je, naravno, strah od dovođenja u vezu sa ćerkom *državnog neprijatelja i posledica koje bi to moglo imati na njegovu političku karijeru..."*

Ja, Predrag Seferović, šef ćelije Državne bezbednosti pri Ministarstvu unutrašnjih poslova, zahtevam hitnu smenu Mirka Petrova sa funkcije koju mu je Komitet poverio, njegovu pisanu ostavku, kao i doživotno povlačenje iz političkog života. Petrov je svojim nedoličnim ponašanjem bacio ljagu na moralne vrednosti koje se traže od svakog člana Komiteta, a svojom neopreznošću doveo u opasnost bezbednost države. Mirko Petrov će takođe biti izbačen iz Partije, a njegova članska karta biće mu oduzeta.

Ostatak nije ni hteo, ni mogao da pročita. Oštar bol u slepoočnicama zamutio mu je vid. Spustio je raport na sto, zatvorio oči i zabacivši glavu unazad, duboko uzdahnuo.

— Imaš li šta da dodaš? — upitao je Radomir Jovanović nakon jedne pristojne pauze.

Mirko ga je pogledao otupelim pogledom. Lice mu je poprimilo sivu boju, dajući mu samrtnički izgled. Crte lica delovale su mu nekako deformisane, podnadule.

— Ružica... mrtva — reče on jedva mičući usnama.

— Da, Mirko. Devojka koju si ostavio je umrla. Ali imaš sina.

— Imam sina...

— Da li si znao da je trudna kad si otišao?

— Jesam — reče pognute glave. — Ali mislio sam da će... kada odem...

— Da očisti dete, je l' tako?

— Da.

— E, vidiš, bila je hrabrija od tebe. Ne samo da je zadržala dete, nego ga je nazvala po tvom ocu.

— Ja nisam hteo da tako ispadne, Rade — reče Mirko. — Voleo sam je, ali kada sam saznao ko joj je otac... nisam imao izbora.

— Je l' ti čuješ šta govoriš? — reče Rade prezirno. — Ili ti je ova jebena politika oduzela svaku ljudskost? Nisi ništa bolji od one dve truleži što izađoše.

— Nemoj tako... — reče Mirko vidno potresen prijateljevim rečima. — Strašno me je grizla savest, ali moraš da me razumeš!

— Šta da razumem? Da si se poneo kao neko egoistično đubre.

— Ti znaš da nisam đubre, Rade, ti me bar poznaješ u dušu!

— Izvini, ali Mirko koga sam mislio da poznajem nikad ne bi učinio ovako nešto. Ti si bio sin koga sam oduvek želeo, ali veruj mi, sada se stidim tebe...

— Pa šta je trebalo da uradim?! A? — viknu Mirko sa suzama u očima.

— Trebalo je da mi se poveriš, budalo, eto šta! Moglo je tada mnogo šta da se uradi!

— Evo sad ti se poveravam!

— Sad je, Mirko, prekasno — uzvratio je Rade dunuvši kroz nos. — Siđi u svoju kancelariju, napiši ostavku i donesi mi je. Budi kratak.

Mirko ga je pogledao isto kao da mu je rekao da otvori prozor i skoči na beton.

— Rade, ne možeš od mene da tražiš tako nešto.

— Još kako mogu — reče ovaj ne podigavši glas. — I moram.

— Daj mi drugu šansu, molim te! Videćeš da...

— Ti kao da ništa ne shvataš! Poslaće te na Goli otok zbog šurovanja sa Petrovom ćerkom! Sećaš li se ti, bre, ko je bio taj čovek? Hoćeš li da Stari sazna, pa da te pojede mrak?

— Nisam znao čija je ćerka, veruj mi!

— Ma koga je briga za to, čoveče! Ti bar nisi naivan. Pružio si besnim psima priliku da te rastrgnu i očekuješ da ti samo zapišaju cipele?!

— Zaštiti me! Učiniću sve što od mene budeš zatražio, ali ne daj da tako neslavno završim!

— Eee, moj Mirko, pa zar misliš da već nisam učinio i više nego što sam smeo?

— Šta si učinio?

— Nećeš ići u zatvor ni biti javno osramoćen. Zar je malo? Zauzvrat, moraš zauvek nestati odavde. To je poslednja ponuda i ja sam je prihvatio.

— Zašto, Rade? — reče Mirko glasom punim očajanja.

Ovaj se kiselo nasmešio.

— Kada sam saznao kako si se poneo prema sirotoj devojci i vašem nerođenom detetu, iskreno da ti kažem, poželeo sam da im dopustim da te rastrgnu — reče on gledajući ga pravo u oči. — Ali, eto vidiš, ipak nisam.

— Šta ću ja da radim napolju?

— Pa bar si ti školovan i sposoban čovek! Uostalom, posao te već čeka.

— Kakav posao?

— Bićeš šef magacina u Fabrici kablova u svom rodnom gradu. To je najbolje što sam mogao da nađem.

— Hvala na velikodušnosti, moj najbolji prijatelju... — reče Mirko ironično. — Stvarno nisi morao da se trudiš.

— Nisam završio! — oštro će ovaj. — Zauzvrat moraš da ispuniš određene uslove, inače ponuda pada u vodu, pa onda misli o meni šta god hoćeš.

Posle tih reči, dva čoveka su preko stola ukrstila poglede oštre kao mačeve. Prvi koji je oborio oči bio je Mirko.

— Koje uslove? — reče naposletku.

— Prvo odi u Varvarin kod doktora Darvasa i zamoli ga da te odvede Zorićima da upoznaš sina. Dete priznaj i daj mu svoje prezime, povedi ga u Svetozarevo sa sobom i upiši ga u školu. Uskoro puni sedam godina.

— I šta još želiš od mene?

— Da odeš na Ružičin grob, upališ joj sveću i izviniš joj se za sve.

Na pomen Ružičinog imena Mirko ustade.

— Učiniću sve kako kažeš. Naći ćeš dole na stolu moju ostavku.

— Počni nov život — reče Rade, skoro pomirljivo. — Sa svojim detetom.

Mirko ga je još jednom pogledao oštro pre nego što je izašao zalupivši vrata za sobom.

„Zbogom, bivši prijatelju", reče u sebi dok se sa suzama u očima udaljavao hodnikom. Za njim je odzvanjao Radetov glas.

— Rekao si da te je grizla savest! — vikao je. — Pokaži to svom sinu! Još ima vremena za oproštaj! Mirkooo!

7

— Tajna u pisanje je da kažeš što više sa što manje reči — rekao je Giša Milanu držeći se uspravno u senci oraha, kao da je na pozornici. — Nema potrebe mlogo da balaviš da bi izrazio svoja osećanja.

Dečak klimnu odsutno, kao i uvek kada bi mu starac pričao o poeziji.

— Posebno u ljubav — nastavljao je. — Ljubavna pesma mora da bidne kratka i jasna.

— Što?

— Moraš ženskom da zagolicaš maštu, a ne da gu uspavaš. Posebno ako je to ona prava...

— A kako da znam koja je? — upitao je Milan praveći se zainteresovan. — Mislim... ta prava.

— To niki ne mož' ti objasni, ali kad se pojavi... sâm će gu prepoznaš — reče starac udelivši mu krezub osmeh. — I ako gu pišeš pesme, nemo' mlogo da razglabaš. Previše pametovanja kvari ljubav, to ti tvoj Giša kaže.

— Pre neki dan sam sanjao čudan san, deda Gišo.

Bio je svestan da prenaglo menja temu, ali poezija ga nije interesovala a ljubav još uvek nije razumeo. Bio mu je potreban odgovor na druga, za njega mnogo važnija pitanja.

Starac ga pogleda svojim pronicljivim očima.

— Sanjao si oca?

Milan se trže. Sve više je verovao da Giša ima sposobnost da čita misli.

— Pričaj.

Milan mu je opisao svoj san ne propustivši nijedan detalj, čak ni onaj gde mu je srce zamalo stalo od straha. Znao je da ovaj neće pomisliti da je kukavica. Giša je samo zamišljeno klimao sedom glavom, češkajući bradu.

— Šta sve to treba da znači, deda Gišo?

— Znači da počinješ da veruješ u čarobnu reč i njenu moć — reče starac zadovoljno.

— Ali, to je bio samo san. Milka me je probudila, nisam mu čak ni lice video.

— Što ne znači da nećeš — uzvratio je Giša, spustivši mu ruku na rame. — Znaš, Milane... snovi proriču šta će bidne u budućnost. Ne svi, naravno, ali nekad baš osetiš da si sanjao taki, drugačiji san.

— Misliš li da ću da nađem oca? — upita dečak s prizvukom nade u glasu.

— Možda će on tebe da pronađe. Ko zna...

— Šta misliš kakav li je?

— Mlogo lep, s crni oči. Isti ki ti!

— Otkud znaš?! — uzviknu Milan iznenađeno.

— Znao sam ti i majku i dedu kad su bili deca — reče on osmehnuvši se. Majka ti je bila prava lepotica, deda naočit čovek, ali ti ne ličiš ni na jedno od njih. Sigurno si ondak na njega.

Dečak se zamislio. Više nego ikada žalio je što san nije potrajao bar malo duže. Toliko je želeo da stavi bilo kakav lik na junaka o čije se jake grudi, poput igračke, razbila gvozdena lokomotiva.

— A kaži ti meni, Mile, nauči li ti nešto s Milku?

— Znam da napišem svoje ime — pohvali se dečak. — I još ponešto.

— Odlično! — uzviknu Giša, zadovoljno pljesnuvši dlanom o dlan. — A kad će kupiš bukvar?

— Ne znam — slegnu on ramenima. — U poslednje vreme stalno je neka gužva u kući...

— Pa dobro... E, da ne zaboravim, imam jedan poklon za teb'!

Ispod flekavog pocepanog ćebeta on izvadi pljosnatu drvenu kutiju i pruži mu je. Kutija je bila prilično lagana, a ipak čvrsta i kompaktna. Njena dva dela su s jedne strane bila spojena minijaturnom šarkom koja se protezala celom dužinom. Sa druge strane, jednom metalnom kvačicom Milan je pomeri u stranu i otvori kutiju. Iznutra je bila isto tako glatka kao i spolja. Izgledalo je kao da je izlivena, a ne rezbarena u drvetu.

— Prelepa je, deda Gišo. A čemu služi?

— To je kutija za olovke. Će ti treba za školu.

— Hvala! — reče on srećno, milujući prstima njenu glatku površinu.

— To ti je, moj Mile, kruškovo drvo. Teško za rad, neposlušno, ljuto — reče Giša važno. — Niki ga ne radi osim men.

— To znači da...

— Da si ti jedini na ceo svet koji ima taku kutiju — dovršio je starac dečakovu misao. — To ti je od mene rođendanski poklon. Skromno je, ali... eto.

Milan se lupi po čelu. Jutros kad je ušao u trpezariju, na stolu ga je čekala mlaka kajgana, deca su spavala, a Milka je verovatno poslovala oko stoke jer je nije bilo. Progutao je doručak na brzinu i otrčao do Giše, ali sve vreme je imao utisak da je nešto važno zaboravio. Danas je punio sedam godina.

— I meni se desi da zaboravim svoj — nasmeja se starac. — Ali tvoj... nikada!

Dečak pažljivo sklopi kutiju. Kao rođendanski poklon, dobila je u njegovim očima još veću vrednost.

— Drvo je, Milane, živo. Kad ga čovek radi s ljubav, on u njega usadi deo svoje duše. Nek te ta kutija seća na men i kad ne budem više na ovaj svet.

— Deda Gišo... — poče dečak snebivajući se — moram nešto da ti kažem.

— Pa ako baš moraš... kaži — našali se starac.

— Drvo je živo, zato što je drvo... biljka.

— Pa naravno da je biljka! A šta bi drugo bilo?

— Pa ti reče onog dana...

— To sam rekô zbog onih pijandura.

— Zašto?

— Pa da misle da sam glup.

— Što?! — začuđeno će dečak.

— Nekad glupak bolje prođe od pametnog — reče starac najozbiljnije na svetu. — Kad mnogo štrčiš s pamet, nije dobro. Razumeš?

— Ne razumem.

— Kad te pijanice i ništaci u'vate u mašinu, mož' da budeš pametan kol'ko 'oćeš, uvek na kraju ti njima plaćaš piće. Al' kad se napraviš glup, ne mož' se uzdrže da se ne sprdaju s tebe. E, onda se ja kao naljutim i odem, a oni ostanu bez piće. I ko je sad tu pametan?

— Ti!

— Pa dabome! — uzviknu on šeretski. — Biraj s kog ćeš da budeš pametan, a s kog glup. To ti je moj savet.

— Koliko je sati, deda Gišo? — uzvrpoljio se dečak.

— Podne — odgovorio je kô iz topa.

Giša je na levoj ruci nosio stari, požuteli sat. Bio je to poklon od kuma Pere i nije radio već godinama, ali ga je svakog jutra, iz uspomene, kačio na ruku. Milan ga, međutim, nikada nije video da u njega gleda, pa ipak, mogao je u po dana i po noći da pogodi vreme skoro u minut.

— Idem! — reče dečak, skočivši na noge. — Milka me već sigurno čeka na ručku.

— Samo još nešto! — reče starac uhvativši ga za ruku u kojoj je držao kutiju za olovke. — Iznutra sam urezao tvoje ime. Prezime ti ureži kad budeš... pronašô oca.

— Dobro, deda Gišo...

— Pazi gu ki oči u glavu! Nemo' da dobije noge!

Dečak prasnu u smeh. U glavi je već stvorio sliku drvene kutije koja nespretno trči zanoseći se na tankim nožicama. Poželeo je da zagrli starca. Umesto toga mu je samo pružio ruku.

— Vidimo se, deda Gišo.

— Kad god 'oćeš, sine!

Gledajući dečaka koji se udaljavao, starac uzdahnu. Voleo je to dete svim srcem i želeo je da mu pomogne, ali nije znao kako. Mogao je samo da mu usadi nadu i veru. Zato se onog dana dosetio da ga proglasi novim čuvarem tajne i tobož mu prenese čarobnu reč u vlasništvo. Naravno, reč je bila isto toliko čarobna i istinita koliko i priča o Deda Mrazu. Giša je nekada davno u nekoj knjizi pročitao pesmicu na španskom, koju su u Južnoj Americi mame i bake pevale deci kad se udare. Nije imao ni najmanju predstavu šta je ona značila, ali dosetio se nje i pomislio da će dobro doći detetu bez roditelja, da mu u teškim trenucima umanji bol. Sve ostalo je izmislio, ne bi li uverio dečaka da poseduje moć da promeni svoj život. Jer, znao je Giša to dobro, nekada je dovoljno samo verovati.

Uzdahnuo je ponovo i uhvatio se za grudi. Težina koju je od jutros osećao i koja je nestala dok je Milan bio tu, ponovo mu je legla na prsa. Čas mu je bilo vruće, čas se ježio kao da mu je hladno. Poželeo je da se opruži na madracu i malo odrema, ali znao je da mu muve neće dati mira. Ustao je bezvoljno i na drhtavim nogama otišao u svoju spavaću sobu. Spavao je ni sâm ne znajući koliko, kada neko kucnu u prozor. Napolju je bila noć.

— Ko je? — uzviknu on, primetivši da mu je glas drugačiji, čistiji.

— Dragiša, sine! — začu od spolja ženski glas.

— Majko?! Ti li si?

— Ja, sine — reče glas blago. — I Mica je tu. Čekamo te.

Giša radosno skoči na lake, mladalačke noge. Sa nestrpljenjem izlete iz kuće, strčavši kamenim stepenicama sa trema. Pod orahom ugledao je majka Stanu ruku pod ruku sa ženom mu, Miluškom. Lica su im bila nasmejana, a tela okupana blagom srebrnastom svetlošću koja kao da je izvirala iz njih samih. Giša pruži ruke ka njima. I one su svetlele poput mesečine. U trenutku kada su im se dodirnuli dlanovi i sve troje se spojilo u jedinstveno svetlo, duša mu se ispunila spokojem. Znao je sa sigurnošću da će taj trenutak trajati večno. Da će od sada biti zauvek srećan.

NAGOVEŠTAJI

Napustivši Gišu, Milan krenu prečicom. Spretno je preskočio potok i gonjen glađu brzo grabio uzbrdo. Taman kada je iz žbunja trebalo da izbije na čistinu, začu poznati zvuk automobila i mahinalno čučnu, sakrivši se od pogleda. Kraj njega projuri beli vartburg.

„Kod koga li će?", zapitao se.

Viktorova kuća je sa te strane sela bila pretposlednja kraj puta. Gore, iznad njegove, nalazila se još samo jedna, ali tamo niko normalan ne bi išao. Put je u širokom luku obilazio oko Viktorovog zagrađenog poseda. Čeoni deo bio je obrastao gustim šipražjem i on na trenutak izgubi auto iz vida. Pogled je prebacio udesno, tamo gde je vozilo trebalo da izbije na čistinu, ali i posle dobrih pola minuta još uvek ga nije bilo. Zvuk motora davao mu je do znanja da je auto još u pokretu.

„Pa gde nestade?"

A onda utihnu i motor. Milan se uspravio u žbunju šarajući pogledom levo-desno u potrazi za belim autom. Vrata dvaput lupiše i on ga najzad ugleda na brdu, na kraju uskog puta koji je udarao pravo na ukletu Živaninu kuću. Prepoznao je siluete starog i mladog doktora. Gledali su prema kući. Dečak je pretrčao prašnjavi put i popeo se na plot. Počeo je mahnito da maše u njihovom pravcu sa nadom da će ga ugledati. Hteo je da vikne, da ih nekako upozori da su pogrešili i da otuda treba da beže glavom bez obzira. U tom trenutku, iz automobila izađoše još dva čoveka. Prva, visoka i tanka silueta muškarca nije mu bila poznata. Međutim, kada je ugledao onu drugu, divovsku, zaklecaše mu kolena a iz grla mu se ote krik iznenađenja. Bio je to Viktor. Sva četvorica se uputiše prema vešticinoj kući.

„Šta će on tamo?!", pomislio je preneraženo. Znao je da učestale posete doktora Darvasa neće doneti ništa dobro. „Neko je sigurno teško bolestan, zato su me i slali napolje da ne saznam. Možda im lekovi ne pomažu pa im treba pomoć veštice."

Milan se stresao na tu pomisao. Lično, više bi voleo i da umre, nego da popije nešto što je ona smutila u svom kazanu.

„A šta ako im baci urok ili ih, ne daj bože, otruje?!", pomislio je užasnuto. „Viktor jeste jak, ali ako mu veštica na prevaru dâ otrov, ništa mu snaga neće pomoći."

Počela je da ga hvata panika. Odatle gde se nalazio, nije mogao ništa da vidi. Živanina velika kuća gubila se u krošnji starog kestena. Trebalo je doneti brzu odluku. Skočio je s plota i potrčao preko Viktorovog imanja. Usput je prošao pored Atile, koji se, doduše, više nije vrteo oko sebe, ali je, ugledavši dečaka, samo zablejao poput neke ogromne, pitome ovce.

Nakon što je s druge strane dvorišta preskočio plot, stao je da razmisli. U ruci je čvrsto stezao kutiju za olovke. Ne samo da bi mu znatno otežala prikradanje, nego je postojala opasnost da je izgubi ili polomi u slučaju da mora da beži pred vešticom. Ne bi mogao da podnese da svojom nesmotrenošću pogazi obećanje koje je dao Giši. Ograda koja je Živanino dvorište delila od puta bila je napravljena od naslaganog pljosnatog kamenja. Pronašao je prostor između njih i pažljivo gurnuo kutiju u rupu. Sa puta je pokupio par belutaka i njima obeležio skrovište. Tek kada je njegov rođendanski poklon bio na sigurnom, Milan se prikrao veštičinoj kući. Debelo stablo ga je štitilo od pogleda sa prozora. Spretno, poput veverice, uzverao se uz drvo. Brižljivo je odabrao jednu čvrstu granu i uzjahao je. Grana je bila tek toliko obrasla lišćem da ga prikrije, a da mu ujedno pruži sasvim dobar pregled dvorišta i kuće. Tek kad je zauzeo busiju, dečak poče da shvata opasnost kojoj se izložio. Ako je veštica Živana bila sposobna da ubije četiri odrasla čoveka, od kojih trojicu u punoj snazi, šta će tek od njega napraviti ako ga uhvati u svom dvorištu. Razum mu je govorio da skoči s drveta i beži, ali u isto vreme, puka radoznalost ga je kao kleštima držala prikovanog za granu. Uostalom, dvoumljenju je došao kraj, jer zavesa na jednom od prozora mrdnu i samo trenutak kasnije ulazna vrata se otvoriše. Na drvetu Milan se skupio što je više mogao. Iz kuće je prvi izašao neznanac, a potom i Viktor i doktor Marko. Poslednji izađe doktor Darvas u veštičinom društvu. Klanjala je telom dok joj je nešto govorio, ponizno kršeći ruke. Na licu joj je titrao servilni osmeh. U starčevoj ruci se beleo neki papir. On ga pažljivo savi i gurnu u džep sakoa, a onda polako krenu ka autu.

Milan je imao vremena da osmotri neznanca koji je stajao po strani i pušio. Belo lice bilo mu je obasjano suncem dok mu se prolećni vetar poigravao nestašnom kosom. S vremena na vreme rukom bi sklonio šiške sa čela. Pokreti su mu bili brzi, nervozni. Odeća neobična. Milan nikada nije video da se u Bačini, a ni u Varvarinu, neko slično oblačio. Da je dečak poznavao taj izraz, opisao bi čoveka kao veoma elegantnog. Vrata lupiše četiri puta, motor zabruja i auto se već unazad spuštao uskim putem. Dok ih je pratila pogledom, osmeh na Živaninom licu se polako pretvarao u grčevitu grimasu. Iako se nalazio tridesetak metara od nje, u očima joj ugleda zloban sjaj. A onda je učinila nešto od čega mu se sledila krv u žilama. Okrenula je naglo pogled prema krošnji starog kestena. Zaustavio je dah. I pored straha, ostao je dovoljno priseban da ne napravi nijedan nagli pokret. Sedeći nepomično na grani, posmatrao je vešticu, moleći Boga da ga ova ne ugleda i baci mu urok. Proklinjao je svoj stomak, koji je od gladi zavijao kao nepodmazana šarka na vratima. Veštica je buljila, činilo mu se, čitavu večnost u njegovom pravcu. A onda se napokon okrenula i ušla u kuću. Još nije ni vrata za sobom zatvorila, a Milan je već skočio s drveta i trčeći grabio prema kamenoj ogradi. Nepun minut kasnije, već je sa drvenom kutijom za olovke pretrčavao Viktorov posed.

Stigavši blizu kuće, naglo je stao. Beli auto bio je parkiran pred kapijom. Otkako je doktor Darvas počeo da dolazi u njihovu kuću, kopkalo ga je da sazna o čemu su razgovarali. Viktor se uvek trudio da ga udalji na ovaj ili onaj način, i time mu samo budio maštu. Sada mu se nekako nije ulazilo. Ko zna zbog čega, prisustvo onog stranca ga je plašilo. Sasvim polako, otvorio je ulazna vrata i provirio u predsoblje. Mnogobrojne cipele poređane po podu potvrdile su njegovu bojazan. Svi su bili tu. Iz unutrašnjosti, međutim, nisu dopirali glasovi, što je bilo jako čudno. Zašto bi četiri muškarca i jedna žena ćutali za stolom osim ako nisu ljuti jedni na druge. Imao je neprijatan utisak da nekog čekaju. Njega.

Verovatno bi pobegao i skriven nedaleko u nekom žbunju čekao da gosti odu, da ga od gladi nije hvatala nesvestica. Opojan miris koji je i pored zatvorenih vrata dopirao iz kuhinje, činio je odluku još znatno težom. Stomak mu je glasno „zajaukao” i time učinio kraj premišljanju. Sa uzdahom je skinuo prašnjave cipele i ušao u trpezariju. Okrenuta leđima, Milka je u šerpi na šporetu nešto mešala.

Sto i stolice, koje su se obično nalazile u trpezariji, nisu više bile tu. Dešavalo se, istina retko, da ih prebace u veliku gostinsku sobu. Značilo je to da je neki važan gost u kući. Na podu, na prostirci, igrala su se deca.

— Milaneee! — ciknu Mira piskavim glasićem ugledavši ga na vratima.

Oba deteta pritrčaše i zgrabiše ga oko struka. Milan im razbaruši čupave glavice.

— Stigao si, sine! — uzviknu Milka razdragano, ali nekako je ta razdraganost bila preterana. — Pa gde si do sad?

— Zadržao me nešto deda Giša...

— Nema veze — odmahnu ona rukom a zatim mu priđe i nežno ga povuče za uši. — Jutros si pobegao, a da ti nisam ni čestitala. Srećan ti rođendan.

— Morao sam deda Giši da pomognem da...

— Ako, sine, nego ajde da jedeš. Svi te čekaju.

— Dođi s nama, Mile! — pozva ga Viktor iz gostinske sobe.

Milan na brzinu opra i obrisa ruke. Kada je kročio u sobu, sve četiri glave okrenuše se ka njemu. Dečak promrmlja nešto u znak pozdrava i ne dižući pogled sede na jednu od slobodnih stolica. Iz lonca se širio opojan miris pileće čorbe.

— Nismo hteli bez tebe da počnemo — reče Viktor. — Ljudi, prijatno svima.

Pribor za jelo zvecnu. Dečak je sačekao da se stariji posluže. Svi su jeli ćutke. Kusao je i on svoju omiljenu čorbu, ali nije mogao da kaže da li mu je prijala. Nije bilo onog uobičajenog raspoloženja za trpezom. Krajičkom oka, pokušao je par puta da osmotri neznanca. Uspevao je samo da mu vidi vrh nosa. Pogled mu se spustio na njegove ruke. Prsti su mu bili dugi, a nokti negovani. Skoro da nije ni doticao svoj tanjir. Kako je obrok tekao, tišina za stolom postajala je sve teža.

— Jesi li dobro jeo, sine? — upitao ga je Viktor dok je Milka odnosila tanjire.

— Jesam.

Gorostas je pogledao u neznanca, ali ovaj je pognute glave buljio u stolnjak. Prebacio je pogled na doktora Darvasa, koji mu je klimnuo glavom. Dečaku nije mogao da promakne taj nemi razgovor. Nije mogao da se otme utisku da je upravo neznanac razlog svoj toj nelagodnosti za stolom. Ko je on i zašto je bio tu da svojim ćutanjem pokvari rođendanski ručak?

— Milane... — reče Viktor nakon što je dobro pročistio grlo. — Sećaš li se našeg razgovora od pre neki dan?

Dečak nabra čelo.

— Verovatno se ne sećaš. Razgovarali smo o tvom ocu...

Na te reči, dečaku jurnu vrućina u lice. Žalio je što je uopšte i pomenuo taj glupi san.

— Šta bi radio da se stvarno desi? Mislim, da ti se otac pojavi.

Milan je zadrhtao. Ogromna šaka je nežno prekrila njegovu. Pogledao je u Viktora tražeći na njegovom licu trag šali, ali ovaj je bio ozbiljan.

— Tvoj otac postoji, Milane — reče doktor Darvas. — Želi da te upozna.

Preko puta doktora sedeo je neznanac. Na starčeve reči, promeškoljio se na stolici.

— Znaš, Milane — opet će doktor — tvoj otac je poslednjih godina bio mnogo zauzet. Međutim, imaće od sada više vremena za tebe.

Starac je to rekao hladnim tonom. Dečak se osvrnuo oko sebe. Svi su sažaljivo gledali u njega. Svi, osim neznanca, koji je gledao u stolnjak. Tišina za stolom je postala toliko teška da su mu od nje zaglunule uši. Polako je shvatao i Viktorove i doktorove reči. Srce mu je kucalo sve brže i brže, a čitavo telo počelo da podrhtava.

— Polako, sine, smiri se! — reče Viktor, uhvativši ga drugom rukom za rame.

Dečaku ponestade daha. Srce mu je udaralo kao čekić i kao da je raslo, zauzimajući sve mesto u grudima. Hteo je da se otme Viktoru i pobegne daleko od svih. U šumu... u planine. Da se nikada ne vrati.

— Želiš li da upoznaš oca? — upitao je stari doktor.

Neka nevidljiva ruka stegla mu je grlo. Pokretao je blede usne, međutim, sa njih nije silazila nijedna reč. Ni pored najbolje volje nije bio sposoban da odgovori na to prosto, ali životno pitanje. Na kraju je samo klimnuo glavom.

Doktor očima dade jedva primetan znak čoveku preko puta stola i ovaj ustade. Dečaku se poput bleska pojavi slika u glavi. Čovek je stajao moćan i uspravan kao bor, a oko njega gomila iskrivljenog gvožđa. Bila je to scena iz njegovog sna, s tom razlikom što je njegov spasilac sada imao lik. Lik čoveka za stolom.

„Lep, sa crni oči, isti ki ti!", setio se Gišinih reči.

I stvarno, čovek ga je gledao sa dva crna, duboko usađena oka. Na obrazu je imao mladež u obliku srca.

„To srce što nosiš na obraz", oglasi se Giša ponovo, „mogô bi se kladim da nije tu džabe!"

Nije bilo sumnje, poput božjeg žiga, taj mali beleg na licu svedočio je neprikosnovenije od bilo koje reči i papira.

„Otac!", kriknu njegov unutarnji glas. „Moj otac!"

Bubnjanje u ušima postade nepodnošljivo. Neko viknu njegovo ime, a onda nastade mrak.

BUNILO

— Kako mu je? — začuo je Milkin zabrinut glas koji je odzvanjao kao da dopire iz bureta.

Imao je osećaj da mu je celo telo okupano svetlošću. Kada je pokušao da otvori oči, u glavi ga žignu takvom jačinom da je od bola jeknuo.

— Budi se! — usplahireno će Milka.

— Samo momenat — čuo je doktorov glas, a odmah zatim lupnjavu kapaka na prozoru.

U sobi nastade prijatna tama. Polako je otvorio oči. Ležao je u svojoj sobi. Nad njega se nadnelo Milkino brižno lice.

— Jesi li dobro, sine?

Klimnuo je glavom, neubedljivo. Osećao je prisustvo drugih ljudi u prostoriji. Oči su mu se brzo navikle na tamu i on ga ugleda kako ćutke stoji u pozadini. Njegov otac...

— Pa on, doktore, gori! — uzviknu Milka dodirnuvši mu čelo.

— Doživeo je ogroman emotivni šok — reče starac smireno. — Proći će, treba ga samo pustiti.

Prišao je krevetu i pogledao ga blago.

— Milane, sećaš li se svega?

Dečak klimnu glavom.

— Otac želi da te povede sa sobom u Svetozarevo, da te tamo upiše u školu. Ali, ne moraš da žuriš s odgovorom. Dobro razmisli.

— Niko te ne tera da ideš, sine — javio se Viktor iz pozadine. — Ti znaš da te volimo kao da si naš. Ali ako odeš, nećemo se ljutiti i ovo će uvek biti tvoj dom...

— Znam... — promrmljao je dečak.

— Mi bismo sad da pođemo — reče doktor Darvas. — Doći ćemo Marko i ja za par dana da vas posetimo.

— Nema problema, doktore. Hvala na svemu.

Starac pogleda u neznanca.

— Pozdravite se sa sinom.

Mirko je prišao, spuštenog pogleda.

— Do viđenja, Milane...

Dečak je prihvatio ruku, razočaran. U njegovom snu otac je bio suva hrabrost i snaga. Rušio je pred sobom lokomotive i planine zbog njega, svog sina. Na javi imao je pred sobom čoveka koji ga je jedva gledao u oči. Ništa od one gordosti. Ništa od zaštitničke, očinske nežnosti. Bilo je jasno da želi da bude na bilo kom drugom mestu, umesto u ovoj sobi sa njim.

— Do viđenja... — jedva je prozborio u odgovor.

Minut posle do njega je doprlo brujanje automobila. Otac je otišao... U sobu je ušla Milka s oblogom u ruci. Sklopio je oči, praveći se da spava. Nije želeo da razgovara, da ga teše. Na čelu je osetio hladnu tkaninu. Milka mu je nežno pomilovala obraz i uzdahnula. A onda se okrenula i na prstima izašla iz sobe. Niz obraze mu potekoše suze. Nikada u svom mladom životu nije bio suočen sa tako čudnim osećanjem. Ne bi mogao da ga nazove srećom. Bilo je to jače od bilo koje sreće koju je dotad osetio. A ni tugom, iako nikada nije bio ni približno tužan kao u tom trenutku. Bila je to mešavina svih mogućih osećanja od kojih nekima ni ime nije znao. Nejake grudi tresle su se pod naletom emocija. Plakao je još dugo i na kraju zaspao, potpuno iznemogao.

Kada je otvorio oči, u sobi je vladala potpuna tama. Ravnomerno disanje dopiralo je iz suprotnog ćoška. Deca su spavala mirnim snom, ne sluteći šta se njemu dešavalo u životu. Napolju je rominjala kiša, čuo je njeno sitno i melodično dobovanje po okolnim krovovima. Odjednom se sav naježio. Bilo mu je hladno, to ga je verovatno i probudilo. Potkošulja mu je bila natopljena znojem, kao i čaršav pod njim. Pipajući rukom po krevetu, tražio je ćebe. Našao ga je na podu. Mokru potkošulju je svukao preko glave, a čaršav strgao sa kreveta. Uskočio je nazad u postelju i uvio se u ćebe poput palačinke. Prijatna toplina mu se ubrzo razlegla telom.

„Koliko li je sati?", zapitao se nakon što se više puta okrenuo trudeći se da ponovo zaspi.

Slike jučerašnjih događaja prolazile su mu neprestano kroz glavu, ne dajući snu da ovlada. Dečak je poželeo da se obuče i momentalno ode do deda Giše. Zamišljao je kakvo će lice napraviti kada mu bude rekao da je za rođendan pored kutije za olovke, dobio i oca.

„Pa ja ti, Milane, reko' da čarobna reč stvara čuda", reći će on sa šeretskim osmehom, kao da je to najnormalnija stvar na svetu. Bilo mu je zbog starca gotovo jednako drago koliko i zbog samog sebe. Imao je osećaj da jedino njemu treba da zahvali što najzad ima oca. Sa suzama beše istekao i veliki deo sumnje i straha. Uostalom, znao je dečak iz iskustva, razgovor sa prijateljem odagnaće i poslednje nedoumice. Više od bilo kakvog deljenja saveta, starac ga je navodio da razmišlja sopstvenom glavom. Svojim nesvakidašnjim i na prvi pogled smešnim načinom razmišljanja, pomagao je dečaku da jasnije vidi svet i put pred sobom.

„Koliko ima sati?", zapitao se iznova.

Da je bila zora, Milisav bi već kukurikao. Dečak se nasmeja u mraku. Kada je Viktor jednom prilikom pitao kako da krste petla, Milka je u šali rekla to ime.

— Kako, bre, ženo, Milisav? Pa ne krstimo neku seosku budalu nego petla!

— E, kad može ovan da bude Atila, može i pevac da bude Milisav! — zadirkivala ga je. Posle je rekla da se šali, ali ništa nije vredelo. Ostade petao Milisav.

UPOKOJENJE

Giša se jednom hvalio da uvek ustaje pre petlova. Ponekad bi u cik zore, na prstima ušao u kokošinjac i pokupio jaja pod uspavanim kokoškama. Petao bi jednako spavao, kao i one. Seo bi zatim na tronožac ispred kokošinjca i čekao da vidi šta će da bude. Prestao je, kaže, to da radi, jer mu je bilo žao sirotog petla. Kokoške su, naime, bile toliko ljute na njega da su ga jednom prognale tri dana iz kokošinjca. Posvetio je tada tom petlu jednu od svojih najlepših pesama.

Posle jedno sat vremena Milisav kukuriknu, a odmah za njim i drugi, komšijski petlovi. Milan skoči, obuče se na brzinu i odškrinu vrata. Kroz Viktorovu i Milkinu sobu prošao je tiho poput senke. U predsoblju se obuo u mraku i izašao napolje. Kiša je bila prestala, a oblaci se već razišli. Mesec je obasjavao čisto nebo, a zvezde tek čkiljile slabom svetlošću nagoveštavajući skoro svitanje. Tiho je izašao na kapiju pazeći da njome ne lupi i time uzbuni komšijske pse. Iako mu se veoma žurilo, odlučio je da pođe drumom. Nije želeo da Giši saopšti radosnu vest ukaljan kao prase. Srebrnasti mesečevi zraci osvetljavali su mu put, a dok je stigao na drugu stranu brda, poče i da sviće. Srce mu je poskočilo od uzbuđenja kada je kroz jutarnju izmaglicu ugledao trošnu kuću. Stari petao je uveliko kukurikao pred kokošinjcem, istežući svoj očerupani vrat. Iako vremešan i prilično ofucan, šepurio se ponosno pred svojim malim carstvom.

— Deda Gišo! — povika on lupivši triput u rasušena vrata.

„Nije valjda već negde otišao?", pomislio je razočarano videvši da se iz kuće niko ne odaziva.

Prosto je goreo od želje da mu ispriča neverovatnu novost. Iz štale se javljala Ravijojla, koja je, činilo mu se, mukala glasnije nego obično. Odmah se tamo uputio.

— Šta je bilo, lepa? Gde je Giša?

Prazne jasle govorile su da nije ni bio u štali. Uvek bi ujutru prvo nahranio i napojio svoju staru voljenu kravu. Jadnica je mukala iz sveg grla kolutajući očima. Klatila je glavom, a onim krivim rogom kačila i cimala konopac kojim je bila vezana, kao da želi da ga otkine. Dečak je nikada nije video takvu.

— Stuuu, mirna! — viknu on odskočivši u stranu. Za dlaku je izbegao da ga ne nagazi. Zgrabio je kofu i sa kladenca, posrćući od tereta, doneo vodu. Dok je krava halapljivo pila, on donese snop sena i gurnu u jasle. Nije bilo normalno da je Giša ostavi nenamirenu, pomislio je. Par puta je potapšao po sapima u znak pozdrava, a onda ponovo otrčao do kuće.

— Deda Gišo! — povikao je i ponovo zalupao na vrata.

Ništa. Ušao je u predsoblje i pozvao još jednom. Gišina soba je bila zatvorena. Kucnuo je jednom reda radi i odškrinuo vrata.

— Pa ti si tu! — uskliknu radosno ugledavši starca u postelji.

Pravio se da spava, ali ga je blagi osmeh koji mu je lebdeo na usnama odao. Bio je siguran da mu Giša, kao i obično, sprema neku farsu, te je odlučio da ga preduhitri. Brzo je pritrčao krevetu.

— Buuu! — povika on zgrabivši ga za suvonjavu staračku ruku, ali odmah ustuknu.

Na licu mu se ispisao užas. Starčeva ruka je bila kruta i hladna kao led. Tek tada je primetio da mu je ten siv a usne modre. Izleteo je iz kuće sa prigušenim jaukom u grlu.

„Zašto, Bože?! Zašto sad?!", urlao je njegov unutarnji glas dok je pola trčeći, pola klizeći na zadnjici, niz mokru i ljigavu padinu prečicom hitao kući.

Iz žbunja na suprotnoj strani izbi sav blatnjav. Viktor i Milka su pospanih lica pili prvu kafu, kada je uz tresak vratima upao u trpezariju. Oboje skočiše, gledajući preneraženo u tu malu blatnjavu spodobu na vratima.

— Milane! — viknuše uglas.

Dečak ulete Viktoru u zagrljaj.

— Šta je bilo, sine? — uzviknu preplašeno. — Je l' te neko juri?

Milan odmahnu glavom. Grudi su mu poskakivale od plača.

— G... g... g... — beše jedino što je uspevao da kaže.

— Milka, daj lavor i vodu! — reče Viktor svlačeći mu s mukom mokru i blatnjavu odeću.

Milka čučnu kraj njega i mokrom krpom mu obrisa lice i vrat. Kada je skinula i poslednji trag blata, dobro ga je istrljala suvim peškirom. Viktor ga ogrnu ćebetom a zatim mu u ruku tutnu šolju toplog mleka.

— Možeš li sad da nam kažeš? — upitala je Milka, videvši da mu grudi više ne poskakuju od plača.

Dečak udahnu duboko, malo zadrža vazduh a zatim polako izdahnu.

— Giša! — izlete mu napokon.

— Giša? Šta je bilo s Gišom?

— Ru... ru... ruka...

— Isekao je ruku?

Milan odmahnu glavom.

Viktor joj dade znak da ćuti. Kleknuo je naspram dečaka, nežno ga uhvatio za ramena i zagledao mu se u oči.

— Nešto se desilo starom?

Dečak klimnu.

— Nešto opasno?

Ovaj opet klimnu.

— Je l' živ?

Milan ponovo zarida bacivši mu glavu na rame.

Viktor ga uze u naručje. Držao ga je i ljuljao sve dok se ovaj nije smirio. Misleći da je zaspao, odneo ga je u njihovu sobu i pažljivo spustio na krevet. Ali, Milan nije spavao. Oči su mu bile otvorene, ali pogled mu je bio odsutan i bezizražajan. Činilo se kao da je isplakao i poslednju suzu i prepustio se sudbini. Viktor je osećao da bi u ovom trenutku reči bile suvišne. Okrenuo se i izašao.

— Šta će još da snađe ovo dete?

— Biće valjda sve u redu... — reče Milka. — Mora da bude.

Ljudeskara zgrabi gunj sa stolice i baci ga na leđa.

— Gde ćeš?

— Idem po popa — na vratima se okrenuo. — Pazi na njega, Milka. Još je on mlad za sve ovo...

8

Jutro je bilo teskobno. Tmurno nebo samo što nije iznedrilo kišu. Uskom stazicom, koja je vijugala između starih i nakrivljenih nadgrobnih ploča, penjala se mala povorka. Zaustavila se na brdašcu, pokraj sveže iskopane rake. Pop je čekao kraj groba u dugoj crnoj mantiji, spuštene glave i prekrštenih ruku spreda. Mrmljao je molitvu sebi u bradu, zatvorenih očiju. Dvojica grobara bezizražajnih lica stajali su malo po strani naslonjeni na dršku lopate i čekali. Sanduk već beše spušten.

Bio je to prost sanduk oštrih ivica, od čamovine. Kada mu je umrla žena, Giša je napravio dva. Za njen je upotrebio sve svoje stolarsko umeće i najbolje, hrastovo drvo. Sebi je u inat sklepao ovaj pokajnički, od šuta. U inat kome, ni sâm nije znao. Kada je u grob spustio ono što mu je bilo najdraže u životu, prestao je da živi. Jedino što je tad želeo, bilo je da što pre ode i on za njom. Tri dana je pod orahom sedeo na poklopcu, gledajući u omču koju je posle sahrane vezao za granu. Posle je sanduk premestio u radionicu da ne kisne, ali je omču ostavio. Za svaki slučaj.

Zima je te godine bila beskrajna i hladna. Jednog dana, taman što su stigle visibabe, izašao je iz kuće sa stolicom u ruci. Kosa mu je bila začešljana, lice sveže obrijano, a odelo besprekorno. Dovukao je stolicu podno oraha baš ispod one omče, popeo se, zategao čvor oko guše i rekao:

— Mico, sunce moje lepo, eve stižem! A ti, Gospode, oprosti mi.

A onda se brzo prekrstio i skočio. Od vlage istruleli konopac se prekinuo, a Giša se strovalio na zemlju kao džak krompira.

— Jaooo, jaooo! — kukao je držeći se za uganut zglob.

Legao je u travu i suznim očima pogledao u nebo. Nije ga htelo. Bog mu je, pomisli Giša, poslao jasnu poruku. Za sve grehe, odlučio je da ga kazni životom, a ne smrću. A kad je Bog tako hteo, šta je tu mogao on, običan smrtnik. Prihvatio je kaznu, ćutke i pokorno. Sutradan je, onako s uvijenom nogom, sanduk prebacio na tavan. Stajao je tamo i čekao više od dvadeset godina, sve dok ga Viktor nije odande sneo.

Pop je pevao i klateći kandilom, oko sebe širio opojan miris zapaljenog tamjana. Milan je blenuo u crnu jamu želeći da se napokon probudi iz košmara.

— Amin — reče pop.

— Amin — promrmljaše ostali.

Trgao se kada su prve grudve zemlje lupile po drvenom poklopcu. Milka ga je blago pogurala u leđa. Poput ostalih, uzeo je i on malo zemlje i prosuo u raku. Težaci pljunuše u šake i priđoše. Zemlja je počela da se survava i za tren je prekrila poklopac. Čvor u Milanovom stomaku zategao se za nijansu. Ono malo ljudi što je bilo došlo počelo je brzo da se osipa, svako za svojim poslom i brigom. Ona dvojica su lopatama utabali svežu humku, popili po čašu rakije i otišli bez reči. Ostadoše samo njih troje i pop. Nisu ni primetili da ih neko posmatra. Nedaleko odatle, iza divljeg šimšira, stajala je omanja silueta. Lice joj je bilo skriveno u senci crnog šešira.

— Nisam ga dobro znao, nije u crkvu nikad navraćao. Posvađao se s Bogom, šta li je — reče pop s uzdahom. — Al' mi je stari pop

Voja pričao o njemu... Nek mu ova crna zemlja bude bar malo lakša od života.

***

— Nije patio — reče Viktor dečaku želeći da ga uteši. — Sigurno je zaspao i samo se preselio na onaj svet. Svako bi mogao da poželi takvu smrt.

— Znam — reče Milan spuštenog pogleda na tanjir pun hladne supe. Nije osećao glad, samo neku težinu u stomaku.

— Bio je star — pridružila se Milka. — Jednostavno mu je kucnuo poslednji čas.

Dečak klimnu. Cenio je njihovu želju da mu pruže utehu, ali oni nisu mogli da shvate šta je u stvari osećao. Giša je za njih bio samo jedan dobroćudni, ćaknuti starac. Za njega, Giša je bio jedinstven. Nezamenjiv. Bio mu je jedini pravi prijatelj u pravom smislu te reči. Razumeo ga je kada niko drugi nije mogao ni hteo da ga razume, delio s njim tuge i radosti. Bio je tu uvek kada mu je bio potreban, sa iskrenim osmehom i lepom rečju. Već mu je užasno nedostajao. Ali, ono za čim je najviše žalio nisu bili već doživljeni trenuci. Bili su to oni koje je tek trebalo da podele sada kada je Milan pronašao oca. Zahvaljujući Gišinoj čarobnoj reči... Nije stigao ni da mu kaže hvala. Sada je za sve bilo prekasno.

ZAOSTAVŠTINA

Napolju je lupila kapija, a komšijski pas zalajao. Ubrzo potom neko pokuca na vrata. Viktor i Milka se pogledaše. Nikog nisu očekivali.

— Dobar dan! — začu Viktor dečji glas u momentu kada je otvorio.

Ljudeskara saže glavu. Ono što je ugledao prevazilazilo je sve što je dotad u životu video. Dete je bilo odeveno kao odrasli čovek. Njegovo elegantno odelo i minijaturni kišni mantil bili su očigledno šiveni po meri. Jedino je njegov šešir, prelep crni „borsalino", bio normalne veličine, ali je na njegovoj malenoj glavi izgledao ogroman. Viktor začuđeno podiže obrve.

— Pardon! — reče došljak skinuvši šešir. — Dozvolite da se predstavim. Života Perić, advokat.

Onog koga je Viktor u prvom mahu smatrao detetom, bio je u stvari sasvim mali čovek. Tanki brčići bili su mu ofarbani u crno, a proređena kosa tu i tamo prošarana sedim vlasima. Mogao je imati oko pedesetak godina. U levoj ruci je nosio ogromnu akten-tašnu, u odnosu na njega, naravno. Viktor je više puta viđao patuljaste ljude, jedan je čak živeo u Varvarinu. Imali su kratke udove, ali su im trup i glava bili normalne veličine. Čovečuljak pred njim nije bio patuljak. Bio je minijaturna, srazmerna replika odraslog čoveka.

— Vi ste drug Zorić, zar ne?

Bila je to više konstatacija nego pitanje.

— Hteo bih da razgovaram sa drugom Jovadžić Milanom. Veoma je važno!

— Advokat?

— Da, da... I želeo bih da razgovaram sa...

— „Drug" Jovadžić ima samo sedam godina — prekide ga Viktor skupivši obrve s podozrenjem. — Ko je Vas uopšte poslao?

— Jedan moj klijent — reče ovaj važno. — Znate, ja sam advokat.

— Već ste mi rekli! — nestrpljivo će Viktor. — Zar nije taj Vaš klijent mogao da dođe sâm, nego mu treba advokat?

— Nije, druže. Upravo su ga sahranili.

— Stari Giša?

— Da — klimnu on. — Drug Dragiša Popović.

— Ček, ček, ne razumem. Pa on je juče umro. Kad i kako je mogao da Vas pošalje?

— Da drug Popović nije umro, ja ne bih ni bio ovde.

Videvši da ga Golijat očito ne razume i da počinje da nervozno steže pesnice, čovečuljak brzo nastavi.

— Ja sam izvršilac poslednje volje mog klijenta, druga Popovića. Ako mi poklonite samo trenutak svog vremena, sve ću Vam lepo objasniti. Sve je tu unutra! — reče potapšavši svoju akten-tašnu.

Milka i Milan jedva sakriše preneraženost kada je Viktor uveo neobičnog gosta. Dečica su vrisnula i pobegla u sobu. Mali advokat se samo nasmešio, verovatno naviknut na takve reakcije. Tašnu je spustio na sto i veštim pokretom je otvorio.

— Pre nešto više od godinu dana — reče on izvukavši debelu fasciklu — drug Popović je pokucao na vrata moje kancelarije u Kruševcu. Pošto nije imao dece ni rodbine, želeo je da sav svoj imetak ostavi Milanu Jovadžiću.

— Molim?! — reče Viktor nagnuvši se prema čovečuljku. — Je l' to neka šala?

Advokat je progutao knedlu kada je na stolu ugledao pesnicu veću od svoje glave.

— Nikako, druže, nikako! Svi dokumenti su tu, u ovoj fascikli. Ja samo radim po želji druga Popovića.

— Kakvi dokumenti?

— Videćete, ali pre svega moram drugu Jovadžiću da uručim jedno pismo. Kad ga bude pročitao, moći ćemo da nastavimo.

Iz fascikle je izvadio omanji koverat zapečaćen crvenim voskom i pružio ga dečaku.

— Milan još ne ume da čita.

— Ah! To je malo... nezgodno — reče on pogladivši tanke brčiće. — Ali, ako nemate ništa protiv, mogu pismo ja da mu pročitam. U Vašem prisustvu, naravno.

Videvši da Viktor okleva, čovečuljak doda:

— Ne brinite se, druže Zoriću, ja sam položio zakletvu koja me obavezuje da čuvam poslovnu tajnu. Ja sam advok...

— U redu, u redu! — uzdahnu Viktor. — Čitajte.

Kruti pečat krcnu. Čovečuljak iz koverte izvadi list i pročisti grlo, a zatim se okrenu prema dečaku.

Milane, dečače moj,

Ako čitaš ovo pismo, znači da više nisam na ovaj svet. Kako je lep taj svet bio nekada davno... A mnogo, mnogo manje otkad mi je umrla moja Mica. Moja jedina ljubav. Nije više niko slušao moje pesme, niko me više nije voleo i divio mi se. Nisam više imao razloga da živim. Da nisam bio tolika kukavica otišô bi' i ja za njom odma', ali to je neka druga priča kojoj nije mesto u ovo pismo.

A onda sam jednog dana upoznao tebe. Tek u duboku starost sam shvatio šta je to pravi prijatelj. Ti si me jedini video u pravom svetlu i jedino sam tebi bio potreban. A samo Bog zna koliko si ti meni trebao. Odjednom je moj život ponovo dobio smisao. Milane, ti si izuzetan dečak u svakom pogledu. Duša ti je neiskvarena, a tvoja priroda odbija zlobu kao krst đavola. Zato te zlobnici izbegavaju i neće s tebe da se druže. Tvoja čista duša ih odbija kao sveta vodica, plaše te se. Pored tebe se osećaju mali i slabi, kakvi u stvari i jesu.

Jednog dana, znam, moraću da pođem. Sad mi se, eto, ne ide. Voleo bih da živim dovoljno dugo da vidim ostvarenje svog najvećeg sna. Da pronađeš oca. Majka ti je, nažalost, umrla mlada. Da je nije bolest odnela, velike bi stvari napravila u životu. Bila je borac, kao i ti.

Poslednji put sam je video malo pre nego što si ti došô na svet. Bila je jako srećna i lepa. Kolevku u koju si spavao kao odojče ja sam napravio i poklonio joj iz uspomene na tvog dedu Petra. Bio je pravi junak, hrabrost si nasledio od njega. Jedina greška u životu mu je bila što se oženio udovicom Živanom. Veštica je bila maćeha tvoje majke i, crna joj duša, nije ništa učinila da je spasi smrti. A mogla je. Nemoj, sine, da je mrziš. Nemoj da sa takvu guju prljaš svoju čistu dušu. Dovoljna joj je kazna što mora da živi s tako zlobno srce u nedra, a za ostalo se pobrinuo naš prijatelj Atila. Ali, i to je neka druga priča i ja neću da podlegnem iskušenju da ti je ispričam. Neka to učini Viktor. Moram sad nešto mnogo važnije da ti kažem.

Milane, ja nemam nikog na svetu. Ti si poslednjih godina bio moja jedina radost. Dete koje sam oduvek želeo da imam, a Bog mi ga, eto, uskratio. Iako ne mogu da ti dam ono što ti najviše treba, oca, mogu bar da pokušam da ti život učinim malo lakšim. Posle moje smrti, sve što imam pripašće tebi. Meni lično pare i imovina nisu dali sreću, ali veruj mi, na ovaj svet bolje je da imaš nego da nemaš.

Ne budi, Milane, tužan što me više nema. Siguran sam da ćeš i bez mene da pronađeš svoj put, a i tvom starom Giši će ovde biti sasvim dobro.

Moram da zatražim od tebe samo jednu uslugu. Ako Ravijojla bude još živa kada čitaš ovo pismo, pobrini se za nju. Nadam se da ti neće biti na teret. Pozdravi puno sa moje strane Viktora i Milku, divne ljude koji su te prigrlili. Nemoj to nikad da im zaboraviš.

Nemam više ništa da dodam, zato ostaj mi zdravo.

Tvoj verni prijatelj Giša, koji te sa onog sveta gleda i pazi na tebe.

Čovečuljak je presavio pismo i spustio ga na sto. Pogledao je u dečaka. Nije ga iznenadilo što na njegovom licu vidi suze. Žena je takođe maramicom brisala lice. Odjednom, ogromna silueta ustade sa stolice. Osetivši kako ga grabe one medveđe ruke, advokat je cijuknuo od užasa. Ali, na njegovo iznenađenje, čovečina ga je srdačno grlio.

— Izvinite što sam Vas onako dočekao, prijatelju — reče Viktor suznih očiju. — Ali kad biste znali šta nam se sve u poslednje vreme izdešavalo...

— Ma razumem, druže, razumem! — uveravao ga je čovečuljak, zatečen, ali zadovoljan tim naglim preokretom. Efekat pisma bio je jači od očekivanog.

— Ostanite na ručku! — reče Milka.

— Morate! — presekao ga je Viktor, videvši da je advokat zaustio da odbije.

— Dobro, prihvatam! — rekao je sa smeškom. — Ali voleo bih da pre toga završimo. Još ne znate šta je dečaku pripalo.

— Ma, prijatelju, znamo mi da stari nije imao skoro ništa — odmahnu Viktor rukom. — Živeo je ubog, u polusrušenoj kući. Ipak, šta god da je ostavio, hvala mu što je mislio na dete.

— Hmmm, da, slažem se da mu udobnost nije bila važna, ni odevanje pohvalno, ali nije bio siromah. Daleko od toga.

Sve troje ga pogledaše kao da priča o nekom sasvim drugom čoveku.

— Šta hoćete da kažete? Da je Giša bio bogat?

— Da, u neku ruku — reče advokat. — Mislim, za seoske pojmove.

— Ne razumem.

— Drug Popović je posedovao dosta zemlje u Bačini i okolo.

— Zemlju? Giša?

— Da, da! Njive, šumu, vinograde, voćnjake... Jedan deo je, naravno, prisvojila država, ali ostalo je još oho-ho!

— Koliko? — upitao je Viktor bledog lica.

Promena na njegovom licu je zabrinula dečaka koji još uvek nije shvatao o čemu se radi.

— Pa, sve ukupno... — reče on prelistavši ponovo papire tek predstave radi —ima više-manje... četrdeset hektara.

— Šta?! — skoči Viktor prevrnuvši stolicu.

— Ima neki problem, druže Zoriću? — upitao je advokat tobož naivno, iako je dobro znao šta tolika zemlja predstavlja za seljaka. Zbog ovakvih situacija je i voleo svoj poziv.

— Vi mora da ste pogrešili! — javila se i Milka.

— A ne, nisam pogrešio! Uostalom, ako koza laže, rog ne laže. Drug Popović i ja smo sve povadili iz katastra. Potvrde o vlasništvu su tu pred vama.

Viktor je nemo gledao u papire. Graške znoja orosiše mu čelo.

— Vidi se tačno gde se koja parcela nalazi i mogu Vam reći, zemlja je prvoklasna. Njive drumke, vinogradi sa bunarima... Dobro, nije već dugo obrađivana, ali ipak vredi čitavo malo bogatstvo.

Nakon jednog podužeg trenutka tišine, Viktor odmahnu glavom i nasmeši se.

— Ko bi to očekivao... Sve je ovo sad tvoje, Milane.

— Moram da Vam napomenem jedan mali detalj — reče advokat. — Zemlja ne može da se otuđi sve do dečakovog punoletstva.

— Ali, mi nemamo para da platimo državi takse na nasledstvo. Giša i Milan nisu nikakav rod.

Čovečuljak se nasmešio.

— Bio je pomalo luckast, ali moram da priznam da me je u ovom slučaju njegov zdrav razum iznenadio. Ostavio je dovoljno novca za takse, advokata — reče pokazavši prstom na sebe — pa čak i za sopstvenu sahranu. Dečak nema da plati ni dinar!

— Ehh, dobri stari Giša... — zamišljeno će Viktor. — Selo ga je smatralo za budalu, a on... Sram da nas bude.

— Samo još nešto — ponovo će advokat. — Zemlja ne može da se prodaje, ali može da se obrađuje. Ako se drug Jovadžić slaže da je Vi koristite...

Milan klimnu glavom.

— Odlično! — uskliknu čovečuljak piskavo. — Čestitam, drugovi, posao je završen!

— A čemu stalno to „drugovi"? — upita Viktor radoznalo.

— Ja sam, druže Zoriću, član Partije! — reče ovaj ponosno. — Kod nas su svi drugovi i drugarice.

— Pa dobro... — slegnu Viktor ramenima, jedva suzdržavajući smeh.

— A ko Vam je javio da je Giša umro? — upitala je Milka.

— Hmm, pa... stari pop Voja.

To za Viktora beše previše. Iz grla mu se ote grohotan smeh. Samo Giša je mogao da nađe minijaturnog advokata koji se oblači kao američki gangster, pa da uz to obaveže popa da mu telefonira, iako je znao da je ovaj zakleti komunista. Bio je siguran da je stari sve to odradio namerno, i da se sad gore na nebu smeje svojoj uspeloj šali.

Milan se takođe smešio. Ne zato što je razumeo šalu, bio je još premlad za to. Još manje zbog nasledstva koje mu je starac ostavio. U pismu je našao odgovor.

„Ono što ti najviše treba je otac..."

Smešio se, jer je upravo doneo odluku. Njegovo mesto bilo je pored oca.

9

JAGODINA

Svetozarevo, mali grad u samom srcu Srbije, nalazio se na pola puta između Beograda i Niša. Kao što je bio slučaj sa mnogim gradovima u Titovoj Jugoslaviji, naziv mu beše promenjen s dolaskom komunista na vlast. Ime Jagodina zvučalo je beznačajno u ušima nove vladajuće klase i neprilično revolucionarnoj ideologiji. Grad je nazvan po ocu socijalizma u nas, Svetozaru Markoviću, prijatelju i mentoru kasnijeg velikog državnika Nikole Pašića. Ali, stanovnici Svetozareva su sebe nostalgično i dalje nazivali Jagodincima, ili ćuranima.

Nekada davno, u zlatno doba Otomanske imperije, Jagodina je bila isključivo trgovačko i zanatsko mesto. Povoljni geografski položaj činio je od nje raskrsnicu mnogih, u to vreme važnih puteva. Čuvena sposobnost jagodinskih trgovaca i njena ekonomska stabilnost napravili su od Jagodine sinonim za uspeh i za ostale srpske varošice i gradove. Ali, svaka era ima svoje trajanje. Pad Otomanskog carstva i odlazak Turaka iz Južne Srbije naneo je jagodinskoj trgovini težak udarac. Male trgovačke radnje zatvarale su se jedna za drugom. Ostali su samo najbogatiji, trgovci koji su dobili ugovore sa kneževinom, a kasnije kraljevinom i koji su im garantovali monopol nad potrošnom robom kao što su šećer, so, kafa ili petrolej.

Srbija, oslobođena od staromodne Turske, počela je masovno da se industrijalizuje, pa je tako progres zakucao i na vrata Jagodine.

Jedan bogati Čeh doselio se s porodicom i otvorio pivaru. Zaposlio je u njoj nekoliko stotina radnika, među kojima i mnoge propale trgovce i njihove potomke. To što je pivaru otvorio baš u Jagodini nije bila slučajnost. Grad je obilovao podzemnim vodama izvanrednog kvaliteta i čistoće.

Nešto kasnije otvorena je i fabrika za proizvodnju suhomesnatih proizvoda. Čuvena Klefiševa crna zimska salama i mortadela proslavile su Jagodinu na mnogim međunarodnim takmičenjima. Procvetala je i pomoravska poljoprivreda. Seljacima su naveliko otkupljivani stoka i ječam po povoljnim cenama. Fabrike, za to vreme veoma moderne, imale su pred sobom blistavu budućnost.

Bogati trgovci slali su svoje sinove u prestižne evropske trgovačke škole, najčešće u Beč, a sve to ne bi li srpska trgovina izbila na međunarodnu scenu. Nažalost, nekada pametni planovi za budućnost, i pored najbolje volje, propadnu. U Sarajevu je mladi srpski nacionalista Gavrilo Princip ubio austrijskog prestolonaslednika Franju Ferdinanda i njegovu trudnu ženu. Austrougarska je 1914. godine objavila rat Srbiji i time označila početak četvorogodišnjeg krvavog rata. Iako je Austrougarsko carstvo propalo, bečke škole su i dalje važile za jedne od najboljih u Evropi. U jednu od njih je bogati jagodinski trgovac Milan Petrov poslao svog sina Mirka, još uvek verujući u svetliju budućnost. Drugi svetski rat, još krvaviji i razorniji od prethodnog, uništio je njegove snove jednom zasvagda. Sa dolaskom nove vlasti, svaki vid kapitalizma beše nestao, a sa njim i naših bogatih trgovaca. Njihova silna imovina je bila nacionalizovana, a svako ko se usudio da protestuje bio je proglašavan ratnim profiterom i kolaboratorom i po kratkom postupku osuđen na smrt.

Fabrike je takođe prisvojila država. Od nemačke nadoknade za ratnu štetu, 1953. godine sagrađena je ogromna Fabrika kablova i tako je Jagodina, to jest Svetozarevo, postalo isključivo industrijski grad. U njoj je radila gotovo petina opštinskog stanovništva. Gigant evropskih razmera je dovukao ljude iz sela u grad i dao im stanove, a lice grada se zauvek promenilo. Običan radnik je sa svojom platom mogao sebi i svojoj porodici da priušti pristojan život, kvalifikovani majstori čak i letovanje i zimovanje. Mladi fabrički inženjeri bili su san mnogih majki kojima su ćerke stigle za udaju. Biti šef u Fabrici kablova bio je sinonim uspeha. Mirko očigledno nije bio tog mišljenja. Sedeo je mračnog lica preko puta referenta za zapošljavanje, jedva slušajući šta ovaj govori. Mesec dana pre toga bio je moćniji od svih direktora Srbije zajedno.

Čovek debelih usana i masnog znojavog lica pravio se da ga ne zna. Postavljao mu je naivna i glupa pitanja i tobož nešto zapisivao u registar. Njegove male oči, uokvirene sitnim bradavicama, sijale bi zadovoljno čim bi se susrele sa Mirkovim. Da ne bi došao u iskušenje da mu saspe klimave zube u grlo, Mirko je gledao kroz prozor.

— Ako ste razumeli sve bitne detalje u vezi sa Vašim obavezama i zaduženjima, druže... Kako beše?

— Petrov — reče Mirko naizgled smireno, čvrsto rešen da ne nasedne ni na kakvu provokaciju.

— Hmm, da, Petrov... Vi ste Bugarin?

— Ne, Srbin.

— Nemojte misliti da mi smeta, samo onako pitam.

— Drago mi je, ali ne, nisam Bugarin.

— Da li imate nešto protiv da magacin obiđete bez mene? — upitao je referent brišući prljavom i izgužvanom maramicom znoj sa lica. — Znate, ova vrućina...

— Ne, naprotiv. Gde se magacin nalazi?

— Nije baš blizu — reče on i uzevši slušalicu, pritisnu belo svetleće dugme na telefonu. Posle par sekundi javio se ženski glas. — Pošalji mi nekog da novog šefa magacina odveze u obilazak — reče strogo i zalupi slušalicu pre nego što je žena bilo šta odgovorila.

Mirko ustade i krenu.

— Petrov! — zadrža ga ovaj na vratima. — Biti šef magacina je odgovoran posao, ali Vi mi delujete kao inteligentan čovek. Nadam se da ćete se brzo uklopiti u kolektiv.

— Potrudiću se — reče Mirko uputivši mu hladan pogled.

— Petrov! — pozva ga on ponovo, iako je Mirko već zakoračio u hodnik. — Vaše prezime... čini mi se poznato.

— Čini Vam se — reče Mirko i nestade u polumraku hodnika.

Psujući sebi u bradu, sišao je stepeništem u hol u kome ga je čekala jedna ljubazna ženica prijatne pojave. Kada ga je oslovila, prepoznao je po glasu ženu sa telefona. U njenim lepim svetlozelenim očima čitala se tuga.

„Onaj znojavi je sigurno napastvuje, a ona ga odbija", pomisli Mirko. „Zato je onako grub."

— Jeste li za kafu ili sok, druže Petrov?

— Samo čašu vode, ako Vam nije teško — uzvratio je s osmehom.

— Sedite tu i sačekajte trenutak, sad će neko doći da Vas odveze — reče ona spustivši tužan pogled.

I pored promaje koja je pirkala kroz hol, vladala je nesnosna vrućina. U poslednjih dvadeset godina nije se pamtio tako vreo jun. Kiša je za mesec dana pala samo jednom. Taj kratki letnji pljusak nije bio dovoljan da rashladi i natopi žednu zemlju, samo je atmosferu učinila lepljivom i težom. Mirko je iskapio čašu vode u jednom dahu. Prijatna hladnoća razlila mu se ždrelom. Pred vratima se uz škripu kočnica zaustavilo kamionče i zatrubilo.

— Drug Petrov! — viknu šofer.

Mirko je odložio čašu na policu iznad tučanog radijatora i sporim hodom izašao iz zgrade. Sa nevericom je odmerio šofera. Mladić, veoma visok, sedeo je za volanom kamiončeta u nemogućoj pozi. Kolena su mu bila iskošena, a nakrivljena glava doticala prenizak krov.

— Izvinite, druže Petrov, što nisam izašao pred Vas — reče mladić dobacivši mu detinji osmeh — al' jedva sam se ugurao.

Mirko se nekako smestio u pretesnu i pretoplu kabinu.

— Kad bi bila rupa u krovu, pa da protnem glavu, bilo bi mi mnogo zgodnije — našali se vozač.

Mirko ga pogleda letimično. Oči su mu radosno sijale, a široki zubi beleli su se poput snega na preplanulom licu. Kamionče krenu.

— Magacin je s one strane peći — rekao je uperivši prstom u dva visoka odžaka od crvene cigle. — Rečeno mi je da Vas prvo provozam po fabričkom krugu da sve malo upoznate.

Sa leve strane, neobična građevina privukla je Mirkovu pažnju. Ličila je na džinovski cilindar i bila sazdana od velikih dasaka na metalnoj konstrukciji.

— To je kondenzator za rashlađivanje. Visok je četrdeset metara — objasnio je mladić. — Prošle nedelje sam za opkladu sa njega skinuo ženku orla. Ležala je na jajima.

Da bi potkrepio svoju priču, zavrnuo je rukav na košulji. Na desnoj podlaktici jasno su se videle rupe od kandži.

— Sreća što je bila mlada i neiskusna! — nastavi on s neskrivenim ponosom. — Uspeo sam da joj prekrijem oči, inače...

Nastavio je da ga vozi još dobrih četvrt sata, pokazujući mu zgrade i objašnjavajući mu koji pogon čemu služi.

— Dobro poznaješ fabriku, reklo bi se — progovorio je Mirko prvi put otkad je seo u kamionče.

— Ja! — uskliknu mladić. — Ja sam još kao momčić pomagao kad je 1953. Trudbenik gradio fabriku. Tad su me i naučili da vozim kamion, pa sam kasnije položio. Tu sam od prvog dana.

— A šta, u stvari, radiš?

— Ja sam fabrički šofer. Vozim sve što treba unutar i van fabrike, isporučujem radnjama robu i tako...

— Ovim kamiončetom?! — začudio se Mirko osetivši sažaljenje prema mladom čoveku.

— Ma kakvi! — odmahnu ovaj rukom. — Imam ja američkog „dodža". Na remontu je, pa mi dadoše ovo sokoćalo.

Mirko se nasmeja. Neposredni mladić mu je bio sve simpatičniji.

— Ja sam Mirko — reče, pruživši mu ruku.

Dugajlija je prihvati s oduševljenjem.

— Ja sam Ljubodrag Andrić iz sela Bresja, poznatiji kao Buba.

— Andrić! Kao Ivo!

Ovaj ga pogleda, nabranog čela.

— Ko?

— Ivo Andrić. Pisac.

— Hmmm, žao mi je — iskreno će on — ne poznajem čoveka.

— *Na Drini ćuprija...* — pokuša Mirko, iako je bilo jasno da mladić nije kratio vreme literaturom.

— Vi sigurno niste iz ovih krajeva, druže Mirko — reče on negirajući. — Ćuprija je na reci Moravi...

— Hmm, da, da... — reče Mirko jedva suzdržavajući smeh. — Nego, Bubo, nisi mi završio priču.

— A? Koju priču, druže Mirko?

— Pa nisi mi rekao šta si posle uradio sa ženkom orla.

— Pustio sam je da se vrati svojoj deci, šta bih drugo!

Mirko se nasmešio. Oduvek je voleo dobrodušne ljude, samo, otkad je ušao u politiku, zaboravio je da oni još uvek negde postoje.

— Stigli smo! — uzviknu Buba zaustavivši kamionče pred dugačkom zgradom od crvene cigle.

Visoki prozori svud ukrug su bili prekriveni masivnim rešetkama. Uniformisani stražar izađe pred njih. Iz futrole na boku nazirala se drška revolvera. Drugi čuvar se pojavio iza ćoška sa psom na uzici. Nemački ovčar zakrvavljenih očiju je i pored brnjice delovao opasno. Iako je voleo pse, vučjaci su ga uvek podsećali na rat. Nosio je u sebi zastrašujuće prizore vezane za SS divizije i njihove opake metode. I pored vrućine, obuzela ga je jeza.

— Šta je ovo? Zatvor?

— Čuvaju robu — reče Buba.

— Šta tu ima tako vredno? Nisu valjda kablovi od zlata?

— He-he — zakikota se ovaj. — Nisu od zlata, al' skoro. Za neke specijalne žice se u toku proizvodnje bakru dodaje malo srebra.

— Čuvaju danonoćno?

— Da, u tri smene — reče ovaj izvukavši se jedva sa vozačkog mesta.

Masirajući vrat sa bolnom grimasom, stade pokraj Mirka. Bio je visok bezmalo dva metra. Kada ga je naoružani stražar ugledao, lice mu se ozarilo.

— Ooo, 'de si ti, Žabac?

U njegovom tonu bilo je nečeg zajedljivog. Na prvi pogled je kod Mirka izazvao odbojnost. Sudeći po Bubinom izrazu, delio je mišljenje s njim. Drugi čuvar je psa zavezao za metalni gelender i bez reči, gotovo stidljivo, prišao maloj skupini. Samo je klimnuo glavom u znak pozdrava. Bilo je odmah jasno ko je od njih dvojice vodio glavnu reč.

— 'E su te to, Žabac, kaznili s taj krš? — upita stražar aludirajući na kamionče.

— Rekô sam ti da me više ne zoveš Žabac!

— Nisam ti ja kriv što si krakat kô neka žaba — reče ovaj drsko.

Usput je namignuo Mirku kao da su stari pajtaši.

— Je li, bre, ne pričaš da debela Jana i ti... — reče, gestikulirajući rukama neku bezobraznu radnju.

— Nemoj da lupaš! — procedio je Buba, crven od besa.

— Uhh, što se praviš nevešt, ti misliš da ne vidim kad ti sipa duplu porciju u menzi. Sigurno si je dobro...

— Što lažeš! Kad mi je sip...

— Nemoj samo da se ugojiš, švaleru — reče stražar uz grohotan smeh. — Ti kô grana, ona kô panj, baš ste dobar par!

Mirku beše žao Bube. Bilo je jasno da mladić detinjih očiju nije dorastao hohštapleru. Ako nešto nije mogao da trpi, to je da se jači namerno iživljavaju nad slabima. Trebalo je čoveku dati lekciju iz ponašanja.

— Izvini, druže! — reče Mirko glasno, pokušavajući da nadjača njegov smeh, koji je neodoljivo podsećao na groktanje.

Ovaj ga nije ni pogledao. Poznajući soj ljudi kod kojih lepa reč ne nailazi na odziv, odlučio je da ga otvoreno isprovocira.

— Bubo, nisi mi rekao da ovde zapošljavaju ovakve budale.

Istog momenta smeh prestade. Drugi stražar je sa vidnim strahom prebacio pogled sa Mirka na svog kolegu. Očito ga se bojao.

— Ti to, mangupe, nešto na moj račun?

— Da, na tvoj — reče Mirko.

— ’Oćeš da ti sad prebrojim rebra, druškane? — zapreti ovaj.

— Bolje počni da brojiš minute koliko si još zaposlen u fabrici, druškane... — reče Mirko s blagim osmehom, iako mu je pogled bio hladan kao led.

Čovek krenu prema njemu stegnutih pesnica, ali mu Buba preseče put i zgrabi ga za ruke.

— Beži, Bubo, nemoj da ga braniš!

— Ma ne branim njega, već tebe, glupaku! To ti je novi šef!

Stražar je prebledeo i odmah spustio ruke. Buba ga odgurnu od sebe.

— Ni... nisam znao, druže... — poče on da muca. — Izvinite.

— Izvini se prvo Bubi — reče Mirko strogo.

Ovaj se prebaci s noge na nogu, snebivajući se. Bilo je jasno da se nije često izvinjavao u životu.

— Izvini, Bubo, samo sam se šalio...

— Od sutra za kaznu radiš u trećoj smeni — preseče ga Mirko.

— Pa nemojte, druže, nisam mogao da znam ko ste… — pokušao je ovaj da protestuje.

— Moraću da te naučim poštovanju i učtivosti. Od sad ti zabranjujem da govoriš dok ti ja ne odobrim.

Drugi stražar je razrogačenih očiju gledao u Mirka. Bilo je u njegovom pogledu nešto između neverice i fascinacije.

— Moraćeš i ti s njim, iako nisi kriv — reče mu Mirko. — Kolege dele i nagradu i kaznu, takva su odsad pravila. Imaš li nešto protiv?

— Nemam, druže — promrmlja ovaj.

— Ajde, sad svako na svoje mesto! — naredio je strogo. — I napojte ovo kuče, crknuće od vrućine!

Nije morao dvaput da ponavlja. Obojica se povukoše pokunjeno. Mirko je namignuo Bubi, koji ga je gledao s neskrivenim divljenjem.

— Ovamo! — reče dugajlija pokazavši na gvozdena vrata.

Unutar magacina bilo je za nijansu svežije nego napolju. Iz prašnjavog, neprovetrenog hodnika, izlazilo se levo i desno. Mirko nabra nos. Neki neprijatni vonj lebdeo je u vazduhu.

— Tu su garderoba i mokri čvor — reče Buba pokazavši desno.

Mirko otvori vrata. U prostoriji je vladao neopisiv haos. Metalne kasete bez katanaca zvrjale su prazne. Na stolu u ćošku, kao i po stolicama, gomila odeće bila je nabacana bez ikakvog reda i smisla. Pod stolom gomila cipela iz kojih su virile dotrajale čarape. Lavabo je bio crn od prljavštine, a u zamrljanom ogledalu Mirko jedva prepozna svoj lik. Teraco u tuševima bio je prekriven slojem blata i peska. Četka kratke i oštre dlake stajala je na niskom pregradnom zidiću. Kupatilo je očito služilo svemu i svačemu osim svojoj pravoj nameni. Na uskim vratima u dnu prostorije neko je ručno napisao *WC*. Iako mu je instinkt govorio da to ne čini, Mirko odškrinu vrata. Nije stigao ni da vidi u kakvom je stanju bio čučavac. Stomak mu se podiže od smrada i on izlete napolje.

— Ko, bre, radi ovde?! — upita Mirko ljutito. — Ljudi ili marva?

— Videćete — nasmešio se Buba sa nelagodnošću. — Ma nisu oni loši, nego...

Ogromni magacin je, naprotiv, pružao nešto bolji utisak, verovatno zbog svoje veličine. Ipak, Mirkovom oštrom oku nije mogao da promakne sloj prašine po podu i policama. Višespratne stalaže na metalnim konstrukcijama bile su krcate drvenim i metalnim sanducima vagon-zelene boje. Svaki od njih bio je numerisan i nosio je pečat fabrike. Sav prostor je dužinom, širinom i visinom bio ispunjen istovetnim konstrukcijama, ispresecanim uskim alejama kojima se cirkulisalo između stalaža. Mirko se osvrnu oko sebe.

„Gde me ovo posla Rade?", pomisli on razočarano. „Ima li uopšte ikog u ovom svinjcu?"

— Bubo, nađi i dovedi ih, molim te. I neka otvore prozore širom, pogušićemo se!

Nedaleko zdesna, ugledao je malo stepenište koje se završavalo zastakljenim vratima. Mirko se pope i uđe. Sijalica na plafonu nije radila. Ipak, ono malo svetla što je dopiralo od spolja omogućilo mu je da shvati da se nalazi u svojoj budućoj kancelariji. Na malom radnom stolu, pričvršćena šrafom za dasku, stajala je stona lampa. Dugme škljocnu i lampa obasja prostoriju. Nije bilo ni traga skupom stolu od poliranog drveta, kožnoj fotelji i teškom upijaču mastila sa pozlatom. Jedino što je malo podsećalo na njegovu bivšu kancelariju bio je crni telefon i uramljena Titova slika. Na svetlom zidu iza radnog stola tamnila se okrugla, masna fleka. U sebi je jasno dočarao sliku bivšeg šefa kako spava zavaljen u stolici sa glavom naslonjenom na zid.

„Sudeći po veličini fleke", pomisli on, „sigurno je više vremena provodio u spavanju nego u radu."

Sa gomile fascikli koje su prosute ležale po podu, Mirko dohvati jednu. Na koricama, na nalepnici, pisalo je: *ULAZ — IZLAZ*. Sa strane su bili zapisani godina i mesec. Hteo je da ih složi u orman, ali čim je dotakao kvaku, vrata su se naglo otvorila a lavina drugih fascikli se bučno strovalila na pod, podigavši oblak prašine. Dok je silazio stepenicama kašljući, Mirko je začuo lupnjavu prozora koji su se otvarali, kao i usplahirene muške glasove. Iza jedne od aleja u dnu magacina promolila se glava, a zatim i druga.

— Dobro došli, druže Petrov! — čuo je glas iza sebe. Puniji čovek crvenog lica i nakostrešenih crnih brkova smešio se, loše glumeći srdačnost. — Nismo Vas očekivali pre ponedeljka!

Mirko ga je samo posmatrao. Čovek mu sâm uze i prodrma ruku. Šake su mu bile hladne i znojave, a oko sebe je širio miris jeftinog vina.

„Mrzim ovo mesto!", pomisli Mirko dok je sa gađenjem brisao ruku maramicom.

Pogled mu je pao na ostalu trojicu koji su se u međuvremenu približili. Stajali su i gledali ga glupim pogledima kao lopovi uhvaćeni u kokošinjcu. Jedan od njih se klatio napred-nazad i s mukom trudio da ostane uspravan. Radna bluza mu je bila zakopčana u šreh, a koža na licu izgužvana kao neopeglan veš. Bilo je očigledno da je mamuran i da je do malopre spavao. U odnosu na njega, kolege su mu delovale skoro normalno. Mirko je uzdahnuo.

— Ko je odgovoran u odsustvu šefa? — upitao je brkatog.

— Ja, druže Petrov! Sveta Pavić, Vama na usluzi!

Mirko mu dade znak da ga sledi.

— Šta je ovo? — upitao ga je nakon što je zatvorio vrata kancelarije za sobom.

— Paaa, dokumentacija, druže P...

— Ccc... — coknuo je Mirko jezikom u znak negiranja. — Ovo nikako ne može biti dokumentacija. Jer da je tako, bila bi uredno složena u ormanu koji za to služi.

— Pa nisam ja to razbacao! — poče on da se pravda. — Bivši šef je sve tako ostavio kad su ga uhaps... mislim, kad je otišao.

— Vi rekoste da ste odgovorni u njegovom odsustvu!

Čovek slegnu ramenima.

— A je li on takođe napravio onaj svinjac u garderobi? A to kad kažem svinjac, mnogo fino nazivam ono što sam video... i omirisao!

— Pa, ću da kažem momcima da malo srede u ponedeljak.

— Ne, Paviću — reče Mirko pogledavši u svoj ručni sat — ti ćeš odmah, zajedno sa momcima, da očistiš ono ruglo.

— Ali... — poče brkati.

— Javi mi kad bude gotovo — preseče ga Mirko. — A ako ne valja... pa znaš već, bio si u vojsci.

Uz Bubinu pomoć, Mirko je očistio kancelariju i prepakovao svu dokumentaciju. Mladić je vodom i sapunom oprao masnu fleku na zidu i oribao pod. Odnekud je doneo flašu sa malo rakije, poprskao Titovu sliku i staklo na vratima i novinama ih izglancao kao najpedantnija domaćica. Zavaljen u radnu stolicu, Mirko je sa smeškom posmatrao prostodušnog dugajliju. Iz džepa je izvadio paklu sarajevske „drine".

— Dobro je, Bubo — reče on. — Sedi i pripali jednu.

— Hvala, ne pušim. Odoh ja tamo da im malo pomognem.

— Ma sedi, bre, čoveče, kad ti kažem! Ti si kvalifikovan vozač, a ne neka tamo... baba-sera. Ko je zasrao, taj neka i čisti.

Mladić se zakikota.

— Druže Petrov... — poče Buba.

— Mirko — ispravi ga ovaj.

Želeo je da ga time opusti i dâ mu na znanje da ga uvažava. Svaki mladićev pogled i gest odisali su poštovanjem. U stvari, nečim što se Mirku još više dopalo. Njegove detinje oči zračile su vernošću.

— Pa dobro... Mirko — nastavi Buba. — Znate, mnogi me smatraju budalom. Šta znam, možda su i u pravu, ali... kad ja pročitam čoveka... Niste Vi bilo ko, osećam.

Mirko ga je samo posmatrao s neodređenim izrazom lica. Nedugo posle toga, tišinu je prekinuo pitanjem.

— Sveta Pavić je slučajno nešto nabacio kroz razgovor... Bivši šef magacina je možda umešan u neku krađu?

— Ma, duga je to priča...

— Ako nešto znaš, slobodno mi reci. Bitno mi je da saznam šta se ovde dešavalo pre mog dolaska.

— Pa, ne znam baš najbolje, čuo sam mnoga naklapanja, mislim, kad je uhapšen. Svašta se pričalo, ali šta je tu sad istina... uglavnom, nestalo je dosta robe iz magacina.

— Nekad se istina krije u naizgled nebitnim detaljima.

— Šef je počeo da loše vodi knjige, Sveta Pavić je sve zapisivao na nekim hartijama pa mu posle nosio, a ovaj je uvek ostavljao za sutra. Nije, kažu, više bio kao pre. U poslednjih par meseci je bio više pijan nego trezan.

— Alkoholičar?

— Ma ne! U stvari, ništa više od većine ljudi ovde.

— Je l' bio ženskaroš? — upita Mirko ozbiljno. — Znam ljude koji su zbog žena postali lopovi. Slepo zaljubljen čovek strahuje da će bez novca izgubiti ženinu naklonost i zbog toga prave gluposti.

— Pa, nemam ni ja bogzna kakvu kvalifikaciju da nešto pričam, ali kakav je lepotan bio, teško da je mogao da se svidi nekoj. Kažu da mu je i žena otišla s drugim.

— Kad je to bilo?

Mladić sleže ramenima.

— Šta još znaš o njemu?

— Čuo sam da je ranije bio blagajnik u pošti, a da je ovde došao po direktorovoj preporuci.

— Radio sa suvim parama i nije krao, a ovde da krade prekidače i šta znam šta još... Da ti se to ne čini nelogičnim?

— Pa, čini mi se da bi bilo glupo.

— Preglupo — reče Mirko.

Neko vreme je ćutao i trljao zamišljeno bradu. Kucanje na vratima ga je prenulo iz misli. Bio je to Sveta Pavić. Zadihan i još crveniji u licu.

— Druže Petrov, gotovi smo! Momci čekaju da proverite, pa bi, ako može, da idu.

— Paviću, šta ti misliš? — upitao je Mirko, gledajući ga pravo u oči. — Je l' vaš bivši šef bio pošten čovek?

— Paaa... — poče ovaj da sriče, zatečen pitanjem. — Nije bio nepošten... u stvari...

— Šta u stvari?

— Vi znate zbog čega je otišao u apsu?

— Znam. Želim da čujem tvoje mišljenje o njemu.

Sveta je ćutao. Ipak, po izrazu njegovog lica, Mirko je dokučivao želju za pričanjem.

— Sveto — rekao je blagim tonom — slobodno kaži šta misliš. Ne možeš mu nauditi, jer ionako je već u zatvoru.

— Imao je puno problema, to je istina — reče ovaj, uzdahnuvši. — Ostavila ga je žena i nije mogao to da preboli, propio se, ali nikada ne bih mogao da pomislim da će početi da krade... Ispao je mnogo glup.

— Kako to misliš?

— Mogao je da izbegne zatvor, samo da je vratio ukradenu robu. Direktor se baš zauzeo za njega, poznaju se odavno...

— I?

— Sve je negirao, ali nikako nije mogao inspektorima da objasni gde je roba koja fali. Dok je bio u pritvoru, Slavko Marković ga je tako istukao da je ovaj jedva pretekao.

— Ko je taj Marković?

Sveta Pavić je začuđeno podigao obrve, razmenivši pogled sa Bubom.

— Vi sigurno niste odavde, druže Petrov — reče tiho, sa strahom.

— Slavko Marković, šef policije.

— Je l' njemu priznao?

— Njemu svi priznaju... ako ostanu živi.

Mirko je skupio oči, zamislivši scenu i patnju nemoćne žrtve.

— Šta mu je rekao?

— Niko to ne zna, ali verovatno mu je kazao da je sve smislio i izveo sâm.

— Šta te navodi na tu pomisao? — upitao je Mirko nabranog čela.

— Pa i nas su inspektori ispitivali, ali otkako su ga odveli, nije više nijedan došao. Stvarno ne znam kako je mogao da krade, a da niko od nas ništa ne primeti, međutim eto, priznao je i sad je u apsi.

— Hvala, Paviću, možeš da ideš.

— Samo da pregledate kako smo očistili!

Mirko se nasmešio i nehajno odmahnuo rukom.

— Neka. Samo vi idite.

10

MAJČINA DUŠA

Milanovo početno ushićenje je svakim danom bivalo sve bleđe. Uverenje da je njegovo mesto pored oca, pretvorilo se u sumnju, a veoma brzo i u potpunu odbojnost. Neprestano mu se vraćala slika čoveka koji mu oborenog pogleda kruto pruža ruku, a zatim užurbano odlazi. Očekivao je posle toga neko pismo, neki i najmanji znak pažnje. Bilo šta. Od oca, koji je u njegovoj mašti i snovima bio sinonim spasenja, za sada je dobio samo poniženje. A na to, pomislio je dečak, nije imao nikakvog prava. Zaputio se na groblje odmah posle doručka. Brzo je pronašao Gišin grob i prosto pao na kolena pred njim. Svoje male ruke nežno je položio na humku, kao da je miluje.

„Deda Gišo, treba mi pomoć.”

Govorio je u sebi. Starac mu je i za života tako često pogađao misli da je dečak bio uveren da mu sa onog sveta čita misli kao iz otvorene knjige.

„Kao što znaš, otac mi se vratio. Gde je bio i šta je radio, ne znam. Nije mi rekao, a nisam ga ni pitao. U stvari, skoro da nismo ni progovorili. Deda Gišo... voleo bih da ti kažem da sam srećan... ali nisam. Kad sam ga sanjao, bio je tako... Sve je bilo mnogo drugačije. Lepše.

Kad sam ga prvi put video, pripalo mi je teško, a on me je gledao... ne znam, nekako hladno. Mislim da je jedva čekao da ode. Doktor Darvas mi je rekao da otac hoće da dođem u Svetozarevo, da živim s njim. Ali ja osećam da on to ne želi. Moj otac me ne voli, deda Gišo.”

Suze su mu potekle i pale na suvu humku.

„Znam da si želeo da pronađem oca, ali to nije onaj čovek iz mog sna. Ovaj je neki stranac, tuđ i bezosećajan. Ja njega ne mogu nikad da zavolim. Nikad!”

Vid mu beše pomućen od suza. Drveni krst plesao mu je pred očima u vidu nejasnih, žutih kontura. Treptao je ubrzano, trudeći se da sabere misli. Bilo mu je teže nego ikad. Teže nego dok je bio sâm i nije ni slutio da će se otac vratiti. Očeva hladnoća ga je toliko bolela da je mislio da će mu srce svakog trenutka pući kao balon.

„Da si bar još malo ostao sa mnom, da ga vidiš, pa da mi kažeš šta da radim. Deda Gišo, pomozi mi, molim te!”

Od nemoći je prstima drobio suvu zemlju, pretvarajući je u prašinu. Iza sebe je začuo pucketanje suvih grančica i naglo se okrenuo. Na par metara iza njega nešto se zabelasalo. Milan nadlanicom obrisa suzne oči. Bio je to zec, beo kao sneg. Stajao je uspravljen na zadnjim šapama i ljubopitljivo ga posmatrao.

— Zdravo — reče on i ustade.

Zec ničim nije pokazivao da ga se boji. Stajao je nepomično.

— Šta ćeš ti tu, zeko? — osmehnuo mu se Milan.

Životinjica mrdnu nosom na tako ljubak način da se dečaku učinilo da mu je uzvratila osmeh. Zatreptao je u čudu, a u grudima osetio neko blaženstvo.

— D... deda Gišo?

Zec ga je gledao pravo u oči. Nije se pomerio čak ni kad je Milan lagano zakoračio prema njemu. Tek kad je dečak prišao na dodir ruke, ovaj se spustio na sve četiri šape i odskakutao.

— Čekaj! Neću ti ništa!

Zec je zastao i ponovo se upiljio u njega. Dopustio je Milanu da priđe i tek u poslednjem trenutku nonšalantno odskakutao dalje. Dečak ga je strpljivo pratio, zainteresovan tim, za zeca neobičnim ponašanjem. Nežno ga je dozivao, nudio mu čak busen sveže trave, uzalud. Ovaj je vazda skakutao čas levo, čas desno, ali nije bežao niti se krio po žbunju. Svaki put kada je Milan zaostao, zec bi ga pričekao. I bogzna koliko bi trajala ta nema igra, da ovaj nije skočio iza jednog spomenika i najednom nestao. Tek tako, kao da je u zemlju propao, iznenadnije i brže od treptaja oka. Dečak ga je grozničavo tražio pogledom, ali razočaranje je brzo ustupilo mesto iznenađenju. Mesto na kome je zec nestao bilo mu je i te kako blisko i poznato. Kroz guste krošnje okolnog drveća provlačio se sunčev zrak, i u vidu oštrog snopa svetlosti, padao na spomenik od belog mermera, izdvajajući ga time još više od ostalih, granitnih. Preko puta njega nalazila se kamena klupa. Dečak sede.

— Zdravo, mama.

Viktor mu je oduvek govorio da duhovi ne postoje. Da su vampiri i đavoli obične izmišljotine neukih ljudi. Ipak, gorostas možda nije bio potpuno u pravu. Pojavljivanje i postupci belog zeca nisu mogli biti slučajni. Verovao je isprva da mu stari Giša odgovara na molbe. Ali ne, obraćala mu se duša njegove majke, čista i bela.

— Tata se vratio — rekao je tiho.

„Tata?", začudio se sâm sebi. Zašto je rekao tata, a ne otac? Izašla je ta reč iz njega sasvim spontano.

— Tata — ponovio je.

Nesumnjivo je reč tata bila lepša i nežnija od reči otac, iako je u suštini značila isto. Ali, nije bilo isto. Reč otac je odisala ozbiljnošću, a onaj ko bi je izgovorio izražavao bi poštovanje prema roditelju. Tata, odražavala je sve one druge emocije i stanja. Privrženost, poverenje, nežnost... Jednostavno ljubav. A upravo zato se i čudio sebi.

Zašto je izgovorio tu predivnu reč želeći da označi čoveka prema kome nije gajio nijedno od tih osećanja? Možda zato jer se obratio majci. O njoj nije znao mnogo, a o ocu baš ništa, ali je oduvek živeo u uverenju da se njih dvoje nekad volelo. Da je bar mati volela njegovog oca. Zato ga je nazvao tatom. Da je bila živa, ona bi tako želela.

„Da li je znala da će otac otići od nje i da li je ikada saznala zbog čega je to učinio?”, zapitao se Milan s gorčinom.

Da li on, njen preživeli sin, može i sme da živi u neznanju i nagađanjima? Sme li jednim svojim gestom da učini očevo pojavljivanje ništavnim, i time zauvek zakopa istinu? Odgovor mu je već bio tako očigledan. Dugovao je to duši svoje majke, Gišinoj, a ponajviše ipak samom sebi. Beli zec, ma šta on bio, doveo ga je na to, za njega sveto mesto. Pomogao mu je da shvati da se i na najveće dileme, odgovor obično nalazi nadohvat ruke. Treba ga samo hrabro potražiti u sopstvenom srcu.

— Hvala, mama — osmehnuo se i, skočivši na lake noge, potrčao nizbrdo puteljkom.

Jutros za doručkom saznao je od Milke da je Viktor rano otišao autobusom u Kruševac. Trebalo je da mu u knjižari kupi knjige za školu. Gorostas se potajno nadao da će u septembru krenuti u bačinsku školu, mada o tome nije govorio. Milan je to osećao. Ni njemu se, bilo je to jasno, nije dopala Mirkova hladna uzdržanost. Ako već mora da ga razočara, Milan je želeo da lično Viktoru saopšti svoju odluku.

Već na grobljanskoj kapiji primetio je nešto neobično. Dve starije žene zabrađene crnim maramama ustuknuše ugledavši ga. Jedna od njih se brzo prekrstila. Obe su ga gledale pogledom punim... nije znao da kaže čega. Krenuo je putem koji se spuštao prema mostu i crkvi. Tu je planirao da sačeka Viktorov povratak. Okrenuo se još jednom i pogledao prema groblju. Žene u crnini su jednako stajale kraj kapije gledajući za njim.

Začuo je kloparanje kopita po tucaniku. Nina kočijaš, rabadžija, dolazio mu je u susret. Ćutke je terao konjče laganim kasom, zavaljen na razglavljeno sedište svojim tromim i otežalim telom. Lice mu je bilo podbulo i bezizražajno, a svetle oči razvodnjene dugogodišnjim upornim lokanjem rakije. Ali onog trenutka kad je prepoznao dečaka, u njegovom pijanom oku iznenada zasija vatra. Ispravio je debeli trup, a u ruci mu se niotkud pojavio bičaluk. Ne ispuštajući Milana iz vida, krvnički je ošinuo jadno kljuse po usahlim leđima i pri tom gadno opsovao. Iznenađena i uplašena životinja je poskočila na nesigurnim nogama, a prazan špediter se opasno zaneo. Dečak odskoči u stranu, izbegavši za dlaku kopita i drvene kanate. Rabadžija se nije ni osvrnuo, nego je još bešnje ošinuo po konju i, digavši grdnu prašinu, odjurio uz škripu i lupnjavu. Milanu se sve nekako činilo da je ona pogana psovka bila upućena njemu. Ali zašto?

Poslednje dve nedelje je proveo van sela. Ne bi li mu pomogao da lakše preboli Gišinu smrt, Viktor ga je poveo sa sobom na gornje pašnjake, gde je Božidar sa još dva najmljena pastira čuvao njihovo stado. Da je znao šta se sve za to vreme govorilo po selu, bili bi mu jasniji oni čudni pogledi i ona, naizgled bezrazložna psovka pijanog kočijaša. Nije mogao da nasluti da je u međuvremenu postao glavna tema Bačine, pa i šire.

Veoma se brzo pročulo da se dečakov otac pojavio posle sedam godina. Pričalo se svašta. Jedni su govorili da je bio na Golom otoku kao politički zatvorenik. Drugi su tvrdili da je robijao kao običan lopov i prevarant. Svaki kafanski filozof bio je spreman da za čokanjče rakije ispriča „pravu" verziju događaja, a nijedna od njih nije bila ni najmanje pohvalna za Mirka. Naravno, bilo je i takvih koji su govorili da im je drago zbog dečaka, jer bolje i takav, nego nikakav otac. Ispiralo je selo usta tim novim događajem nekoliko dana, ali svakim danom su priče bivale sve šturije i običnije i svakim danom sve manje ljudi voljnih da ih tako dosadne uopšte i sluša. Sve u svemu, i Milan i njegov otac bi brzo pali u zaborav da nije usledio nov, za selo daleko spektakularniji događaj. Gišino nasledstvo.

Rakija je ponovo potekla u neograničenim količinama, razvezavši usta seoskim pijancima i džabalebarošima. Od starijih su davno, još kao deca, čuli da je Giša nekada bio veliki gazda i bogataš. U to nikada nisu verovali jer su ga oduvek znali kao odrpanog čudaka, međutim, sad im je taj podatak bio više nego dobrodošao. Kao da su zaboravili da su starca doskora ismevali, utrkivali su se ko će o njemu ispričati veću i lepšu izmišljotinu. Znali su svaki Gišin vinograd, voćnjak i njivu, a da im je bilo poverovati na reč, polovina okolnih pašnjaka i sva stada koja su na njima pasla, bilo je njegovo.

— A tek šta je imao zlatni dukati! — viknu jedan od njih u želji da u priči zaseni ostale. — Ki da mu čukundeda bio 'ajduk!

— A znate li vi da je na području sadašnje Bačine nekada bila rimska naseobina od važnog značaja? — javio se seoski učitelj, i sâm ljubitelj dobre čašice. — Jedan je čovek na sveže pooranoj zemlji pronašao bakarni novčić sa likom cara Trajana.

— Kakvi mori bakarni novčići? — brecnu se ovaj na učitelja što mu upada u priču. — Zlato, bre, kad kažem!

— Ma dobro, čoveče — diže učitelj pomirljivo ruke — ali šta ako je neki carev kvestor zakopao nešto drugo osim bakra?

— Koj ti je sad pa taj?

— Kvestor je bio rimski inkasant ili skupljač poreza — reče učitelj važno, ponosan na svoje poznavanje istorije. — Ne bi me čudilo da je jedan od njih prisvajao deo poreza umesto da ga šalje caru.

— I posle ga kao zaboravio!?

— Zaboravio? Ne — nasmešio se učitelj lukavo. — Možda je umro, a zlato ostalo sakriveno, sve dok...

— Giša je vazda pešačio po Đerđelinu — oglasila se jedna starija žena, baš jedna od onih što su na grobljanskoj kapiji blenule u Milana.

— Kad malo bolje razmislim — dodade onaj što je lažnu priču o dukatima započeo — bila je nekakva glava na oni dukati...

Jedan kratak trenutak je na pijano društvo legla mrtva tišina, a onda se lažov razdrao iz sveg glasa. Iskreno, kao da je dukate svojim očima gledao i svojim rukama brojao.

— Ljudi!!! Giša je iskopao rimsko blago od cara Trajana!

I dok si rekao piksla, novost je obišla selo. Milan, do juče siroče, postao je jedini vlasnik nezamislivog bogatstva. Ne samo da je našao oca, nego je, samo da je hteo, mogao da kupi celo selo. Tako nešto, mislili su ljudi, ne može biti puka slučajnost. To mogu biti samo đavolja posla.

Smatrali su da svima njima treba da pripadne, ako ne Gišina zemlja, bar zasigurno Trajanovo zlato. Jer blago nađeno u selu pripada svima, a ne nekom ćaknutom starcu i još manje kopiletu bivšeg robijaša. Bilo je to previše čak i za najskromnijeg seljaka. E, zato je rabadžija opsovao dečaka. Osetio se i on pokradenim kao maltene celo selo. Milan to, naravno, nije ni slutio nego je, iako streljan pogledima punim zavisti, polako silazio u selo.

VEŠTICA

U trenutku kada je naišao na most, kruševački autobus je pred prodavnicom ostavljao putnike. Lako je prepoznao Viktorovu impozantnu siluetu. U ruci je nosio omanji vojnički ranac. U njemu su, pogađao je dečak, bile njegove prve knjige i sveske.

— Sačekaj me ovde — rekao je gorostas na pola mosta, spustivši ranac na beton. — Treba nešto da kupim u prodavnici.

Milan se naslonio na metalnu ogradu i pogledao sa mosta. Kalenićka reka je živahno poskakivala. Njena bistra voda lomila se na kamenju, a iz dubine bi povremeno blesnuo sunčev odsjaj o riblju krljušt. Zadubljen u misli, nije ni osetio da mu neko prilazi s leđa.

Nešto ga je, nimalo nežno, munulo u rebra. Poskočio je i munjevito se okrenuo, a onda stao kao sleđen. Dva zelena, zakrvavljena oka, bola su ga poput koplja. Iako je dan bio vreo, osetio je jezu. Noge su mu, kao u onom košmaru, najednom postale olovno teške.

„Bacila mi je urok!", pomisli on uspaničeno.

Na izboranom i sasušenom licu crte su se pomerile, a krezuba usta se razvukla u osmeh. Dečaku se okrete stomak od te jezive grimase.

— Siiine! — zakreštala je Živana. — Dušo babina!

Njen glas ga je malo prenuo. Mahinalno je zakoračio unazad, ali je leđima udario u metalnu ogradu. Ipak, i to pola koraka što se odmakao, omogućilo mu je da bolje pogleda kreaturu pred sobom. Nije joj moglo biti više od šezdeset godina, iako su je raščupana seda kosa i poput suve šljive naborano lice činili daleko starijom. Iskrivljeno telo je naslanjala na tanak drenov štap koji se opasno savijao, preteći da pukne pod njenom težinom. Njene oči su, nasuprot svemu, odavale prave godine. Bile su brze i pronicljive, a njihov zluradi sjaj ga je prosto pekao kao žar. Izgledalo je kao da poskakuju u očnoj duplji, želeći da iskoče iz te stare lobanje. Da pobegnu u neko mlado i snažno telo, a ne da budu zarobljene u ovom polomljenom i krivo sraslom.

„Naš dragi Atila se pobrinuo za to", setio se Gišinih reči iz oproštajnog pisma, i tek tada mu beše jasno na šta je starac mislio.

„Koliko će još Viktor?", pomislio je nestrpljivo.

Pogled je spustio na vojnički ranac. Naoko nije mogao da proceni njegovu težinu. Pitao se da li će moći dovoljno brzo da ga zgrabi i pobegne. Kao da pogađa njegove misli, Živana nogom stade na kaiš. Dečak se ugrizao za usnu. Njegov plan bekstva bio je osujećen. Mogao je lako da pobegne bez ranca, ali je brzo odbacio tu pomisao. Nije hteo ni po koju cenu da joj ostavi svoje prve knjige.

— Pa, 'de si pošô, sine? — upitala je hrapavim glasom.

Izgovorila je to sasvim polako, dominantno. Dečak je to osetio i pogledao je pravo u oči. Nije smeo da dopusti da spodoba oseti njegov strah.

— Šta hoćeš? — rekao je hladno.

Živana se skoro neprimetno trgla, a preko njenih užarenih zelenih očiju se na tren spustila senka straha. Kratak trenutak u kome pred sobom nije videla dečaka već njegovu majku. Blago je sagla glavu, glumeći poniznost.

— Ja sam tvoja baba, Milane! — rekla je raširivši onu slobodnu ruku, kao da očekuje da će joj dečak nakon tih reči uleteti u zagrljaj.

On se stresao, zgađen.

— Nisi ti meni ništa! Ti si mojoj majci bila maćeha!

— Da, ali sam je očuvala kao najrođenije! — zacvilela je ganuto.

— Znam, čuo sam. Tako si je lepo čuvala da je sad u grobu.

— Lažu dušmani, sine, lažu!

— Deda Giša me nikad nije lagao! — odbrusio joj je gnevno.

Živana diže pogled. Njene oči prostreliše dečaka neopisivom mržnjom.

— Giša! — siknula je. — Lopov jedan, dabogda ga Sotona natakô na ražanj!

— Deda Giša nije bio lopov! — viknu Milan, potpuno zaboravivši na strah.

— Jeste, prokletnik! I da me nisu naterali da potpišem onaj papir, ti bi još bio moje vlasništvo! I sve blago bi bilo samo moje!

— Kakvo blago? — zabezeknuto će dečak.

— Nemoj da se praviš lud, nego vraćaj blago! — siktala je Živana besno. — Kopile jedno!

Na te reči, Milanu je jurnula krv u glavu. I sasvim sigurno bi nasrnuo na nju da u tom trenutku nije zagrmeo Viktorov glas.

— Ostavi dete!

Njegova velika ruka je lako sklonila Živanu u stranu, a on jednim pokretom dohvati ranac i nabaci ga na rame. Bez ijednog pogleda na razjarenu ženu krenuli su put kuće. U Milanu je sve ključalo, ali ipak je bez reči kasao za gorostasom. Živana je vrištala za njima.

— Ljuuudiii! Drž'te lopove! Odnose nam blago u džaku!

Seljaci koji su se tu slučajno zatekli gledali su u nju kao da je luda. Nekoliko njih je izašlo iz kafane na pomen blaga, baš u trenutku kad je Viktor prolazio s rancem pokraj nje. Ma koliko da je njihova pohlepa za zlatom bila velika, strah od Viktorovih ogromnih pesnica ipak je bio veći. Kada je Živana shvatila da niko ništa ne preduzima i da im blago nepovratno odlazi, jer je i sama verovala da je zlato u rancu, prosula je za njima svu svoju zlobu.

— Kopile! Kurvin sine!

Dečak se ukopao u mestu. Ta reč mu je zaparala uši poput noža. Stao je i Viktor. Milan je i ranije čuo tu reč, slučajno, i gotovo uvek iz nekih pijanih usta. Nije ni naslućivao njeno pravo značenje, ali je znao da za jednu ženu ne postoji gora reč na svetu. Sada se ova zlobna žena, koja je njegovu majčicu oterala u smrt, usuđuje da je tako naziva. Zabezeknut izraz na Viktorovom licu govorio je mnogo. Bio je i on, odrastao čovek, šokiran onim što čuje.

— Ne slušaj je, sine — rekao je uzdahnuvši nemoćno. — Hajdemo kući.

Ali, Milan ga nije čuo. Mršavo telo napeto je drhtalo. Njegove lepe crne oči plamtele su od besa, a usne pomicale bez prestanka. Tiho, sebi u bradu, izgovarao je Gišinu čarobnu reč. Sva njena moć, njena opasna snaga, bile su upućene na nju. Po prvi put u životu, Milan je nekom iskreno želeo zlo. Unevši u čarobnu reč sve patnje deteta bez roditelja, kleo je vešticu iz dna duše. Želeo je da silom iskoreni zlo, da je zbriše sa lica zemlje i time bar malo ispravi nepravdu nanetu njegovoj majci. Živanu je njegov pogled samo dodatno razjario.

— Šta je, kopile, šta gledaš?! — tresla se nekontrolisano, preteći slobodnom rukom prema detetu. Suvi drenov štap se savio do granice pucanja. — Kad ti otac bude pokupio zlato, šutnuće te isto kô i tvoju majku!

— Umukni, bre, prokletnice! — prasnu Viktor.

Milanove usne pomicale su se sve brže.

— Šta će robijašu kurvin sin?! Hoće samo tvoje zlato! Zlatooo!!!

Zadovoljna postignutim efektom, smejala se svojim hrapavim veštičjim smehom. Međutim, nije joj se dalo da dugo uživa u sebi i pažnji koju je pobudila. Uz oštar prasak drenov štap puče a Živana polete, licem napred. Glava joj udari u beton, a telo se stropošta, ostavši u nekom iskrivljenom, neprirodnom položaju. Okupljeni seljaci su u neverici zurili u zguru na betonu. Oko njene glave postepeno se širila lokva krvi. Milan se trže.

„Ne prljaj svoju čistu dušu na takav šljam", setio se Gišinih reči.

Ali, nije poslušao njegov savet. Zauvek je isprljao svoju dušu i to na najgori mogući način. Postao je ubica.

— Beži kući! — viknu mu Viktor, hitajući Živani u pomoć.

„Ubio sam je!", prošlo mu je kroz glavu dok je uplakan trčao kući. „Mrtva je!"

Nakon pola sata, Viktor se vratio sav bled. Našao je Milana u sobi, pod krevetom.

— Izađi odatle — pozvao ga je.

— Neću! — odgovorio je dečak plačnim glasom.

— Izađi, šta ti je?

— Neću!

Viktor je uzdahnuo.

— Ono što je rekla nije istina, sine...

— Znam!

— Pa šta ti je onda? Izađi.

— Ubio sam je!

— Šta!? — reče Viktor iznenađeno. — Koga si ubio?

— Nju! Živanu!

— Šta pričaš, dete, kako si mogao da je ubiješ kad je nisi ni takao?

Milan je ćutao. Nije mogao da Viktoru oda postojanje čarobne reči.

— Prvo i prvo — reče Viktor — živa je. A i da nije, nisi je ti ubio.

Dečakovo uplakano lice promolilo se ispod kreveta. U njegovim očima, zasijala je nada.

— Živa je!?

— Pa naravno, nije joj ništa.

Propustio je, naravno, da kaže da je odvezena u bolnicu sa potresom mozga i posečenom arkadom. Iz njemu neshvatljivih razloga, dete je sebi pripisivalo krivicu za njenu nesreću. Nije hteo da ga dodatno potrese. Lično, smatrao je da je zlobnica dobila baš ono što je zaslužila.

— Viktore — reče Milan nakon što se izvukao ispod kreveta i seo do njega — razmislio sam dobro i... idem u Svetozarevo kod oca.

Gorostas je ćutao, oborene glave. Malopre u prodavnici saznao je i on za klevetu o Gišinom bogatstvu. Nije ni pokušao da je opovrgne. Bila bi to, znao je, unapred izgubljena bitka sa selom. Bilo mu je, međutim, jasno da za Milana u Bačini više nema života. Na neki način dečakova odluka ga je radovala.

— Jesi li siguran? — upitao ga je ipak.

— Jesam — reče Milan, ne bez griže savesti prema svom dobročinitelju. — Moram.

— Dobro, sine, javiću mu da te dovodim za par dana — reče pomilovavši ga po glavici.

Neko vreme su ćutke sedeli, a onda se ljudina nagnu ka njemu.

— Milane, ako otac ne bude dobar prema tebi, ako viče ili te, ne daj bože, tuče, odmah mi javi! Daću ti broj doktora Darvasa.

— Biće mi dobro, Viktore — reče dečak neubedljivo.

— Znam, sine, ali ako slučajno ne bude kako treba, obećaj da ćeš me zvati!

Dečak klimnu. Viktor ga još jednom nežno dotače po obrazu i izađe iz sobe. Uputio se pravo u štalu. Drvenim lestvama se popeo na senjak, a onda seo i zagnjurio lice u šake. Njegovo masivno telo se zatreslo, a iz grla mu se, prvi put od Ružičine sahrane, oteo jecaj. Još dugo je sedeo sâm u tami i plakao poput malog deteta.

11

Prva Mirkova nedelja kao šefa magacina bila je obeležena ogromnim promenama za mali kolektiv, naviknut da radi stihijski. Nakon litara i litara prolivenog znoja, tone progutane prašine, mnogo dobronamerne vike i poneke smešne situacije, napokon je uspeo da magacin dovede u red. Morao je da upotrebi sav svoj diplomatski talenat i naoruža se ogromnim strpljenjem, ne bi li trgao te flegmatične ljude i izvukao ono najbolje iz njih. Želeo je da u njima probudi takmičarski duh, koji jedan kolektiv i vodi putem napretka. Magacin je blistao. Mirko je bio neumoljiv po pitanju higijene i reda, ali nijedan od četvorice podređenih nije mogao da se požali da radi više od ostalih. Redar se menjao svakog dana i bio zadužen za čistoću celo radno vreme, jedan dan u nedelji. Petkom, nakon ručka, sređivao se magacin udruženim snagama, tako da su ponedeljkom počinjali da rade totalno rasterećeni. Uvideli su brzo prednost takvog ponašanja i šta je Mirko mislio rekavši da se samo prljavština čisti, a čistoća održava.

Svoju rezigniranost dodeljenim mu radnim mestom rešio je da zasad stavi na stranu. Od prvog trenutka kada je kročio u fabrički magacin, bilo mu je jasno da tim ljudima treba pravi šef. I nesvesno, probudila se u njemu ona urođena odgovornost koja je oduvek bila osnovna crta njegovog karaktera. Samo jednom u životu je pobegao od odgovornosti i sada je gorko plaćao ceh, znajući da za to može i sme kriviti jedino samog sebe. Bežao je u rad da bi što manje razmišljao o svojim propalim snovima. Nakon radnog vremena, kada bi svi otišli, Mirko je još satima sređivao knjige u svojoj skromnoj kancelariji. Bile su u još katastrofalnijem stanju nego što je očekivao. Međutim, listajući papire par meseci unazad, naišao je na prilično uredan zapis. Po njima je precizno mogao da odredi dan kada je sve krenulo naopako. Sasvim sigurno je tog dana čovek saznao da ga je žena ostavila. U registru nije pronašao ničeg interesantnog. Raspored smena za stražare, podsetnici vezani za posao ili lične prirode i nekoliko iskrzanih fotografija. Po fiokama je našao gomilu naloga i beležaka o primljenoj i izdatoj robi. Na njima je, na njegovo veliko olakšanje, pisao datum. Kada je sve uredno uveo u zapisnik i uporedio ulaske sa izlascima, javio se priličan manjak. Manjak zbog kog je jedan čovek trunuo u zatvoru.

„Ali manjak na papiru ne mora da znači i realni manjak", pomislio je Mirko, prisećajući se lekcija računovodstva iz studentskih dana.

Nakon dva dana vanrednog inventara morao je da se pomiri sa činjenicom da roba stvarno fali. Bili su to uglavnom proizvodi široke potrošnje, to jest sve ono što bi neko ko kod kuće uvodi struju, kupio u prodavnici. Ali, Mirko je i dalje bio skeptičan po pitanju pravog krivca. Nije hteo da poveruje da je čovek krao nešto za šta je direktno odgovoran i zbog čega će sumnja pasti na njega. To nije imalo smisla. Njegova čista prošlost kao poštanskog blagajnika išla mu je u prilog. Ali, ipak je napravio glupost. Ili je kombinacija alkohola i tuge za ženom od njega stvorila potpunog idiota, ili je sve odradio namerno. Ali zašto? Slučaj je već prelazio u domen psihologije. Neretko je slušao o ljudima koji izgube razum i počnu raditi protiv sebe. Zar nisu postojale samoubice? Ovo što je bivši šef uradio, bila je neka vrsta društvenog samoubistva.

„Svako je krojač sopstvene sudbine...", reče sebi naposletku, ne želeći više da razbija glavu oko čoveka koga i ne poznaje.

— Dobar dan, druže Mirko! Jeste li vredni?

Na vratima se pojavila Bubina izdužena silueta sa večitim osmehom. Sa usana mu se ote zvižduk oduševljenja.

— Stvarno nemam reči! — reče on pokazavši prema magacinu. — Vi ste pravi čarobnjak!

— Hvala, Bubo — skromno će Mirko. — Drug Sveta Pavić se pokazao začuđujuće vrednim i pouzdanim. A ni momci nisu loši.

— Nisu, tačno je. Ali, ono što ste Vi uspeli od njih da napravite ravno je čudu. Mogu Vam reći da Vas jako poštuju i hvale.

— Pa, dobro, drago mi je da to čujem. A šta ćeš ti još ovde? Zar ne radiš u prvoj smeni?

— Da, da... prolazio sam tu kamionom i video stražare kako kose travu i korov i stao sam malo da im pomognem.

— Pa nije li ti dovoljan volan?

— Ma, ja to zbog Vas, druže Mirko! — reče dugajlija slegnuvši ramenima. — Polomiće šeprtlje kosu na kamenju. Pojma nemaju!

— Otkud stražari znaju da kose? — osmehnuo se Mirko.

— Što da ne znaju? Seljačka su deca kao i ja! Samo mi je krivo što se ona dvojica izvukoše.

— Kako to misliš?

— Pa, mislim da bi im veća kazna bila da se znoje i da hrane komarce, nego da stražare noću. Učinili ste im uslugu.

— Misliš?

— Naravno! Oni su se ranije dobrovoljno javljali za noćnu smenu. Ko uopšte i proverava šta rade? Možda spavaju.

Mirko je na njegove reči stisnuo usne i zamislio se.

— Ja krenuo — reče naposletku. — Ako hoćeš, odvešću te autom do Bresja.

— Neka, sigurno Vas kući čekaju!

— Ne brini, Bubo, niko me ne čeka.

— Pa zar niste ože... — poče dugajlija, ali se trže i pocrvene. — Izvinite, ja sam radoznao pa zaboravljam ko ste.

— U redu je, Bubo — uzvratio je Mirko. — Nisam oženjen, međutim... imam vanbračnog sina. Sedam godina mu je.

— Baš mi je drago! Deca su najveće bogatstvo — rekao je mladić iskreno. — Nadam se da ću ga upoznati.

— Što da ne? Dolazi uskoro da živi sa mnom.

— Pustiće ga majka?

— Majka mu je... preminula.

— Iiiju, strašno! — prenerazio se Buba. — Jadno dete!

— Da, tragedija.

— Sreća njegova da ima Vas za oca.

Na te reči Mirko je nerazgovetno promrmljao. Buba nije morao sve da zna. Namerno je propustio da kaže da je dečakova majka umrla još pre sedam godina. Nije želeo da ga taj neiskvareni mladić prezre. Odlučio je da je ćutanje, bar zasad, bolje rešenje od laganja.

— Ah, umalo da zaboravim! — uzviknuo je Buba mašivši se za džep.

Iz njega je izvadio kratak mesingani ključ nesvakidašnjeg oblika i pružio ga Mirku.

— Našao sam ga malopre u travi.

— Šta je to?

— Mislim da je to ključ sa izgubljene veze oko koje se digla sva ona prašina.

— Pojasni mi malo.

— Pa... nije bivši šef brljao samo sa knjigama — reče Buba. — Jednom je izgubio vezu s ključevima, i na njoj ključ od sefa.

— Kog sefa?

— Ranije je u magacinu čuvan sef sa vrednim metalima. Srebro, pa čak i zlato. Ali, posle gubitka ključa, šef je prebačen u direkciju.

Kažu da je direktor bio toliko kivan na njega da mu je zbog toga skinuo pola plate.

— A što nisu zamenili bravu na sefu umesto da ga sele?

— Verovatno bi bilo mnogo skupo — zaključio je Buba.

— Rekao si da je bivši šef izgubio vezu s ključevima, a ovde je samo jedan ključ. Gde su ostali?

— Ne znam, ja sam samo ovaj našao.

— Je l' to ključ od sefa?

— Ne. Od ulaznih vrata.

— A gde si ga pronašao? — beše Mirko radoznao.

— U šiblju, iza magacina. Tačnije, tamo pored žičane ograde.

— Pored ograde?

— Pa da, kad sam posekao šiblje, ugledao sam ga kako blešti na suncu.

— Koliko je udaljena ograda od staze?

— Šta ja znam, jedno... triest metara. Što?

— Onako, Bubo — rekao je Mirko i potapšao ga po leđima. — Hoćemo li?

Dok su se vozili put Bresja, Mirko nije progovorio ni reč. Pre nego što je izašao iz auta, Buba se okrete prema njemu.

— Druže Mirko, čemu sva ona pitanja?

— Rekoh ti, Bubo, pitam samo onako.

— Vi nešto krijete od mene! — reče on sa izrazom uvređenog deteta.

Mirko uzdahnu.

— Dobro me slušaj, prijatelju — rekao je ozbiljno. — Zapitkujem te jer mi se cela ta priča o krađi nikako ne uklapa. Svaki, i najmanji detalj može biti od velike važnosti.

— I dalje sumnjate u njegovu krivicu?

— Iskreno rečeno, da. Razmišljao sam o tom nesrećniku i sve mi nešto govori da nevin robija. Taman sam malo zaboravio na njega, kad se ti pojavi sa ključem i onom pričom o sefu...

— Pa ko je onda, ako nije on?

— Mislim da si krivac ti!

— Ja?!!! — zabezeknuo se mladić.

— Ma šalim se, bre, Bubo! — nasmeja se Mirko šeretski. — Nemam pojma ko je krivac, ali veruj mi da ću ga kad-tad naći.

REŠENJE SUMNJE

Te noći nije mogao oka da sklopi. Kao na roštilju, glave prepune misli koje su pekle jače od žara, vrpoljio se i poskakivao u postelji i po ko zna koji put preklinjao neudobni jastuk. Telo mu je vapilo za snom, a bolu u očima uskoro se pridružio i bol u vratu. Bio je napet kao struna pred kidanje, s tim što mozak nije bio pecaroški čekrk kome može da se pusti luft. Na drugoj strani strune, riba je bila ogromna. Od toga hoće li je uloviti ili ne, zavisila je sudbina jednog čoveka. Jednog, možda potpuno nedužnog robijaša. Po ko zna koji put, odmotavao je priču od početka. Ignorišući bol u vratu, zadržavao se na svakom i najsitnijem detalju i tek kada bi ga rastavio na proste činioce, prelazio je na sledeći detalj. Kockicu po kockicu, sastavljao je sve jasniju sliku o tom čoveku. Iako ga nije poznavao, pokušao je da iz tuđih priča stvori predstavu o njemu. Da, ako je moguće, dovede sebe autosugestijom u slično psihičko stanje i počne da razmišlja kao on. Međutim, brzo je odustao od toga. Njegovo šesto čulo govorilo mu je da je na pogrešnom putu. Isto to čulo mu je od samog početka ukazivalo na to da je čovek nevin. Da je samo žrtva nečije pokvarenosti i pohlepe. Idealni krivac. Pronicanje u njegovu psihu, shvatio je, neće mu pomoći da otkrije pravog krivca. Za to će morati da upotrebi detektivske metode.

„Da, ali sutra", rekao je sebi, čvrsto rešen da malo odspava. „Dan je pametniji od noći."

Nasmejao se toj izlizanoj frazi. Suviše dobro je poznavao samog sebe. Znao je da je noć gotova, bar što se spavanja tiče. U ormariću pokraj kreveta je napipao upaljač, kresnuo ga nakratko i pogledao u sat. Tri sata ujutru... Već je bilo sutra. Uzdahnuo je umorno. Da je mogao, otišao bi smesta na posao. Šta bi samo ona dva klipana pomislila da ga vide? Da ih špijunira? Već su ga sigurno dovoljno mrzeli zato što ih je izribao pred Bubom.

Dvoumio se šta da čini. U fioci pored upaljača ležala je tek načeta pakla „drine". Vuklo ga je da zapali više nego ijednom otkad je pre par dana batalio duvan. I sigurno bi poklekao da mu odjednom, poput kratkog bleska, nije sinuo odgovor. Naglo se uspravio u sedeći položaj, kao da time želi da uhvati tu dragocenu i kristalno čistu misao pre nego što zauvek ispari. Sve je bilo tako jasno i gotovo smešno jednostavno. Odgovor mu se krio pred očima, u beležniku.

„Kako se toga ranije nisam setio?"

Obukao se i umio na brzinu. Zgrabio je ključeve od auta sa police u predsoblju i izašao na trem. Ono što se spremao da preduzme bilo je neizvesno i veoma riskantno. Ipak, bez trunke sumnje u ishod, dunuo je kao bokser pred početak runde i uputio se u borbu. Na usnama mu je titrao pobednički osmeh.

***

Industrijski gigant je bio smešten između dva brda, na putu za Rekovac. Sve je bilo obavijeno tamom i samo tiho brujanje i dim crnji od noći koji je neprestano kuljao iz dimnjaka odavao je neprestanu aktivnost pogona. Zemlja se vrtoglavo izgrađivala, a potreba za strujom, a samim tim i kablovima i žicom, osećala se u svakom domaćinstvu od Vardara pa do Triglava. Svaki grad, varoš i seoce u najzabačenijim krajevima vapili su za tom dragocenom energijom koja život znači. Nevidljivom, a moćnom snagom koja pokreće mašine, štedeći ljudima vreme i znoj. Snagom koja pobeđuje mrak i primitivne iskonske strahove, pomažući neukima da shvate da u noći nema bauka i vampira i da su na putu svetlije budućnosti.

Fabrika kablova je ogroman deo svoje proizvodnje izvozila, tako da se radilo punom parom u tri smene, a njene valjaone se nikada nisu gasile. Prostrani, dobro osvetljeni parking je i noću bio krcat vozilima svih vrsta, od kamiona i automobila, do nepreglednih redova bicikala, kojim su prosti radnici obično dolazili na posao. A za one kojima je iz grada bilo teško biciklom, što zbog kiše i snega, što zbog lenjosti, postojao je mali voz. Iz milošte zvani Ćira, triput je dnevno išao tamo-amo, kupeći i ostavljajući usput radnike sa naselja Kolonija, na pola puta od grada.

Na samom ulazu u fabrički krug nalazila se portirnica zastakljena sa tri strane, tako da dvojici portira ništa što se dešavalo na parkingu nije moglo da promakne. Svetlo je bilo upaljeno, a oko vrele sijalice tiskali su se noćni leptiri izvodeći svoj euforični ples. Goreli su svoja nežna krila i padali na patos, pa i pored toga, njihov broj je rastao iz minuta u minut.

— Ej, molim te, ugasi to svetlo! — reče jedan od njih iziritirano.

Gledao je s negodovanjem u pomahnitali roj, češući se po vratu. Njegov kolega je u rukama okretao mali tranzistor i svojim debelim prstima koji su podsećali na kobasice, nežno prebirao po dugmadi i koturićima predviđenim za uključivanje i pojačavanje zvuka. Nije odavao utisak da ga je čuo.

— Čuješ, bre? Poješće me komarci!

— Ne treba njima svetlo da bi te nanjušili — rekao je krupni sasvim mirno.

— E pa, ako nećeš ti, ugasiću ja! — uzviknu ovaj ljutito i krenu da ustane.

— Dirneš li svetlo, polomiću ti kičmu.

Izgovorio je to bez ikakvog uzbuđenja u glasu, pa ipak, njegov mršavi kolega je istog trenutka spustio zadnjicu nazad. Očigledno ga je dovoljno dobro znao da mu poveruje na reč.

— Jutros sam mu stavio nove baterije — mrmljao je rmpalija onako za sebe — i neće, bre, da radi da ga ubiješ. Rusko govno.

I posle tih grubih reči, krupni portir ni najmanje nije delovao iznerviran. Nežno, kao da se radi o nekoj skupoj porcelanskoj vazi, položio je tranzistor na pult pred sobom.

— Ću da pitam nekog od ovi' inžinjerski fićfirići da mi ga popravi.

— Aha, kad bi oni hteli da rade za flašu piva! — puhnu njegov kolega i ustade. — Mogu li sad da ugasim svetlo?

Krupni je samo slegao ramenima, podigao noge na pult i prekrstio ih. Drvena stolica je opasno zaškripala pod njegovom težinom. Mršavko škljocnu prekidač i sede. Svetlo koje je dopiralo sa parkinga pravilo je prijatnu polutamu u portirnici. Osmotrio je svog krupnog kolegu. Njegovo samozadovoljno lice strašno ga je nerviralo.

— A što si ti, burazeru, nervozan celu noć? — reče ovaj, osetivši da je posmatran.

— Što!? — ciknu mršavko. — Vrućina je kô u šporetu, pojedoše me komarci i celu noć mi za vrat padaju neke izgorele bube! Baš se i ja pitam što sam nervozan!

— Ajde, bre, oladi malo, ugledaj se na mene. Baš nam je lepo ovde.

— A šta je to ovde lepo? Kaži mi, kad te molim.

— Šta bi ti rekô da čuvaš magacin? Mi bar ne kisnemo i ne mrznemo se.

— Jeste, ali je njima plata veća od naše.

— Možda, ali nijedan nije ostao duže od jedne zime — zakikotao se ovaj. — A mi ćemo ovde penziju da dočekamo.

— Šta!? — uzviknu ovaj šokirano. — Pa nisam valjda lud da budem portir celog života! Pre bih se ubio!

— Samo se ti, burazeru, ubijaj, a ja ću da uživam. Još samo da mi proradi tranzistor... Znaš ono novo, radio ne radio, svira mi radio.

Svoju doskočicu je propratio grlenim smehom. Njegov kolega prevrnu očima.

— Znači, to je tvoja filozofija života? Da ništa ne radiš.

— Eee, glupane moj... Šta će ti bolja filozofija nego da primaš platu, a ništa ne radiš?

Ovaj je taman zaustio da mu odgovori na uvredu, kad ih obojicu obasjaše farovi. Preko mosta na Lugomiru je na parking izbio beli auto. Išao je sasvim lagano, tražeći mesto, i naposletku se zaustavio sasvim blizu portirnice. Iz njega je izašao vitak čovek i uputio se pravo na njih.

— Ko je, bre, ovo? — reče krupni skinuvši noge s pulta. Nije voleo da mu neplanirane stvari kvare uživanje u besposlenosti.

— Nemam pojma, prvi put ga vidim — odvratio je žgoljavi, jedva sakrivši radost u glasu.

Nije mu bilo bitno ko je došljak. Svako je bio poželjan, samo da razbije noćnu monotoniju. A ako uz to i poremeti mir nevoljenog kolege, bio je još više dobrodošao.

Prelazeći put, Mirko je u staklu zamračene portirnice video svoj odraz kao u ogledalu. Tek kada je prišao toliko blizu da je nosom skoro dodirnuo staklo, nazreo je unutar prostorije dve siluete. U istom trenutku debela šaka se zalepila za staklena vratanca i kliznula ih u stranu.

— Izvol'te! — začuo se glas iznutra.

— Dobro veče... u stvari, dobro jutro, drugovi — reče Mirko. — Izvinjavam se što dolazim u ovo doba, ali imam nekog neodložnog posla. Ja sam novi šef magacina.

— Kakvog neodložnog posla? — upitao je rmpalija podozrivo.

— Kontrola noćne straže — slaga Mirko.

— Nisam dosad čuo za to.

— Pravo da vam kažem, to je direktorova zamisao — reče sa uzdahom, kao da je tu protiv svoje volje. — Načuo je da stražari provode vreme u spavanju umesto da rade svoj posao, pa šalje mene u sitne sate da ih proveravam. Kao da ja ne moram da spavam!

— Hmm, ne znam... — oklevao je portir.

Mirko je zevnuo nezainteresovano i pogledao na sat.

— Znate šta? Meni je sto puta milije da se vratim kući i odspavam još dva sata. Ali, moraću direktoru da kažem da me niste pustili da uđem.

— Ne, ne, u redu je! — reče ovaj ljubaznije, a u istom momentu se u portirnici upali svetlo. — Samo da Vas upišem u registar.

Sa police je skinuo tešku knjigu krutih korica i tresnuo je na pult.

— Mogu li da vidim Vašu radnu knjižicu, druže? — oglasio se žgoljavko, u želji da i na sebe skrene malo pažnje.

Mirko je bez reči izvukao novčanik iz džepa na sakou i iz njega iskopao malu sivu knjižicu sa utisnutim amblemom fabrike. Otvorio je i prilepio za staklo, izlažući je portirovom pogledu.

— Petrov Milana Mirko — pročita ovaj.

— Petrov... evo našao sam — rekao je krupni. — Samo potpišite ovde i slobodni ste da idete gde Vam je volja.

— Hvala — uzvratio je Mirko. — Da li biste bili ljubazni da mi na jednom papiriću napišete telefonski broj portirnice? Možda ću biti primoran da vas pozovem malo kasnije.

Krupni ga je pogledao kao da je upravo dobio šamar.

— Nema problema, druže! — reče mršavi servilno. — Bićemo Vam na usluzi.

Na parčetu hartije je na brzinu naškrabao broj, praveći se da ne primećuje kolegin ubitačan pogled. Sa posebnim užitkom se trudio da mu što više pokvari raspoloženje.

— Smem li da pitam zašto Vam treba? — upitao je krupni portir namršteno.

Očigledno je strahovao da će mu nešto neplanirano ugroziti već ionako narušen mir.

— Videćete — reče Mirko zagonetno. — I to uskoro, nadam se.

12

Mirko je uzbuđeno zaklopio raskupusani bележnik bivšeg šefa magacina. Kao što je i slutio, u njemu se nalazilo sve što mu je bilo potrebno. Imena krivaca, jer bilo ih je nesumnjivo više, bila su ispisana tu, crno na belo. Trebalo ih je samo naći. Shvatiti. A on je shvatio. Držao je ključ enigme u svojoj glavi.

U rukama, naprotiv, nije imao apsolutno nikakav, ni najmanje opipljiv dokaz. Ono što je njemu bilo toliko očigledno, drugima će ličiti na običnu pretpostavku ili, štaviše, bulažnjenje. Bio mu je potreban nepobitni dokaz da je bivši šef nedužan otišao u zatvor. Nadao se da će mu dokaz pružiti sami krivci, odmah, još noćas. Da će ih naterati da sve priznaju.

Ali, kako? Kako se protivnik pobeđuje u pokeru, kada u rukama nemaš nijednog keca?

„Samo prvoklasnim blefom", pomislio je u sebi. „Ako onoga preko puta sebe ubediš samo jednim pogledom da u rukama imaš najjače karte, predaće se bez borbe."

Ipak, ni njihovo priznanje neće imati nikakvu vrednost bez dobrih leđa. Polako je otklopio telefon i okrenuo broj.

— Alo — javio se od sna pomalo napukao glas. Čovek sa druge strane žice nije bio iznerviran, očito je bio naviknut da ga bude u bilo koje doba noći.

— Dragane... — rekao je Mirko.

Sa druge strane, tišina je bila gotovo opipljiva.

— Dragane — ponovio je.

— Mi... Mirko?

— Da, druže moj stari, ja sam.

Izgovorio je to kao izvinjenje. Nije mu bilo na čast što se posle gotovo deset godina javljao nekada nerazdvojnom drugu iz detinjstva. Ispašće da ga je pozvao samo zato što mu je ovaj trebao, što je, u neku ruku, i bilo tačno.

— Čuo sam da si se vratio. Nisam hteo da te tražim. Čekao sam da se javiš.

Čovek je bio tek malo rezervisan ili možda samo iznenađen, a ako je u njegovom glasu i bilo prigovaranja, Mirko to nije osetio.

— Jesam, vratio sam se. Nisam se odmah javio, trebalo mi je malo vremena da se sred...

— Nije bitno — prekide ga prijatelj. — Kaži ti meni kako si?

— Bilo je i boljih dana, druže.

— Pretpostavljam, inače te, mi, Jagodinci, više nikad ne bismo ni videli...

— Šta da ti kažem? — uzdahnu Mirko.

— Ma ništa, ispričaćeš mi možda jednog dana — rekao je čovek nonšalantno, jer je pretpostavljao da je tema veoma osetljiva.

Kao i gotovo svi Mirkovi poznanici, pratio je kroz štampu vrtoglav uspon svog druga iz detinjstva. Čoveka kao što je on, samo je neka teška nevolja mogla ukloniti sa političke scene.

— Dragane... — potreban si mi.

— Molim?! Ja, Dragan Pavlović, siroti mali inspektor, potreban moćnom Mirku Petrovu?!

I protiv svoje volje, Mirko se nasmejao.

— Zaista, Dragane, nije šala.

— Za tebe sve, prijatelju moj! — uzviknuo je šaljivim tonom. — Samo nemoj da me teraš da nekog ubijem ili, još gore, da te selim! Nešto me, bre, uklještila leđa...

Pre nego što je najzad mogao da mu objasni razlog svog rano-jutarnjeg poziva, morao je bar još dobar minut da trpi neslane šale svog raspoloženog druga, bez preterivanja najboljeg kriminalističkog inspektora u užoj Srbiji.

— Nemoj, Mirko — savetovao ga je ozbiljno. — Slučaj je zatvoren.

— Jesi li ti mene uopšte slušao, čoveče?

— Jesam, ali ne može...

— Jedan nevin čovek robija, Dragane! Treba li da shvatim da ti je svejedno? Da se onaj brilijantni mladi inspektor uljuljkao na lovorikama nekadašnje slave i da mu nije bitno što lopovi slobodno šetaju i na taj način prkose ne samo tebi lično, nego i celoj tvojoj profesiji?

— Gde ti ode, bre, Mirko! Nisam rekao da mi je svejedno, već samo da ne može tako naopako.

— Ne želim više da čujem reč „ne može" iz tvojih usta! Mogu li ili ne da računam na tebe, to mi kaži.

— U redu! — reče posle duže pauze. — Ali nemoj sâm ništa da preduzimaš, sačekaj me.

— Ne — uzvratio je Mirko samouvereno. — Mora na moj način, inače će sve propasti.

— Mirko!

— Znam šta radim, veruj mi! Molim te, prijatelju...

— Ala si ti tvrdoglav čovek...

— Molim te.

— Pa šta ja treba da radim u svemu tome?

— Samo da čekaš — uzvratio je Mirko. — Ako te pozovem, biće to znak da je plan uspeo i da treba što pre da se stvoriš ovde i pohapsiš lopove. Ako možeš, povedi pojačanje sa sobom. Ko zna na šta su hohštapleri spremni.

— Ništa ne brini za to. Čekam.

Mirko je spustio slušalicu i nasmešio se. Bio je čovek na visini zadatka. On koji je izgubio sve, nije imao više šta da izgubi. Mogao je samo da dobije. Ustao je naglo sa stolice, izašao iz kancelarije i prosto strčao niza stepenice. Prošao je polumračnim magacinom i hodnikom i kada se uhvatio za kvaku ulaznih vrata, zastao je kao da okleva. A onda je duboko udahnuo i pritisnuo je. Partija je mogla da počne.

— Izvolite, sedite — rekao je stražaru koji je par minuta kasnije ušao za njim u kancelariju.

Na svojim leđima, Mirko je osećao njegov podozriv pogled. Čovekova napetost je ispunila prostoriju. Ono što ju je takođe ispunilo bio je njegov snažan vonj. Miris stražarevog znoja bio je u toj meri jak da je štipao oči. Velikom snagom volje Mirko se obuzdao da ne protrlja nos. Umesto toga, seo je i zavalio se u istrošenu fotelju, a svoj pogled ukrstio sa njegovim.

— Izvolite — ponovio je, pokazavši na stolicu.

Svoj gest je propratio smeškom. Ni suviše blagim, ni formalnim, a ni previše srdačnim. Bio je to osmeh kurtoazije, onaj koji u onome kome je upućen ne može da probudi nijednu posebnu emociju. Osmeh, naizgled sasvim spontan i bezopasan. Stražar je polako seo. U njegovoj glavi su se sudarala pitanja. Mirko je to znao i zato namerno nije sa njim odmah otpočeo razgovor. Umesto toga, pun minut je preturao po fiokama. Naposletku je iz jedne od njih izvukao par praznih belih listova i stavio ih pred sebe na sto. Iz džepa na sakou je izvadio svoje skupo nalivpero.

— Ne smeta Vam da pišem dok razgovaram sa Vama? — upitao je tek reda radi, dok je na vrhu papira već nešto zapisao i podvukao.

Zatim je pogledao u stražara kao da želi nešto da ga pita ili da mu kaže, ali je umesto toga samo ćutao i zamišljeno lupkao kažiprstom po usnama. Kao da je potpuno zaboravio da preko puta sebe nekog ima, nastavio je da piše. Ovome su kolena od nervoze već nekontrolisano poskakivala, a kada je počeo da grize zanoktice, Mirko je tek tad odlučio da pređe na stvar.

— Eeee tako! — rekao je udarivši tačku na kraju misterioznog teksta. — To smo obavili, sad možemo malo da popričamo.

— A... o čemu, druže Petrov?

— Mali informativni razgovor...

Na te reči čovek ga je pogledao sa još većim podozrenjem. Iz tog pogleda Mirko je shvatio da ovaj nije zaboravio njihov prvi susret i da se neće tako lako istrčati. Morao je da bude veoma obazriv šta i kako ga pita.

— Ne krijem da sam došao da vas proverim — poče on. — Ali, poslao me je direktor. Utuvio je sebi u glavu da noćni stražari spavaju umesto da dežuraju i da se zbog toga dešavaju krađe.

— To nije tačno, druže, videli ste i sami da smo Vas zaustavili po svim propisima! A drugo, onaj što je krao nije ni radio noću! Mislim, šef.

— To sam i ja njemu rekao, međutim, krut je i tvrdoglav čovek. Verovatno znate da je Vaš bivši šef bio primljen po njegovoj preporuci.

Stražar je slegao ramenima.

— Mislim da je njegovo hapšenje doživeo kao ličnu ljagu i sad pokušava da je na svaki način spere sa sebe.

— Ne razumem baš...

— Pa, direktor će uskoro u penziju — pojasnio je Mirko, iako praktično o njemu ništa nije znao. — A takav soj ljudi do časti drži više nego do života. Neće da dozvoli da ode sa tako strašnom mrljom u karijeri. Ne priznaje sam sebi da je mogao toliko da se prevari u proceni i da je u stvari zaposlio lopova. Još uvek odbija da prihvati istinu i nada se da će uhvatiti pravog krivca.

— A kakve veze, mi, stražari, imamo s tim? — upitao je čovek sa nekim grčem na licu.

— Sumnja na vas — reče Mirko kô iz puške. — U stvari, sumnja na celu magacinsku postavu. Od stražara do magacionera.

Stražaru se iz grla ote nešto nalik na krkljanje, a lice mu se još više zgrči. Mirko je shvatio da on to pokušava da se smeje, kao da se radi o nekoj zabavnoj opasci. Ali, bledilo njegovog lica odavalo je strah.

— Zanosi se idejom da će otkriti krivce i uspeti da obnovi suđenje. Budalaština! Pa ovaj je, bre, sve priznao, šta će mu bolji dokaz?! Stvarno ne razumem neke ljude.

Čovek ga je gledao spuštenih obrva. Na licu mu se još uvek čitalo nepoverenje. Mirko je rešio da promeni taktiku.

— Ta matora drtina traži od mene da vas špijuniram i da mu sve prenosim — rekao je pun izglumljenog prezira. — Šta zamišlja on? Da sam ja njegov potrčko, možda!? Da se prodajem kô kurva?

Na te vulgarne reči stražaru sinuše oči kao da je čuo najlepšu muziku. Gledao je u Mirka kao da ovom oko glave sija oreol.

— Ja prema svojim ljudima ne koristim te kvarne metode. U mom kolektivu mora da vlada apsolutno poverenje i niko, makar to bio i direktor, ne može da nam proturi crv sumnje — a onda se nagnuo preko stola i značajnim pogledom ga uhvatio za ruku. — Pokazaćemo mi kurvama od kog se drveta prave kašike! Je l' tako, druže?

— Tako je, druže Petrov! — uzviknuo je čovek oduševljeno.

— Znam da sam bio malo nepravedan prema tebi u samom početku, ali takav sam ja uvek kad dođem u novu sredinu. Volim, brate, da pokažem ko kosi, a ko vodu nosi!

Sasvim neprimetno je prešao na ti, dajući time razgovoru još prisniju notu.

— Nema veze, druže Petrov! — reče ovaj u nameri da ga još više odobrovolji. — Malo sam 'teo da se našalim s Bubom.

— Ma baš me briga za to krakato seljače — reče Mirko s podsmehom. — Taj bi me prodao posle dva šamara. Meni su potrebni ljudi kao ti. Odmah si nasrnuo na mene kô pravi ratnik.

— Nisam smeo tako, al' imam preku narav. Odma' bi' da se bijem!

— Nemoj da se izvinjavaš zbog onog što si — rekao je skoro očinski. — Ja bih te cenio još više da si me udario, jer mi smo ljudi istog kova! Ratnici. A pravi ratnik i kolje, a nikom se ne izvinjava za to!

Dok je to izgovarao, dobro je osmotrio čoveka pred sobom. Ovom su od oduševljenja sijale oči, kao u groznici. Viđao je slične poglede u ljudi koji su za vreme rata ogrezli u zločinu, koji su ubijali iz zadovoljstva, krijući se iza ideoloških i patriotskih motiva, a ponajviše zbog toga što su bili ubeđeni da ih nikada neće stići zaslužena kazna. Mogao je da se zakune da je i ovaj u tom trenutku već video sebe sa krvavim nožem u ruci. Nije mogao da se prevari. Čovek pred njim je bio neprobuđeni zločinac, koji je samo čekao svoj trenutak. E taj trenutak Mirko nije hteo da mu pruži.

— Od sledećeg ponedeljka radiš u prvoj smeni. A uskoro ću ti ja naći mnogo bolje mesto. Da mi budeš uvek pri ruci.

— Hvala, druže Petrov! — uzviknu stražar, potpuno opčinjen Mirkovom samouverenošću.

— Onaj s kučetom... mogu li u njega da imam poverenja?

Stražar prosto prasnu u smeh na pomen svog kolege.

— U njega?! Pa on bi Vas prodao posle pola šamara!

— Pokvarenjak neki, a?

— Ma jok, bre! — reče on kao da se obraća kafanskom drugu, a ne svom pretpostavljenom. — Taj se i sopstvene senke plaši! Veću kukavicu nisam video.

— Šta radiš ti, čoveče, sa takvom ništarijom?

— Iz istog smo sela, a i neki smo dalji rod, pa... — poče ovaj da se pravda.

— Pa šta? Deda ti ga u amanet ostavio? — odbrusi mu Mirko. — Da šutneš ti lepo tog šonju. Imam ja tebe u planu za neke veće stvari.

— Dobro, dobro... — reče on ponizno.

— Ja ću da mu dam otkaz, ništa ne brini. I nije jedini koji će da leti odavde, očistiću ja celu fabriku od kukolja kad zgrabim direktorsku fotelju!

— Direktorsku fot...!!! — zinuo je stražar od čuda.

— Ššš! — preseče ga Mirko strogo. — Nadam se da znaš da držiš jezik za zubima.

— Kako da ne, druže Petrov! — uzviknu ovaj poltronski, dok su mu se u mozgu rojili najluđi planovi koje će pomoću Mirka ostvariti. Video je u tom nenadanom susretu svoju životnu šansu da napokon postane neko.

— To volim — reče Mirko dominantno, znajući da ga potpuno ima u šaci. — Hajde sad idi, završi smenu normalno i nikom ništa ne pričaj. Uskoro ću ti dati nova zaduženja i ako se dobro pokažeš, ostaćeš. A onda ću te naučiti kako se živi.

— Hvala, druže Petrov, neću Vas razočarati, majke mi!

Mirko se hladno nasmešio, kao da je sama pomisao da bi neko smeo da ga razočara bila apsurdna. Dao je čoveku znak rukom da se udalji, što je ovaj brže-bolje poslušao.

— Čekaj! — zaustavio ga je na pragu.

— Izvol'te, druže Petrov!

— Kakav ti je to pištolj za pojasom? — upitao je uperivši prst u izlizanu kožnu futrolu na stražarevom boku. — Daj da vidim.

Stražar mu je poslušno pružio službeno oružje. Pred njegovim začuđenim pogledom, Mirko je izbacio šaržer i u par veštih pokreta, pištolj potpuno rastavio. Za vreme rata naučio je da barata svim mogućim oružjima zaplenjenim u borbi. Iako je postao odličan strelac i pravi majstor u njegovom rukovanju, nikada nije zavoleo te naprave za ubijanje. Osećao se uprljanim uvek kada je bio primoran da ih koristi. Tešila ga je jedino pomisao da je branio sopstveni, i život svojih saboraca, i da je pucao samo i jedino u borbi, a nikada u nenaoružane i bespomoćne ljude.

— Ovo je — rekao je pokazavši na vidno istrošene komade gvožđa pred sobom — tvoje službeno oružje?

Čovek saže glavu.

— Ovako nešto slično, sećam se, još je moj otac za uspomenu doneo sa Solunskog fronta. Radi li ovo uopšte?

— Radi, radi!

— Kad si poslednji put pucao iz njega?

— Paaaaa...

— To sam i mislio... — reče Mirko vrteći nezadovoljno glavom. — Nije to tvoja sramota, momče, vidi se da dobro vodiš računa o svom oružju. Ali, ovo nije pištolj, nego fosil. Izgubićeš glavu jednog dana sa ovim u ruci!

— Pa šta da radim?

— Kako se zoveš ti?

— Živorad Savić, druže, a zovu me Jarac.

„I ne čudi me, sa takvim mirisom", pomislio je Mirko.

— E, pa, Živorade, napisaću ja direktoru zahtev za novo službeno oružje. Iz sigurnosnih razloga. Za nekoliko dana dobićeš nov pištolj.

— Ozbiljno?

— I ne samo to. Dobićeš nešto najbolje, nešto što još niko nema! Osim mene, naravno...

— A šta?! — upita stražar sa knedlom u grlu. Nije mogao da poveruje da se sva ta sreća sručila na njega, poput rajske kiše.

— Imaš pravo da pogađaš triput — nasmeja se Mirko, zabavljen čovekovim ushićenjem. — Ajde, daću ti prvo slovo. B...

— Bereta?!

— Opa! — digao je obrve, glumeći iznenađenost. — Vidim da dečko nije nimalo naivan i da zna šta valja!

— Nije valjda stvarno?! — zinu ovaj.

— Devetka, burazeru!

— Jao, druže Petrov, pa je l' to moguće?! — stražar je bio na ivici suza i da ih radni sto nije razdvajao, Mirko je bio siguran da bi mu se ovaj bacio u zagrljaj.

— Sve je moguće kod mene. Kad znaš šta vrediš, ti zahtevaš najbolje i to uvek i dobijaš.

— Kako da Vam se odužim? Kažite mi, i ja ću...

— Biće prilike, ne brini — iskezio se Mirko poput šakala. A onda je sa stola dohvatio prazan papir i pružio mu. — Udari potpis ovde, a ja ću posle da napišem revers da si mi razdužio pištolj. Nećeš više tu igračkicu da stavljaš za pojas!

— Hvala! Hvala, druže Petrov!

Potpisao je papir totalno nesvestan onog što radi. Njegovo stanje je dotaklo granicu kada radost prelazi u euforiju. Toliko je bio opijen usponom koji mu se smešio da mu nijednom nije palo na pamet da je obmanut.

— Pošalji mi onog kučkara. I skini taj osmeh sa lica, pomisliće da si radostan što je dobio otkaz.

***

Čim je zvuk stražarevih koraka malo utihnuo, Mirko je zgrabio potpisanu hartiju i sa nje vešto prekopirao stražarev potpis na onu, već ispisanu stranicu. A onda je dohvatio telefon.

— Dragane, kreni — rekao je mirnim glasom. — Uskoro će biti gotovo. Hapsi onog napolju odmah, razoružan je.

— Sve je spremno, stižem — začuo je sa druge strane žice.

Prekinuo je vezu i odmah okrenuo drugi broj. Javio se debeli portir, mrzovoljno.

— Ovde Petrov, šef magacina. Za petnaestak minuta će stići milicija na kapiju. Uputite ih na magacin. Veoma je važno.

— Š... šta?! — glas je bio preneražen.

— Preuzimam kompletnu odgovornost — reče Mirko i zalupi slušalicu.

Želeo je da obavesti portire radi puke formalnosti. Znao je da ovi neće moći Dragana da spreče da uđe u fabriku čak i kad bi pokušali. Mirko je protrljao ruke. Dobijao je partiju lakše nego što je očekivao. Trebalo je samo izvući još jednu, najvažniju kartu. Metalna vrata su lupila i ubrzo posle toga je začuo korake. Plašljivi stražar je dolazio. Ta karta, taj kec iz rukava, bio je upravo ovaj plašljivac.

Kada se pojavio na dovratku, videlo se po izrazu lica da ne sluti šta ga čeka. Pogled mu je bio pomalo uplašen, ali ništa više nego kada ga je Mirko video prvi put. U njemu je očigledno bio sveprisutan strah od bilo kakve nepoznanice, pa makar to bio i običan razgovor sa šefom.

— Zatvori vrata za sobom i sedi — rekao je Mirko odsečno bez ikakvog uvoda.

Plašljivko se još više skupio u samog sebe. Poslušno je seo i ubrzano trepnuo u iščekivanju daljeg toka događaja. Spuštenih ramena i pomalo povijenih leđa, delovao je već odavno pobeđeno od života.

— Znači ti si taj... — reče Mirko. Glas mu je bio obojen prezirom.

Čovek je uzdrhtao i pobledeo. Iz dubine duše mu se podigao mulj nečiste savesti. Blenuo je u svog novog šefa.

— Da, da — nasmešio se Mirko hladno — ti si taj... Lopove.

— Mo... molim? — uspeo je ovaj nekako da sroči.

— Tek ćeš ti da moliš, đubre jedno pokvareno — rekao je Mirko a da pri tom ni za nijansu nije podigao glas.

— Dddd... druže, ne razumem šta...

— Tišina, bre! — viknu Mirko na njega i u istom momentu mu pod nos poturi potpisano lažno priznanje, u kome prvoispitani svu krivicu za organizaciju krađe pripisuje plašljivku. Dok je stražar zapanjeno čitao, Mirko je ustao, zaobišao sto i zašao stražaru iza leđa. Kada ga je uhvatio za ramena, čovek se ukočio.

— Robijaćeš ti meni za ovo, gnjido — šapnuo mu je na uvo. — Da je još rat, slatko bih te streljao.

Stražareva nemost na tako direktne optužbe je govorila sve. Mirko je sada sa sigurnošću znao da ga predosećaj nije varao.

— Mislio si da ćeš se izvući, a? — nastavio je Mirko da ga plaši. — Odmah sam znao da si sve ti organizovao, iako se kriješ iza te glupe face.

— Druže, ni... nisam ja hteo... — poče on plačnim glasom. — O... on je... on me naterao!

— Šta kažeš!? — dunu mu prosto u uvo, šištavo poput zmije.

— Ooo... on je sss... sve o... organizovao! — čovek je sada bukvalno cmizdrio, a glas mu se od plača prekidao.

Iako nerado, Mirko je doslovce primenio Udbinu taktiku ispitivanja, s tom razlikom što mu nije uperio lampu u oči. I bez tog detalja, čovekova volja je već bila slomljena.

— Ko?

— Živorad! On me je naterao da kradem, kunem se životom!

— Tvoj život je već u mojim rukama i mogu da ti kažem da ne vredi ni žute banke! Obesiću te, lažove!

— Ali on je sve... — zaridao je čovek nemoćno.

Mirko je upro prstom u papir.

— Pogledaj ovu izjavu. Čovek je sâm priznao i potpisao. I ti očekuješ da tebi poverujem?

— Morao sam da učestvujem! — zakukao je ovaj. — Ali nisam ja taj koji... Hteo je da mi ubije Lauru!

— Šta pričaš, bre?! Kakvu Lauru?

— Mog psa, druže! Moju Lauru!

— Lažeš! — viknu Mirko na njega, iako mu je bezmalo bilo žao jadnika. Ali morao ga je naterati da mu sve kaže.

— Nnn... ne zzz... znate vi njega! — slinio je čovek pravdajući se. — Taj muči i ubija životinje! Ubio mi je mačku kad smo bili deca! Morao sam, druže, uu... ubio bi mi Lauru!

Mirko mu je verovao. Ono što je upravo čuo sasvim je odgovaralo slici koju je imao o onom drugom. Zločinac je upražnjavao svoju želju za ubijanjem na životinjama jer za to niko nije mogao da ga kazni. I, uz to, bio je kleptoman kao većina njih. Ali bio mu je potreban saučesnik i zato je koristio najgore pretnje. Metalna vrata su opet lupila.

— Mirko! — začuo je Draganov glas.

Skočio je i otvorio vrata. Na dnu magacina je ugledao prijateljevu siluetu obasjanu svetlošću iz hodnika.

— Da li je sve u redu? — upitao je Mirko.

Umesto odgovora, Dragan je pošao ka njemu dok su u magacin ušla još dva inspektora, vodeći između sebe svezanog stražara. Jedan od njih ga je grubo munuo u leđa i naterao da sedne na drveni sanduk koji se tu zatekao.

Dragan je ustrčao uza stepenice i čvrsto mu stegao ruku. U očima mu se čitala sreća što ponovo vidi starog prijatelja, ali bio je svestan da nije momenat za neke srdačnije izjave i gestove. Mirko mu je očima pokazao uplakanog stražara i klimnuo glavom, dok mu je na licu zasijao osmeh.

— Ovo je moj dobar prijatelj, inspektor Pavlović — reče stražaru.

Na njegove reči, čovek je samo glasno zajecao.

— Momče, slušaj me dobro. Voleo bih da ti poverujem, ali moraćeš za to dobro da se potrudiš.

Ovaj ga je pogledao molećivo, crvenih očiju od plača.

— Ispričaj nam sve po redu. Olakšaj sebi.

— Nemojte me samo u zatvor, kô Boga vas molim!

— Momak — umešao se Dragan — da ti malo pojasnim situaciju u kojoj se nalaziš. Za okvalifikovanu krađu se ide u zatvor na tri godine. Za ovakav organizovani kriminal kazna je dvadeset godina teške robije.

Stražar se poput krpene lutke sa stolice skoro srušio na pod. Mirko ga je pridržao i vratio u sedeći položaj.

— Ali — nastavio je Dragan kao da se ništa nije desilo — sud će uvažiti sve olakšavajuće okolnosti, posebno saradnju prilikom ispitivanja. Tako da što nam više budeš rekao, bolje po tebe, prijatelju.

— Sve ću da vam kažem! Sve! Sve!!!

Dragan je odnekud izvadio notes i olovku. Stražar im je prvo ispričao da su do ključeva došli slučajno, kada ih je rasejani bivši šef zaboravio spolja u vratima. Živorad ih je tada ukrao.

— Ali, tada još nije imao namere da pokrade magacin... — reče on iskreno, bez ikakve namere da brani sebe ili svog rođaka. — Kad je video svu onu paniku zbog ključeva i čuo da unutra drže sef sa zlatom i srebrom, počeo je stalno da mi priča o tome. Prosto ga je svrbelo što se tu, nadohvat ruke, nalazilo pravo bogatstvo. Čim smo prvi put bili u noćnoj smeni, ušô je unutra. Pokušô sam da ga odvratim, ali... nije vredelo.

— Jesi li i ti sa njim ušao? — upitao je Dragan.

— Nisam, druže, kunem se! Ni tad, niti ikad posle! Ja stvarno nisam lopov u duši! Pa, druže Petrov, znate kako me je primorao!

— Pričaj dalje — odvratio je Mirko.

— Vratio se iznerviran, šutnuo mi kuče! Hteo je i mene da bije!

Dragan je zastao u pisanju i podigao začuđeno obrve.

— Zašto?

— Pa nije našao nikakav sef.

Mirko je znao da je sef odmah iste noći po nestanku ključeva prebačen u direkciju, ali nije hteo tim detaljem da prekida stražarevu ispovest.

— I šta se onda desilo? — bodrio ga je Dragan.

— U početku ništa, osim što se Živorad svaku noć vraćao unutra i tražio šta može da ukrade. Ali tada, kol'ko ja znam, još nije ništa ukrao. Samo je gledao gde se šta nalazi.

— Sigurno nije znao kako da iznese robu iz fabrike — zaključio je Dragan.

— A nije imao kome ni da proda — dodao je Mirko.

— Laknulo mi kad je prošla noćna smena — reče stražar. — Nadao sam se da će na tome i da se završi. Ali nije... — od plakanja podnaduli stražar je tužno odmahnuo glavom. — Jednog dana je došao sav radostan i rekao mi da je sve sredio. „Našao sam čoveka! Zgrnućemo tešku lovu, bato!", tako je baš rekao, sećam se jer me tad prvi i poslednji put nazvao bratom.

— Ko je bio taj čovek? — u Draganovom glasu osetila se nešto veća doza zainteresovanosti. Stražareva ispovest je polako poprimala šire razmere.

— Ne znam, druže, nikad ga nisam video.

— Kako ga nisi video?

— Nisam, druže, majke mi! — reče ovaj stavivši ruku na srce.

„Nesvesni gest poštenih ljudi", pomislio je Mirko.

Sposobnost da čita ljude pomoću nesvesnih pokreta koje su činili u razgovoru, pomogla mu je više puta u političkoj karijeri.

— Znaš li bar išta o njemu? — upitao je Dragan, pomalo nervozno.

Čovek je zamišljeno skupio obrve i tako ostao skoro ceo minut.

— Znam da je imao neki čudan nadimak — rekao je naposletku. — Jednom je Živorad spomenuo, ali ne mogu da se setim... nešto kao u onim kaubojskim filmovima...

— Neko američko ime? — pokušao je Mirko da ga podstakne na razmišljanje i da mu pomogne da se seti.

— Da, da... mislim da je na dž.

— Džimi... Džeri? — počeo je Dragan da ređa, u istoj nameri.

— Paaa... tako nešto — reče stražar iako mu se u očima videlo da nije ni približno siguran.

— Kakvu je on ulogu imao u krađi? — ubacio se Mirko.

— Mislim da je iznosio robu van fabričkog kruga — reče stražar slegnuvši ramenima.

— I prodavao je?

— Ne znam... Možda. Uglavnom, kada nam je sledeći put zapala noćna smena, Živorad je iste noći izneo pun džak robe. Oni poštanski, od sukna.

— I šta je sa njim radio?

— Odneo ga u mrak i posle pola sata se vratio.

— A šta je bilo u njemu?

— Paaa, utičnice, prekidači, osigurači... tako to. Po spisku.

— Po spisku? — upitao je Dragan. — Jesi li siguran?

— Da, da, druže. Uvek je imao spreman spisak.

„Krao je po narudžbini, znači.”

— U kojim intervalima je ponavljao krađu?

— Mislite koliko puta je?... Pa svako veče, druže! Te prve nedelje, mislim. Jer već u sledećoj smeni se vraćao i po nekoliko puta za veče.

— Šta kažeš, bre?! — prenerazio se Dragan.

— Eeee, druže... nisam Vam još sve ni rekô — reče stražar zavrtevši glavom. — Kad smo radili u noćnoj smeni, Živorad je stalno svirkao i pevao, ali dok smo sledeće dve nedelje bili u dnevnim smenama, bio je ljut kô ris. Stalno je zakerao kako gubi lovu i govorio kako ga taj... na dž pritiska. Sledeću noćnu je skapao od tegljenja i nije mogao sve da postigne do kraja.

— Što mu nisi pomogao? — upita Dragan.

— Pa, druže, mene Živorad nije ni računao kao ortaka — po prvi put se čovek blago nasmešio. — Hteo je sve sâm, da ne bi morao da deli pare sa mnom. Fala mu, ionako ne bih uzeo!

— Ček, ček!... — podiže Dragan ruku, a po izrazu lica se videlo da prosto nije verovao u ono što je čuo. — Pokušavaš da kažeš da od svega nisi uzeo ni dinar? I ja treba još i da ti poverujem?

— Znam, druže, da mi ne verujete — uzvrati ovaj tako mirnim tonom da je čak i Mirko zatreptao u čudu. — Ali to je istina. Sve što sam u kuću uneo, kupio sam od svoje plate i za to majka negde i račune čuva.

— Proverićemo, ne brini — rekao je Dragan nepoverljivo.

— Naša je familija siromašna, al' poštena. Roditelji bi mi pomrli od sramote kad bi' ja otišô na robiju kô lopov!

— Pa i Živorad je iz tvoje familije — reče Mirko ironično.

— Nije, druže Petrov! U stvari, kako da kažem... ujak ga je našao. Ja se još tad nisam rodio, al' mi rekla majka.

— Šta pričaš, bre, čoveče? — obrecnu se Dragan na njega. — Kako ga je našao? Gde?

— Vraćao se jednom iz pojata kući i odjednom ga priteralo — reče uhvativši se za stomak. — Strči on brzo u jendek pored druma i taman se lepo namestio, kad slete mu muva na nos...

— Ti nas zavitlavaš? — upitao je Dragan.

— Ma kakvi, druže! Saslušajte me do kraja — odvratio je ovaj ozbiljnog lica. — Stalno ga je ona muva uznemiravala, nije mogao pošteno da s...

Dragan je raširio oči i iskrenuo glavu u stranu, dajući mu time znak da ga ovaj poštedi takvih neprijatnih detalja i pređe na stvar.

— Na kraju se ujak osvrnuo oko sebe da vidi na šta se to skupljaju muve, kad ono... u nesvest samo što nije pao! Na dva koraka od njega u onom korovu, tek rođeno dete! Onako umrljano, golo. Počele već mušice da ga pljuju. Da ne beše one muve, ne bi ga sigurno ni video...

— Pa ko ga je tu ostavio?

— Nikad se nije saznalo, kažu da su tu prolazili neki ruski Cigani, ali ko bi znao. Ujak i ujna su već dugo bili u braku i nisu mogli da imaju dece, pa ga je odneo kući. Dali mu ime Živorad, zato što je preživeo... ali mislim da bi taj preživeo i u Moravu da su ga bacili...

— Što? — upitao je Mirko nasmešivši se. Čovek je polako počinjao da mu bude simpatičan.

— Krpelj je to, druže — reče ovaj gadljivo. — Nikom taj dobro nije doneo. Možda nije lepo što to kažem, ali mislim da je ujak puno puta poželeo da se onog dana usrao u gaće, umesto što je sišao u jendek!

Sada se nasmejao i Dragan. Stražar je, naprotiv, ostao savršeno ozbiljan. Po svemu sudeći, nije pokušavao da ih zabavi i odobrovolji. Bio je svestan da se nalazi u nezavidnoj poziciji, ali je, kao i mnogo puta pre toga, pognute glave pitomo čekao da ga život nanovo kazni.

— Kad bismo ti mi i poverovali na reč — rekao je Mirko, trudeći se da sakrije svoju blagonaklonost — sudija sigurno ne bi! Taj misteriozni ortak na dž deluje kao plod tvoje mašte.

— Nisam ga, druže, izmislio! Nisam, dabogda umrem!

— Seti se onda još nečeg, čoveče! — bodrio ga je Dragan.

Siroti stražar je nemoćno vrteo glavom.

— Pokušaj. Ako ne zbog sebe, ono zbog oca i majke.

Čovek se na te reči ugrizao za usnu i prošetao molećiv pogled od Dragana do Mirka. Nešto se u njemu očigledno kolebalo. Verovatno je u njihovim strogim licima ipak video trunku simpatije ili je jednostavno odlučio da sa savesti skine teret koji ga je toliko pritiskao i gušio. Na kraju je progovorio.

— Jednom... i to samo jednom, kunem se svim što mi je najmilije, pomogao sam mu da robu prenese do... tamo negde u mraku. Bilo je teško i za dvojicu, kičma mi je pukla.

— Gde?

— Ne znam, ali to je bilo na sasvim drugoj strani od one kojom dolazim na posao. Išli smo, bogami... petnaes', dvaes' minuta.

— Dobro — reče Mirko. — I šta s tim?

— Kad smo stigli ispred neke široke zgrade, Živorad je rekao da spustim kutiju na zemlju i da se udaljim. Tu ga je u mraku čekao taj na dž, video sam žar od cigare.

— Njega nisi video?

— Pa, morao sam da idem, a i da sam bio tu, bilo je suviše mračno. Ali čuo sam da razgovaraju... u stvari, svađali su se.

— Oko čega?

— Nisam čuo, druže — slegnuo je stražar ramenima — pobegô sam brže-bolje odatle. Nisam hteo da budem umešan u sve to. Te noći sam išao protiv svoje volje.

— E, pa, burazeru — dunuo je Dragan kroz nos — možda bi bilo bolje da si se malo više umešao! Ne bi nam sad pričao bajke, nego bi lepo rekao taj i taj, to i to!

Mirko mu je očima dao znak da se ne nervira i uzeo reč.

— Mislim da je to već mnogo interesantnije! — rekao je uputivši čoveku ohrabrujući pogled. — Sad smo sigurni da je postojao treći čovek. Pokušaj da se setiš bilo čega što ti je Živorad rekao u vezi s tim. Mora da mu je bar nešto izletelo.

Ovaj je opet zavrteo glavom.

— Te noći nam se i završila noćna smena, a ubrzo posle je sve i puklo. Šefa su uhapsili, a ja sam iz Živoradove jakne uzeo ključ od magacina i zavrljačio ga preko ograde u šiblje.

— Ne, udario je u žicu i pao pored ograde — reče Mirko, setivši se. — Buba ga je našao kad su kosili.

— Zašto si bacio ključ? — upitao je Dragan. — Bilo te je strah da ga milicija ne nađe u jakni i poveže krađu sa vama?

— Ne, druže. Hteo sam da sprečim Živorada da ponovo krade. Ne znate vi njega, kažem vam!

— Šta je bilo kad je primetio da nema ključa?

— Bio je kao lud! Sva sreća nije posumnjao u mene, već je mislio da mu je negde ispao. Ali nije ga to najviše pogodilo, čini mi se.

— Nego?

— Izgleda da ga je taj na dž prevario za pare.

— Kako znaš?

— Pa, tražio je od mene na zajam da plati struju. I stalno je psovao neke foke.

— Šta je psovao?! — nakostrešio se Dragan, a oči mu zasijale.

— Stvarno, druže — reče stražar. — I meni beše čudno jer nikada ga ranije nisam čuo da tako psuje!

— Kako je psovao?! — insistirao je Dragan. — Seti se šta je tačno rekao!

— Paaa, govorio bi... „Foka me zavrnuo, majku mu gologlavu", pa onda... vazdan, druže, ne mogu ni da se setim svih bljuvotina!

— Foka je reč ženskog roda, valjda je rekao zavrnula, a ne zavrnuo? — umešao se Mirko.

— Ne, druže — reče stražar kategorično. — Rekao je: „Foka me zavrnuo", siguran sam!

— A taj na dž — upita ga Dragan sa blagim smeškom — da se ne zove on slučajno Džoni?

Stražar se lupio po čelu.

— Tačno, druže! Džoni se zove, sad se sećam!

Draganov krik prolomio se malom kancelarijom. Obojica su iznenađeno poskočili. Za divno čudo, inspektor se grohotno smejao, a oči mu srećno sijale. Mirko mu je uputio upitan pogled.

— Mitar Golubović, zvani Džoni Foka — uzviknuo je inspektor. — Znamo ko je treći čovek, nisi lagao, momče.

— Znaš ga? — upitao je Mirko radosno.

Treći akter u krađi, možda i najvažniji, bio je od presudnog značaja za istragu. Bivši šef će biti oslobođen svih optužbi, a krivica plašljivog stražara svedena na minimum.

— Da li znam Džonija Foku? — Dragan je teatralno podigao obrve i počeo da nabraja. — Notorni alkoholičar, bolesni kockar i lopov. Rođen u kafanskom podrumu među gajbama, a verovatno tako i napravljen. Majka propala pevaljka, kelnerica i da ne spominjem šta još. Otac nepoznat. Poslao sam ga najmanje deset puta pred javnog tužioca, uglavnom za sitne krađe, uznemiravanje javnog reda i mira, a jednom i za pokušaj silovanja neke sirote beskućnice, maloletnice.

Mirko je zviznuo.

— I nije to sve — reče Dragan — ali neću da dužim. Mogu samo da ti kažem da je ovaj smrdljivi Jarac u odnosu na njega pravo nevinašce. Pitam se samo gde su se upoznali.

— Pa i Živorad je voleo da se kocka — javio se stražar. — Možda su se tako...

Dragan mu je prišao i potapšao ga po ramenu.

— Dobar si ti momak. Ali, sledeći put kada neko preti da će ti ubiti kuče, dođi meni da se požališ, a ne da upadaš u probleme kojima nisi dorastao.

Stražar je ubrzano klimnuo glavom. Iz njegovih naivnih očiju izviralo je pitanje koje njegova usta nisu smela da izgovore.

— Ne brini — reče Dragan shvativši. — Nećeš na robiju, razgovaraću lično sa javnim tužiocem.

Umesto zahvalnosti, čovek je zaronio lice u šake i tiho zaplakao. Pred očima mu je bila slika njegovih roditelja, ljudi čije je jedino bogatstvo bio njihov neukaljan obraz.

— Najvažnije je da saznamo kako je roba iznošena iz fabrike i kako je uopšte Foka ušao u fabrički krug.

— Možda je bio tu zaposlen — zaključio je Mirko.

— Koliko ja znam, zgražava se bilo kakvog rada. To je u potpunoj suprotnosti sa njegovom etikom.

Mirko je ponovo dohvatio telefon i pozvao broj portirnice. Javio mu se mršavko. Onaj drugi je verovatno još bio u šoku od svega što se odigralo za samo jednu noć.

— Mirko Petrov, opet.

— Izvolite, druže — rekao je ovaj ljubazno.

— Ne bilo Vam zapoveđeno, potražite u onoj svojoj knjizi ime Mitar Golubović. Hteo bih da znam da li je zaposlen u fabrici i na kom radnom mestu.

— Nema problema, druže Petrov, nazvaću Vas čim budem pronašao.

Samo što je Mirko spustio slušalicu, vrata od kancelarije su se svom silinom otvorila i tresnula o suprotni zid. Od udarca je staklo puklo u paramparčad i uz zaglušujuću buku se strovalilo na pod. Plašljivi stražar se bacio na patos misleći verovatno da mu je kucnuo sudnji čas. Dragan se mahinalno mašio za pojas i munjevito izvukao pištolj, spreman da ospe paljbu na bilo kog eventualnog napadača.

— Kakav je ovo cirkus?! Šta ti, bre, Petrov zamišljaš ko si?

U kancelariju je sav zajapuren upao referent za zapošljavanje i već sa praga počeo da preti. Njegove debele usne su se tresle od besa, a rasklimani zubi podsećali na požutele dirke starog klavira. Prvo što se Mirko upitao je bilo gde je čovek već uspeo toliko da se oznoji. Podno brda, uz Lugomir, fabrička jutra su bila sveža čak i u ovim vrelim julskim danima. I pored toga, njegovo podbulo lice se presijavalo od znoja, a na svetloplavoj košulji su se pod pazuhom širila dva tamnoplava kruga. Drugo na šta je Mirko pomislio je da će Bubi biti žao što je staklo, koje je tako lepo oglancao novinama, razbijeno.

— Nije ovo tvoja prćija, pa da glumiš šerifa! — siktao je referent.
— Letećeš ti meni odavde naglavačke, znaš!

Mirko nije progovarao. Pogled na to usijano lice vratilo ga je sećanjem na njihov prvi susret, kada je poželeo da mu saspe klimave zube u grlo. Verovatno bi to sada učinio sa velikim zadovoljstvom, da mu jedan potpuno neočekivani događaj nije uskratio tu priliku. Sa poda je skočio plašljivi stražar i stao pred referenta.

— Kako to razgovaraš sa drugom Petrovim, svinjo jedna nevaspitana?!

To više nije bio onaj poguren i uplašen čovek. Oči su mu sijale novoprobuđenom vatrom. Vatrom prezira i dugo skrivanog revolta prema nepoštenju, u kome su slabiji vazda savijali kičmu pred jačima. Nešto se noćas u njemu prelomilo. Rodio se u njemu novi čovek. A taj nije mogao da dozvoli da položajem jači referent preti njegovom dobrotvoru. Nije ni čekao njegov odgovor, nego mu je zavalio takvu šamarčinu da se od nje verovatno zatresla i Titova slika na zidu. Referent se od siline udarca okrenuo oko sebe, a bala iz njegovih otvorenih usta se, kao na usporenom filmu, poput kaubojskog lasa zavitlala oko glave. Stropoštao se na pod kao džak krompira i samo ludom srećom izbegao srču od polupanog stakla. Razrogačenih očiju je buljio u čoveka koji se preteći nadneo nad njega. Sa čela mu se cedila sopstvena pljuvačka. Niko od prisutnih nije ni pomislio da mu pritekne u pomoć.

— Marš napolje iz moje kancelarije — rekao je Mirko hladno. — Ako ti nešto nije jasno, žali se direktoru.

Referent je ustao stenjući. Debele usne bile su mu umrljane krvlju, dok mu je levi obraz „krasio” stražarev preslikani dlan. Možda bi i došao u iskušenje da nešto odbrusi Mirku, ali ga je preteća pojava pred njim brzo odvratila od nove nepromišljenosti. Okrenuo se i bez reči izašao. Utom je zazvonio telefon.

— I? — upitao je kratko, siguran u to ko se nalazi na drugom kraju žice.

Lice mu se već posle prvih reči ozarilo. Pokazao je Draganu uzdignut palac u znak da su portirove vesti odlične.

— Hvala Vam! — reče Mirko radosno. — Hvala mnogo!

Dragan je upitno izvio bradu i obrve.

— Radio je zimus probno, kao ložač lokomotive i pomoćnik mašinovođe. Eto kako je iznosio robu. Prosto kô pasulj.

— Radio?

— Portir kaže da je izbačen zbog pijanstva i neodgovornosti — rekao je Mirko. — Misliš li da je mašinovođa umešan?

— Čisto sumnjam, ali proveriću.

— Ostaje ti samo da pronađeš Džonija Foku.

— Ništa ne brini — nasmešio se Dragan. — Sigurno u ovo doba odmara od neke noćašnje kocke. Majka mu ima stan tu, na Koloniji, već sam ga hvatao na legalu.

* * *

Slučaj je dobio srećan epilog i bar donekle stavio stvari na pravo mesto.

Dragan je Živorada odveo u gradski zatvor na čuvanje i momentalno se sa kolegama vratio na Koloniju. Kada ih je Džonijeva majka ugledala na vratima, samo je uzdahnula i zavrtela glavom, a onda ih pustila da uđu. Našli su ga u sobi kako hrče širom otvorenih usta. Bio je toliko mamuran da su ga jedva probudili. Potopili su mu nekoliko puta glavu u lavor hladne vode. Njegov nadimak je i te kako bio opravdan. Mokre glave, sa retkom kosom i razbijenim, spljoštenim nosem, neodoljivo je podsećao na foku. Isprva je, naravno, sve negirao i čak pokušao da kafanskim pošalicama zabavi mlade inspektore. Međutim, kada su ovi u špajzu pronašli dva magacinska sanduka, samo je ućutao i sagao glavu. Dalja pretraga stana je donela neslućene plodove. U fiokama su nađeni spiskovi naručene robe i „kao šlag na tortu" imena i adrese naručioca. Toliko Dragan nije mogao ni da sanja.

Na suočenju su se Živorad i Džoni uzajamno optuživali kako je baš onaj drugi sve organizovao. Suđenje je trajalo veoma kratko, nešto više od sat. Javni tužilac je zbog brojnih dokaza protiv dva čoveka tražio najstrožu kaznu za organizovani kriminal, petnaest godina robije svakom. Sudija je to lako rešio. Osudio ih je obojicu na ukupno petnaest godina za krivično delo teške krađe. Kao višestruki povratnik, Mitar Golubović, zvani Džoni Foka, dobio je devet godina, a Živorad ostatak. Poslati su u požarevački zatvor na odsluženje kazne.

Mašinovođa, čovek pred penzijom, nije pojma imao šta mu je pomoćnik radio iza leđa. Iako Foka ništa o tome nije hteo da kaže, Dragan je pretpostavljao da je robu pod okriljem noći sakrivao u najbližem vagonu, tik iza lokomotive. Nije mu bilo teško da se na nekoliko minuta izgubi i iz sporog voza u trenutku kada se ovaj poravna sa stanicom Kolonija, izbaci robu u visoko i gusto žbunje kraj pruge. Pod okriljem noći, robu je polako prebacivao u majčin stan, koji se nalazio na stotinak metara odatle.

Dragan se, kao što je i obećao, zauzeo za drugog stražara. Namerno je propustio da kaže da je Mirko posumnjao u stražare jer je video u beležniku bivšeg šefa da su mesec dana stražarili dobrovoljno u noćnoj smeni, i to u februaru, kada napolju od hladnoće pucaju drvo i kamen. Rekao je javnom tužiocu da je momak bio samo nemi posmatrač i da je vođen jakim moralnim načelima i grižom savesti prema nepravedno osuđenom šefu, spontano odao svog rođaka i kolegu novom pretpostavljenom. Sudija mu je ipak zbog višemesečnog ćutanja odredio kaznu od mesec dana društveno-korisnog rada za vreme godišnjeg odmora.

Bivši šef je već pre suđenja pravim krivcima pušten na slobodu. Za fizičke i povrede moralne prirode dobio je od države simboličnu odštetu a odmah je poslat i u penziju. Na inicijativu Slavoljuba Alempijevića, direktora fabrike, otvoren mu je žiro-račun na koji je svako iz kolektiva uplatio onoliko koliko je mogao. Nadao se da će tako pomoći jednoj poštenoj duši da lakše podnese starost i nanetu nepravdu.

Dragan je posetio sve naručioce sa spiska i priveo ih. Bili su to uglavnom ljudi koji su zidali nove ili renovirali stare kuće. U želji da uštede malo novca, lakomo su posegnuli za crnoberzijanskom robom. Na kraju su morali fabrici kablova da nadoknade štetu u vrednosti naručene robe, a mimo toga je svako od njih osuđen na novčanu kaznu. Bila je to pouka da sledeći put ono što im treba kupuju u radnjama. Mirko je posle samo nekoliko meseci rada od direktora dobio povišicu. Lično, mnogo više mu je godila blago-naklonost i prijateljstvo tog divnog i pravičnog čoveka. A ono što ga je posebno zabavilo, bilo je to što je Alempijević poslao znojavog referenta da lično, i o svom trošku, zameni staklo na vratima njegove kancelarije.

13

PORODICA PETROV

Iz šporeta se širio opojan miris pečenih jabuka sa blagom aromom cimeta. U kuhinju je ušla proseda žena opasana keceljom i provirila kroz staklena vratanca. Tanke korice su tek počele da rumene. Obrisala je ruke o kecelju, sa malog kuhinjskog stola uzela tanjire i pribor za jelo i izašla. Iz kuhinje se kroz mali hodnik stizalo u salu za ručavanje. *Salle à manger*, kako je nekad govorila kada je želela da se pohvali svojim solidnim znanjem francuskog. Veštim pokretima prave domaćice rasporedila je tanjire po belom stolnjaku, prvo plitke, pa u njih duboke, namestila plavo-žute cvetove napravljene od salveta i odmakla se od stola. Bila je zadovoljna postignutim efektom.

Osvrnula se oko sebe. Kada je pre nešto više od osamnaest godina napustila ovu kuću, nije mogla ni da sluti da će se jednog dana u nju vratiti. Tada je već uveliko besneo rat, a kuća je bila u žalosti. Najgoroj. Žalosti za izgubljenim detetom.

Njena poslednja uspomena na taj dan bila je vitka figura štrkljastog devojčeta na tremu i krajevi njene bele haljinice koji su lelujali na jesenjem vetru. I te velike, neme oči. Tako mlade, a već zgasle i bez sjaja. Upale od tuge i plakanja. Gledale su je kako zatvara kapiju i odlazi. Ta nemost je Anki pala teže nego bilo koja reč prigovora.

Ali, morala je da ode iz te kuće. Ako je u njoj nekada i bilo ljubavi i razumevanja, vest o Ružičinom streljanju ih je poput orkana zauvek uništila. Iz dana u dan duh porodice je polako umirao ostavljajući mesta nespokoju i očaju. Morala je da pobegne odatle, da sa njim ne bi umrla i ona. Napustila je, sebično, jedinu osobu čija je duša još živela i nadala se boljem, štrkljasto devojče od trinaest godina koje je sa trema ispraćalo pogledom, mladu Enu, najmlađe dete bogate trgovačke porodice Petrov.

Kod njih je došla po preporuci gospodina Mijajla Mike Milanovića, bivšeg trgovca i velikog jagodinskog bogataša, čije su akcije u stranim preduzećima propale na berzi zbog velike ekonomske krize dvadesetih godina. Njegovu je decu privatno podučavala. Gospodin Mika Milanović je poslednjim novcem od prodatog ženinog nakita kupio vozne karte za Marselj i odatle se sa celom porodicom ukrcao na brod i emigrirao u Južnu Ameriku.

Kada je prvi put kročila u kuću Petrovih, devojčica samo što je bila došla na svet. Njena majka Stana bila je brižna žena sjajne kestenjaste kose i besprekornih damskih manira. Na prvi pogled bila je povučena i stidljiva. Kada bi se pak prema nekom otvorila, dolazila je do izražaja njena inteligencija i vedra, ponekad čak šaljiva priroda. Njen suprug, gospodin Milan Petrov, bio je njena sušta suprotnost. Naočit, prodoran i strog kako u odnosu sa ljudima, tako i u poslu koji mu je doneo prilično bogatstvo. Novac mu je omogućio značajan status u društvu i poslaničko mesto u Skupštini Kraljevine Jugoslavije. Bio je ono što se s pravom nazivalo elitom. Niko iz elitnih krugova nije mogao sebi da dozvoli da mu dete pohađa običnu, plebejsku školu. Da se meša sa nižima od sebe i, ne daj bože, poprimi ideje i manire srednje ili neke tamo radničke klase. Elitna deca su svoje osnovno obrazovanje sticala gotovo isključivo kod kuće, od privatnih vaspitača i učitelja. Iz tog razloga se Anka Rokić, učiteljica, i obrela kod Petrovih.

Milan i Stana Petrov imali su troje dece. Najstarija je bila Ružica. Ankina noćna mora. Vulkan od deteta — inteligentna, ali i puna nekog revolta i inata. Naučila je da čita i piše za samo nekoliko dana, lekcije je pamtila i sa osmehom ponavljala posle samo jednog čitanja, ali je nije držalo mesto i sve bi joj brzo dosadilo. Nikada Anki nije uputila nijednu reč nepoštovanja, naprotiv. Ali kao da je uživala da je muči. Više od svega je volela da krišom iskoči kroz prozor i po nekoliko sati nestane iz kuće. Vraćala se prljava i izgrebana, sa čičkom u kosi. Neretko je bukvalno zaudarala na mlade kučiće, kao da se zavlačila po nekim psećim jazbinama. Dok ju je Anka kupala i kumila da to više ne čini, strahujući od iznenadnog povratka devojčicinog oca, detetu su oči sijale od sreće. Njeni tamnoputi drugovi iz obližnje ciganske mahale ili „male", kako su je ljudi pogrešno nazivali, voleli su je i uvek rado primali u društvo. Iako bogataško dete, bila je ta koja se jedina penjala i na najviše drvo, rukama u Belici hvatala najveće krkuške i na poljančetu u rvanju pobeđivala sve dečake. Prava muškarača. U prisustvu oca bi se pretvarala u pravu mazu. Poput mačeta, uvlačila mu se u krilo i svoje žilave ručice obavijala oko njegovog vrata. Pod tim znalačkim, ali iskrenim izlivima nežnosti, kruti Milan Petrov topio se od miline kao puter na suncu, a na njegovo večito ozbiljno lice vraćao se osmeh.

Izgledom i ponašanjem, mala Ena je daleko više od Ružice zasluživala da dobije ime po nekom cvetu. Kao i njena mama, bila je nežno i stidljivo dete puno dobrote i razumevanja za druge. Mogla je satima da sedi na hoklici u svojoj prelepoj haljinici od puplina sa bubi kragnom, a da je ne izgužva. Bila je dete kakvo se samo poželeti može.

Najomiljenije dete Petrovih je nesumnjivo bio Mirko. Njeno „srculence", kako je Anka nekada volela da mu tepa, što zbog bliskosti koju je prema njemu osećala, što zbog mladeža u obliku srca na obrazu dečaka. Ništa manje inteligentan i napredan od svoje starije sestre, bio je, za razliku od nje, disciplinovan i postojan. Njegova česta pitanja bila su u toj meri ispunjena logikom da je uvek iznova svoju učiteljicu ostavljao u čudu. Bio je najnaprednije dete. Najviše je obećavalo od sve dece koju je imala priliku da podučava i pre, a i posle Petrovih. Verovala je da će njen miljenik dogurati veoma daleko.

U to je verovao i dečakov otac, ali način na koji je to pokazivao nimalo se nije dopadao Anki. Sa njegove tačke gledišta, jedan Petrov je u svakom trenutku i iz svake pozicije morao da dokaže da je bolji i pametniji od drugih. Da ne samo rođenjem, nego i znanjem, zaslužuje mesto vođe. U trenucima posebnog nadahnuća, pred gostima je ispitivao dečaka o svemu i svačemu. Na desetine pitanja i potpitanja koja bi zbunila i odraslog čoveka, a kamoli jednog dečaka. Gotovo uvek, prilikom takvih intelektualnih „tortura”, Mirko bi se zbunio ili jednostavno dvoumio šta da odgovori i tu je bio kraj. Znajući da je još jednom „razočarao i osramotio” svog oca, potpuno bi ućutao. Gospodin Milan Petrov bi ga bez večere, prezrivog pogleda, slao u sobu, a kasnije, kada bi gosti otišli, dizao pospanog iz kreveta i još satima mu pridikovao ne birajući reči. Ili bolje rečeno, birajući one koje najviše bole i vređaju. Možda je na taj način želeo da očvrsne dečaka i pripremi ga za sve životne nedaće. Očekivao je da mu ovaj bude i zahvalan za to. Naslućivalo se da će se u Mirku javiti odbojnost. Postao je ravnodušan prema ocu. Kako su prolazile godine, a dečak jačao i sazrevao, time je rasla i netrpeljivost među njima. Petrov stariji je osećao da Mirko sve više izmiče kontroli. Na sve načine je pokušavao da povrati izgubljeni autoritet. Na sve pogrešne načine, naravno, jer bila je dovoljna samo jedna lepa reč. Samo jedna, makar i najmanja pohvala oca upućena sinu. Gospodin Petrov nikako nije mogao da shvati da se od njega očekivalo samo malo ljubavi. Ponašanje svog sina je pogrešno tumačio kao mržnju. Da je mogao da uhvati one skrivene poglede, poglede koje je Anka toliko puta uhvatila u Mirkovim očima, možda bi shvatio da dečak živi samo za jedno — da mu otac kaže da je na njega ponosan. I posle više od osamnaest godina, Anka nije mogla sebi da oprosti što tada nije imala hrabrosti da izrazi svoje negodovanje i nepravednom ocu sve kaže u oči. Posle je sve, ionako, bilo uzalud. Mirko se sa školovanja u Beču vratio kao komunista, a čim je izbio rat, i on i Ružica su otišli u partizane. Usledila je Ružičina mučna smrt. Milan Petrov je glavnog krivca za to našao u Mirku, a Anka nikada nije shvatila zbog čega. Neizdrživu bol za ćerkom pokušavao je da ublaži mučeći druge. Danonoćno je proklinjao svog sina, ubijajući time, polako, ali sigurno, svoju suprugu Stanu. Teške reči i uvrede koje su se odnosile na „njenog" Mirka, i Anki su na kraju postale do te mere neizdržive da je odlučila da ode.

Otada nije više videla nijednog člana porodice Petrov. Čula je da je gospođa ubrzo preminula, a Ena posle rata otišla na studije u Beograd. Naravno, znala je da je Mirko postao značajna ličnost, ali nikada, ni u svojim najlepšim snovima nije mogla da zamisli da će ga opet videti. A onda je jednog dana zakucao na njena vrata. Bez reči su pali jedno drugom u zagrljaj. Dok joj je pričao o sinu Milanu i grehu prema detetovoj majci, jednom rukom ga je milovala po obrazu dok je drugom brisala suze. Molio je da se preseli u staru porodičnu kuću i pomogne mu oko Milanovog vaspitanja. Neprestano se izvinjavao jer plašio se da je ne uvredi svojom ponudom. Da ne pomisli da joj nudi da bude čistačica i kuvarica, njoj koja je važila za jednu od najboljih učiteljica. Anka se samo smeškala i odmahivala glavom. Bila je srećna. Čim ga je videla na vratima, pročitala je u njegovim očima da mu je potrebna i već pristala pre nego što je i znala o čemu je reč.

Miris pečenih jabuka, koji je iz kuhinje sada dopro do trpezarije, prenuo je iz misli. Požurila je da isključi šporet. Brz pogled kroz staklena vratanca bio je dovoljan da shvati da je pita pečena. U isto vreme, krupan čovek sa velikim kartonskim koferom u ruci prelazio je Kameni most u društvu jednog dečaka. Kada su tridesetak metara dalje stigli do ulice popločane turskom kaldrmom, zastali su.

— Ulica Ružice Petrov — reče Viktor. — Stigli smo.

Milanu su noge najednom postale teške. Čvor koji mu se vezao u stomaku, u trenutku kad je začuo zvuk pištaljke i jak glas razvodnika vozova: „Svetozarevooo!!!", postao je veliki i težak kao đule. I Viktoru se nije baš žurilo. Zastajao bi posle svaka tri koraka, zagledajući dvorišta sa rascvetanim baštama i velike kuće koje su, i pored oronulih fasada, još uvek odisale nekadašnjim raskošem. Bila je to jedna od onih retkih ulica koje poseduju dušu i koje poput vremeplova, posmatrača vraćaju u prošlost. Kaldrma sazdana od okruglog šarenog kamenja veličine čovečje glave je Viktora, nije znao zbog čega, podsetila na Ćele-kulu, koju je jednom, kao mladić, video u Nišu. Pomislio je na ljude, Turke, koji su tu kaldrmu, kamen po kamen, gradili. Da li su ijednog trenutka pomislili da će se njihovo ogromno i moćno carstvo jednog dana raspasti poput kule od karata? Da li bi ipak gradili da su znali da će oni ili njihova deca i unuci biti proterani sa ognjišta i jedinog komada zemlje za koji su znali, a koje su još njihovi čukundedovi smatrali domovinom? Verovatno da bi, pomislio je Viktor, kao što su i Srbi kasnije gradili, a znali da će ih osvajati Nemac i da je vrlo lako moglo da se desi da njihova ulica, umesto imena srpskog narodnog heroja, sada nosi naziv nekog tamo pruskog cara. Milan je bio suviše mlad da bi se bavio takvim mislima. Gledao je u emajlirane plehane tablice okačene na kuće i molio Boga da broj trideset tri nikada ne dođe na red. Kada se Viktor zaustavio pored jedne zarđale kapije od kovanog ornamentiranog gvožđa, shvatio je da mu Bog nije uslišio molbu. Škripa kapije zaparala mu je uši poput vriska. Pritisak u stomaku postao je nesnosan. Nije mogao da shvati kako mu noge i pored svega hodaju kao da ne pripadaju istom telu. Popeli su se na trem. Viktor je spustio ogroman kartonski kofer i pokucao na vrata. Niko se nije pojavio. Pokucao je ponovo. Milan je jednog trenutka poželeo da u kući ne bude nikog i da se odmah prvim vozom vrate nazad. Ipak, kada se vrata i posle trećeg kucanja nisu otvorila, umesto olakšanja osetio je ogromno razočaranje i u isto vreme revolt. Teskoba u stomaku se polako pretvarala u bes.

Zar je moguće da ih niko ne čeka iako su se najavili pismom? Da otac nema hrabrosti da ga pogleda u oči i otvoreno kaže da ga ne želi u svom životu.

Viktor je protrljao nos kao uvek kad je bio nervozan ili u nedoumici, a onda je pritisnuo kvaku na vratima. Prijatan miris kuhinje je dopro do njih, dajući im do znanja da kuća ipak živi. Uneo je kofer u prostrano predsoblje popločano bordo mermerom. Pomalo požutele zidove krasile su crno-bele porodične fotografije u masivnim pozlaćenim ramovima, a u uglu se nalazio visoki konzolni časovnik iza čijih se staklenih vrata njihalo veliko klatno. Čiviluk od rezbarenog drveta i sa šlifovanim ogledalom u sredini protezao se gotovo celom dužinom desnog zida.

„Dong!", oglasio se časovnik dubokim tonom, kao da protestuje zbog prisustva uljeza.

Anka je opranu zelenu salatu dobro ocedila, a onda je posolila i poprskala jabukovim sirćetom. Pre nego je promešala, dodala je malo sitno seckanog belog luka.

„Ručak je spreman. Još samo da stignu gosti", pomislila je uzbuđeno. „Gde li se denuo Mirko?"

Kada je ušla u salu za ručavanje, iz grudi joj se oteo krik, a posuda za salatu joj samo čudom nije ispala iz ruku. U okviru suprotnih vrata stajao je nepoznat čovek. Gorostas.

— Oprostite! Nisam hteo da Vas uplašim! — počeo je Viktor da se pravda, crven u licu od nelagodnosti. — Kucali smo, ali izgleda nas niste čuli...

Anka je polako spustila salatu na sto i obrisala ruke o kecelju. I njoj je bilo neprijatno što je uplašenim krikom dočekala goste.

— Sigurno zbog česme. Prala sam salatu u kuhinji.

— Poslao sam vam pismo prošle nedelje, ne znam da li ste ga dob...

— Kako da ne! — reče Anka, pruživši mu srdačno ruku. — Vi mora da ste Viktor.

— Da, da!

Ženi se učinilo da se pozdravila sa cerovom granom, toliko je Viktorova ruka bila masivna i teška, a koža na njegovom dlanu ogrubela od rada na selu. Ali su njegove zelene oči zračile dobrotom i neiskvarenošću. Pomislila je da, i pored svega, Mirkovo dete ima sreće što mu je život posle majčine smrti dodelio takvog dobrotvora. I nesvesno je skrenula pogled sa njegovog lica i nagnula se u stranu, potraživši pogledom dečaka. Viktor je razumeo ženin gest i pomakao se korak levo. Mirko joj je rekao da sin liči na njega, ali ono što je pred sobom ugledala, daleko je prevazilazilo sva njena očekivanja. Vižljasti dečak, duboko usađenih crnih očiju na, za svoje godine, preozbiljnom licu, bio je pravi Mirkov portret. Kada joj je pogled pao na mladež na njegovom obrazu, Anka se uhvatila za srce.

„Bože dragi!", pomislila je ostavši bez daha. „Ovolika sličnost može biti samo tvoje delo!"

Dečak je ćutao i jednako je gledao. Iako se govorilo da su oči ogledalo duše, u nekim slučajevima se morao napraviti izuzetak. U tim inteligentnim, kao ugalj crnim očima, nije bilo nikakve prividne emocije. To nije iznenadilo Anku, a nije moglo ni da je prevari. Nekada davno, kada je Mirko bio mali, naučila je da nepogrešivo čita govor dečakovog tela. Bledilo na licu i ramena savijena na napred, njoj su otkrivala Milanovu unutrašnjost bolje nego izraz njegovih očiju. Znala je da u detetovoj duši besni prava oluja emocija. Prišla mu je sa osmehom i pomilovala ga po crnoj kosi.

— Zdravo, Milane — rekla je nežno. — Dobro došao u svoju kuću.

Lepe reči i topao pogled ženin razvezao je čvor u njegovom stomaku kao svilenu mašnicu. Dlan joj je bio nežan i mek, ali njen dodir je ulivao snagu poput vitamina. Snagu i poverenje. Milan joj je uzvratio osmeh. Nije znao apsolutno ništa o toj ženi, pa ipak, nepogrešivim dečjim instinktom joj je već dodelio malo mesto u svom srcu.

„Ali, gde je otac?", zapitao se u sebi. To isto pitala se i Anka. Da bi prikrila svoju nervozu, povela ih je u vizitu.

Ogroman kartonski kofer su odneli u neveliku, udobno nameštenu Milanovu sobu. Zidovi su bili sveže okrečeni. Posteljina, to jest poput snega beli čaršav i jastučnica odisali su čistoćom, a iz kristalne vaze na komodi dopirao je opojan miris jorgovana. Sa kreveta ih je posmatrao plišani medvedić sa dva crna dugmeta umesto očiju. Kada je nameštala sobu za željno očekivanog gosta, verovala je da će taj detalj veoma obradovati dete. Uhvativši njegov izraz, shvatila je da se prevarila. Žilavi i ozbiljni dečačić nije odavao utisak nekoga ko se igrao lutkama. Naprotiv, gledao je u medvedića sa podozrenjem. Viktor je iz prtljaga izvadio teglu meda i nekoliko tegli najfinijeg slatka i uručio Anki.

— Jao, slatko od ruža! — obradovala se iskreno. — Pa to nisam jela... ne pamtim!

— Moja supruga Milka je pravila specijalno za vas, mislim... za sve vas — odvratio je zadovoljno. — A med je pravi eliksir, šumski.

— Zahvalite se svojoj dragoj ženici, ali stvarno nije trebalo toliko da se mučite i donosite čak odande. Pa ova koferčina mora da je teška celu tonu!

— Ma kakvi — reče odmahnuvši rukom. — Pravo perce.

— Perce? Pa što ne ponesoste i jedno bure vina pod miškom? — upitala ga je šaljivo. — Šta je to za Vas, dvesta kila više-manje?

Prasnuli su u smeh, gotovo u isto vreme. Taj poput planine čovek, veoma joj se dopadao, a na prvi pogled je bilo jasno da je simpatija bila obostrana. Anka je pogledala u Milana, a srce joj je od radosti poskočilo u grudima. I mališan se zajedno sa njima smejao na sav glas. Smeh mu je bio zvonak, pravi dečji. Taj mili zvuk vratio ju je na trenutak trideset godina unazad, a pred sobom je ugledala Mirka kako se slatko smeje njenim pošalicama. Naravno, nikad pred svojim strogim ocem. Nažalost, nije joj se dalo da dugo uživa. Škripa kapije je Milanu zaledila osmeh na licu, a magija se istog trena rasprsnula poput balona od sapunice. I dečak i gorostas su zaćutali, spustivši poglede kao krivci uhvaćeni na delu. Na malu skupinu je pala neprijatna tišina.

— Mirko! — pozva Anka začuvši škripu parketa u salonu. — U sobi smo!

Prva Milanova želja bila je da se sakrije iza Anke ili, još bolje, iza ogromnog Viktorovog tela. Ali onaj urođeni revolt Jovadžića u njemu odlučio je drugačije. Digao je prkosno bradu, a pogled prikovao za vrata na koja je trebalo da uđe njegov bezosećajni otac. Bio je spreman da se suoči sa čovekom koji je hladnokrvno ostavio njega i njegovu majku. Spreman na sve, ali ne i na ono što je ugledao kada su se vrata otvorila.

— Auu, bre, čujete se do pola ulice! — reče Mirko sa širokim osmehom na licu. — Mogu li da znam šta je to toliko smešno, da se smejemo zajedno?

— Mirko! — uzviknu Anka pokrivši usta da ne bi ponovo prsnula u smeh. — Na šta to ličiš?!

Dečak je zabezeknuto buljio u čoveka pred sobom. U prvi mah je pomislio da to nije ista osoba koju je upoznao u Bačini. Duge crne kovrdže su mu nestašno poskakivale po glavi i padale na čelo kao da, osim vetrom, već duže vreme nisu bile očešljane. Preko izbledele karirane košulje nosio je vojni prsluk. Nije bilo sumnje da je to bila uspomena iz rata. Prsluk je na sebi imao toliko rupa, kao da je onaj kome je nekada pripadao imao bliski susret sa neprijateljskim mitraljeskim gnezdom. Somotske pantalone u nešto boljem stanju bile su kod kolena zavučene u blatnjave gumene čizme.

— Pa gde si, pobogu, našao blato po ovom vrelcu?

— Ih, Anka — reče on šeretski — pitaš žabu gde je našla vodu!

— Ali gosti...

— Pa, upravo sam se zbog njih i „sredio" ovako! Pripremio sam im iznenađenje.

Na te reči, okrenuo se prema Viktoru i pružio mu ruku.

— Dobar dan, Viktore. Kako ste?

— Dobro, hvala... — uzvratio je gorostas s nevericom, iznenađen Mirkovom srdačnošću.

— Ostajete kod nas par dana, zar ne?

— Š... šta?! Ne, ne! Vraćam se odmah posle ručka, prvim autobusom. Samo sam doveo Milana.

— Molim?! — zabezeknuo se Mirko. — Ne dolazi u obzir! Želim da budete naš gost.

— Nemojte da se ljutite, ali stvarno ne mogu — branio se ovaj. — Na selu nije kao u gradu, stoka i zemlja ne mogu da čekaju.

Mirko je pogledom potražio Ankinu pomoć i podršku, ali je ona samo slegnula ramenima.

— Razumem — uzdahnuo je sa razočaranim izrazom na licu. — Hteo sam da vas vodim na pecanje, da se malo ispričamo. Poslednji put za to nismo... imali vremena.

— Pa, doći ćete Milan i Vi kod nas na selo!

Na te reči, dečaku klecnuše kolena. Bio je to prvi put da se rastaje od svog dobročinitelja i zaštitnika. I uopšte prvi put da napušta kuću i ostaje sâm. Još gore, sa ocem koji mu je bio totalni stranac i koji mu je svojim sumnjivim srdačnim ponašanjem ulivao još veće nepoverenje.

— Dobro... al' nemoj da Vam posle bude krivo ako Milan i ja upecamo neku ogromnu ribu! — rekao je Mirko šaljivo i po prvi put otkako je ušao u sobu, pogledao sina u oči. Iako se svojski trudio da to ne čini, ipak je na sekund skrenuo pogled na detetov mladež na obrazu.

„Gospode!", pomislio je u sebi. „Kako je ovo moguće?!"

Grč na licu vešto je pretvorio u osmeh i naglo skrenuo pogled.

— Ljudi, pa ja crkavam od gladi! — prosto je uzviknuo ne bi li prikrio nelagodnost. — Anka, spasavaj!

— Da, da, i gosti su sigurno gladni! — reče ženica, nepogrešivo čitajući Mirkovo unutrašnje stanje. — Hajde, pravac trpezarija!

Blagim gurkanjem je iz sobe ispratila Viktora i Milana. Prošavši pored nje, Mirko joj je uputio pogled pun zahvalnosti.

* * *

Vruć letnji povetarac pirkao je brisanim prostorom autobuske stanice, poigravajući se poništenim tiketima nemarno bačenim van kante za đubre. Vrteo ih je veselo ukrug poput čigre, kao da slavi svoje postojanje. Kao svako mlado biće, jer baš tako je izgledao, hrlio je životu sa ushićenjem deteta željnog avanture i slobode, misleći da ovaj samo njega čeka i da može postati šta god hoće samo ako to žarko želi. I kao svako mlado biće, grešio. Poput minijaturnog tornada, uletao bi u ćošak trotoara i tu se nekoliko trenutaka besomučno vrteo, pokušavajući pretenciozno da odatle usisa zgažene pikavce kao pravi, odrasli vetar. Umesto njih i pored najvećeg truda, uspevao je da podigne samo malo prašine, što je značajno doprinosilo lepoti, ali bilo je suviše daleko od njegovih prvobitnih ambicija. Da li je u pitanju bila njegova sujeta ili pak samo neiskustvo, prebrzo bi posumnjao u sebe i možda u presudnom trenutku gubio dah i odustajao. Osramoćen pred pogledima retkih radoznalaca koji su pratili njegovo rađanje i neslavan život, nestao bi kao da ga nikada nije ni bilo.

— Prokleta prašina! — zarežao je Viktor brišući suze sa očiju. Bio je to nevešt izgovor upućen Milanu, koji ga je grčevito grlio i suzama mu kvasio košulju na ramenu. Mirko i Anka su ćutke stajali po strani.

— Ajde ulazi, čoveče! — podviknu šofer u beloj veš-majici na bretele i peškirom oko oznojenog vrata, totalno neosetljiv na ovaj dirljiv rastanak.

Gorostas je nežno dečaka odvojio od sebe i spustio ga na zemlju. Svojim ogromnim palcem je obrisao suze sa mališanovih obraza, uputio Mirku značajan pogled koji je govorio mnogo više od reči i potom nestao u utrobi prašnjavog vozila. Milan je neko vreme pogledom pratio odlazeći autobus, a u momentu kada ga je potpuno izgubio iz vida, suze na njegovim obrazima su bile već potpuno suve. Ćutke su napustili stanicu. Negde na pola puta do kuće, na ramenu je osetio očevu krutu ruku. Bio je to pomalo nespretan i stidljiv početak zagrljaja od koga je ipak dečaku srce počelo brže da lupa. Upravo u tom trenutku postao je svestan da počinje njegov novi život. Na usnama mu je zatitrao osmeh. Strah u stomaku počeo je da jenjava, ustupajući lagano mesto jednom drugom osećaju. Poverenju.

14

JAGODINSKI BRIONI

Na Velikoj Moravi, uzvodno od mosta koji je predvajao sela Glogovac i Ribare, na glogovačkoj strani nalazilo se popularno kupalište sa plažom, ponosno nazvano „Brioni". U odnosu na prave, Titove Brione, skromno kupalište nije moglo da se pohvali ni sjajem, ni vilama, ni egzotičnim životinjama. Daleko da bi moglo da se nazove i bledom senkom Briona, pa ipak, nalazili su Jagodinci na svom kupalištu pored svoje voljene reke sve zadovoljstvo i uživanje koje su mogli da požele. Čistu vodu za kupanje, lepe žene za gledanje i jeftino piće. Hladno jagodinsko pivo, klakeri i kabeze posluživali su se direktno iz šljunka. Bilo je dovoljno samo iskopati rupu i ona bi se za kratko vreme sama ispunila bistrom i hladnom vodom. Govorilo se da onaj ko je jednom pio pivo rashlađeno moravskom vodom, nije više nikad hteo da čuje za frižider.

Kasnije se, u topoljaru na ribarskoj strani kupališta, otvorila kafanica, a neko se dosetio da od starih drvenih vagona sagradi par sojenica gde se za jeftine pare nudilo pristojno prenoćište. Nije bila tajna da su mnogi brakovi propali ili bivali ozbiljno uzdrmani baš zbog tih sojenica. Neretko su Brioni bili teatar bračnih skandala kada su ljubomorne žene u „sačekuši", u sitne sate, hvatale muževe preljubnike. Ali to je već neka sasvim druga priča.

Plaža je bila prekrivena srebrnastim sitnim peskom moravcem. Mnogi Jagodinci su ga smatrali blagotvornim i lekovitim. Onako vreo, usijan na suncu, pomagao je reumatičarima da bar neko vreme zaborave na svoju kostobolju. Govorilo se da leči i ženski sterilitet. Ne zna se pouzdano da li je to bila istina ili legenda, kao i mnoge druge priče vezane za Moravu. Uglavnom, ne jedna ljubavna idila dogodila se upravo na tom vrelom pesku, a obližnji sprud odvajkada je nosio naziv „Ljubavno ostrvo".

Naravno da se i ova plaža nije mogla zamisliti bez dece i njihove graje i jurnjave. Njihova omiljena ličnost i nezaobilazni dekor Briona bio je čika Mladen poslastičar, zvani Mlađa Grbavi, više iz milošte nego iz pogrde, tim pre što se i on sâm tako predstavljao. Sedeo je u hladu topole i iz bakrene kalajisane kace okružene blokovima leda prodavao sladoled. Čika Mlađina žena je kod kuće spremala ubedljivo najbolje krofne u gradu, nadaleko čuvene. Bile su velike kao pesnica odraslog čoveka, a lake kao duša. Njena gibanica sa sirom takođe je bila prava poslastica. Nekoliko puta na dan unuci su mu biciklom dovozili novi kontigent, na veliku radost dece, a, bogami, i odraslih.

Morava, iako ravničarska reka, bila je veoma ćudljiva i varljiva. Dešavalo se, i to prilično često, da njene neobično jake vode uzmu život nekog nepažljivog neplivača, čija je jedina greška bila što je na trenutak precenio sebe, to jest potcenio nju, reku. Česta davljenja samo su pothranjivala prastare legende o moravskim avetima, „sanđamama", koje su živele u virovima i koje su svojim ljigavim rukama hvatale nesrećnika za noge i gvozdenim stiskom vukle u hladnu, smrtonosnu dubinu. Oni retki koji su imali sreće da ih spasu sigurnog davljenja, govorili su da je sve to puka istina. Neki su čak išli toliko daleko da su i pokazivali neke ogrebotine po nogama od, kleli su se, sanđaminih kandži. Bilo im je tako lakše, nego da priznaju da ne znaju da plivaju.

Ribolovci su leti uglavnom izbegavali Brione, a i van kupačke sezone na njima su pecali samo vikendaši. Vikendašima su se u ribolovačkom žargonu nazivali oni ribolovci koji su na pecanje išli da bi vikendom pobegli od dece i džangrizave, odavno izgustirane žene. Na pecanje su išli sa drugarima, neizbežnim tranzistorom iz koga je treštala muzika i gomilom hrane i alkoholnog pića. Takvima je poslednja preokupacija u životu bilo pecanje i o toj tematici obično nisu imali pojma. Pribor im je bio loš i grubo namontiran, način pecanja neprilagođen terenu, a mamac potpuno neadekvatan. Prljali su bezobzirno prirodu oko sebe, ostavljajući otpatke po obali i u vodi, a ako su nekad nešto i upecali, bilo je to sasvim slučajno.

Pravi, rasni ribolovci ponašali su se sasvim drugačije. Za svoje „kampove” birali su teško pristupačna mesta, šatori su im bili dobro kamuflirani rastinjem, bili su uglavnom usamljeni vukovi ili se u grupi sporazumevali nečujno, pogledom i znacima. Pomno su pratili dešavanja u prirodi, vetar, temperaturu i vremenske uslove i shodno tome birali mamac. Posle velikih kiša u najmutnijoj vodi hvatali su mrene uglavnom na kišnu glistu „lauferku”. Kiša je gliste mamila na površinu zemlje, a mrena je to instinktivno znala. Zato, kad je bilo mutno, ni za živu glavu nije jela hleb ili crva, jer im tada tu jednostavno nije bilo mesto.

Krupniji primerci hvatani su na specijalan mamac, a do njega su mogli doći samo najveštiji plivači, vični ronjenju i otporni na hladnu vodu i sujeverne priče o rečnim avetima. Hrabri ribolovci zaranjali su u mutnu vodu i rukama izvlačili velike grudve zemlje na obalu. U tim grudvama živela je takozvana buba, prava poslastica za mrenu. Ta ista buba se iz larve pretvarala u leptira i izlazila na površinu reke da suši krila i tako stvarala redak i predivan fenomen, u narodu poznat kao „cvetanje Morave”. Naime, voda ih je danima nosila u rojevima, a njihova bela krilca neodoljivo su podsećala na latice i činile da Morava izgleda kao jedna ljupka, tekuća livada, prekrivena prolećnim cvećem.

Ali kapitalne mrene, takozvane „dunavke", pecane su gotovo isključivo na „škorpione", larve džinovskog vilin konjica, koje su taj epitet dobile zbog svog nimalo prijatnog izgleda. Škorpion je živeo u šljamu priobalja, u tijacima. Bio je toliko gadan da se retko ko usuđivao da ga uhvati golim rukama, a razlog što se na njega hvatala samo ogromna mrena je bio veoma prost — jedino je ona posedovala dovoljno jake čeljusti da zdrobi tvrdu škorpionovu ljušturu pre no što ga proguta, a biće da je, iako odbojnog izgleda, za nju bio preukusan.

Najkrupnija mrena se obično nosila kući, ili prodavala. One sitnije, do dva kila, služile su kao keder za soma kapitalca.

Međutim, svaka vrsta ribe imala je drugačije navike, svojstvene svojoj vrsti. Jedan rasni ribolovac morao je sve da ih poznaje da bi se nadao dobrom ulovu.

Dugajlija koji je potrbuške ležao u šipražju kraj šatora očigledno nije spadao u tu grupu ljudi. Teško da je čak uopšte i bio ribolovac. Delovao je uplašeno i kao da se od nečega krije. Njegove razrogačene oči bile su okrenute prema reci i prikovane za jedan od štapova dubinaca, koji je još koliko malopre besno šibao površinu reke, a sada se za trenutak primirio. Nedaleko od štapa, iz prevrnute limene konzervice, radosno su bežali debeljuškasti crvići i nestajali u travi.

„Lele, majčice moja!", zapomagao je Buba u sebi. „Šta je meni ovo sve trebalo?!"

Kada je prihvatio Mirkov poziv na pecanje, učinilo mu se to kao izvanredna ideja. Želja za druženjem je učinila da na trenutak potpuno zaboravi svoj smrtni strah od Morave, delom zbog činjenice da nikad nije naučio da pliva, ali više zbog iskonskog straha od rečnih đavola. Kada mu je Mirko rekao da ostane da čuva štapove i šator, oblio ga je hladan znoj. Nije ništa rekao i ostao je sa knedlom u grlu. Neko vreme je čak i pecao beovice i sve bi bilo u redu da onaj drugi štap nije počeo da se uvija kao da je podivljao. To je za njega već bilo i previše. Skočio je kao oparen sa lelekom u grlu. Poslednjim tračkom svesti koji strah još nije stigao da zamrači, izvukao je svoj štap iz vode, ne bi li ga spasio od „nemani". Ubrzo je iz svog skrovišta uvideo da nije potpuno uspeo u tome. Lagani leskov štap koji mu je Mirko montirao da bi njime pecao beovice oklembešeno je visio sa drveta, a struna mu bila umršena u krošnju. Mali plovak od obojene plute klatio se na povetarcu okrenut naopako. Čak je i crv na udici bio još živ. Uvijao se besomučno, nesvestan da je proboden i da visi u vazduhu.

Buba se pribojavao Mirkove reakcije kada vidi upropašćen pribor. Čudovište se za sada primirilo, ali šta da radi ako se ponovo razbesni i, ne daj bože, odnese ili polomi skup štap? Kako da čoveku izađe na oči i kaže mu da ništa nije učinio da to spreči? Šta je trebalo njemu, koji ni u Lugomir nije smeo da zagazi, da glumi ribolovca na Moravi? Bio je besan na samog sebe. Zaokupljen mislima nije ni primetio dve siluete iza sebe.

— Bubo, šta radiš to? — upita Mirko.

— Ijaooo! — kriknuo je dugajlija skočivši kao da mu je lično sanđama zarila kandže u leđa.

— Polako, šta ti je?! — reče Mirko iznenađeno.

— Joj, druže Mirko, kad me sad nije kap strefila!

Jedan kratak pogled prema reci bio je dovoljan da primeti leskov štap umršen u granje i prosute crviće, ali i nešto što ga je daleko više zanimalo. Na jednom od dubinaca struna je bila okrenuta kontra, to jest uzvodno.

— Pa šta se desilo, prijatelju?

— Sanđama, druže Mirko! Štap zamalo da polomi!

— Kakva, bre, sanđama? — upita Mirko, ne mogavši da se ne nasmeje Bubinom sujeverju. — To se riba upecala.

— Molim?! — reče ovaj zabezeknuto kao da mu je neko rekao da je stršljen u stvari samo običan mali komarac. — To ne može nikako da bude riba, druže Mirko! Da ste samo videli kako...

— Može, Bubo, može...

Iz poštovanja prema Mirku, dugajlija se nije usuđivao da protivreči. Ali, bio je uveren da ništa drugo osim rečnih nemani ne bi bilo sposobno da onako divlje povuče štap. Nadao se samo da je struna prekinuta, jer u protivnom, znao je da će Mirko pokušati da sanđamu izvuče napolje, a to već on nikako ne bi mogao da podnese. Ovaj je sa smeškom posmatrao vodu, a onda se počeškao po bradi i okrenuo Bubi.

— Da vas upoznam — reče on. — Ovo je moj sin, a ovo je Buba, moj dobar prijatelj.

— To je Milan?! — oduševljeno će mladić. Njegovo oduševljenje je bilo tim veće što ga je Mirko, čovek koga je poštovao više od rođenog oca, predstavio kao prijatelja. Bila je to za njega ogromna čast i želeo je da se dečaku predstavi u što boljem svetlu. — E baš mi je drago! — uzviknuo je drmusajući srdačno mališanovu ruku. — Tvoj tata mi je toliko o tebi pričao da sam jedva čekao da te upoznam.

Milan mu je uzvratio osmeh, ali ništa nije odgovorio. U stvari, bio je pomalo zbunjen. Predstava koju je prvenstveno imao o svom ocu polako je bledela i uobličavala se u jednu sasvim drugu sliku, iako se dečak tome nesvesno protivio. Za njega je taj stranac koji se odjednom pojavio u njegovom životu bio sinonim hladne odbojnosti. Ali, zar bi kao takav mogao za prijatelja da ima ovog prostodušnog i plašljivog čoveka sa očima deteta?

— Šta je to sanđama? — upitao je Milan dugajliju.

Osmeh na Bubinom licu naglo nestade. Suočen sa detetovim prodornim pogledom, nervozno se počešao po glavi. Shvatio je da se od njega očekuje odgovor.

— To je, Milane, nešto najzlobnije i najružnije što postoji na svetu!

— Je l' to neka veštica? — upitao je dečak a kroz glavu mu je prošla slika zelenog, kao žeravica živahnog oka na sasušenom Živaninom licu.

— Ne, nije veštica. Sto puta je opasnija od najgore veštice!

— A kako izgleda?

— Paaa — poče Buba, ne znajući kako da dečaku od sedam godina dočara nešto čega se celog života plašio, a koje nikada nije ni video. Pogledom je potražio Mirkovu pomoć. Ovaj je samo slegao ramenima. — Dobro, ću da ti kažem. Ali nemoj posle noću da mi premireš od straha!

— Neće, Bubo, hrabar je Milan — reče Mirko sa smeškom. — Ajde, slobodno.

Dugajlija proguta knedlu.

— Sanđama, kako da kažem... ona ima velike kandže, ruke dugačke skoro do zemlje i kraste po celom telu. A ljigava je i hladna kao led... — stalno je zastajkivao pokušavajući da se seti šta su mu stariji ljudi pričali o tim strašnim stvorenjima.

Dečaka su Bubine priče podsetile na naklapanja o vešticama koje je kao veoma malo dete slušao i u njih i te kako verovao. Uverio se skoro na Živaninom primeru da su samo plod tuđe mašte, a Viktor mu je objasnio da babe izmišljaju takve priče ne bi li zaplašile nemirnu decu i time ih sprečile da se udaljuju od kuće. Bubu su sigurno plašili sanđamom da ne bi zagazio u reku i udavio se. Zaboravili su pak da mu kažu kad je porastao, da su ga lagali, a on, naivan, još uvek je verovao u njihovo postojanje. Milan je već u svojoj glavi smišljao način na koji će mu reći i dokazati da ne treba više da se plaši tih izmišljotina. Ali posle kraćeg razmišljanja odlučio je da sačeka da se bolje upoznaju. Dugajlija mu je bio veoma simpatičan. Nije želeo da ga uvredi i time pokvari upoznavanje.

— A ima i dugu kosu isprepletanu drozgom i prepunu krvožednih pijavica... — nastavljao je Buba da se priseća, pa čak možda malo i dodavao iz sopstvene mašte.

— Pa, baš je strašna — reče Milan trudeći se, mada neuverljivo, da bar malo izgleda uplašen. — A gde živi?

— Paaa, u velikim rekama. Kažu da se zavlači u obalu, u čkalje, gde ima vazduha. Tu vreba i osluškuje, a kada joj se neki nesrećni kupač suviše približi, nema mu više spasa...

— A jesi li je video nekad izbliza?

— Molim?! — stresao se Buba zgađeno. — Da sam je video, ne bih sad bio tu da ti ovo pričam!

— Zašto? — neumoljivo će dečak.

— Ko god joj je bio tako blizu da je vidi, nije dovoljno dugo ostao u životu da to ispriča drugima...

— Ne razumem... Ako ih je sanđama sve pojela, ko je onda tebi ispričao da ima nokte i dugačku kosu i sve to?

Iako je sebi obećao da za sada neće da dovodi u pitanje verodostojnost Bubine priče, njegova urođena inteligencija ga je gonila da postavlja logična pitanja.

— Pa, neko je sigurno video kako izgleda... bar izdaleka — počeo je Buba nespretno, crven u licu. — A i nije nikog pojela. Ona, u stvari, ljude davi. Ili im sisa krv, ne znam baš tačno...

— Aaaa! — klimnuo je Milan glavom, shvativši da je svojim pitanjima nenamerno doveo simpatičnog mladića u nepriliku. — Uh, baš sam se uplašio!

Mirko je suzdržavao smeh, jer takođe nije želeo da povredi mladića. Odlučio je da se jednog dana podrobnije posveti razbijanju Bubinih iluzija, ali zasad, njegove misli su bile preokupirane nekim novim saznanjima. Njegov sin, dete koje je tek trebalo da krene u školu, bio je ne samo inteligentan, već u toj meri razborit da ga je impresionirao. A i morao je sebi da prizna, ispunio ga je osećaj ponosa.

Što se Bube tiče, bio je totalno poražen. Veoma dobro je video da nije postigao željeni efekat i da mu čak ni jedno dete nije verovalo. Osećao se slično dobrom šahisti koga velemajstor matira iz tri poteza, a onda mu čestita i sažaljivo ga potapše po leđima. Iskreno je verovao u postojanje rečnih aveti i sve bi dao da je mogao Milanu da dokaže da mu ne priča izmišljotine. Ipak, veoma brzo je shvatio da nema nikakav drugi argument, do sopstvenog straha.

Mirko ih je napustio bez reči i na prstima, veoma pažljivo sišao do reke. Bez ikakve žurbe podigao je jedan od „nezagriženih" štapova, namotao strunu na čekrk i odložio ga malo dalje. A onda, lagano je uzeo onaj drugi štap. Prvo je namotao strunu u luftu i kada je osetio otpor, oštrim pokretom ga je cimnuo nagore. Nedaleko od mesta gde je struna ponirala u reku, na površini vode se pojaviše klobučići vazduha, ali osim toga ništa se drugo nije dogodilo. Neiskusan ribolovac bi verovatno pomislio da je udica samo zakačena za neki podvodni panj, ali Mirko se nasmešio i cimnuo ponovo. Ovoga puta se na površini nije pojavilo čak ni jedno jedino klobuče.

— Vidi ti njega, pa on je legao na dno i spava! — reče Mirko šeretski. — E, pa nećemo tako, lepotane!

Prišao je skroz uz vodu, pažljivo, da se ne oklizne, jer je na tom mestu odmah počinjala dubina. Nijednog trenutka nije dozvolio da se u struni javi luft, već je istovremeno dok se kretao, namotavao na čekrk. Kada je osetio da mu je tlo pod nogama dovoljno stabilno, povukao je štap nagore. Ne naglo kao ranije, već lagano, centimetar po centimetar. Štap se opasno savio a struna zasvirala kao debela žica na gitari kada je tako zategnutu, nekoliko puta cimnuo kratkim pokretima. Bio je očigledno siguran u postojanost svog pribora.

Milan je u međuvremenu prišao sasvim blizu oca i pored Bubinog nastojanja da ga odvrati od toga. Gledao ga je, fasciniran ne toliko njegovom spoljnom, koliko snagom koja je izvirala iz njega. Odavao je utisak čoveka koji nepogrešivo zna šta hoće i kako to i da postigne. Drugim rečima, bilo je samo pitanje vremena kada će se ono što se nalazilo na drugom kraju strune naći na obali. Mirko je ponovio operaciju nekoliko puta, strpljivo i bez ikakve žurbe.

— Evo ga! — reče odjednom, iako se na prvi pogled apsolutno ništa nije desilo. — Tako, tako, ajmo!

Milan se upiljio u reku. Učinilo mu se da je uzvodno od strune voda malo uzavrela. A onda je sve krenulo. Struna se zatresla levo-desno. Mirko je odmah opustio špulnu na čekrku, a ovaj počeo da se odmotava, zujeći. „Neman" se digla i krenula da nađe neko mirnije mesto gde će spokojno da odmara i vari svoj plen, a on ju je na trenutak ostavio u toj iluziji. Onog momenta kada je osetio da riba usporava, bez sumnje u nameri da ponovo legne, udario joj je kontru. Struna je naglo skrenula ulevo, prema sredini reke. Mirko je brzim, ali ravnomernim pokretima namotao čekrk ne dajući struni da napravi luft. Instinktivno, riba je tražila mirniju vodu i nakon što je neko vreme pustila da je nosi struja, krenula je ka obali. Ali je i sledeći njen pokušaj da legne bio osujećen. Upornim cimanjem uspeo je da natera ribu da ponovo prođe pored njega, a onda opet krene prema sredini reke i napravi istovetni krug. Cela stvar se ponovila još nekoliko puta. Tiha borba je trajala već skoro pola sata i sve to vreme Mirko nije gubio strpljenje, iako nijednom ribu nije mogao da digne dovoljno blizu površine da je vidi. Mogao je jedino da nagađa njenu veličinu, po ponašanju i otporu koji je pružala. Iz iskustva je znao da veliki somovi, a radilo se nesumnjivo o somu, pružaju strahovit otpor i da je gotovo nemoguće zadržati ih ako iznenada polude i jurnu. Ali koliko je masa ogromnom somu pružala prednost, toliko ga je i zamarala. Ako bi mu prvi pokušaji da pokida strunu ili da se otkači propali, brzo bi se potpuno iscrpljen predavao. Ovaj na njegovoj udici je pravio već peti krug. Ali svaki naredni, bivao je manji od prethodnog. „Neman” je pokazivala prve znake umora.

Pored Milana, čučnuo je i Buba. Njegov strah je bio gotovo opipljiv, pa ipak, borio se sa njim i trudio da podeli ovaj trenutak sa prijateljima. Potajno se nadao da će se prokleta struna već jednom pokidati i poštedeti ga daljih muka. Obećao je sebi da nikada više neće izigravati pecaroša, a posebno ne na Moravi. Sa čela je obrisao graške hladnog znoja i čekao.

Som sada već više nije imao snage da pravi velike krugove, nego se vrteo pred Mirkom u prečniku od pet-šest metara, uporno pokušavajući da legne na dno i tamo nađe spas.

— Hajde, lutko, izađi malo da te vidimo — reče Mirko, sad već i on znojav u licu. — Nemoj da se stidiš.

Njegov šaljivi ton imao je za cilj da razgali Milana i opusti dugajliju čiji se strah i te kako osećao u vazduhu. On lično, znao je koliko su poslednji trenuci borbe kritični, kada bi u pitanju bio veliki som. Kada je priteran u tesnac, ma koliko umoran bio, sposoban je da u očajničkom pokušaju upotrebi svu svoju snagu i tada neretko pokida strunu. Što se toga tiče, Mirko je bio siguran u svoje vezivanje. Ali nije mogao da zna dok ne vidi ribu, gde ju je i koliko duboko udica zakačila. Morao je da rizikuje i silom je digne na površinu, jer se, po svemu sudeći, na drugoj strani štapa nalazila riba tvrdoglava poput mazge. Prvo se na površini reke pojavio veliki klobuk, a onda i na trenutak somova mrka leđa.

— Taaako, momče! — reče Mirko zadovoljno. — Daj sad da ti vidimo brkove!

Sa sledećim klobukom je na površinu izbila somova glava. Zinuo je prema njima ogromnim ustima pokazujući nekoliko redova sitnih zuba i belo, prostrano grlo. U dubini ždrela mogle su se jasno videti dve čvornovate žbice, kojima je životinja ubijala plen pre no što ga proguta.

„Dobro je!", pomislio je Mirko zadovoljno, videvši da mu je udica zabodena u debelo meso usne duplje i time mu šansu da se otkači svela na nulu. Ali znao je da bitka nije sasvim dobijena i da som još uvek nije voljan da se preda. I zaista, kada je ugledao Mirka, prosto je pomahnitao. Izvio je svoje izduženo i snažno telo spojivši bukvalno glavu s repom, a zatim se, poput nekakve džinovske praćke, vratio u prvobitan položaj. To je prouzrokovalo tako jak prasak da je Buba momentalno zalegao i prekrio rukama glavu. Ribetina je besno tukla vodu, rešena da skupo proda svoju kožu. Mirko je čvrsto držao štap i hladnokrvno primao svaki sledeći besni nalet iako je bio isprskan od glave do pete. Dunuo je kroz nos. Osećao je da borba neće još dugo potrajati.

I stvarno, som se odjednom umirio i okrenuo na leđa ispruživši se svom dužinom od bezmalo dva metra. Mirko ga je čvrsto uhvatio za donju vilicu i privukao bliže sebi tako da mu je ogromna glava legla na obalu. Nežno ga je pomazio po belom stomaku a onda se okrenuo i namignuo Milanu koji ga je zadivljeno gledao. Spustio je štap pored sebe, slobodnom rukom obrisao mokro lice i zagladio kosu unazad.

— Bubo! — pozva. — Gde si, bre, čoveče?

— Tu sam, druže Mirko! — javio se dugajlija licem još uvek zagnjurenim u travu.

— Evo je tvoja sanđama — reče s osmehom. — Pogledaj slobodno!

Buba je polako digao glavu i pogledao prema reci, bojažljivo i kroz polustisnute kapke, kao da će mu svakog trenutka nešto iskopati oči. Posle par sekundi ih je, naprotiv, širom otvorio, a lice mu poprimilo smešan, zabezeknut izraz. Očito nije mogao da veruje u ono što vidi. Sa usana mu se oteo zvižduk.

— Lele! Kol'ka riba!

— Riba, Bubo, nego šta da je riba! — nasmejao se Mirko. — Nije sigurno neko čudovište!

— Pa i nije da nije, druže Mirko! Ima sigurno dvesta kila!

— Uh, baš ga pretera, čoveče!

— Al' ima bar sto kila?

— Ma kakvi — reče Mirko vidno zabavljen njegovim neznanjem. — Ima dvaes' pet, tries' kila!

— Kako je lep! — reče Milan.

— Hoćeš li da ga dodirneš?

Dečak je oduševljeno skočio na noge i odmah pogledom potražio najbolji put da bezbedno siđe.

— Ej, nemoj, druže, Mirko... — poče Buba uplašeno, ali uzalud. Milan je poput gazele već strčao do reke i čučnuo uz oca.

Ovaj je soma pažljivo okrenuo na bok. Ogromna riba je u njegovim rukama bila pitoma kao jagnje. Ni traga onoj razbešnjenoj nemani od pre nekoliko minuta. Na prvi pogled, nije ni davao znake života.

— Nije mu ništa, samo je iscrpljen — reče Mirko u odgovor na dečakov upitan pogled. — Pomiluj ga slobodno.

Milan ga je poslušao i prvo ga dodirnuo vrhom prstiju, a zatim mu na ogromnu glavu spustio i celu ruku. Pod dlanom je osetio njegovu hladnu, ali neočekivano meku kožu. Glava i prednji deo leđa bili su mu gotovo crni, a bokovi pegavi. Telo mu je prema repu postajalo sve pljosnatije i tanje, a završavalo se velikim perajem. Dečak je primetio da se ono odozdo, neprekidno protezalo sve do malih peraja na stomaku. Pod škrgama su mu se nalazila još dva, znatno veća bočna peraja. U odnosu na glavurdu, oči su mu bile nesrazmerno male. Zubi su takođe u odnosu na ogromna usta delovali smešno sitni. Raspoređeni u po dva lepezasta reda, više su podsećali na neke češagije nego na čeljusti grabljivice. Sa obe strane gornje usne štrčali su mu tanki i dugi brkovi. Milan dodirnu jedan od njih.

— Samo polako, Milane — upozorio ga je otac. — Brkovi su mu veoma osetljivi.

— A šta će mu brkovi?

— Jesi li video kako su mu oči male?

— Jesam.

— E to je zato što mu one i nisu mnogo potrebne kada lovi. On ovim brkovima mnogo bolje vidi nego očima.

— Kako može da vidi brkovima? — začuđeno će dečak.

— Pa ne mislim da on stvarno vidi, nego oseća njihovo kretanje kroz vodu — pokušao je Mirko da pojasni. — Čak i kad miruju, može da oseti njihovu vibraciju, kao antenama.

— A zašto su mu zubi sitni, a on toliko veliki?

— Svaki taj zubić je kao udica zakrivljen na unutra. Kad on ugrize ribu, ona više nikako ne može da sklizne van usta, nego samo u grlo. E tu u grlu je on tako jako stisne da je momentalno ubije.

— Ubije? — tužno će Milan.

Mirko je protrljao nos da prikrije nelagodnost. Na trenutak je zaboravio da se pred njim nalazi dete od samo sedam godina, kome nije trebalo tako detaljno opisivati okrutni lanac ishrane u životinjskom svetu.

— Znaš, Milane... da bi bilo koje biće na zemlji živelo, ono mora da jede.

— Znam.

— Neke životinje jedu biljke i one se zovu biljojedi, ali neke, kao što je na primer ovaj som, jedu druge ribe. Životinje koje jedu meso nazivaju se mesožderima. One nisu loše ili zlobne, ali ih je priroda tako stvorila i one moraju tako da postupaju da bi preživele. Razumeš?

— Razumem.

— Ali — nastavio je Mirko — čak i ova riba koju je on pojeo jede druge ribe, manje od sebe. A te ribice jedu insekte, koji su još manji od njih, pa insekti nešto drugo i tako redom. To jednostavno tako mora.

— Da li to znači da ćemo mi morati da pojedemo ovog soma?

Mirko se nasmešio. Očigledno je njegov sin bio izvanredno bistar dečak.

— Ne znači. Za razliku od životinja, čovek ne mora uvek da pojede ono što ulovi, osim ako mu život ne zavisi od toga. A nama, koliko znam, ne zavisi.

— Pustićemo ga?! — uskliknuo je mališan radosno.

— Nego šta!

Na te reči, dugajlija se sasvim pridigao iz trave.

— Pa nećete valjda stvarno da ga pustite, druže Mirko? — upitao je sa nevericom.

— Naravno, Bubo, pa nismo mi alasi. Šta da radimo sa tolikim somom?

— Ali, toliko ste se mučili da ga izvadite. Bila bi gre'ota da...

— Ništa ti ne brini, drugar. Meni je baš ta borba u pecanju jedino i bitna i zanimljiva. Sa tim samo može da se poredi zadovoljstvo kada ribi vratiš slobodu.

— Pa dobro, jeste, ali...

— Bubo — reče Mirko sa izglumljenom strogošću — nemoj da oblećeš kao mačak oko vruće kaše, kaži šta hoćeš.

— Mislio sam... ovaj... kako će ljudi znati da ste upecali toliku ribu ako je niko ne vidi? Pa niko u selu neće da mi veruje kad im budem pričao.

— A, tooo! — uzviknu ovaj šeretski. — E, pa za to tvoj prijatelj Mirko ima bolje rešenje nego da nosamo ovog jadnog soma po varoši.

— Koje rešenje?

— Deder, otvori taj zeleni ranac i pogledaj šta ima u zadnjoj pregradi. A iz tog džepa napred mi daj špicangle da mu izvadimo udicu.

— Fotoaparat! — uzviknu ovaj radosno. — Pa znao sam ja da ste vi genije, druže Mirko.

— Daj da ti pokažem kako radi.

— Nema potrebe! — reče Buba važno izvadivši aparat iz kožne, braon futrole. — Moj čiča ima lajku ovakvu istu, on me je naučio.

— E, pa odlično onda! Slikaj nas.

Buba je trčkao tamo-amo i slikao ih iz raznih uglova, u želji da napravi što bolju fotografiju. Čak ih je kao pravi fotograf terao da zauzimaju razne poze ne bi li taj trenutak što vernije preneli pokolenjima. Milanu je najzabavnije od svega bilo to što je pre svakog okidanja aparatom dugajlija uzvikivao: „Ptičica!”

— Ovo mi je prvi put da se slikam — reče dečak sa srećnim osmehom na licu.

— Stvarno? — upitao je Mirko začuđeno, a savest ga istog trenutka opekla poput biča. Koliko još stvari ovo dete nije doživelo njegovom krivicom? Čega je sve bilo uskraćeno otkad mu je majka umrla, a otac kukavički pobegao da spasava svoju bednu kožu i karijeru? Osetio se tako jadno.

— Uh, kad bih mogô i ja da imam jednu uspomenu... — uzdahnuo je Buba uzbuđeno.

— Naravno da možeš, prijatelju! Siđi dole, evo ja ću da te slikam.

— Aha... a ko će da drži soma, druže Mirko?

— Pa ti. Ko bi drugi? Milan je još mali.

Dugajlija je odmahnuo glavom sa tužnim izrazom na licu.

— Ja to, bogami, ne smem.

— Kako ne smeš? — začudio se Mirko iskreno. — Pa to je, čoveče, samo jedna velika, bespomoćna riba!

— Bespomoćna ili ne, ja da joj guram ruku u usta... neće da može.

— Slobodno, Bubo, nije to ništa. Vidi kako je mirna!

— Druže Mirko, koliko i da smem da joj stavim ruku u čeljust, šta ću ako se uznemiri baš tad i povuče me u vodu?! Ja ne znam da plivam...

Mirko je uzdahnuo, shvativši da je uzaludno svako ubeđivanje sa čovekom čijim je rasuđivanjem upravljao duboko usađen, iskonski strah od reke i svime što je sa njom povezano. A opet, osećao je da Buba žarko želi da bude opipljivi deo celog tog događaja, samo nije znao kako da mu želju i ispuni.

— Evo ja ću da vas slikam! — ponudio se Milan. — Ti i dalje drži soma, a Buba nek čučne pored tebe.

Mirko je začuđeno podigao obrve.

— Misliš da ćeš umeti?

— Hoće, hoće! — javio se Buba sav ozaren. — Evo, pokazaću mu, prosto je kô pasulj!

Za tren oka promeniše se uloge. Buba je čučnuo pored soma i zauzeo toliko ponosnu pozu kao da ga je lično upecao. Dao je sebi čak i tu slobodu da zagrli Mirka.

— Ptičica! — uzviknu Milan i pritisnu okidač.

Fotografiju nastalu tog trenutka Buba je godinama nosio u novčaniku i ponosno pokazivao, sve dok se nije do te mere pohabala da su se likovi, kao i som, jedva raspoznavali. Pa čak i takvu izbledelu nije hteo da je baci. Uramio ju je i držao na počasnom mestu u trpezariji, na ormariću među najdražim porodičnim fotografijama.

Soma su, naravno, skinuli sa udice i pustili.

— E pa, mališa — rekao je Mirko šaljivo u trenutku kada je riba veselo zamahnula repom i nestala u dubini — sledeći put nam pošalji starijeg brata. I ništa ne brini, pustićemo i njega.

Buba se predveče odvezao kući Mirkovim autom. Milan je sa ocem na Moravi ostao još nekoliko dana. Prva noć u šatoru ostala je dečaku urezana u pamćenje do kraja života. Ležao je na leđima i kroz mrežasto prozorče posmatrao vedro nebo obasjano mesečinom.

Pamtio je sjaj zvezda koje kao da su svetlucale u ritmu pesme zrikavaca. Pamtio je šum reke i taj zvuk koji je tada čuo po prvi put u životu, učinio mu se lepšim od najumilnije muzike. Obećavao je bolje sutra i ulivao snagu. Bilo je to disanje njegovog usnulog oca. A samo što je pomislio da bi mogao da ga sluša satima kako diše, zaspao je i on.

Iz sna ga je trgao blag dodir po licu. Začuo je očev šapat.

— Milane, dođi da vidiš nešto predivno.

Dečak se polako pridigao. Kroz prozorče je već ulazio dan i postepeno osvajao svaki kutak njihovog šatora.

— Ogrni se ćebetom. Pored reke su jutra sveža.

Na brzinu je navukao pantalone i cipele, nabacio ćebe na leđa i izašao. Otac je sedeo nedaleko odatle na jednom brežuljku. Seo je i on pored njega. Uzvodno od njih, preko reke, rađalo se sunce. Zlatna svetlost prosipala se po reci i kao da je mešajući se s njom, davala vodi neku nestvarnu gustinu i usporavala joj tok. Njenu skoro savršenu glatkoću uznemiravalo je povremeno prštanje sitne ribe i laste, koje bi, loveći insekte, u vratolomnom letu krilima katkad pecnule njenu površinu.

— Zar nije ovo čarobno? — reče Mirko.

Dečak je pogledao u oca i klimnuo glavom. Iskoristio je taj kratak trenutak da ga osmotri. Brada mu je bila uzdignuta, a kapci skoro zatvoreni, tako da se kroz njih jedva nazirao sjaj njegovih crnih očiju. Svetlo, nepomično lice, umiveno zlatom izlazećeg sunca, podsećalo ga je na bistu nekog narodnog heroja koju je jednom prilikom video sa Viktorom u Kruševcu.

„Kako je lep!", pomislio je tada ponosno o svom ocu.

Dok se na istoku sunce lagano uzdizalo u svojoj punoj veličini, otac i sin su u tišini doručkovali. U tu svrhu je savršeno poslužila Ankina jučerašnja pita od jabuka. U dečaku je raslo uzbuđenje.

Pretpostavljao je da će predstojeći dan biti bogat događajima. Nije, naprotiv, mogao ni da sluti u kojoj meri.

HRAST

Pre nego što je palo veče naučio je da peca beovice na plovak, da ih očisti, usoli i ispeče na vatri nanizane na prut kao ražnjić. Uspeo je da uhvati punu kofu glista lupkajući prutom po vlažnoj zemlji kraj reke, mameći ih tako na površinu. Naučio je da iskopa duboku rupu u šljunku i tako ocu i sebi obezbedi čistu i hladnu pijaću vodu. Takođe je naučio kako da se efikasno zaštiti od ujeda komaraca trljajući kožu korom od limuna, koje je, naravno, njegov predostrožni otac kupio u gradu i doneo u rancu. Naučio je i da pliva, a sve je počelo sasvim slučajno, sticajem smešnih okolnosti.

Ocu su se toliko svidele Milanove reš pečene beovice da je malo preterao u jelu, pa mu se posle obilnog ručka pridremalo. Dok je ovaj spavao, dečaka je radoznalost povela u šetnju. Jedva vidnim putićem koji se protezao duž reke, krenuo je nizvodno. Posle otprilike pet minuta sporog hoda naišao je na kameni bedem ozidan ljudskom rukom. Bedem je bio dugačak oko trideset i visok bar deset metara, a završavao se širokim stepenicama koje su se oštro pele njegovom bočnom ivicom. Milan je odlučio da se njima popne i vidi šta se nalazi na vrhu kamenog bedema, a kada je tamo stigao, zastao mu je dah. Našao se pred najmasivnijim drvetom koje je ikada u životu video. U odnosu na njega, velike moravske topole bile su pravi patuljci. Gusta krošnja skoro da nije propuštala sunčeve zrake, a bila je isto toliko široka koliko i visoka. One prve, najdeblje grane, izbijale su iz zdepastog stabla na otprilike tri metra od tla i rasle gotovo vodoravno. Neko se dosetio pa je na polovini svake grane postavio po jedan drveni potporni stub, želeći da time džinu olakša bar malo sopstvenu težinu. Milan je shvatio da je i kameni bedem verovatno imao ulogu zaštite, jer bez njega bi se litica postepeno mrvila i na kraju bi drvo završilo u reci.

Obišao je oko drveta izbrojavši šesnaest koraka. Po listu i gruboj, duboko izbrazdanoj kori je prepoznao da se radi o hrastu. Dva hrasta na Glavičici, gde ga je deda Giša ponekad vodio, imala su istovetnu koru i listove, ali su po veličini daleko zaostajala za ovim ovde. Nešto na stablu mu je privuklo pažnju. Neko je sekirom urezao krst, ostavivši večiti ožiljak na kori. Videlo se da je to bilo veoma davno, ali ova nije nikada uspela da potpuno sraste i obnovi se na tom mestu. Sveti znak je ostajao vidljiv i prepoznatljiv, prkoseći vremenu.

Odjednom je poželeo da se popne na to čudnovato drvo. Da ga „osvoji". Odmah mu je bilo jasno da se na njega neće moći popeti kao na bilo koje drugo do tada. Iako mu je stablo bilo relativno kratko u odnosu na celokupnu veličinu, ipak nije mogao da dohvati prve grane. Pa čak i da je imao pomoćnika koji bi ga podigao, bilo bi mu gotovo nemoguće da svojim ručicama obuhvati ogromnu granu i popne se u krošnju. Nekoliko puta je pokušao da se prstima zakači za grubu koru, ali se ova lomila i povređivala mu šake. Protrljao ih je sa bolnom grimasom.

U njemu je počeo da tinja inat. Popeti se na taj hrast sada je već postalo pitanje časti. Ali ubrzo je shvatio da nema smisla više pokušavati kod stabla. Morao je da nađe drugi način. Prišao je jednom od potpornih stubova i zagledao ga sa svih strana. Na vrhu stuba primetio je metalni držač u obliku potkovice, koji je sprečavao granu da sa njega sklizne. Ako uspe da ga nekako dohvati, biće mu posle lako da se prebaci sa stuba na granu. Probe radi, obuhvatio je stub i pokušao da se na njega popne. Nije išlo. Njegove cipele i suve ruke skliznule su sa glatke površine. Milan se izuo i skinuo čarape i za to vreme u ustima skupljao pljuvačku. Nekoliko puta je pljunuo u šake kao što je video da Viktor radi pre nego što se prihvati nekog naročito teškog posla i odlučno zgrabio stub. Sa zadovoljstvom je konstatovao da mu se vlažne šake prosto lepe za suvo i glatko drvo. Zatim je na stub naslonio jedno pa drugo boso stopalo. Ni ona nisu klizala. Pomerajući naizmenično šake i stopala nagore, penjao se mic po mic, sve dok se licem nije poravnao sa metalnim držačem. Da je mogao da nastavi još samo malo sa penjanjem, uspeo bi da se za njega uhvati. Ali šake su mu se osušile i osećao je da će svakog trenutka skliznuti ako nešto ne preduzme. A video je samo jednu soluciju. Udahnuo je, napeo mišiće i skoncentrisao se na jedan jedini pokret koji je nameravao da učini. A onda se brzinom divlje mačke pustio. U jednom deliću sekunde je osetio da mu se i stopala klizaju niz stub, ali njegove šake su već čvrsto stezale držač od metala. Visio je kao vreća u naizgled nezavidnom položaju, međutim u sebi se radovao. Bio je na korak od cilja.

Stopalima se odbacio od stuba i opet brzim i veštim pokretom, desnom nogom zakačio za granu. Zgrčio je laktove ne bi li gornji deo tela još malo približio grani i najzad se i desnom rukom zakačio za nju. Zavukao je prstiće u duboku brazdu kore i u par trzaja bio celim telom na debeloj grani. Iz grudi mu se oteo pobednički krik. Hodajući po njoj kao po putiću, brzo i lako je dospeo do prostranog zaravnjenja na sredini, tamo odakle su se iz moćnog stabla poput ruku širile debele grane. Digao je pogled. Ogromna hrastova krošnja ga je mamila, međutim, ipak je odlučio da tu malo predahne. Tek kad je seo, osetio je koliki je napor penjanje iziskivalo. Ramena i ruke bili su mu kao od olova, a stopala su mu trnula kao da u njima ima mrava. Legao je na leđa sa rukama prekrštenim iza potiljka i zažmurio. Često je to činio kada je želeo da osluša prirodu. Zatvarao bi oči i prepuštao se zvukovima oko sebe. Ništa ga nije tako umirivalo i prijalo mu. Ovog puta, začudo, nije uspeo da postigne onaj divan osećaj opuštenosti. Trnci koje je osećao u stopalima, umesto da jenjavaju, širili su se polako po celom telu. Osećao ih je sada i po butinama, grudima, ispod pazuha. Čak su i vrat i uši počeli da mu trnu. Ali kad je osetio štipanje po licu, trgao se. Trnci koje je osećao nisu bili ništa drugo do ujedi mrava koji su živeli na drvetu. Protrljao je lice i vrat, a potom ih otresao i sa ruku.

Dok je nekoliko trenutaka ranije posmatrao krst urezan u kori, primetio je žuto-crne, ne suviše krupne mrave koji su po njoj trčkali tamo-amo. Po drveću su vazda živele razne bube, pa nije tome pridavao nikakav značaj. Nije mogao da pomisli da će ga ovi napasti. Morao je odmah da se pomeri odatle, sedeo je ni manje ni više nego nasred mravljeg puta. Bio je uljez, koga je trebalo skloniti ne birajući sredstva. Milan u tom času nije pretpostavljao da je time što se pomerio i mrave otresao sa sebe, označio početak kraja penjanju na hrast. Shvatio je vrlo brzo da ga vredni mravi malopre nisu ujedali, već samo pokušavali da pomere sa svog puta, kao što bi činili i sa nekom nepokretnom granom. Za pokretnog uljeza koji im je ugrožavao egzistenciju, horda minijaturnih bića imala je sasvim drugi odgovor. Kao i svaka dobro organizovana vojska, i ova je posedovala borbene jedinice, čiji je jedini zadatak bio da se brani po cenu sopstvenog života. Na Milanovu nesreću, ovi drugi su imali bar tri puta veću glavu i kleštanca, a njihov ujed je pre ličio na ubod igle nego na trnce. A tanka i meka dečja koža bila je kao poručena da se ovi hrabri ratnici na njoj vežbaju, štaviše, da daju sve od sebe. Već na prvi ujed dečak je skočio kao oparen, a odmah zatim su usledili drugi, još bolniji. Nesumnjivo bi se sve završilo na tih par ujeda, da je Milan pristao da odmah napusti njihovu teritoriju. Ovaj je smatrao da mu to što je došao u miru, daje za pravo da po drvetu slobodno šeta. Tvrdoglavo srce „istraživača" nije se lako predavalo. Odlučno je otresao mrave sa sebe i krenuo da se penje prema sredini krošnje. Već posle nekoliko pređenih metara počeo je da sumnja u ispravnost svoje odluke. Svakog časa je morao da zastajkuje i jednom rukom otresa ratoborne mrave. Ovde, gde su grane bile deblje i čvršće, to mu je i polazilo za rukom, ali šta će biti kada više i stanjene počnu da se njišu pod njegovom težinom? Ne bi bilo pametno da se omakne. Biće mu, znači, i te kako potrebne obe ruke. A čime će se onda braniti od napasnika? Iako je njegova upornost bila ogromna, nije bio spreman da za trenutak zabave i zadovoljstva plati životom. Sve brojniji i sve bolniji ujedi požurivali su ga u odluci i najzad je priznao poraz i započeo povlačenje. E sad, da su mravi shvatili da se on povlači pa da ga ostave da u miru i polako siđe sa hrasta, sve bi bilo u redu. Umesto toga, ujedali su ga i po usnama i kapcima, ulazili mu u nos, a tek one što su ga bezdušno ujedali po stomaku i slabinama, mrzeo je i proklinjao iz dna duše. Nije više bilo vremena za ponosno i junačko povlačenje, kada pobeđeni predaje oružje pobedniku uzdignute glave. Milanovo povlačenje je daleko više ličilo na strmoglavljivanje niz grubo stablo, gde se više nije vodilo računa o izgrebanim kolenima i dlanovima. To što je skočio sa drveta, nije značilo i kraj njegovim mukama. Naprotiv. Na sebi je još uvek imao gomilu mrava, odlučnih u nameri da uljezu zadaju lekciju koju će dugo pamtiti. Biće da su svaki njegov pokret tumačili kao provokaciju, samim tim su ujedali još jače. Bežao je preskačući po tri stepenika, iako je znao da je to što radi pomalo glupo. Niko ga nije jurio, neprijatelj je bio na njemu. Ni sam nije znao u kom trenutku mu je palo na pamet da skoči u reku i tako pokuša da se otarasi napasti. Pokazaće se da je to bila koliko odlična, toliko i suluda ideja, jer potpuno je zanemario činjenicu da ne zna da pliva. Tačnije, da nikad nije pokušao da pliva, jer u Bačini nije ni imao gde. Bio je tek toliko priseban da sa sebe strgne odeću pre nego što je skočio, nogama napred. Voda ga je, naravno, celog progutala, jer kao i većim delom leve obale nizvodno od Glogovačkog mosta, i tu, pod bedemom je odmah počinjala dubina. Imao je sreću da je vodostaj krajem jula bio nizak a voda mirna, pa da, kad se nogama odbio od peskovitog dna, izroni nedaleko od mesta gde je skočio. Par metara niže je bio vezan stari drveni čamac na kom je belom farbom vlasnik napisao *Mita Moler*. Za njega se dečak uhvatio. Držeći se jednom rukom za rub čamca, zaronio je još par puta i slobodnom rukom žustro trljao sva bolna mesta, to jest praktično celo telo. Voda ga je prijatno hladila. Osećao se već mnogo bolje, osim što mu je sa boljitkom proradila savest. Shvatio je da je sve što je uradio otkad je napustio zaspalog oca bilo totalno nepromišljeno i da su posledice mogle biti mnogo gore.

„Tata!"

Brzo je izašao iz vode kamenim špironom uz koji je čamac bio vezan. Pantalone i potkošulju je izvrnuo i dobro istresao i tek kada se uverio da nema nijednog zaostalog mrava, navukao na sebe. Dok je putićem trčao ka šatoru, dvoumio se da li da uopšte ispriča ocu svoju neslavnu avanturu. Mirko je stajao ispred šatora i protezao se. Po svemu sudeći, tek što se bio probudio. Kada je začuo tapkanje dečakovih nogu, okrenuo je ka njemu izgužvano lice i pogledao ga pomalo zamagljenim očima od sna. Nasmešio se kada je video dečaka. A onda je spustio pogled na njegova bosa stopala.

— Pazi, Milane, da se ne nabodeš na nešto kad tako trčiš neobuven.

Milan je stao u mestu i lupio se po čelu.

„Cipele! Zaboravio sam ih pod hrastom!", setio se, besan na samog sebe.

Taj dečakov gest je Mirku bio dovoljan da shvati da nešto nije u redu.

— Šta se dogod...? — poče Mirko i tek tad malo bolje pogleda dečaka. — Što ti je mokra kosa!?

Milan je uzdahnuo. A onda je sve ispričao ocu, od samog početka. Očekivao je da će ga ovaj dobro izgrditi što se nepromišljeno bacio u reku, ali otac je samo zavrteo glavom i zagledao se u daljinu.

— I ja sam to doživeo kad sam bio tvojih godina, možda nešto stariji.

— Stvarno?

— Da — nasmeja se Mirko. — Samo što je meni neko pomogao da se uzverem uz hrast, a posle mi sa kože skidao mrave dok sam ja jaukao, tako da nisam završio u Moravi.

— Tvoj tata?

— Moj t...!? Ne, nije moj otac mene nikada vodio na pecanje. Imao je gospodin pametnijeg posla.

Izgovorio je to sa ironijom koja čak ni jednom dečaku od sedam godina nije promakla. Mirko je odmah zažalio što je to rekao. Njegov otac jeste bio prestrog čovek bez trunke razumevanja i nežnosti, ali, za razliku od njega, nikada nije kukavički napustio svoje dete i pobegao. Kakvo je mišljenje s punim pravom mogao Milan da ima o svom ocu, pa ipak došao je da živi s njim i gledao ga očima punim poverenja.

— Mene je na pecanje vodio i naučio me sve što znam naš sluga Voja.

— Sluga? — začuđeno će dečak, jer nikada nije čuo da je u Bačini neko imao ili spominjao sluge.

— Pa da, nekada su bogate porodice imale sluge. Mi smo imali samo jednog, koga je još moj deda Milija uzeo u službu. Sređivao nam je vrt, donosio namirnice, pomagao u trgovini kod mog oca. Nije se nikad ženio. Ribolov mu je bio velika ljubav, a pošto nije imao dece, vodio je često mene na pecanje. Bio je dobar čovek, Bog da mu dušu prosti.

— Umro je?

— Ubio ga je s leđa jedan pijani nemački vojnik za vreme okupacije, kod nas, na Kamenom mostu — reče Mirko s gorčinom.

— Zašto? — upitao je Milan preneraženo.

— Za džabe. Žurio je da nešto posluša oca. Neki Nemac je hteo da ga legitimiše i viknuo za njim, ali Voja je bio skoro gluv i nije ga čuo. Valjda je trčao, a vojnik pomislio da beži i pucao. I pogodio, nažalost.

— Pa šta je posle bilo? Mislim, s tim pijanim Nemcem?

— Kažu da je mrtav hladan odšetao do obližnje „Kragujevac kafane" i naručio kriglu piva. Verovatno da časti sam sebe zbog junaštva.

— Kako to može tako nekažnjeno?!

— Pa vidiš da može. Misliš da je okupatorsku vlast zanimao neki tamo sluga, Srbin? Ali u isto vreme, za jednog ubijenog Nemca, streljali su sto nedužnih civila. Rat je, Milane, najgora stvar na svetu, veruj mi.

Dečak mu je i te kako verovao. Nije mogao da pojmi da neko može jednostavno da ubije nenaoružanog čoveka na ulici. Zašto su uopšte ljudi morali da ratuju i međusobno se ubijaju? Mrzeo je rat i nadao se da do njega nikada više neće doći. Čak mu je i sama reč „rat" bila nepodnošljiva.

— Manimo to — reče Mirko videvši da je njegova priča o sirotom slugi duboko potresla dete. — Nego moram da ti nešto važno ispričam. Nešto što moraš da znaš o hrastu na koji smo obojica pokušali da se popnemo. Tiče se direktno našeg čukunčukundede. Da li te interesuje?

— Da!!!

— E baš fino! Samo da znaš, ova priča je potpuno istinita. A šta misliš da ti je ispričam usput, dok budemo išli po tvoje cipele?

Milan je ushićeno klimnuo glavom. Jedva je čekao da čuje. I tako je, krenuvši uskim putićem, Mirko započeo svoju čudnovatu priču.

— Pre dvesta godina, na Kosovu, živeo je mladić po imenu Gmitar Stevanović. Majka mu je umrla mlada, a tek što je postao momčić, razbole mu se i umre i otac, trgovac. Ostadoše tako sami na svetu on i mlađa sestra Jelena, još dete. Onako mlad, uspeo je da sačuva trgovinu i čak da se vremenom proširi i obogati. Čuvao je svoju sestricu kô oči u glavi i voleo je više od svega. Spremao joj je dobar miraz, da je jednog dana lepo uda. Jelena je izrasla u takvu lepoticu da su, kad je prolazila sokakom, svi zastajali da je gledaju. Svaki posao je mogao da sačeka da bi se samo jedan trenutak uživalo u njenoj lepoti. Tada su Srbijom uveliko vladali Turci. Neki su bili dobri i časni ljudi, ali bilo je i onih nečasnih, koji su vazda činili zulum i nepravdu Srbima. E jedan takav, Emin-paša, veoma bogat i moćan čovek, a udovac, zagledao se u lepu Jelenu. Jednog dana je banuo u Gmitrovu trgovinu i od njega zatražio njenu ruku, navodno za svog maloletnog sina. To je bio samo izgovor, da se prikaže poštenim i časnim, a znao je da bi jedan Srbin najpre umro nego da svoje žensko čeljade dâ za Turčina. Nije, kažu, tražio ni miraz, nego je čak on nudio zlato. Hteo je da od brata otkupi sestru. Iako je tada bilo veoma opasno zameriti se Turčinu, a posebno bogatom i uticajnom, toliki bezobrazluk mladi Gmitar nije mogao da proguta. Izbacio je Emin-pašu naglavačke iz trgovine pred očima celog sokaka. Turčin je to jedva dočekao i iste mu večeri sa sinom i par naoružanih momaka upao u kuću i zarobio ga. Vezali su ga i pretukli, a Jelenu odveli pašinoj kući. Sutradan se dovukla kući, sva u pocepanim ritama i obeščašćena. Nije mogla ni da se sakrije od ljudi, jer su je, sirotu, izbacili na sokak u po bela dana. Negovala je brata koji je od batina jedva pretekao i nijednom rečju nije spomenula šta joj se dogodilo u turskoj kući. Ni Gmitar je nije ništa pitao. Dovoljno je poznavao svoju sestru da shvati kako je njena duša one kobne noći zauvek umrla. U to vreme, čast je devojci bila veće bogatstvo od sveg zlata sveta. Turčin joj je za samo jednu noć uzeo sve! Jednog dana, tada se Gmitar već bio skoro oporavio, bacila se u bunar. Na sahranu joj je došlo sve što je u varoši bilo srpsko, pa čak i komšije Turci, obični ljudi koji su osuđivali svog sunarodnika i njegov zločin. Nikada pre toga nije u varoši bilo tako tužnog pogreba. Plakalo je i staro i mlado za lepom Jelenom. Samo Gmitar nije pustio ni suzu. Lice mu je bilo kao isklesano u kamenu, a pogled hladan poput leda. Ali, u njegovom srcu buktala je osvetnička vatra.

Emin-paša, iako bogat i silan, plašio se Gmitrove osvete. Njegov strah je bio tim veći što mladić nije pretio i kleo, nego je samo ćutao i živeo dalje kao da se ništa nije desilo. Najradije bi mladića ubio, ali čak ni jedan Turčin nije mogao Srbina da ubije bez ikakvog povoda, ako ne zbog zakona, ono zbog naroda. Mnogi Turci su zbog lepe Jelene okretali glavu od njega kao od šejtana. Želeo je da ga nekako izazove. Prolazio je skoro svaki dan sa svojim ljudima pored njegovog dućana i nazivao ga kukavicom i srpskim kopiletom, ali na sve to Gmitar je jednako ćutao i saginjao glavu. A Turčin se plašio sve više i više. Platio je špijuna da ga prati čim bi mladić uveče zatvorio dućan, a Emin-pašu su i na sokaku, i u kući, i avliji čuvali do zuba naoružani stražari. Ni on sam više nije legao bez napunjene kubure i kame pod jastukom. A od Gmitra, samo tišina. Jednog dana je poslao izaslanika da Srbina priupita bi li paši prodao kuću i dućan i otišao zauvek iz varoši. Za veliko čudo, stigao mu je potvrdan odgovor. Gmitar je tražio sto zlatnih dukata i jednog od njegovih jahaćih konja, ali pod uslovom da mu ih ovaj lično uruči. Kada je sutradan Emin-paša sa čitavom malom vojskom stigao ispred Gmitrovog dućana, mladić ga je već čekao sa zavežljajem u ruci. Uzeo je dukate i uzjahao konja, a onda bez ijednog pogleda za prestrašenog pašu, odjahao. Ovaj je dugo gledao za njim, a onda počeo glasno da se smeje. Toliko se bio zacenio od smeha da su njegovi posilni počeli da se zgledavaju misleći da je poludeo. Kada su ga naposletku zapitali zbog čega se smeje, ovaj je samo rekao:

„Eee, fakat su Srbi budale, Alaha mi! I petsto dukata da mi je tražio, vala dao bi' mu samo da mi se gubi s očiju, a on uze onu bedu, a da ni u kesu nije pogledao. Mogô sam i bakrene da mu dam, jednako bi mu bilo, al' nije Emin-paša nepošten."

„Aferim, gazda!", rekoše svi uglas.

I tako je Gmitar otišao iz varoši i niko ga nikada više nije video — reče Mirko.

Milan je zastao i pogledao oca s nevericom.

— I?

— Šta i? — pravio se Mirko nevešt.

— Nije valjda stvarno otišao?

— Pa, jeste, čuo si. Odjahao je na pašinom konju.

— I nikad se više nije vratio da se osveti zlom Turčinu? — upitao je dečak više nego razočaran.

— Ko je to rekao? — tobože se ovaj začudi.

— Pa ti! Rekao si da ga niko više nikada...

— ...nije video... — nadovezao se Mirko na sinovljeve reči. — Ali nisam rekao da se nikada nije vratio. I te kako se vratio...

— Pa pričaj mi dalje! — ushićeno će dečak.

— Hoću, ali samo pod jednim uslovom. Da mi obećaš da više nećeš da skačeš u reku ako ja nisam tu.

— Obećavam, tata, izvini...

— Naučiću te malo kasnije da se održavaš na vodi, ali čak ni kad budeš znao dobro da plivaš, nemoj bez mene. Sa Moravom se nije šaliti.

— Dobro, tata, neću više.

— Gde sam ono beše stao?

— Kad su mu ostali Turci rekli: „Aferim, gazda!"

— Emin-paša se kajao što Gmitra nije ubio, ali u svojoj gluposti i oholosti je čak pomislio da se ovaj njega bojao i zbog toga brže-bolje pobegao iz varoši čim je dobio malo zlata da drugde započne život. Posle par meseci počeo je polako da ga i zaboravlja, kao bilo koji nevažan događaj u svom životu. Još uvek su ga, ipak, čuvali naoružani momci, jer Gmitar nije bio jedini kome je naneo zlo, jedino što je to bilo gore od svih zala. Nije se, međutim, pokajao što je oteo čast jednoj sirotoj srpskoj devojci bez oca i majke. Nikad nije zažalio što je u cvetu mladosti oduzela sebi život njegovom krivicom. Nikad, osim možda u sudnjem času.

Jedne večeri, taman su Turci posedali oko stola, dotrča kalfa i povika da kuća i dućan gore. Radilo se, naravno, o Gmitrovom dućanu. Emin-paša skoči i van sebe od besa povika im da svi trče da gase požar. Svi su ga iz stopa poslušali i istom je ostao sasvim sâm u avliji. Pašin sin Sulejman je sa ljudima otrčao do dućana, ali nisu mogli ništa da ugase, niti je ko iz komšiluka hteo da im priskoči u pomoć, čak ni njihovi Turci. Kad se posle nekoliko sati vratio kući da ocu saopšti tužnu vest, našao je pašu vezanog za orah usred avlije, mrtvog. I upaljenu kuću. Kažu da je mladi Turčin danima po zgarištu tražio zlatne dukate i ništa nije našao. Bez igde ičega, bez znanja i zanata i, što je najgore, bez ijednog prijatelja, mladi paša je postao prosjak u varoši gde je nekada mogao da ima sve ono u šta uperi prstom. Jednog dana, pojavio se niotkuda neki Arnautin i otkupio mu svu imovinu, sve opustele čifluke, njive, vinograde i šume, za samo sto dukata. Uz to mu je poklonio i jednog predivnog konja. Istog onog što je tačno godinu dana pre Gmitar dobio od Emin-paše. Mladi Sulejman je brže-bolje pobegao iz varoši, ali čim je zašao u brda i šume, presreli su ga razbojnici i sve mu oteli. Kažu da je skinuo učkur sa čakšira i obesio se o prvo drvo. Tako da je i njega stigla zla kob njegovog oca, zlikovca.

— A Gmitar? — upitao je Milan. Oči su mu gorele vatrom ponosa zbog svog dalekog pretka.

— Gmitar je otišao u Srem. Tamo je trgovao stokom i tako se upoznao sa jednim drugim Srbinom po imenu Koča Anđelković. Ovaj je toliko mrzeo Turke da im je po Šumadiji stalno zagorčavao život i zbog toga morao da pobegne u Austrougarsku. Bio je rođeni vođa, a sanjao je da jednog dana zauvek otera Turčina i vrati slobodu svojoj otadžbini. Kad je Koča krenuo put Srbije u nameri da digne bunu protiv Turaka, krenuo je sa njim i mladi Gmitar Stevanović. Koča je u borbu krenuo sa još petsto ljudi iz svog rodnog sela Panjevca, nadomak Jagodine. A za polaznu tačku je izabrao najveće drvo u selu i u njegovoj kori sekirom urezao krst ne bi li dao sveti karakter i značaj njihovoj borbi. Verovatno si shvatio da je to drvo ovaj naš hrast koji tako ljubomorno čuvaju oni opasni mravi. Od tada ga svi zovu Kočin hrast ili Zapis, a Panjevac je preimenovan u Kočino selo.

Kapetan Koča Anđelković se pokazao kao izvrstan vojskovođa. Izvojevao je mnoge pobede i očistio celo Pomoravlje i veliki deo Šumadije od Turaka. Svoju ćerku Saru udao je za jednog od svojih najhrabrijih i najvernijih frajkora. Šta misliš, ko je to bio?

— Gmitar! — odgovorio je Milan kô iz topa.

— Naravno. Ko bi drugi? — nasmejao se Mirko i slegao ramenima. — Godine 1787. rodio se naš prvi predak na ovim prostorima, Petar Gmitrović. Nažalost, nikada nije upoznao oca Gmitra. Ovaj je, zajedno sa Kočom, prešao u Austrougarsku posle propale bune i zarobljen je u Banatu jer ih je izdao neki vlaški odred. Javno su pogubljeni u obližnjoj Tekiji, ali ono što su započeli, nije umrlo sa njima. Kočina buna je bila kamen temeljac Prvom srpskom ustanku, koji je predvodio njihov nekadašnji prijatelj i saborac Karađorđe Petrović.

— Karađorđe je bio njihov prijatelj?! — zaprepastio se Milan. Deda Giša mu je često pričao o tom „velikom srpskom voždu", kako ga je nazivao. Voleo bi da je starac još uvek živ. Koje bi lice napravio kad bi čuo da su Milanovi čukunčukundedovi drugovali s Karađorđem?

— Da. I zato je Karađorđe za komandanta jedne čete imenovao njihovog unuka i sina Petra Gmitrovića, koji je tada imao nepunih osamnaest godina. Taj naš prvi predak je bio rasni vođa. Junačina. Preživeo je i Prvi i Drugi srpski ustanak i doživeo da se san njegovih predaka ostvari, da se Srbija najzad oslobodi Turaka. Toliko je svojim junaštvom zadužio Srbe da su sve njegove potomke nazivali Petrov umesto Petrović, kako je onda bio običaj. I tako mi od Stevanovića preko Gmitrovića, postadosmo i ostadosmo Petrovi. Kraj priče.

Milan je trepnuo kao da se nečega odjednom setio.

— Tata...

— Molim?

— To je baš... baš mnogo čudno.

— Šta je čudno?

— Pa i moj deda po majci se zvao Petar. I on je takođe bio veliki junak.

Dečakove reči su ga presekle, ali samo jedan pogled bio mu je dovoljan da shvati da se iza njegovih reči ne krije nikakva dvosmislenost. Nije ni pretpostavljao da se baš zbog tog drugog dede, četničkog komandanta, Mirko i odlučio na onaj kukavički korak.

— Znam, kako da ne znam — rekao je sa osmehom, ne bi li prikrio svoju nelagodnost. — Nego, Milane, nešto sam razmišljao pa da ne zaboravim. Pošto je ovaj hrast Kočin hrast, a Koča nam je čukundeda... pa onda je to i naš hrast.

— Pa jeste... — zamisli se i dečak. — Al' idi, objasni to onim mravima što htedoše da me pojedu živog. Možda nas puste da se popnemo.

Mirko je prasnuo u smeh. Dečakova inteligencija i urođeni smisao za humor sve više su mu se dopadali. Likom je isuviše podsećao na njega, ali je posedovao dušu svoje majke. Predivne i predobre Ružice Jovadžić.

— E, znaš šta ćemo sad? — reče Mirko. — Idemo da te naučim da plivaš!

— Uraaaa!!! — uskliknu dečak radosno, bacivši cipele u vazduh.

Pre nego što je palo veče, dakle, Milan je naučio da pliva. Ali to, naravno, nije bilo sve. Kada je uveče legao i sklopio oči, u njegovim grudima više nije kucalo isto srce kao kada je tog jutra ustao. U njemu je kucalo srce njegovih predaka, sve samih junaka. Te noći je sanjao kako jaše sa ocem na konju. Sa njihove leve i desne strane, njihovi dedovi Gmitar, Koča i Petar i još mnogi, bezimeni. A pred njima, kao poplašena marva, beže Turci...

15

Jutro četvrtog dana bilo je tmurno. Otac ga je pustio da spava malo duže, a kada je sâm od sebe promolio glavu kroz otvor na šatoru, video je da je već sve bilo spremno za polazak. Štapovi su bili spakovani i vezani, a veliki bledozeleni vojnički ranac naslonjen uz topolu, nabrekao od stvari. Konopca za sušenje veša takođe nije više bilo. Jedino je duguljasta prazna vrećica od nepromočivog platna čekala na šator.

— Ako si gladan, ima još jedna pileća pašteta — reče Mirko ugledavši njegovu raščupanu glavicu. — Ona koju najviše voliš, Juhorova.

— Ne mogu, hvala.

— I bolje. Hleb nam je tako taze da ga ni beovice ne bi htele. Ali, ako ti voliš malo zelenkast hleb...

Milan se nasmešio na njegovu opasku. Otac je imao neobičan način da se šali. Rekao bi nešto smešno, a uspevao bi da ostane savršeno ozbiljan, što je dečaku bilo još smešnije.

— Sad će Buba, još malo — rekao je, pogledavši u sat. — Taman ćeš ogladneti dok stignemo u grad, a onda vas vodim na vruć burek. Ima na Levču jedan Goranac što ga pravi... *Mamma mia*!

Milan je uputio ocu pogled pun obožavanja. Naravno, pre toga se uverio da ga ovaj ne gleda. Urođen ponos nije mu dopuštao da toliko otvoreno pokaže osećanja čoveku koga do juče nije poznavao. Ali ova tri dana na Moravi zbližila su ih mnogo više nego što su obojica sebi hteli da priznaju. Dečaku se činilo kao da je oca oduvek znao, samo je čekao da se ovaj vrati s dugog odsustva, pa da nastave tamo gde su stali.

— Ne bih da te požurujem — reče Mirko pogledavši u nebo — ali mislim da bi trebalo da se obučeš, pa da spakujemo i šator. Miriše mi na kišu. Bolje da budemo spremni kad Buba dođe po nas.

∗ ∗ ∗

Poslednji julski dani bili su obeleženi druženjem sa Ankom. Nekadašnji raskošan vrt Petrovih je sada bio zapušten, zato su odlučili da ga zajedničkim snagama za sada bar očiste od korova. Čeličnom četkom i šmirglom ona je očistila Vojin zarđali srp i njime strpljivo sekla divlje rastinje. Milan je išao za njom i korov tovario u kolica. Bilo je tu dosta trnja i boce. Anka je u fioci pronašla gospođa-Stanine stare kožne rukavice i dala ih dečaku da trnje ne bi hvatao golim rukama. Suvo granje su odvajali na stranu za loženje. Naučila ga je da od mladih grana, koje su poput tankih šiba rasle iz jabukovih stabala, pravi loptice za potpalu. Naime, gipka šiba se lako savijala tako da je mogla da se smota u malo klube, a osušena u tom obliku bila je idealna za brzo i efikasno potpaljivanje vatre.

Najpre su raščistili kamenu stazu, ne bi li oslobodili prolaz do reke. Malu gvozdenu kapiju su jedva otvorili, toliko je bila zarđala i obrasla gustim bršljanom. Kroz nju su na kolicima iznosili đubre i bacali ga na gomilu kraj reke Belice. Posle nedelju dana isključivo prepodnevnog rada zbog vrućina, napravilo se pravo malo brdo. Došao je trenutak svečanog paljenja. Korov, koji se pod vrelim suncem već bio prilično osušio, lako je planuo pod Milanovom šibicom.

Anka je umela da naporan posao učini zanimljivim i zabavnim. Zbijala je šale poput neke šiparice, neretko i na svoj račun, tako da je dan prolazio u smehu i sve je ličilo na igru. U podne je na brzinu spravljala nešto za ručak, a posle jela dečaku držala časove iz pisanja i čitanja. Zahvaljujući Milkinom trudu, znao je već sva slova. Stara učiteljica ih je samo uobličavala u reči, potom u rečenice, i za nepunih deset dana je već bio sposoban da napiše sve što bi mu izdiktirala i to pročita jasno, bez sricanja.

Početkom avgusta ga je upisala u Gradsku biblioteku. Milan je svoju prvu knjigu pročitao za samo jedno poslepodne. Bila je to veoma mala knjiga, bar naizgled. U dečakovim očima ona je bila velika kao čitav jedan svet, prepun nevine čistote. Bio je to Sent Egziperijev *Mali princ*, remek-delo literature.

Sudbina malog junaka knjige je na njega ostavila toliko jak utisak da je noćima uzdisao družeći se sa nesanicom. Mislio je da više nijednu drugu knjigu neće moći da pročita. Smatrao je da nema prava na to i da bi time izdao Malog princa. Da bi time prekinuo onu nevidljivu nit koja ga je zauvek vezala za nestvarni lik i bacio ga u zaborav. Bio mu je veran puna tri dana i nesumnjivo bi to bio daleko duže, da Anka nije umešala prste.

Pod izgovorom da želi da čuje kako je napredovao u čitanju, utrapila mu je drugu knjigu. Kao iskusan pedagog, pretpostavila je šta se desilo u njegovom čitalačkom srcu. Podočnjaci na njegovom neispavanom licu samo su potvrđivali njenu bojazan. Takođe je znala da će *Zov divljine* Džeka Londona biti savršen „protivotrov" *Malom princu* i da će nesumnjivo uzburkati Milanov avanturistički duh. I naravno, imala je pravo. Pre nego što je krenuo u školu, pročitao je i *Belog očnjaka* kao i Tvenovog *Toma Sojera*. Poput Milana, Tomov drug Haklberi Fin je sa svojim ocem pecao somove na dalekoj reci neobičnog naziva, Misisipi.

Oko četiri po podne, nakon što bi otac stigao iz fabrike i ručao, Anka bi običavala da malo prilegne. Neretko bi to činio i Mirko. Dečak bi onda seo na trem i čitao. Ali tog dana njegov avanturistički duh nije mogao da se zadovolji tuđim avanturama na papiru. Bilo mu je potrebno nešto opipljivije. Uzeo je očevu malu žičanu čuvarku za ribe i sišao do Belice. Reka je bila malena. Na najužim delovima se mogla preskočiti gotovo bez zaleta, ali bila je kao stvorena za avanturu. Kristalno čista, sva obrasla u gusto šiblje i, što je najvažnije, prepuna ribe. Milan je zagazio. Na tom mestu voda mu je dosezala do kolena i prijatno mu hladila noge. Pod stopalima je osetio sitan pesak. Čim je zavukao ruke u čkalju, srce mu je poskočilo od radosti. Pod prstima mu je zaprštala riba. Osećao je da će ostatak dana biti veoma zanimljiv. Kasnije se ispostavilo da je bio u pravu, ali ne baš onako kako je on očekivao.

Kanap na čuvarki je bio suviše kratak da ga obavije oko struka, a pošto na špilhoznama sa lastišom nije imao ni kaiš ni gajke, nije mogao nigde da je veže. Morao je čuvarku da ostavi na obali. Bilo mu je nezgodno da se svaki put kad nešto uhvati vraća do nje, ali nije hteo da dozvoli da mu taj detalj pokvari zadovoljstvo lova. U tom trenutku nije znao da će mu ga pokvariti jedan sasvim drugi detalj. U krošnji duda, gotovo tik iznad njegove glave, sedeo je Ciganin i posmatrao svaki njegov pokret. Posle nekog vremena, kada je Milan već odmakao, ovaj je skočio sa drveta i polako krenuo za njim. Na usnama mu je titrao zlurad osmeh.

U istom trenutku kada se dečak pod drvenim mostom mučio da iz čkalje izvadi jednog prgavog, povećeg klena, Ciganin je preko njega prešao i kroz šipražje sišao do reke. Lagano, mic po mic, prišao je toliko blizu čuvarki da je mogao da je vidi, a da u isto vreme Milan ne vidi njega. Tu se primirio.

Zbog hlada koji je široki daščani most pravio, na tom mestu je bilo toliko ribe da se dečak posle pola sata umorio od hvatanja. To se, naravno, odrazilo i na stanje u čuvarki. Ubrzo u njoj skoro više nije ni bilo mesta za nov ulov, stoga je rešio da za taj dan prekine. Sa poslednjom krkuškom u ruci, zakoračio je ka obali, ali se ukopao u mestu. Razrogačenih očiju, buljio je u ulegnut komad trave, gde je samo trenutak pre ležala prepuna čuvarka. Neko ju je ukrao.

Pažnju mu je privukao slab šušanj i on diže pogled taman na vreme da vidi leđa Ciganina koji se kraj mosta popeo na bedem sa njegovom čuvarkom u ruci.

— Stani! — povikao je iz sveg grla. Uzalud, naravno. Ovaj je bez okretanja nestao u obližnjem sokačetu.

Dečak se vratio kući van sebe od besa. Za večerom, naprotiv, nije pokazivao znake nervoze, već se, kao i obično, smešio i razgovarao. Nikom se nije požalio. Malo zato što je očevu čuvarku uzeo bez pitanja, ali više zbog toga što je želeo da probleme koje je sâm napravio, sâm i rešava. Obećao je sebi da će drznika pronaći kad-tad.

PORODIČNE TAJNE

Te noći je sanjao kako juri za Ciganinom. Iako mu je ovaj uvek bio skoro nadohvat ruke, nikako nije mogao da ga zgrabi za vrat, ma koliko pokušavao. Nekako su mu pokreti u presudnom trenutku bivali sporiji, a noge teške. A lopovske noge tako lake i brze. Probudio ga je zvuk očevog automobila koji je odlazio na posao. Iako se osećao izmrcvarenim i umornim, znao je da od spavanja više nema ništa. Obukao se, umio i izašao u dvorište. Prišao je gvozdenoj kapiji i bacio pogled na ulicu. Umornog lica, ljudi su hitali na posao ne obraćajući pažnju na njega. Negde preko puta škripala je pumpa za vodu. Milan se nasmešio. Za Milku i Viktora, kao i za njega samog, još do pre mesec i po dana, naspram bunara, izgledala bi ta pumpa kao luksuz i blagodet. Ne samo da je jedini Viktor imao snage da na veliki drveni đeram namota vodom napunjenu kofu, već se i sâm bunar nalazio u dvorištu, podalje od kuće. Sada je ta pumpa dečaku delovala tako obično, skoro zastarelo. U očevoj kući bilo je dovoljno odvrnuti slavinu i voda bi potekla sama, kao čarolijom. Škripa je prestala, a njegov pogled je privukla silueta koja se kroz tarabe zabelasala iz dvorištanceta tik preko puta njihovog. Ni sâm nije znao zbog čega, ali popeo se na kapiju ne bi li bolje osmotrio svog komšiju. Silueta je pripadala mršavoj ženici bledog lica i plave raščupane kose poput slame. Gegala se i posrtala. Kanta vode koju je nosila sa pumpe, očigledno je bila preteška za nju iako je bila tek do pola napunjena. Nije mogao da joj odredi godine. Nešto u njoj podsetilo ga je na Milku. Možda boja kose ili mršavost. Ali dok je Milka odisala sigurnošću i snagom, ženica preko puta je delovala tako nezaštićeno i, reklo bi se, uplašeno. Možda nije imala, pomisli Milan, nekog kao što je Viktor da brine o njoj i štiti je.

Ženica se nekako dogegala do kuće, ali joj je pred pragom ponestalo snage i ona spusti kofu. Jednom rukom je protrljala donji deo leđa dok je drugom obrisala znoj i sklonila kosu sa čela. U istom trenutku trošna drvena vrata na prastaroj turskoj udžerici su se odškrinula, a bosonogi dečačić je izašao iz nje preskočivši grubi, kameni stepenik. Njegova tanka i ravna kosa, još plavlja nego u njegove majke, učinila se Milanu iz daljine skoro belom. U želji da pomogne, nežni dečak se prihvatio kofe. Čak i zajedničkim snagama jedva su uspeli da je unesu u kuću, jer je dečak majci više smetao nego što joj je bio od pomoći. Štaviše, spotakla se na prag i pri tom izgubila papuču. Milan se čudio kako neko može da bude tako slab. Nije, naravno, mogao da zna ko su ljudi koji žive preko puta njega, a još manje da su oni češće bili gladni nego siti. Plava glavica se ponovo pojavila na vratima. Dečačić se sagnuo da dohvati majčinu papuču, a kad se uspravio, njegov pogled se slučajno susreo sa Milanovim.

Milan se nasmešio dečaku, ali nije bio siguran da je ovaj to video jer je već sledećeg trenutka nestao u kući. Na jednom od dva niska prozorčića koja su gledala na ulicu, jedva primetno se pomerila zavesa. Mogao je da se zakune da ga je plavi dečak posmatrao kroz okno. Stajao je još malo na ogradi razmišljajući šta da radi, a onda je skočio sa nje i pogledao u dlanove. Bili su crveno-žuti od rđe. U glavi mu je sinula ideja.

Dvadesetak minuta kasnije, vratio se iz „Vojine" radionice sa šmirglom i čeličnom četkom u jednoj, i malim drvenim merdevinama u drugoj ruci. Na sebi je takođe imao plavu radnu bluzu, toliko preveliku za njega da mu je dosezala do kolena. Rukave je zavrnuo do laktova i počeo da struže gvožđe. Bilo je sedam sati ujutru. Kada ga je Anka dva sata kasnije, začuđena što ga nema u krevetu i još više kad je videla šta dečak radi, pozvala na doručak, Milan je već očistio trećinu ograde od rđe.

— Baš si ti vredan i dobar dečak — reče Anka za stolom uputivši mu nežan osmeh.

Milan je podigao pogled. Lice mu je bilo uflekano od rđe, a u ogromnoj radnoj košulji je delovao koliko smešno, toliko i ozbiljno. Kao pravi mali majstor.

— Pa tata nema vremena, a šteta je da propada tako lepa ograda.

— Pokojni Voja bi bio ponosan na tebe. On je tu ogradu redovno održavao još otkad ju je tvoj deda Milan stavio. Doneli su je i postavili majstori iz Beograda koji su radili bogataške ograde i kapije po Dedinju.

Dečak prestade da žvaće i zagleda se u Anku.

— Deda Milan?

— Da — reče Anka naizgled mirno, mada je osećala da se malo izletela i da joj predstoje neka neprijatna objašnjenja. I nije se prevarila.

— Je l' taj deda Milan umro?

— Umro? Ne, ne, još uvek je živ!

— Pa zašto onda nikad ne dolazi?

— Nisam ga odavno videla, ali čula sam da živi u Beogradu kod ćerke. Tvoje tetka Ene.

— A zašto ga tata ne pozove da dođe u goste kod nas? Ja bih baš voleo da upoznam svog dedu.

— Znaš, Milane — poče Anka sa snebivanjem — tvoj deda je sad star čovek, a možda i bolestan. Ipak je to naporan put...

— Onda ću zamoliti oca da mi odemo u Beograd da se up...

— Nemoj! Molim te, nemoj!

Dečak je sada spustio viljušku na sto i tako se upiljio u nju da je poželela da nestane. Njegove kao ugalj crne oči gorele su od nemih pitanja. Dugovala mu je objašnjenje.

— Slušaj, sine... — udahnu Anka duboko, pre nego što je nastavila. — Deda i tata ne razgovaraju već godinama.

— Ali, zašto? — razočarano će dečak.

— Zato što... Tvoj deda Milan je preozbiljan čovek starog kova i nikada se nisu razumeli. Nikada.

— I samo zbog toga ne razgovaraju? — upitao je sa nerazumevanjem u glasu.

— Nije samo to.

Anka je bila ljuta što je samu sebe nepromišljeno dovela u situaciju da detetu objašnjava te teške porodične razmirice, a koje ni sama nikad nije u potpunosti razumela i sagledala.

— Ova ulica je posle rata dobila ime po tvojoj tetki, koja je poginula u ratu. Nemci su je zarobili i streljali.

— To znam, ali...

— Tvoj deda nikad nije mogao da preboli njenu smrt, a izgleda da je za nju krivio tvog tatu.

— Ali tata nije bio kriv?

— Naravno da nije! Sigurna sam da bi preživela rat da je bila samo malo manje tvrdoglava i hrabra! Ludo hrabra...

Namerno je propustila da kaže da je i Mirko oca krivio za smrt svoje majke. Nije morao toliko da zna. Njegovo dečje srce je već dovoljno patilo zato što je svoje najranije detinjstvo proveo bez roditelja.

— Anka? — reče dečak tiho.

— Reci, dušo.

— A zna li deda da ja postojim?

— Ne verujem... — reče ona posle duže pauze. — Mislim, ne znam.

— A kad bi saznao... možda bi onda došao. Možda bi se tata i on... pomirili.

— Možda — reče Anka neubedljivo.

Milan je završio doručak u tišini.

— Hajde, operi se, pa da malo učimo.

— Ne mogu danas, Anka, izvini. Radije bih da završim ogradu.

— Pa dobro, sine, nema problema. Ali nemoj mnogo da se premaraš i uđi s vremena na vreme da piješ vode.

— Hoću — rekao je tiho i izašao.

— Spremiće ti teta Anka lep ručak i pitu od višanja! — viknu ona za njim razdragano dok je u duši osećala težinu zbog očigledne detetove tuge.

Trenutak je stajala nasred trpezarije i razmišljala. Naposletku je otišla u Mirkovu radnu sobu i iz radnog stola uzela papir i olovku. Sela je i drhtavim rukama počela da piše.

Draga moja Ena,
Nadam se da si dobro. Prošlo je dosta vremena od našeg poslednjeg viđenja i sigurno ćeš se iznenaditi kada budeš dobila moje pismo. Ali, veruj mi, razlog koji me navodi da ti pišem posle toliko godina, iznenadiće te daleko više...

DRUGARI

Milan je strugao ogradu predano, želeći da obraduje oca kad se vrati sa posla. Jedna misao mu se ipak neprestano motala po glavi. Ono što je čuo od Anke nije mu se nimalo sviđalo. Nije bilo normalno da otac i sin ne razgovaraju, posebno kad im tako teške stvari leže na srcu. I kad već imaš sreće da imaš oca. Stari ljudi umiru preko noći, znao je to vrlo dobro iz Gišinog primera. Jednog dana će biti kasno za razgovor.

Dok je strugao, plavi dečak je nekoliko puta izašao u dvorište i tamo nešto čangrljao. Milan je pretpostavljao da je ovaj time hteo da privuče pažnju, tim pre što je na leđima osećao njegov uporan pogled. Ali, i on se uporno pravio da ga ne primećuje. A u glavi je već imao svoj mali plan. Došao je trenutak da sebi nađe druga.

Kao što je i očekivao, dečkića je Milanova nezainteresovanost polako izbacivala iz takta. Uporno je nečim lupkao i strugao, škripao pumpom, nakašljavao se. Uzalud. Na sve njegove pokušaje, Milan je ostajao gluv. Posle nekog vremena, plavušan je bacio svoju alatku ili tek neko parče gvožđa, izašao iz dvorišta i krenuo trotoarom od makadama.

— Hej, ti! — oslovio ga je Milan glasno, ne okrenuvši se. — Gde si pošao?

Mališan se ukopao u mestu.

— J... ja? — uzvratio je uplašeno.

— Što mi ne pomogneš malo, umesto da se igraš sâm u dvorištu?

Pošto se dečak nije pomerao, a ni odgovarao, Milan se okrenuo prema njemu.

— Hoćeš li? — upitao ga je ponovo, ali ovog puta znatno blažim tonom i, još bitnije, sa osmehom.

Plavi dečak je slegnuo ramenima i stidljivo mu uzvratio osmeh.

— Nemam dve radne košulje — izvinio se Milan, tutnuvši mu čeličnu četku u ruke — ali to što imaš na sebi je ionako staro i iscepano.

Nije bio svestan da svom malom komšiji čini nepravdu tom primedbom. Nije mogao da zna da mališan i nema ništa bolje i novije da obuče. Ovaj ne reče ništa i zadovoljno prihvati alatku, radostan što jedan tako naočit dečak želi da se druži sa njim, siromahom.

— Kako se zoveš? — upitao je mališana.

— Miljan Lekić.

— A ja sam Milan, to mu je skoro isto! Mada, neki me zovu i Mile.

Osim da su im se imena razlikovala samo u jednom slovu, do ručka je o mališanu saznao još mnogo toga. Majka mu se zvala Marija i bila je Slovenka. I težak šećeraš, mada Milan nije nikada ranije čuo da neko može da bude bolestan od šećera. Pokojni otac Ratko bio je Crnogorac. Vukao je neku plućnu bolest još iz okupacije, kada je kao zarobljenik radio u borskom rudniku i umro pre no što mu se sin rodio. Saznao je i da se takva deca zovu „posmrčići". Država im je udelila neku skromnu sumu od nemačke ratne odštete, kojom su kupili ovu staru kuću, a sad su majka i on živeli od male očeve invalidske penzije. Majka je nadničila i čistila po kućama ne bi li zaradila koji dinar, naravno, koliko joj je zdravlje dozvoljavalo.

Kako je razgovor tekao, Milan je sve više uviđao da postoje gore sudbine od njegove. Videlo se da je mališan strašno usamljen. Možda je zbog svog siromaštva bio suviše stidljiv da potraži druga, a možda je bio i odbačen od ostale dece. U njemu je prema tom bledom i slabunjavom dečaku počelo da se javlja sažaljenje, a sa njim i potreba da ga zaštiti. I pored nekih sličnosti, kao što su ime, godine i život bez jednog roditelja, bili su njih dvojica totalno različiti. I gotovo u svim segmentima, Milan je bio superiorniji od njega i to ne samo u fizičkom smislu. Ali duša plavog dečačića je u tolikoj meri odisala odanošću i poštenjem da ga je ovaj, i ne znajući, odmah zavoleo. Ako se izuzme stari Giša, tog dana je po prvi put u životu stekao pravog i iskrenog druga.

Kada se Mirko vratio sa posla, zatekao je dva dečaka na tremu sa po čašom limunade u ruci koju im je Anka napravila da se osveže. Ruke i znojava lica bila su im skroz crvena od rđe i delovali su iscrpljeno. Ipak, oči su im zasijale srećom kada ih je Mirko pohvalio. Iako nije poznavao dečaka iz komšiluka, instinktivno je osetio da je dete pošteno i dobro. Samo jedan pogled na njegovu pohabanu odeću i bušne cipelice, kao i na njegovo neuhranjeno lice, otkrio mu je sve ostalo. Naravno, ostavili su ga na ručku, a brižna Anka mu je pride spakovala nekoliko parčadi pite od višanja da ponese mami. Od tada nije prošao maltene nijedan dan da se dva dečaka nisu videla. Prve dane poznanstva su najčešće provodili u Milanovom dvorištu, jer nakon što su ostrugali ogradu kraj ulice i Belice, trebalo je sada istu i ofarbati. Mirko je kupio crvenu zaštitnu podlogu i crnu uljanu boju. U radionici je našao četke u dosta dobrom stanju i jedne subote pre podne, na maloj kapiji im pokazao kako se farba gvožđe. Sve ostalo mali moleri su ofarbali potpuno sami. Otac je Milana i njegovog druga za nagradu odveo „Kod Rize" na gemišt i baklavu, a posle toga išli su da gledaju *Tarzana* sa Džonijem Vajsmilerom u glavnoj ulozi. Radost dečaka je bila tim veća što je obojici bio prvi put da idu u bioskop.

U dvorištu pored Miljanovog, u maloj prizemnoj, ali lepoj kući, živela je Grozdana, mlada raspuštenica. Nije bila bogzna kakva lepotica, ali imala je predivnu bujnu kosu, istu kao Morin O'Salivan, Tarzanova Džejn iz filma. Čak je i obrve čupkala poput nje. Dvorišta je razdvajao samo tanki zid od nemalterisane cigle. Dečaci su sa drveta mogli da vide njeno dvorište i neretko su je posmatrali dok je u laganoj kućnoj haljini prostirala veš. Miljan se svaki put kad bi je ugledao uhvatio za grudi i uzdahnuo, a njegove krupne plave oči ispunile nečim što Milan nikako nije mogao da razume. Ali, na mališanovu veliku žalost, ova Džejn je imala nekoliko „Tarzana", koji su je redovno posećivali, a jedan od njih bio je i njihov brkati poštar Blagoje. Visok, suvonjav, krivonog i... oženjen. On joj je bio i najredovniji „gost". Dolazio je svakog petka po podne, nakon završene smene. Svoj službeni bicikl je vešto krio u Blažinom sokačetu u gustom žbunju, verovatno misleći da ga niko ne vidi.

Miljanovo dvorište, iako divlje i prilično zapušteno, predstavljalo je idealni teren za igru. Katkad su bili kauboji i Indijanci, a katkad se penjali na veliku staru trešnju imitirajući kralja džungle i njegov nadaleko poznati krik. Miljan je u sebi otkrio glumački talenat, a njegova imitacija Čite je Milana svaki put terala u smeh do suza. Jednom, ali samo jednom, pokušali su da se igraju Nemaca i partizana, samo što nijedan od njih dvojice nije hteo da bude Nemac ni za živu glavu. Milan se našalio rekavši da ako neko treba da bude Nemac, to je Miljan, jer su skoro svi Nemci bili plavokosi. Izvinio se kada je u očima svog druga video suze i tada mu se zakleo da ga nikada više neće terati da bude Nemac. Tako su zaboravili na Nemce i na obostrano zadovoljstvo rešili da budu Mirko i Slavko. A Nemaca za odstrel je, bar u dečjoj mašti, bilo napretek i svaki komad drveta postajao je pištolj, a patrljak metle puška ili mašingever.

Jednog dana došli su na ideju da sebi naprave pravo oružje. Pošto su skoro ceo dan izgubili bezuspešno pokušavajući da izrade luk i strelu, jer niti su imali adekvatno drvo za luk, niti za strelu, odlučili su da naprave dve praćke. U radionici je Milan već ranije pronašao unutrašnju gumu za motocikl i od nje uspeli da makazama iseku dve dovoljno duge trake. Očeva struna za krupniju ribu mogla je fino poslužiti za vezivo samo, i pored najbolje volje, nisu mogli da pronađu kožice za ispaljivanje kamena. Sedeli su potpuno obeshrabreni na bedemu Belice i razmišljali šta da rade. Tek tad su se stvarno kajali što su toliko vremena izgubili oko luka i strele. Dan je prolazio nemilosrdno brzo, a oni još uvek nisu bili napravili ništa što se moglo nazvati oružjem. Najednom, Miljan skoči na noge.

— Koji je danas dan?

— Šta ti je, bre? — začudi se Milan.

— Koji dan?

— Pa, sutra nas tata vodi na pecanje, znači ne radi, znači...

Njegov drug nije ni sačekao odgovor, već je odjurio kao da mu je sâm đavo za petama. Milan je ostao da sedi tu ne shvatajući ništa, sve dok se ovaj posle pet minuta nije vratio sa širokim osmehom i toliko samozadovoljnim izrazom na licu, kao da je sâm oslobodio grad od Nemaca. U ruci je držao sedlo sa Blagojeve službene bicikle. Sedlo od kože. Dečaci su je svukli sa žičanog rama i dobro istukli čekićem na malom Vojinom „šusterskom" nakovnju, ne bi li je omekšali. Za nepun sat imali su u rukama dve prave pravcate praćke. Iz Blažinog sokačeta začuo se Blagojev krik kada je uvideo da mu je sa bicikla neko ukrao sedlo. Bio je to tako lep i grlen krik da bi se verovatno i sam Tarzan postideo pred njim. Dečaci su se pogledali i prasnuli u smeh. Odmah su se razjurili po dvorištu da nakupe kamenje, nestrpljivi da oprobaju svoje oružje. Na bedemu su poboli kolac, a na njega natakli neku bušnu šerpicu koju su iskopali u lomu Miljanove šupe. Trebalo je da im posluži kao meta. U početku, dok nije upoznao praćku, Milan je neprestano, za dlaku, promašivao. A onda, odjednom, počeo je da pogađa.

— Leva ruka u pravcu mete, kao nišan — savetovao je svog malog druga. — Tako... Dobro je, zamalo da pogodiš! Samo još malo smiri ruku kad rastežeš.

Posle još jednog bezuspešnog pokušaja, dečkić je najzad pogodio. Kamen je udario u dršku i prosto zavrteo šerpicu na kocu, pretvorivši maltene promašaj u spektakularni pogodak. Iz oba grla se oteo krik radosti. Taj prvi uspeh mu je ubrizgao toliku dozu samopouzdanja da je odmah ponovo odapeo i pogodio nasred šerpe. Svaki sledeći pokušaj im je bio uspešan i tek kad su povećali distancu sa deset na dvadeset koraka, počeli su ponovo da promašuju, ali veoma retko. Dečaci su svaki pogodak propraćali ratničkim krikom i bili su toliko srećni da su mislili da im ništa ne može narušiti tu sreću. A onda se u daljini, iz pravca Kamenitog mosta pojavila silueta. Prvi ju je ugledao Miljan i, prepoznavši onog kome je silueta pripadala, rekao uplašeno:

— Ajde brzo da se sklonimo!

Milan ga je začuđeno pogledao, a onda je, prateći smer njegovih uplašenih očiju, i on ugledao siluetu. Koliko je iz daljine uspeo da vidi, bio je to neki dečak njihovih godina. Nešto je nosio u ruci. Ponovo je pogledao u svog druga koji je već bio na kapiji. Strah u njegovim očima ga je prosto zaboleo.

— Ko je to? — upitao je jetko.

— Reći ću ti posle, samo beži sa bedema dok ne prođe! — usplahireno će ovaj.

Milan je zavrteo praćku u svojoj ruci. Mogao je da zamisli silinu udarca jednog kamena koji ulubljuje metalnu šerpu. Nesumnjivo da praćka nije bila nimalo naivno oružje. Sa dve praćke mogli su oterati slona, a ne nekog tamo nasilnika, koji uz to nije bio ništa veći od njih. Nije video razlog tolikoj panici, pa ipak nije želeo nepotrebnu kavgu, i to u mestu gde je još uvek bio novajlija. Zato se laganim korakom uputio prema kapiji, bacivši preko ramena još jedan pogled niz bedem. Silueta je već bila dovoljno blizu da je mogao da razazna da se radi o dečaku, Ciganinu. A kad mu je pogled pao na stvar u njegovoj ruci, ukopao se u mestu. Bila je to, ni manje ni više, njegova žičana čuvarka.

— Miljane... — rekao je zastavši na kapiji. — Stavi kamen u praćku. Ovaj ne sme da prođe.

— Šta?! — užasnuto će mališan.

— Ukrao mi je čuvarku pre neki dan. Sad će morati da je vrati.

Milan je te reči procedio kroza zube, toliko mu je bilo teško da savlada bes koji je u njemu rastao strahovitom brzinom.

— Jesi li ti poludeo?! — pokušao je Miljan da ga urazumi. — To je, bre, Firga Ciganin! Prebiće nas obojicu jednom rukom.

— Ja ti kažem da taj neće da prođe dok ne vrati ono što mi je ukrao. Milom ili silom.

— Kakva, bre, sila?! — jeknuo je Miljan. — Kad se Firga popne na našu trešnju, ne smemo u dvorište da izađemo od straha. Obrsti je dok si rekô piksla, kô da je koza!

Milan ga nije ni slušao i već je stao nasred bedema da sačeka lopova. Shvativši da ga ničim neće urazumiti, gurnuo je ruku u džep i nerado iz njega izvadio okrugli belutak, a onda ga stavio u praćku.

— A da otrčim čas po čika Mirka? — pokušao je ponovo.

— Ne! — odbrusio je Milan. Nije ni po koju cenu hteo da uvlači oca u to. — Jesi li sa mnom ili nisi?

— Jesam — reče ovaj sa knedlom u grlu. — Ali, obrali smo bostan...

Firga, prefrigani Cigančić od deset godina video je dečake još sa Kamenog mosta i umesto da ide tamo kuda je prvobitno namerio, na Belicu da hvata rukama ribe, krenuo je prema njima. Nije mu bilo bitno gde ide ni šta radi, jer imao je svu slobodu i sve vreme ovoga sveta.

Bio je rođeni lopov. Džepario je seljake po pijaci, ulazio gde je hteo i uzimao šta god mu je trebalo iz tuđih ostava i podruma. Nevidljiv i tih poput duha, bio je čak toliko smeo da je noću ulazio ljudima u kuću kroz prozor i dok su ovi spavali, pred nosom im praznio novčanike i sve ostavljao na mesto kao da nikada nije bio tu.

Otac, zvani Toma Crevar, radio je u „Juhoru", fabrici salama i mesnih proizvoda kao polukvalifikovani radnik. Uglavnom je radio pošteno, ali plata je bila mala, a kuća puna dece, pa se ponekad dešavalo da gurne u džep i ono što nije njegovo. Ali, jednog dana je preterao. Pokušao je da iznese skoro dvadeset kila tankih suvih kobasica tako što ih je obavio oko golog tela, a preko obukao potkošulju i radnu bluzu. Čak i pijanom stražaru nije promaklo da se Toma naglo ugojio i rešio je da ga pretrese. Dobio je momentalni otkaz. Sudiju nisu dirnule Tomine suze, jer je ovaj i u svojoj mladosti bio čest „gost" svetozarevačke sudnice, doduše za sitnije prestupe. Ali, zbog šestoro dece, ipak je bio blag kada mu je izricao kaznu. Dobio je „samo" godinu dana zatvora. I tako je Tomin najstariji sin Firga (pravo ime mu je valjda samo majka znala) postao glava porodice. Nije morao ništa da pomaže u kući, samo da donosi hranu i pare. Majka mu je bila nezaposlena, a kuća puna musave dece, sve jedno drugom do ušiju. Firga nije ni voleo da radi, tako da nije bilo čudno što je umesto da rukama hvata ribu, odlučio da pođe bedemom i izmaltretira dva dečaka. U jednom trenutku se razočarao, jer su mu nestali sa vidika, a onda je jedan od njih ponovo izašao na bedem. Firga je ubrzao korak.

Milan je dobro osmotrio tamnoputog dečaka koji je poslednjih trideset metara maltene dotrčao do njih. Bio je nešto niži od njega, ali i plećatiji i vidno zreliji. Na kratkim mišićavim nogama već su mu rasle dlačice, a pod nosom crni paperjasti brčići. Naspram njega, golobradog i mršavog, delovao je skoro kao čovek. Ali, Milan nijednog trenutka nije sumnjao da će povratiti ukradenu stvar. Stajao je nasred bedema dajući jasno Firgi na znanje da neće proći.

— Šta je, bre, ovo? — reče Firga šutnuvši kolac. Ulubljena šerpica odlete niz bedem i izgubi se u šipražju.

Ta demonstracija snage imala je za cilj da zaplaši dečake. Miljan je prebledeo, ali je zato Milan jednako stajao i gledao ga u oči. Nije se pomerio sa mesta, samo je jače stegao vilice.

— Šta je bilo, klinjo? — reče mu ovaj sa podsmehom. — 'Očeš nešto?

— Da. Moju čuvarku.

Firga podiže čuvarku i zaklati je na prstu.

— Misliš, ovu moju ćuvarku?

— Ne pravi se lud! — reče Milan besno. — Odmah da si mi je vratio!

— Ajde, bre, žutokljunac, sklanjaj se da ne te zgazim kô govno!

Firga je preteći prišao Milanu i slobodnom rukom ga je zgrabio za bradu, ali ga je ovaj obema rukama grunuo u grudi i odgurnuo od sebe. Ciganin ga je gledao zaprepašćeno. Nije mogao da veruje da mu se mršavi dečak suprotstavio. Zaprepašteniji od njega bio je samo Miljan. Kolena su mu nekontrolisano drhtala.

— Leleeee! — povikao je Ciganin kao da se moli Bogu. — Pa znaš šta ču...

U pola reči je bacio čuvarku i munjevitom brzinom poleteo ka Milanu, pravo glavom u stomak. Neiskusan u tuči, dečak je bio potpuno iznenađen i nespreman za tako vešt i podmukao udarac. Pao je kao sveća. Još nikada u životu nije osetio takvu bol, a gore od svega je bilo to što nije mogao da dođe do daha. Zgrčena dijafragma nikako mu nije dozvoljavala da udahne makar malo vazduha. U jednom trenutku je pomislio da će umreti. Firga se lagano pridigao, siguran u sebe i svoj tajni udarac, kojim je jednim potezom rešavao skoro sve svoje tuče. Moglo je tako biti i ovoga puta. Mogao je jednostavno da uzme čuvarku i mirno odšeta dok se Milan valjao po travi između života i smrti. Ali, tog dana je bio posebno raspoložen da nekog maltretira, a mršavi dečak je došao kao poručen.

— E sad ču te rastavim na komadiči... — rekao je sa zlim osmehom.

Milan se još uvek borio za vazduh. Bubnjalo mu je u ušima i nije čuo Firgine reči, ali na sreću, bio je taman toliko priseban da podigne ruke i zaštiti lice kada je ovaj krenuo da ga šutira u glavu. Osetio je oštar bol u podlaktici i u istom trenutku, po prvi put otkad je dobio udarac u stomak, uspeo je da udahne malo vazduha.

A onda je najzad udahnuo punim plućima i osetio kako mu se snaga vraća, a sa njom i tvrdoglavi bes. U njemu je počela da se budi krv predaka, sve samih junaka. Gmitar, Petar, Koča... sa svakim novim udarcem budio se po jedan od njih i ulivao mu novu snagu. Ciganin tog trenutka nije bio svestan da mu se veoma loše piše.

— Ostavi ga! — povikao je Miljan uspaničeno.

Hteo je da odjuri po pomoć, ali bojao se da Firga u međuvremenu ne ubije njegovog najboljeg druga. Morao je odmah nešto da preduzme. Iako je drhtao kao prut, nanišanio je u njega i odapeo praćku. Uspeo je samo da ga okrzne po ramenu, ali i to je bilo dovoljno da ga bar na trenutak odvrati od Milana. Ovaj je jauknuo i uhvatio se za rame, a kada je shvatio šta se desilo, besno je potrčao prema Miljanu. Stigao ga je u tri koraka i tako jako šutnuo u zadnjicu da ga je podigao od zemlje.

— Znaš, bre, da ču te usmrtim sad! — rekao je nagnuvši se nad mališana, koji se, strovaljen, previjao od bolova.

Okrenuo ga je na leđa i pao mu kolenom na krhke grudi. A onda je polako podigao pesnicu iznad njegovog lica. Možda ga ne bi ni udario, ali uglavnom i da jeste hteo, nije stigao to da učini. Stigao je samo da vidi Milanovu senku pre nego što je dobio strahovit udarac kolenom u bradu. Pao je na leđa, ošamućen. Širom je otvorio oči. Pred njima je igralo milion zvezdica. Pokušao je da se pridigne, ali mu je naglo ponestalo snage. Nekako je ipak uspeo da sedne. Nije ništa video, ali je savršeno bio svestan onoga što mu se događalo. U ustima je osetio ukus krvi i sa njom nalet straha.

— Jaooo, batooo! — uspeo je samo da izusti pre nego što je dobio šut u glavu.

Milan nije mogao da podnese da neko povredi njegovog najboljeg druga. Kada je ugledao Firgu kako Miljanu kolenom gnječi grudi, jurnula mu je krv u glavu i pomutila mu razum. Potpuno je zaboravio svoj prvobitni cilj. Čuvarka mu više nije bila bitna. Želeo je da neprijatelju pusti krv. Iz dva udarca je potpuno onesposobio do tada nadmoćnijeg Firgu, ali to mu nije bilo dovoljno. Zgrabio ga je za kosu i uši, vukao nekoliko metara, a onda bacio niz bedem. Ovaj se skotrljao poput krpene lutke. Milan je strčao za njim i bacio mu se kolenima na grudi, kao što je ovaj pre toga učinio Miljanu. Hteo je da mu pesnicom smrska nos, ali na Firginu sreću, to se nije dogodilo. Niz bedem je strčao i Miljan.

— Nemoj, Milane, više, molim te! — zacvileo je potresen Firginim krvavim usnama i još više ubilačkim pogledom svog druga. — Dosta mu je, pobedio si.

Njegov molećivi glas kao da je Milana prenuo. Ustao je sa Firginih grudi i pogledao ga kao da ga prvi put vidi. I Ciganin je iskoristio taj trenutak da zacvili.

— Nemoj više da biješ, bato, da te meraf[1]! Jaći si, majke mi, uzmi tvoju ćuvarku.

— Predaješ se? — upitao je Milan.

— Predajem se stopostotno! — reče ovaj pljunuvši krv. — Ti baš nisi normalan, bato, 'očeš da u deset godina stavljam zlatni zubi?!

Milan se nasmejao. Bes iz njega je potpuno nestao. Samo je Miljan još uvek na Firgu gledao sa podozrenjem.

— A sad kaži zašto si mi ukrao čuvarku.

— Morao sam, bato, majke mi! Imam kuči gomilu braču i sestre, sve mali deca! Jedu kô vaške!

— Pa, mogao si da mi tražiš ribu, dao bih ti — reče Milan sažaljivo, kao da do pre par minuta istog Firgu nije hteo da ubije.

— Šta da ti kažem, bato, prokleto cigansko. Nije mi slatko ako ga ne ukradem!

— Pa, imaš li roditelje?

— Otac mi je umro, Bog da mu dušu ne oprosti, a majka mi stara — slaga Firga, jer, uzgred budi rečeno, majka mu je bila samo petnaest godina starija od njega samog.

— Nemoj da lažeš! — javio se i Miljan ljutito, jer zadnjica mu je još bridela od Firgine cipele. — Otac ti je u apsi.

— Pa, to ti kažem, u apsu mi otac — spremno će ovaj.

— Sad si rekao da je umro — ljutnu se i Milan.

— Eeee, zatvor je, bato, još gori od smrta... Sramota je to za familiju, znaš?

— Otkad lopov zna za sramotu? — odbrusi mu plavušan još uvek trljajući bolnu zadnjicu.

Firga mu uputi uvređen pogled.

— Nije lepo to što kažeš, e znaš!? Moj otac je bio pošten Ciganin, al' ga je muka naterala da krade.

— Ma da, pošten da poštenijeg nema... — reče Miljan sa podsmehom.

— Kô da mi ostali nemamo muke.

— Pa, kad nije bio pošten, kako to da je imao Srbina za kuma? — iskezi se ovaj na njega s krvavim zubima. — Znaš, bre, ti ko je venćao moju majku i oca?

Dečak sleže ramenima, jasno pokazujući da ga je baš briga za Firgine kumovske veze.

— E, pa kad ne znaš, čuti! — odbrusio mu je Firga. — Milan Petrov je bio najveći gospodin u Jagodinu, prićao mi otac. A čerka mu narodni heroj, ulica se, bre, zove po njuma!

Milan začuđeno podiže obrve.

— Pa to mi je deda! I ja sam Petrov.

Firga je razrogačio oči i toliko razjapio usta, kao da ga je pogodio metak.

— Kume! — viknuo je iz sveg glasa, a na licu mu se ispisao užas koji ili je bio savršeno izglumljen ili stvarno iskren. — Kukuuu, devla[2], pa zar ja mog rođenog kuma da kradem i tućem?! Dabogda d'umrem!!!

Dečaci su se zgledali u čudu. Da bi dao još više efekta svojim kletvama, Firga se pesnicom udarao po glavi.

— Ubi' me, kume! — vikao je između udaraca. — Ubi' džubre cigansko!

Pošto Milan nije pokazivao nikakvu nameru da mu ispuni želju, ovaj je sam sebe zgrabio za gušu i počeo da se davi. Isprva je dečacima bilo smešno, ali kad je tamnoputi dečak počeo da menja boju, a oči mu pocrvenele od krvi, skočili su da ga razdvajaju od njegovih sopstvenih ruku.

— Kume, pusti me da se samoubijem! — rekao je suznih očiju kada su najzad uspeli da ga spasu smrtonosnog stiska. Vrat mu je bio modro crven i na njemu su se jasno videli tragovi prstiju.

— Ti, bre, nisi normalan! — reče Milan zadihan od borbe. — Nikad nisam video da neko hoće sâm sebe da udavi!

Neko vreme su ležali u travi, Firga na leđima, a dečaci potrbuške, svaki preko jedne njegove ruke. Posle nekog vremena, kada im se smirilo disanje, začuo se Firgin glas.

— Kume... dugujem ti život. Malo mi falilo.

— Ma kakvi! — dunuo je Milan.

— Tebe mi, kume — reče Firga. Toliko je njegov glas bio ozbiljan da je čak i Miljan poverovao u njegovu iskrenost. — Ako te neko dira, samo mene zovi. Za tebe ču poginem ako treba!

— Ne treba, kume — reče i Milan šaljivim tonom, mada nikako nije mogao da poveruje da bi stvarno mogli da budu kumovi.

— Bilo šta da ti treba, sve ču da uradim za tebe — bio je ovaj uporan.

Osetivši da više nema nikakve opasnosti da se Firga „samoubije", Milan mu je oslobodio ruku i ustao na noge. Miljan je odmah učinio isto. Veče se polako spuštalo na obale Belice.

— Kume — pozva Firga, videvši da se dečaci spremaju da napuste bojno polje — kad sledeči put fataš ribu s ruke, pozovi me da ti nosim ćuvarku. A posle, ako 'očeš, daj mi malo ribu, a ako nečeš, nema veze.

— Daću ti — nasmešio se Milan. — Al' nemoj opet da je ukradeš!

— Da ukradem mom kumu!? — prenerazio se ovaj. — Dabogda da pećem mog malog brata u rernu ako ti još nekad nešto ukradem!

I tako su dečaci dobili u Firgi vernog druga i ako se tako može reći, zaštitnika, jer iako je dobio batine od Milana, i dalje je bio strah i trepet za sve ostale klince iz kraja. Iako se nisu baš često družili sa njim jer se retko i uvek iznenada pojavljivao, cenili su njegovo društvo, a on ih je zauzvrat zabavljao i zasmejavao. Bio je simpatično nužno zlo. Nisu mogli da zamisle da će im nekada zatrebati njegova pomoć. No, nikad se ne zna.

Miljanova majka Marija je bila od onih žena koje su kao devojke sanjale o običnom, srećnom životu. Ovo prvo joj se ispunilo. Život joj je bio običan da običniji nije mogao biti. Ali, sreće nikada nije imala. Nekoliko puta joj se učinilo da joj je nadohvat ruke, da bi već sledećeg trenutka shvatila da je sreća isto toliko daleko od nje koliko i mesec na nebu. Jedina opipljiva sreća, kao svetlost u tamnom tunelu njenog života, bio je njen sin. Volela ga je više nego svoje oči i osećala da i on voli nju, čisto i neizmerno. Bila je nesrećna što nije u mogućnosti da mu pruži neki bolji život, lepši i udobniji dom, poneku igračku i više hrane. Pekla ju je savest što nije bila bolja, pametnija, jača, zdravija. Što je rođena pod zvezdom koja tako slabo sija, da je niko živi ne primećuje. Pa ipak, njen mili sin je gledao u nju očima punim ljubavi, kao da je bila najlepša i najsjajnija od svih zvezda na nebu. Ćutke je delio njenu bednu sudbinu i svakog jutra je nagrađivao osmehom i zagrljajem, čak i kada su mu krčala creva. Budila se često noću i ljubila mu plavu glavicu, kvaseći mu kosu suzama. Bojala se za njega. Bojala se da neće dovoljno dugo poživeti da ga kako-tako izvede na put, bar dok ojača i postane čovek. Svet je bio grub, prepun zamki i opasnosti, mutna reka u kojoj samo najjači opstaju. Ona sama je bila davljenik života i mnogo puta joj se činilo da je i svoje dete nenamerno odvukla u nepovrat, samim tim što mu je ona majka.

Onog dana kada je u Miljanov život ušao dečak iz susedstva, nije spavala cele noći. U početku je gledala sa velikim podozrenjem na njihovo druženje. Plašila se da će taj snažni i vižljasti dečak strogog lica povrediti njenog osetljivog sina. Da će, kao i svako bogato i kapriciozno dete, iskoristiti njegovu dobrotu i nemilosrdno ga odbaciti kao dosadnu igračku. Veoma je brzo, međutim, shvatila da greši. Posmatrajući ih krišom kroz prozorče od špajza, mogla je sama da se uveri u Milanovu korektnost i dobrotu. A radost u očima njenog jedinca, radost kakvu nikada do tada nije na njemu videla, govorila je sve. Po prvi put posle mnogo godina, i njena namučena duša udovice i samohrane majke, ispunila se srećom.

Trideset prvog avgusta, Mirko je pozvao Miljana i njegovu majku na večeru. Milan je zavoleo tu stidljivu ženu bolešljivog izgleda i veoma ga je radovalo što je otac prema njoj ljubazan. Majka njegovog najboljeg druga očigledno da nije bila navikla da sedi u društvu, a posebno ne da se neko prema njoj ophodi sa uvažavanjem i pažnjom. Nije znala šta će sa rukama i često je spuštala pogled na svoje stare papuče koje su teško skrivale njene čiste, ali krpljene čarape. Mislila je da tu ne pripada, kao da joj je na čelu pisalo. Ali svi su se pravili da to ne primećuju i ophodili se prema njoj kao prema potpuno ravnopravnoj, što je u njihovim očima i bila.

— E, pa Marija — reče Anka posle večere i obaveznih kolača — Mirko, Milan i ja smo Vam pripremili jedno iznenađenje! Jedan lep poklon.

Milan ju je pogledao začuđeno. Nije imao pojma o bilo kakvom iznenađenju, a još manje o poklonu. Skrenuo je pogled na Miljanovu majku. Ionako bleda žena je na Ankine reči pobelela poput aspirina.

Činilo se kao da će svakog trenutka pobeći, ako pre toga ne padne u nesvest.

— Onomad sam sređivala ormane — nastavi Anka i te kako svesna kako se Marija oseća. — Mirkova pokojna majka Stanija je imala prelepu garderobu, a bile ste iste visine...

— Ja n... n... — počela je jadna žena da zamuckuje i odmahuje glavom. — Ne m... mogu da primim. Nemojte, m... molim vas!

— Ali, mi bismo stvarno želeli... — pokušala je Anka da nađe najbolji način da joj pristupi. Potpuno je razumela njen strah od bilo kakvog oblika sažaljenja, ma koliko nečije namere bile dobre i iskrene.

Marija je uporno vrtela glavom. Tada reč uze Mirko. Njegov glas je bio blag, ali i pored toga, odisao je autoritetom.

— Marija.

Ta jedna jedina reč potpuno je ispunila prostoriju. Miljanova majka se umirila i pogledala ga očima punim poštovanja.

— Te stvari su pripadale mojoj dragoj mami i za njih me vezuje uspomena. Ako te naša želja da ti ih poklonimo vređa, nemoj da ih uzmeš. Ali misliš li da nam je cilj da te uvredimo ili nas smatraš dobrim i časnim ljudima? To je jedino što želim da znam.

Ženino bledilo se u sekundi pretvorilo u purpurno crvenilo.

— Najboljim ljudima koje sam ikada srela u životu — jedva je promrmljala.

— To isto mišljenje i mi svi imamo o tebi i tvom sinu i bila bi mi čast da prihvatiš ovaj skromni poklon.

Marija se stidljivo nasmešila i klimnula glavom. Mirkove reči su, po svemu sudeći, razbile led kojim se žena sama okovala usled tolikih godina mukotrpnog života. Iskoristivši taj prelomni trenutak, Anka je ustala i uhvatila je razdragano za ruku.

— Momci nek odigraju partiju šaha dok se mi budemo is- probavale! — reče, prosto gurajući Mariju u gostinsku sobu.

Iste večeri posle njihovog odlaska, Milan je ležao u krevetu i buljio u plafon svoje sobe. Na usnama mu je titrao osmeh. Proveo je divno veče, bez sumnje najlepše otkad je došao u očevu kuću. Nikada neće zaboraviti Miljanov zadivljen pogled i suze u očima kada je na vratima sobe ugledao svoju majku u divnoj beloj haljini od pamučnog konca i ogrlicom od crvenih korala. Elegantne cipele sa potpeticom izduživale su joj stas. Anka se nije zadovoljila da ženicu samo obuče. Njena kao slama kosa sada je bila očešljana i skupljena u punđicu otkrivajući nežni beli vrat i male, ženstvene uši. Diskretna šminka je potpuno prikrila njen bolešljiv ten, a naglasila pravilne crte lica i prelepe, kao more plave oči. Milan je zagrlio svog uplakanog druga.

— Ne kreće ti sin, Marija, svaki dan u prvi razred — reče Anka i više nego zadovoljna postignutim rezultatom. — Bićeš sutra najlepša od svih majki!

Njihove suze radosnice učinile su da na trenutak zaboravi da je pre samo nekoliko meseci bio siroče. Da ga je selo mrzelo i preziralo zbog nekog izmišljenog bogatstva a Živana proklinjala na mostu i svirepo vređala uspomenu na njegovu pokojnu majku. Morao je da pobegne odande glavom bez obzira i ode u potpunu neizvesnost. Kako mu se tada život činio teškim i beznadežnim. Možda čak i uzaludnim. A sada je ležao u svom krevetu, u svojoj kući, pod istim krovom sa svojim ocem i činilo mu se kao da razmišlja o nekom sasvim drugom dečaku, o kome je samo slušao, a koji nikada nije bio on. Ili je to samo bila njegova želja da zaboravi na tužnu prošlost i gleda samo napred.

Neizvesnost sutrašnjeg dana više ga nije plašila kao nekada, kada je bio taj „drugi” dečak. Ovaj ovde, jedva je čekao da se sa njim suoči. Sutra je polazio u školu i činilo mu se da nije bilo srećnijeg dečaka na celom svetu.

1 Da ti umrem (na romskom jeziku)

2 Bog (na romskom jeziku)

16

ĐAK PRVAK

Sledećeg jutra je ustao totalno slomljen. Činilo mu se da ga boli svaka koščica u telu. Nešto zbog toga što su u želji da potpuno iskoriste poslednji dan avgusta, Miljan i on malo preterali u igri, a verovatno više zbog činjenice da do pola noći nije mogao oka da sklopi. Jutro mu je izgleda skinulo ružičaste naočare, kroz čiju je prizmu, koliko sinoć, gledao na svoj polazak u školu. Sada, kada je došao taj dugo priželjkivani dan, želeo je da ga bar još malo odloži. Na stolu je ugledao hartiju i odmah prepoznao očev rukopis. Par reči za srećan polazak u školu i ništa više. Ni savet, ni uteha, ni upozorenje... Možda su mu nestale reči, pomislio je dečak. A šta uopšte i reći?

Anka je za doručkom neobavezno čavrljala i šalila se, želeći da mu vrati raspoloženje. Ali njeni nespretni pokreti, a posebno tamni podočnjaci, ukazivali su da je noćas i ona bila tešku bitku s nesanicom i da je daleko nervoznija nego što to želi da pokaže. Kao i Milan, jedva da je i dotakla doručak. Da sve bude još teže, pobrinulo se i vreme. Napolju je padala kiša. Tiho i monotono. Miljan i Marija čekali su ih ćutke na tremu. Njenu belu haljinu i koralnu ogrlicu skrivao je tamni muški mantil, toliko prevelik za nju da je podsećao na šatorsko krilo. Njen sinoćni sjaj izgubio se negde u sivilu neba.

Činilo se da svako svakom izbegava pogled, kô da ih je stid sinoćnog veselja i smeha.

Najgore od svega, bar Milanu, bilo je klokotanje vode kroz limene oluke. Taj uznemirujući zvuk, to jednolično dobovanje, potpuno mu je ispunilo uši. Ličilo mu je na doboše koji osuđenike prate na stratište, potpuno ravnodušne na njihovu patnju i strah.

Zbili su se pod jedan jedini, doduše veliki kišobran i krenuli ulicom. Kratak put do škole trajao je čitavu večnost. I taj zvuk... bambara-bambara-bambara... Ali, kako su odmicali, dobovanje se polako stapalo da bi najzad potpuno ustupilo mesto graji prepunog školskog dvorišta. Dečak je pomislio da nikada nije video toliko dece na jednom mestu. Kao da se odjednom našao na nekoj ogromnoj pozornici na kojoj se igrala potpuno nejasna i apsurdna predstava. A svi su bili tako bučni. Devojčice su trčale i vrištale bez ikakvog vidljivog razloga, dečaci se međusobno gurkali i napadno smejali. Milan trepnu u čudu.

„Da li sam ja ovde jedini koji umire od straha i kome nije do smeha?”

Pogledao je u svog najboljeg druga i shvatio da nije. Bilo ih je bar dvojica. Miljan je poprimio ten davljenika. Bilo je pravo čudo što je uopšte mogao da stoji na nogama tako bled.

Tada je zazvonilo školsko zvonce, a zaglušujući vrisak dece prosto im je zaparao uši. Poneseni bujicom tela, ušli su na školska vrata. Milanu se učinilo da se penju stepenicama. Kasnije nije mogao da se seti da li je hodao ili ga je reka roditelja i dece nosila kroz hodnike. Njegov mozak je nekako potisnuo te prve utiske o školi. Sećao se samo Ankinog brižnog lica nagnutog nad njim. Nešto mu je govorila, ali nije ništa čuo. I odjednom, učionica. I te crne nasmejane oči i nežna ruka koja ga je odvela do klupe u pretposlednjem redu. A onda je nekako sve bilo drugačije. Graja iz hodnika je polako jenjavala da bi naposletku zavladala prijatna tišina. Milan se osvrnuo oko sebe.

Tek tada je primetio da je njegov najbolji drug u prvoj klupi. U istom trenutku, Miljan se okrenuo i potražio ga pogledom. Kada ga je ugledao, mahnuo mu je i slegao ramenima kao da se izvinjava što nisu zajedno. Taj gest nije promakao mladoj učiteljici i ona ustade.

— Dobar dan, deco, dobro došli u Osnovnu školu „Boško Đuričić" — njenim nasmejanim očima se pridružio i blistav osmeh, biserno belih zuba. — Mi smo odeljenje prvo dva. Danas sam vas rasporedila po visini, a svako će već izabrati mesto koje mu najviše odgovara i druga ili drugaricu sa kojim želi da sedi.

Na te reči pogledala je naizmenično u oba dečaka. Njene ljupke oči zadržale su se na Milanu i on joj mahinalno uzvrati osmeh. Kroz grudi mu je prošao prijatan osećaj bliskosti. Veoma brzo se ispostavilo da su imali više sreće od ostalih odeljenja. Njihove učiteljice bile su starije i daleko strože. Suzana Strigić, učiteljica Suza, kako su je iz milošte nazvali, samo što je završila Učiteljsku školu u Svetozarevu i tu dobila svoju prvu službu. Oni su bili njeno prvo odeljenje. Možda je baš zbog toga tako dobro razumela i preduhitrila njihov strah. A možda je, jednostavno, bila drugačija.

Učiteljica Suza nije bila iz Svetozareva. Nije bila ni iz Srbije. Rodila se u Hrvatskoj, u Belom Manastiru. Kada je bila posebno razdragana, zaboravljala bi se i onda govorila simpatičnim štokavskim narečjem, kao nekada, dok je još bila devojčica. Vraćala se tada sećanjem u rodnu kuću i jutra koja su mirisala na mamine uštipke, videla seno u tatinoj kosi i njegove ogrubele ruke od rada, kojima je tako vešto sekao hleb. Sećala se anđeoskog glasa starije sestre Verice. Obožavala je da peva i uveseljava goste na porodičnim svetkovinama. Pamtila je mirise i zvuke, sećala se gomile nebitnih detalja, ali ono što je najviše želela da upamti, vremenom je izbledelo. Zaboravila im je likove. Nije posedovala nijednu sliku koja bi joj potkrepila uspomenu na njih. Sve je progutala vatra. Kuću, štale, seno... i njene najmilije.

Nikada nije mogla da shvati šta ju je to nateralo da ustane tako rano. Otac je nešto poslovao po dvorištu i nije je ni video ni čuo kada je bosonoga, sa zdelicom u ruci, odskakutala do obližnjeg šumarka. Htela je možda da ih za doručkom obraduje šumskim jagodama. Nekoliko minuta posle toga, u Beli Manastir je upala vojska i zauvek joj otela detinjstvo. A njen predivni osmeh vratio se tek mnogo kasnije.

Milan se u školi snašao kao riba u vodi. Kao jedini koji je već znao da čita i piše, bio je učiteljičina desna ruka. Dok je ona naglas izgovarala slova i ispisivala ih kredom na tabli, on je šetao od jednog do drugog deteta i nadgledao im sveske. Njegovo seosko poreklo takođe je pokazalo svoje prednosti u odnosu na čisto gradsku decu. Znanje koje je posedovao o životinjskom i biljnom svetu daleko je nadmašivalo njihovo. Bio je najbolji učenik u odeljenju i ponosio se time, ali delio je nesebično svoje znanje s drugom decom i uvek im rado priskakao u pomoć ne bi li i oni što pre i bolje savladali gradivo. Kada je došao dan da se bira predsednik odeljenja, Milan je izabran jednoglasno. Učiteljica Suza je bila ponosna na njega i verovala mu. Stizala je na čas spokojno i uvek učionicu zaticala u savršenom redu i miru, za razliku od ostalih učiteljica koje su tišinu postizale tek vikom i pretnjom. Milan je posedovao onaj prirodni autoritet nasleđen od oca, koji mu je omogućio da čvrsto drži disciplinu, a i pored toga ostane omiljen drug. A kao lep i naočit dečak, bio je glavna tema razgovora skoro svih devojčica prvog razreda. Samo što on još uvek nije shvatao razlog njihovog gurkanja i došaptavanja uvek kada bi ga spazile u školskom dvorištu ili na hodniku.

Miljan je, naprotiv, primećivao pažnju koju je njegov najbolji drug pobuđivao kod lepšeg pola. Iako sitan i slab u odnosu na Milana, daleko više su ga interesovale devojčice nego ovoga. Poželeo bi često da se nađe u njegovoj koži makar jedan dan. Ali, dobrodušni mališan nije zavideo svom jačem drugu. Bio je ponosan što je takav dečak upravo njega izabrao za druženje i svu svoju sreću nalazio u tome. Njihovo drugarstvo je i pored ogromnih razlika među njima, iz dana u dan bivalo sve čvršće. Ipak, idilični školski dani nisu dugo potrajali.

CRNA TROJKA

Sa prvim oktobarskim kišama stigli su i problemi. Sve je počelo neočekivano i iznenada. Milan i Miljan su stajali na školskim vratima koja su gledala na dvorište prepuno barica. Razmišljali su da li im se uopšte isplati da izlaze na odmor, kada su na stepeništu iza sebe začuli neku dreku. Milan se okrenuo i ugledao nekog nepoznatog riđeg dečaka koji je trčao niz stepenice i to preskačući po nekoliko stepenika odjednom. Puštao je neartikulisane zvuke a glas mu je bio grub, u totalnom neskladu sa sitnom figurom. Za njim su trčala dva dečaka kao od brega odvaljena. Toliko su međusobno ličili da je na prvi pogled bilo jasno da su blizanci. Milan nikada u svom životu nije video tako krupne dečake. Glava im je bila obrasla gustom čekinjastom kosom, a da im ispod niskog čela nije video detinje lice, mogao je da ih pomeša sa odraslim ljudima. U prvom momentu je pomislio da jure riđeg dečaka i da ovaj vrišti od straha. Ubrzo je shvatio da grdno greši.

Videvši da se gungula stuštila pravo na njih, refleksno je odskočio u stranu. Miljan, nažalost, nije na vreme shvatio opasnost.

— Miči se, bre, kopile! — razdra se riđi dečak, grunuvši ga iz sve snage u leđa.

Mališan je poleteo napred kao raketa i prostro se po betonu potpuno nesvestan onoga što ga je snašlo. Ogromni blizanci su istrčali na vrata, ne obazrevši se ni sekund na njega. Dvadesetak metara dalje riđokosi ih je sačekao sa zlim osmehom na licu. Ovi su ga potapšali po leđima, gledajući u njega s oduševljenjem.

Milanu je momentalno jurnula krv u glavu. Tog trenutka je shvatio da ga rmpalije nisu jurile, već da su njih trojica, naprotiv, bili dobri drugovi. I nesumnjivo bi poleteo da se obračuna sa njima, da ga dvojica starijih dečaka iz trećeg razreda nisu uhvatili za ruku.

— Eeeej, polako, bre, 'de si pošô?

— Pustite me! — brecnuo se Milan iznervirano i pokušao da prođe mimo njih. Ali, dečaci su bili uporni da ga zadrže svim silama. Na njihovim se licima, ipak, čitala dobronamernost.

— Nemoj sa njima da se kačiš, ako imaš imalo pameti — savetovali su ga prigušenim glasovima.

Milan je bacio pogled preko njihovih ramena. Ugledao je riđeg dečaka kako uzima neku loptu i šutira je uvis preko ograde, u komšijsko dvorište. Grupa dečaka kojoj je lopta pripadala stajala je nemo. Očigledno niko od njih nije smeo da protestuje, iako ih je bilo najmanje osmorica. Utom ga trže ječanje iz dvorišta.

— Miljane!

Uz pomoć one dvojice, odneli su ga u učionicu i položili na patos na koji su prethodno prostrli svoje radne bluze. Neko je otrčao po učiteljicu. Ova je posle samo par minuta dojurila i pala na kolena kraj povređenog Miljana. Pomilovala ga je nežno po čelu, zagladivši mu kosu mokru od kiše. Milan joj je u kratkim crtama opisao nemio događaj.

— Zna li neko kako se zovu ti bezobraznici? — upitala je učiteljica glasom prepunim revolta.

Milan pokaza na dva dečaka iz trećeg razreda.

— Znaju oni.

Mlada žena ih je pogledala upitno.

— Znamo ih, ali... — poče jedan od njih sa snebivanjem.

— Imena, odmah! — podviknu ona. Njeni učenici, koji je nikada nisu videli tako strogu, uskomešali su se sa mešavinom straha i ponosa na svoju učiteljicu.

— Pa onaj što ga je gurnuo zove se Marko Marković, ali on je sin...

Učiteljica Suza je smatrala da je dovoljno čula. Ustala je sa Miljanom u naručju.

— Milane, pođi sa mnom.

Odatle su se uputili ravno u direktorovu kancelariju na drugom spratu. Dobri čovek se vidno potresao ugledavši ih na vratima. Odmah je iz ormana izvadio koferčić za prvu pomoć. Vatom i alkoholom su mu očistili odrana kolena i laktove, a iz leve šake pincetom izvadili nekoliko kamenčića, pre nego što su ga previli čistom gazom. Dečačić je tiho plakao.

— Druže direktore, moj učenik je žrtva brutalnog napada i ja se nadam da će krivac biti primereno kažnjen!

— Naravno, drugarice, ja ću se lično pobrinuti za to! — isprsio se on, i sam revoltiran zbog takvog ponašanja u njegovoj školi. — Da li se zna ime tog hohštaplera?

— Pa bilo ih je trojica, ali glavni, onaj što ga je gurnuo, zove se Marko Marković. Ko mu pa dade takvo ime?!

Direktor, proćelav čovek gustih crnih brkova i veoma niskog rasta, kao da se još više smanjio na pomen tog imena.

— A ona dvojica sa njim? — upitao je tiho. — Blizanci?

Učiteljica se okrenula ka Milanu. Ovaj je potvrdno klimnuo glavom. Direktor je prebledeo. Po njegovom izrazu lica odmah je primetio da nešto nije u redu, a još kada je ovaj gestom ruke pozvao učiteljicu u svoj kabinet i zatvorio vrata za sobom, u glavi su mu ponovo odzvonile reči dečaka iz trećeg razreda: „Nemoj sa njima da se kačiš, ako imaš imalo pameti...“

Iz kabineta je odzvanjao učiteljičin iznervirano piskav glas i jedva čujni, prosto molećiv, direktorov. Da nije znao ko je ko, Milanu bi izgledalo da se to direktorka izdire na nekog učitelja, a ne obrnuto. Tapacirana vrata im, nažalost, nisu dozvoljavala da išta od razgovora jasno čuju. Mogli su samo da se zgledaju i čekaju. Posle samo par minuta učiteljica je izašla dignute glave i kao maska ukočenog lica. Izgledala je kao osoba kojoj je upravo naneta ogromna nepravda. Čarobni osmeh i sjaj u crnim očima je smestila u neku duboku fioku svoje duše.

— Molim Vas, drugarice, da shvatite moju poziciju — reče direktor prosto se izvinjavajući.

— Ne brinite, druže direktore, shvatila sam ja Vas veoma dobro. Samo sam razočarana, a i Vi to, nadam se, shvatate.

— Oprostite... — tiho će čovek, obešenih brkova.

— Boli li te? — upitala je Miljana nežno.

Miljana je i te kako bolelo, ali je odmahnuo odrečno, ne želeći da je sekira. Čak je i pokušao da ustane. Bolna grimasa iskrivila mu je lice.

— Ajde, pomoći ćemo ti da siđeš u učionicu. A ti, Milane, nađi nekog jačeg da ga odvedete kući. Ne moraš ni da se vraćaš danas, ostani s njim.

— Dobro, učiteljice.

Pre nego što su ušli u učionicu, učiteljica Suza ih je važno pogledala.

— Slušajte, deco — rekla je sa vidnim naporom, kao da je ono što se spremala da im kaže u potpunoj suprotnosti sa njenom prirodom i željom. — Savetujem vam da sve ovo što pre zaboravite i da se ubuduće kako znate klonite onih zlikovaca. Imam li vašu časnu pionirsku reč?

Sada je na Milana bio red da učini nešto što se kosilo sa njegovom prirodom. Nevoljno, i samo iz velikog poštovanja prema učiteljici, klimnuo je glavom. Ako čak ni direktor nema moć da zlobnike kazni za ono što su učinili njegovom drugu, kako da onda to očekuje od nje? Sebi je pak obećao da će se kad-tad obračunati sa njima, ma ko da su bili.

Miljanu su rane bile površne i već posle par dana se vratio u školu, ali nije više bio onaj razdragan dečak. U njega se uvukao strah. Kada je dobio batine od Firge, kazna koju je Cigančić dobio momentalno je izbrisala i bol i nepravdu. To je bilo to i kraj priče. Ovoga puta je bilo drugačije. Crna trojka, kako su ih nazvali, mogla je sasvim nekažnjeno da teroriše po školi. Svi su na to okretali glavu i gledali svoja posla, nadajući se samo da nikada neće doći red na njih. Ali nije bilo dana da neko ne dobije batine od njih, a Miljan je drhtao na samu pomisao da im se opet nađe na putu.

Milan se odmah raspitao o riđem dečaku, a ono što je saznao nateralo ga je da odloži svoje osvetničke planove. Marko Marković, zvani Tarzan, bio je ni manje ni više sin jedinac komandira milicije. Bilo je očigledno da je taj pompezni nadimak sam sebi nadenuo. Zakržljao u rastu, zlog lica i lisičjih očiju, bio je sušta suprotnost Milanovom omiljenom junaku. Štaviše, njegova imitacija Tarzanovog krika podsećala je pre na skvičanje promuklog praseta. Imao je deset godina i išao u treći razred.

Njegova dva druga Janoš i Šandor, Mađari, imali su dvanaest, ali im nivo inteligencije već dve godine nije dozvoljavao da pređu u viši razred. Ako se nekom glupost mogla pročitati na licu, bili su to upravo oni. Čak im se i konverzacija sastojala od samo par rečenica sličnijih brundanju nego govoru. Ali, priroda ih je obdarila neverovatnom snagom, a upravo je ona uvek falila Marku Tarzanu. Dok braća blizanci nisu sticajem okolnosti došli u njegovo odeljenje, nije se mogao smatrati problematičnim detetom. Smatrali su ga u najgorem slučaju, beznačajnim i nedruštvenim čudakom. Bio je zatvoren, ćutljiv i sebičan. I zbog toga odbačen od svih. Ali, kako sudbina često voli da se poigra, tako je jednog dana odlučila da trojicu odbačenih dečaka spoji. Marko je dobio toliko željenu snagu, a blizanci mozak. Njihova osveta društvu je mogla da počne.

Naravno da su nastavnici pokušali da ih spreče da sprovode svoj zakon. Jedan mladi učitelj im je čak i uši iščupao. Sutradan je u školu došao komandir milicije. Uhapsio je učitelja i odveo ga u pritvor na saslušanje koje ovaj nikad nije zaboravio. Ožiljci na glavi i po čelu su ga do kraja života podsećali na dan kada se drznuo da takne jedinca Slavka Markovića.

Saznanje da mu niko ništa ne može otvorilo je iskompleksiranom dečaku nove perspektive. Mogao je nekažnjeno da dâ oduška svom bolesnom umu i pusti na slobodu sve ono što je godinama gušio u sebi — svoju pravu prirodu. Njegova pokvarena mašta nije imala kočnica, tako da je ubrzo preterao. Jednog dana su Janoš i Šandor, po njegovom naređenju, u klozetu iznenadili i zarobili Miroslava Cvetkovića, dečaka petog razreda. Miroslav je bio omiljen koliko od svojih drugova, toliko i od devojčica. Bio je najbolji fudbaler, talentovani šahista i na putu da postane đak generacije. Toliko kvaliteta Marko, samozvani Tarzan, nikako nije mogao da podnese. Šandor je držao vrata klozeta da neko ne bi ušao. Janoš je uplašenog dečaka držao otpozadi, prekrivši mu usta svojom masivnom šakom. Marko je lagano prišao i nacerio mu se u lice. Onda mu je iz sve snage zabio koleno među noge. Njegov krik nije mogao da prodre kroz ogromnu šaku, čulo se samo duvanje i šištanje. Pokušavao je da se otme i nekako odbrani, ali ga je blizančev kratak udarac u bubreg potpuno ostavio bez daha. Markov sledeći šut u isto mesto oduzeo mu je svest. Ono što je ovaj posle toga učinio bilo je monstruozno. Čin je bio tim gnusniji jer je potekao iz glave dečaka od samo deset godina. Iz svoje torbe je izvadio za tu priliku već spreman čekić i ekser od dvanaest centimetara. Njime je nemoćnog dečaka zakucao kroz šaku za drveni štok. Na taj prizor su blizanci zgađeno okrenuli glavu. Marko je ostao potpuno hladnokrvan, a svaki udarac čekićem pričinio mu je zadovoljstvo kakvo nikada do tada nije osetio. Zlobni dečak nije znao da je Miroslavljev deda Živojin Cvetković, predsednik Opštine. Izbio je neviđeni skandal, koji je Crnoj trojci, naročito Marku, doneo mračnu slavu, jer je zahvaljujući intervenciji svog „brižnog" oca, ponovo ostao nekažnjen. Blizanci su se izvukli sa jedinicom iz vladanja. Predsednik Opštine je ipak uspeo da isposluje njihov premeštaj u drugu školu. Kada ga je otac upitao zašto je to uradio, ovaj je slagao ne trepnuvši.

— Znaš li, tata, onu predivnu pesmu *Druže Tito, mi ti se kunemo*?

— Naravno da znam.

— Šta bi ti uradio da ti neko u oči kaže da mrzi Tita i Partiju i samo se kune u Isusa Hrista?

Komandir milicije je na te reči skočio preneraženo.

— To je reklo kopile izdajničko?!

Marko teatralno klimnu glavom.

— Pa ja bih ga zakucao na krst usred varoši, mamu mu gologlavu! — opsova on besno. — Moje dete da menja školu, a bogomoljci da vršljaju... Upamtiće mene onaj Živojin Cvetković čim izleti iz opštine! Nikom Slavko nije ostao dužan!

Kada je saznao razlog zbog čega se Crna trojka obrela u njegovoj školi, Milan se naježio. Znao je da neće moći večito da im se sklanja, čak i da to želi. U jednom trenutku se pitao ne bi li bilo pametno da i Miljan i on promene školu. Bio je to jedan veoma kratak trenutak, ali misao je odmah potisnuta. Čukundedovi u njegovim venama bili su daleko ubedljiviji od zdravog razuma. Uostalom, nije želeo da ostavlja svoju učiteljicu sa takvim bitangama u blizini. Ipak, jednog dana će se kajati što odatle nije otišao dok još nije bilo kasno.

KOMANDIR MILICIJE

Milan nije znao koliki je strah ljudima ulivalo ime Slavka Markovića. Ne zato što je bio suviše mlad, već jednostavno zato što nije odrastao u Svetozarevu. U gradu su i mala deca čula za njega i plašila ga se više nego babaroge. Priče koje su se o njemu šaputale (niko se nije usuđivao da ih priča naglas) bile su jezive. A istina je bila daleko gora. Svi u gradu su znali ko je Slavko Marković, ali retki su bili oni koji su znali kako je to postao. A verovatno niko nije pamtio siromašnog, ružnjikavog dečaka iz oronule kućice kraj Hajduk-Veljkovog konaka.

Bila je to kuća njegove majke Borke, bedni miraz koji joj je otac kupio prodavši njivu u brdu iznad Dragoševca. Poslao je sirotu devojku u Jagodinu iz rodnog sela ne bi li tamo našla malo sreće i ako bog dâ, sebi muža. U rodnom selu nije imala čemu da se nada. Kada je bila sasvim mala devojčica, prišla je krmači koja se tek bila oprasila. Životinja joj to nije oprostila. Zubima joj je skoro otkinula stopalo. Neuke babe su je previjale žilovlakom i lojem i niko se nije setio da jadno dete odvede u bolnicu da ga operišu. Ostala je bogalj. Kada je stasala za udaju, prosci se nisu otimali za nju, iako je imala divnu riđu kosu, prelepe oči boje ćilibara i čaroban glas koji su ljudi sa uživanjem slušali na seoskim svetkovinama. Ali, čim bi je videli kako gega, okretali bi glavu od nje kao da je prokleta.

U Jagodini je, da bi imala od čega da živi, morala da nađe posao. Nije bila glupa. Imala je završenu osmogodišnju školu, malu maturu. Ali niko nije hteo da primi sakatu ženu za službenicu, a kao siromašna devojka sa sela, nije imala nikog da se za nju zauzme i progura je. Iako je znala da zaslužuje mnogo bolje, morala je da se zadovolji radnim mestom čistačice u pošti. Ipak, obavljala je svoj posao najbolje što je mogla. Bila je predana i vredna, ali često je menjala radna mesta bežeći od napadnih muškaraca koji su u njoj videli priliku za jeftin provod bez obaveza. Ponosna devojka je čuvala svoju čednost za pravog čoveka koji će u njoj prepoznati biser, koji je u stvari i bila. A onda je srela Slavkovog oca Kostu, zvanog Kokan. Pojavio se niotkud i s ljubaznim osmehom se ponudio da joj ponese ceger sa pijace. Doneo bi ga pred vrata, poljubio joj ruku i korektno se udaljavao. I tako svake subote. Vremenom je njenu ruku sve više zadržavao u svojoj i počeo da joj govori stvari koje nežnom devojačkom srcu niko još nije govorio. Neiskusna devojka je njegovu upornost i slatkorečivost pomešala sa nežnošću i poštenjem. Borka je oduvek sanjala da joj muž bude visok, crn i plećat. Kokan je bio niži od nje, plav i suv kao saraga. Nije bio nimalo lep. Ali nekako i negde je našao put do njenog srca, a sve ostalo joj je postalo totalno nebitno. Skroz je zanemarila i činjenicu da je bio prost nadničar bez zvanja i zanata, i da je često voleo da popije. Uprkos svemu, zaljubila se do ušiju. Udala se za njega ne znajući da je time samu sebe osakatila za ceo život. Preko noći se sve promenilo, a njen dobri Kokan je osvanuo u svom pravom svetlu. Sve češće je kući dolazio pripit i bio tada prgav i neprijatan. A onda je počeo da je tuče i zauvek joj razbio san o ljubavi.

Borka je posle prvih batina poželela da ga ostavi, ali plašila se šta će reći ljudi. Otac, jedini čovek od koga je mogla očekivati neku zaštitu, umro je iznenada od kapi. Bratu i snaji nije trebala falična sestra, a majku ionako niko ništa nije pitao. Prešla je preko prvih batina i time samo prizvala sledeće. Kada joj je izlomio rebro, ležala je u bolnici nekoliko dana i tada saznala da je bremenita. Cele noći je gorko plakala zbog toga. Bila je zauvek vezana za svog dušmanina. A njegovo seme u sebi, već tada je zamrzela.

Pre nego što je ušla u „blaženo stanje" radila je u fabrici cipela. Fabrika je pripadala gospodinu Nićiforoviću, poslednjem muškom potomku stare bogate jagodinske familije. Sa prvom suprugom nije mogao da ima dece pa su se posle deset godina skladnog braka sporazumno razišli. Druga žena mu je imala dvadeset pet, a on skoro četrdeset godina. Bio je to uglađen čovek, perfektnih manira. Nije bio prepotentni bogataš, već je, naprotiv, gazdovao pošteno i pravično. Od svog dede, osnivača fabrike, još kao mali je naučio prvu lekciju o poslovanju — kako se poštuje i neguje dobar radnik. Borka je kod njega u fabrici čistila kancelarije a povremeno kuvala kafe i služila strankama piće. Bilo mu je žao te ćutljive, tužne žene. Nije mogao a da ponekad ne primeti modrice po njenom vratu i licu, tim pre što nikada nije koristila šminku. Jednom samo upitao ju je ima li problema kod kuće i naišao na zid tišine koji je govorio mnogo više nego reči. Saznao je ipak sve što ga interesuje preko drugih, pouzdanih izvora. Rešio je da joj nekako pomogne. Kada je rodila sina, ljubazno joj je ponudio da umesto u fabrici, radi u njegovoj vili u strogom centru grada. Mali Slavko je tako praktično odrastao u njegovoj kući. Kada je imao pet godina, gospođa Nićiforović je donela na svet devojčicu po imenu Sara, a dve godine kasnije i drugu, koju su nazvali Anđela. Borka je od prvog trenutka smrtno zavolela obe devojčice. Cele godine bi štedela od svoje skromne plate da bi im za rođendan kupila lep i bogat poklon. Volele su i one nju. Bacale bi joj se oko vrata i svojim ručicama je milovale po kosi. Mali Slavko je u njenim očima tada viđao poseban sjaj. Gledala je tuđe devojčice onako kako njega nikada nije bila sposobna da pogleda. S ljubavlju i ponosom.

Gospodin Nićiforović je Borkinog muža zaposlio u fabrici kao radnika fizikalca. Mislio je da će time jednoj porodici poboljšati život i da će prgavog Kokana dovesti u red. Ali, kasnije je shvatio da ima ljudi na kojima ni dedini dobri saveti ne daju nikakve rezultate.

Radnike je isplaćivao svakog petka. Došao je do zaključka da ljudima tako više odgovara, jer bolje rasporede novac za život, račune i dažbine, nego da dobijaju iste pare jednom mesečno, pa da ne znaju šta će pre. I Kokan je svakog petka podmirivao svoje račune, ali u kafani, ako je tako mogla da se nazove zadimljena vašljiva birtija u koju je išao. Plaćao bi tada sve ono što je u toku nedelje popio na crtu, a sa ostatkom novca pio do besvesti i častio svakog ko se tu našao. Postala je to vremenom poznata stvar. Sva pijana jagodinska bagra bi se u petak popodne sjatila u omiljenu birtiju i čekala

„Kokana budalu". A on je već sa vrata vadio pare i bacao ih na sto. U tim trenucima je bio najveći, najpametniji, najlepši... Bio je „neko". Nikada nije shvatio da je tog „nekog", ako ga je nekada i bilo, odavno udavio u čaši rakije.

Mali Slavko je rastao u nemaštini, sa ocem teškim alkoholičarem i majkom koja ga nije volela. Zato je puštao da je ovaj kinji i tuče i nikada se nijednim gestom ni rečju nije tome usprotivio. A Borka ih je obojicu sve više mrzela i prezirala. Svojom neutralnošću, bio je očev saučesnik u zlodelu nad njom. A onda, jednog hladnog februarskog jutra, otišao je još dalje. Bila je subota i, kao po običaju, Kokan je celu noć proveo u kafani. Borka je izašla u dvorište i krenula po drva i ugalj. Ugledala je muža kako pijan baulja po zavejanom sokaku.

— Šta je, bre, nakazo?! — brecnuo se Kokan na nju još sa kapije. — Šta me gledaš? Šta 'oćeš, bre, više od mene?!

Nije ništa odgovorila. Udostojila ga je samo prezrivog pogleda i krenula ka podrumu, u kome su držali drva i ugalj. Čula je da ide za njom, a znala je da neće moći da joj otrpi to što ga je ignorisala, jer je imao veoma visoko mišljenje o sebi.

„Kada bi samo mogla da stignem do sekire...", pomislila je, čvrsto rešena da ovog puta ne dobije batine. Ali, sekira se nalazila u podnožju stepeništa kraj podrumskih vrata, a stepenište je zavejao sneg... Bojala se da se ne oklizne. Trenutak premišljanja bio je dovoljan da je Kokan, iako pijan, sustigne. Osetila je njegov stisak na vratu.

— Kome, bre, ti okrećeš leđa, droljo jedna!

Bilo je to previše čak i za ženu naviknutu na uvrede i batine. Bes joj je na trenutak ulio toliku snagu da mu je strgla ruku sa svog vrata i razvukla mu šamarčinu. Ovaj je što od udarca, što od iznenađenja, pao na leđa u sneg. Gledao je u nju toliko zapanjeno kao da će mu svakog trenutka ispasti oči.

— Kako te nije sramota, budalo pijana?! — siknula je Borka na njega. — Nemamo više ni na šta da se grejemo, a ti si polokao i poslednju paru! I još se usuđuješ mene da vređaš! Dabogda crkô!

— Polokao sam svoje pare! — rovnuo je Kokan besno pokušavajući da ustane. — Sa svojim prijateljima!

— Ti, rđo, nemaš prijatelje! Niko te u gradu ne ceni ič!

— Svi me cene, samo me ti nikad nisi cenila! A i ovaj tuta što si ga rodila me ne poštuje. On kô i da nije moj, samo ćuti po ceo božji dan. Ja sam, bre, veseo i društven čovek.

— E, budalo pijana...

— A zašto pijem, a? Nikad se nisi pitala ko je kriv za to!

— Ko je kriv? Ajde, kaži!

— Ti! — reče on s pogledom punim prigovora. — Ti si kriva što nisam ništa postigao u životu i što me svi sažaljevaju!

— Ja kriva?

— Ti, nakazo! Niko te nije hteo, a ja sam se sažalio, jer sam mislio da si čovek. A ti mi nikad nisi bila zahvalna, nego si me uvek prezirala. Tako mi i treba kad sam se oženio bogaljem...

— Ti si obična ništarija i dosta mi je tebe! — vrisnu žena. — Kupi se iz moje kuće i da te više nikad ne vidim!

— Koga ćeš, bre, ti da isteruješ?! — skoči ovaj besno, ali onako pijan, nije mogao odmah da ustane. Međutim, već izvežban od silnih pijanstava, okrenuo se i pridigao prvo četvoronoške, a onda na dve noge. Zateturao se prema Borki, zakrvavljenih očiju od besa i rakije.

Žena je sa onom krivom nogom pokušala da siđe niz stepenice i dočepa se sekire. Nije htela da ga ubije njome, htela je samo da ga zaplaši. Htela je da ga zauvek otera iz svog jadnog života. Osetila je jak šut u leđa. Jedan trenutak joj se činilo kao da lebdi, a onda je nastao mrak. Čelom je udarila u sekiru zabodenu u panj i izgubila svest. Kada je ponovo progledala, telo joj je već toliko bilo obamrlo od zime da nije mogla da ustane. Jedva je nekako uspela da se okrene na leđa. Ugledala je nejasne konture na vrhu stepeništa. Iako joj je pogled bio zamućen, prepoznala je siluetu svog sina. Stajao je nemo i posmatrao je. Pružila je ruke i pokušala da ga dozove, ali iz njenog grla nije izlazio ni najmanji glas, kao da joj je zima oduzela svu snagu.

Slavko je stvarno stajao na vrhu stepeništa i posmatrao majčinu agoniju. Njene krvave usne dozivale su ga bez glasa. Posmatrao ju je čitav sat i čekao. Čekao da u njenim očima vidi makar jednu iskricu ljubavi prema njemu. Bilo mu je potrebno samo to, pa da bez razmišljanja otrči u komšiluk po pomoć. Ali, čekao je uzalud. U majčinim očima nije video ništa drugo do straha za sopstveni život. Okrenuo se i ušao u kuću, ostavivši je da umre od zime. Bilo mu je to prvi put da ubije.

Kokan je na njenoj sahrani neutešno plakao. Nije mu bilo žao Borke. Nije ga ni pekla savest, jer skoro da se nije ni sećao jučerašnje prepirke, a kamoli da ju je gurnuo niz stepenice. Plakao je nad svojom gorkom sudbinom koja mu je na tako okrutan način oduzela besplatnog slugu. Znao je da neće više biti čistog veša i tople supe. Znao je da će sada sve morati sâm sebi da plati i priušti i da će teško opet moći da nađe neku ubogu ženu, dovoljno jadnu i glupu da se uda za njega.

Gospodin Nićiforović je takođe prisustvovao sahrani sa svojom porodicom. Borkina nesrećna smrt, jer mislio je da se radi o nesreći, duboko i iskreno ga je potresla. Ganut Kokanovim suzama, a još više suzama svojih dveju devojčica, zagrlio je čoveka i odveo ga na stranu. Saopštivši mu da će troškove sahrane on pokriti, iz džepa je izvadio podeblji koverat i pružio mu. Bila je to Borkina godišnja plata, kao mali znak pažnje za deset godina verne službe u njegovoj kući.

— Moja supruga i ja smo ionako nameravali da joj to za koji dan uručimo! — slaga dobri čovek da Kokan, slučajno uvređen, ne odbije novac. — Dobra Borka nas je toliko zadužila. Uzmite, molim Vas.

Kokan je pravo sa groblja zapucao u kafanu. Od silnog plakanja je bio opako ožedneo. Jedva je ušao na vrata koliko se sâm sebi činio važnim i velikim. Izbočina na kaputu davala mu je prava na sve. Noć je bila nezaboravna. Toliko je pio da je tri puta za noć morao da izlazi na ulicu i povraća. A onda se olakšan vraćao nazad i pio još i još. Pio je kao da mu je poslednji put u životu. Posebno ga je radovala činjenica da ga je celo to zadovoljstvo koštalo „samo" pola Borkine mesečne plate. Računao je da će sa onim što mu je ostalo u džepu moći da pije još mesecima.

Pred jutro je krenuo kući. Bio je toliko pijan da je svakih par metara padao na glavu. Bauljao je ulicom, lica umrljanog krvlju, koja mu je tekla iz razbijenih arkada. Na pola puta su ga sustigla njegova dva „verna" druga, ona sa kojima je najviše voleo da pije. Jedan od njih ga je zagrlio. Kokan je mislio da žele da mu pomognu da ode do kuće. Na momenat se obradovao, a onda je osetio neopisiv bol u stomaku i pao. Nije znao šta mu se dešava jer nikada ranije nije bio uboden nožem. Vešte lopovske ruke su mu iz unutrašnjeg džepa na kaputu brzo i lako izvukle koverat s novcem. Već sledećeg trenutka je ostao sasvim sâm. Sklupčao se poput novorođenčeta i tiho ječao. Oko njega se sneg brzo bojio u crveno. Kokanova smrt je bila daleko lakša nego Borkina. Nije stigao da umre od zime jer je pre toga iskrvario. Ali, za razliku od njene sahrane, na njegovoj nije bilo nikog ko bi za njim pustio ijednu suzu.

Slavko je imao tačno deset godina kada je ostao sâm na svetu. Ujak ga, kao i njegovu majku, nije želeo u svom okruženju, ali je, kao dečakova najbliža familija, pred zakonom postao njegov tutor. Međutim, pošto mu nije bilo dozvoljeno da otuđi Slavkovu imovinu, to jest da proda sestrinu kuću, dete je za njega predstavljalo samo još jedna gladna usta. Drugim rečima, mučan teret i luksuz koji sebi nije mogao, niti hteo, da dozvoli. Muke i dileme ga je razrešio niko drugi nego gospodin Nićiforović, koji ih je samo nekoliko dana nakon Kokanove sahrane posetio u Dragoševcu. Slavka je zatekao u senu iznad štale, gladnog i neokupanog. Jedva je suzdržao bes zbog takvog ophođenja prema jednom detetu, štaviše rođenom sestriću. Prisilio je sebe da za dobrobit dečaka ostane fin. Dok nije video uslove u kojima je Slavko živeo, želeo je da ponudi novčanu pomoć za njegovo školovanje i životne troškove. Ali, tada mu se u glavi rodila sasvim druga ideja. Pozvavši se na dugogodišnje poznanstvo i u neku ruku prijateljstvo sa njegovom majkom, predložio je da on preuzme brigu o dečaku. Zauzvrat mu je ponudio pristojnu nadoknadu. Seljak se brzo preračunao i odmah Nićiforoviću pružio ruku u znak da pristaje. Dok mu je drmusao šaku, dobri čovek je jedva prikrivao gađenje koje je osećao prema neotesanom i besramnom ujaku.

Presrećan zbog dobrog dela koje je napravio, stavio je Slavka u kola i odvezao ga kući i ne sluteći da će tamo doživeti svoju prvu veliku bračnu svađu. Gospođa Nićiforović nije bila nimalo oduševljena njegovom nepromišljenom odlukom. Odbijala je kategorično da dečaka primi u kuću i odgaja ga sa svojom decom. Gospodin je od samog početka duboko uvažavao svako mišljenje svoje supruge, bilo da se radilo o kući, zajedničkim prijateljima ili odgajanju dece. Bila je divna supruga i majka i u svakom pogledu njemu dostojan bračni drug. Ipak, ta njena reakcija ga je potpuno zatekla i razočarala. Iako je bio nežan suprug, za važnija životna pitanja je ipak njegova reč bila od presudnog značaja. Ovog puta je izgleda bilo drugačije. Po prvi put u životu je osetio da bi njegovo dalje insistiranje dovelo do ozbiljne krize u braku. Ostavivši mu nedelju dana da reši to pitanje, spakovala se i isto poslepodne otputovala sa devojčicama kod roditelja u Aranđelovac.

Razlog zbog kog nije mogao da razume tako brutalnu reakciju svoje, inače osećajne i nežne supruge, bio je taj što o Slavku nije znao što i ona.

Za razliku od svog supruga, koji je dečaka isključivo posmatrao kao sina poštene Borke, gospođa Nićiforović je u njemu videla nešto sasvim drugo. Rastao je bukvalno pred njenim očima, a iako je u njegovu majku imala neograničeno poverenje, nikada ga nije stekla prema dečaku. Kroz zavesu je bezbroj puta hvatala njegove zavidne poglede upućene njenim devojčicama, deci koja su se prema njemu odnosila prijateljski i s ljubavlju, jer priroda im je bila takva. Ponekad bi u njihovoj sobi zaticala Slavka kako dodiruje lutke na polici. Uvek bi se trgao, ali umesto da se opravda ili bar nasmeši, pogledao bi je u oči kao pas koji se sprema da ujede. Nikada ga zbog toga nije ukorila, niti čak tražila objašnjenje za njegovo prisustvo u sobi svojih ćerki. Uvek bi ga ljubazno pozvala da siđe dole sa ostalima. Ali, kopkalo ju je da sazna. Nikada nije zaboravila dan kada se to najzad desilo.

Došla je iz varoši i ušla u kuću da se umije. Čula je razdragane glasiće iz bašte iza kuće, međutim, htela je malo da se sredi pre no što im se pridruži. Mahinalno je bacila pogled kroz prozor da vidi jesu li bile dobro obučene. Jesen je bila neobično topla, ali bio je već mesec novembar. Nije želela da joj se deca prehlade. Trčkale su kroz aleje ruža u kaputićima, a na nogama su imale zatvorene cipelice. Zadovoljno je klimnula glavom i taman htela da krene u kupatilo, kad ga je ugledala. Sedeo je kraj golubarnika i ćutke ih posmatrao, kao i mnogo puta do tad. Najednom je ustao i diskretno krenuo prema kući. Gospođa je brzo odjurila na sprat u dečju sobu i sakrila se iza debele zavese od brokata. U odrazu ogledala je mogla da vidi policu sa lutkama. Ono što je tada videla i čula, sledilo joj je krv u žilama.

Primirila se iza zavese i čekala. Iako je nečujno ušao u sobu, osetila je njegovo prisustvo. A onda je začula piskavo šaputanje.

— Neee, nemoj molim te! Neee...

Žena je prestala i da diše.

— Nemoj da nas povrediš, Slavko, molim te, nemoj... — ponovo će piskav glasić.

A onda ga je ugledala u odrazu ogledala. Približio se lagano lutkama i pružio ruke prema njima. Nije mogla da mu vidi lice jer je bio okrenut leđima. Piskavi glasić i dalje je molio.

— Neeee!

Glasić se na trenutak prekinuo kada ih je Slavko ščepao za vratove.

— Zdravo, devojčice — rekao je normalnim glasom. — Mislile ste da se nećemo opet videti?

— Neeee! — molile su i dalje lutke, ali glas im je bio šištaviji, kao da se guše.

— Vratio sam se. Zbog vas...

— Neeee! — molio je glasić.

— Daaaaa, tako. Molite me za milost ako želite da živite.

— Miiilost, Slavko, miiilost! — molio je glasić poslušno.

Dečak im je lagano pustio vratove, a onda je iz džepa izvadio šilo.

— Neeee! — ponovo se začuo glasić. — Nemoj da nas ubiješ!

Slavko je polako podigao šilo i njime zadigao haljinicu prvo jednoj pa drugoj lutki. Zatim im se preko butina i stomaka popeo do glave i počeo da im bocka staklene oči.

— A sad, devojčice, birajte koja će od vas dve da bude prva. Da li će to biti Sara ili Anđela?

Gospođi iza zavese se okrenula svest. Na čelu je osetila graške hladnog znoja. U tom trenutku je poželela da izleti iz svog skrovišta i zarije mu šilo u oko, do mozga. Da ubije zlo u korenu. Ali, nije to učinila. Želela je da čuje do kraja.

— Nemoj oči, molim te! Milost! — molile su lutke. Njene ćerkice...

— Šta je, devojčice? Plašite se, a? — surovo će dečak. — Nema vam danas mame da vas spasi, a?!

— Plašimo se, Slavko! — začuo se ponovo piskavi vapaj. — Nemoj, molim te!

Gospođa se iza zavese jedva borila sa sobom. Iako je znala da je sve farsa, ipak je imala mučan osećaj da prisustvuje pravom zločinu. To što dečak muči lutke je već bilo gnusno, ali da one u njegovim očima predstavljaju njene ćerke, bilo je gore od svega što je doživela u svom životu. Stoti deo od onoga što je čula i videla je već bilo više nego što je mogla da toleriše. Tog trenutka je odlučila da dečaka zauvek protera iz kuće.

Odjednom, bez vidnog razloga, prestao je da im bode oči i šilo vratio u džep. Namestio im je haljinice, a zatim im nežno pomilovao porcelanska lica.

— Neću da vas ubijem, devojčice, ne bojte se — rekao je blago. — Vi ste još male i dobre, niste pokvarene kao vaša mama. Gospođa...

Poslednju reč je izgovorio podsmešljivo. Gospođa Nićiforović je tek u tom trenutku shvatila njegove poglede kada ga je zaticala u sobi. Dečak ju je mrzeo iz dna duše i nije to mogao da sakrije, tim pre što je svojim pojavljivanjem verovatno sprečila da mučenje lutki sprovede do kraja. On ih je sve mrzeo. Sledeće reči su samo potvrdile njen zaključak.

— Neću vas ubiti... još. Vratiću se kad porastete. A onda ću sve da vas pobijem! Sve!

Kada je dečak izašao iz sobe, žena je od iznemoglosti pala na pod. Telo joj se od straha i šoka nekontrolisano treslo a suze u potocima tekle niz vrele obraze. Kada se malo pribrala, otišla je u kupatilo i umila se hladnom vodom, a zatim pozvala devojčice da uđu u kuću. Borka je krenula sa njima. Na sreću, Slavko je ostao napolju, kraj golubarnika. Bacao je pticama zrnevlje kroz žicu, bezizražajnog lica. Gospođa je devojčice poslala u sobu, a pomalo začuđenu Borku uhvatila za mišicu, odvela u radnu sobu svog supruga i zaključala vrata za sobom. Desetak minuta kasnije, vrata su se otvorila i gospođa je izašla, a za njom i Borka, bleda kao smrt. Rukom se pridržavala za zid da ne padne. Odvela je svog sina i više ga nikad nije dovela sa sobom. Par meseci kasnije je umrla, to jest, bila je ostavljena da umre od zime.

Gospođa Nićiforović za sve to vreme nije smogla snage da svom suprugu kaže za incident sa lutkama. Želela je to puno puta i zamalo mu je i rekla jednom, ali se u poslednjem trenutku predomislila. Plašila se njegove reakcije prema Borki, iako ova nije bila ni kriva ni dužna. Bila je zadovoljna što je dečaka zauvek odstranila iz njihove kuće, ali nosila je to mračno saznanje u duši i zbog toga joj je iz dana u dan bivalo sve teže. U snovima je često preživljavala scenu mučenja, samo što su u njima umesto lutaka, na polici sedele njene ćerke, od krvi i mesa. Vrištala je dok im je šilom kopao oči, jer su je neke nevidljive ruke držale i nikako nije mogla da se otme i spasi ih. Budila se naglo iz košmara, okupana u znoju. Srce joj je u grudima toliko jako lupalo da je svaki put mislila da će se ugušiti.

I pored te torture, nije mogla da se odluči da sve kaže mužu. A onda ga je jednog dana on lično doveo u kuću i saopštio joj da će živeti sa njima pod istim krovom. Njena reakcija je bila ravna vulkanu. Dugo suzdržavani strah i bes izleteli su iz nje poput usijane magme i pretili da spale sve oko sebe. Bila je u stanju sve da učini samo da njeni košmari ne postanu java. Svom obožavanom suprugu je čak zapretila razvodom i bila potpuno iskrena u svojoj pretnji. Iz nje je govorila majka. A njena deca bila su joj važnija od bilo čega drugog.

Sve to se odigralo pred dečakom. Tada je shvatio da ta žena sve zna o njemu, i napokon u potpunosti razumeo majčin pogled dok je umirala. On je u njemu čekao iskricu ljubavi, a video je samo strah. Mislio je da je to strah od smrti. Bio je to možda još više, strah od njega. Zato ga više nikad nije povela sa sobom u kuću Nićiforovića. Gospođa je nekako saznala za njegove skrivene želje i sve rekla Borki. Time je zauvek ubila svaku nadu da ga majka zavoli. Mogao je da čeka i godinama, a da u njenom oku ne vidi toliko željenu iskru ljubavi. Kako je samo mrzeo tu bogatu i oholu ženu. Pogledi su im se ukrstili poput oštrih mačeva. Oboma je bilo sve jasno. Jedini kome ništa nije bilo jasno bio je siroti gospodin Nićiforović.

Naravno, do razvoda nije došlo. Učinio je ženi po volji i odveo Slavka. U jednoj od pomoćnih zgrada fabrike napravio je dečaku pristojnu garsonjeru, gde je ovaj imao daleko bolje uslove nego u rođenoj kući. Borkinu udžericu kraj Hajduk-Veljkovog konaka je malo prepravio i sredio i u nju uselio jedan tek venčani par, svog novog majstora i njegovu mladu ženu. Malu kiriju koju je Slavko dobijao od toga gospodin Nićiforović je stavljao u banku. Odlučio je da to dečaku dâ na raspolaganje kada ovaj postane punoletan. Nadao se da će Slavko, koji je, iako povučen i ćutljiv, pokazivao očigledne znake inteligencije, kasnije upisati neku dobru i korisnu školu. Svoju suprugu je i dalje veoma voleo i cenio, mada je ona žučna rasprava ipak ostavila mrlju na njegovoj duši. Nije mogao da shvati šta joj se dogodilo da tako reaguje prema jednom detetu, siročetu. Da li su to bile predrasude o socijalnom i društvenom poretku ili nešto drugo, nikada nije shvatio. Godinama je strpljivo čekao objašnjenje i nije ga dobio. Lično je smatrao da svako pred Bogom zaslužuje sreću ili makar šansu da do te sreće dođe.

Iako ovaj nije živeo sa njima, nije želeo da mu zauvek zatvori vrata svoje kuće. Ponekad bi već odraslog Slavka dovodio na kafu koju su obično ispijali u bašti i tada vodili zanimljive razgovore. Njihova omiljena tema je bilo golubarstvo. Njegova žena se tada uvek povlačila u kuću i nije izlazila sve dok mladić ne bi otišao.

Slavko je bio fasciniran golubovima pismonošama koje je gospodin Nićiforović doneo direktno iz Belgije, sve od roditelja svetskih šampiona. Sâm gospodin Nićiforović je bio vlasnik više državnih titula, iz perioda kada još nije imao dece i kada je imao više vremena da se bavi golubarstvom. Sada ih je čuvao iz uspomene i čistog zadovoljstva. Sara i Anđela su tada već bile u internatu u Beogradu, pa im je otac, umesto da im telefonira ili šalje telegram, slao pisma putem golubova, specijalno odgojenih za tu svrhu. Kasnije, kada su krenule na Medicinski i Pravni fakultet, činio je isto. Iz Jagodine im je slao golubove odgojene u Beogradu, a ćerke njemu one odgojene u Jagodini. U kući koju je iznajmio za njih na Banovom brdu, imao je čoveka koji je vodio računa o golubarniku.

— Kada se budeš osamostalio — govorio bi mu dobri čovek — pomoći ću ti da sagradiš neku finu kuću i formiraš svoj golubarnik.

Slavko se ljubazno zahvaljivao i uspešno glumio poštovanje prema svom dobročinitelju. Ali, nije ga mrzeo ništa manje nego njegovu ženu i ćerke. Skoro svake noći je sanjao isti san, u kome je video sebe u njihovoj kući. Sve što su imali je pripadalo njemu. Čak su i oni pripadali njemu. Držao ih je zatvorene u mračnom podrumu i činio s njima šta god mu je bila volja. I bio je tako ispunjen i srećan.

Nakon toga se budio i svaki put osećao nesrećnijim i ništavnijim jer je znao da do toga nikada neće doći. San je bio jedno, a na javi su oni bili ti koji su uživali u bogatstvu, a on i dalje bio bedan i sâm. Mrzeo je i prezirao sve što su ti ljudi predstavljali, a tako je žarko želeo da bude kao oni.

Onda se desilo nešto divno i neočekivano. Nešto što je i najluđe i najslađe snove moglo da pretvori u stvarnost. Počeo je rat. Nemci su bombardovali Beograd i ubrzo okupirali Kraljevinu Jugoslaviju. Kada su ušli u Jagodinu, konfiskovali su celu jagodinsku industriju i usmerili proizvodnju prema frontu, za potrebe svoje vojske. Nići-forovićeva fabrika nije bila izuzetak. Dobri gospodin je bio primoran da radi za Nemce, a zauzvrat je bio bogato nagrađen — okupator mu je velikodušno poklonio život. Da bi prehranio porodicu, morao je crnoberzijancima da rasproda sav skupocen srebrni ekscajg, kao i deo porodičnog nakita.

I dalje se proizvodilo punom parom, samo što su umesto finih gospodskih cipela, iz pogona izlazile vojničke cokule i kvalitetne oficirske čizme. Radnici su plaćani u naturi ili bednim bonovima za hranu. Uslovi rada su bili nepodnošljivo teški a ponašanje nemačkih vojnika, zaduženih da kontrolišu rad, bahato i nepristojno. Svaki, i najmanji znak neposlušnosti bio je kažnjavan teškim batinama. O štrajku nije smelo ni da se razmišlja. Znalo se da bi za to sledovao metak u čelo. Slavka je rat zatekao kao šefa proizvodnje u Nićiforovićevoj fabrici. Ali, nije sa svojim gazdom i kolegama podelio istu sudbinu. Čim je prva nemačka čizma zakoračila u Jagodinu, misteriozno je nestao.

Nakon završetka rata, kada su umesto kralja, vlast preuzeli komunisti, mnogim predratnim bogatašima je nacionalizovana imovina. Gospodin Nićiforović je znao da će i njegova porodična fabrika postati državna svojina, ali i pored toga što mu se ponašanje nove vlasti nije nimalo dopadalo, bio je srećan što mu je otadžbina slobodna i što su mu svi članovi porodice sačuvali glavu na ramenima. Iako je prodao veći deo porodičnog nakita, ostavio je najvrednije komade za crne dane. Bio je to nakit ukrašen dijamantima i drugim dragim kamenjem, a sve je stalo u vrećicu od somota, ne veću od novčanika. Sa tim je negde mogao da se započne nov život. Važno je bilo samo ostati živ.

Sef je bio veoma dobro skriven iza podrumskog zida od cigle. Zid je bio sazidan od prave, prepečene cigle i bio je noseći, ali jedan mali deo je bio pokretan. Taj deo se savršeno uklapao u ostatak zida i moglo se sto puta proći pored njega, a da se ništa ne primeti. Mehanizam koji ga je oslobađao nalazio se na malom svetlarniku sa masivnim gvozdenim rešetkama. One su naizgled bile čvrsto uzidane, međutim, malo jača ruka je mogla da ih okrene. Ali, postojao je precizan red i način kojim su šipke morale da se okreću, inače je mehanizam ostajao potpuno gluv na pokušaje da se aktivira. Prvu sleva trebalo je okrenuti tri puta u pravcu kazaljke na satu, ona je oslobađala srednju šipku. Srednja se okretala četiri puta u pravcu suprotnom od kazaljke, ona je oslobađala poslednju, treću šipku. Ova se nije okretala, već se snažnim trzajem povlačila nagore i pokretni deo zida bi bio slobodan. Okretao se oko svoje ose na dva suprotno postavljena kuglagera koji su ležali uglavljeni u dva metalna kanalića. Oni su služili da se oslobođeni blok cigala gurne skroz udesno i najzad priđe čeličnim vratancima. Na njima su se nalazila tri okrugla dugmeta sa brojkama od jedan do deset, a šifra se mogla okrenuti tek kada bi se u okruglu rupicu na vratima gurnuo specijalni ključić. Gospodin Nićiforović je s pravom verovao u sigurnost svog sefa. Da bi ga neko pronašao i otvorio, morao je da zna sve ove podatke i da uz to poseduje i ključ. Bio je, znači, jedini čovek na svetu koji je mogao da sef otvori. Ni prva, ni druga žena nisu znale za njegovo postojanje. Jednog dana je ipak odlučio da podeli svoju tajnu. Poveo je suprugu u podrum i sve joj podrobno objasnio, dok ga je ona zabezeknuto gledala.

— Ako mi se nešto desi, uzmi ovaj nakit, pridruži se deci u Beogradu kako znaš i umeš i bežite preko granice.

— Šta, ljubavi, da ti se desi?! — upitala ga je žena preplašeno. — Šta si ti kome skrivio?

— Rekao sam, ako mi se nešto desi.

— Pa gde da idemo?

— Moj dobar prijatelj i saradnik Ferdinando Fiko ima fabriku i nekoliko prodavnica cipela u Milanu. Pomoći će vam. Njegova adresa i propratno pismo su ti u sefu s nakitom.

— Šta ćemo mi u Italiji same? — upitala je plačnim glasom. — Šta će meni život ako se tebi nešto desi?

— Moraš! Zbog dece!

Supruga ga je zagrlila i zaplakala.

— Italija je lepa zemlja, a i devojke već pomalo govore italijanski... — govorio joj je nežno, milujući je po kosi. — I neće mi se ništa desiti, obećavam. Obećavam...

Njegov strah je bio sasvim opravdan. Sloboda je imala veoma gorak ukus, pogotovo za predratne bogataše. Ali, nije bilo samo u pitanju oduzimanje imovine. Gospodin Nićiforović je osećao da se valja neko daleko veće zlo. U varoši se sa strahom pričalo o nekom čoveku koji je bio postavljen za šefa Oblasnog komiteta za Levački srez. Već danima je privodio viđenije građane i ispitivao ih o njihovim aktivnostima i relacijama za vreme okupacije. Ako je bilo verovati pričama, nijedan se još nije vratio kući. Neki njegov bivši radnik, čovek od poverenja, čuo je od jednog Ciganina da je malo izvan varoši, na velikom polju zvanom „aerodrom", kopao ogromnu i duboku jamu sa još pedesetak ljudi, uglavnom Roma.

— Kaže, strpali nas partizani u dva kamiona i odvezli nas tamo, još je bio noč. Ceo dan smo kopali bez 'ranu, 'tedosmo da skapamo! Jedva vodu nam dadoše, bolje da nas sve pobio s onaj mitraljez i da nas zakopao u onaj grob što iskopasmo.

Nićiforović je tu priču shvatio veoma ozbiljno i odmah je povezao sa hapšenjem i nestajanjem ljudi. Nije li nova vlast odlučila da ih jednostavno eliminiše? Ali zašto? I pored varoških priča, još uvek nije mogao da poveruje u tako gnusan scenario. Nisu valjda toliko dugo čekali oslobođenje da bi na kraju nastradali od bratske ruke. Koji je bio njihov zločin?

Jednog dana je pred svojom kapijom ugledao dva naoružana stražara. Rekli su mu da ne može da izađe iz dvorišta. Tada je i obavio onaj razgovor u podrumu sa svojom suprugom. Čim je pala noć, iskrao se kroz prozor koji je gledao na baštu i pomoću dugačkih merdevina popeo na kameni zid. U komšijskom dvorištu je vladao mrak, ali žiška cigarete je odavala nečije prisustvo sa druge strane zida. Bili su opkoljeni. Taman je vratio merdevine na mesto kada se na kapiji začulo lupanje. Odmah je otkačio zlatni lančić koji je nosio oko vrata, smakao sa njega ključić od sefa i zadržao ga u ruci, između prstiju. Pohitao je da vidi šta se dešava, mada je već znao da je i na njega došao red da bude priveden. Sa kapije je odjeknuo glas.

— Narodna vlast, otvarajte!

— Ko je to? — čuo je uplašen glas svoje supruge, koja se u svilenoj kućnoj haljini pojavila na vratima.

— Otvarajte kapiju! — povikao je krupan čovek u kratkoj kožnoj jakni kakve su nosili engleski piloti. Na desnom boku je nosio pištolj u futroli. Iza njega su stajala dva vojnika sa puškama na gotovs, mimo one dvojice koji su već čuvali kapiju.

— Evo, evo... — reče Nićiforović, pojavivši se iz mračne senke. — O čemu se radi, gospodo?

Krupni čovek se ironično nasmešio.

— Ja sam se protiv gospode borio, gospodine...

— Šta želite?

Ne ispuštajući Nićiforovića iz vida i ne skidajući ironični osmeh sa lica, čovek se mašio za džep i iz njega izvadio papir.

— Imam ovde nalog šefa Oblasnog komiteta da Vas privedem na saslušanje.

— Ima li taj „gospodin šef" ime? — namerno je podvukao reč gospodin, ne bi li ovome skinuo osmeh. I uspeo je u tome.

— Naravno da „drug šef" ima ime — reče čovek kiselo. — Ali ne nalazi za potrebno da takva obaveštenja daje ljudima poput Vas. A sada, hoćete li da Vas odvedem milom ili silom?

— Nema potrebe za silom. Samo da uzmem vindjaknu, ako tamo gde me vodite zahladi. Već je noć...

— U redu, ali otključaj kapiju da pođem s tobom. Možeš da se prevariš da potegneš neko oružje, pa da te ubijemo kao psa.

— Nisam naoružan, uđite slobodno — reče on okrenuvši ključ.

Praćen čovekom u kožnoj jakni, Nićiforović je ušao u kuću i odmah sa čiviluka skinuo vindjaknu. Na stepeništu je zagrlio suprugu, možda nežnije nego ikad.

— Vratiću se brzo — rekao je, uhvativši je za ruku.

Čim je u ruci osetila ključić od sefa, znala je da i sâm ne veruje u to. Ostala je budna celu noć i čekala. Skakala je na svaki, i najmanji šušanj i nadala se. Nije znala da za to vreme njen suprug doživljava duplu agoniju. Fizičku, jer je, vezan u jednoj od zatvorskih ćelija, dobijao batine od kojih se ne ostaje živ. Psihičku, mnogo težu, jer je svog dželata znao od rođenja.

— Zašto mene, sine?! — ječao je Nićiforović. — Zašto mene?

— Sve ću, bre, da vas pobijem, majku vam bogatašku! — odzvanjao je kroz zatvorski hodnik glas njegovog mučitelja.

Negde oko deset sati ujutru gospođa Nićiforović je, shrvana umorom, ipak na trenutak zaspala na fotelji u salonu. Činilo joj se da to nije trajalo duže od sekunde, ali kada je ponovo otvorila oči, nije više bila sama. U prostoriji je stajao čovek u uniformi i posmatrao je. Odmah ga je prepoznala. Pustio je brkove i delovao znatno zreliji nego kada ga je videla poslednji put, ali nije bilo sumnje. Njen najgori košmar je ponovo bio tu.

— Iznenađeni? — reče Slavko sa smeškom dok su mu se grudi nadimale od uzbuđenja.

— Ne — odvrati žena hladno.

Slavko začuđeno podiže obrve. Uzbuđenje se momentalno pretvorilo u bes zbog njene ravnodušnosti. Ali nije hteo da dozvoli da ona to primeti. Imao je drugi plan.

— Gde su devojke?

— Na sigurnom mestu i daleko od tebe.

— Ne razumem zbog čega tako govorite — tobože se iznenadio.

— Mi smo bili veoma bliski, sve dok me niste izgonili iz svoje kuće.

— Bili ste bliski? Ma nemoj mi reći! Zato si njihovim lutkama kopao oči i pretio im smrću?

— Šta?!

— Bila sam skrivena iza zavese i sve sam čula i videla!

— I sve ste rekli mojoj majci?

— Jesam.

Slavko je zavrteo glavom i nasmešio se.

— Oduvek sam to znao...

Nekoliko trenutaka je među njima zavladala neprijatna tišina. Slavko je progovorio prvi.

— Nije pravedno što mi sudite za nešto što se dogodilo dok sam još bio glupo i naivno dete.

— Takve stvari naivna deca ne rade.

— Bio sam pomalo ljubomoran na vašu sreću i bogatstvo, priznajem. Promenio sam se, verujte mi. Gospodin je od mene napravio čoveka i ja ga volim i poštujem kao oca.

— Zašto si ga onda uhapsio?

— Sve je to bila farsa, to sam upravo i došao da Vam lično kažem. Da sam hteo da ga uhapsim, učinio bih to odmah, zar ne? Ja lično ga nikad ne bih ni dirao, ali i šef sreza mora da sluša naređenja odozgo. Svi znaju da je gospodin radio za Nemce za vreme okupacije. Ratno profiterstvo se kažnjava smrću.

— Ali ubili bi ga da nije hteo da im ustupi fabriku, znaš valjda? Niko ga nije pitao za mišljenje!

— Naravno da znam! Zato sam i poslao čoveka da napravi svu onu predstavu. Svedoci su videli da je odveden, napisaćemo da je osuđen i streljan i vuk pojeo magarca. A on živ i zdrav leškari u zatvoru i čeka Vas. Celu noć smo proveli zajedno i sve se dogovorili. Za neki dan ću vas sa lažnim pasošima sve četvoro prebaciti za Grčku i gotovo. Ponesite sve zlato i vredan nakit sa sobom i započnite nov život. Nemate više šta da tražite ovde. Suviše je opasno za vas.

Gospođa Nićiforović ga je pustila da priča. Klimala je glavom iako mu nije verovala ni jednu jedinu reč. Da se bilo šta dogovorio sa njenim mužem, ne bi pitao gde su devojke, već bi znao da su u kući na Banovom brdu. To nije bilo sve. Uniforma i košulja su mu bile besprekorno čiste i opeglane. Bilo je očigledno da se upravo presvukao i sredio za njihov ponovni susret. Zaboravio je samo da očisti cipele poprskane krvlju. Mrlje su još bile sveže. Ako je sa njenim mužem proveo celu noć, znači da je krv bila njegova i da je za njega već bilo kasno. A verovatno i za nju. Sam Bog zna koliko joj je u tom trenutku trebalo snage da sačuva hladnokrvnost. Morala je da spasi svoju decu. Zato je odlučila da igra igru.

— Dobro — reče ona mirno. — Šta predlažeš?

— Pozovite Saru i Anđelu telefonom i recite im da odmah dođu u Jagodinu. Nemojte im slučajno spominjati mene i pričati o ovome. Na visokom sam položaju i znam da se telefonske veze prisluškuju. Ja rizikujem isto koliko i Vi.

— Pa šta da im kažem?

— Izmislite nešto. Uostalom, majka ste im, imaju poverenja u Vas.

Gospođa Nićiforović je ustala i prišla telefonu. Drhtavom rukom je uzela slušalicu i počela da okreće broj pošte u Aranđelovcu. Znala je sa sigurnošću da se niko neće javiti. Bila je subota.

— Nema nikog — rekla je i pogledala u veliki zidni časovnik. — Sigurno su u šetnji, ali oko jedanaest će sigurno biti kod kuće da bi spremile ručak. Nikad ne jedu po kafanama.

— Pa, sačekaćemo — odvratio je Slavko naizgled mirno. Ali, dlanovi su mu se znojili od uzbuđenja. Nije mogao da veruje da je tako lako nasela.

— Ako nije problem, spakovala bih nešto stvari u međuvremenu. I nakit...

Slavko je zamalo zaustio da kaže da nije potrebno, i da će im on kasnije poslati stvari da sad ne bi nepotrebno skretali pažnju na sebe. Ali kada je spomenula nakit, odmah se predomislio. Oči su mu zasijale pohlepom.

— Samo izvolite, sačekaću ja ovde — rekao je ljubazno.

Žena se popela na sprat, ušla u muževljevu i svoju spavaću sobu i što je tiše mogla, okrenula ključ u bravi. Sela je za sto za šminkanje i počela da piše pismo. U njemu je u kratkim crtama ćerkama objasnila ozbiljnost i tragičnost situacije. Nije ništa od njih sakrila jer htela je po svaku cenu da ih spreči da se zapute kući i upadnu zločincu u ruke. Naposletku im je napisala kako da otvore sef, ako jednog dana budu imale priliku da se vrate kući.

Čuvajte se, anđeli moji. Volim vas više od života. Vaša mama...

Na poslednje reči je kanula suza umrljavši slova. Nije imala vremena da briše, već je iz džepa na kućnoj haljini izvadila ključić od sefa i pisamce zamotala oko njega. Zamotuljak je vezala crvenim koncem da se ne bi razmotao. Prišla je prozoru i pogledala u baštu. Tamo nije bilo nijednog stražara. S prednjeg ulaza u kuću se mogao videti golubarnik samo ako se stajalo u pravcu aleje. Nadala se da stražar neće stajati baš tu. Ali to ju je još i najmanje mučilo. Daleko veći problem je bio dospeti do golubarnika. Znala je da nikako neće moći da siđe sa sprata i izađe u baštu na zadnja, kuhinjska vrata, a da je Slavko ne čuje. Mogla je samo skočiti kroz prozor. Ali od prozora do zemlje je bilo više od tri i po metra visine. Ako bi nekako i uspela da se rukama uhvati za sims i prvo spusti noge, opet bi joj ostalo bar dva metra do zemlje. A gospođa Nićiforović je bila već duboko zagazila u petu deceniju života. Bilo je više nego verovatno da skok sa tolike visine neće moći da izvede bez posledica. Nadala se jedino da će one biti što manje, to jest da neće baš izlomiti nogu. Želela je samo da stigne do golubarnika, sve ostalo bilo je nebitno.

Na nesreću, prozor je bio zatvoren. Unutrašnji je otvorila lako i maltene nečujno. Ali, onaj drugi, spoljni, bio je nabrekao od vlage i otvarao se teže. Okrenula je kvaku i par puta cimnula. Ništa. Mozak joj je grozničavo radio. Svaka izgubljena sekunda ju je vodila bliže neuspehu nego uspehu. Morala je da požuri. Obema rukama je zgrabila kvaku i povukla. Prozor je popustio i naglo se otvorio, ali je pri tom proizveo mnogo više buke nego što je želela. Gotovo odmah je začula ubrzane korake na stepeništu.

— Gospođo!? — povikao je Slavko.

Više nije bilo vremena za razmišljanje. Zbacila je nanule i bosonoga se uspela na ivicu prozora. Okrenula se, klekla na sims i uhvativši se za štok od prozora, počela da silazi. Slavko je trčao po spratu, tražeći je. Telo joj je već dopola visilo preko kamenog simsa. A onda se uhvatila za njega prvo jednom pa drugom rukom. Hrapavi kamen joj je zagrebao podlaktice. Stisnula je zube i nastavila da klizi nadole. Začula je lupnjavu na vratima.

— Gospođo, otvorite! — vikao je Slavko drmusajući kvaku.

Žena je rizikovala skok. Ionako više nije imala snage da se drži. Šljunak je glasno zaprštao pod njenom težinom. Osetila je oštar bol u zglobu i skljokala se kao vreća. Desna noga joj je bila uganuta. U istom trenutku kada je dotakla šljunkovitu stazu, Slavko je ramenom izbio vrata i uleteo u sobu. Odmah je pritrčao prozoru. Ugledavši ugruvanu ženu koja se pridizala sa bolnom grimasom, glasno se nasmejao.

— Pa gde si, bre, pošla, glupačo jedna?!

I pored neopisivog bola, gospođa Nićiforović je na onoj jednoj zdravoj nozi počela da skakuće prema golubarniku. U prvom momentu je Slavko pomislio da žena ne zna šta radi i da ošamućena od pada, nasumice trči po dvorištu u nadi da može od njega da pobegne. Tek kada se u njenoj ruci zabelasao papirni zavijutak, shvatio je da je izigran. Sa lica mu je momentalno nestao osmeh.

Gospođa Nićiforović nije gubila ni tren. Iz fiočice na polici pod nadstrešnicom je izvadila cevastu tubicu od aluminijuma, sa tankom kožnom pantljičicom. Skinula je poklopac sa nje i počela da gura. Zavijutak je jedva ušao do pola i zaglavio se. Nije bilo vremena za ponovni pokušaj. Otvorila je vratanca kaveza i prosto zgrabila jednog uplašenog goluba sa jarko narandžastim očima. Oko nožice mu je što je brže i bolje mogla, vezala pantljičicu. Čula je zločinca kako dotrčava alejom. Već je bio tu.

Izašla je iz golubarnika i našla se pred cevkom pištolja. Goluba je skrivala iza leđa. Bio joj je daleko važniji od sopstvenog života. Slavku su se grudi nadimale od besa. Više nije glumio finoću. Oči su mu ponovo sijale zločinačkim sjajem. Nasmešila mu se u brk. Nije ga se bojala.

— Neeeee! — povikao je u trenutku kada je zamahnula rukom i hitnula goluba uvis.

Brzo je podigao pištolj i za njim ispalio skoro ceo šaržer, a onda, kada je shvatio da je promašio, spustio ga je lagano i poslednji metak ispalio njoj u grudi. Žena se prostrla po travi. Raširenih očiju zurila je u nebo i poslednjim iskrama života ispratila golubov let. A onda je u nebo odletela i njena duša.

Slavko je sa pištoljem koji se još pušio prošao pored zabezeknutog stražara i ušao nazad u kuću. Otišao je pravo u devojačku sobu. Na polici su još uvek sedele lutke iz njegovog detinjstva.

— Devojčice moje mile... Nemate više ni tatu ni mamu. Sada ste siročad, kao i ja...

Prislanjao im je cev pištolja na glavu, jednoj pa drugoj, naizmenično.

— Da mi je samo znati gde ste, došao bih odmah po vas... Da vas tešim.

Lutke su ga gledale svojim nemim i bezizražajnim očima.

— Srešćemo se opet jednog dana. Siguran sam da hoćemo...

Svojim raskrinkavanjem navodnih kolaboratora i ratnih profitera i eliminisanjem realnih i potencijalnih neprijatelja režima, mladi šef Levačkog sreza je zadužio državu. Iz zahvalnosti su mu dodelili Nićiforovićevu vilu na besplatno korišćenje. Ubrzo je dobio i pravo da je za simboličnu sumu otkupi od države i to beskamatnim kreditom. Mali ružnjikavi dečak iz sokaka kraj Hajduk-Veljkovog konaka je ostvario svoj životni san. Bar što se imovinskog dela tiče. Onaj duševni deo uspeo je da ispuni samo do pola, ubivši bivšeg vlasnika kuće i njegovu ženu. Nikada nije uspeo da uđe u trag njihovim ćerkama. A lutke na polici bile su mu veoma slaba uteha.

17

TETKA ENA

Ako se izuzme neželjeno prisustvo Crne trojke i povremene neprijatnosti koje je ono donosilo, školski dani su proticali zadovoljavajuće. Nekim čudom, dečaci se još uvek nisu našli na tapetu Marku i njegovim pajtašima. Delom zbog činjenice što su ih inteligentno izbegavali i nisu skretali pažnju na sebe, a ponajviše zahvaljujući njihovoj brižnoj učiteljici. Često je znala da sa svojim odeljenjem provede ceo veliki odmor napolju. Bio je to dovoljan razlog da se zlikovci drže dalje od njih. Ne da se Marko bilo koga bojao, pre je bilo obrnuto. Ali čak je i on nalazio da je neumesno nekog istući pred nastavnicima.

Milan je svoju učiteljicu prosto obožavao. Još uvek nije bila udata, niti imala dece, ali posedovala je onu urođenu toplinu i brižnost svojstvenu majkama. Iako on svoju nikada nije upoznao niti osetio njenu ljubav, to jest nije se sećao toga, poistovećivao je učiteljicu sa njom. Imala je sposobnost da mu svojim prisustvom i glasom ulije osećaj sigurnosti. Njen blag pogled mu je davao utisak da je poseban.

Učionica učiteljice Suze je za njega bila sinonim utočišta, a njegova ljubav prema njoj bila je ljubav deteta prema majci. Zato je oštro iskritikovao svog najboljeg druga kada mu je ovaj rekao da je zaljubljen u nju. Ta Miljanova zaljubljivost mu je uvek bila zabavna i smešna, počev od komšinice Grozdane pa do praktično svih devojčica u školi. Dečkića je ljubav hvatala i puštala kao kijavica. Par dana i gotovo. Sve do sledeće.

„U koga si danas zaljubljen?", pitao ga je u šali svaki put kad ga čuje da uzdiše. Bio je to predmet zabave za njega, koji prema devojčicama i ženskim bićima uopšteno, nikada nije osetio ništa drugo do prijateljstva. Ali, ovo sa učiteljicom mu nije bilo nimalo zabavno i to je svom drugu odmah dao do znanja. Uplašen njegovom reakcijom, Miljan se momentalno odljubio i nikada više nije pomislio da se u nju zaljubi. A ako i jeste, nikada to nije kazao pred Milanom.

Sredinom novembra je stigao sneg. Preko noći. Samo dan pre toga su se igrali napolju u potkošulji. Kada je Milan ujutru pogledao kroz prozor, umalo nije vrisnuo od sreće. Da radost bude još veća, bila je subota. Obukao se na brzinu i otrčao do Vojine radionice. Tamo su ga, okačene o klin, čekale stare očeve sanke. Bile su stare samo po godinama, u stvari su izgledale kao da su upravo izašle iz radnje. Metalni ram su Miljan i on samo nedelju dana pre toga ofarbali u tamnozelenu boju. Otac ga je potom odneo kod čika Daneta, stolara u penziji, koji je živeo u komšiluku. Pošto je starac takođe bio i pčelar, i sâm sebi pravio drvene košnice, još uvek je u podrumu imao stolarski alat i staru dobru nemačku kombinirku. Kada je uveče Milan video sanke, nije mogao da ih prepozna. Čika Dane je sedeći deo napravio od prvoklasnih bagremovih talpica. Obojene lakom za drvo, izgledalo je kao da su od meda. Čak je i Mirko oduševljeno zviznuo.

— Aaauuuu!!! Čini mi se da nisu bile ovako lepe ni kad nam ih je otac iz radnje doneo!

Bila je to jedna od retkih lepih uspomena vezanih za njegovog oca, mada je pretpostavljao da je poklon pre bio namenjen njegovim sestrama. Ipak, radost na Milanovom licu vratila ga je na trenutak u to lepo novogodišnje veče pre tridesetak godina i bilo mu je drago što su sanke dobile novi život.

Milan je uzbuđeno skinuo sanke sa klina i pohitao sa njima kod svog najboljeg druga. Klizale su savršeno, čak i po svežem, neutabanom snegu. Na tremu ga je presrela Anka i jedva naterala da nešto na brzinu pojede.

— Vrati se pre ručka, imamo goste — zamolila ga je. — Tata ti je na pijaci, kupuje namirnice.

— Ko dolazi?

— Videćeš... — reče ona sa tajanstvenim osmehom.

Pola sata kasnije, Miljan i on su se sankama već spuštali sa Đurđevog brda kroz park. Njihove tridesetogodišnje sanke bile su daleko najlepše i najbrže od svih ostalih, a bilo ih je poprilično.

Kada se malo pre podneva vratio kući, mokar od snega i pomalo smrznut, ali presrećan, gosti su već bili stigli. Na podu u predsoblju je ugledao ženske zimske čizme, a kraj njih dva para crvenih, potpuno istovetnih cipelica. Sa čiviluka su se belela dva kaputića. I oni su bili potpuno isti. Milan je začuđeno podigao obrve. Skinuo je kapu i otvorivši vrata, promolio svoju raščupanu glavu u dnevnu sobu. U fotelji je sedeo njegov otac. Nije bio zavaljen u nju kao što je obično činio kada se vrati sa posla. Bio je nagnut napred. Na trosedu tik uz njega sedela je neka žena. Smeđe-plava kosa joj je potpuno pokrila levi profil tako da nije mogao lepo da joj vidi lice, ali u jedno je bio siguran — žena nije spadala u retke goste koje su imali u kući otkad je živeo u Svetozarevu. Otac ju je gledao čudnim pogledom, a njegovo lice prosto je sijalo od sreće. Njena nežna bela ruka počivala je u njegovoj.

Milana štrecnu u stomaku, ali istog trenutka otac ga je spazio i srdačno mu se nasmešio. Kada se, povučena Mirkovim pogledom, i ona okrenula prema njemu, dečaku je laknulo. To lepo lice nežnih crta već je viđao u porodičnim albumima. Iako su joj godine nesumnjivo dale zrelost, nisu bitno promenile njegovu tetka Enu. Naspram Mirkove markantnosti, činila se još plavljom i nežnijom. Nikada se po izgledu ne bi moglo zaključiti da su njih dvoje brat i sestra. Milanu je, međutim, odmah bilo jasno da su veoma prisni. Žena je momentalno ustala i krenula prema njemu, srdačno raširenih ruku. Još se nije ni snašao, a već je bio u njenom zagrljaju obasut poljupcima. Iz kose joj se širio predivan miris nekog parfema. Kada ga je svojski izljubila, odmakla se od njega i uhvatila ga nežno za obraze. Na licu joj se čitalo iskreno oduševljenje.

— Mirko! Pa ti si mene slagao! — rekla je, praveći se da je ljuta. — Pa ovo je skoro momak, kakvo dete od sedam godina.

— Ma, nisam te slagao, šta pričaš!? — nasmejao se on na njenu opasku. Izgledali su kao dvoje velike dece koji se čikaju.

— Kako je visok i lep i... — zastade ona u pola reči jer joj je pogled pao na mladež na njegovom licu. — Oh, Bože... Kako liči na tebe...

— Nadam se da je to kompliment — nastavio je Mirko šaljivo, iako je osetio da se njegova sestra duboko potresla zbog tolike sličnosti.

Ona ništa nije odgovorila, samo je gledala i milovala dečaka po licu. Oči su joj se napunile suzama. Milan je ćutao i samo se stidljivo smešio, nemoćan da prekine tu pomalo nezgodnu situaciju. Na sreću, iz trpezarije je izašla Anka i pozvala ih za sto. Dok mu je u sobi pomagala da se presvuče, posavetovala ga je.

— Molim te, dušo, budi fin prema svojim sestrama od tetke.

Milan je tog trenutka shvatio kome su pripadale cipelice i kaputići. Malo ga je začudila Ankina molba, s obzirom na to da ga je dobro poznavala. Nije mu bilo jasno zbog čega je mislila da neće biti fin prema tim devojčicama. Žena je osetila da su ga njene reči žacnule, pa je požurila da doda:

— Znam ja da si ti dobar i ljubazan dečak, ali... kako da kažem... One su bliznakinje i... Beograđanke su, znaš.

— Pa dobro — reče dečak, iako su mu Ankina konfuzna objašnjenja učinila stvar još nerazumljivijom. Ipak, veoma brzo mu je za stolom bilo daleko jasnije šta je dobra žena htela time da kaže.

Njegove sestre od tetke, Vesna i Nađa, ličile su kao jaje jajetu, što je još više dolazilo do izražaja zbog identičnog oblačenja. Imale su po osam godina, a već su izgledale kao prave male damice. Čak su im i maniri bili kao u odraslih žena, što bi Milanu verovatno bilo smešno i simpatično da ih one nisu začinjavale sarkastičnim izjavama tipa: „Ovde u provinciji je stvarno dosadno, kod nas u Beogradu...” Ili: „Jao, što je kod vas blatnjavo, kod nas u Beogradu...”

Svaku rečenicu bi propratile neizbežnim prevrtanjem očiju i coktanjem ustima. Milan je u tom trenutku poželeo da ih provede preko potoka, prečicom do Gišine kuće, ali posle kiše. Kakav bi to lep prizor bio, pomislio je sa slašću. Mogle bi da prevrću oči do mile volje, ništa im ne bi vredelo. Na sve njihove izjave ostajao je savršeno miran, mada se pomalo nervirao što sebi dozvoljavaju da kritikuju njegov grad. Štaviše, bio je to i rodni grad njihove majke. Istina, ona ih je ljubazno zamolila da prekinu, što su i učinile. Ali kada se našao sa njima nasamo u svojoj sobi, ponovo su krenule sa primedbama. Samo, ovoga puta su one bile ličnije prirode.

— Ovo ti nazivaš dečjom sobom? Pa, pobogu, nemaš nijednu igračku!

— A ideš li ti na solfeđo? Šta?! Ne znaš šta je to?!

— Imate li vi ovde teatar? Nađa, pa oni nemaju ni teatar! Hvala Bogu pa sutra idemo nazad!

Eh, da je Milan znao da taj famozni teatar nije ništa drugo nego pozorište, lepo bi im odgovorio. Nažalost, morao je da prizna da za većinu reči kojima su one tako lako baratale, nikada nije čuo. Po prvi put otkako je krenuo u školu, osetio se neukim. To što su one već bile u drugom razredu, bila mu je slaba uteha. Ipak je on bio najbolji učenik u celom prvom razredu. Obećao je sebi da će čim devojčice odu, navaliti na knjige. U međuvremenu, trebalo je izdržati ove dve dosade koje su ga neumorno bombardovale podsmehom. Njegovo strpljenje se iz časa u čas bližilo kraju.

— Ne znaš ni u sat da gledaš! — prenerazile su se bliznakinje, kao da im je rekao da ne zna koja mu je desna, a koja leva ruka.

— Ne znam! — prasnuo je Milan. — Ali znam da upecam i rukama uhvatim ribu, da je očistim, usolim i ispečem! A vas dve to sigurno ne znate!

— Fuj! — rekle su uglas zgađeno. — Šta će nam to? Nama mama donese ribu sa pijace već očišćenu.

— Pfff! — frknuo je Milan, videvši da neće tako lako sa njima izaći na kraj.

Trebalo mu je pojačanje. Obukao se i otišao po Miljana. Nije mogao ni da pretpostavi da mu ovaj neće biti od pomoći jer je potpuno smetnuo s uma njegovu zaljubljivu prirodu. Devojčicama je bilo dovoljno da koketno trepnu na plavog dečačića i bio im je u džepu. Ostatak popodneva je proveo vukući ih na sankama po kraju, a onaj koji je sada prevrtao očima bio je Milan.

Ostavivši decu samu da se bolje upoznaju, Mirko i Ena su posle ručka otišli do grada da se prošetaju. U stvari, pravi razlog je bio to što su želeli da nasamo popričaju. Išli su lagano trotoarom, ruku pod ruku. Pod nogama im je škripao sneg.

— Volim kad je sve ovako belo, nekako je mnogo čistije — reče Ena razdragano.

— Hmm, da... — promrmljao je Mirko nezainteresovano.

Hodali su neko vreme u tišini. Ena je strpljivo čekala da joj brat kaže šta ga muči.

— Zašto nije došao? — upitao je najzad.

— Bio je nešto prehlađen jesenas, kašljao je užasno pa smo mu i rendgen pluća radili...

— Ena — prekide je Mirko u pola rečenice — nemoj meni da pričaš te priče!

— Pa, izvinjava se stvarno, ali...

— Gospodin Petrov se nekom izvinjava! — reče on sarkastično. — Šta još neću da čujem!

— Nemoj tako, Mirko, tata pati mnogo više nego što pokazuje. A i ova neočekivana vest ga je vidno uzdrmala. Nije mala stvar odjednom saznati da imaš već skoro odraslog unuka. I sve drugo što se desilo uz to, mislim... tvoj izlazak iz politike.

— Šta kaže na to?

— Ništa. Samo ćuti po ceo dan, ali dobro ga znam i osećam da se jede u sebi.

— Pa zašto, jednostavno, nije došao sa vama?

— Mislim da mu treba još malo vremena...

— Još uvek ne može da mi oprosti Ružičinu smrt?

Njeno ćutanje je bio najbolniji odgovor na njegovo pitanje. Razgovor na tu temu je očigledno bio završen. Posle nekoliko tihih minuta, ispunjenih samo škripanjem snega, bio je red na Enu da prekine tišinu.

— Kako ti je sin divan!

— Hvala — nasmešio se Mirko. — Dobar je dečak. I pametan.

— Izvini za one suze, ali vaša sličnost... Taj mladež... Još uvek ne mogu da verujem da tako nešto može da postoji! Prosto sam se uplašila.

— Misliš da su u pitanju neka đavolja posla? — reče on u šali.

Ena je zastala i pogledala ga ozbiljno.

— Ne, Mirko, ne đavolja. To mogu biti samo božja posla. Bog ti je poslao anđela da te voli i čuva.

— Ej, pazi šta pričaš! — šalio se on i dalje. — Znaš da članovi Partije ne veruju u Boga i anđele!

— Ti si ionako bivši član Partije! — odbrusila mu je malo grublje nego što je želela.

— Hvala što si me podsetila — reče on naglo se uozbiljivši.

Tišina se opet spustila na njih. Ena je dovoljno poznavala svog brata i znala da njegovo ćutanje nije ljutnja zbog onog što je rekla. Mučile su ga neke mnogo teže muke.

— Nedostaje ti pređašnji život, zar ne?

On klimnu glavom.

— Mnogo više nego što bih to želeo. Previše.

— Ali, vidiš kako su te lako odbacili. Kao otrcanu čarapu.

— Nisam tako nešto zaslužio! Mislim, za ono što sam učinio Milanovoj majci, pa i njemu, zaslužio sam od Boga strašnu kaznu, ali oni nisu Bog! Bio je to samo izgovor da me se mnogo gori od mene otarase jer sam počeo da smetam.

— Ko?

— Ne znam, mnogi... Udba sigurno. Ovo im je baš bilo dobrodošlo da me eliminišu, iako znaju da nikada nikom ne bih odao državne tajne. Uostalom, Milanova majka nije imala veze sa politikom, niti je u sebi nosila mržnju prema novoj vlasti, ma koliko volela svog oca.

— Jadna devojka — reče Ena iskreno. — Možda je moglo sve biti drugačije.

— Moglo je, sada to znam. Onda nisam ništa video ni znao. Napravio sam veliko zlo...

— Lepo je što se kaješ, ali neke stvari više ne mogu da se isprave — mislila je na smrt detetove majke. — Zaboravi sada politiku i posveti se svom sinu, jer on nije ni za šta kriv.

— Ne znam da li sam uopšte sposoban da mu budem dobar otac i primer. Ena, ja i dalje nastavljam da budem grešan prema svom detetu!

— Kako grešan? O čemu pričaš, Mirko?

— Zbog Partije i komiteta sam napustio jedinu osobu koja me je iskreno volela i zrno ljubavi koje je nosila u stomaku. A sada patim za tom istom Partijom, iako me očigledno nikada nije volela. Nije li to dupli greh prema Milanu?

— Ja ti kažem da se okaneš politike i filozofiranja! — reče mu ona strogo. — Zrno ljubavi o kome pričaš ima sedam godina i veoma si mu potreban! Zar je muškarcima samo moć bitna?!

— Nije stvar u tome, Ena, ne patim ja za moći! Ali ostao mi je gorak ukus poraza u ustima. Nije mi data šansa ni da se branim!

— Gorak ukus kažeš. Eee, moj Mirko, koliko sam ja gorčine u životu osetila, pa šta! Proplaknem usta i idem dalje. Ko ne oseti gorčinu, ne može osetiti ni slast, to ti je moja filozofija! A i savet.

— Lele, Mirko, na niske si grane pao kad ti mlađa sestra deli životne savete...

— More marš tamo, obešenjače jedan! — viknu ona i pljesnu ga po leđima.

Mirko se smejao i nevešto branio dok ga je ona ko bajagi tukla. U stvari, bili su srećni što su ponovo zajedno. Nešto kasnije, kada su stigli pred kuću, zastao je.

— Hvala ti za one reči. Mnogo si mi pomogla.

— Samo pokušavam da ti otvorim oči ne bi li video sreću koja ti se nudi. Uzmi je.

— Hoću — reče Mirko sa osmehom.

***

Kada je u nedelju posle ručka došao trenutak rastanka, Milanu je laknulo. Tetka Enu je odmah zavoleo. Dopadala mu se ta lepa žena nežne građe i neobičnih manira iz nekog dalekog, gospodskog vremena. Ali, svoje uobražene sestre više nije mogao da trpi ni minut duže. Kada se za ručkom načela tema o zajedničkom letnjem odmoru u Crnoj Gori, umalo se nije zagrcnuo. Pomislio je da kada bi mu neko dao da bira da sa njih dve provede makar i deset dana, ili prepliva more puno ajkula, odmah bi se odlučio za ono drugo. Ono prvo sigurno ne bi mogao da preživi. A sa Miljanom je rešio da obavi jedan dug razgovor čim bliznakinje odu. Iskreno se plašio za njegovo mentalno zdravlje, jer samo neko poremećen je mogao u njih da se zaljubi. Kada su izašli na ulicu, dečačić je već čekao na kapiji. Mahao je za kolima sve dok se ova nisu izgubila iz vida, potpuno nesvestan da time sebe ponižava, bar sa Milanove tačke gledišta. Ipak, na samom rastanku na autobuskoj stanici jedan detalj je uzdrmao njegove čvrste stavove prema bliznakinjama. Devojčice su ga čvrsto zagrlile i svaka mu na obraz spustila glasan poljubac.

— Bilo nam je predivno kod tebe, Milane!

Ovaj je sa užasom pomislio čega bi se sve naslušao da im nije bilo tako divno. Shvatio je da o devojčicama baš ništa ne zna. Izgledalo je da jedno pričaju, drugo misle, a rade nešto sasvim treće. Ipak, prijala mu je ta nagla promena.

— Kad budeš došao kod nas u Beograd, vodićemo te svuda! U zoološki vrt, na Košutnjak, na Adu Ciganliju! Biće nam ludo!

Prvo šta je pomislio bilo je da bliznakinje nikada neće gledati taj film. Kada su se onako ponašale na njegovom terenu, na njihovom će ga masakrirati. Ali, zar sada kada poznaje „neprijatelja", nije mogao da se za njega bolje pripremi i, zašto da ne, potuče ga na njegovom bojnom polju? Kakva bi to slatka pobeda bila! Obećao im je da će doći. Čim se vratio kući, tražio je od Anke da ga nauči da gleda u sat. A kada ju je zamolio da mu iz biblioteke donese neku „ozbiljniju" knjigu, umalo nije pala u nesvest.

PRVA LJUBAV

Vreme koje je ostalo do zimskog raspusta uglavnom je prolazilo u svim mogućim načinima eskiviranja Crne trojke, igri sa Miljanom, koga ipak nije iskritikovao zbog bliznakinja, i učenju. Ništa nije moglo da nagovesti neku bitnu promenu u njegovom životu. Većina promena se i dogodi mimo naše volje i iznenada, ali ono što se desilo Milanu je bilo ravno gromu iz vedra neba. Dogodilo se to odmah nakon poslednjeg roditeljskog sastanka, na kome je jedini sa svim peticama zvanično proglašen za najboljeg đaka celog prvog razreda. Učiteljica je održala jedan lep govor, gde je hvalila sve svoje đake, ali nije mogla da izdrži a da u njemu Milana ne stavi na počasno mesto. Dečaku je posebno godio očev dostojanstven i ponosan pogled. Nakon roditeljskog sastanka odveo ga je u poslastičarnicu „Kod Rize".

— Hoćeš li još nešto? — upitao ga je tek reda radi, nakon što je ovaj progutao jednu ogromnu šampitu, dve tulumbe i jednu orasnicu i sve to zalio čašom boze i, naravno, od tolike slasti pozeleneo. Milan je imao osećaj da više ne može ni da govori, a da mu sve ne poleti napolje. Taman se spremao da odmahne glavom, kada je u poslastičarnicu ušao anđeo. Dečaku je zastao dah. Bilo je to najlepše stvorenje koje je ikada video. Gledala je oko sebe krupnim, kao more plavim okicama. Svaki put kada bi trepnula svojim beskonačno dugim trepavicama, dečaku bi preskočilo srce. Njena gusta kosa bila je sastavljena od milion malih kovrdžica koje su ljupko poskakivale čak i pri najmanjem pokretu glave. U trenutku kada je prošla pored njega, nozdrve mu je ispunio blag, ali tako opojan miris jasmina. Imao je osećaj da je usred zime stiglo proleće.

— Milane, čuješ li ti mene? — reče otac.

— A? — trže se dečak kao probuđen iz sna.

— Pitao sam da li hoćeš još nešto.

— Paaa... — poče on ko bajagi da razmišlja, mada je znao da ništa više ne može da stavi u usta. Ali ako odbije, moraće da pođe kući. A on je hteo da sanja, makar još samo malo. — Ja bih još jednu limunadu — reče naposletku. — Al' neku malecku.

— E, pa idi sâm uzmi tu malecku limunadu. I odmah plati čika Rizi.

Milan je uzeo novac iz očeve ruke i ustao. Odmah je osetio da sa njegovim nogama nešto nije u redu. Njihov sto je od kase i pulta bio udaljen nepunih pet metara, pa ipak, nije bio siguran da će moći da ih pređe. Na sebi je osećao dva plava oka. Pružio je prvi korak. Činilo mu se da je ugazio u gusti mulj, toliko su mu noge bile teške. Rizikovao je i drugi korak. Uši su mu bukvalno gorele. Pomislio je da su mu toliko crvene da je u njenim očima delovao kao prosto seljače. Vatra mu je jurnula u lice. Elegancijom šimpanze se nekako dogegao do pulta i starom poslastičaru tutnuo novac u ruke, a onda se kroz muljevitu močvaru punu otrovnih gmizavaca, ni sam ne znajući kako, vratio za svoj sto.

— Mamaaa — začuo je njen zvonak glas sličan cvrkutu slavuja. — Ja nisam glaaadna.

„Mamaaa?", ponovio je Milan u sebi, misleći da nije dobro čuo. I taj način govora. Da je bilo koju devojčicu u školi čuo da tako razvlači kad priča, prevrnuo bi očima poput svojih sestara od tetke. Ali njoj je to tako lepo stajalo. A njen glas... muzika...

— Ali, Marina — reče njena majka iznenađeno. — Pa rekla si mi da ti se jedu kolači...

„Marina...", uzdahnuo je Milan. „Kakvo predivno ime... Kao plavo more. Kao njene oči. Savršeno..."

Na njegovo ogromno razočaranje, majka ju je odmah odvela, ostavivši Milana na rubu beznađa i straha da je nikada više u životu neće videti. Dok je jedva gutao kiselu limunadu, nije mogao da se otme uverenju da je upravo on krivac što je taj divni anđeo izgubio apetit. Pitaj boga kako je blenuo u nju i na šta je ličio. Mogao je sebe da šamara, da udara glavom o zid, da skoči u reku i udavi se zato što je sebi dozvolio da povredi njeno nežno srce. Dao bi život da samo još jednom oseti miris njene kose. Da ga samo na tren pogleda onim svojim plavim očima. Jednom rečju, po prvi put u životu, bio je zaljubljen.

Cele noći je šaputao njeno ime i uzdisao. Ali vatra u grudima se nije gasila. Naprotiv. Setio se razgovora sa Gišom, kada mu je starac rekao da će njegovo srce nepogrešivo prepoznati onu pravu. Bilo je to tačno. Ali zašto mu nije rekao ono drugo? Zašto mu nije rekao da će goreti bez temperature, da će drhtati iako mu nije hladno, da će poželeti da umre? Zašto mu nije rekao da je ljubav gora od najgoreg gripa i da potpuno uzima snagu i um? Da je tako bolna? I pored svega, Milan nije želeo da ozdravi. Želeo je da boluje večno za njom.

„Marina...”

Nepotrebno je reći da je od tog sudbonosnog trenutka, na svog druga i njegovo uzdisanje za devojčicama, gledao sa mnogo više razumevanja. Ali, dok mu je ovaj svaku novu ljubav momentalno prijavljivao i neprestano pričao o tome, Milan je svoju tajnu ljubomorno čuvao. A da je i hteo da je podeli sa nekim, ne bi znao kako. Ta, njemu dosad potpuno strana osećanja, bila su u toj meri jaka i konfuzna da bi ih bilo nemoguće opisati. Kako običnim ovozemaljskim rečima dočarati tu divnu bol i to anđeosko biće koje je jednim pogledom osvojilo svaku njegovu poru i vladalo njime u potpunosti... Govoriti o Marini bilo bi ravno skrnavljenju. Želeo je da je čuva u sebi kao svetinju.

Ali, ta svetinja kao da je u zemlju propala. Kad god se šetao gradom, a trudio se da to bude što češće, čežnjivim pogledom je neumorno pretraživao ulice i trotoare. Zavirivao bi u svaki sokak i dvorište. U svaki dućan. Bezuspešno. Svakim danom, svakim minutom, bila je sve dalje od njega. Ne zato što je počeo da je zaboravlja, već zato što se bojao da će njegovog anđela ugledati neko drugi, srećniji od njega. Da će se, kao i on, neumitno zaljubiti u njene plave oči. A šta ako se ona zagleda u drugog dečaka? Pomisao na to bila mu je nepodnošljiva. Svakim novim danom bivao je sve uznemireniji. U njega se postepeno uvlačilo neko novo, neprijatno osećanje. Bila je to bolesna ljubomora. Bio je ljubomoran na sve te dečake bez imena i lica koji su voleli istu devojčicu. Nisu imali prava na to. Niko nije mogao da je voli tako jako i čisto kao on. Kao u groznici, besno je stezao šake, mrveći u njima sve zamišljene suparnike. Svesno se pretvarao u potpunog sebičnjaka i egoistu, a da ga zbog toga nije nimalo grizla savest. Ljubomora mu je pomutila svest, gurnuvši u zapećak sva druga osećanja. Ništa više nije bilo važno sem Marine. Bez nje više ništa nije imalo smisla.

Sreća u nesreći je bila to što se zaljubio samo nedelju dana pre kraja prvog polugođa, tako da njegovo privremeno „odsustvo duha” nije nimalo uticalo na ocene. Ali, tih nedelju dana je Milanu bilo dovoljno da siđe u najdublji ponor patnje i beznađa. I upravo u trenutku kada je mislio da je dotakao samo dno tog ponora, odskočio je sa njega i poleteo do neslućenih visina. Ponovo je sreo Marinu. Štaviše, upoznao se s njom.

Moglo se reći da se to dogodilo spletom neverovatno srećnih okolnosti, gotovo kao u nekoj knjizi. Bilo je to prvog dana raspusta. Viktor i Milka su ga željno očekivali u Bačini, gde je sa svojim najboljim drugom nameravao da provede veći deo odmora. Mirko je trebalo da ih tamo odveze kada se vrati sa posla, odmah nakon ručka. Već danima je Miljanu morao da priča o Bačini, o ljudima koji su ga očuvali i njihovoj deci. Mališan je želeo sve da zna, do najmanjeg detalja. Bio je to njegov način da odagna strah od nepoznatog i da se pripremi na prvo odvajanje od kuće i majke.

— Što si toliko dosadan?! — rekao je Milan naposletku. — Biće nam lepo, videćeš.

Razočaranje na Miljanovom licu ga je pomalo nerviralo. Ankina razdraganost takođe. Nerviralo ga je i to što je morao da se pravi kako je radostan što počinje raspust i što će otići na selo. Niko nije bio svestan koliko mu je mrsko bilo da napusti grad i bude daleko od nje. Jer iako nije mogao da je pronađe, sve dok je bio u Svetozarevu osećao joj se bliži. Sve dok je bio tu, postojala je makar i bleda nada da je najzad ugleda. I tako je tog jutra, sa srcem u kom je nada tinjala poslednjim plamičkom, krenuo sa Ankom u varoš. Došla je na ideju da Miljanu kupe nove untruke i tople zimske potkošulje dugih rukava i iznenade ga.

Grad je prosto vrveo od naroda. Milanove oči su neumorno šetale po tom ustalasanom moru od ljudi, tražeći je. Sa crkvenog tornja začulo se zvono. Bilo je već podne. A od njenih ljupkih kovrdžica ni traga. Plamičak nade je uzdrhtao a onda se, dotučen Ankinim radosnim čavrljanjem, potpuno ugasio. Predao se crnoj sudbini i krenuo kući pognute glave. Upravo u tom momentu, iza ugla je izašla žena od nekih četrdesetak godina i krenula u njihovom pravcu. Za ruku je vodila devojčicu sa belom vunenom kapom. Kada su bili na jedno pet metara jedni od drugih, pogled dveju žena se ukrstio. Nije bilo čudno da se ljudi u prolazu pogledaju. Svetozarevo je bilo malo mesto. Sresti i pozdraviti poznanika na ulici je bila česta pojava. Ženu sa devojčicom nije poznavala, pa ipak ova je svoj pogled prosto upiljila u nju u trenutku kada su se mimoišle. Iako se začudila, Anka nije tome pridala mnogo važnosti i verovatno bi ubrzo na to i zaboravila da je žena nije oslovila.

— Izvinite!

Anka je zastala i okrenula se. Žena se polako vratila. Ljubazno se smešila, kao da se izvinjava što tako uporno gleda u nju.

— Oprostite što Vas ovako zaustavljam, ali veoma ste me podsetili na nekog koga sam nekada davno znala.

— Ja ne verujem da smo... — poče Anka, ali zastade u pola rečenice. Izbliza, i njoj se činilo da je nekada, makar davno, već videla te ljubičaste oči.

— Da niste možda Vi Anka Rokić?

— Da, je... jesam! — reče ona skupivši obrve upitno. Mogla je da se pohvali odličnim pamćenjem, ali na ljubičaste oči nije mogla da stavi nijedno ime.

Milan je takođe buljio u ženu. Bilo mu je jasno da je Anka ne poznaje, ali zašto se zaboga njemu činila poznatom. Mogao je da se zakune da ju je negde već video. Nije ni obratio pažnju na devojčicu sa belom kapom, već je nestrpljivo iščekivao dalji tok događaja. Na Ankin potvrdan odgovor, žena joj se približila još pola koraka i uzela je za ruku. Ljubičaste oči su joj sijale od sreće.

— Anka! Ti se mene ne sećaš, ali ja sam tebe odmah prepoznala!

— Ja stvarno ne mogu da se...

— Imala sam samo deset godina kad smo otišli iz Jagodine. Mislim, tada je još bila Jagodina...

Ankin upitni izraz lica je polako prešao u nevericu.

— Branislava? — reče sasvim tiho.

Žena ubrzano klimnu glavom.

— Branislava Milanović? Ćerka Mike Milanovića?

— Da! — vrisnu žena.

Vrisnula je i Anka i umalo ga oborila kada su se jedna drugoj bacile u zagrljaj. Posle nekog vremena su se odvojile da bi se već sledećeg trenutka ponovo zagrlile. I tako više puta. Što se Milana tiče, mogle su se i sto puta zagrliti, još uvek nije imao pojma ko je Branislava Milanović. Mada, i dalje nije mogao da se otme utisku da ju je negde već sreo.

— Ne mogu da verujem! — reče Anka naposletku, nakon što su najzad završile sa poljupcima, zagrljajima i pokojom neizbežnom suzom. — Trideset godina je prošlo... Znaš li da još uvek čuvam tvoja pisma?

— I ja tvoja!

— Jesu li ti tata i mama još...?

— Nisu, nažalost — reče žena tužno. — Tata je umro pre deset godina, a mama prošlog leta. Oboje su sahranjeni u Sao Paolu.

— Primi moje iskreno saučešće. Bili su divni ljudi.

— Jesu. I mnogo mi nedostaju. Ali, imali su lep život, sa puno unučadi. Slavoljub ima tri sina, a ja eto, dvoje. Sin mi studira u Beogradu, to je bila dedina želja, zato smo i došli.

— A ova bombonica? — reče Anka, spustivši svoj blag pogled na devojčicu sa belom kapom.

— To je mamina princeza! Dušo, upoznaj se sa tetom, to je moja učiteljica Anka o kojoj sam ti pričala.

Devojčica je stidljivo pružila ruku Anki. U tom trenutku i Milan spusti svoj pogled ka njoj. Glava joj je bila malo pognuta i nije mogao da joj vidi oči jer ih je skrivala iza beskrajno dugih trepavica. Ipak, ugašeni plamičak u njemu je tog trenutka ponovo oživeo. Setio se gde je video Ankinu poznanicu. U poslastičarnici „Kod Rize”...

— Marina — predstavila se devojčica svojim, za Milana najlepšim glasom na svetu.

Kada je došao red da se upozna sa njim, kad mu je pružila svoju nežnu ručicu i pogledala ga očima boje mora, dečaku su klecnula kolena. Plamičak se pretvorio u baklju.

Iz daljeg razgovora je saznao skoro sve o njima, u stvari, sve ono što su žene mogle jedna drugoj reći u par minuta. To jest da su pre šest meseci stigli u Jugoslaviju iz Brazila i u Beogradu živeli do pre neki dan. Da Marina ima starijeg brata Đorđa. Da su otkupili nekadašnju kuću Mike Milanovića, trgovca, i renovirali je da bi u njoj stanovali. Da su danas njih dve stigle iz Beograda da sačekaju kamion za selidbe koji im odande doprema nameštaj i pokućstvo.

„Eto zašto je nigde nije bilo! Bila je sve vreme u Beogradu!"

Marinin otac je bio Brazilac, inženjer rudarstva. Bio, zato što je pre par godina poginuo u nekoj nesreći na poslu. Koliko je on shvatio, čovek je ostao zauvek zatrpan u rudniku, sto metara pod zemljom. Naježio se od užasa pri samoj pomisli na tako nešto. Nije mogao a da ne primeti da kako koga zavoli, taj nema jednog roditelja, ili čak oba, kao učiteljica. Veoma čudna slučajnost, pomislio je dečak.

Žene su se na kraju pozdravile i dogovorile da što pre nastave razgovor ne bi li nekako nadoknadile proteklih trideset godina. Marinina mama je obećala da će im uskoro doći u goste, čim se budu preselile i sredile. Rastale su se uz puno zagrljaja i poljubaca, a i kasnije su se još nekoliko puta okrenule da bi jedna drugoj mahnule. I svaki put, mogao je da se zakune u to, Marina bi ga pogledala u oči i nasmešila mu se. Njen pogled je u njemu mogao da upali baklju. Ali taj osmeh rasplamsao je u njegovom srcu čitav požar. Samo što mu je sada ta vatra prijala. Na putu do kuće nije više hodao. Činilo mu se da lebdi i tek tada shvatao Gišinu potrebu da ljubav pretoči u stihove. Tek tad je osećao koliko je ljubav lepa i moćna magija.

18

Čim je stigao u Bačinu, Milan je shvatio da se ništa nije promenilo za pola godine, koliko ga nije bilo. Još uvek su se gurkali laktovima kada bi prolazio pored prodavnice ili zadruge, a svaki žagor bi momentalno zamirao. Još uvek su ga smatrali onim kome je totalno nepravedno, pored silne zemlje, pripalo i ogromno rimsko blago. Imovina na koju su svi mislili da imaju podjednaka prava.

Ništa se nije promenilo, osim njega samog. Nije više skretao pogled poput krivca, već je, naprotiv, hodao hrabro i uzdignute glave. I pored svojih mladih godina, shvatio je da ne vredi razuveravati ljude da ono u šta svim srcem žele da veruju, nije istina. Kao vaspitan dečak, javljao se svima u prolazu.

Dešavalo se da mu neko i uzvrati pozdrav. Bogu hvala, bilo je i u toj Bačini dobrih i neiskvarenih ljudi koji se nisu povodili za pričama, pogotovo ako su one potekle iz kafane. Oni ostali drhtali su kô prut pod njegovim oštrim pogledom. Kao sabljom, sekao je njime levo i desno, udarajući po ljudskom nepoštenju. Bilo je i onih koji su mu se iza leđa krstili, preklinjući nebo da ih spasi antihrista. Možda su strahovali da će silnim zlatom iz čiste obesti kupiti čitav atar i da će ih oterati sa ognjišta ili, još gore, raspolagati njihovim sudbinama i životima. Toliko daleko je dosezala njihova mašta. Može se reći da je njihov strah bio srazmeran njihovoj pohlepi — ogroman. Nijednom od njih nije palo na pamet da je taj „antihrist" jedno siroto dete bez majke, koje je doskora raslo i bez oca. I da bi to bila skromna nadoknada za takvo detinjstvo, sve i da je priča o rimskom blagu i bila istinita.

Iako je ranije patio, Milanu je sada bilo svejedno šta misle o njemu. Nikada uostalom nije ni pripadao tu u pravom smislu. Nikada se nije uklapao u taj mozaik. Jedino što ga je još fizički vezivalo za Bačinu bio je majčin grob. Viktora, Milku i njihovu decu je mogao da viđa i na nekom drugom mestu, a uspomenu na Gišu je čuvao u sebi. Ipak, urođeni inat mu je nalagao da se vrati u rodno selo i pogleda mu u oči. Bio je to njegov revanš u kome je naspram celog sela izlazio kao pobednik. I zakleo se sebi da će se u njega vraćati dok god bude bio živ.

Za razliku od ostalih, Živanu je strogo izbegavao. Nije je se više bojao, naprotiv. Ali, njena mržnja prema njemu imala je veoma duboke korene. Mrzela mu je već dedu i majku još davno pre nego što se on rodio. Plašio se samog sebe. Mogao je lako da dođe u iskušenje da dovrši ono što je onomad započeo na mostu, ako se samo usudi da svojim poganim ustima spomene njegovu majku. Stresao se odagnavši tu misao. Nije želeo da postane ubica. A nije ni hteo da joj čini uslugu. Život sa tako zlobnim srcem u grudima bio je daleko gora kazna od smrti.

Iako možda to čudno zvuči, sva ta razmišljanja nisu mu pokvarila zadovoljstvo i uživanje u raspustu. Uostalom, nikome i ničemu na svetu ne bi dopustio da odmor pokvari njegovom najboljem drugu. Trudio se da ovaj i ne primeti tu nemu bitku koju je vodio sa selom. A Miljanu je selo strašno prijalo. U prilog tome su govorili i njegovi rumeni i svakim danom sve okrugliji obrazi. Kao da je Milka sebi postavila zadatak da u Svetozarevo vrati prasca, umesto mršavog dečkića kakav je bio prvog dana. Nutkala ga je od jutra do mraka, a kada su kretali napolje da se igraju, gurala bi mu užinu u džepove kaputa. Da stvar bude još smešnija, Miljan je nikad nije odbijao. Žvakao je non-stop, kao hrčak. Nije mogao da zameri svom drugu. Razumeo je da neko ko je večito bio gladan ne ume da kaže ne tolikom iskušenju. Ali prosto nije mogao da se načudi gde sitnom dečaku stane sva ta hrana. Počeo je krišom da gleda nema li i on kesice na obrazima, poput hrčka.

Miljan nije uživao samo u seoskoj hrani. Voleo je celokupan seoski život i sve ono što je on i nudio i zahtevao. Ustajao je sa prvim petlovima i hranio stoku sa Viktorom, čistio štalu, pomagao Milki u muži. Potpuno je sebe pronašao na selu, kao što se Milan pronašao u gradu.

Naravno, nalazili su vremena i da se igraju. Grudvali su se i sankali po čitav božji dan sa decom svojih domaćina. U dvorištu ispred kuće su napravili Sneška Belića gotovo isto velikog kao Viktor. Čak su jednom (Milan stvarno nije mogao da odoli) pojahali sirotog Atilu, koji je, iako senka samog sebe, još uvek bio impozantan. Posebno za Miljana, koji ga nije znao iz boljih dana. Jednom rečju, provodili su raspust iz snova. Desio im se samo jedan jedini incident koji je mogao da pokvari doživljaj, ali im je čak i on ostao u lepoj uspomeni. Zahvaljujući njemu su dobili novog malog prijatelja.

Dva dana pred polazak naglo je otoplilo, štaviše, cele noći je padala kiša. Sneg je postao u toj meri mokar i težak da im sankanje više nije pričinjavalo nikakvo zadovoljstvo. Umesto da se dosađuju u kući, Milan je poveo svog druga u obilazak sela. Već danima je vrebao trenutak da prošeta do Gišine, to jest svoje nasleđene kuće. Živo ga je interesovalo da li je ostalo nešto alata u radionici ili je sve „dobilo noge", kako je starac imao običaj da kaže. Ali, prvo su otišli do groblja.

Miljan je imao osećaj da na Gišinom grobu pali sveću starom prijatelju. Činilo mu se da je starca oduvek poznavao, toliko se lepog naslušao o njemu iz Milanovih usta. Mogao je sebi dočarati ne samo njegov lik, već i glas. Imao je utisak da o njemu zna daleko više nego o svom rođenom ocu. Mati, nažalost, nije imala Milanov talenat prepričavanja. Nikada nije uspela da mu verno opiše oca, da mu dočara čoveka kakav je bio i pomogne mu da makar u mašti oživi koščati lik sa fotografije i podari mu ljudske osobine, ma kakve one bile. Kao da ga ni ona sama nije stvarno doživela. Kao da joj je mučan život polako brisao sećanje na njega, sve dok nije postao bleda uspomena koja se ne pominje.

Primetio je da i Milan o svojoj majci retko kad govori. Ipak, kad god bi je spomenuo, činio je to kao da priča o kakvoj relikviji. Kada je prvi put video njen grob, i sam je pomislio da se našao na nekom svetom mestu. Beli spomenik, jedinstven u odnosu na ostale, nije bio jedino što je to parče zemlje činilo posebnim. Obuzeo ga je čudan osećaj da na tom mestu njih dvojica više nisu sami. Nalazilo se tu još nešto, ali to „nešto" ga nije ispunilo strahom, već mu, naprotiv, unelo spokoj i mir. Ipak, instinktivno je shvatio da je njegovo prisustvo suvišno. Upalio je sveću i udaljio se, ostavivši druga da u miru i nasamo „porazgovara" sa svojom majkom. Polako je putićem sišao do grobljanske kapije. Dvadesetak minuta kasnije pridružio mu se i Milan. Glavom mu je dao znak da ga sledi. Umesto da skrenu desno i siđu u selo, prešli su preko druma i izgubili se u šumarku.

Kada je ugledao Gišinu staru kuću, shvatio je da su se u Bačini promene ipak dešavale. Ranije je bila oronula, a sada bi se pre mogla nazvati ruševinom. Stubovi na tremu su bili vidnije nagnuti nego ranije, a krov je pod težinom snega toliko bio ulegao da je izgledalo da će se srušiti ako još samo vrabac sleti na njega. Preko bočnog zida protezalo se nekoliko velikih kosih pukotina. Moglo se pomisliti da je samo starčeva duša onomad držala kuću uspravnom, a da je sa njim izdahnula i ona. Razbijena stakla na prozorima su, naprotiv, izgledala kao ručni rad nekog pakosnika. Dok su prilazili kući, učinilo mu se da vetar donosi nečije glasove. Tek kad su prišli sasvim blizu i ušli u zavetrinu, shvatio je da glasovi dolaze iz neposredne blizine. Dao je svom drugu znak da ćuti. Oslušnuo je malo bolje. Zvuk je dolazio odnegde pozadi i bilo je očigledno da glasovi ne pripadaju odraslim ljudima. Dečak je začuđeno izvio obrve. Iza su bile same strnjika i boca. Ko bi se uopšte tamo igrao? Trudeći se da pravi što manje buke, otišao je do ćoška i bacio pogled iza kuće. Jedan veliki komad duvara je bio otpao i sada ležao polegnut po travi. Na kući je poput rane zjapila rupa. Glasovi kao da su dolazili odatle. Nije mogao da veruje da bi neko bio dovoljno lud da uđe u tu ruinu. Prikrao se i provirio kroz otvor na zidu. U kući su stvarno bili dečaci i Milan ih je odmah prepoznao. Bili su to Lorda i Mika, njegovi nekadašnji „drugovi". Obojica su se u stvari zvala Milorad. Nikada dva Milorada nisu bila toliko različita jedan od drugog. Jedan je bio suv, riđ i na sitnoj glavi imao uši kô lopare, uz to još i klempave. Drugi je bio debeo, crn i imao je smešno male uši. Ili se to Milanu samo činilo, jer mu je glava bila okrugla i krupna kao tikva. Šta su njih dvojica radili u Gišinoj kući?

Odgovor je otkrio gotovo odmah. Komadima zemlje od polusrušenog duvara su nešto gađali u ćošku od sobe. Bilo je to nešto crno i sklupčano, neka životinja. U uglu je vladala nešto veća tama nego u ostatku prostorije, pa nije odmah video o čemu se radi. Bilo je suviše veliko da bi bilo pacov ili jež, a premalo da bi bilo jazavac. Ali, bilo je živo, jer svaki put kada bi ga promašili, uplašeno bi poskočilo. Dečaci su psovali i nervirali se. Što su bešnje pokušavali da pogode životinjicu, bili su sve nepreciznji. Mada, bilo je samo pitanje vremena kada će je ipak pogoditi. Iako je voleo životinje i bio veoma osetljiv na njihovu patnju, dvoumio se da li da reaguje. Znao je da Lorda i Mika neće tako lako ostaviti svoju nejaku žrtvu. Sukob je u tom slučaju bio neminovan. Nije dugo razmišljao, jer jedan detalj mu je privukao pažnju i nagnao ga da momentalno reaguje. U jednom trenutku je siroto stvorenje pokušalo da pobegne iz ćoška i potrčalo duž zida prema otvoru kroz koji je Milan gvirio. Verovatno je u dnevnoj svetlosti koja je odatle dopirala očekivalo spas. Klempavi dečak ju je šutnuo nazad, ali Milan je bar uspeo da vidi o kojoj se životinji radi. Bila je to ptica, gavran. I to, mogao je da se kladi, nijedan drugi nego Gišin, plavi gavran. Jedno, očigledno slomljeno krilo, vuklo mu se po patosu. Njegove šanse da preživi bile su ravne nuli. Bio je ostavljen na milost i nemilost dečacima koji nisu znali za sažaljenje. Pohitao je iznervirano, rešen da ga spasi po svaku cenu.

— Miljane, moram unutra! — rekao je svom drugu, koji mu je uputio upitan pogled.

— Gde, bre, unutra?! — uspaničeno će ovaj. — Srušiće ti se kuća na glavu!

— Nek se sruši, ali moram!

— Čekaj, Milane! — reče on uhvativši ga za ruku. — Kaži mi bar šta si video!

— Hoće da ubiju Gišinog gavrana!

— Gavrana? — začudio sa dečačić, jer je u Viktorovoj štali upoznao Gišinu kravicu Ravijojlu, ali mu drug nikada ranije nije spomenuo tog gavrana. — Ko će da ga ubije?

— Zar je to važno? — brecnuo se Milan na njega. — Dok me ti zamajavaš, on je možda već mrtav! Pusti me!

— Idem i ja!

— Ne može! Suviše je opasno.

— E pa nećeš onda ni ti! — reče Miljan uhvativši se za njega i drugom rukom.

Milan je uzdahnuo. Poželeo je da zgrabi svog druga i brepi ga o ledinu. Ali u isto vreme, njegov prijateljski gest ga je dirnuo. I Miljan je i te kako bio svestan da kuća može da padne, pa ipak, bio je spreman da krene sa njim.

— Možda će biti tuče. A jedan uopšte nije slab — reče nakon kratkog razmišljanja. Bio je to svestan pokušaj da ga odvrati od ove ludosti. Znao je da njegov drug ne voli nasilje.

— Pa, nek bude! — odlučno će Miljan.

— Hajde onda! Ali, brzo!

Dečaci su tiho prošli kroz otvorena vrata i krenuli ka prostoriji u dnu hodnika. Odande su se čule psovke. Da li je to značilo da gavran još uvek nije pogođen? U pretposlednjoj sobi karatavan je bio gotovo potpuno pao. Gomila šuta na patosu bila je delimično prekrivena snegom koji je padao kroz sada već ogromnu rupu u krovu. Milanu je najednom sinula ideja. Zaustavio je svog druga i uvukao ga u sobu.

— Slušaj — šapnuo mu je na uvo. — Napravi mi jednu grudvu. Al' znaš one ledene, tvrde i zgodne za ruku. Idem ja sâm, a ti, čim te pozovem, uđi i daj mi je. Ne pre nikako!

— Ali šta ako...? — poče Miljan, pomislivši da je to samo lukav izgovor da ga isključi iz akcije.

— Samo me poslušaj. Jedan život zavisi od nas. Od tebe...

Miljan je klimnuo glavom i odmah prionuo na posao.

— Kakva je to buka ovde? — reče Milan odmah s vrata. — Ko je to?!

Dečaci su se trgli i odmah pobacali sve što su držali u rukama. Buljili su u njega kao u avet. Bili su očigledno i oni upućeni u priču o blagu.

— Šta se to ovde dešava?

— Ni... ništa, Mika i ja smo... samo smo... — počeo je Lorda da muca, ali ga je strog pogled njegovog debelog druga prekinuo u pola rečenice.

— Šta ćeš ti tu? — brecnuo se Mika nakon što se uverio da je Milan sâm, to jest da Viktor nije sa njim.

— Šta ću ja tu? — Milan je začuđeno izvio obrve uperivši teatralno prst sebi u grudi. — To bih ja mogao vas da pitam. Koliko znam, ovo je moja kuća.

— Izem ti kuću! — reče debeli bezobrazno. — Lepši je moj obor od nju.

— Pa ti se onda igraj u tvom oboru, tamo i više priličiš — uzvratio mu je Milan otrovnom strelicom.

— Ej, pazi ti šta pričaš! — trgao se ovaj uvređeno.

Milan se jedva vidno nasmešio. To što bahati i agresivni Mika nije odmah nasrnuo na njega zbog te uvrede, govorilo je mnogo. Možda će uspeti da ih zaplaši rečima i izbegne tuču. Prošlo je više od minuta otkako je ušao u sobu i sve to vreme gavran se nije pomerio iz ćoška. Milan je počeo da strahuje da je možda ipak stigao kasno. Laknulo mu je kad je video da ptica pomera glavu. Nadao se da će sada, kada je dečacima pažnja bila zaokupljena, pokušati ponovo da pobegne. Međutim, iznemogla životinjica kao da se prepustila sudbini.

— Drugari — reče Milan — ajde lepo idite odavde da se ne bismo svađali.

Klempavi dečak je molećivo pogledao u debelog Miku i već zakoračio ka vratima, ali ga je ovaj povukao nazad. Sigurno mu je Milanov samouvereni ton toliko zasmetao da je na trenutak zaboravio na seoske priče i svoj strah. Nije mogao da istrpi da siroče kome je koliko juče lupao čvrge, tako razgovara s njim.

— A šta ako nećemo? — rekao je, isprsivši se preteći.

Milan je uzdahnuo. Tuča je ipak bila neminovna. Ali, nije mogao tek tako da napadne dečaka duplo težeg od sebe. Morao je da se posluži lukavstvom ne bi li sve šanse stavio na svoju stranu. Bilo je vreme da uključi Miljana. Skrenuo je pogled ka ćošku i napravio se iznenađenim kao da je tek tada prvi put ugledao crnu pticu.

— Šta je ovo ovde?

— Neka ptica — odgovorio je klempavi Lorda pitomo, jer je, za razliku od Mike, osećao realni strah od ovog „novog" Milana.

Milan je prošao mimo njih i klekao pored jadnog stvorenja. Levo krilo mu je visilo pored tela i bilo na izmaku snaga, ali dečak je sa zadovoljstvom konstatovao da ga volja za životom još nije skroz napustila. Kada je pružio ruku ka njemu, gavran je naduo perje i preteći klapnuo kljunom.

— Slomili ste mu krilo.

— Nismo mi!

— Nego ko je?

— Lovci su ga videli na orahu i pucali na njega. Pobegô je u kuću kad smo ga pojurili.

— Lovci? Misliš, vaši očevi?

— Pa šta! — brecnu se debeli.

U Milanu je počeo da ključa bes. Ako je nešto mrzeo, bilo je to ubijanje životinja iz čiste zabave. Lov je možda nekada davno bio plemenita veština i potreba čoveka, ali da uzmeš pušku i pucaš na sve što mrda, a potom ga ostaviš ranjenog da crkne u mukama, to je bila prava sramota i zločin. Pa nek se radilo i o jednom „običnom" gavranu. Pored takvih očeva, nije bilo ni čudo što su se i deca zabavljala mučenjem i ubijanjem životinja.

— Pa ništa — odgovorio je Milan debelom Miki. — Al' što ga bar ne ubijete da mu skratite muke?

— Pa, gađali smo ga sto puta, ali skakuće beštija!

— Šta, bre, 'óćeš ti? — opet će Mika, besan zato što se plašljivi Lorda uporno pravdao Milanu. — Da nije možda i ovaj gavran tvoj?

— Dobro, bre, što se ljutiš? — nasmešio se Milan provokativno. — Pa nisam ti ja kriv što ne umeš da gađaš. Ja, bogami, pogađam iz prve...

— Šio mi ga Đura! — uzviknu Mika potcenjivački.

— Miljane!

Na njegov poziv, dečačić je odškrinuo vrata i ušao. Lorda i Mika su se iznenađeno trgli.

— Ne bojte se, ne ujeda — reče Milan i ustade.

Prišao je svom drugu i pružio ruku prema njemu. Ovaj mu je bez reči dao grudvu. Dečak ju je provrteo u ruci da je oseti. Bila je nabijena i teška kao kamen.

— E, gle'jte ovamo! — rekao je, okrenuvši se prema dvojici dečaka. — Vi promašujete zato što ste iznervirani. Moraš da budeš potpuno smiren. I još važnije, položaj i pokret tela — kao da demonstrira ono što je govorio, Milan je lagano izvio telo unazad, a onda se elegantnim njihanjem povratio i ispružio ka njima ruku sa grudvom.

— Pogled u pravcu mete i u poslednjem trenutku se otvaraju prsti i pružaju u istom pravcu. I pogodak je zagarantovan — pričao je sve vreme, ponavljajući iste pokrete.

A onda se u jednom trenutku izvio malo više unazad, a zatim se njegovo vitko telo brzinom praćke povratilo i ledena grudva poletela ka meti. Samo što je, na Mikinu nesreću, meta bila njegova glavurda, a ne ranjena ptica. Prostorijom se razlegao prasak. Udarac koji je dobio u čelo je momentalno oborio debelog dečaka. Iznenađenje je bilo totalno, čak i za Miljana, koji nije ni pretpostavljao šta smera njegov hrabri drug. Klempavi je zabezeknuto gledao u Miku koji se valjao po patosu i skičao kao prase kome čupaju uši. Milan je iskoristio taj trenutak konfuzije, pritrčao Lordi i iz sve snage ga šutnuo u zadnjicu. I ovaj je pao kao sveća.

— To ti je zato što si mi šutnuo Gavrana!

— Joooj!!! — zakukao je ovaj. — Nisam znao da je tvoj!

— E, sad znaš, gluperdo jedna!

— Aaaaa, moje oči!!! — urlikao je debeli. Grudva ga nije samo oborila, već mu je, rasprsnuvši se, napunila oči ledom. Bio je totalno onesposobljen. Tuča je bila završena u dva poteza.

Uplašen od tolike dreke i komešanja, gavran se šćućurio u ćošku, potpuno nesvestan da mu je život spasen. Lorda je ustao sa bolnom grimasom. Na jedvite jade je podigao Miku na noge. Ovaj je jednom rukom pokrivao oči i ječao. Niz debele crvene obraze su mu se slivale suze.

— A sad bežite odavde i više se ne vraćajte — rekao je Milan samouvereno. — Ovo je moja kuća.

Pobeđeni i poniženi dečaci su se povukli bez reči. Jezik sile im je bio razumljiviji od bilo kog drugog. Shvatili su da se odnos snaga zauvek promenio i da će im biti bolje da se ubuduće klone tog dečaka oštrog pogleda i ubitačnog udarca.

Kao već odrastao čovek, klempavog Lordu je viđao kada bi dolazio u Bačinu, i to uvek pijanog pred kafanom. Čuo je da je prokockao i kuću i imanje. Živeo je od nadničenja i nije se ženio. Debelog Miku nikada više nije video. O njemu je čuo potresnu priču, toliko strahovitu da u prvom momentu nije poverovao. Ipak, bila je to puka istina. Mika je ostao na selu i, kao i njegov otac i deda pre njega, živeo od poljoprivrede i pomalo od stočarstva. Bio je vredan i snalažljiv domaćin i znao nekoliko zanata, a između ostalih i mesarski. Klao je uslužno po selu i sređivao ljudima meso za pušnicu i sve ono što se radi kada se zakolje neka životinja. Oženio se mlad, ali trebalo mu je dobrih deset godina da postane otac. Dobio je ćerku. Žena mu je na porođaju imala komplikacije i jedva ostala živa, ali više nije mogla da rađa. Pošto mu je to bilo jedino dete, svu svoju ljubav je usmerio na nju i čuvao je kao malo vode na dlanu sve dok se jednog dana nije dogodila tragedija. Tog tragičnog dana, sve je lepo počelo. Tele koje je koliko sinoć prodao jednom čoveku iz Varvarina zaklao je u dvorištu, raščerečio ga, odrao i isekao na komade. Ćerkica mu je pomagala, to jest polivala vodom meso i iznutrice i terala muve, kao i mnogo puta do tada. Ali, Mika je nesvesno napravio jednu fatalnu grešku. Kada je izveo tele, ostavio je širom otvorena spoljna vrata. Zaklao ga je bukvalno na oči njegove majke, krave. Pošto mu nikada nije palo na pamet da jedna životinja može da oseća kao i čovek, nije se uopšte obazirao na bolno rikanje koje je dopiralo iz štale. Razmišljao je samo o dobroj zaradi koju je ostvario. Uveče je njegova ćerkica, kao i mnogo puta do tada, krenula u štalu sa pocinkovanom kofom da pomuze krave. Jedina razlika je bila u tome što ju je u štali čekala majka koja je gorela od želje da se osveti za smrt svog nedužnog deteta. Mika je na prvi vrisak svoje devojčice skočio sa kauča i bos dojurio u štalu. Kada je video šta se dešava, urliknuo je od užasa. Njegovo dete je poput krvave krpene lutke letelo kroz vazduh nošeno rogovima pomahnitale krave da bi već sledećeg trenutka bivalo divljački izgaženo njenim teškim i snažnim nogama. Mika je sve pokušao. Vukao je kravu za rep, udarao je po leđima i glavi kocem, ubo je i par puta gvozdenom vilom u vrat... Sve džabe. Na kraju je otrčao po svoju lovačku pušku za divlje svinje i ubio je. Takođe džabe... Njegova ćerkica, njegovo jedino dete, više nije pokazivalo znake života. Sutra su u malom zatvorenom sanduku sahranili ono što je ostalo od sirotog deteta. Mika je te noći ustao, uzeo pušku iz ormana, napunio je, hladnu cevku stavio sebi u usta i opalio poslednji put u svom životu. Tu je priču Milan čuo od Viktora i bila je istinita. Iako nije voleo dečaka koji je mučio životinje, bilo mu je žao muža i oca koji je postao. Ali, neposredno posle tuče nije mogao da zna kakve će sudbine snaći njih dvojicu niti ga je tog trenutka bilo briga za to. Razmišljao je samo o tome kako da pomogne sirotom gavranu.

— Miljane, pazi na njega. Idem ja da nađem nešto u šta ćemo ga staviti.

Naravno, otišao je pravo u Gišinu radionicu. Kao što se i bojao, sav alat je nestao. Odneli su čak i staru stolarsku tezgu. Ali, bilo je u prostranoj radionici još mnogo čega. Između ostalog, i jedan veliki, pravljeni kavez za ptice od drveta i žice. Rešetkice su mu bile proređene, što bi sigurno predstavljalo problem kada bi u njemu hteo da čuva lokere, ali ne i gavrana. Postojao je ipak jedan mali problem. Vratanca su bila suviše mala da bi kroz njih ugurao tako veliku pticu. Prevrnuo je kavez i pogledao ga odozdo. Pod mu je bio napravljen od lima. Počeo je da razmišlja kako da ga skine i kroz taj otvor odozdo ubaci gavrana. Znao je da će mu biti malo teže da poklopac vrati ptici pod noge, ali nije bilo neizvodljivo. Lim je bio sav ulepljen od prljavštine koja mu je smetala da vidi na koji način je pričvršćen za ostatak kaveza. Bila je to neka zakorela mešavina od perja, ljuspica konoplje i ptičjeg izmeta. Potražio je neki komad gvožđa kojim bi mogao da sastruže prljavštinu sa lima. Našao je još bolje. U jednu od vertikalnih greda bila je zabodena sekirica. Nekim čudom je izmakla očima lopova i ostala tu da sačeka njega. I pored toga što je rđa presvukla njen metalni deo, bila je prilično oštra. Držaljica je bila originalna, napravljena od čokota vinove loze. Njen nesvakidašnji oblik je dečaku izmamio osmeh. Samo Giša je svojim posebnim pogledom na svet mogao da u tako uvrnutom komadu drveta vidi držalju za sekiru. Ali, bio je i majstor, nije se moglo poreći. Držalja je i pored svoje krivoće bila zgodna za ruku, a odnos težina između gvožđa i drveta bio savršen. Ono što se dečaku posebno sviđalo na držalji bila je okrugla budža na njenom sasvim donjem kraju, sasvim sigurno prirodan čvor na čokotu. Dodir drveta ga je ispunio neobičnim osećajem ushićenja i mira u isto vreme. Osetio se bliskim sa tim predmetom. Setio se starčevih reči da je drvo živo i da kada ga čovek radi sa ljubavlju, u njega unese deo svoje duše. Biće da je i jedan, makar mali deo duše njegovog nestalog prijatelja još uvek sadržan u tom komadu drveta. Nije baš bio najsigurniji u snagu te neobične držalje. Ali, sudeći po veličini, ni sekirica nije bila predviđena za neke teže poslove već više kao ukras. Ali za ono što je potrebno, Milanu je bila sasvim dobra.

Kavez je ponovo okrenuo naopako i sekiricom par puta lupio po limu, ali ravnim delom, da ga ne bi ulubio ili probušio. Kao što je i očekivao, kora prljavštine je počela da otpada u velikim komadima. Vadio ih je rukama kroz vratanca dok su sitni delovi ionako ispadali kroz rešetkice. Zavukao je zatim i sekiricu kroz vratanca, sastrugao prljavštinu zalepljenu za lim, a kada je hteo da je istrese, shvatio je da svakim trzajem lim pomalo silazi. Sa radošću je konstatovao da uopšte nije pričvršćen za kavez, već slobodno šeta kao fioka. Još malo ga je očistio da bi lakše klizio, zahvaljujući u sebi onome koji je kavez tako pametno i vešto napravio.

— Gde si, bre, do sada!? — reče ljutito Miljan čim je ugledao svog druga. — ’Oćeš da me ovo čudovište pojede?

Milan je u prvom trenutku mislio da se njegov drug šali. Gavran jeste kostrešio perje i zevao na Miljana, ali bila mu je smešna i pomisao da bi ovaj mogao da se boji jedne ranjene i uplašene ptice.

— Vidi šta sam našô! — reče on jedva suzdržavajući smeh. — Kô poručen.

— Odlično! Samo ne znam ko će da ga natera da uđe unutra.

— Što? Prosto kô pasulj.

— Ozbiljno?! — nasmeja se Miljan iako se videlo da mu uopšte nije do smeha. — E pa, izvoli, da te vidim.

Milan je puhnuo i pokretom ruke ga sklonio u stranu. A onda je raširio ruke i počeo da prilazi gavranu, spuštajući se sve niže i niže. Gavran ga je gledao pravo u oči. Dečak je mrdnuo prstima leve ruke. Reakcija je bila momentalna. Ptica je okrenula glavu privučena pokretima i preteći zinula.

— E, gledaj sad! — reče samouvereno Miljanu, potpuno siguran u uspeh svoje zamisli. — Jednom rukom mu privlačiš pažnju i dok on gleda na tu stranu, ti ga samo zgrabiš...

— Hej, Milane, pazi, molim te! — reče Miljan tako uplašeno kao da se u najmanju ruku radi o krokodilu.

— Ma samo ti drži kavez i uživaj. Kad ga budem ubacio unutra, gurni taj lim da ne može da iskoči.

Da li ga je na trenutak izgubio iz vida ili je gavranov napad bio suviše iznenadan, uglavnom razigrani Milanovi prsti su se odjednom našli u njegovom kljunu. Sad, nije znao kako izgleda kad te ugrize krokodil, ali još dugo posle toga sećao se gavranovog ujeda. Poređenja radi, bilo je to slično kao kad se izuvaš, pa se nasloniš na štok od vrata da ne padneš i gurneš prste u falc, a neko zatvori vrata... Najgore od svega je što ne znaš šta više boli, kad se vrata zatvore ili otvore. Jer i nakon što je gavran pustio njegove prste, Milan je nastavio da jauče. U prstima mu je pulsiralo, a bol se u talasima neprestano povećavala. Morao je da prizna da je Miljanov strah bio i više nego opravdan. Ipak, to ga nije nimalo pokolebalo da pticu uhvati i pokuša da je izleči. Naprotiv.

Uostalom, morao je brzo da odluči, jer iako su Mika i Lorda bili poraženi, još uvek je pretila opasnost da im kuća padne na glavu. Dok je čekao da bol u prstima popusti, dobar minut skakućući po sobi, razmišljao je kako da ga najbezbolnije po obojicu strpa u kavez.

— Miljane — reče skinuvši jaknu s leđa — gađaj ovim grudvama zemlje pored njega, ali pazi da ga ne pogodiš.

Njegov drug je odmah shvatio šta je Milan smerao. Osuo je paljbu gotovo momentalno. Bio je, naravno, daleko precizniji od one druge dvojice, jer njegovo promašivanje je bilo namerno. Već naplašen od grudvi, gavran je ponovo pobegao u ćošak i tu se šćućurio čekajući sudnji čas. Trenutak kasnije, koprcao se pod Milanovom jaknom i dok si rekao piksla, našao se u kavezu. Dečaci su mogli da odahnu.

Ali, trebalo je još stići do kuće. Mogli su da prođu kroz selo, zaobilaznim putem. Tu je mogućnost Milan odmah odbacio. Ne zato što mu je smetalo da nosi kavez sa gavranom pred začuđenim pogledima meštana, koji bi u tome pre videli neku ujudurmu, nego dobro delo. Više ga je brinulo to što se tim putem prolazilo pored Mikine kuće.

Bojao se da ih njegov otac već čeka na kapiji sa nekom motkom u ruci. Želeo je po svaku cenu da izbegne bliske susrete te vrste.

Mogli su da se vrate istim putem kojim su došli s groblja. Bio je nešto duži nego ako bi išli kroz selo, ali većim delom nije bilo druma, već se moralo ići kroz njive, voćnjake i šume. Nije bio siguran da će tim raskvašenim i blatnjavim putem stići pre mraka. Odlučio se za prečicu preko potoka. Bio je to najkraći, ali i daleko najteži put. Pre nego što su ušli u šumarak, bacio je još jedan pogled prema staroj Gišinoj kući. Bio joj je zahvalan što im nije pala na glavu. Nakrivljena starica nije pala ni tad, a ni još neko vreme posle toga. Držala se na „nogama" do sledeće zime. A onda je, čim je pao prvi veći sneg, jednostavno legla pod njegovom težinom. Jednog dana je na njenom mestu nikla nova kuća, gotovo ista. Jedino je doksat bio dosta veći. Na njemu je leti, u hladu orahove krošnje, Milan voleo da ruča sa svojom porodicom.

Dečaci su vrlo lako i brzo sišli do potoka, ako klizanje na zadnjicama po blatnjavoj padini može da se nazove silaženjem. Penjanje je iziskivalo nešto više vremena. U poslednjih deset metara, Milan je čak i zažalio što nisu krenuli bilo kojim drugim putem. Već na samom početku uspona je bilo jasno da zadatak neće biti nimalo lak. Do koje mere, nije mogao ni da pretpostavi. Miljanu je dao kavez sa gavranom, a on krenuo prvi. Znao je svaki žbun i drvo za koje je mogao da se uhvati. Planirao je da se jednom rukom drži, a drugom pomaže Miljanu. Ali, pod teretom kaveza dečak je i pored pomoći koja je dolazila odozgo bio nesposoban da održi ravnotežu na klizavoj padini. Noge bi mu jednostavno otklizale i on bi padao na bok. Milan je imao isti problem. Čim bi jednom rukom pustio drvo, počinjao je da klizi. Sa Miljanom, okačenim na drugoj ruci, nije imao teoretske šanse da ostane na nogama. A trebalo je stići do vrha. Odlučio se odmah za drugu taktiku koju mu je Viktor pokazao na Juhoru, kada su se jednom našli u sličnoj situaciji. Miljana sa kavezom je pustio napred, a on ga gurao otpozadi. Ali, pošto su mu bile potrebne obe ruke da se čvrsto drži, gurao ga je glavom u zadnjicu. Taktika je bila efikasnija od prethodne, međutim, i pored toga su sporo napredovali. Njegova snaga nije bila ni blizu Viktorovoj, koji ga je izgurao kao da je perce. On je pre imao osećaj da mu na glavi sedi slon. Mislio je da će mu pući vrat od napora, čak je bio i ljut na svog druga što je za vreme raspusta toliko jeo. Ali, stisnuo je zube i gurao dalje. Na odustajanje nije ni pomišljao. Kada su najzad stigli na vrh uspona, pao je od iscrpljenosti. I Miljan je seo na mokar sneg pored puta, zadihan. Iz premalog kaveza ih je nakrivljene glave posmatrao gavran, razmišljajući verovatno šta ga je snašlo i šta ova luda stvorenja na dve noge uopšte rade.

Kada ih je Milka ugledala na vratima, znojave, mokre i blatnjave, sa kavezom u ruci, umalo nije pala u nesvest. Po hiljaditi put u životu se pitala šta muškarce nekada tera da od sebe prave prasce. Mira i Mihajlo su radosno vrisnuli ugledavši ogromnu crnu pticu. Vrlo brzo njihovo oduševljenje je splasnulo. Nagnuta nad kavezom, Milka je zabrinuto vrtela glavom.

— Upucali su ga lovci, mislim da mu je slomljeno krilo. Našli smo ga u Gišinoj kući.

— Sa slomljenim krilom teško će preživeti — reče Milka. — A ako kojim slučajem i ostane živ, nikada više neće leteti. Pticama ne srastaju kosti.

— Pa i ako ne leti, nije toliko važno — javio se i Miljan. — Važno je da ostane u životu.

Milka je puhnula.

— Mislim da bi gavran više voleo da crkne nego da postane kokoš.

— Pa šta da radimo onda?

— Pregledaćemo ga, pa kad dođe Viktor, biće šta on kaže...

Milana štrecnu u stomaku.

— Šta god da mu je, ja ga nosim za Svetozarevo!

Milka ga je pogledala u neverici.

— Šta će ti gavran, Milane?

— Paaa... To je bio Gišin gavran. Pošto sam ja njegov naslednik, i gavran je sad moj.

Bio je to samo izgovor da po svaku cenu spasi pticu. Uopšte nije bio siguran da je to onaj isti gavran koji je večito stajao na orahu i otpozdravljao. Mogao je da proveri, međutim, bojao se da na njegovo „zdravo", ptica ostane nema. Nije baš želeo da ispadne budala, čak ni pred Milkom i Miljanom.

— Nisam čula da iko čuva gavrane, ali od Giše me ništa ne čudi — nasmeja se Milka. — Eno ima na šporetu u loncu tople vode. Dok se vas dvojica perete, ja ću da ga pregledam.

— Kako ćeš da ga pregledaš, teta Milka? — začudio se Miljan.

— Pa lako. Izvadim ga iz kaveza i ispipam mu krila. Odmah se oseti ako je neka koska polomljena.

— Ma dobro, to znamo. Ali znaš ti kako on jako ujeda? — reče Milan pokazavši joj svoj pomodreli i otekli prst.

— Ništa ne brinite, mladići — nasmešila se ona. — Hajde vas dvojica na pranje da vas ne zatekne Viktor tako blatnjave. Kô da ste iz rata došli!

Dok su se dečaci skidali, Milka je iz ormara izvadila flašu komovice, a zatim je iz trpezarije donela veknu hleba. Otkinula je nekoliko mekih komadića iz sredine i gurnula kroz rešetkice u kavez. Gavran ih je halapljivo pojeo i digao glavu prema njoj poput kučeta koje od gazde očekuje još. Imao je apetit, a to je već bio dobar znak. Otkinula je još jedno, malo veće parče hleba, natopila ga rakijom i bacila mu. Ptica je i njega progutala u slast.

Dečaci su se naizmenično polivali vodom u koritu, očekujući svaki čas da čuju Milkino bolno jaukanje. Ali, iz sobe nije dopiralo ništa drugo do dečjeg smeha. Obrisali su se i na brzinu obukli u čisto, a kada su ušli u sobu, imali su šta i da vide. Na krevetu je ležao gavran okrenut na leđa i raširenih krila. Dok ga je Milka previjala, bio je miran kao bubica. Gledao je u nju svojim crnim okom, pitom poput kakvog jagnjeta.

— Kako si usp... — začuđeno će Milan, ali mu je pogled odmah pao na veknu hleba i flašu rakije. — Milka!!! Nisi ga valjda napila?!

Ženica se grleno nasmejala, očito zabavljena njihovim izrazima lica. Dečaci su klekli pored kreveta da bi ga bolje osmotrili. Tek tada su shvatili koliko je bio veliki. Raspon krila mu je sigurno bio preko metar.

— Imam dobre vesti — reče Milka zadovoljno. — Nije mu ništa slomljeno. Ali dramlije su mu povredile mišić i zbog toga mu krilo ovako pada.

— Znači, leteće ponovo?!

— Naravno. Ali ne možeš da ga čuvaš u ovom malom kavezu, samo da znaš.

— Napraviće mi čika Dane stolar veći — radosno će dečak. Bojao se da se otac baš i neće složiti da u Svetozarevo vraća gavrana, ali o tom potom.

Tada se desilo nešto što je unelo totalnu euforiju među njih. Pijani gavran je malo digao glavu, pogledao u Milana i graknuo jedno razgovetno: „Zdrrravooo!”

— Joooj, pa on priča!!! — ciknula je Milka iznenađeno. Miljan je skočio gledajući pticu u neverici.

— Pa rekao sam vam da je to Gišin gavran! — ciknu i Milan presrećno. — Rekao sam vam!

U tom trenutku je na vrata ušao Viktor. Čelo mu je bilo nabrano kao da je zabrinut. Trepnuo je začuđeno kada je na krevetu ugledao crnu pticu, ali pogled na veselu družinu mu nije izmamio osmeh.

— Viktore! — viknu Milka razdragano. — Nećeš da mi veruješ! Ovaj gavran priča!

Grmalj se počešao po bradi.

— Lepo, lepo... — reče odsutno. — Milka... ajde da večeramo pa da deca legnu, sutra rano idemo za Kruševac. Svi.

— Šta ćemo u Kruševcu? — začudila se Milka.

— Idemo na sahranu — tiho će Viktor. — Umro je doktor Darvas.

19

SAHRANA

Nakon Viktorovog telefonskog poziva, Mirko je odmah pozvao direktora na kućni broj i zamolio ga za jedan slobodan dan. Naravno, dobio ga je bez problema.

Čovek koji mu je poremetio život i upropastio političku karijeru je umro. Doktor Darvas... Nikad neće zaboraviti dan kada je prvi put čuo to ime. Jedan od najgorih u njegovom životu. Bio je to, činilo mu se, početak njegovog kraja. Jednim treptajem je izgubio sve. Položaj, moć, ideale... Činjenica da je u tom trenutku dobio daleko vredniju nadoknadu nije tada još uvek mogla da mu dopre do svesti. Nije mogao da zamisli da za njega postoji život i van politike.

A onda, taj Varvarin... Bačina... košmar. Znao je da je kriv. Da je učinio veliko zlo. Pa ipak, užasno teško je podnosio doktorov preziran pogled i sarkastične primedbe. U jednom trenutku imao je osećaj da tog starca mrzi iz dna duše. O tom čoveku nije mnogo više znao nego onomad, samo su njegova osećanja bila drugačija. Njegovo ime je sada u Mirku pobuđivalo samo i jedino poštovanje. Dugovao mu je zahvalnost što ga je, iako na najgrublji mogući način, vratio na pravi put. Što mu je vratio sina. Vest o njegovoj smrti jako ga je rastužila.

Ali, tek na sahrani je spoznao pravu dimenziju tog čoveka. Na kruševačkom groblju, oko spomenika sa Davidovom zvezdom, tiskalo se nekoliko stotina ljudi različitih slojeva i porekla. Nekoliko stotina života i sudbina koje su na neki način bile vezane za doktora Darvasa. Bilo je tu gospode, intelektualaca, zanatlija, seljaka... I svako od njih je hteo da priđe raki i u nju baci šaku zemlje, odajući tako poslednju počast starom dobrom doktoru. Najneobičniji prizor od svih bili su rabin i pop, koji su, rame uz rame, pevušili, čitajući svako iz svoje svete knjige. Bila je to, bez ikakve sumnje, poslednja želja pokojnika. Hebrejski iz Tore mešao se sa crkvenoslovenskim iz Biblije, kao simbol jevrejsko-srpskog prijateljstva. Kao simbol svih vrednosti koje je doktor Darvas tokom celog svog života negovao i branio. Nikada u Kruševcu, ni pre ni posle, nije bilo veće i neobičnije sahrane od njegove.

Mirko je stajao sa strane i strpljivo čekao da se gužva raščisti. Njegova ruka počivala je na Milanovom ramenu. Među poslednjima su prišli i zajedno bacili pregršt zemlje u grob. Iako to nisu znali, obojica su u sebi zahvalili doktoru na istoj stvari. Što im je pomogao da se pronađu i pružio im šansu da se upoznaju i zavole. Što im je u ruke dao ključ koji otvara sva vrata, počevši od sreće. Amin.

Dečaci nisu pretpostavljali kako će im se završiti prvi raspust. Kolosalna sahrana je na njih ostavila dubok utisak. Ali, kao što to obično biva kad si dete, drugi utisci brzo potisnu prethodne. U Milanovom slučaju, desilo se to gotovo odmah kada je stigao u školu. Jedan jedini utisak je uspeo da potisne sve ostale. U školskom dvorištu, u društvu svoje mame stajala je Marina. Odmah je prepoznao njenu tršavu kosicu i njene krupne plave oči. Sa srcem u petama, prošao je pored njih savijene glave, krijući lice. Znao je da je veoma glupo to što radi. Mogao je da se pozdravi, priupita ih kako su provele odmor... bilo šta. Ali, saznanje da će biti blizu nje, u istoj školi, uplašilo ga je do te mere da je na trenutak izgubio moć rasuđivanja. Kako izgledati opušten i prirodan kada ti se noge pretvore u pihtije, a usred zime te oblije znoj? Dečak to nije znao.

Savladao je stepenište u tri skoka, potpuno zaboravivši na Miljana koji je kasao za njim.

— Gde juriš, bre, čoveče? — reče ovaj stigavši ga. — Neće niko da ti zauzme klupu, ne brini.

— Šta? — trepnu Milan, ne shvatajući o čemu mu ovaj priča. U glavi je bilo mesta samo za ta dva plava oka.

Dečkić je rekao još nešto, a onda otišao da se pozdravi sa nekim u dnu učionice. Milan se zamislio. Koliko je u Svetozarevu bilo osnovnih škola? Sigurno više od jedne, možda čak tri ili četiri... Kojom je onda čarolijom, kojom božjom voljom, ona došla baš u njegovu? Nije smeo ni da se raduje da ne bi razbio magiju i shvatio da je sve to bio samo puki san. Želeti nešto više od tolike sreće bilo bi ravno bogohuljenju, pa ipak, i protiv njegove volje u njemu je počela da se rađa nada da život može da se poigra još vragolastije. I nije bio razočaran. Čim je u učionicu kročila učiteljica Suza, shvatio je da su se sve njegove najskrivenije želje obistinile. Za ruku je vodila „njegovu“ Marinu. U učionici je odmah zavladala tišina. Milan je čuo samo otkucaje svog srca.

— Dobar dan, deco — reče učiteljica nagradivši ih svojim čarobnim osmehom. Njen topli pogled je preleteo odeljenje. — Koliko vidim, prijao vam je raspust. Neki su se bo'me i popravili...

Milan je bio siguran na koga misli. Vrat ga je još boleo od guranja uzbrdo.

— Da vam predstavim vašu novu drugaricu. Zove se Marina Pereira i dolazi nam iz dalekog Brazila u Južnoj Americi.

Dečji žagor je na trenutak narušio mir u učionici. Učiteljica se nasmešila.

— Znam da mnogi od vas nisu čuli za Brazil, to ćemo tek učiti. To je jedna veeeelika i daleka zemlja, gde nikada ne pada sneg i uvek je toplo.

Žagor je postao još glasniji.

— Njena mama je odavde i zato je Marina čak iz Brazila došla kod nas. Radosna sam što je izabrala našu školu. Očekujem od vas da je lepo primite.

Milan se nadao da će ga Marina pogledati i nasmešiti mu se. Čak se i nakašljao ne bi li joj privukao pažnju. Brzo se razočarao. Devojčica iz njegovih snova nije davala utisak ni da ga poznaje. Smestila se u klupu tik ispred njega.

— Deco, uzmite sveske i olovke. Danas ćemo pričati o proteklom raspustu. Neka svako od vas opiše neki lep doživljaj.

Svi su iz đačkih torbi izvadili svesku na linije. Učiteljica se nagnula ka Marini.

— Dušo, ako ne znaš ćirilicu, ti slobodno piši latinicom.

— Znaaam, učiteljice — otegnuto će devojčica. — U Beogradu sam već naučila.

— Odlično — reče učiteljica zadovoljno. — E, pa dobro, deco, izvolite!

Milan je otvorio svesku i protrljao slepoočnice. Uvek mu je bilo teško da pronađe rečenicu kojom bi započeo sastav. Sa Marinom pred očima, zadatak mu se činio još težim. Pokušao je da je uopšte ne gleda. Možda bi i uspeo da ona nije učinila nešto božanstveno. Rukama je protresla svoju tršavu kosu. Milion loknica rasulo joj se po leđima i ramenima, šireći oko nje prijatan miris jasmina. Potpuno omađijan, Milan je zatvorio oči. Nije više ni razmišljao o prvoj rečenici ni o raspustu. Našao se u nekoj sasvim drugoj priči, na cvetnoj livadi, opijen mirisom najdivnijeg cveta. I ko zna koliko bi dugo sanjario da ga nije prenuo njen melodični glasić.

— Imaš li gumicu za brisanje? — upitala ga je šapatom.

— M... molim? — trepnuo je Milan začuđeno. Otvorio je oči, vrativši se u stvarnost. Iz prve klupe gledala su ga dva plava oka.

— Gumicu za brisanje — ponovila je Marina. — Nešto sam pogrešila, a nisam ponela gumicu.

— Imam — reče Milan i dade joj.

Posle nekoliko sekundi ponovo se okrenula ka njemu.

— Znaš li da imaš srce na obrazu? — upitala ga je uperivši prst u njegov mladež.

— Znam, tako sam rođen.

— Tan lindo! — zacvrkutala je i nasmešila mu se.

Milanu je srce poskočilo u grudima. Nije razumeo šta je rekla, ali zvučalo je tako divno. A i taj osmeh koji je dobio... Taj idiličan trenutak prekinuo je učiteljičin glas.

— Još deset minuta, deco! Završavajte polako.

Trgao se i odmah navalio na pisanje. Jedva je uspeo da naškraba jednu stranicu kada se oglasilo školsko zvono. Nije uspeo da završi, a nije ni imao pojma o čemu je pisao. Učiteljica im je pokupila sveske, a oni izašli na mali odmor. Prvog dana imali su samo tri časa. Pre no što su krenuli kući, učiteljica im je vratila sveske. Svima osim Milanu. Njega je zadržala posle časa.

— Milane — rekla je — ono što si pisao... Lepo je, ali nisi završio.

— Izvinite, učiteljice, nešto sam se zamislio...

— Da nemaš možda problema sa... onima? — pitala je ne imenujući Marka i njegove pajtaše.

— Nemam, učiteljice.

— Neka tako i ostane — reče, pogledavši ga važno. — Pametan si dečak, kloni ih se.

— Hoću, učiteljice.

— Hajde sad idi — rekla je pruživši mu svesku. — Završi priču, pa je sutra donesi.

Vratio se kući i napisao lep sastav o doživljajima sa raspusta. Razmišljao je da li da pomene gavrana koji govori, ali je odustao. Nije želeo da ostali pomisle da priča budalaštine i da mu se smeju. Tačnije, nije želeo da mu se ona smeje.

„Imaš srce na obrazu...", setio se njenih reči i uzdahnuo.

Uveče, kada je legao, dugo nije mogao da zaspi. Dva plava oka milovala su mu dušu. A kada je napokon utonuo u san, sanjao je dvorac veštice Živane iz koga, na vernom konju, spasava princezu Marinu. U svom snu je bio hrabri vitez koji za nagradu dobija princezinu ljubav, a od kralja njenu ruku. I tako živeše srećno i zaljubljeno do kraja života.

Sutradan je u školu stigao krajnje viteški raspoložen. Da nije tako bilo, možda bi se napravio da ne vidi šta se dešava na igralištu u školskom dvorištu. Još izdaleka je prepoznao Tarzanovu riđe-plavu kosu i njegov lisičji izraz lica, kao i uvek kada bi maltretirao novu žrtvu. Danas je to bila neka sirota devojčica. Šutnuo ju je po nogama kao da se radi o nekoj uličnoj lungi. Devojčica je pala sa bolnom grimasom. U Milanu je momentalno proključao bes. Rešio je da prekrši nepisano pravilo nemešanja. Znao je da je veoma opasno zameriti se Marku i njegovim pajtašima, ali otkad se zaljubio, potreba da zaštiti nejake devojčice se udesetostručila. Štaviše, od blizanaca nije bilo ni traga ni glasa. Na Miljanov užas, uputio se pravo ka igralištu. Zlobnik je istresao celokupan sadržaj devojčicine đačke torbe na beton i već birao šta bi mogao da uzme za sebe. Bio je toliko samouveren u onome što je radio da uopšte nije ni gledao oko sebe. Milan mu je prišao s leđa. Imao je želju da ga sravni sa zemljom, ali poput pravog viteza nije napao prvi. Hteo je da Tarzanu pruži šansu da se pokaje i izvini devojčici, mada je unapred znao da od toga nema ništa. Prvo ga je oslovio sa pristojne udaljenosti.

— Ej, ti! — odjeknuo je Milanov glas.

Marko je zastao i polako se okrenuo.

— Meni nešto kažeš, mali?

— Kako te nije sramota da biješ devojčice? — reče Milan.

— Šta tebe zabole? — iskezio se Marko bezobrazno. Očito da mu je Milanova intervencija bila zabavna. — Da ti nije možda sestra?

— Nije.

— Pa šta se onda mešaš?! — brecnuo se Marko i ustao preteći prema njemu. Bilo je to obično dovoljno da uplaši i najjačeg dečaka u školi, ali mršavi dečak pred njim nije ni trepnuo. Istog trenutka, igralište se napunilo radoznalcima.

— Dečaci treba da štite devojčice, a ne da ih biju — odvratio mu je Milan. — Ti si kukavica!

Reč je odjeknula poput pucnja. Celoj radoznaloj masi se istovremeno oteo uzdah iznenađenja i straha. Iako su se divili tolikoj hrabrosti, nije bilo nijednog koji bi mu pozavideo. Reći Marku Tarzanu da je kukavica bilo je isto što i potpisati sebi smrtnu presudu. Sâm Marko je u trenutku izgledao kao da je dobio šamar. Zabezeknuto je gledao u Milana. Na sebi je osećao stotine očiju.

— Jesi li ti, mali, poludeo? — reče naposletku. — Znaš li ko sam ja?

— Znam.

— E, pa ja mislim da ne znaš. Ali sad ćeš da me upoznaš! — povikao je Marko jurnuvši ka njemu.

Njegov iznenadni napad je bio nespretan i daleko sporiji od Firginog. Milan je lako izbegao sudar odskočivši u stranu. Marko, koji je navikao da blizanci drže njegove žrtve dok ih on udara, našao se najednom u nezavidnoj poziciji. Povučen sopstvenim elanom, izgubio je ravnotežu i prostro se po mokrom betonskom terenu. U kolenima i dlanovima je osetio neprijatan bol.

— Boli, a? — upitao ga je Milan, ugledavši njegovo iskrivljeno lice i nevericu u očima.

Marko je ustao gledajući u svoje krvave dlanove i poderane pantalone. U sebi je proklinjao tog mršavog dečaka i blizance koji su kući ležali bolesni od gripa. U tom trenutku je poželeo da povadi sve te radoznale oči koje su se naslađivale njegovom patnjom. Da pobije sve svedoke njegovog poraza i sramote. Ali, bio je sâm i morao je sebi da prizna da za novi napad na dečaka nije imao hrabrosti. U ušima mu je odzvanjala reč „kukavica", kao bolna istina.

— Mrtav si, budalo! — procedio je kroza zube. U prolazu je zgrabio svoju torbu i istrčao kroz školsku kapiju.

Sva deca na igralištu su pritrčala Milanu uz radosnu graju. Svako je želeo da ga dotakne, kao da je neko uzvišeno biće. Dok su ga bezbrojne ruke tapšale po leđima, on je prišao uplakanoj devojčici i pomogao joj da ustane. Bila je uplašena i ugruvana. Nasmešila mu se blago u znak zahvalnosti. Miljan je u njenu torbu već skupio bačene stvari, a zatim su je zajedno odveli njenoj učiteljici i sve joj ispričali. Bila je poznata kao otresita žena, pa ipak, i ona ih je, kao i drugi, savetovala da ćute i ubuduće se sklanjaju. Prezime Marković je očito zatvaralo i najbrbljivija usta.

Kada su ušli u učionicu, Milanu je bilo jasno da je vest već stigla do njegovih drugova i drugarica. Devojčice su mu se ljupko smešile, a dečaci namigivali i pokazivali uzdignut palac. Jedino ga je Miljan gledao prekorno.

— Što si to uradio? — upitao je šapatom.

— Što?! — ljutnuo se Milan, smatrajući pitanje suvišnim. — Pa video si i sâm šta radi, zar da dozvolim da tuče devojčice?

— On svakog dana nekog maltretira, pa se nikad nismo mešali.

— E, pa od danas se mešamo! Preterao je svaku meru.

— Ja mislim da si i ti preterao i da si napravio veliku glupost!

— Ja napravio glupost?! — iznervirano će ovaj.

— Šta ti bi, bre, čoveče, da ga onako poniziš? 'Oćeš da te zakuca ekserom za štok?

— Ne može on meni ništa!

— A šta kad ona dva bizgova ozdrave? Napraviće pitu od tebe!

— Neće ni oni.

— A mogu li da znam ko će da ih spreči da to učine?

— Ti.

— Ja? — zabezeknuo se Miljan.

Milanova neslana šala mu se uopšte nije dopala. Mislio je da im je Milan bespotrebno navukao ogromnu bedu na vrat. Najmanje što je mogao da učini je da se ne zezeči sa tako ozbiljnim problemom.

— Da, Miljane — uzvratio je Milan savršeno ozbiljan. — Ti ćeš blizance sprečiti da mi učine zlo, a Marka prepusti meni. Imam savršen plan.

— Šta lupaš, bre!? Znaš kol'ko su jači od mene, ubiće me od batina!

— Ko je rekao da ćeš da se tučeš sa njima? Nisam valjda lud?! Poslužićemo se lukavstvom.

Tada je ušla učiteljica pa su dogovor morali da odlože za kraj časa. Kada mu je drug potanko objasnio svoj plan, Miljan je uzdahnuo.

— Lepo si to smislio, može da uspe. Ali...

— Nema ali, uspeće!

— Hoću da kažem: ali, zaboravio si ko mu je otac. Ako i uspe tvoj plan, moraćemo da se selimo u daleku i toplu zemlju Brazil...

Pri tom je glavom pokazao na Marinu, koja je čavrljala s drugaricom kraj table. Milan se nasmešio na njegovu opasku. U istom trenutku, štrecnula ga je jedna pomisao.

— Miljane — upitao ga je sasvim tiho — kako to da si zaljubljen u sve devojčice u školi, a nisi se zaljubio u Marinu?

— Ko kaže da nisam?

— Šta?

Njegov drug se zakikotao uperivši prst u njega.

— Uh, bre, budalice — reče mu zagrlivši ga — pa ja ne gledam u simpatiju mog najboljeg druga.

— Šta pričaš, bre! — siknu Milan prigušeno, bacivši brz pogled prema Marini u strahu da nije čula.

— Ćuti tu. Samo ćorav ne bi video kako je gledaš i uzdišeš za njom. Ti si, druškane, zaljubljen do ušiju!

Milan je ostao bez teksta. Giša je govorio da ljubav i siromaštvo ne mogu da se sakriju. Verovatno je bio u pravu.

— Miljane.

— Molim.

— Misliš da je i ona primetila?

— Šta?

— Ej, nije trenutak da se praviš lud! — iznervirano će Milan. — Misliš da i ona vidi da sam... u nju?

— Ne znam. Ali ako budeš tako blenuo u nju, videće.

U tom trenutku Marina se okrenula prema Milanu i nasmešila mu se. To isto je učinila i njena drugarica. Srce mu je poskočilo, a on pocrveneo kao bulka. Bilo je i više nego jasno da je upravo on bio tema njihovog razgovora. Pod stolom je nagazio Miljana koji se kikotao.

— E, pa sad sigurno zna i ona — reče Miljan uhvativši njihove poglede.

Milan je bio zaljubljen i srećan. Njegov život se u tom momentu činio lepšim od bajke, a zlokobna Crna trojka kao skupina jadnika kojima je odzvonilo. Vera u plan koji je smislio je bila tako jaka da je jedva čekao okršaj. U srcu mu je tinjala vatra predaka. Želeo je i on da, poput njih, stane nepravdi na put. Marko Tarzan im je pružio mnogo više vremena da se pripreme za sukob nego što su očekivali. Tog dana i naredna dva nije dolazio u školu.

Posle beskrajno dugog vikenda osvanuo je željno očekivani ponedeljak. Milan je ustao sa uverenjem da je najzad došao dan obračuna. Nije se iznenadio kada ih je ugledao u školskom dvorištu. Gorostasni blizanci su već oprobavali mišiće na nekom dečaku. Bukvalno su ga istresali iz gaća, držeći ga za noge okrenutog naglavačke. Marko je, naravno, izdavao direktive. Milan i Miljan su šmugnuli na školska vrata trudeći se da što manje privuku pažnju na sebe. Za vreme školskog odmora krili su se u klozetu. Želeli su da što duže odlože sukob. Veče je padalo već posle trećeg časa. Pod okriljem mraka, njihov plan biće još efikasniji. Kada je zazvonilo poslednje zvono, Milan se okrenuo svom drugu. Ovaj je bio skroz bled od straha.

— Miljane — reče dodirnuvši mu rame — sada sve zavisi od tebe i tvoje ruke. Samo se smiri i sve će biti u redu.

Dečkić je ubrzano klimnuo glavom. Milan je zgrabio svoju torbu i izašao. Posle pola minuta ustao je i Miljan. Iz torbe je izvadio praćku a zatim se lupio po džepu kaputa. U njemu je zvecnulo kamenje. A onda je udahnuo duboko i uputio se za svojim drugom.

Milan je sišao stepeništem i izašao u školsko dvorište. Na kapiji je ugledao gužvu. Bilo mu je odmah jasno ko je napravio zastoj, već izdaleka je pod čkiljavom svetlošću lampe ugledao dve masivne glave. Ni riđa sigurno nije bila daleko. Kako se približavao, gužva se polako razmicala oslobađajući mu prolaz. U očima nije više bilo onog divljenja od prošle nedelje. Gledali su ga sažaljivo, kao da ide na stratište.

— Evo ga! — začuo se Markov hrapavi glas.

Ogromne ruke momentalno su ga zgrabile za ramena. Nije se opirao. Oko njih se odmah napravio veliki krug. Marko je izronio iz senke kapije. Na licu mu je titrao osmeh, a oči sijale ubilačkom vatrom. U desnoj ruci je držao nešto. Bilo je suviše tamno da bi Milan video šta je to, ali delovalo je šiljato.

„Nož!", prošlo mu je kroz glavu. Podišli su ga žmarci. Setio se dečaka zakucanog ekserom za štok od vrata. Laknulo mu je kada je iz mraka začuo Miljanov zvižduk. Bio je na svom mestu.

— Mali moj Petrov — reče Marko sa nasladom. — Ponovo se srećemo.

— Jedva sam čekao — uzvrati Milan hladno.

— Jedva si čekao? — ponovio je ovaj utanjenim glasom, sprdajući se sa Milanovom smelošću. — Pitam se da li ćeš biti tako hrabar i kad budeš skupljao creva po betonu?

— Ja ću biti uvek hrabar, kao što ćeš ti uvek biti kukavica — odbrusio mu je Milan.

— Ko je, bre, kukavica, majku ti tvoju!!! — riknuo je Marko i poleteo ka njemu, ciljajući bodežom pravo u stomak.

Milan se nije iznenadio. Odupreo se o blizance i obema nogama dočekao napasnika. Što od straha, što od besa zbog opsovane majke, šutnuo ga je tako jako u grudi da je ovaj odleteo nazad u mrak sa bolnim uzdahom. Nož mu je ispao iz ruke i otklizao na drugu stranu. Neko ga je zgrabio i odmah bacio na krov škole, želeći da koliko-toliko pomogne hrabrom dečaku. Blizanci su i dalje držali Milana, potpuno zbunjeni. Čekali su da se njihov vođa vrati iz mraka i kaže im šta da rade. Krug oko njih se primetno suzio. A onda je jedan od blizanaca kriknuo i pustio Milana. Uhvativši se za glavu, pao je kao pokošen. Njegov brat je unezvereno gledao oko sebe, ali je svuda video samo mrak. Sekundu kasnije i njemu je zasvetlelo u glavi. Činilo mu se kao da ga je udario čekić. Vrisnuo je od bola i srušio se na beton. U mraku je Miljan sa praćkom u ruci odahnuo. Kolena su mu bila skroz odsečena od straha, ali mu ruka nije zadrhtala. Sa blizancima onesposobljenim za borbu i razoružanim Markom Tarzanom njihov plan je u potpunosti uspeo.

Ali, desilo se nešto što nisu mogli ni da sanjaju. Iz gužve se izdvojila jedna sićušna devojčica, prišla jednom od patosiranih blizanaca i razvukla mu takvu šamarčinu da mu je momentalno poslala jedno oko u posetu drugom. Za njom je krenula i druga devojčica. Ovog puta je ceh platio njegov brat. Uz zaglušujući vrisak, čitava horda devojčica i dečaka je jurnula na blizance poput roja pčela. Jedni su ih šutirali, drugi grebali, treći čupali. Njihova ogromna snaga im nije bila od pomoći jer razularena masa je na njih odjednom prosula pola godine skupljan bes. Uplašeni dečaci su s pravom mislili da im je došao kraj. Skičali su kao svinje pred klanje i ko zna šta bi bilo da se nisu umešali učitelji, učiteljice i direktor škole. Uz veliku muku i mnogo vike uspeli su najzad da spasu dečake. Našli su ih na betonu u krvi, toliko izubijane da ih verovatno ni rođena majka ne bi prepoznala. Još samo su imali toliko snage da tiho cvile.

To što nije prošao kao njegovi pajtaši, Marko je mogao da zahvali samo Milanu. Ovaj ga je zaštitio svojim telom, a još više autoritetom. Riđokosi dečak se šćućurio iza njega drhteći od straha kao nikada u životu. Nije mogao da shvati šta se to dogodilo. Očajnički krici blizanaca parali su mu uši zabadajući se poput bodeža u njegovo kukavičko srce.

— Ne njega! — vikao je Milan odguravajući razbesnela lica, poznata i nepoznata.

Na neki čudan način osećao se lično odgovornim za Markov život. Iako je bio opijen pobedom, ni u jednom trenutku nije zaboravio ko je dečakov otac i kakve probleme mogu da imaju ako ovaj bude makar i ogreban. Ali bes suviše dugo ugnjetavane dece je bio toliki da mu je sve teže polazilo za rukom da ga zaštiti, a da nekog ne povredi ili ne bude i sâm povređen. U polumraku je ugledao poznatu siluetu.

— Učiteljice! — povikao je dečak. — Brzo ovamo!

Mlada žena je potrčala u pravcu glasa.

— Milane, šta se dogodilo? — upitala ga je uplašeno.

— Pomozite mi da izvedem Marka iz dvorišta!

Iako nije shvatala ništa od onog što se događalo, a još manje zašto njen učenik štiti tog malog zlikovca, ipak je pristala da mu pomogne. Gurajući se kroz unezverenu gomilu, uspeli su da se probiju van dvorišta. Trčali su sve troje čak do Kamenog mosta. Čim je osetio da mu je život van opasnosti, Marko je stao i upro prst u Milana.

— Petrov! Da znaš da ću sve da kažem mom ocu!

Milan i učiteljica su se pogledali u čudu.

— Šta pričaš ti, Marko?! — odbrusila mu je učiteljica Suza. Nije mogla da veruje da dečak nema ni trunke zahvalnosti prema nekom ko ga je upravo spasio teških batina, najblaže rečeno.

— Zna on šta ja pričam! — razdra se. — Šta se ti, kog đavola, mešaš!

— Ej, pazi kako pričaš sa mojom učiteljicom! — nakostrešio se Milan.

Marko ih je streljao očima. Grudi su mu se nadimale od besa.

— Ti, Petrov, možeš odmah da se seliš odavde! Kad bude otac video šta si mi uradio dok su me drugi držali, ubiće te! Pobiće ti celu familiju!

— Kako te nije sramota, đubre malo?! — planula je Milanova učiteljica. — Da te Milan nije branio, ko zna na šta bi sad ličio!

— Slomio mi je nos.

— Što lažeš?! — reče Milan. — Samo sam te šutnuo u grudi kad si hteo da me ubodeš nožem!

— Nož! — vrisnu učiteljica uhvativši se za srce.

— Jeste — iskezio se Marko. — Ali moj otac će meni da veruje, a ne vama!

— A nos ti nije uopšte slomljen! — reče učiteljica s podsmehom, jer je bila sigurna kako riđi dečak blefira u želji da ih zastraši.

Ali onda je on učinio nešto što im je oboma pokazalo da je i pored svog kukavičluka ili baš zahvaljujući njemu, spreman da ide mnogo dalje nego što su mogli da očekuju. Iz sve snage je pesnicom udario sebe po licu. Iz nosa mu je momentalno pokuljala krv.

— E, sad jeste! — reče on radosno i pored očiglednog bola koji je trpeo.

Šakom je pokrio nos, ali je posle nekoliko sekundi zamahnuo prema njima. Krv sa njegove ruke poprskala ih je po licu i prsima.

— Ti si skroz lud... — reče Milan zgađeno.

— A ti ćeš, Petrov, već sutra biti skroz mrtav! — razdrao se Marko trčeći preko mosta ka gradu.

Milan je gledao za njim sve dok nije zamakao iza ugla. Učiteljica Suza je plakala u tišini.

— Milane... Veliko zlo nam se sprema, dete moje. Veliko zlo...

— Učiteljice... — počeo je dečak, ali njene suze su ga potpuno razoružale. Nije znao šta da kaže da joj ulije hrabrost. Uviđao je i sâm dokle ih je njegov nepopravljivi ponos doveo. Morao je da prizna da mu je situacija izmakla kontroli.

— Milane... — rekla je nežno. U njenom glasu nije bilo ni trunke spočitavanja, naprotiv, bio je obojen ponosom. — Nemoj za sada da se vraćaš u školu dok ne vidim šta će biti. Ali znaj da nikom neću dati da te optuži za bilo šta! Sve sam videla i čula i zaštitiću te kako znam i umem. Pa nije ni taj Marković svemoguć!

***

Milan je polako krenuo kući. Na uglu Ulice 7. jula ga je sustigao Miljan. Samo su jedan drugog potapšali po leđima i nastavili da hodaju u tišini. Obojica su bili svesni da im je situacija potpuno izmakla kontroli. Oprostili su se u par reči.

Kada je ušao u dnevnu sobu, Milan je zatekao oca u fotelji sa novinama. Kao i uvek, dočekao ga je sa osmehom, ali kada je na njegovom licu ugledao krv, osmeh je momentalno nestao. Nije se uspaničio kao što bi to učinila brižna Anka, odmah je video da krv nije Milanova. Jednostavno je spustio novine na sto i pozvao ga da sedne preko puta njega. Dečak je poslušao. Još na mostu je odlučio da ocu ispriča sve. Celu priču od prvog dana, kada je Crna trojka zavela teror u njegovoj školi, pa sve do malopre. Mirko ga je pažljivo saslušao i nijednog trenutka ga nije prekinuo. Bio je na strani svog deteta i smatrao da je bio totalno u pravu što je zlim dečacima stao na put. Jedini detalj koji je celoj priči davao bljutav ukus bilo je ime Slavka Markovića. Mirko se jedino nadao da to nije onaj isti Marković koga mu je spominjao Sveta Pavić u slučaju hapšenja bivšeg šefa magacina.

— Slušaj, sine — reče Mirko što je mirnije mogao — mislim da je trebalo ranije da mi ispričaš o svim tim problemima. Nisi smeo da uzimaš zakon u svoje ruke.

— Ali, tata...

— Ne! — presekao ga je Mirko. — Nisam ljut na tebe jer su ti namere bile časne, ali sledeći put mi se požali na vreme.

— Dobro, tata — reče dečak tužno. Otac je imao pravo.

— Doći ću sutra ranije s posla da te lično odvedem u školu. Ne verujem da će taj Marković uopšte praviti probleme zbog dečjih prepirki. Ali ako bude došao, razgovaraću s njim. Idi se sad operi i presvuci i ne brini, sve će biti u redu.

Pomilovao je Milana po kosi, a ovaj mu je uzvratio osmehom. Očeve reči su ga utešile i vratile mu samopouzdanje. Sve mu se odjednom činilo daleko manje tragično.

ZLO

U istom trenutku u vili Slavka Markovića vladalo je sasvim drugo raspoloženje. Tarzanova majka kršila je ruke i kukala, proklinjući zlotvore koji su skoro ubili njeno nevino čedo. Bila je priglupa žena, ali i da nije, kao i skoro svaka majka, u svom detetu je videla samo nevinost i dobrotu. Njegov otac nije razmišljao o tim nevažnim detaljima ko je bio dobar, a ko loš. Napad na njegovog sina je bio isto što i napad na njega samog, drugim rečima — napad na vlast. A ko god dirne u vlast, zaslužio je da umre. Iz ormana je izvadio crnu kožnu kutiju i otvorio je. U njoj je uvijen u masnu krpu, još od oslobođenja ležao i čekao njegov omiljeni pištolj, plen iz rata. Čuveni nemački mauzer. Kada ga je uzeo u ruku, celo telo mu je zadrhtalo od uzbuđenja. Koliko uspomena ga je vezivalo za taj predivni komad gvožđa, koliko života koje je prekinuo samo jednim dodirom prsta po obaraču. Bio je nemilosrdni anđeo smrti i uživao je u tome. Osetio je strašnu nostalgiju za tim dobrim starim vremenima. Mada to nije pokazivao, bio je zahvalan svom sinu što mu je pružio valjan razlog da ponovo oseti miris baruta. Bio je žedan osvete. Žedan krvi...

Nešto više od pola sata nakon razgovora sa dečakom, Mirko je pozvonio na Draganova vrata.

— Oooo, koja čast! Šerlok Holms lično! — našalio se njegov prijatelj, aludirajući na brilijantno rešen slučaj krađe u magacinu.

— Hajde malo promeni ploču — nasmešio se Mirko. — Svaki put kad me vidiš, isto ponavljaš.

— Šta mogu kad si me impresionirao. Stvarno mislim da si pogrešio poziv.

— Mani to. Došao sam zbog ozbiljne stvari.

— Koliko ozbiljne?

— To ti treba da mi kažeš. Šta znaš o Slavku Markoviću?

— Zašto? — trže se Dragan.

— Možda ću morati da uđem u mali sukob sa njim.

Dragan ga je pogledao sa nevericom.

— Mirko, ti nisi došao zbog ozbiljne, već zbog veoma opasne stvari. Marković nije čovek sa kojim možeš da uđeš u mali sukob. Ne znam o čemu se radi, ali bolje se ne hvataj u tu igru.

— Bojim se da nemam izbora, Dragane, radi se o Milanu — reče Mirko ispričavši mu ukratko dečakovu školsku pustolovinu.

— Ja ti savetujem da potegneš stare veze iz Komiteta, jedino tako ćeš moći da ga skineš s vrata — reče Dragan vidno zabrinut.

— Hoću, hoću... — slaga Mirko. — Ali bih voleo da mi ti o njemu ispričaš sve što znaš.

— Znam puno toga i ništa nije dobro, nažalost. Hajde, uđi, potrajaće...

***

Mirko je do pola noći ležao budan i razmišljao. Od onog što je saznao o Slavku Markoviću podilazila ga je jeza. Dragan je bio u pravu. Bila bi mu potrebna intervencija sa vrha da bi uplašila tako opasnog čoveka. Intervencija na koju odavno više nije mogao da računa. Bio je potpuno sâm i znao je da više nema nikakvu moć. Međutim, Marković to nije mogao da zna. Iz fiočice kraj kreveta je izvadio fotografiju i dobro je osmotrio. To nije bila obična fotografija. Uz pomoć nje se spremao da napravi svoj najveći blef u partiji, gde je ulog bio ništa manje nego njegov, i život njegovog deteta. A tu partiju nikako nije smeo da izgubi.

20

Sutradan je Milan sa ocem zakoračio u prepuno školsko dvorište u kome je bilo tiho kao na groblju, ako se izuzme vika koja je povremeno dopirala kroz jedan od otvorenih prozora na spratu. Na nemim licima se čitao strah. Imao je utisak da svi gledaju u njega.

— Ne brini, sine, ja sam tu — reče Mirko osetivši da dečak koči.

Stegao ga je blago za rame da mu ulije hrabrost. Pitao se šta je otac smislio da ih izvuče iz te naizgled bezizlazne situacije. Njegovo odlučno lice govorilo je da zna šta radi. Popeli su se stepenicama i krenuli u pravcu vike. Ispred učiteljskog kabineta otac mu je dao znak da ćuti. Polako je pritisnuo kvaku i odškrinuo vrata, tek toliko da može da vidi šta se unutra dešava. Provirio je i on. Omanji riđe-plavi čovek je stajao pred gomilom bledih i preplašenih ljudi postrojenih uza zid i vodio glasni monolog. Vikao je na njih, hvatajući se svaki čas za dršku pištolja koja mu je virila iz kožne futrole na boku. Naslonjen na suprotni zid, sa crnim podlivima ispod očiju, stajao je Marko Tarzan. Očigledno je uživao u onome što je napravio. Kreveljio se i plazio u pravcu sirotih ljudi, ali kad god bi se otac okrenuo njemu, istog trenutka je navlačio masku skromnog i ucveljenog deteta, raspaljujući ga još više.

— Znači tako čuvate decu onih koji su se krvavo borili za vašu slobodu? — penio je Slavko Marković. — Pljujete na bratstvo i jedinstvo, pišate po herojima i po vlasti i državi čiji hleb jedete i vi i vaša kopilad! E, pa nećemo tako! — upro je prst sebi u grudi. — Nisu svi heroji mrtvi! Ovaj ovde se nije borio da bi doživeo da mu neprijatelji države biju dete!

Direktor škole, jedini čovek u učionici koji je bio još niži od Markovića, skrušeno je istupio iz gomile. Ćelava glava mu je bila prekrivena graškama znoja. Pokušavao je da se osmehne, ali su mu se usta grčila, a brada drhtala od straha. Ovaj ga je pogledao kao da pred sobom ima zgaženu žabu, a ne direktora škole koju je njegov sin pohađao. Iako nasmrt preplašen, siroti čovek mu se obratio.

— Cenjeni druže Markoviću, potpuno shvatam Vaše ogorčenje zbog onog što se desilo Vašem sinu i uopšte mi ne pada na pamet da umanjim nečiju krivicu, a još manje da nekog sakrijem...

— Skrati ga malo, ćelavi — reče Marković uhvativši se opet za dršku pištolja.

— Da, da... — trže se direktor. — Hteo sam da kažem... imamo ovde u školi dvojicu problematičnih dečaka koji maltretiraju ostalu decu. Izgleda da je sinoćna tuča bila spontana reakcija na to ugnjetavanje, a Vaš je sin slučajno bio u njihovom društvu. Možda ga je neko sasvim nenamerno udario, a ja ću se lično potruditi da krivac bude pronađen i kažnjen.

Slavko je prišao čoveku s ubitačnim pogledom i uhvatio ga za brk.

— Slušaj me, „Znojko”. Zabole mene za ta dva majmuna koja su dobila batine. Mom detetu je neki zlikovac Petrov sinoć slomio nos, i to kukavički, dok su ga drugi držali da ne može da se brani. A za to bih, brajko, bio u stanju da pobijem celu školu.

Na te reči direktor je počeo još više da se znoji.

— Zato nemoj da mi naklapaš ono što te nisam pitao, da ne izgubim ovo malo živaca što mi je ostalo...

— U r... redu, druže — poče direktor da zamuckuje. Slavko mu je toliko zavrnuo brk da su mu iz očiju tekle suze. — Š... šta očekujete od mene?

— Hoću da mi momentalno dovedeš tog Petrova da ti pokažem kako se razgovara sa maloletnim delikventima.

— Moj učenik nije maloletni delinkvent — po prvi put se javila učiteljica Suza. — To je najbolje, najpametnije i najhrabrije dijete koje sam ikada upoznala. On je Vašeg sina sinoć branio da ga ne prebiju.

Namerno je izostavila da kaže da je Marko pokušao Milana da ubode nožem. Za takvu direktnu optužbu nije imala hrabrosti. Slavko je pustio direktorov brk i okrenuo se mladoj ženi. Izdržala je njegov pogled dok joj je prilazio.

— Petrov ga branio, kažeš? A šta je ovo? — reče pokazavši na Markov razbijeni nos.

— To je sâm sebi uradio.

— Hoćeš da kažeš da moj sin laže?

— Govorim samo ono što sam svojim očima vidjela — mirno će učiteljica, iako su joj Slavkove krvave oči ulivale strah. — Vaš sin iz nekog razloga mrzi mog učenika i da bi mu napakostio, sâm se povrijedio, a Vama ispričao neistinu.

— Znači moj sin laže?

— Nažalost... da.

— Ti nisi odavde — reče Slavko aludirajući na njen naglasak, koji je poprimala svaki put kada bi bila previše uzbuđena. — Odakle si?

— Iz Belog Manastira.

— Gde ti je to?

— U Hrvatskoj.

Slavko se nacerio i uneo joj se u lice.

— Slušaj, mala. Bolje ne seri da te ni bih vratio tamo odakle si došla.

— Kako Vas nije sramota! — planula je mlada učiteljica, pokušavajući da ga odgurne od sebe svojim nežnim rukama.

Slavko nije tolerisao bilo kakvu vrstu otpora. Bez razmišljanja joj je zabio pesnicu u pleksus. Mlada žena je pala bez glasa, iskolačenih očiju. Sa druge strane vrata, u hodniku, Milanu su momentalno udarile suze na oči. Setio se sopstvene nemoći kada je dobio udarac u dijafragmu. A sada je samo njegovom krivicom predobra učiteljica Suza trpela bol i poniženje. Mirko se takođe uznemirio. Nije tolerisao zlostavljanje i vređanje žena. Bila mu je potrebna velika samokontrola da ne uleti u kabinet i obračuna se sa zlikovcem. Njegov užasni gest nije mogao da prećuti čak ni plašljivi direktor škole. Isprsio se na Slavka, a nakostrešeni brkovi su mu prkosno zadrhtali.

— To je nečuveno, druže! Da znate da ću se žaliti ministru prosvete lično!

Na njegovu žalost, nije uspeo da dugo bude džentlmen. Slavko mu je zadao snažan udarac kolenom među noge. Siroti čovek je samo cijuknuo i klekao na pod. Već sledećeg trenutka mu je cev mauzera nabio u usta. Marko se toliko oduševio svojim ocem da umalo nije počeo da aplaudira.

— Nisam dobro čuo, kome ćeš da se žališ... — iskezio se Slavko poput šakala. — Da te čujem.

Jadni direktor je pokušavao da odgovori, ali sa gvožđem u ustima, uspevao je samo da mumla. Na pantalonama između nogu širio mu se tamni krug. To je bilo i previše za ushićenog Marka.

— Tata! — povikao je prasnuvši u smeh. — Pa on se upišao!

Slavko Marković je izvukao pištolj iz čovekovih usta. Sa cevi se cedila krvava pljuvačka. Sa izglumljenim gađenjem obrisao je oružje o njegovu košulju. Uživao je u onome što je radio. Obožavao je da izliva bes na ljudima i povređuje ih, a onda sasvim mirno nastavi da razgovara sa njima kao da ćaskaju uz kaficu.

— Dakle? Kome ćeš ono da se žališ?

— Nefu nifom... — jedva je ovaj uspeo da promumla ustima punim krvi.

— Nikom, taaako je! — ponovio je Slavko smešeći se zadovoljno.

Direktor je u jednom momentu pomislio da će se završiti na tome i da će ih manijak ostaviti na miru. Već sledećeg trenutka je shvatio da greši. Ovaj je zamahnuo pištoljem i udario ga po licu. Mirko je u tom trenutku ušao u kabinet.

— Razbiću ja vašu bandu, majku vam neprijateljsku! — reče Slavko zaskočivši direktora. Čovek se borio za svest dok mu je iz posekotine na obrazu liptala krv. Mislio je da mu je došao kraj.

Slavko nije mogao da se zaustavi, kao i svaki put kada bi video tuđu krv. Budilo bi to u njemu neke primitivne instinkte. Poželeo je da bukvalno unakazi čoveka pred sobom. Tek onako, za primer. Danas je čak imao i divnu publiku. Podigao je pištolj visoko, želeći da mu drškom rascepa ćelavu glavu. Na direktorovu sreću, to se nije dogodilo. Slavko je na zglobu osetio čelični stisak. Neko mu je istrgao pištolj i istovremeno ga gurnuo u leđa. Prostorijom je odjeknuo metalni kliktaj repetiranja. Odmah je povratio ravnotežu i munjevito se okrenuo, ali je istog trenutka shvatio da se nalazi pred cevkom sopstvenog pištolja. U njega su gledala dva oka, crna kao ugalj.

— Dosta je bilo — reče Mirko s autoritetom. — Ostavi te jadne ljude.

Sa vrata Milan je osmotrio lica. Svi su zabezeknuto buljili u njegovog oca, pitajući se verovatno da li je poludeo. Marko Tarzan je prestao da ushićeno skakuće. Bacao je izbezumljene poglede čas u Mirka, čas u Milana, čas u svog oca. I Milan je bio zbunjen neočekivanim obrtom. Još uvek nije znao šta je otac smislio. Ali, početak nije bio loš. Bar je pištolj sada bio kod njega.

— Ko si ti? — upitao je Slavko naizgled mirno.

Istog trenutka kada je ugledao Mirka, odlučio je da ga ubije. Poslednju osobu koja ga je na prevaru napravila budalom poslao je na onaj svet sa mauzerovim metkom u grudima. Ali, njegov „ljubi-mac” je sada bio u tuđim rukama.

— Petrov — reče Mirko uperivši mu pištolj pravo u čelo. — Na usluzi.

Slavko je bolje pogledao visokog čoveka pred sobom. Viđao je u životu mnoge ljude koji su, iako naoružani, bili potpuno bezopasni jer nisu imali petlju da oružje upotrebe. Videlo se to odmah u očima. Ali taj pogled bio je drugačiji.

— Znaš li ti na koga si digao pištolj?

— Znam, Markoviću. A znaš li ti ko sam ja?

— Ne.

Mirko se nasmešio.

— E, pa vidiš, ja sam u ogromnoj prednosti u odnosu na tebe. Mnogo više znam.

Slavko ga je gledao mereći mu svaku reč i pokret. Ovaj čovek ga se nije bojao, što je značilo da nije iz grada, a opet, njegov lik mu se odnekud činio poznatim.

— Nemoj da razmišljaš. Ne znaš me — reče Mirko kao da mu pogađa misli. — Nismo se kretali u istim društvima.

— A u kakvim se to finim društvima „gospodin” kretao?

— Ako te, Markoviću, baš interesuje ko sam, nađimo se sutra u nekoj kafani da popričamo uz piće. Veruj mi, više će ti prijati nego pred ovim ljudima. Danas su samo bitna naša deca.

— Ovaj tvoj je slomio nos mom sinu!

— To nije tačno. Čuo si šta je učiteljica malopre rekla.

— Lagala je!

— Ne, Markoviću, tvoj sin laže. I bolje bi bilo da si njega isprašio kaišem nego da ovde biješ nedužne ljude i žene.

Slavko je znao da Marko laže, ali to mu je bilo najmanje bitno. Tražio je samo način da prevari i odobrovolji čoveka pred sobom. Rešio je da glumi. A kada mu ovaj bude vratio pištolj...

— Marko? — reče on uputivši sinu upitan pogled.

Ovaj ga je zabezeknuto gledao, uplašivši se očeve reakcije, a još više Mirkovog prodornog pogleda. Uostalom, gde god bi pogledao, streljale su ga nečije oči. Prilepio se uza zid kao da će svakog časa dobiti plotun u grudi.

— Vidiš, Slavko, da si pogrešio — reče Mirko skoro prisno. Ruku u kojoj je držao pištolj je spustio pored tela. I on je igrao ulogu pravičnog, ali naivnog čoveka.

— Vidim.

— Razumem da čovek izgubi razum i takt kada neko dira njegovo mladunče, ali malo si preterao.

— Jesam — reče ovaj obojivši glas lažnim kajanjem.

— Šta misliš, Slavko, nek ostane na ovome?

— Nek ostane na ovome — ponovio je on nasmešivši se Mirku što je najbolje umeo. U mislima je već video krvlju poprskane zidove kada mu bude razneo mozak.

— Znao sam ja da Mirko i Slavko ne mogu da budu neprijatelji! — našalio se Mirko pruživši mu pištolj.

Slavko nije mogao da veruje svojim očima. Po prvi put se u nekom prevario. Čovek pred njim je bio obična naivčina i sada će svoju glupost platiti životom. Kada je ponovo osetio mauzer u svojoj ruci, stresao se od uzbuđenja. Ushićenje koje ga je ispunilo moglo je skoro da se poredi sa onim koje je osetio pre više od petnaest godina, kada su mu u zatvorski podrum doveli vezanog gospodina Nićiforovića. Bio je toliko uzbuđen da nije ni primetio da je mauzer lakši nego obično. Odmakao se korak i uperio ga Mirku u čelo.

— Šta ćemo sad?

— Ne bih ti savetovao to da radiš — reče Mirko posve mirno. Nije se čak činio ni iznenađenim.

— A šta bi mi fini gospodin savetovao?

— Da staviš to gvožđe u futrolu i da mi se gubiš s očiju.

— Ubiću te kao psa, Petrov — rekao je Slavko, likujući.

— Pred svima? Ne verujem da ćeš...

— Svi će reći da sam te ubio iz samoodbrane — reče ovaj samouvereno. — Kada ti budem razneo glavu, misliš da će neko smeti da mi protivreči?!

— Nisi me razumeo, Markoviću. Hteo sam da kažem da ne verujem da ćeš ubiti čoveka pred očima svog deteta.

Slavko je prasnuo u grohotan smeh, kao da mu je Mirko ispričao neki dobar vic. Ono što bi običnom čoveku bila kočnica, njemu je mogao da bude samo stimulans. Milan se uhvatio za štok, prebledevši. Tek tad mu nije bilo jasno šta otac radi. Bilo mu je jedino jasno da će uskoro biti pravo pravcato siroče bez igde ikoga. Marko Tarzan je oduševljeno skakutao. Iz očiju su mu lile suze radosnice.

— Ubij ga, tata! — vikao je. — Pucaj!

Slavku nije trebala molba. Došao je trenutak da završi ovaj razgovor. Pritisnuo je obarač misleći da je Mirko repetiranjem već ubacio metak u cev. Međutim, umesto pucnja, začuo je samo kliktaj praznog pištolja. A zatim još jedan i još jedan... Izbezumljeno je škljocao misleći da ga je njegov verni mauzer po prvi put izneverio.

— Bez ovoga neće da puca — reče Mirko izvadivši šaržer iz džepa.

Naime, gurnuo je Markovića u leđa samo da mu odvrati pažnju dovoljno dugo da može da izvadi i sakrije šaržer. Repetiranjem se samo osigurao da nijedan metak nije ostao u cevi. Prevara je uspela u potpunosti.

— Dao sam ti šansu, zlikovče, ali nisi mogao da odoliš — procedio je kroza zube i krenuo prema njemu. — E, sad ćemo drugačije da razgovaramo!

Marković je zamahnuo pištoljem u želji da ga udari, ali mu je Mirko samo odbio ruku i u hodu zadao strahovit direkt u bradu. Ovaj je pao poput posečenog stabla, pravo kô daska. Od siline udarca otklizao je još ceo metar po glatkom podu. Marko Tarzan je momentalno šmugnuo kroz vrata, projurivši pored zbunjenog Milana. Sve se odvijalo suviše brzo.

— Vi! — rekao je Mirko, okrenuvši se prema ostalima. — Pomozite svojim kolegama.

Svi su odmah pritrčali učiteljici Suzi i krvavom direktoru. Neko je doneo torbicu prve pomoći.

Mirko je ošamućenog Markovića uhvatio za revere i odvukao ga do najbližeg zida. Grubo ga je naslonio u sedeći položaj i pljusnuo dvaput po obrazu da ga osvesti. Ovaj je prodrmusao glavom i pogledao ga ustakljenim očima. Usne su mu bile krvave od udarca.

— Markoviću, čuješ li me? Razumeš li šta ti govorim?

Slavko je klimnuo glavom.

— E, slušaj me onda dobro — reče Mirko sasvim tiho. — Idi kući i dobro ispraši onog tvog zevzeka koji teroriše školu u tvoje ime, a onda te laže i namešta da se glupiraš i tučeš nevine ljude.

Marković se osvrnuo oko sebe.

— Nemoj da ga tražiš. Pobegao je čim si popio patos i ostavio te na cedilu. Nije želeo da deli muku sa tobom.

— Ko si ti? — upitao je Slavko.

— Ja sam tvoj najcrnji košmar i tvoj dobrotvor. Zavisi šta od ta dva izabereš.

— Ne razumem.

Mirko je iz unutrašnjeg džepa izvadio sliku i pružio mu. Ošamućenom Markoviću sva ta silna lica na slici nisu ništa predstavljala, a onda je polako počeo da ih prepoznaje. Što je duže gledao, postajao je sve bleđi. Pred očima je imao vrhušku jugoslovenske politike. Negde u sredini se nalazio Mirko, a samo red ispod njega... Tito. U Markovićevim grudima srce je na trenutak stalo. Progutao je knedlu kao da će svakog trenutka zaplakati... ili povratiti. U jednoj sekundi srušio se ceo njegov svet.

— D... druže. Ja nisam znao...

— To sam ti odmah rekao, Markoviću. U ogromnoj sam prednosti. Ti o meni ne znaš ništa, a ja o tebi znam sve.

— Nisam, druže, znao ko ste! Nikad ne bih...

— Sad kad znaš, biraj. Hoćeš li da te pojede mrak ili ćemo biti prijatelji?

— P... prijatelji — reče Marković sa iskrom nade u očima. Mrzeo ga je još više nego malopre, ali njegova karijera i sudbina odjednom su se našle u rukama tog naočitog i samouverenog čoveka. Bio je u stanju da mu obeća bilo šta da ne izgubi svoju poziciju.

— Sigurno?

— Naravno, druže Petrov!

— Onda ću ti dati jedan prijateljski savet — reče Mirko iskoristivši njegovu poniznost. — Nemoj slučajno da čujem da si se negde i prema nekome ponašao kao danas. Jasno?

— Jeste.

Mirko je ustao.

— Ajde idi, slobodan si.

Marković se digao sa patosa i teturajući se krenuo prema vratima. Pre nego što je izašao, okrenuo se.

— Druže Petrov, ako Vam bilo šta zatreba...

Ovaj ga je odmerio od glave do pete.

— Mislim da će biti bolje po tebe da se više nikad ne vidimo. Nadam se da si me razumeo.

Marković je samo klimnuo glavom i ispario.

Na putu ka kući Mirko je bio prezadovoljan, ali ne i potpuno miran. Njegov maestralni blef je uspeo, međutim, nešto mu je govorilo da partija još uvek nije gotova. Ipak, nije želeo da Milan primeti njegovu brigu. Zagrlio ga je i namignuo mu. Dečak je zadrhtao od sreće. Gledao je u oca kao u božanstvo. U misli mu se vratio san koji je sanjao malo pre no što je saznao da mu je otac živ. Setio se lokomotive koja se razbila u paramparčad o snažne očeve grudi. Danas je taj san postao java. Otac je poput stene stao između njega i smrtne opasnosti u liku Slavka Markovića, a ovaj se o tu stenu razbio poput stakla. Poštovanje i ljubav prema ocu su u tom trenutku toliko narasli da je bez razmišljanja bio spreman da za njega dâ život.

Marković se vratio kući i već sa kapije počeo da skida kaiš. Za svaki slučaj, zaključao je i kapiju. Našao je Marka u sobi pod krevetom. Žena je na prve sinovljeve urlike dotrčala i bacila se noktima na muža. Komšiluk je dobrih pola sata „uživao" u melodiji njihovih jauka, kojoj je pljuštanje kaiša davalo savršen takt. Predveče ih je tako pretučene odvezao kod ženinih na selo na oporavak. On se vratio u Svetozarevo, zatvorio u kuću i nedelju dana nije izlazio iz nje, niti se sve to vreme treznio. Sve osvete koje je mogao da smisli protiv Mirka padale su u vodu pred strahom koji je od njega osećao. Po prvi put u životu je plakao kao malo dete, potpuno nemoćan pred preprekom koja mu se isprečila na putu. Po prvi put je shvatio da će, ako želi da sačuva karijeru, morati da se menja. A to nije mogao, niti želeo. U jednom trenutku obuzelo ga je toliko beznađe i očaj da je odlučio da sebi oduzme život. Ali bez šaržera koji je ostao kod Mirka, njegov mauzer je bio samo parče neupotrebljivog gvožđa. Njegova lovačka puška učinila mu se lošom za taj uzvišeni čin. Držao je do estetike, posebno kada je o ubijanju bila reč. Nije želeo da sam sebe pretvori u mleveno meso. Iz ormarića je uzeo brijač sa finom drškom od slonovače, „nasledstvo" od gospodina Nićiforovića i sa njim legao u kadu napunjenu toplom vodom. Da je uspeo sebi da preseče vene, kao što je nameravao, učinio bi uslugu mnogim ljudima i ova bi priča bila mnogo kraća. Nažalost, opijen alkoholom i toplom vodom, momentalno je zaspao. Kada se posle nekoliko sati probudio, voda je bila ledena i sve je nekako bilo drugačije. Bio je smrznut, otrežnjen, i nije više želeo da umre. Želeo je da živi bar toliko dugo da se osveti čoveku po imenu Mirko Petrov. Od tog trenutka sve njegove misli i energija počele su da se kreću jedino ka tom cilju. A to je bilo upravo ono što je instinktivno brinulo Mirka.

LJUBAVNI JADI

Marko Tarzan se više nikada nije vratio u istu školu. Kada su joj prošle modrice na licu, majka je došla da ga ispiše. Blizanci Janoš i Šandor su stigli u školu posle dve nedelje kućne nege. Tragovi košmara kroz koji su prošli su još uvek bili jasno vidljivi na njihovim licima i glavama, ali bilo je tu i onih nevidljivih brazda, duševnih. One su bile daleko dublje od podliva i posekotina. Batine su ih osvestile i prosvetlile i prvi put u životu su osetili kajanje zbog onog što su činili. Bez Marka u blizini da im pomrači um, njihova prava priroda je isplivala na površinu. Postali su druželjubivi i pitomi kao jagnjad. Ali, tragovi koje su oni ostavili u kolektivnom sećanju cele škole, nisu mogli tako lako da se izbrišu. Na odmoru su stajali sami, odbačeni od drugih. Deca su ih izbegavala, ne više iz straha, već iz prezira. Moralo je da prođe dosta vremena da počnu da ih prihvataju, a i za to su mogli da zahvale samo svojoj snazi. U sklopu dvadesetpetomajskog sleta organizovana su razna sportska nadmetanja između osnovnih škola. Nekom je palo na pamet da blizance priključi ekipi u vuči konopca. Naravno, škola je osvojila turnir, a njihov život se zauvek promenio. Sletu je prisustvovao i trener atletike, koji je u braći odmah video ogroman potencijal i momentalno ih upisao u atletski klub. Za nekoliko godina oborili su sve državne rekorde u bacanju kugle i kladiva. Paradoksalno, batine su im pomogle da najzad nađu svoje mesto u društvu i svoj pravi životni put.

Čim je Crna trojka prestala da postoji, atmosfera u školi osetno se popravila. Bilo je tu i tamo prepirki, retko i manjih tuča, kao i u svakoj školi, ali nije više bilo zlog Marka i psihoze koju je nametnuo. Milan i Miljan su dobili status pravih malih heroja. Priča o njihovoj hrabrosti i Miljanovoj preciznoj ruci prepričavala se stotinu puta. Dečkića su odjednom počele da primećuju i devojčice, a to ga je izgleda jedino i interesovalo. Govorile su da je sladak i zabavan, a Miljan je prosto bio u raju. Milana, naprotiv, interesovala je samo jedna jedina.

Marina nije razumela mnogo od onog što se desilo one večeri kada su blizanci dobili batine, niti je shvatala zašto se tome pridaje toliki značaj. Normalno, desilo se to samo desetak dana nakon njenog dolaska i nije osetila Crnu trojku na svojoj koži. Dečak sa crnim očima i srcem na obrazu joj se od prvog dana veoma dopao. Ali, prezirala je nasilje i svakog ko se njime koristio. Njegova uloga u tuči je u njoj probudila odbojnost i to mu je odmah jasno dala do znanja. Uskratila mu je i poglede i osmehe i prestala čak i da razgovara sa njim. Milan u početku nije shvatao o čemu se radi. Dok je u društvu drugih bila razgovorljiva i nasmejana, u njegovom je ćutala ili ga bukvalno izbegavala. Nije mogao a da ne primeti da je upravo on razlog njenom neraspoloženju. I Miljan je to odmah primetio, a pošto je sada imao nekoliko simpatija, brzo je od devojčica saznao pravi razlog Marinine promene prema njegovom najboljem drugu.

Sada kada je znao da je u pitanju nesporazum, Milanu se stvar učinila daleko jednostavnijom. Progutao je svoj ponos i rešio da joj pokaže da je grdno pogrešila u proceni njega. Napisao joj je jedno dugo i prelepo pismo o sebi. Otvorio joj je srce kao nikome do tada, jasno joj dajući do znanja da mu je veoma bitno šta ona misli o njemu. Diskretno ga je spustio u njenu torbu. Cele noći nije spavao od uzbuđenja. Zamišljao je izraz njenog lica kada bude zaronila u dubinu njegovog dečačkog srca i suze u njenim prelepim očima kada bude shvatila koliko je nepravedna bila prema njemu.

Ujutru je stigao u školu bled i izmrcvaren. Već sa vrata je ugledao Marinu kraj prozora okruženu možda svim devojčicama iz odeljenja. Gurale su se i kikotale otimajući se o neke papire. Devojčica koja ih je držala pokušavala je da pročita šta na njima piše. Kada ga je ugledala na vratima, ukopala se u mestu. Marina je iskoristila taj trenutak i istrgla joj ih je iz ruke. Tada ga je ugledala i ona i momentalno prebledela. Papiri su joj ispali i prosuli se po podu. Odmah mu je sve bilo jasno. Imao je osećaj da mu je neko sručio kofu ledene vode za vrat. Ono što je bilo namenjeno samo jednoj osobi, srž njegove duše pretočene na papir, vuklo se sada po podu pred svima, zgaženo. Pre nego što se okrenuo i otišao, uputio je Marini pogled pun prezira.

Ona je stajala bleda i nema. Bila je ljuta na drugarice što su joj otele Milanovo pismo. Bila je još kivnija na sebe što ga je ponela u školu i poželela da ga pročita još jednom pre nego što počne čas. Ali, bilo je tako divno i iskreno. Čim ga je pročitala, njeno mišljenje prema Milanu se iz osnova promenilo. Pogrešila je i kajala se što se onako ponela. Ni ona cele noći nije spavala. Shvatila je da je zaljubljena...

Patnja koju je Milan osećao zbog Marinine izdaje bila je neopisiva. Bilo je to gore od svega što je do tada morao da podnese. Izgubio je san, apetit, volju za učenjem i druženjem, drugim rečima, volju za životom. Umesto da uživa u statusu heroja, kao njegov drug Miljan, on je pao u totalni očaj. Pa ipak, i pored svega nije mogao da primora sebe da joj poželi zlo. Jedan deo njegovog srca je čuvao onu pređašnju čistu ljubav, odolevajući poput tvrđave lošim mislima i preziru koji su dolazili iz razuma. Voleo ju je više nego ikad. Naravno, ponos mu nije dozvoljavao da se pokaže slabićem. Ponašao se kao i do tada, možda je čak bio i nasmejaniji i druželjubiviji nego obično. Posebno ako je ona bila u neposrednoj blizini. Ali, na nju nije obraćao pažnju, kao da je providna. Vraćao joj je milo za drago, oholo, kakva samo deca mogu da budu. Marina je uzalud tražila njegov pogled, njegove oči bi je uvek nekako preskočile. Pravio se da uživa u svojoj nadmoći. Međutim, noću, kada bi ostao sâm sa sobom, davio bi se u mutnim vodama ljubavne patnje. Bilo mu je dosta te glupe iscrpljujuće igre, ali jednostavno nije znao kako da se iz nje izvuče. Imao je osećaj da umire polako, ali sigurno. I taman kad je pomislio da mu ne može biti teže, desilo se nešto što ga je uverilo u suprotno.

Jedno jutro probudio se sa temperaturom i nije otišao u školu. Anka ga je napojila čajem sa limunom i medom, navukla mu čarape natopljene sirćetom i ušuškala ga nazad u krevet. Spavao je skoro do podne, a kada se probudio, bio je potpuno zdrav i naspavan kao što odavno nije bio. Prisilio je sebe da pojede nešto. Anka ga je pomilovala po kosi i čučnula pored njega.

— Šta je bilo, dušo? — upitala ga je brižno. — Je l' opet imaš problema u školi?

— Problema? — trepnu Milan iznenađeno. — Ne, nemam...

— Meni možeš slobodno sve da kažeš.

U prvom momentu se užasnuo pri samoj pomisli da nekom priča o svojoj ljubavnoj patnji. Ipak, kada je malo razmislio, shvatio je da sâm verovatno nikada neće naći izlaz iz nje. Anka je bila nešto sasvim drugo. Ako i ne bude imala odgovore, sigurno neće gaziti po njegovim osećanjima kao što je to učinila Marina. Ispričao joj je sve. Jedino je propustio da joj kaže o kojoj je devojčici reč, a Anka ga, kao lepo vaspitana, nije o tome ni pitala.

— A zašto ne razgovaraš sa njom? Pitaj je zašto je to učinila sa tvojim pismom.

— Ni mrtav! — viknu Milan.

— Razumem te — reče Anka posve mirno. — Ali, mislim da grešiš.

— Ne grešim, jer ona je ta koja...

— Nije uvek sve onako kako se čini na prvi pogled. Zaljubljeno srce ili sve vidi ružičasto ili, naprotiv, sve crno. Moraš da tražiš objašnjenje od nje.

— Ma baš me briga! — protivio se Milan.

Anka je uzdahnula.

— Mile... Ćutanje ne rešava ništa u životu, bilo o čemu da se radi. Možeš da ćutiš koliko hoćeš, teret na srcu će biti samo teži.

— Ali kako da je pitam kad su njene drugarice uvek tu negde pored?! Opet ću da ispadnem smešan i glup!

— Ti je onda presretni negde samu — reče Anka. — Onako, kao slučajno.

— Pa šta da joj kažem?

— Sve što i meni. Kaži da nije lepo to što je uradila i da tražiš objašnjenje.

— A šta ako ne bude htela da razgovara?

— Uhvati je za ruku! — reče Anka mahnuvši kroz vazduh kao da nešto grabi. — Devojčice vole smele dečake.

— Stvarno?

— Stvarno — nasmešila se Anka. — Možda mi nećeš verovati, ali i ja sam nekada bila devojčica.

— A šta ako ipak ne bude želela da priča sa mnom? — upitao je Milan obeshrabren tom mišlju.

— E onda je slobodno pusti da ide, jer takva devojčica te nije ni vredna!

Kroz Ankino objašnjenje dečaku se ta ideja najednom učinila odličnom. Pogledao je na sat i skočio na noge. Pred sobom je imao samo petnaestak minuta da se sredi i stigne pre kraja poslednjeg časa.

Gotovo u istom trenutku kada se začulo školsko zvono, vrata su se pootvarala, a hodnici počeli da se pune razdraganom i bučnom decom. Devojčice su podvriskivale, dečaci se grlili i međusobno gurkali. Postojao je dobar razlog za to malo slobodnije ponašanje. Sutradan je bila subota.

Miljan je užurbano silazio stepeništem, želeći da što pre poseti svog bolesnog druga. Brinuo se za njega. Još od one večeri kada su potukli Crnu trojku, Milan više nije bio isti dečak. Igrali su se i smejali, ali u dubini njegovih crnih očiju krila se tuga. Miljan nije bio glup, vrlo dobro je pogađao razlog. Na pola dvorišta ga je pozvao ženski glas. Nije usporio, samo je bacio pogled preko ramena. Marina je trčala za njim.

— Miljane, čeekaj!

Pošto dečak očigledno nije imao nameru da stane, uhvatila ga je za ruku.

— Izvini, žurim! — reče on, pokušavši da se oslobodi njenog začuđujuće čvrstog stiska.

— Gde ideš?

— Kod Milana. Bolestan je.

— Milan bolestan! — podvrisnu Marina, uhvativši se za srce kao da joj je rekao da je ovaj na samrti.

— Pusti me — reče Miljan odsečno. Nije osećao potrebu da bude ljubazan sa devojčicom koja je u oči njegovog druga unela tugu.

— Mogu i ja sa tooobom?

— Ne može.

— Mooolim te!

— Slušaj, Marina — reče on unevši joj se u lice. — Ne znam šta si mu uradila, ali Milan sigurno ne želi da te vidi!

Na te reči, njene velike plave oči napuniše se suzama. Bio je to tako dirljiv prizor da čak ni ljutitog i odlučnog Miljana nije ostavio ravnodušnim.

— Šta je bilo? — reče znatno blažim tonom, stavivši joj ruku na rame.

Devojčicine grudi je potresao jecaj.

— Pa šta ti je? — upitao je tiho. Bilo mu je pomalo neprijatno. Radoznali pogledi piljili su sa svih strana.

— Ja... ja... ja...

— Smiri se, polako.

Marina je udahnula duboko ne bi li umirila jecaj.

— Ja... ja sam k... kriva! — reče naposletku. — A ni... nisam htela n... namerno!

Miljan je strpljivo sačekao da se devojčica smiri. Možda zbog toga što je odrastao samo s majkom, vodio je računa o ženskim osećanjima više nego drugi dečaci. Štaviše, instinktivno je osetio da će ono što od nje bude saznao, odagnati Milanovu tugu i da će opet sve biti kao pre. Njegova strpljivost i blag pogled su i Marini ulili poverenje. Ispričala mu je o pismu, bezobzirnim drugaricama i nesporazumu koji je proistekao iz toga.

— Što mi ranije nisi to rekla? — reče Miljan zavrtevši glavom. — Da samo znaš kako je tužan...

— Mooolim te, Miljane, ispričaj mu sve i kaži da mi je mnooogo žao! Dođe mi da umrem!

Dečakove grudi se ispuniše radošću. Marinine iskrene reči su mogle da znače samo jedno — bila je zaljubljena. Već je zamišljao Milanovu reakciju kada mu bude sve preneo.

— Hoćeš li? — insistirala je. — Obećaj mi, molim te!

— Obećavam — reče on sa osmehom.

Marina je ciknula od sreće i bacila mu se oko vrata. Na obraz mu je spustila glasan poljubac, a onda razdragano odskakutala. Dečak je gledao za njom, iznenađen tim izlivom radosti. Stajao je tako neko vreme sa osmehom na licu, a onda trijumfalno podigao pesnicu iznad glave i potrčao Milanovoj kući.

Iz susednog napuštenog dvorišta, sakriven u žbunju, Milan je video celu scenu. Nije čuo šta su pričali, dovoljna mu je bila ruka na njenom ramenu, zagrljaj i poljubac. A stisnuta pesnica i pobednički izraz na Miljanovom licu bili su kao nož zariven direktno u zaljubljeno srce. Njegov najbolji drug ga je izdao na najpodmukliji mogući način i, umesto njega, osvojio Marinino srce. Sve one utešne reči, sve ono tapšanje po leđima bili su samo farsa. A on nije ništa primetio... Ko zna da li bi ikada i saznao da nije igrom slučaja svojim očima video Miljanovu izdaju. Izašao je iz žbunja, preskočio preko ograde i krenuo za njim. U ušima mu je odzvanjalo tutnjanje sopstvenog srca. U očima je osećao vrelinu koja nije imala veze s jutrošnjom temperaturom. Nozdrve su mu se širile i skupljale. Bio je besan kao ris. Razbesneo se još više kada je iz daljine video da ovaj, umesto u svoje, ulazi u njegovo dvorište. Naravno, pošto ga Miljan nije našao kod kuće, krenuo je nazad. Sreli su se na kapiji.

— Vidi ti bolesnika! — reče Miljan ozarivši se kada ga je ugledao. — A ja mislio ti ležiš u krevetu s oblogom na čelu.

— Pa si brže-bolje požurio da mi je otmeš!

— Šta? — trepnu dečkić još uvek sa osmehom, misleći da njegov drug zbija neku šalu.

— To što si čuo!

— Ne razumem stvarno šta pričaš — začudio se Miljan, tek tada primetivši mračan izraz na licu svog druga. — Ali kad budeš nešto čuo, pašćeš u nesvest!

— Sve sam video, Miljane! Bio sam sakriven preko puta!

— Molim? — reče ovaj skupivši obrve. — Šta si video?

— Marinu i tebe!

— Pa to, bre, za Marinu i hoću da ti kažem!

Te reči su za Milana bile kao so na ranu. Ne samo da mu je preoteo simpatiju, nego je i odmah došao da mu se pohvali time. Nije mogao da veruje da se toliko prevario u tom dečaku.

— Zaboravi da smo ikada bili drugovi.

Miljan ga je pogledao zabezeknuto. Sasvim je dobro čuo, pa ipak nije mogao da veruje svojim ušima. Mozak mu je radio munjevitom brzinom ne bi li shvatio razlog takvim rečima. Najednom mu je sve bilo jasno. Marinin poljubac u obraz...

— Eh, bre, budalice jedna! — nasmejao se i krenuo da ga zagrli.

Bio je sada još nestrpljiviji da mu sve ispriča. Ali, Milan ga je odgurnuo od sebe takvom silinom da je izgubio ravnotežu. Nogom

je zapeo o ivičnjak i pao na tvrdi makadam. U laktu je osetio nes-
nosnu bol. Pogledao ga je sa mešavinom neverice, bola i razočaranja.
I Milan je bio zatečen onim što je upravo učinio. Izraz na licu
njegovog druga ga je na trenutak prenuo, a njegov bes nestao. Osetio
je da nešto nije u redu i da je negde pogrešio. Setio se Ankinih reči:
„Nije uvek sve onako kako se čini na prvi pogled.”

Hteo je da pomogne Miljanu da ustane. Ali i ovaj je imao ponos.

— Ostavi me! — reče odgurnuvši mu ruku.

Ustao je sa bolnom grimasom i bez ijednog pogleda za Milana,
otišao svojoj kući. U ponedeljak se premestio u poslednju klupu,
daleko od Milana. Namerno je ignorisao Marinine upitne poglede.
Za vreme odmora mu je prišla.

— Pusti me na miru! — brecnuo se grubo na nju, ne razmišljajući
više o osetljivoj ženskoj prirodi. — Zbog tebe sam se posvađao sa
najboljim drugom!

Devojčica je ostala da gleda za njim, bleda i utučena. Osećala se
tako usamljenom, odbačenom i krivom.

Što se dvojice „bivših” drugova tiče, nijedan nije hteo da popusti.
Terali su jedan drugom inat, a u duši patili i priželjkivali da ponovo
sve bude kao pre. Da su znali kakvo im se zlo sprema, odmah bi se
pomirili. Ali, nisu mogli ni da pretpostave da bi uskoro moglo biti
kasno za to...

21

OSVETA

Hladna kupka Markovića nije samo otreznila i izbila mu iz glave želju za samoubistvom. Donela mu je i tešku prehladu. Iskoristio je to kao alibi za svoje izmišljeno bolovanje od nedelju dana i odmah otišao kod lekara da ga produži. Trebalo mu je vremena za ono što je nameravao da radi.

Čim je otvorio oči u ledenoj vodi, znao je tačno gde greši. Izgubio je nekoliko dragocenih dana na totalno pogrešnom putu, destabilizovan i obeshrabren sramotom koju je pretrpeo pred celom školom. Još gore, pred svojim sinom. Dok je pijan i uplakan bauljao po kući u potrazi za oružjem kojim bi sebi prekratio muke, nije shvatao da mu je odgovor pred nosom. A dao mu ga je niko drugi nego Mirko Petrov. Ako o svom neprijatelju znaš mnogo više nego on o tebi, pobeda ti je zagarantovana, ma koliko taj neprijatelj bio jak. Petrov je jednostavno došao spremniji na bojno polje i odneo prvu pobedu. Ali ne i rat...

Od lekara je otišao pravo u Gradsku arhivu. Tražio je da mu donesu sve brojeve „Politike" u poslednjih mesec dana. U njima nije pronašao ono što ga je interesovalo. Ništa više sreće nije imao ni narednih dana, iako je prelistao sve „Politike" u poslednjih šest meseci. Kako je vreme prolazilo, njegov bes je sve više rastao, ali sa njim i njegova tvrdoglavost. Osećao je da u tim silnim novinama leži odgovor na pitanje ko je bio Mirko Petrov. Dok nije pronašao prvi trag o njemu, morao je još dva puta da produži bolovanje. A onda se jednog dana iz zgrade Gradske arhive začuo Markovićev pobedonosni krik. Posle tačno šesnaest dana uporne pretrage, pogled mu je pao na sličicu ispod koje je pisalo Mirkovo ime. Bio je to onaj isti broj „Politike" koji je u varvarinskoj berbernici čitao doktor Darvas. Ista ona slika i članak pomoću koje je pronašao Milanovog oca. Do isteka bolovanja je iskopao još na desetine članaka u kojima se iz nekog razloga pominjalo ime Petrova, mladog i brilijantnog funkcionera Komiteta. Sve je ukazivalo na vrtoglavi uspon lestvicama državnog aparata. Sve do famoznog članka sa slikom... Od tada, totalna rupa od osam meseci. Zašto?

Zašto je neko ko je toliko obećavao jednostavno nestao sa političke scene, praktično preko noći? Što je više razmišljao o tome, sve više mu se uobličavao jedan jedini mogući odgovor — Mirko Petrov više nije bio jedan od odabranih. Bio je bez zaštite. Što je značilo da ga je prevario i da će tu prevaru skupo platiti...

Naravno, Marković nije doneo taj zaključak proizvoljno i na brzinu. Pre toga je o Petrovu saznao sve što je mogao usmerivši policijski aparat u svoje privatne svrhe. Tako je došao i do saznanja da je Mirkovom zaslugom bivši šef magacina Fabrike kablova pušten iz zatvora i oslobođen svih optužbi. Bio je to još jedan udarac za njega, koji je lično od ovoga iznudio priznanje i strpao ga iza rešetaka. Više nego ikad gorela je u njemu želja za osvetom. Mogao je odmah da ga uhapsi, ali bilo je to suviše jednostavno za njegov ukus. Pre toga je želeo da ga malo muči. Želeo je da ovaj shvati da je raskrinkan. Da se prži na vrelom ulju sopstvenog straha, sve dok „Anđeo smrti" ne odluči da mu zada poslednji udarac. Partija je mogla da počne...

U Mirkovoj kancelariji je zazvonio telefon.

— Alo — javio se odmah.

— Zdravo, Šerloče!

Mirko se nasmešio i zavrteo glavom.

— Znam da sam dosadan, ali neću dugo da te zadržavam — reče Dragan.

— Ma nisi dosadan, reci slobodno.

— Hteo sam samo da čujem kako se završilo ono za Milanovu tuču sa Markovićevim sinom.

— Sve je u redu, hvala na pitanju — reče Mirko. — Razgovarao sam sa Markovićem i stavili smo tačku na tu priču.

— Pa, možda si ti stavio tačku, ali čini mi se da on baš i nije.

— Zašto to misliš? — upitao je Mirko neobaveznim tonom iako ga je štrecnulo u stomaku.

— Raspitivao se o tebi. Ko si, šta si, gde radiš... — na Mirkovo ćutanje, Dragan je dodao: — Možda to ništa ne znači, ali znam kakav je gad. Ako treba, razgovaraću s njim.

— Nemoj da se mešaš, bolje da ne zna da si mi prijatelj.

— U pravu si — reče Dragan. — Uglavnom, držaću ga na oku. Ako nešto više saznam, javiću ti.

— Hvala, prijatelju.

Mirko je spustio slušalicu i snažno protrljao ukočeno lice ne bi li odagnao brigu. Draganovo upozorenje je shvatio veoma ozbiljno. To što se Marković raspitivao o njemu, bio je veoma loš znak. Ali, nije mogao da učini ništa više od onog što već jeste. Bio je svestan da je blefirao i da bez jake zaleđine neće moći da legalno stane na put takvom zločincu, ako ovaj odluči da se sveti. Ali, u nešto je bio siguran. Ako njegovom detetu bude falila i dlaka s glave, bez razmišljanja će ubiti Slavka Markovića pred hiljadu svedoka.

***

Dečacima je svađa sve teže i teže padala, posebno vikendom, kada bi ostali potpuno sami. Tada bi jedan drugom očajno falili.

Tvrdoglavost sa početka polako je jenjavala, prepuštajući mesto sve vidljivijoj tuzi. Miljan više nije ni izlazio iz kuće da se igra. Nije se igrao ni u kući. Venuo je na oči svoje majke.

— Pa zašto ste se posvađali, sine? — upitala ga je brižno.

— Ne mogu da ti kažem, majko — reče on pogledavši je svojim, u bledo lice upalim očima.

— Nisi mu valjda učinio neku nepravdu!?

— On misli da jesam...

— Pa jesi li?

— Pre bih umro nego da to učinim! — planu dečak, shvativši majčino pitanje kao optužbu.

— Moraš to da mu kažeš onda! Ne može više ovako! Ako je pravi drug...

— Milan jeste pravi drug, majko! — povika on. — Najbolji drug na svetu!

Marija se uplašeno trgla. Nije navikla da njen dobri i nežni sin podiže glas na nju. To jednostavno nije ličilo na njega. Tuga koju je zarobio u sebi ga je menjala na loše. Poželela je da ga pomiluje, ali se uzdržala. Osećala je da nije pravi momenat za to. Bilo mu je potrebno nešto drugo.

— Miljane, poslušaj majčin savet. Idi pokucaj na Milanova vrata, pogledaj ga u oči i reci mu istinu.

— Ne mogu to da uradim jer je on mene... on je... Nije važno!

— Slušaj me dobro, sine. Naše siromaštvo nije ništa u poređenju sa siromaštvom čoveka koji nema nijednog prijatelja. Pare dođu i odu, ali prijateljstvo je jedini imetak koji nikakvim novcem ne može da se kupi.

Miljan ju je začuđeno pogledao, nenaviknut da iz njenih usta čuje tako jake i pametne reči. Pomislio je da svoju majku u stvari dobro i ne poznaje.

— Pravo prijateljstvo je kao dijamant — nastavila je Marija, videvši da ima svu njegovu pažnju. — Najređe, najvrednije i najčvršće. Blato može da isprlja dijamant, ali ne može da ga pretvori u blato.

— Ne razumem... — reče dečak zbunjeno.

— Idi pokucaj na Milanova vrata, speri blato sa vašeg prijateljstva i videćeš da će ponovo sijati kao pre. Ako ne i jače.

Miljanovo lice se ozarilo. Majka je bila potpuno u pravu. Prijateljstvo kao što je njihovo niko ne može da ukalja osim njih samih. Odlučio je da to ne dozvoli.

— Ne mogu da odem tek tako. Mislim... praznih ruku.

— Pa kako si mislio da odeš? Sa poklonom?

— Dobra ideja! Video sam u prodavnici na Levču lep kaubojski pištolj na kapisle!

— Ali, Miljane — reče Marija skrušeno — znaš da nemamo puno para...

— Molim te, mama! Milan će se sigurno obradovati.

Marija je uzdahnula i ustala. Iz trošnog ormana je izvadila malu limenu kutiju i prebrojala novac koji se u njoj nalazio. To joj nije iziskivalo više od par sekundi, toliko ga je malo bilo. Ali nakon onoga što mu je upravo rekla o tome kako novac ne vredi ništa u poređenju s prijateljstvom, jednostavno nije imala izbora. Pružila mu je pare.

— Idem odmah da mu kupim! — skočio je Miljan radosno.

— Pa, nedelja je, sine, zatvoreno je.

Dečak se na trenutak snuždio, razočaran. Ali ubrzo se ponovo oraspoložio i tutnuo pare u džep.

— Nema veze, majko, prošetaću do radnje da ga ponovo vidim kroz izlog. Možda se vidi i cena.

— Dobro, hajde — nasmešila se Marija.

Miljan se na brzinu spremio i obuo. Bio je već jednom nogom napolju kada ga je zaustavio majčin glas.

— Pazi na sebe, sine! Vrati se odmah.

— Hoću, majko — reče dečak pogledavši je nežno i s ljubavlju. Ponovo je bio onaj stari.

Marija se začudila samoj sebi. Zašto je imala potrebe da mu to kaže, iako je znala da je ta radnja bliža čak i od škole? Zašto je u jednom, makar veoma kratkom trenutku osetila strah za svoje dete? Da je samo bila malo otresitija, predložila bi Miljanu da i ona pođe s njim. Elem...

Dečkić je radosno odskakutao ulicom. Usput je zamišljao Milanovo oduševljenje kada bude video poklon, već ih je video kako trče zajedno pored Belice i pucaju u zamišljene Nemce. Najzad će mu reći i za Marinu. Kako će tada obojica biti srećni. Srce mu se u toj meri ispunilo radošću da je zaplakao. Stigao je do radnje i odmah lice zalepio za izlog. Ugledao ga je na polici iza kase. Izgledalo je kao da upravo čeka da ga on kupi. Pogled mu se mutio od suza pa nikako nije mogao da vidi cenu iako je bila ispisana prilično velikim brojkama na papiru pored pištolja. Oko radnje je postojao mali prolaz koji je vodio do zadnjih vrata. Nije bio širi od metar, a služio je, između ostalog, za skladištenje praznih gajbi za pivo. Miljan se provukao tuda, tražeći ugao iz kog će moći da vidi cenu.

Firga Ciganin ga je ugledao već izdaleka. Poradovao se što će imati društvo, pomislio je da ni njegov kum Milan nije daleko. Kada je dečkić nestao iza radnje, Firga je pohitao u želji da se malo s njim našali, to jest da ga uplaši. Zastao je videvši da se neki beli automobil parkira tik ispred radnje. Za svaki slučaj, sklonio se iza drveta. Iz auta je izašao riđe-plavi čovek u društvu dečaka koji mu je, sudeći po sličnosti, bez sumnje bio sin. Čovek je na trenutak okrenuo lice prema Firgi, a ovom se momentalno sledila krv u žilama. Slavko Marković...

Iz priče svojih drugova znao je za Crnu trojku i sve ono što se kasnije odigralo. To što su Marković i njegov sin stali kolima baš tu gde se nalazio Miljan sigurno nije bila slučajnost. Bilo je kasno da ga upozori. Prolaz oko radnje je bilo slepo sokače. Dečak je bio uhvaćen u klopku.

Miljan je čuo zvuk automobila i škljocanje vrata, ali nije na to obratio pažnju. Bilo mu je važno samo da se uveri da će imati dovoljno para za poklon. S one strane radnje pištolj je bio tik uz izlog. Na Miljanovu sreću, cena je bila ispisana s obe strane presavijene cedulje. Izvadio je pare iz džepa i prebrojao ih jednim pogledom. Srce mu je radosno poskočilo. Bilo je i kusura.

Sve je smislio u sekundi. Pošto su sutra bili u popodnevnoj smeni, kupiće pištolj rano ujutru i s njim otići da probudi svog najboljeg druga. Zadrhtao je od nestrpljenja. Hteo je da već bude sutra. Okrenuo je nalevo i potrčao kući, poželevši da sa nekim podeli svoju sreću. Već posle dva koraka odbio se o neku prepreku i pao na leđa. Pare su mu ispale iz ruke. Pred sobom je ugledao čoveka koji se zlokobno cerio.

— Pa gde si mislio da bežiš, lopovčino jedna?! — reče ovaj neobično hrapavim glasom.

— Nisam bežao, čiko — reče Miljan i ustade. — Nisam Vas video.

— Opa! — začudio se toobž Marković. — Postao sam nevidljiv.

— Ne, nego...

— Kome si ukrao te pare? — prekide ga ovaj pokazavši na novčanice prosute po betonu.

— Nisam nikom, čiko! Mama mi je dala da kupim nešto!

— U nedelju da kupiš?

— Ne, ne... Samo sam hteo da vidim...

— Umukni, bre, kopile! — procedio je Marković kroza zube. — Marko! Dođi ovamo!

Na pomen tog imena, Miljan je prebledeo. Istog trenutka se iza ćoška pojavilo dobro poznato lice — Marko Tarzan. Imao je isti zlokobni osmeh kao njegov otac.

— Je l' to on? — upitao je Marković ne ispuštajući Miljana iz vida.

— Jeste — reče Marko kao da izgovara presudu. — On je.

— Znaš li ti, lopove, da se za obijanje radnji ide u popravni dom?

— Nisam lopov, čiko! — zacmizdrio je Miljan, prestravljen od onog što ga je očekivalo.

— Zašto si onda razbio staklo?

— Koje staklo?

— Ovo! — viknu Marković udarivši iz sve snage laktom u sporedna vrata.

Staklo na njemu puklo je u paramparčad, sručivši se uz strašnu buku. Prišao je dečaku i razvukao mu šamarčinu. Miljan je pao kao sveća.

— U pomooooć! — razdrao se prestravljeno. U ustima je već osećao ukus krvi.

Razdražen njegovom vikom, Marković ga je krvnički šutnuo u stomak. Siroti dečak se zgrčio od bola. Dok se borio za dah i svest, pred oči mu je izašlo lice njegove dobre majčice. Pomislio je kako je nikada više neće videti. Osetio je kako ga Marković grabi za kosu i vuče nagore, pokušavajući da ga na silu posadi na noge.

— Hajde, sine, dođi — reče mu skoro nežno, kao da mu tepa. — Dođi sa čika Slavkom. Biće ti nezaboravno...

Ubrzo je uvideo da je dečak suviše slab da stoji na nogama, pa ga je jednostavno opalio kolenom u lice. Miljanovo telo se samo opustilo. Prebacio ga je tako onesvešćenog preko ramena i odneo do kola. Ubacio ga je u gepek grubo, kao da se radi o džaku krompira, a ne o jednom detetu. Iz prolaza je izašao i Marko. Gurao je tuđe pare u džep. Čim se auto udaljio, Firga je izašao iza drveta i što je brže mogao otrčao Miljanovoj kući.

Nepunih pet minuta nakon što je Miljan izašao, Marija je začula kucanje. Iznenadila se kada je na vratima ugledala Milana. Delovao je isto tako skrušeno kao malopre njen sin. Očigledno da ih je mučila ista muka.

— Dobar dan, teta Marija — reče on tiho, spuštene glave. — Je l' Miljan tu?

— Nije, sine, izašao je malopre.

— Ah... ništa onda.

— Uđi, sačekaj ga. Brzo će on.

— Neka, hvala, neću da smetam. Kažite mu samo da sam bio.

— Uđi, Milane, molim te! — insistirala je Marija. — Imam nešto da ti kažem.

Dečak se na trenutak dvoumio, ali nije mogao da pogazi taj molećiv pogled. Ušao je nervozno kršeći ruke, kao da u tu kuću nije ulazio već sto puta.

— Mnogo mi je drago što si došao, Miljanu će sada biti mnogo lakše da... — zaćutala je u pola rečenice i ugrizla se za usnu.

— Da šta, teta Marija? — radoznalo će Milan.

— Zakuni se prvo da mu nećeš reći da sam ga odala!

— Neću, obećavam!

— Otišao je do one prodavnice na Levču da izabere poklon za tebe. Strašno želi da se pomirite.

Milanove usne se razvukoše u osmeh.

— Pa ja sam zbog toga i došao!

— Uh, dušo moja! — reče pomazivši ga po obrazu. — Da znaš kako će biti srećan kad te vidi! Mnogo je patio...

Dečak je savio glavu. Osećao se kao glavni krivac za njihovu svađu. Ljubomora mu je pomutila razum.

— Milane — reče Marija — ne znam stvarno oko čega ste se posvađali, nije hteo da mi kaže, ali zakleo mi se da nije uradio to što misliš da jeste.

Milan je zaustio da nešto kaže, ali je stao. Bilo mu je neprijatno da sa ženom priča o onome o čemu njen rođeni sin nije hteo. Nastala je pomalo neprijatna tišina koja nije dugo trajala jer je u tom trenutku neko grunuo u ulazna vrata i stropoštao se u predsoblje. Marija je skočila i otvorila ih, očekujući da na zemljanom podu ugleda svog sina. Ali bilo je to neko Ciganče.

— Firga! — povika Milan. — Šta radiš ti ovde?!

— Kuku, devla, kumeee!!! — zakuka Firga ugledavši ga. — Velika nesreća! Miljan...

— Šta se desilo?!!! — vrisnu Marija uhvativši se za srce.

— Pričaj, bre!!! — viknu Milan na njega.

— Prebili su ga na nesves' i ubacili u gepek! — reče Firga vidno potresen onim što je upravo video.

— Ko ga je prebio?! — viknu Miljan, ne bi li nadjačao Marijinu vrisku i zapomaganje.

— Slavko Marković i njegov sin...

Milan ga pogleda s nevericom. Nije očekivao da će opet čuti to ime. Ne posle onoga što je video i čuo u školskom kabinetu.

— Jesi li siguran? — reče, unevši mu se u lice.

— Kume, sve sam video! Na deset metara odatle sam se krio!

— Dođi sa mnom. Brzo!

Vukući Firgu za rukav preko ulice, pohitao je svojoj kući. Oca je zatekao u veselom razgovoru sa Ankom, kako ga je i ostavio. Čim je na vratima ugledao dečake, uozbiljio se. Izraz na licu njegovog sina uopšte mu se nije dopao.

— Tata! Slavko Marković je isprebijao Miljana!

Mirko je skočio. Stočić od rezbarenog drveta je poskočio od udarca kolenom, a šoljice kafe na njemu sručiše se na pod.

— Firga je sve video!

— Pričaj! — reče Mirko obrativši se Cigančiću. Odrastao je blizu ciganske mahale i dobro ih je poznavao. Voleli su da ni od čega prave senzaciju. Ali, bojao se da danas to nije bio slučaj.

— Jeste, ćika Mirko, olešio ga od batine! — reče Firga suznim očima. — Da mi umre majka!

— Gde je to bilo?!

— Tu na Levać, iza Trkijevu radnju!

— Tata, Firga kaže da ga je Marković ubacio u gepek i negde odvezao.

Mirko je prebledeo. Setio se svega što je čuo o Slavku Markoviću. To što je Miljan bio dete nije ništa menjalo. Bio je u smrtnoj opasnosti. Zgrabio je telefon i drhtavim prstima okrenuo broj.

— Dragane! — povika s olakšanjem kada je na suprotnoj strani žice začuo glas svog prijatelja.

— Šta je bilo, Mirko?! — upitao je ovaj, osetivši odmah da se radi o nečem ozbiljnom.

— Pre deset minuta Marković je prebio jedno komšijsko dete i negde ga odvezao. Moramo hitno da ga nađemo jer mislim da mu se ne piše dobro.

— Dete? — prenerazio se Dragan. — Zašto dete?

— To je Milanov najbolji drug, a ima veze s onom tučom u školi.

— Trčim odmah u SUP, možda ga je zločinac tamo odvezao!

— Javi mi odmah ako ga nađeš, Dragane! Gledaj, molim te, da ga nađeš!

— Naravno — reče Dragan pre nego što je spustio slušalicu.

***

Marković je stao ispred svoje kuće tek toliko da njegov sin izađe iz auta i odmah produžio dalje. Bio je uzbuđen kao šiparica pred prvi sastanak. Jedva je čekao da nastavi ono što je započeo iza radnje. Često je tukao privedene lopove, dajući tako oduška svom sadizmu. Ali ništa to nije moglo da se poredi sa ekstazom koju je osećao kada bi se iživljavao nad nedužnom i nemoćnom žrtvom. Nijedan kriminalac, ma koliko plašljiv, nije mogao da ima taj začuđen i molećiv pogled. Ušao je kolima na SUP-ov parking, otpozdravivši u prolazu stražaru na rampi. Parkirao je auto tik uz jedna vrata. Prvo je njih otključao pa tek onda otvorio gepek. Iz njega je uzeo pendrek i zadenuo ga za pojas, a onesvešćenog Miljana prebacio preko ramena. Nije ni obratio pažnju na krvavu penu koja je detetu izlazila na usta. Popeo se stepenicama i ušao u prvu kancelariju. Dečaku će ionako biti svejedno gde dobija batine, ali njemu je bilo bitno da to bude što dalje od šaltera na ulazu. Nije želeo da neobični zvuci dospeju do ušiju dežurnih milicajaca. Prosto nije podnosio da ga neko prekida dok „radi". Za svaki slučaj, okrenuo je i ključ u bravi. U tom istom trenutku, Dragan je uleteo u SUP.

— Jesi li video Markovića!? — prosto je viknuo na dežurnog.

— Druže inspektore! — skočio je ovaj uplašeno, jer samo što nije bio zadremao od dosade. — Šta ćete Vi ovde?

— Čuješ šta te pitam?! Marković, je l' dolazio?

— Pa, nije... Šef nikada ne dolazi nedeljom.

Dragan je znao da čovek govori istinu. Izleteo je iz zgrade i potrčao prema svojim kolima.

— Šta se desilo, druže inspektore? — upitao ga je stražar na rampi.

Ovaj je zastao na tren.

— Da nisi možda ti video Markovića?

— Šefa? Jesam.

— Danas?

— Malopre sam mu digao rampu. Ušao je kolima pozadi.

Dragan je projurio pored začuđenog stražara. Odmah je ugledao beli Markovićev auto u dnu dvorišta. Vrata gepeka bila su umrljana krvlju. Trag je vodio do vrata. Pritisnuo je kvaku. Bila su zaključana...

— Šta se des...? — reče i dežurni milicajac, kada je Dragan proleteo kraj šaltera i zagrabio stepenicama na gornji sprat.

Potrčao je hodnikom kao sumanut, pritiskajući kvake na svim zatvorenim vratima. Ona zaključana brzo bi popuštala pod snažnim šutom bivšeg fudbalera. Na sreću, nije ih bilo mnogo.

— Gde si, đubre?! — siktao je kroza zube.

U njemu je ključao bes. Nije se obazirao na povike milicajca sa šaltera. Nije bilo vremena za objašnjavanje. Jedan mladi život je možda zavisio od njega. Stigao je do kraja hodnika i zaokrenuo desno. Na toj strani su se nalazili klozeti, ostave za metle i neke napuštene kancelarije u kojoj su stajali stari stolovi i polomljene stolice. Taj „zaboravljeni" deo bio je odeljen debelom bordo zavesom. Dragan ju je gurnuo u stranu, podigavši oblak prašine. Obreo se u hodniku u kome je skoro vladao mrak, izuzev tankih linija svetlosti koje su se ocrtavale ispod zatvorenih vrata. Jedna od njih je mrdnula odavši prisustvo iza vrata. Kada je na podu ugledao tamne mrlje, znao je da je na pravom mestu. Nije ni proveravao jesu li vrata zaključana. Malo se odmakao da uhvati zalet, a onda jurnuo.

***

Marković je dečaka prosto bacio na sto i osmotrio prostoriju u kojoj se našao. Nije mu bilo prvi put da nekog tu dovodi na „specijalan tretman", ali ovoga puta nije bio dobro pripremljen. Kada su na povratku iz sela ugledali usamljenog dečaka na ulici i kada mu je Marko rekao da je to najbolji drug onog kopileta Petrova, nije razmišljao. Želeo je samo da ga se dočepa. Trebalo mu je sredstvo da Mirku indirektno baci rukavicu u lice. Prilika je bila tako neodoljiva...

Ali, tek tu je shvatio da dečaka nema čime da veže. Jedino što je ličilo na konopac, bila je pantljika za dizanje i spuštanje starih, tamnozelenih zavesa. Nažalost po njega, bila je potpuno trula i neupotrebljiva. Prišao je dečaku i skinuo mu kaputić. Okrenuo ga je u ruci da ga bolje osmotri, a zatim ga zavrljačio u ćoše. To isto je uradio i sa njegovim debelim, štrikanim džemperom. Na kraju mu je strgao belu potkošulju, ostavivši ga dopola golog. Dok ga je skidao, Miljanovo telo se okrenulo na bok. Istog trenutka je zakrkljao, a iz usta mu je potekla gusta, skoro crna krv. Zakašljao se, zagušen, a potom bolno zaječao. Vraćala mu se svest. Marković je iz džepa izvadio britvu sa drškom od slonovače i rasklopio je. Obradovao se što dečak dolazi sebi.

„Kakvo je to mučenje kad samo jedan uživa?", pomislio je i zakikotao se.

Britvom je zasekao potkošulju na nekoliko mesta i iscepao je na dugačke trake. Prvo je dečaku vezao ruke i noge, a potom usta. Bela traka se začas natopila krvlju.

Miljan je otvorio oči. Bol u stomaku bio je nesnošljiv, kao da mu je neko zario nož pod rebra. Prvo što je ugledao bilo je krvnikovo iscereno lice. Shvatio je da se košmar nastavlja. Odsjaj britve u njegovim rukama ispunio ga je užasom, nateravši mu krik u grlo. Pokušavao je da vrisne, da zove u pomoć, ali vezana usta činila su sve njegove pokušaje uzaludnim.

— Šta je, sine, pa zar ti nije lepo sa čika Slavkom? — reče ovaj pomazivši mu obraz pljosnatom stranom britve. — Opusti se, čika Slavko voli decu...

Miljan se zakašljao, međutim, povez preko usta sprečavao ga je da ispljune to što ga je tako gušilo u dušniku. Disanje mu je bilo kratko i isprekidano, a svaki pokret grudnog koša pričinjavao mu je nesnosnu bol.

— Hoćeš da ti čika Slavko ureže jednu lepu petokraku na čelo, da mi budeš pravi mali pionir? — nastavljao je ovaj da se naslađuje dečakovim strahom. — A, šta kažeš na to?

Miljan je kolutao očima. Jedva da je i čuo Markovićeve reči. Očajnički se borio za malo vazduha. Krv mu je sada kuljala i na nos, preteći da ga uguši. Zločinac je dečakove trzaje pogrešno tumačio kao strah. Nije bio svestan da mu žrtva umire pred očima, gušeći se sopstvenom krvlju. Uživao je kao što odavno nije. Zamišljao je Mirkovo lice kada bude video unakaženog dečaka. Kada bude shvatio šta je napravio svojom krivicom. Ali, to još neće biti ništa u odnosu na tretman koji je rezervisao za njegovog sina. Njegova osveta je tek počinjala.

— Ma neću, dušo, ne boj se — nastavio je svoj morbidni monolog. — Nije čika Slavko manijak...

Dok je to govorio, skinuo mu je cipele i čarape. Posle rata, u svom „zlatnom periodu", tukao je neprijatelje novog režima pendrekom po tabanima. Bio je to efikasan način da ih natera da priznaju svoje navodne grehe. Molili su i kumili da im poštedi noge. A on bi nastavljao da ih pendreka još dugo nakon priznanja. Tamo gde ih je potom slao, noge im ionako nisu bile potrebne. A neće trebati ni dečaku...

Činilo mu se to prigodno za početak. Živo ga je zanimalo kakav će efekat pendrek imati na tako mala stopala. Izvukao je batinu iz pojasa i izvio se unazad, spreman da zada prvi udarac. Tada je nešto snažno tresnulo, prekinuvši ga u pola pokreta. Namrštio se nezadovoljno. Sledeći tresak učinio mu se još bližim i snažnijim, jer mu je pod nogama zadrhtao pod. Lupnjavi se pridružila i neka dreka. Marković se primirio i oslušnuo. Lupnjava je prestala, ali mu se učinilo da u hodniku čuje ubrzane korake, a zatim neko šuškanje. Prišao je vratima i prislonio uvo na njih. Istog trenutka u glavi je osetio eksploziju, a u očima mu je blesnulo. Izvaljena vrata su ga silovito odbacila unazad među polomljene stolice. Ostao je da leži okačen na njima, ošamućen. Već posle par minuta je došao sebi. Nekako se iskobeljao iz onog krša i pogledao začuđeno oko sebe. Pogled mu je prvo pao na izvaljena vrata, a potom na prazan sto. Iz grla mu se oteo urlik. Osim krvave mrlje, od njegove žrtve nije bilo ni traga ni glasa...

Dragan je već jurio glavnom ulicom, pritiskajući divlje papučicu za gas. Krvave ruke lepile su mu se za volan. Zaustavio se pred bolnicom uz škripu kočnica. Sa zadnjeg sedišta je uzeo dečaka i sa njim u naručju ustrčao uza stepenice urgentnog odeljenja. Detetu je pogled bio staklast i prazan.

— Ne, sine! Ne to! — preklinjao je Dragan, pomislivši na najgore. — Ostani sa mnom, molim te!

Nogom je otvorio teška staklena vrata i uleteo u hol ispunjen teškim mirisom penicilina i dezinfekcionih sredstava.

— Treba mi doktor! — razdrao se Dragan. — Brzooo!

***

U kući Petrovih samo je kuckanje velikog časovnika narušavalo tišinu. Svako je na svoj način iščekivao vesti o Miljanu. Mirko je rasejano listao već pročitane novine. Milan je grickao nokte i svaki čas ustajao sa stolice i prilazio telefonu kao da će ga tako naterati da zazvoni. Firga je sedeo na patosu u uglu sobe i mrmljao sebi u bradu. Molio se Bogu.

Iz gostinske sobe je s vremena na vreme dopirao jecaj. Bila je to Marija. Ležala je u krevetu zatvorenih očiju, bleda kao smrt. Suze su joj u potocima tekle niz upale obraze. Anka je sedela kraj nje držeći je za ruku i tešila je blagim tapkanjem po nadlanici. Nije znala šta da kaže, a i osećala je da bi reči ionako samo smetale.

Milan je po ko zna koji put ustao sa stolice i krenuo ka telefonu. Ali, kada je ovaj napokon zazvonio, umesto da pritrči i digne slušalicu, prestrašeno je stao na pola puta. Iz sobe je dojurila Marija. Međutim, i ona je ostala na dovratku ne usuđujući se da dotakne telefon. Mirko je odložio novine i ustao iz fotelje. Pročistio je grlo i takao slušalicu vrhovima prstiju. Posle par beskrajno dugih sekundi, najzad se javio.

— Našao sam ga — začuo je Draganov glas. — Živ je.

— Uhhhh, hvala Bogu! — odahnuo je Mirko. Usne su mu se razvukle u osmeh.

— Nemoj još da se raduješ — reče Dragan čudnim tonom. — U operacionoj sali je. Možda se ne probudi.

— Gde si ti? — upitao je Mirko, ničim ne odajući da je uznemiren tom zabrinjavajućom vešću. Osećao je Marijin upitan pogled ispunjen paničnim strahom.

— Na Hirurškom odeljenju, u čekaonici.

— Dolazim odmah.

***

Mirko bi najviše voleo da je mogao u bolnicu da dođe sâm, ali kada su svi krenuli da se oblače i obuvaju, nije imao srca da im kaže ne. Cela gungula se preselila iz kuće Petrovih na neudobne klupe bolničke čekaonice. Jedini Firga nije izrazio želju da pođe sa njima, ali Mirko ga je uhvatio za rukav i ugurao u auto. Smatrao je da Cigančić ima puno pravo da bude tu. Činilo se da ga je sâm Bog poslao na ulicu u istom trenutku kad i zločinca Markovića. Ako Miljan ostane u životu, biće to većim delom zahvaljujući upravo njemu. Tek nakon dva sata, iz operacionog bloka je izašao hirurg u pratnji medicinske sestre. Svi su mu pohrlili u susret.

— Samo članovi porodice, molim vas — reče doktor strogo. Na licu mu se čitala sva težina upravo obavljene operacije.

— Svi smo mi njegova porodica — reče Marija.

Mladi doktor je uzdahnuo. Bio je suviše umoran da bi se raspravljao. Ljude ionako nije interesovao bolnički protokol.

— Hteo sam da kažem, samo članovi porodice mogu da ga vide.

— Ja sam mu majka.

— Hajdete onda — reče doktor blažim tonom. — Ali, ne dugo.

Kada je Marija u pratnji medicinske sestre nestala iza vrata, Dragan je spustio ruku na doktorovo rame.

— Dule — reče prisno — kako je detetu?

— Hoćeš istinu? — uputio mu je ovaj pogled koji nije obećavao ništa dobro. — Teško će se izvući.

— Toliko je ozbiljno? — umešao se i Mirko, bled kao krpa.

— Udarac koji je dobio u toraks mu je slomio tri rebra, a ona mu probila plućno krilo.

Dragan je zviznuo.

— Ali to nije sve — reče doktor. — Morao sam da mu izvadim slezinu. Bukvalno se rasprsla od udarca... — nastao je tajac. — Ja sam učinio sve što je bilo u mojoj moći. Ostalo je božja volja.

Utom se vratila Marija. Uhvatila je hirurga za ruku i na nju spustila poljubac.

— Hvala Vam, doktore — reče plačnim glasom. — Hvala Vam.

Doktor ju je samo blago potapšao po ruci i udaljio se bez reči. I nakon niza godina profesije, prosto nije znao šta da kaže da jednoj majci umanji bol. Bar ne u ovakvim slučajevima, kada je stvarno sve bilo u božjim rukama. Marija se okrenula Mirku i pala mu na rame.

— Moj mali anđeo... — plakala je. — Šta ću ja bez njega? Ja jedino njega imam...

Po svemu sudeći, ni Mirku baš nije polazilo za rukom da joj ulije nadu. Ćutao je i tapkao je dlanom po mršavim leđima.

— Zašto njega da bije milicija? — nastavljala je da kuka. — Jedno ubogo dete bez oca... Šta je on kome skrivio?

— Ne znam, Marija — slaga Mirko, iako je vrlo dobro znao razlog.

Milan je stajao sa strane i slušao s nevericom. Očekivao je da je otac uteši i ohrabri. Da joj obeća da će zločinca kazniti na sve moguće načine. Da će ga strpati u zatvor ili bar prognati iz grada. A on... ništa.

U jednom trenutku se zapitao nije li ona scena iz učiteljskog kabineta bila samo puki san. Gde je nestao onaj gordi čovek pred kojim je ozloglašeni Marković puzio kao crv? Šta je to Milan preskočio te mu sad ništa nije bilo jasno?

— Tata — obratio mu se čim su ostali sami.

— Znam šta hoćeš da me pitaš... — dunuo je kroz nos i napravio veliku pauzu pre nego što je nastavio. — Strašno je ovo što se dogodilo Miljanu i osećam se krivim zbog toga.

— Ne to, tata...

— Znam! — preseče ga Mirko. — Nisi ni svestan koliko sam besan i šta bih sve uradio Markoviću za ovaj zločin! Da mogu...

— Pa što ne možeš, tata?! — upitao je Milan ne shvatajući očevo oklevanje. — Rekao si da će da ga pojede mrak ako nešto čuješ, a on zamalo da ubije Miljana, a ti ništa!

— Ne mogu, Milane — reče Mirko pognute glave. — Nemam više tu vlast.

— Ali, oni tvoji prijatelji sa slike mogu!

— Nema više prijatelja sa slike.

— Ali rekao si mu da...

— Lagao sam! Šta sam drugo mogao da uradim?! Zar da mu dozvolim da te povredi?!

— Lagao si? — prebledeo je Milan. — Znači... ti mu ne možeš ništa?

— Ništa, sine — promrmljao je Mirko, ne usudivši se da mu pogleda u oči.

Te reči su dečaka udarile poput malja. U tom trenutku je oca smatrao glavnim krivcem što se Miljan nalazi između života i smrti. Po prvi put otkako je došao da živi u Svetozarevu, bio je razočaran u njega.

— A šta će biti kada se meni dogodi isto što i Miljanu? Hoćeš li i tada to kazati?

— Neće ti se ništa dogoditi, Milane! — uzviknuo je Mirko. — Neću to dozvoliti!

— Kako ćeš ga sprečiti, tata? Kako ćeš mu zabraniti da i mene ovako prebije negde na ulici?

— Poslaću te u Beograd kod tetka Ene... u Bačinu ako treba...

— A ti?

— Šta ja?

— Gde ćeš se ti sakriti?

Mirko ga je pogledao preneraženo. Dečak ga je streljao svojim crnim očima, jasno mu dajući do znanja da ga smatra kukavicom. Nije smeo to da dozvoli. Cena kukavičluka je previsoka i nikakvo vreme ne može da umanji njegovu težinu i sramotnost. Njegova savest to ovog puta jednostavno ne bi preživela.

— Mladiću — reče Mirko izdržavši stoički Milanov pogled — jedan Petrov ne beži i ne krije se ni pred kim, a posebno ne pred gnjidama poput Slavka Markovića!

Dečaku je zadrhtalo srce u grudima. Odlučnost na očevom licu i plamen u njegovim očima ulili su mu novu veru. Momentalno je potisnuo misli koje su ga morile samo sekundu ranije. Opet je osetio da obojica potiču od istih predaka, junaka. Spustio je svoju ruku na očevu.

— E pa i ja sam Petrov — rekao je prkosno. — Niko mene ne može da otera iz moje kuće i mog grada! Niko!

Mirko je bio spreman da vodi rat sa Markovićem. Da je uistinu slušao svoje srce, momentalno bi ga potražio i ubio kao psa. Ali, razum mu je nalagao da to ostavi za kraj, ako više stvarno ne bude bilo izlaza iz pakla u kome su se našli. Prvi put je blefirao i video dokle ih je to dovelo. Ovoga puta je rešio da sebi obezbedi prava leđa. Progutao je sav svoj ponos i napisao jedno pismo. Bilo je kratko, ali možda najteže koje je ikada imao da napiše. Na poleđini je drhtavim rukama stavio kućnu adresu Radeta Jovanovića. Bio je tako siguran da ga nikakav Steva Karan neće presresti i pročitati.

Milan je ležao u svojoj sobi i buljio u plafon stisnutih vilica. I on je hteo rat sa Markovićem. Ali, za razliku od svog oca, bio je suviše mlad i neiskusan da bi slušao svoj razum. Njegovo srce je vapilo za nečim konkretnim. Želelo je osvetu.

22

UZVRATNI UDARAC

Marković se oteturao do svog auta, ošamućen.

— Diži rampu! — vikao je na zbunjenog stražara, koji je taman zaustio da ga nešto pita.

Udaljio se uz škripu guma, uputivši se pravo svojoj kući. Laknulo mu je kada je shvatio da mu žena i sin nisu tu. Bila mu je potrebna samoća. Bio je besan kao ris i šokiran onim što mu se dogodilo. Nije mogao da veruje da mu je neko tako lako i na tako perfidan način oteo žrtvu. Nije ni pomišljao da dežurnog milicajca upita ko je to bio. Poznavao je samo jednog čoveka koji je za tako nešto imao petlju. Ali, on je sada bio jedan običan šef magacina. Kako je opet smeo?...

Namrštio se na svoj odraz u ogledalu. Lice mu je bilo natečeno od udarca vratima, a u glavi mu je kljucalo kao da se u njoj nalazi leglo detlića. Iz prelepog zastakljenog ormarića je uzeo flašu i, tresući se od nervoze, nasuo sebi čašicu domaće rakije. Nije koristio lekove. Više je verovao narodnoj medicini. Bilo mu je tako lakše da samom sebi predstavi činjenicu da je sve češće posezao za flašom, kao nekada njegov otac Kokan. Preturio je čašicu. Očekivao je da u grlu i stomaku oseti poznato prijatno pečenje i odmah nasuo drugu. Umesto toga, ljuta tečnost mu je na želudac pala poput đuleta. Odmakao je čašicu od usta i spustio je na sto. Seo je zagledavši se tupo u zid. Iz grudi mu se oteo uzdah. Otkako je u njegov život ušao Mirko Petrov, sve je krenulo po zlu. Od tog trenutka on više nije znao ko je. Bilo je to najgore iskustvo u njegovom životu, daleko gore nego kad je prebijen i gladan spavao u senu, na ujakovom tavanu. Tada nije bio niko i ništa. Ali jedan tren pre nego što se našao pred Mirkom, bio je Slavko Marković, strah i trepet grada. Bog i batina. Bio je zakon... A taj nadmeni čovek nedokučivih crnih očiju sve je to pogazio kao od šale. Sa osmehom na licu.

Čvor se iz stomaka polako popeo u grudi i nastavio da se penje sve dok iz grla nije izleteo u vidu jecaja. Po drugi put u životu plakao je zbog tog Petrova. Mrzeo ga je kao što nikog u životu nije. Želeo je njegovu smrt što pre. Želeo je da ovaj odmah i na bilo koji način nestane iz njegovog života jer... jer bojao ga se kao đavo krsta.

Milan nije poštovao očevo upozorenje i, može se reći, izričitu naredbu da se posle škole brzim korakom vraća kući. Nije vredelo ni to što ga je na izlazu iz škole čekala brižna Anka. Dečak je poznavao tajne prolaze kroz koje je mogao neopaženo da napusti školsko dvorište. Sa torbom na leđima bi namerno šetao kroz varoš, prkoseći na taj način zločincu koji je zamalo ubio njegovog najboljeg druga. Nije hteo sam sebe da laže, bojao se Markovića. Ali istovremeno, maštao je da se s njim sretne oči u oči. U džepu kaputa je uvek nosio šaku okruglog kamenja i svoju ubitačnu praćku, ali to nije bilo sve. U rukavu je krio ručno pravljenu kamu koju je takođe našao u Vojinoj radionici. Bilo je to njegovo tajno oružje koje je u svojim krvavim košmarima često puta zarivao zločincu u srce. Znao je da na javi nikada ne bi mogao da ubije čoveka, pa makar to bio i zlotvor poput Markovića. A i nije sve tako zamišljao. Osveta koju je priželjkivao trebalo je da bude daleko podmuklija i inteligentnija. Samo, još uvek nije imao ni najmanju ideju šta da preduzme. Nije čak ni znao gde Marković stanuje. Šetkao je trotoarom, praveći se da gleda izloge, u stvari, služio se njima umesto ogledala ne bi li video šta mu se dešava iza leđa. Ni sam nije znao zašto je u jednom trenutku pogledao kroz staklo, tek, ukopao se u mestu. Unutar radnje ugledao je Marka Tarzana. Po svom običaju, šepurio se i kreveljio na jednu sirotu mladu prodavačicu koja je bezuspešno pokušavala da mu namesti kaput na suviše uska ramena. Vrpoljio se namerno, uživajući što muči preplašenu devojku. Na majku, koja ga je opominjala da bude miran, nije obraćao pažnju. Bilo je jasno ko je posle oca šef u kući. Milan se povukao u senku jednog ulaza i strpljivo sačekao da Marko izađe. Nije prošlo dugo i ugledao je njegovu riđu, lisičju glavu na vratima radnje. Krenuo je trotoarom ne sačekavši majku. Ova je požurila za njim, stigavši ga tik ispred ulaza u kom se Milan krio.

— Marko! — podviknula je i uhvatila ga za rame. — Ne možeš tako da se ponašaš!

— Pusti me, bre, glupačo jedna dosadna!

Istrgao se ženinog stiska i potrčao. Ona je trenutak ostala na istom mestu i Milan je mogao jasno da vidi izraz na njenom licu. Nije bila iznenađena, samo jako tužna. Ko zna koliko je puta čula slične pogrde iz usta rođenog deteta. Naposletku je uzdahnula i polako krenula. Za njom je posle par sekundi krenuo i Milan. Pratio ih je na sigurnoj distanci, strogo se držeći senke koje su fasade bacale na trotoar. Kada su izašli iz strogog centra i krenuli pustijim ulicama, redovi kiselog drveća poslužili su mu kao odličan zaklon. Poželeo je da izvadi praćku i rascopa mu glavu svaki put kada bi ovaj majci odgurnuo ruku i brecnuo se na nju. On, koji je dobro znao šta znači nemati majku, to nije mogao da toleriše. Ali, zadovoljio se time što je prstima preturao kamenje u džepu, jer je imao jedan pametniji cilj. Tarzana je već odavno pobedio. Na redu je bio njegov otac.

Kao što je i očekivao, doveli su ga do svoje kuće. Kada su zatvorili kapiju, sačekao je još koji minut pre nego što je krenuo u izviđanje. Kroz kapiju nije mogao da vidi unutrašnjost dvorišta jer je debeo lim bio žicom pričvršćen za masivne gvozdene šipke. To je naruživalo nekada veoma lepu ogradu, ali Markoviću je očigledno bilo veoma stalo do privatnosti. S leve strane dvorište se graničilo sa jednom kućom koja nije imala vidljivu avliju, već se oronula fasada s velikim prozorima protezala tik uz trotoar. S desne strane, naprotiv, nalazilo se jedno zapušteno dvorište prepuno starog drveća, skroz u korovu. Kuća je bila u jadnom stanju, možda nešto bolja nego Gišina. Dvorište je od Markovićevog predvajao visok kameni zid. Milan se provukao kroz razvaljenu tarabu i ušao duboko u dvorište da ga neko s ulice ne bi video. Nije morao da razmišlja kako da se popne, zid je ceo bio obrastao gustim zimzelenim bršljanom. Na nekoliko mesta drveće je čak pružalo grane preko, kod Markovića. Mogao je da vidi celo dvorište kao na dlanu, a da u isto vreme ostane neprimećen. Iznenadila ga je sređenost vrta i prelepa gusana pumpa za vodu. Kraj nje se nalazio veliki golubarnik, prepun golubova kakve Milan nikada ranije nije imao prilike da vidi. Kuća je tek bila priča za sebe. Njena fasada od pikovanog kamena i visoki prozori sa polukružnim vrhovima, ostavljali su bez daha. Umesto običnih, sa krova su silazili oluci od bakra, sa zmajevom glavom na dnu. Ko zna kome je kuća pripadala pre rata, pomislio je. Dečak je znao da niko ne može da ga vidi, ali i pored toga, trgao se i skupio kada je začuo korake na šljunkovitoj stazi. Srce mu je zalupalo. Bio je to on. Samo jedan pogled na zločinca bio je dovoljan da dečaku jurne krv u glavu. Ovaj je izašao u papučama, sa kanticom u ruci. Kao po komandi, sa okolnih krovova se u dvorište stuštilo na desetine vrabaca.

— Šššššš!!! — siknuo je Marković na ptičice, terajući ih.

Ušao je u golubarnik i žito iz kantice počeo da sipa u hranilice. Ptice su radosno gugutale, penjući mu se po ramenima i glavi. Marković ih je jednu po jednu nežno hvatao, okretao, zagledao im kljun i krila. I što je Milana najviše začudilo, sve vreme se smešio i tepao im. Da li je moguće da čovek koji nema nikakvog sažaljenja prema jednom detetu, toliko brine o svojim golubovima. Posmatrao ga je dok je brižno ispitivao i gladio svako njihovo perce i pomislio na Miljana, koji je u bolnici ležao između života i smrti. Strpljivo je sačekao da zločinac završi sa svojim voljenim pticama i tek onda sišao, pokupio školsku torbu i zaputio se kući.

— Gde si ti, pobogu?! — upitala ga je Anka preplašeno, ugledavši ga na vratima.

— Malo sam prošetao.

— Otac samo što nije stigao sa posla, a dobro znaš šta je rekao! Umrla sam od sekiracije!

— Izvini, Anka, morao sam — reče dečak jednostavno, nimalo uznemiren njenim stavom. Nije imao vremena da se obazire ni na čije zabrane i želje. U njegovoj glavi je postojao jedan jedini cilj.

— Uhhhh — uzdahnu žena. — Počinješ sve više da podsećaš na tvoju tetka Ružicu, i ona je radila samo kako je htela. Nadam se da nećeš napraviti neku glupost, sine...

Milan joj ništa nije odgovorio jer se u tom trenutku očev auto zaustavio pred kapijom. Anka za vreme ručka nije Mirku rekla ni reč o Milanovom begu i samovolji. Čavrljala je o svemu i smešila se, kao i obično. Smešio se i Milan. Nije smeo da dozvoli da otac bilo šta posumnja. Kada su završili s ručkom, a otac prilegao s novinama, iskrao se iz kuće. Kao što je i očekivao, Anka ga je presrela na tremu s podozrivim pogledom.

— Idem da nahranim Gavrana — rekao je, pokazavši joj tanjir sa ostacima hrane i hleba.

Zaista je i otišao iza u dvorište do nadstrešnice za drva pod kojom je čuvao pticu. Gavranov kavez je sada bila prostrana kućica optočena žičanom mrežom, dovoljno velika da u njoj čuva dve odrasle ćurke. Na daščanom krovčetu Milan je nacrtao jugoslovensku zastavu.

— Zdrrravo! — graknuo je gavran kada ga je ugledao sa tanjirom u ruci.

Mahao je veselo sada već potpuno zdravim krilima. Ali kada je Milan prošao pored njega i sadržinu tanjira sasuo preko ograde, nakrivio je glavu s nerazumevanjem. Milan se vratio i čučnuo uz kavez.

— Zdravo, Gavro — reče mu s ljubavlju. — Izvini, znam da si gladan, ali moraš danas da se malo strpiš. Vodim te noćas na jedno mesto gde ćeš se dobro najesti.

Gavran ga je gledao svojim crnim okom, ispuštajući neke nežne grgutave zvuke, kao da i on njemu tepa. Među njima se razvila neka vrsta respekta i može se reći prijateljstva otkako ga je dečak spasao sigurne smrti. Radovao mu se svaki put kao kučence i nikada ga više nije ujeo, mada mu je Milan često podmetao prste kroz žicu i dodirivao ga.

— Gavro — reče dečak — došlo je vreme da ti vratim slobodu, krila su ti zdrava i jaka. Ali moraš pre toga da učiniš nešto za mene, a posle leti gde ti je volja.

— Krrrrr! — začuo se odgovor iz gavranovog grla. Milan je mogao da se opkladi da je ptica razumela njegove reči.

Posmatrao je njegove pametne oči i smešio mu se. U jednom trenutku sunčev zrak se probio kroz oblake i pao na pticu. Milan je trepnuo u čudu. Gavranovo zift crno perje kao da je doživljavalo transformaciju pod sunčevim svetlom. Plavičasta linija šetala se njegovim sjajnim i glatkim krilima. Sitno perje na njegovom vratu prelamalo se u stotine plavo-ljubičastih nijansi, nestvarnih za oko. Setio se još jednom Gišinih reči o tome da ništa nije onako kakvim se čini na prvi pogled.

„Plavi gavran. Osvetnik iz noći...", nasmeja se dečak u sebi.

Odškrinuo je vrata kaveza i pokupio nekoliko otpalih gavranovih pera. Kada se vratio kući, krišom je uzeo makaze i jedne stare očeve novine. U džep je stavio i kutijicu lepka za papir. Za ono što je nameravao da uradi bio mu je potreban mir, stoga nije otišao u svoju sobu, nego se popeo na tavanče iznad Vojine radionice. Oči su mu se brzo navikle na polutamu, a on se latio posla. Uveče je legao rano, želeći da bude što odmorniji za svoj poduhvat. Pre nego što je zaspao, razmislio je dobro o svakom, i najmanjem detalju.

Usred noći probudio se kao po narudžbini. Glava mu je bila potpuno bistra. Njegov osvetnički plan je mogao da počne. Obukao se u mraku i tiho izašao kroz prozor. Među drvima je iskopao vešto skriven konopac sa vezanom kukom na jednom kraju, a sa eksera na zidu skinuo kavez u kome je iz Bačine doneo gavrana.

— Idemo, Gavro — šapnuo je.

Kada je ptica bila smeštena u kavez, dotakao se po grudima. U unutrašnjem džepu je osetio pismo. Izašao je na zadnju kapijicu. Iako je bio mrkli mrak, Milan je dobro pazio da ga niko ne vidi. Nije mogao da dozvoli da neko ili nešto osujeti njegove namere. Srećom, na putu je sreo samo jednog pijanog čoveka koji se vraćao iz neke birtije. Čučnuo je u žbunje i sačekao da se ovaj otetura pored njega, a onda nastavio. Markovićeva ulica je bila sasvim pusta. Ušao je u napušteno dvorište i tu na trenutak ostavio kavez sa gavranom, a onda brzo otišao do kapije i ubacio pismo u poštansko sanduče. Pod zidom je kavez zakačio kukom, a drugi kraj konopca vezao sebi oko struka i popeo se uz bršljan. Čim je bio gore, povukao je i gavrana i odmah ga spustio s druge strane zida, kod Markovića. Ptica je ćutala kao zalivena, kao da je svesna opasnosti cele akcije. Dečak je konopac vezao za jednu granu i sišao na neprijateljsku teritoriju. Stigao je do golubarnika mekim travnjakom a onaj metar staze prekriven šljunkom prešao sasvim polako na prstima.

— E, ovde si, Gavro, sad ti šef dok ne svane i nemoj da me ra-zočaraš — reče mu dečak pre nego što ga je ubacio u golubarnik. — Doći ću posle da te pustim, ne brini.

Milan je s praznim kavezom u ruci pretrčao travnjak i uzverao se uz konopac, a zatim nanovo sve povukao zajedno gore. Nedaleko se već oglašavao prvi petao najavljujući svitanje. Znao je da će uskoro nastati pravi dar-mar u golubarniku.

Sve je počelo odjednom. Čim se na nebu pojavio prvi nagoveštaj zore, golubovi su počeli da izlaze iz svojih kućišta i skaču na pod posut piljevinom. Nisu ni primetili crnog uljeza koji je stajao nasred golubarnika kao neka zla kob. Gavran ih je posmatrao radoznalo sve dok nije shvatio prema čemu su ptice hrlile.

Hrana!

Njegov gladan stomak je brzinom munje probudio nagon za samoočuvanjem. Graknuo je glasno i jurnuo. Prvi golub je bio mrtav iste sekunde kada je svoju glavicu zavukao u hranilicu. Drugi i treći odmah za njim. Ono što se potom desilo bilo je dostojno filma strave i užasa. Shvativši da se nalaze u smrtnoj opasnosti, ptice su se dale u besomučan, ali uzaludan beg. Totalno dezorijentisane strahom, udarale su u žicu i padale nazad na pod, gde ih je podivljali gavran dočekivao na kao nož ubitačan kljun. Jurišao je na sve što je mrdalo i gugutalo. Udarao je svojim opakim oružjem levo i desno, bušeći im meke utrobe. Otvarao im je glavice poput ljuspe od jajeta. Na zidu, Milan je likovao. Voleo je životinje i nikada im nije učinio nažao. Ali, ovo je bilo drugo. Svaki udarac gavranovog kljuna bio je direktan ubod u Markovićevo zločinačko srce. Svaki rasporeni golub bila je jasna poruka manijaku da je kucnuo čas osvete. Uskoro u golubarniku nije ostao ni jedan jedini živi golub. Desilo se ipak nešto što dečak nije predvideo. Zakrvljeni gavran je u svom ubilačkom pohodu podigao toliku halabuku svojim graktanjem da je na kraju probudio ukućane. U jednoj od soba na spratu upalilo se svetlo. Zavesa je mrdnula, a na prozoru se pojavilo Markovo sanjivo lice. Gotovo istog trenutka je začuo prštanje šljunka i ubrzo ugledao Markovićevu siluetu koja je hitala ka golubarniku. Bacio je brz pogled prema svom gavranu. Ovaj je zabio glavu u hranilicu i halapljivo jeo, nesvestan opasnosti. Kada je najzad i on čuo korake, podigao je pogled i našao se oči u oči sa zabezeknutim Markovićem.

— Zdrrravoo! — pozdravio ga je, zadovoljan punim stomakom.

Marković je unezvereno bacao poglede po svom golubarniku. Oči su mu skakale sa jednog na drugo rastrgnuto telašce. Tresao se kao u groznici ne želeći da poveruje u ono što vidi. Iz grla mu u prvom momentu nije izlazio nikakav zvuk. Međutim, kako mu je okrutna istina postajala jasnija, tako su se njegove grudi sve više nadimale. I najzad se dvorištem prolomio stravičan urlik ispunjen užasom. Zaurlaše i komšijski psi.

— Šta se desilo, tata?! — upitao je Marko kroz prozor, glasom obojenim strahom.

— Donesi mi dvocevku! — razdrao se Marković iz sveg grla. — Brzooo!

Milanu se odsekoše kolena. Prvi deo plana je uspeo van svih njegovih očekivanja, ali drugi, puštanje gavrana na slobodu, beše zauvek propao. Sebično ga je žrtvovao zarad svoje lične osvete. Bilo je samo pitanje minuta kada će njegovog pernatog druga Marković razneti puškom. Nije mu bilo spasa, osim ako se ne dogodi neko čudo.

— *Sanakolitasanamarana...* — počeo je da mrmlja sebi u bradu zatvorenih očiju.

— Marko, krv ti jebem, požuri! — prosto je zavrištao Marković svojim napuklim glasom. — Pušku, breee!

Uplašen očevom vikom, Marko je uleteo u radnu sobu i iz zastakljenog ormana uzeo tešku dvocevku. Često je s ocem išao u lov i znao pomalo da barata njome, stoga ju je prelomio i u nju gurnuo prva dva patrona koji su mu bili pri ruci. Nije imao ni najmanju predstavu šta je to otac video u golubarniku, ali bilo šta da je, sitna dramlija za fazane bi trebalo da dovrši posao. U žurbi je totalno zaboravio na osnovnu meru predostrožnosti i sklopio tako napunjenu pušku, a da nije ni proverio je li ova zakočena. U predsoblju je začuo očevu psovku i u jednom trenutku čak pomislio da istrči bos ne bi li što pre odneo pušku. Ali, kroz otvorena ulazna vrata je ulazio svež jutarnji vazduh, a pod stopalima je osetio ledeni mermerni pod, tako da je ipak natuknuo cipele. Nije ni pomislio da ih veže nego je tako nezapertlan istrčao napolje. Jurio je kao pomahnitao ne bi li ocu što pre doneo pušku, a i jedva je čekao da vidi šta je to ušlo u golubarnik. I kada je već bio na par koraka od njega, labava cipela mu se nekako okrenula na stopalu i naterala ga da naglo uspori. U istom trenutku je sâm sebi zgazio na pertlu, izgubivši ravnotežu. Inercija i težina puške u njegovim rukama, učinili su ostalo.

Milan, koji je do tada bezmalo sto puta ponovio svoju čarobnu reč, posmatrao je sa zida celu scenu, nemoćan da bilo šta preduzme. Još samo sekund i njegov gavran, njegov voljeni prijatelj, biće mrtav. Kao i Miljan, nastradaće njegovom krivicom. Video je Marka kako u trku pruža pušku prema svom ocu. Bio je, znači, svemu kraj...

A onda, nešto se dogodilo. Nije mogao sebi da objasni to čudo, ali od trenutka kada se Marko sapleo, video je sve kao na nekom usporenom snimku. Nešto slično kao u svom snu, trenutak pre nego što će se lokomotiva razbiti o očeve jake grudi. Marko je leteo kroz vazduh, a Marković u strahu razrogačio oči jer je puška bila okrenuta pravo ka njemu. Čak se okrenuo na petama i pokušao da zalegne, ali prekasno. Puklo je u istom trenu kada je Tarzan kolenima i laktovima dotakao šljunkovitu stazu. Tada je sve ponovo krenulo normalnom brzinom. Iako sitna, sačma je bukvalno presekla jedan od drvenih potpornih stubića na golubarniku. Marković je pao potrbuške i zakukao uhvativši se za zadnjicu. Svetli bademantil obojio se krvlju. Na šljunku, Marko se previjao sa bolnom grimasom.

„Čarobna reč!", pomislio je Milan ushićeno. „Opet je uspelo!"

Ali, i pored toga što su i Marković i njegov sin bili onesposobljeni, gavran je još uvek bio zatvoren u golubarniku. Međutim, upravo u tom trenutku, lagana žičana vrata su se sama odškrinula jer ih sačmom pokidani stubić više nije držao. Inteligentni gavran je momentalno reagovao. U dva skoka je bio napolju, a sa trećim se već vinuo u vazduh, hrleći u slobodu snagom svojih ozdravljenih krila. Milan umalo nije kriknuo od radosti i time odao svoje prisustvo. U zadnjem trenutku se ugrizao za usnu.

— Hvala, Gišo! — prošaputao je prosto drhteći od sreće.

Dvadesetak minuta kasnije, zadihan od trčanja, uvukao se kroz prozor u svoju sobu. Na brzinu se svukao i legao u krevet, sav ozaren. Osećao se tako ponosnim i velikim. Više se nije plašio Markovića. Više nije bio nejaki dečak od osam godina. Bio je Plavi gavran, osvetnik iz noći. Od ovog trenutka će zločinac drhtati od njega i nikada više neće imati miran san. Ono što se dogodilo noćas, bio je tek početak. Nije mogao da zna da njegovu porodicu vrebaju druge, mnogo veće opasnosti.

UDBAŠ VUČJIH OČIJU

Tog istog jutra u Beogradu, u Ulici Save Kovačevića, iz crnog automobila je izašao čovek i prešao na drugu stranu ulice. Malo je stajao na trotoaru, praveći se da gleda kamenu fasadu sa lepim ornamentiranim balkonima, ali čim je iz broja 48 izašao poštar, kliznuo je u ulaz. Iz džepa je izvadio mali kalauz i odmah prišao sandučetu na kome je sitnim slovima pisalo *Jovanović Radomir i Malina*. Bilo je jasno da je često obavljao istu radnju. Veštim pokretom je začas otvorio sanduče. U njemu je bilo samo jedno pismo. Videvši ime ispisano na poleđini koverte, razrogačio je oči. Zatvorio je sanduče, pismo pažljivo gurnuo u džep svog sivog mantila i izašao.

— Pogodi ko je ponovo ušao u naš život — rekao je čoveku za volanom.

Ovaj ga je hladno pogledao dajući mu na znanje da nije raspoložen za zagonetke. Poznajući svog šefa u lošim danima, čovek je izvadio pismo i pružio mu ga. Čim mu je pogled pao na koverat, u njegovom vučjem oku se raširila zenica.

— Mirko Petrov... — procedio je jetko.

— Nije valjda da njih dvojica vode korespondenciju? — reče ovaj drugi. — Ne miriše mi to na dobro...

— Nemoguće da nam je to promaklo, a i Petrov je suviše pametan da bi pravio takve početničke greške... — čovek sa vučjim očima je neko vreme zamišljeno trljao bradu. — Otvori — reče naposletku.

Ovaj je ispod sedišta izvadio koferče, a iz njega tvrdu tablicu od bakelita, tanak metalni lenjir i žilet. Tablicu je stavio na koferče i na nju spustio pismo. Lenjir je poravnao sa donjom stranom koverte. Ispod njega je štrčao nepun milimetar papira. Taj neznatni višak je pažljivo odstranio žiletom i izvadio pismo.

— Čak mu je i rukopis savršen — reče ironično.

— Ne seri i čitaj!

Čovek je pročistio grlo da bi prikrio svoje nezadovoljstvo i počeo da čita Mirkovo pismo. Kako su redovi odmicali, njegov šef je bivao sve raspoloženiji.

— Nema ni reči o nama, šefe. Mirko izgleda ne zna ništa.

— Izgleda... — reče ovaj zamišljeno.

— Pa, šta da radim s pismom? Da ga uništim?

— Ne. Imam daleko bolju ideju.

— Kakvu ideju, šefe?

— Poznajući Radeta, siguran sam da neće ostati ravnodušan na molbu svog najboljeg prijatelja. Štaviše, želeće da lično interveniše. Oduvek je voleo da glumi delioca pravde.

— Aha, dobro... I šta onda?

— Kad bude krenuo za Svetozarevo, krenućemo i mi za njim. A tamo ćemo ubiti dve muve jednim udarcem!

— Ubiti?

Čovek sa vučjim očima ga je pogledao s podozrenjem.

— Imaš možda neki problem sa savešću? Koliko znam, nisi oklevao ni sekundu kad si Radetovog agenta gurnuo pod tramvaj.

— Ne, šefe, nemam — pravdao se ovaj. — Ali nije nimalo naivno ubiti tako visoku ličnost. Šta ako istraga dovede trag do nas?

— Ili se praviš ili si stvarno glup — brecnu se ovaj na svog potčinjenog. — Pa istragu vodimo mi, a i odmah ćemo privesti ubicu.

— Šta? Koga?

— Mirka Petrova, budalo!

— Petrova? — zabezeknuo se čovek u sivom mantilu. — Ko će u to da poveruje? Kakvog bi razloga imao Mirko da ubije Radeta Jovanovića? Pa, oni su bili najbolji prijatelji!

— Ne zaboravi da ga je lično Jovanović izbacio iz komiteta. Što se mene tiče, biće to dovoljan motiv za ubistvo.

— Ipak, neće baš biti lako to učiniti u jednoj tako maloj varoši kao što je Svetozarevo.

— Ne zaboravi da tamo imamo saveznika.

— A? — zinuo je ovaj. — Koga, šefe?

— Slavka Markovića.

Čovek je jedno vreme gledao u svog šefa potpuno zbunjen. A onda su mu se usta razvukla u osmeh.

— Šefe, ti si genije! — reče oduševljeno.

— Znam — uzvratio je čovek sa vučjim očima samozadovoljno. — Jovanović će biti mrtav, Petrov u zatvoru do kraja svog života, a ja ću biti prebogat...

— Misliš, mi ćemo biti prebogati, šefe? — reče ovaj sa čudnim prizvukom u glasu.

— Da, da. To mislim...

Jovan Kralj uopšte nije tako mislio. Mislio je baš ono što je i rekao. Posedovao je ogromno bogatstvo i nije mu padalo na pamet da ga podeli sa dve budale s kojima je silom prilika morao da sarađuje. Pravio se da ih smatra ravnopravnim ortacima samo zato što su bili s njim u trenutku kada je slučajno nabasao na blago dovoljno da čovek proživi deset života u najvećem luksuzu. Ta dva idiota nisu ni slutila o kojoj se vrednosti radi jer sigurno nikad nisu čuli za Vrangelovo blago. Za njega nije bilo sumnje da je to onaj izgubljeni deo ogromne ruske zaostavštine. Među dijamantskim prstenjem i dijademama, ugledao je najveći dragulj među draguljima. Remek-delo juvelirstva, neprocenjive vrednosti. Pravo pravcato Faberžeovo jaje. Istog trenutka je poželeo da ih obojicu pošalje na onaj svet, zajedno sa vlasnikom blaga, koji je otvorene lobanje ležao na podu natapajući debeli persijski tepih svojom krvlju. Ali, nije mogao to da uradi. Nije mogao da ostavi leševe dvojice udbaša i da se nada da niko pređašnja ubistva i pljačke neće dovesti u vezu sa Udbom, odnosno sa njim. Morao je da se primiri. Kada dođe momenat za to, nagradiće obojicu sa po jednim metkom u čelo. A dok budu našli njihova tela, pod uslovom da ih nađu i identifikuju, on će već biti daleko. Sa prepunim računom u švajcarskoj banci i lažnim identitetom. Zamišljao je sebe na plaži pod palmama u nekoj egzotičnoj zemlji. Brazil... možda Meksiko. Nebitno. Svi će obigravati oko njega i klanjati mu se. Nije sumnjao da će sa tolikim novcem moći sebi da priušti bilo koju lepoticu, ali on je pored sebe video samo jednu. I u njegovim snovima ga je ludo volela i divila mu se. Da taj san najzad postane java, bio je spreman da ubije. Ne samo njih dvojicu, već čitav svet...

— Ej, šefe! — drmnuo ga je onaj u sivom mantilu. — Šta si se zamislio?

— A? — prenuo se Kralj i pogledao ga ljutito. — Šta 'oćeš, bre?

— Kažem, sredio sam pismo. Neće nikad primetiti da je otvarano.

— Idi, vrati ga nazad i posle pravac kancelarija. Tramvajem. Kaži i onom zevzeku da me sačeka, imam za njega jedan važan zadatak.

— Razumem, šefe! A za koliko ćete vi doći, jer sam mislio...

Vučji pogled ga je presekao u pola rečenice. Od njega mu se uvek ledila krv u žilama. Bojao se svog šefa kao noćne more. Bio je to čovek koji je hladnokrvno mogao da nekome čekićem razbije lobanju i trenutak posle večera u slast. Čovek-zver koji je zahtevao apsolutnu poslušnost i znao kako da je dobije.

— U redu, šefe, čekaćemo koliko god bude trebalo! — reče izletevši iz auta.

Jovan Kralj se odatle zaputio u svoj tajni štab. Bila je to raskošna vila na Dedinju, nekadašnje vlasništvo jednog diplomate iz vremena Nedićeve Vlade, streljanog posle rata. Bila je izdvojena od ostalih kuća i zaštićena od pogleda visokom živom ogradom od četinara i nepreglednim dvorištem punim žalosnih vrba i sada potpuno zaraslim u korov. Tu su noću dovodili „neprijatelje države i sistema” i podvrgavali ih ispitivanju u podrumu kuće. Ispitivanju koje se obično završavalo zakopavanjem leša u najzabačenijem delu vrta. Bio je to život koji je Kralj voleo i u kome se najbolje osećao i snalazio. Nije mu nikada padalo na pamet da će jednog dana poželeti da sve to ostavi iza sebe i ode negde daleko. Sve do onog dana kada je u njegov život ušla *ona*.

To veče je na nagovaranje supruge otišao u Narodno pozorište. Davalo se *Labudovo jezero*, a izvodila ga je, ni manje ni više, čuvena baletska trupa moskovskog Boljšoja. Pozorište nije voleo, a balet je za brutalnog i svirepog čoveka poput njega bio isto što i glupavo i besmisleno skackanje žilavih zamlata po pozornici. A onda je na scenu stupila ona u ulozi prelepog i nežnog belog labuda. Zakoračila je svojim prefinjenim stopalom pravo u njegovo ledeno srce, topeći ga kao zrak sunca. Primabalerina asoluta, Natalija Smirnova. Crvenokosi anđeo sišao s neba. Čim se spustila zavesa, dao je svojoj ženi pare za taksi i poslao je kući. U holu pozorišta, u cvećari, kupio je ogroman buket crvenih ruža. Uz pomoć svoje legitimacije lako je došao do njene lože. Gledala ga je prkosno, a opet, zainteresovano. Nije kao ostale žene spuštala pogled, već ga je gledala pravo u oči. Jednim pokretom svojih trepavica od vuka je pravila jagnje. A kada je svoju, poput vatre crvenu kosu razvezala i prosula po leđima, jasno je u ogledalu videla da ga potpuno ima u šaci. Sutradan su otišli na večeru u hotel „Moskva" i iste noći postali ljubavnici.

Ono što je tada doživeo zauvek ga je promenilo. Njeno gipko telo grčilo se i uvijalo u njegovom zagrljaju, a miris njene bele puti budio je u njemu vulkan i iskonski instinkt mužjaka. Bila je njegova ženka i želeo je da to zauvek ostane. Goreli su mu i telo i um. Izgubio je kontrolu nad sobom i bilo kakav pojam o vremenu. Čas je režao kao životinja, čas plakao kao malo dete. Ni sâm nije znao koliko je dugo plutao u tom moru strasti, ali puno puta je poželeo da u njemu nestane. Da se jednostavno udavi u sopstvenoj sreći.

Kada je došao svesti, ona mu je već uveliko spavala na grudima. Slušao je njeno ravnomerno disanje i milovao mirisnu kosu. Poželeo je da taj trenutak večito traje. Bio je spreman da učini bilo šta za to. Bilo šta za nju.

Ono što nije ni slutio, bilo je da njegov crvenokosi anđeo, osim izgleda, nije u sebi imao ničeg anđeoskog. Srce prelepe Natalije bilo je bezosećajnije i hladnije čak i od njegovog. Volela je samo jednom. Smrtno i čisto, kako samo devojčurak od trinaest godina može da voli. Njen dobri, večito nasmejani Serjoža umro je daleko od nje, u nekom Staljinovom gulagu. Njegova jedina krivica je bila što je bio suviše lep i što su sve devojke uzdisale za njim. Uzdisala je i profesorka baleta, direktorova ljubavnica. Serjoža o tome ništa nije znao, njega je zanimao jedino ples. Bio je mlad, čistog, neiskvarenog srca. Čak i kada su ga ljudi u crnom odveli vezanih ruku, smešio se, misleći da je u pitanju nesporazum i da će biti brzo pušten. Natalija je bila jedina kojoj je sve bilo jasno. Na balkonu je videla direktora. Krio se iza jednog stuba i smešio. Siroti Serjoža je osuđen na deset godina teškog prinudnog rada i poslat u Sibir zbog širenja antirevolucionarnih ideja. Umro je od iscrpljenosti, gladi i batina, kako i dolikuje konspiratorima protiv režima i druga Staljina. Ali, on je bio potpuno nevin. Nikada sebi nije oprostila što mu bar jednom nije priznala svoju ljubav. Da je barem znala gde da mu piše, možda bi mu smrt lakše pala uz saznanje da ga jedna devojka voli više od života.

Njena neverovatna lepota nije promakla pokvarenom direktoru, klevetniku. Čim je malo stasala, pozvao je u šetnju svojim kolima. Pogledala ga je zavodljivo i rekla:

— Najzad! Sanjam to od svoje trinaeste godine. Čekaj me u kolima iza teatra, u mraku.

Direktor se obliznuo, ne verujući u svoju ludu sreću. Ona koja već dugo remeti njegove snove, prosto mu se nudi na tanjiru. Čekao je ustreptalo. Osećao se kao uplašeni školarac na svom prvom ljubavnom sastanku.

— Obori sedišta — rekla je čim je ušla u auto. — Hoću tu, odmah.

Čim je sedište palo, skočila je preko njega i poljubila ga. Jednom rukom mu je raskopčala šlic i protrljala njegovu već nabreklu muškost. Drugom rukom je iz kose izvukla srebrnu iglu. Direktor je zagroktao. Bio je na sedmom nebu. Njena nežna ruka činila je čuda, a miris kose koja mu se rasula po licu, bilo je nešto najlepše što je osetio u svom životu. Samo trenutak pre nego što mu je srebrna igla kroz nos uletela u mozak, činilo mu se da je najsrećniji čovek na zemaljskoj kugli. Kada je prestao da se koprca, smakla mu je pantalone do pola butina. Iz torbice je izvukla nož i jastuče od gaze. Dok mu je odsecala onu stvar, nije ni trepnula, a njene zelene oči nisu odavale nikakvu emociju. Ni strah, ni gađenje, ni radost. Bila je tek na pola puta do ispunjenja svoje osvete.

Ujutru je čistač našao njegov leš i pozvao policiju. Profesorka baleta nikako nije mogla da objasni šta radi njena igla za kosu zarivena duboko u nos, odnosno mozak njenog ljubavnika, ni zašto se odsečeni ud istog, nalazi u njenoj tašni. Odveli su je vezanu, kao nekada dragog Serjožu.

Na suđenju je samo vrtela glavom i ponavljala:

— Nisam ja, drugovi. Nisam ja...

Ni ona, ni iko u sudnici nije sumnjao da je hladnokrvni ubica prelepa devojka od šesnaest godina, koja je iz trećeg reda uživala u sopstvenoj predstavi. Jedna za drugom, mlade balerine su sedale na mesto svedoka i govorile ono što su znale i čule. Drugim rečima, da je direktor bio jako nasrtljiv i vulgaran čovek i da je njihova voljena profesorka zbog toga često ulazila u žučne svađe sa njim. Želele su da joj pomognu. Da je predstave kao dobru ženu koja je samo htela da zaštiti svoje učenice. Nisu bile svesne da joj svojim rečima kopaju grob.

Suđenje je trajalo veoma kratko, nekoliko dana. Javni tužilac je u svom završnom govoru profesorku baleta predstavio kao bolesno ljubomornu i posesivnu ženu, koja je u svakoj drugoj videla suparnicu. Te kobne večeri siroti čovek joj je verovatno saopštio da je među njima kraj i to momentalno platio životom. Odmah posle toga, porota se povukla na većanje. Bila je to samo farsa, nedužna žena je bila osuđena već pre samog suđenja. Možda bi advokat i mogao da je spasi smrtne kazne, pozivajući se na pomračenje uma usled ljubavnog ludila, ali policija nikako nije volela da joj ubijaju doušnike. Natalija nikada nije saznala da li se žena u sudnjem času setila da je svojim pohotnim pogledima jednog divnog i poštenog mladića poslala u smrt. Nije je bilo ni briga. Njena osveta je bila potpuna.

Nažalost, sve to njenog Serjožu nije vratilo u život. Samo je Natalijinu dušu zauvek odnelo u nepovrat. Srce joj je još ispunjavalo samo jedno osećanje. Bila je to mržnja prema rođenoj zemlji. Zemlji terora u kojoj je i najverniji patriota gubio glavu zbog klevete, a na njegovu decu se upiralo prstom kao na pokvareno izdajničko seme. Da je mogla, odmah bi sela u voz i otputovala. Ali, Sovjetski Savez se nije napuštao. Posebno kada si niko i ništa, kao što je bila ona.

Bila je zarobljena u tom nepreglednom, negostoljubivom zatvoru, uvek pod budnim okom Partije i Staljinovih žbirova. Nije moglo drugačije. Odlučila je da postane neko.

Petnaest godina kasnije imala je gotovo sve. Bila je poznata i obožavana u celom Sovjetskom Savezu. Čak i van njega, u gotovo svim zemljama koje su imale makar ijednu školu baleta, devojčice su šaputale njeno ime s poštovanjem i želele da jednog dana bar izdaleka podsećaju na nju. Nataliju Smirnovu...

Nazivali su je najvećom balerinom svih vremena. Bilo je to toliko blizu istine da se čak ni oni koji su je mrzeli nisu usuđivali da dovedu u pitanje njen izvanredni talenat. Neki su se pitali da li ta žena dolazi sa iste planete kao svi ostali. Pomerala je sve poznate zakone fizike, kao da na njeno telo ni ne utiče Zemljina teža. Njen korak je bio tih i lagan kao pero, piruete hirurški precizne, a elegantni skokovi gotovo beskrajni. Za ljubitelje i poznavaoce baleta nastup Natalije Smirnove bio je događaj koji se odvijao na tankoj, gotovo nevidljivoj niti između izvanrednosti i savršenstva. Bila je diva, u svakom smislu te reči.

Njena duša, naprotiv, bila je odavno trula, a telo uprljano dodirima nebrojenih ljubavnika od kojih nijednom ni ime, ni lik nije upamtila. Svi do jednog u vrhu politike. Svi oženjeni. Svaki moćniji od prethodnog. Ali nijedan, ma koliko moćan bio, nije mogao da joj ponudi ono što je žarko želela. Da najzad zauvek napusti omraženi Sovjetski Savez. Gadilo joj se sve u toj zemlji. Votka, kavijar, kazačok... Kretala se u elitnim društvima, uvek blizu vrha. A prezirala ih je. Nikada nije zaboravila da su isti ti moćnici poslali svoje policijske pse na njenog Serjožu. Da su zauvek ubili ljubav u njoj. Zato ih je okrutno kažnjavala. U umetnosti zavođenja bila je isto tako vešta kao u baletu. Davala se potpuno, a onda sve uskraćivala. A ko je jednom osetio njene čari, bio je zauvek u njenoj vlasti. I dok je ostavljeni ljubavnik slao cveće, bombonjere ili nakit, ne bi li se umilio tom anđeoskom biću, na njegovo mesto je već dolazio moćniji suparnik. Bilo je dovoljno da se Natalija požali da joj taj i taj dosađuje, jadnik bi preko noći izgubio službu i položaj. Tako je tada bilo u Rusiji. Još uvek su padale glave, samo što je sada ona bila ta koja je birala divljač za odstrel. Ali, i dalje je bila zarobljena u omraženom Sovjetskom Savezu, samo što je on sada podsećao na zlatni kavez.

Jednog dana ipak, osmehnula joj se sreća. Na premijeru *Romea i Julije* došao je, glavom i bradom, prvi čovek Sovjetskog Saveza — Nikita Sergejevič Hruščov. Na kraju predstave se oduševljeno popeo na binu i bukvalno zagrlio i izljubio Juliju, odnosno Nataliju. Nije ni pokušala da mu „proda" svoj zavodnički pogled. U tom čoveku debelih usana i smešne spoljašnosti prepoznala je veoma opasnog igrača. Njega žene nisu interesovale. Bila je potrebna druga taktika. Osmehnula mu se skromno sa blagim naklonom.

— Krasivaja i talantlivaja, no skromnaja! Madam, Vi ste pravi ambasador Sovjetskog Saveza. Njegove veličine i umetničke superiornosti nad drugim nacijama. Ja očarovan!

— Tovariš rukovodjat — reče Natalija dovoljno glasno da je svi na sceni čuju. U očima joj je plamteo vešto izglumljen plamen patriotskog ponosa. — Moj jedini san u životu je da služim i veličam svoju dragu majku otadžbinu. Prava je šteta što tu čaroliju zatvaramo ovde i što kapitalisti nikad neće moći da vide ovo u čemu ste Vi uživali. Shvatili bi da nikakav novac ne može da kupi talenat koji Rus ima čim se rodi!

Hruščov se odmakao korak i zadubio u nju svoj pronicljiv pogled. Izdržala je njegovu prodornost ne skidajući sa lica grč patriotizma. Na momenat je na scenu pala teška, neprijatna tišina. Ali, već sledećeg trenutka, Hruščov je oduševljeno zapljeskao. Prastara dvorana Boljšoja se ispunila gromoglasnim aplauzom svih prisutnih.

— Živeo tovariš Hruščov! — viknuo je neko iz publike.

— Živeo! — prolomilo se dvoranom iz hiljadu grla.

— Živela Natalija Smirnova! — ponovo će glas.

— Živela! — zagrmelo je.

I tako unedogled.

Nekoliko dana kasnije, na probu je sav uzbuđen utrčao Juri Fajer, direktor baleta, i jednim pokretom ruke zaustavio muziku.

— Natalija! — povikao je svojim kreštavim glasom. — Boljšoj kreće na turneju po socijalističkim zemljama, a posle možda i na svetsku! Zahvaljujući tebi, krasnaja!

— Meni? — reče Natalija, uhvativši se za grudi. Ovoga puta njeno oduševljenje nije bilo izglumljeno. Od same pomisli da će napustiti Rusiju, klecnula su joj kolena.

— Da, ružo mirisna! — reče Juri, uhvativši je očinski za ruke. — Tovariš Hruščov me je lično zvao.

Šest meseci posle tog razgovora, nakon što je oduševila kinesku, čehoslovačku, poljsku i bugarsku elitu, obrela se u Jugoslaviji. Videla je mnoge zemlje, ali još uvek se nije osećala ništa slobodnijom nego u Sovjetskom Savezu. Hruščov je svoj ruski dragulj čuvao kao u sefu. Očito nije bio čovek koji lako veruje ljudima, pa iako je u Nataliji video idealnu priliku da promoviše sovjetsku umetnost, nije bio potpuno ubeđen u njen patriotizam. Dodelio joj je dvojicu čuvara iz sopstvene garde, navodno zbog lične sigurnosti. U stvari, bilo joj je jasno da je i daleko od svoje zemlje još uvek u zlatnom kavezu. A onda se pojavio taj čovek sa buketom cveća. Imao je opasnu, policijsku njušku, a iz sivih očiju mu je zračila smrt, ali na neki način joj se dopao. A pričao je i ruski. Negde u dubini njene duše probudila se žena. Rekla mu je da je ostavi na miru, da njeni čuvari nisu daleko, da je uopšte i imao ludu sreću da dospe do nje. Nasmejao se na njenu opasku i rekao da sreća sa tim nema nikakve veze. Pokazao joj je svoju legitimaciju i rekao da nema toga što on ne može da učini za nju, samo ako ona to poželi.

— E, pa onda me sutra posle predstave ukradi mojim čuvarima i odvedi me! — čikala ga je.

Poljubio joj je ruku, a svoj pogled upio u njen. Onda je otišao.

Sigurna da je neznanac pokušao samo da je impresionira, gotovo da je momentalno zaboravila na njega. Sutradan je u svojoj loži našla poruku na ruskom. Pored nje, koferče sa haljinom od satena i elegantnim italijanskim cipelama. I jedno i drugo joj je stajalo kao saliveno. Na dnu koferčeta nalazila se perika. Kao što je pisalo u poruci, odnela je sve to u svoj apartman u hotelu „Moskva” i presvukla se. Tačno u devet sati uveče nešto je jako lupilo u vrata. Odmah zatim je začula viku i trčanje u hodniku. Provirila je iz apartmana. Stolice na kojima su obično sedeli njeni stražari bile su prazne. Niz vrata se cedilo nešto što je neverovatno podsećalo na krv. Preskočila je crvenu mrlju na tepihu, zatvorila tiho vrata za sobom i potrčala hodnikom onoliko brzo koliko joj je visoka potpetica dozvoljavala. Restoran se nalazio samo dva sprata niže, tako da je sišla pomoćnim stepenicama. Niko od posluge i prisutnih gostiju nije u zgodnoj ženi kratke kestenjaste kose prepoznao boljšojsku divu.

Kralj ju je čekao u najudaljenijem separeu sa blagim osmehom na licu. Njegove sive oči osvetljavalo je samo par svećica raspoređenih po stolu, koje su u okruglim čašama plutale kao barkice. Očigledno se dobro potrudio da im obezbedi potrebnu diskreciju. Kako je veče odmicalo, sve više je shvatala da je taj čovek upravo ono što joj treba da nađe put do slobode. Bio je čovek iz senke, neosvetljen reflektorima javnog života, nevidljiv. A opet, dovoljno blizu vrha da je mogao da joj obezbedi novac, zaštitu i novi identitet. Pričao joj je o sebi, kako je sa lažnim pasošima putovao po Evropi tragajući za emigrantima, neprijateljima jugoslovenske vlasti. Nikada nije pomenuo ubistva o kojima je ona čitala u ruskoj „Pravdi”, ali osećala je da mu je savest ne isprskana, već natopljena krvlju. Iako je bilo jasno da je želeo da je impresionira, govorio je istinu o sebi. U glavi joj se rodio plan.

Kada dođe vreme, poveriće mu se. Ali, prvo je morala da zasiti ženu u sebi. Kao što je i pretpostavljala, uzeo je sobu u istom hotelu. Bio je savršen ljubavnik i prepustila mu se bez ikakve teškoće. Zaspala je u njegovom naručju, slobodna i spokojna po prvi put nakon mnogo vremena. Kada je otvorila oči, pogledala ga je nežno i upitala može li joj pomoći da zauvek pobegne iz Rusije.

— Da pobegneš iz Rusije? — ponovio je kao da nije dobro čuo.

— Rekao si da možeš sve učiniti za mene.

— Da, ali zašto bi Natalija Smirnova, diva koju Rusi prosto obožavaju, želela da pobegne iz svoje zemlje? Ako to učiniš, gotovo je s javnim životom i baletom. Hruščov ti to nikad ne bi oprostio.

— Briga me za balet, ionako bih uskoro morala da prestanem. Ljudi to još ne primećuju, ali sve mi je teže da igram. Želim slobodu.

Jovan Kralj se zamislio. Mozak mu je radio brzinom munje. Žarko je želeo da ta predivna žena ostane zauvek sa njim.

— Možeš li ili ne?

— Mogu — reče Kralj, pogledavši je ozbiljno. — Jesi li dobro razmislila?

— Razmišljam o tome ceo život, ali nisam mogla. Sada je pravi trenutak.

— Pomoći ću ti, krasnaja, imam gde da te sakrijem, brinuću o tebi.

— Ja imam nakit — reče pokazavši na svoju torbicu. — Neću ti biti na teretu. Daću ti pa prodaj.

— Ne treba, krasnaja. Ti si sad moja briga.

Odatle ju je odveo u vilu na Dedinju. Trebalo je sačekati neko vreme da se prašina oko Natalijinog nestanka slegne. Tražili su je Udbini najsposobniji ljudi, naravno, na čelu s Kraljem. Posle nedelju dana, totalno skrhan bolom, Juri Fajer je poveo svoju baletsku trupu nazad za Moskvu. Hruščov je dvojicu jadnika koji su bili zaduženi za Natalijino čuvanje lišio dužnosti i poslao ih na jedan dug odmor u Vladivostok, gde su tri godine popravljali brodove. Jugoslovenska Vlada je poslala izvinjenje Sovjetskom Savezu za ono što se dogodilo na njenoj teritoriji i obećala da će nastaviti sa istragom koliko god bude trebalo. I tako je lepa Natalija napokon pobegla.

Jovan Kralj je bio divan prema njoj. Donosio joj je najlepše namirnice, haljine i skup nakit. Nikada ga nije pitala odakle mu novac za sve to, smatrala je da bi to bilo u najmanju ruku nepristojno. Nije znala srpski i nije čitala novine, ali i da je čitala, sigurno svirepa ubistva i pljačke ne bi povezala sa svojim nežnim ljubavnikom. Dešavalo se da ode na nekoliko dana u inostranstvo na službene zadatke. Vraćao se tad raspoložen i pun para. Natalija je cenila njegov trud, ali posle nekog vremena je počela da se dosađuje. Svoju slobodu nije zamišljala kao samovanje u luksuznoj vili. Prošlo joj je kroz glavu da je jedan zatvor zamenila drugim.

— Strpi se još malo, krasnaja, uskoro ću imati dovoljno novca da negde počnemo nov život!

— Ja ne mogu više ovako! Ovo je zatvor! — viknu ona, odgurnuvši mu ruku po prvi put.

Njen prezirni pogled ispunio ga je užasom. Jednostavno nije mogao da podnese da mu uskraćuje toliko željenu nežnost.

— Ljubavi, samo kaži šta ti treba, doneću ti! Nemoj, molim te, da se ljutiš na mene!

— Slobodu mi daj! Ne novac i nakit! Odvedi me u zemlju gde nas niko ne zna i gde mogu da živim i šetam, a da mi nisu neprestano za leđima...

— Krasnaja, za to nam, nažalost, treba mnogo novca...

— Pa šta ja sad da radim? Obećao si...

— Obećao sam i ispuniću obećanje! Ali, samo se još malo strpi.

Bio je svestan da joj ne govori pravu istinu. Nije bio ni blizu sume za koju je smatrao da mu treba da negde u Južnoj Americi kupi kuću i započne neki posao. Opljačkano zlato su lomili čekićima i prodavali jednom ženevskom juveliru, Jevrejinu. Pronicljivi i kvarni trgovac im je plaćao daleko ispod cene. Štaviše, bio je prinuđen da novac deli na relativno ravne časti sa svojim pajtašima. Ne samo što su pljačkali zajedno sa njim, već zbog toga što su učestvovali u Natalijinoj otmici i znali gde se ona nalazi. Strah od njega i pohlepa su im za sada držali usta zatvorenim, ali bojao se da to neće večito trajati. Kralj je deo novca ostavljao u sefu švajcarske banke, ali ceo proces je išao suviše sporo a rizik da Natalija bude otkrivena vremenom je bivao sve veći.

Uskoro se desilo ono što je moralo da se desi. Počela je da ga odbija kao muškarca. Kada se to prvi put dogodilo, otišao je kući i svoju suprugu tako istukao da je zaglavila u bolnici. Život mu je sve više ličio na vrzino kolo iz koga nije video izlaza. A onda se desilo nešto što se dešava samo u avanturističkim romanima. U jednoj pljački koja nije obećavala bogzna kakav plen, u patosu su pronašli kutiju sa ruskim blagom i dokumente sa pravim identitetom vlasnika. Pretpostavljao je da je čovek bio umešan u krađu koja se odigrala u Kotoru, gde je petrogradska založnica bila privremeno stacionirana. Mala pretraga po Udbinim arhivama mu je to potvrdila. Žrtva je nekada bila poručnik u kraljevoj vojsci, sa službovanjem u Kotoru baš u vreme kada se krađa dogodila. Vodio se kao nestao. Kralj se potrudio da tako i ostane. Isto veče je spalio dokumenta.

Pomislio je da mu je sâm Bog priskočio u pomoć, iako u njega nije ni verovao. Nije mogao drukčije da objasni činjenicu da će mu upravo rusko blago omogućiti novi život s ruskom lepoticom. Da povrati njeno poverenje i ljubav. Ali, nije bilo baš sve tako kako se na prvi pogled činilo. Blago je vredelo mnogo jer se radilo o unikatima i remek-delima juvelirstva. Nije ga, znači, bilo moguće lomiti kao obično zlatno prstenje, inače više ne bi vredelo. Kada je jevrejskom juveliru pokazao fotografije sa prstenjem od dragulja mešanim sa emajlom i Faberžeovo jaje, ovaj je razrogačio oči.

— Ja ovo ne mogu da ti kupim! — reče na nemačkom sa naglašenim jidiš naglaskom.

— Ko može? — upitao je Kralj razočarano.

— Jedino bogati kolekcionari imaju toliko para. S obzirom na to da ga prodaješ na crno, nećeš dobiti više od par miliona dolara, na aukcijama se prodaje i za po pedeset miliona.

— Možeš li da me spojiš sa jednim takvim kolekcionarom?

— Mogu, ali mnogo je rizično. Ako nas uhvate, odosmo u zatvor.

— Dobićeš pet odsto od prodaje.

— Ti mora da se šališ — reče Jevrejin pogledavši ga svojim pronicljivim očima. — Bez dvadeset odsto neću da razgovaram!

— Osam odsto! I to sam veoma velikodušan.

— Da ti objasnim ja nešto, gospodine velikodušni. Bez mene nećeš moći da prodaš, pa ti sad vidi...

— Deset posto.

— Dvanaest i dogovoreno! — reče Jevrejin pruživši mu ruku sa širokim osmehom.

Kralj je prihvatio ponudu i uzvratio mu kiselim osmehom, mada bi mu najradije pesnicom smrskao nos. Bio je ipak zadovoljan. Kraj njegovoj agoniji po prvi put je jasno bio na vidiku. Ali, nije baš sve išlo tako brzo. Jevrejinu je još dva puta donosio lomljeno zlato i svaki put dobijao isti odgovor.

— Ništa za sada, prijatelju. Zajebano blago prodaješ.

Ipak, nakon gotovo tri meseca, dočekao ga je sav ozaren.

— Jedan Amerikanac dolazi za mesec dana sa ekspertom. Ako se pokaže da su jaje i nakit autentični, dobićeš odmah deset miliona dolara na ruke. Manje mojih dvanaest odsto, naravno.

Došlo mu je da urla od sreće. Nataliju i njega čekao je život iz snova. Čekalo ih je sunce Južne Amerike. Radost mu, na svu sreću, nije uspavala šesto čulo, koje ga je gotovo uvek upozoravalo na opasnost. Kada je napuštao juvelirnicu, osetio je da ga neko gleda. Preko ulice se nalazio restoran sa terasom. Bilo je hladno tog dana i duvao je vetar, pa ipak, jedan čovek je pio kafu i čitao novine napolju. Bio mu je odmah sumnjiv. Krenuo je preko ulice, u pravcu restorana. U rukama čoveka novine su primetno zadrhtale. Kralj je seo dva stola iza i naručio kafu na francuskom. Čovek ispred njega je u međuvremenu natuknuo šešir na glavu i podigao kragnu. Očigledno nije želeo da ga neko prepozna. Ubrzo je pozvao konobara, platio i otišao. Kralj je takođe platio i, ostavivši na stolu nepopijenu kafu, krenuo za njim. Želeo je da vidi u kom je hotelu odseo, jer prepoznao ga je već u restoranu. Da je bio u Cirihu, odmah bi zvao Seferovića, šefa Udbe, i pitao zbog čega ga u toku zadatka prati i špijunira poverljivi čovek Radeta Jovanovića. Međutim, nalazio se u gradu gde ga niko nije službeno poslao i gde nije bilo logike da bude. Nije znao kojim čudom, ali Rade Jovanović mu je bio na tragu. A to je pretilo da osujeti sve njegove planove oko prodaje ruskog blaga. I ne samo to. Rade je bio opasno inteligentan čovek. Moglo je da se desi da beogradska ubistva i pljačke povežu sa njim. Nije smeo da dozvoli da se to desi.

Preko puta hotela nalazila se mala poslastičarnica. Ušao je unutra, naručio kafu i kolač i platio odmah. Razmišljao je šta da radi. Pitao se koliko dugo ga je Rade pratio i koliko je znao o njegovim nelegalnim aktivnostima u inostranstvu. Sve vreme je posmatrao ulazna vrata hotela. Nakon pola sata Radetov čovek se pojavio. U jednoj ruci je držao malu putnu torbu, a u drugoj akten-tašnu. Osmotrio je oko sebe. U tom trenutku je ispred hotela stao naručen taksi i ovaj je ušao u njega. Kralj se nije uplašio da će mu čovek pobeći. Sa putnom torbom mogao je ići samo na jedno mesto. Krenuo je trotoarom i već posle nepun minut našao slobodan taksi koji ga je odvezao na železničku stanicu. U čelu, na ogromnoj tabeli, pisao je raspored vozova koji su polazili. Među njima i jedan voz za Beograd u 18 časova, peron broj 7. Pogledao je na svoj ručni sat. Trebalo je čekati bezmalo dva sata. Nije bilo sumnje da će Radetov čovek uzeti baš taj voz, ali postojala je mogućnost da siđe u Ljubljani ili Zagrebu i na neki drugi način dođe do Beograda. Najradije bi sâm krenuo za njim i ubio ga čim se za to pruži prilika. Ali, imao je važan zadatak u Cirihu. Nije imao drugog izbora nego da se uzda u sreću i svoje ljude u Beogradu. Jeste da im pamet nije bila jača strana, ali što se tiče mučenja i ubijanja, briljirali su.

Kao što je očekivao, Radetov čovek se pojavio na peronu petnaestak minuta pred polazak. Kralj je sačekao da voz ode, a zatim otišao u poštu, koja se takođe nalazila na stanici.

— Želim da zovem Beograd, Jugoslavija — rekao je operateru i dao mu broj telefona.

— Kabina 3, čim se upali zelena lampica.

U državi je jedino Udba imala ovlašćenje i potrebnu aparaturu za prisluškivanje telefonskih razgovora. Kralj je tako sa sigurnošću znao da je telefon njegovog čoveka siguran za bilo koju vrstu razgovora.

— Kralj ovde, slušaj me vrlo dobro — reče bez ikakvog uvoda čim je čuo glas sa druge strane žice. — Imam mnogo dobru i mnogo lošu vest.

— Pa počni sa lošom.

— Umukni, bre, bilmezu jedan, ti ćeš da mi kažeš sa čim ću ja da počnem!

— Izvini, šefe, nisam hteo... Evo slušam.

— Dobra vest je da sam našao kupca. Nudi velike pare.

— A loša?

— Loša je to da nam je Rade Jovanović na tragu. Malopre sam primetio da me onaj njegov Stamenković prati.

— Do đavola, šefe! — opsova ovaj. — Kako to?

— Ne znam i nije bitno. Imam za tebe jedan mnogo važan zadatak.

— Kaži, šefe!

— Stamenković je u vozu za Beograd koji stiže sutra pre podne, proveri na železničkoj u koliko sati. Maskiraj se da te slučajno ne prepozna i sačekaj da siđe.

— I onda?

— Potrudi se da ne stigne živ kod Radeta Jovanovića.

— D... dobro, šefe! Ako bude u tom vozu, moj je!

— I još nešto. Špijunčina nosi sa sobom kofer i akten-tašnu. Uzmi ih.

Siroti Stamenković je odmah po dolasku u Beograd završio pod tramvajem, a njegove stvari u Kraljevim rukama. Raporti iz akten-tašne su mu pokazali tačno stanje stvari, to jest da je Jovanović bio na samom početku svoje istrage i da još uvek nije imao ni najmanju predstavu pred kakvim otkrićem se nalazio. Bio je siguran da mu je ubistvom Stamenkovića totalno sasekao noge i da ima sve vreme pred sobom da proda blago i nestane. Ali, osećao se isprovociranim. Njegova čast mu nije dozvoljavala da bude ičija lovina, jer on je bio taj koji lovi i proganja. Tog trenutka je i odlučio da ubije Radeta Jovanovića. Ako zbog Radetove smrti pošalje na robiju Mirka Petrova, biće to njegovo životno remek-delo. I moći će da kaže da je svoju nagradu krvavo zaslužio.

Otključao je ulazna vrata i ušao u raskošnu vilu.

— Krasnaja! — pozvao je. — Ja sam!

Na spratu je začuo njene lagane korake. Volela je da hoda bosa i tako odmara od tvrdih baletanki izmučeno stopalo. Iako odavno nije igrala, ta navika joj je ostala. Sačekao je malo, ali kada se nije pojavila na stepeništu da ga dočeka, krenuo je on gore. Od same pomisli da je opet ljuta, srce mu se steglo. Ušao je u sobu. Pravila se da spava. Od pogleda na divne konture njenog tela, koje su se ocrtavale ispod lagane spavaćice, telo mu je zadrhtalo od želje. Nije mogao da se tome odupre. Skinuo se i legao pored nje.

— Boli me glava — bio je odgovor na njegov prvi dodir.

— Krasnaja — poče Kralj molećivo — molim te, ljubavi, samo malo...

— Ti si mene lagao. Nikada nije trebalo da ti poverujem.

— Nisam, vilo moja! — reče privivši je jače uz sebe. — Pre bih se ubio nego tebe da lažem! Još samo malo i slobodni smo zauvek, kunem ti se!

Natalija se nije opirala kada je počeo da joj skida spavaćicu. Osetila je da bi to ionako bilo uzaludno. Bio je tu i neće otići dok ne dobije ono što želi. Sve više se gadila tog čoveka. I što su njegova ljubav i strast bile veće, sve više ju je podsećao na neku krvoločnu zver.

Kralj je odmah osetio da mu se predala telom, ali ne i dušom. Nije želeo da obraća pažnju na to. Uskoro će sve biti drugačije. Biće slobodni i bogati, a ona će ga voleti kako nikada nijedna žena nije volela čoveka. Voleće ga do poslednjeg daha. Do smrti. U njegovim snovima je uvek bilo tako. Uskoro će biti toliko bogat da će sve snove moći da pretoči u javu. Dok ju je strasno grlio, znao je da nema tog čoveka koji će mu oduzeti snove. Oduzeti nju. A ako neko i pokuša, on će ga ubiti. Nije mogao da zna da onog ko mu je odavno oteo srce voljene žene, ne može da ubije. Da je unapred izgubio bitku. I da srce njegove Natalije već odavno spava u nekom neznanom grobu kraj mladog Serjože...

23

PLAVI GAVRAN

Ranjeni Marković je hitno prebačen u bolnicu i operisan. Brzim pregledom hirurg je ustanovio da težina povrede ne zahteva totalnu anesteziju, tako da je ovaj bio svestan dok su mu iz zadnjice vadili dramlije i opiljke drveta. Za čoveka od oružja poput njega, nije bilo gore povrede. Činilo mu se da bi mu bilo daleko draže da je izgubio oko, nego što je morao da trpi takvo poniženje. Bio je ljut na svog nespretnog sina i rešio je da mu dobro ispraši tur po izlasku iz bolnice. Još više se ljutio na samog sebe, jer da nije izgubio hladnokrvnost, ubica njegovih dragih golubova nikad ne bi pobegao. Nije mu bilo jasno kako je gavran mogao da uđe u golubarnik. Neprestano je vraćao film. Nije mogao svega da se seti, još uvek je bio u šoku, ali ono čega se jasno sećao, njegov razum jednostavno nije mogao da prihvati. Ta zlokobna crna ptičurina govori. Jasno je čuo, pa ipak, nije mogao da veruje. Dosad nije imao halucinacije ni pijan, a kamoli trezan.

— Doktore?

— Recite.

— Da li gavrani mogu da govore?

— Šta?

— Može li gavran da priča?

— Kako to mislite?

— Meni je jutros jedan rekao zdravo.

Hirurg je pogledao u medicinsku sestru. Razumevši njegov pogled, žena je proverila etiketu na jednom od staklenih flakona i slegla ramenima.

— Ne buncam, doktore, ne brini — reče Marković, osetivši za leđima njihov nemi razgovor. — Ti si učen čovek, pa sam hteo da čujem tvoje mišljenje. Da li gavran može da izgovara reči?

— Paaa... — poče doktor — nisam lično nikad čuo, ali sam pročitao da može da oponaša glasove drugih ptica. Mislim, možda bi mogao da nauči da ponavlja i reči. Kao papagaj recimo.

— Divlji gavran?

— A ne, ne! Morao bi sigurno da bude pripitomljen. Otkud divlji gavran da zna da priča!

— Pripitomljen znači... — promrmljao je Marković zamišljeno.

Kasnije, u sobi, razmišljao je o onome što je doktor rekao. Ako je ptičurina znala da govori, znači da je nekom pobegla. Kada bude našao idiota koji pripitomljava takve štetočine, naplatiće mu duplo za svakog goluba. Propišaće taj majčino mleko pod njegovim pendrekom. Vratila mu se stravična slika iz golubarnika, a u istom trenutku ga je zadnjica tako jako žignula da mu se lice iskrivilo od bola. Efekat anestezije polako se gubio. Neko je pokucao na vrata. Ponadao se da je medicinska sestra i taman je zaustio da se žali, kada se na vratima pojavila njegova žena. U drhtavoj ruci je držala beli koverat. Bez reči mu ga je dala. Kada je otvorio pismo, trepnuo je u čudu. Bilo je sastavljeno od isečenih i lepljenih slova i reči, i bez sumnje upućeno njemu lično.

Markoviću,

Došlo je vreme da platiš za sve zločine koje si činio. Na tebe je red da drhtiš za svoj život. Možeš da bežiš i da se kriješ, kazna će te ipak stići. A kada se budemo sreli oči u oči, nemoj da moliš. Za takve kao ti, ja nemam milosti.

Tvoj smrtni neprijatelj,
Plavi gavran

— Plavi gavran... — prošaputao je bledih usana.

— Pogledaj, u koverti ima još nešto — reče njegova žena uznemirenim glasom.

Marković je raširio koverat, a onda ga okrenuo naopako i protresao. Na beli bolnički čaršav palo je kao ugalj crno, gavranovo pero. Nije mogao da veruje da se to dešava. Da neko ima hrabrosti da preti njemu, od koga ceo grad drhti. I ne samo to. Taj mu je ušao u dvorište i uništio ono što je pored svog sina jedino voleo — njegove belgijske pismonoše. Koliko dugo li je dresirao ptičurinu da onako ubija, pitao se. Samo da bi jednog dana naudio njemu. I uspeo je, prokletnik. Duša mu je krvarila za divnim golubovima. Nikada više neće moći ponovo da kupi tako kvalitetne letače. Zaboravio je da ih nikada nije ni kupio, bili su to potomci golubova koje je oteo gospodinu Nićiforoviću, pošto je ubio njega i njegovu ženu.

— Plavi gavran, kakvo glupo ime! — reče podsmešljivo. Pravio se pred svojom ženom da ga je sadržaj pisma tek malo zabavio. — Šta taj misli, da se Marković nekog plaši?! Kukavica jedna, meni da šalje preteća pisma! Obesiću ga za muda nasred skvera!

— Ja se, Slavko, mnogo plašim... Nije taj kukavica, čim je smeo da uđe u dvorište i pobije ti golubove.

— Ti se plašiš? — iskreveljio se ovaj na nju. — Pa šta ja sad da radim što se ti plašiš?

— Mislila sam da odem do mojih na selo sa Markom dok ga milicija ne uhvati.

— Lepo si to smislila. A ko će mene da neguje?

— Pa hajde i ti na selo, Slavko, prijaće ti.

— Pa da ovaj lopov što sebe zove Plavim gavranom pomisli da sam se uplašio! Niko ne mrda iz kuće, a ti ako slučajno odeš, nemoj više ni da se vraćaš!

— Eh, Slavko, Slavko... — zavrtela je glavom. — Mogao je isto tako da te sačeka u dvorištu i ubije te.

— Ne lupaj gluposti, Mileva! — brecnu se on. — Ti kô da si zaboravila za koga si se udala!

— Nisam zaboravila, Slavko, baš zato se i bojim. Ko zna ko to može sve da bude...

Marković se zamislio. Lista njegovih potencijalnih neprijatelja bila je srazmerna listi njegovih žrtava, što znači poprilična. Ali, do sada niko nije imao hrabrosti da udari na njega. Mogli su samo da ga mrze izdaleka. Savest ga nije pekla, nije je ni imao. A doskoro, nije poznavao ni strah. U životu se uplašio jednog jedinog čoveka. Ipak, koliko god da je razmišljao, nije mogao Mirka Petrova da poveže sa Plavim gavranom. To nije ličilo na njega. Mirko je bio inteligentan, racionalan čovek. Njegova dela su bila proračunata i vođena pameću, a ne srcem i emocijama. U protivnom, nikada ne bi postigao tako vrtoglav uspon u politici.

Marković je bio u pravu. Plavi gavran nije imao dovoljno životnog iskustva da razmisli o posledicama onoga što radi, ali baš zbog toga je i bio opasan. Ludo i hrabro srce svojom snagom ruši ono što um možda nikada ne bi uspeo. Čak i u tom trenutku, Milan je radio nešto što se graničilo s ludošću. Prisluškivao je na vratima. Čuo je sve što je Marković izgovorio, a svaka reč budila je u njemu još veći inat. Rešio je da mu istog dana priredi novo iznenađenje. Stegao je prkosno pesnicu u pravcu vrata, a zatim se udaljio.

U sobi na spratu ležao je Miljan. Medicinske sestre su sve dobro upoznale Milana i tolerisale njegove česte posete, čak i kada im nije bilo vreme. Marija je sve svoje slobodno vreme provodila kraj sina, ali morala je povremeno i da radi. Milan je otprilike znao njen raspored i dolazio samo kada nije bila tu. Voleo je tu bolešljivu i krhku ženu, ali bilo mu je suviše teško da je vidi uplakanu. Imala je potrebu da mu se jada i tada o Miljanu govorila uvek u prošlom vremenu, kao da ne veruje da će se ovaj ikad probuditi iz kome.

Kada je ušao u sobu, medicinska sestra se nasmešila i klimnula mu glavom. Ostavila ih je nasamo. Uvek kada bi ga ugledao, Milanu bi se steglo srce. Iako mu lice više nije bilo modro ni usne rasečene, nije baš delovao kao da se oporavlja. Njegovo sitno telo svaki put bi mu se činilo sve manjim. Milan se bojao da će, ako nastavi da se smanjuje, jednog dana potpuno iščeznuti. Seo je na stolicu i uzeo Miljanovu ruku. Dok mu je prepričavao događaje u školi i van nje, blago mu je pritiskao malaksalu šaku. Nadao se da će mu dodirom i glasom dopreti do svesti i probuditi ga. Posle nekog vremena, došla je i Marija. Malo je posedeo i s njom, ali se ubrzo izvinio i otišao. U prolazu je zastao ispred Markovićeve sobe i oslušnuo. Iz nje nije dopirao ni najmanji zvuk. Pogledao je levo-desno. Bolnički hodnik je bio prazan, samo se negde u daljini čuo razgovor i kikot medicinskih sestara. Što je tiše mogao, pritisnuo je kvaku i provirio. U zamračenoj sobi ležao je on. Spavao je na leđima i hrkao, očito pod dejstvom jakih sedativa. Milan je iz džepa izvukao gavranovo pero. Razmišljao je gde da ga stavi da ga ovaj ugleda čim se probudi. Na belom stočiću kraj uzglavlja stajala je čaša s vodom. Dečak je sadržinu prosuo u lavabo, a pero stavio u čašu. Izašao je isto tako tiho kao što je i ušao.

Nekih dva sata kasnije, Marković je otvorio oči i zaječao. Bilo je vreme da opet uzme lekove protiv bolova. Pokušao je da dozove sestru, ali je samo zašištao. Grlo mu je bilo suvo kao pustinjski pesak. Mahinalno je pružio ruku preko ramena i dohvatio čašu. Kada je navrnuo, umesto vode, u usta mu je uletelo crno pero. I pored nesnošljivog bola u zadnjici, skočio je kao oparen. Stomak mu se ispunio užasom. Čaša je pala na pod, razbivši se u paramparčad.

— Sestrooo! — zavrištao je Marković. — Sestrooooo!

Milan je dolazio svaki dan Miljanu u posetu. Pred Markovićevim vratima dežurao je milicajac u uniformi. To je moglo da znači samo jedno, da je gavranovo pero u čaši postiglo željeni efekat. Zločinac se bojao. Jednom je naišao upravo u momentu kada je doktorski konzilijum napuštao njegovu sobu.

— Svratiću sutra ujutru da Vas ponovo pregledam — reče hirurg na vratima. — Mislim da posle previjanja možete kući.

Sutradan posle škole, Milan je ponovo pobegao Anki i otišao na Markovićev zid. U dvorištu je sve bilo kao i pre, s tom razlikom što je razvaljeni golubarnik zvrjao prazan. Čime bi ponovo mogao da mu naudi, čisto da mu poželi dobrodošlicu i pokaže mu da ga nije zaboravio? Iz misli ga je prenulo prštanje šljunka. Iza ćoška se pojavio Marko Tarzan. Išao je polako, s rukama duboko zavučenim u džepove i svaki čas se osvrtao. Došao je šljunkovitom stazom do zida i skrenuo desno. Prešao je par metara po travnjaku, još jednom se osvrnuo oko sebe, a zatim čučnuo iza jedne patuljaste tuje. Iako se nalazio na visini, Milan nikako nije mogao da vidi šta to Marko posluje. Učinilo mu se da nešto podiže, a zatim pretura po džepovima, ali bio mu je stalno okrenut leđima. Poželeo je da se prišunja po zidu ne bi li mu došao tik iznad glave, međutim, bojao se da će šuškanjem privući pažnju. Pekla ga je radoznalost, ipak, nije smeo da dozvoli da mu nesmotrenost upropasti celu priču s Plavim gavranom. Rešio je da se strpi. Ispostavilo se da nije morao dugo da čeka.

— Marko! — pozvala ga je majka.

Riđi dečak se trgao. Nije se javio, samo je ubrzao svoju rabotu.

— Markooo! — razdrala se. Glas joj je odisao blagom panikom.

— Tu sam, bre! Šta se dereš! — reče Marko u svom poznatom maniru.

Milan nije mogao da podnese da neko tako razgovara sa svojom majkom. Ali, nije bio jedini kome je dozlogrdio njegov bezobrazluk.

— Šta radiš iza kuće? — viknu ova na njega, sačekavši ga na ćošku. — Rekla sam ti da ne mrdaš od mene! Idemo u bolnicu, po oca.

— Pusti me, bre, dosado jedna! — odbrusio je Marko.

Ali majka mu ovog puta nije dozvolila da prođe mimo nje. Zgrabila ga je za zuluf i dobro počupala.

— Jao! — vrisnuo je ovaj iznenađeno. Na licu mu se ocrtao bes. Pokušao je da joj odgurne ruku, ali ljutita žena ga je čvrsto držala.

— Pusti me, seljanko jedna, videćeš kod oca!

Iste sekunde je zažalio svoje reči jer je dobio takvu šamarčinu da su mu sline visnule do pola brade. Na zidu, Milan je likovao.

— Mama! — zacmizdrio je Marko, preplašen. Čak je i glas utanjio kao neka devojčica.

— A sad sam, mama, a? — vrisnu žena iskolačivši oči na njega. — Da te nikad više nisam čula da mi se drugačije obraćaš! Jasno?

— Jeste...

— Ti ćeš mene da tužiš kod oca, balavče jedan! Budi srećan ako te ne prebije kad dođe, zbog onog što si mu uradio!

Čim je čuo da se kapija zatvorila, Milan je hitnuo konopac niza zid i sišao kod njih. Podno tuje nalazila se kamena ploča na travi. Podvukao je prste pod nju i podigao je. Pokrivala je iskopanu rupu od nekih tridesetak centimetara dubine. Na dnu se nalazila pomalo zarđala limena kutija. Kada ju je otklopio, umalo nije pao u nesvest. Bila je puna para. Bile su to razne novčanice, gotovo sve izgužvane. Bilo je nešto sitnijih, ali uglavnom su bile krupne, kakve Milan nikad nije držao u ruci, samo ih je ponekad viđao u očevom novčaniku. Otkud Marku toliki novac i zašto ga krije pod kamenom? Osim ako...

„Pa on potkrada sopstvene roditelje!", zaključio je Milan, zabezeknut.

Razmišljao je šta da radi. Nikada u životu, ako se izuzme kožno sedište sa bicikla Blagoja poštara, nije uzeo ništa tuđe, a i njega je ukrao Miljan. Bio je u teškoj dilemi. Da je našao novac bilo gde, bez razmišljanja bi ga ostavio tu gde jeste. Ali, radilo se o Slavku Markoviću i njegovom pokvarenom sinu. Da li je lopovluk ukrasti od lopova i zločinca? Milanu novac nije bio potreban, ali znao je kome jeste. U kutiji, ispod novčanica, nalazio se i jedan zlatan prsten. Zavukao je ruku u džep. Imao je još samo dva gavranova pera. Dvoumio se da li da jedno potroši na Marka, ali nije mogao da odoli. Želeo je da i taj zločesti dečak oseti da je pod budnim okom Plavog gavrana. Provukao je pero kroz prsten i ostavio ga u rupi, zabodenog u zemlju. Drugo je vratio u džep, rešen da ga što bolje iskoristi. Proverio je da li je kutija s novcem dobro zatvorena i hitnuo je preko zida, u susedno dvorište. Kanap je kao i prošlog puta sakrio gore na zidu, a on sišao niz bršljan. Pre nego što je izašao na ulicu, provirio je oprezno kroz tarabe. Staru ogradu je delimično sakrivalo oklembešeno granje žalosne vrbe, ali bio je dan. Jedna bela kola pojaviše se na ćošku. Prepoznavši Markovićev auto, zalegao je. Sačekao je da svi izađu iz njega i zatvore kapiju. Izašao je na ulicu i potrčao. Na licu mu je titrao osmeh. Upravo se setio kako da zlotvoru poželi dobrodošlicu.

Kad je stigao kući, morao je prvo da istrpi Ankine pridike, pa je otišao na tavanče iznad Vojine šupe, gde je čuvao koverte. U jednu od njih je stavio poslednje gavranovo pero. Želeo je da ga Marković dobro upamti. U radionici je pronašao ono što mu je bilo potrebno. Staklenu flašu sa uljanim razređivačem dopola punu i kutiju šibica. U njoj su se nalazila tri drvca, a njemu je bilo dovoljno samo jedno...

Uveče, kada se Marija vratila iz bolnice, na pragu je našla limenu kutiju s novcem. Žena se uhvatila za grudi i dugo stajala nad kutijom, ne znajući šta da radi. Prvo što je pomislila je da bi novac trebalo da odnese u miliciju i preda im. Ali, otkako joj je Marković gotovo ubio sina, nije više imala poverenja u vlast. Stavila je kutiju na sto i pored nje presedela celu noć. Ujutru je novac sakrila u peć na ugalj. Više se nije ložilo, a do jeseni će, pomislila je, taj koji je zaboravio novac valjda doći po njega. Nije nijednom pomislila da je glupo to što radi i da niko tek tako ne ostavlja novac na tuđim pragovima. Poštenje je jednostavno urođena, neizlečiva bolest.

***

Marković takođe nije spavao. U njega se polako, ali sigurno, uvuklo nešto strano i nepoznato — strah. Već se i njemu dešavalo, kao i drugim ljudima, da se prestravi nečeg. Recimo, kada u lovu izleti fazan iz šiblja i zaklepeće krilima tik uz njega. Ali to se nije moglo smatrati strahom, bar ne svesnim. Međutim, ovo što je sada osećao, prožimalo je svaku ćeliju. Isisavalo je iz njega energiju i volju, poput parazita. Nije se konkretno bojao za svoj život. On, koji je u prošlosti ubijao, znao je da prelaz između života i smrti traje kratko, poput treptaja oka. Marković se plašio društvene smrti. Bojao se da će ponovo postati niko i ništa.

Mirkovom krivicom, sve ono što je godinama gradio neprikosnovenim terorom, moglo je pući kao kristalna čaša. Na sreću, brzo je raskrinkao njegov blef i bilo je samo pitanje vremena kada će mu se strašno osvetiti. Mirko Petrov jeste bio opasan neprijatelj, ali je ipak samo čovek od krvi i mesa. Ranjiv. Imao je lik, adresu, radno mesto. Još bolje, imao je dete. Marković je znao sve o njemu. Ali, ko je bio Plavi gavran? Ko je bio taj suludi tajanstveni lik koji je dresirao pticu da umesto njega govori? Šta je znao o njemu, osim da je tih i nevidljiv poput duha? Šta je moglo da ga spreči da mu umesto pera u čaši, ostavi zariven nož u srcu? Osećaj da mu se makar i jednom našao na milost i nemilost, duboko ga je potresao. Možda je jedini razlog što ga je ostavio u životu, to što je želeo što duže da ga muči.

Rana ga je bolela i spavalo mu se, ali nije ni pomišljao da legne. Tumarao je po kući i neprestano virio kroz prozore. Nije se usuđivao da pomakne zavesu, gledao je sa strane, kriveći glavu. Mogao je da se opkladi da je Gavran negde blizu, da posmatra kuću iz mraka. Stezao je pištolj toliko jako da ga je bolela šaka. Već deseti put je silazio u predsoblje i proveravao jesu li vrata zaključana. Žena i sin su spavali, pa ipak, činilo mu se da, osim njega, još neko hoda po kući. Najradije bi upalio svetlo i sve pretražio, ali bojao se da ga Gavran ne vidi kroz prozor. Načuljio je uši. Činilo mu se da čuje korake po šljunku.

„U dvorištu je!"

Pritrčao je prozoru s pištoljem na gotovs, spreman da opali čim nešto mrdne. Nije bilo nikog. Zadržavao bi dah, ali osim otkucaja sopstvenog srca i kuckanja časovnika, ništa drugo nije čuo.

„Da li je moguće da umišljam?", pomislio je, ozbiljno zabrinut za svoje mentalno zdravlje.

Prolazilo je vreme, a ništa se nije dešavalo. Cela dva sata je gledao kroz prozore na spratu, čekajući da se uljez najzad pojavi. Uzalud. Naposletku je odlučio da siđe u dnevnu sobu. Uzeo je jednu fotelju i odvukao ju je u najmračniji kutak prostorije. Odatle je mogao da vidi i deo hodnika i trpezarije. Rešio je da tu dežura, ako ništa drugo, biće mu malo udobnije. Tek kad se zavalio u meku fotelju, shvatio je koliko je napet. U jednom trenutku zabacio je glavu unazad da protegne vrat i nakratko zatvorio oči. Momentalno je utonuo u san. Kada se trgao, napolju je već svanulo. Ustao je i pažljivo pretražio celo prizemlje. Ni traga nekakvom crnom peru. Opet je proverio ulazna i podrumska vrata. Bila su zaključana, kao i noćas.

— Šta radiš to, Slavko?

Marković je skočio kao oparen. Njegova žena je stajala na stepeništu u spavaćici, raščupana.

— Ti nisi normalna! — dreknuo je na nju. — Mogao sam da te ubijem kô zeca!

— Čime? — rekla je pogledavši mu prazne šake.

Pogledao ju je besno. Činilo mu se da ona ne samo da oseća njegov strah, nego se čak i naslađuje njime. Da uživa što ga vidi ranjivog. Što je bila starija, sve više ga je nervirala. Smatrao je da on, šef milicije, zaslužuje daleko mlađu, lepšu i pametniju ženu.

— Hajde siđi i stavi kafu — reče joj odsečno.

Umesto da ga odmah posluša, podigla je glavu i onjušila vazduh.

— Slavko... Osećaš li neku paljevinu?

— Osećam, pa šta? Sigurno komšije nešto pale!

— Meni ovo smrdi na upaljenu gumu...

Marković je zaustio da joj ponovo odbrusi, ali je stao u pola reči. Podišli su ga žmarci od nekog lošeg predosećaja. Ušao je u trpezariju i provirio kroz prozor. Iznad kapije vijorio se crnkast dim, na istom mestu gde je juče parkirao auto.

— Ne mogu da verujem... — promrmljao je, shvativši.

— Šta je bilo? — upitala je žena sišavši u trpezariju.

Zatekla ga je leđima naslonjenog na zid. Bio je bled kao krpa i teško je disao. Činilo se da je pretrpeo težak šok. Nekoliko trenutaka je blenuo u prazno.

— Ubiću ga — reče naposletku.

Rukom je grubo sklonio svoju ženu i otišao po pištolj. S odlučnim izrazom na licu je otključao ulazna vrata i strčao niz stepenice. Šljunak je glasno zaprštao pod njegovim nogama. Naravno, u sandučetu je našao Gavranovo pismo. U njemu se nalazilo samo crno pero. Shvatio je tu škrtost na rečima i pre nego što je pred kapijom zatekao daleko konkretniju poruku u vidu sagorele olupine svog nekadašnjeg automobila. Poželeo je da zaurla od besa i nemoći, ali nije hteo komšiluku da priušti to zadovoljstvo. Sa druge strane ulice mrdnula je zavesa privukavši mu pažnju. Na prozoru je ugledao sedu glavu. Bio je to Sazdanović, nastavnik matematike u penziji. Poznavao ga je oduvek, često je sa Nićiforovićem igrao šah i vodio intelektualne razgovore u vrtu. Starac ga je posmatrao bezizražajnim očima, ali upravo taj savršeno miran pogled bio je za Markovića gori od bilo kakve provokacije. Bio je to prvi put da ga je uopšte pogledao otkako su Nićiforovićevi „umrli".

— Koga, bre, ti tako gledaš, drtino matora?! — procedio je uperivši pištolj u njega.

Starac je u trenu nestao iza zavese, ali Slavko bi se zakleo da mu je pre toga uputio prezriv osmeh. Zalupio je besno kapiju. Nakon pola sata kročio je na ulicu u besprekornoj uniformi. Zloba u njegovom oku sijala je jače od savršeno uglačanih cipela i kožne futrole za pojasom. Nije znao ko je Plavi gavran ni gde se nalazi, ali je znao gde da nađe Mirka Petrova. I pored bola u zadnjici, krenuo je čvrstim i sigurnim korakom. Hrlio je u bitku iz koje je rešio da izađe kao pobednik. Po bilo koju cenu!

24

STARI PRIJATELJ

Mirko je sedeo za svojim kancelarijskim stolom i gledao u papire pred sobom. Čelo mu je bilo nabrano, praveći dve duboke bore među očima tik iznad nosa. Neko sa strane bi mogao da pomisli da je udubljen u posao, ali njegov pogled je bio odsutan. Brige koje su ga morile nisu imale veze s poslom. Kada je pre desetak dana Radetu Jovanoviću poslao pismo, nije, iskreno, očekivao nikakav odgovor. Ipak, sada je bio duboko razočaran. I pored svega, nije mogao da shvati da ga se najbolji prijatelj totalno odrekao. Da će dozvoliti da jedan umobolnik upropasti njegov i život njegovog deteta. To nije bio Rade koga je nekada poznavao i voleo.

— Šefe! — reče debeli brkajlija pojavivši se na vratima.

Mirko se trgao kao da se budi iz lošeg sna.

— Kaži, Paviću.

— Stigla je roba.

— Dobro, dolazim — uzvratio je i taman otvorio fioku sa prijemnim listama kada zazvoni telefon. Podigao je slušalicu, a Paviću je dao znak da može da ide.

— Druže Petrov! — čuo je usplahireni glas. — Ovde portirnica.

— Izvolite — reče izvivši začuđeno obrve. Mršavi portir ga je uvek ljubazno pozdravljao od one noći, ali bilo je to prvi put da mu telefonira.

— Sad je upala marica, pitali su gde je magacin! Jeste li ih Vi zvali?

Štrecnulo ga je u stomaku. Otvorio je usta da nešto kaže, ali nije znao šta.

— Imate li nekih problema tamo? — upitao je portir, ne bi li razbio tišinu s druge strane žice.

— Ne, nema problema... — reče Mirko spustivši polako slušalicu.

Stavio je ruku na čelo i pritisnuo slepoočnice. Nema sumnje, u toj marici je bio Marković. Nekoliko sekundi je razmišljao, a onda pozvao direktorov broj.

— Žao mi je, druže Petrov, direktor je od prošlog četvrtka na bolovanju. Hoćete li da mu ostavim poruku na stolu?

— Ne, hvala... — reče prekinuvši vezu.

Čuo je škripu kočnica, a odmah zatim neke nejasne povike. Zločinac je, dakle, već bio tu.

— Pa, dobro, Markoviću... — procedio je i ustao.

Kada je trenutak kasnije gurnuo metalna vrata i izašao u dvorište, bio je bled, ali lice mu je zračilo samouverenošću. Jedan pogled bio mu je dovoljan da shvati ozbiljnost situacije. Njegovi ljudi stajali su iznenađeno, okruženi nekolicinom milicajaca čije su ruke počivale na drškama pištolja. Marković je psovao Bubu, koji je brže-bolje sišao s kamiona i onako dugačak, stao kraj ostalih. Svi do jednog okrenuše glavu prema Mirku, koji je lagano prilazio. Marković se zadovoljno iskezio i nešto šapnuo čoveku pored sebe, jedinom u civilu od pridošlica.

***

Portir je u neverici gledao u slušalicu iz koje se čuo zvuk prekinute veze.

— Znao sam ja da će taj Petrov da upadne u neka sranja — reče njegov krupni kolega ironično.

Zabavljao ga je zabezeknuti izraz mršavog. Od hapšenja pravih kradljivaca magacina, ovaj je veoma cenio Mirka i često ga pominjao, što je krupnog jako nerviralo jer je imao averziju prema svim uspešnim ljudima.

— Otkud ti znaš u šta je on upao?

— Videćeš...

Mršavi dunu ljutito i zalupi slušalicu. U istom trenutku, pred portirnicom je stao luksuzni, crni mercedes. Šofer je izašao i krenuo prema njima. Bio je odeven u besprekorno skrojenu, tamnu uniformu. Na zadnjem sedištu auta sedeo je neki čovek, ali odsjaj stakala im nije dozvoljavao da mu vide lice.

— Ko je sad pa ovo?

— Mogu da se kladim da su i ovi došli kod onog tvog Petrova.

— Ej, ajde ćuti više! — prosiktao je mršavi kroza zube jer je šofer limuzine već prišao šalteru.

— Dobar dan, drugovi — reče on. — Da li biste bili ljubazni da nas uputite na fabrički magacin?

Portir je taman zaustio da odgovori, ali ga je kolegin glas presekao.

— A da li biste Vi, druže, bili ljubazni da se predstavite? — reče nimalo ljubaznim tonom. — Mislim, nije fabrika korzo pa da se svako po njoj šeta kako 'oće!

Umesto odgovora, šofer ga je prostrelio pogledom, a zatim raskopčao sako. Prvo što je mršavi ugledao, bila je drška pištolja koja je virila iz male futrole pod pazuhom. Međutim, nešto drugo ostavilo je još snažniji utisak. Čovek, koji daleko da je bio samo običan šofer, prilepio je svoju legitimaciju na staklo. Ovaj nije ni pogledao sliku, niti čovekovo ime, dovoljno je bilo da vidi pet crvenih slova: *CK KPJ*. Odmah je potrčao i otvorio kapiju. Vratio se u portirnicu drhteći od uzbuđenja. Pogledao je svog kolegu. Ovaj je samo vrteo glavom.

— Znaš šta? — reče mu pomirljivo. — Možda si ipak u pravu. Ovo uopšte ne miriše na dobro...

***

— Šta treba da znači ova predstava, Markoviću? — reče Mirko uputivši mu strog pogled. — Šta opet glumiš?

Milicajci su se zgledali u čudu. Još nikada nisu čuli da se njihovom šefu neko tako obraća. Nisu imali ni najmanju predstavu ko je bio čovek pred njima, ali su znali da će uskoro biti u jadnom stanju. Za divno čudo, Marković se smešio.

— Petrov — reče gotovo prisno, kao da se sreće sa starim znancem — tako dobar glumac kao ti nikad neću da budem. Priznajem da si me prošli put izradio kao vola.

— Jesi li baš siguran da sam blefirao?

— Jesam, Petrov, jesam... — kezio se Marković podlo. — I sad pokušavaš, al' ti ne vredi. Nemaš leđa, burazeru. Najebao si.

— Slušaj, Markoviću — reče Mirko približivši mu se korak — za smradove koji muče decu mi nisu potrebna leđa.

— Ah, da! Ti si Robin Hud i spasavaš nedužnu decu koja obijaju kioske. Toliko je to bilo smelo sa tvoje strane da sam voljan i da ti oprostim. Oprostio bih ti i što si mi spalio auto, majke mi. I onu sačmu što su mi vadili iz dupeta, takođe. Ali, Petrov, to što si ubacio gavrana u golubarnik i pobio mi sve golubove, e za to ćeš da propišaš majčino mleko!

Na pomen gavrana Mirko je prebledeo, a kroz glavu mu je prošla slika od pre desetak dana.

— Milane, gde ti je Gavra? — upitao je svog sina videvši prazan kavez.

— Pustio sam ga da odleti, tata. Zaraslo mu je krilo.

Beše mu malo krivo što dečak nije poželeo da taj dirljiv trenutak podeli s njim, ali nije ništa rekao. Sada je pak shvatio razlog. Bez njegovog znanja i odobrenja, Milan je započeo svoju ličnu osvetu.

Nije znao čime se više ispunilo njegovo srce, strahom ili ponosom. Uglavnom, ni pored najbolje volje, nije uspeo da sakrije emocije.

Markovićevom oštrom oku nije promaklo Mirkovo bledilo i blagi drhtaj na usnama. Dosad, iskreno, nije mislio da ovaj ima neke veze s Plavim gavranom, ali i ta mala manifestacija slabosti bila mu je dovoljna da poveruje u suprotno. Vezan i prebijen, ispričaće on njemu sve potanko. Ali nije mogao da ga uhapsi tek tako, imao je pametniji scenario.

— Znaš li da se napad na službeno lice i njegovu, to jest, društvenu imovinu najstrože kažnjava?

— Nemam ja ništa s tim, Markoviću, ja i ne razmišljam o tebi — reče Mirko samo prividno mirno i nezainteresovano. Bilo mu je jasno na šta zločinac cilja.

— Dođi ovamo — pozva Marković čoveka u civilu koji je došao s njima.

Ovaj je prišao, gotovo stidljivo. Izgleda mu se nije sviđalo to što radi.

— Da li je to čovek koji je noćas stavio pismo u moje sanduče?

— Jeste — promrmljao je ovaj i ne pogledavši Mirka u oči.

— I šta je posle toga uradio?

— Zapalio Vam je auto — reče čovek tako tiho da ga je Mirko jedva čuo, iako je stajao samo metar od njega.

— Šta kažeš na to, Petrov? Čovek te je video.

— Izvinite, druže — reče Mirko obrativši se navodnom svedoku. — Da li se poznajemo? Mislim, jeste li me već znali pre nego što ste me noćas videli kako palim neki auto?

— Nisam... — prizna čovek.

— I onda ste otišli Markoviću i rekli da Mirko Petrov, koga nikada ranije niste videli, niti čuli za njega, pali automobile po ulici. Umreću od smeha.

— Ja sam po opisu zaključio da se radi o tebi! — preseče ga Marković, iziritiran. — Moram da te privedem po službenoj dužnosti.

Mirko ga je odmerio od glave do pete. Pitao se kako toliko gluposti i zlobe može stati u jednog jedinog čoveka.

— Markoviću, ja stvarno nemam vremena za budalaštine. Ako budeš hteo da me privodiš, dođi sa inspektorima, ljudima školovanim za to. I sledeći put makar nađi nekog lažnog svedoka koji ti nije kolega...

— Šta trabunjaš, bre, Petrov?! — viknu Marković. — Kakav kolega?

— Pa i budala bi videla službene cipele i crtu na čelu od šapke. Ti znaš, Markoviću, da ja nisam budala.

Čovek je mahinalno pogledao u svoje cipele i protrljao čelo.

— Pozdravljam vas, drugovi, imam puno posla — reče Mirko okrenuvši se na petama. — Do viđenja.

Na trenutak se na dvorište ispred magacina spustila mrtva tišina. Nije se čulo ništa do šuštanja Mirkovih nogavica koje su se trljale jedna o drugu. Cela scena je izgledala totalno nerealno i gotovo svi su već pomislili da će ovaj jednostavno odšetati i ostaviti ozloglašenog šefa milicije da bleji kao ovan. Ali, Mirko nije prešao ni deset metara, dvorištem se prolomio kliktaj repetiranja, a odmah zatim i strahovit pucanj. Gotovo da je osetio vrelinu vazduha kada mu je metak prozujao pored uha i završio u zidu, odlomivši parče cigle.

— Gde si pošô, Petrov, krv ti jebem?! — razdrao se Marković. — Hoćeš da te ubijem kao psa?!

Mirko je stao. Shvatio je da je svršeno i da će psihopata zaista ići do kraja. Učinio je sve što je mogao i nije mu uspelo. Ipak će završiti u Markovićevim kandžama.

— Hvatajte ga! — povikao je Marković milicajcima.

Ovi pojuriše i zgrabiše Mirka za ramena. Nije se opirao, znao je da nema svrhe suprotstavljati se glupim ljudima i zločincu koji je sebe nazivao vlašću. Jedan ga je čak ošinuo pendrekom po leđima. Ubrzo se grdno pokajao zbog toga. Gest koji je imao svrhu zastrašivanja izazvao je sasvim suprotnu reakciju, ali ne Mirkovu. Stražar, Mirkov dužnik u aferi krađe, nije mogao da istrpi da neko zlostavlja njegovog dobročinitelja. Ne razmišljajući o posledicama, otkačio je vučjaka sa kaiša i viknuo naredbu. Brzinom vetra, životinja se obrušila na milicajca i zgrabila ga čeljustima za ruku. I pored čovekovog vriska i psećeg režanja, začulo se nešto što je ličilo na krckanje kostiju. Nastalo je komešanje. Još uvek držeći Mirka, ostali milicajci pokušavali su da šutnu psa koji je kidisao na njihovog kolegu. Zubi su se zarili u najbližu cevanicu i čovek pade s urlikom.

— Dajte ga ovamo, bre! — urlao je Marković, mašući besomučno pištoljem.

Trgli su se i ostali. Buba je iz kabine kamiona izvadio pajser i pritrčao marici. Želeo je da milicajcima preseče put i spreči ih da odvedu Mirka. Na njegovom licu nije više bilo ni traga onoj dečjoj naivnosti. Iako goloruki, kraj njega su stali i drugi. Sveta Pavić je u džepu radne bluze napipao mali šrafciger. Naspram pištolja bila je to igračka, ali nije ni pomislio da se njime nekom suprotstavi. Umesto toga, čučnuo je i zario ga u prednju gumu. Marica se za nepun minut, uz šištanje nakrivila ulevo. Marković je pritrčao i uhvatio brkajliju za gušu. Oči su mu bile krvave od besa. Zamahnuo je da ga udari pištoljem po glavi, ali je Buba munjevito reagovao. Pištolj je tresnuo o beton i otklizao negde ispod kamiona. Držeći se za bolnu podlakticu, Marković je zabezeknuto blenuo u dugajliju sa pajserom u ruci. Razoružan i totalno pokoleban, krenuo je unazad. Na svom osvetničkom putu nije očekivao prepreku takve vrste.

— Pucajte! — vikao je na svoje ljude. — Pucajte, bre, majke vam ga!

Videvši da im šef uzmiče, milicajci pustiše Mirka. Svako je gledao da spasi svoju kožu. Jedan od njih je u panici ipak iščupao svoje oružje i usmerio ga prema golorukoj grupi radnika.

— Baci pištolj! — zagrmeo je moćni glas i odbivši se o zidove odjeknuo toliko da je celu skupinu zaledio u pola pokreta.

Pored crnog mercedesa, čiji dolazak dotad niko nije primetio, stajao je čovek u tamnoj uniformi. Blago raširenih nogu, uperio je svoj pištolj pravo u grudi naoružanog milicajca. Nije morao da ponovi svoje naređenje. Videlo se po izrazu njegovog lica da će pucati na najmanji sumnjivi pokret. Oružje je uz metalni zveket palo na beton. Nastala je potpuna tišina. Sve oči bile su usmerene u došljaka i svi su se pitali ko je on bio, jedni sa nadom, drugi sa strahom. Jedini ko je čoveka poznavao bio je Mirko. Njemu je srce poskočilo od sreće i olakšanja. Znao je da je njegov košmar završen, a da Markovićev upravo počinje. Zadnja vrata su škljocnula i otvorila se. Iz auta je izašao sedi čovek od nekih šezdesetak godina. Mirku je samo klimnuo glavom. Lice mu je bilo savršeno ozbiljno, ali ovaj ga je veoma dobro poznavao. U plavim očima mu je pročitao zadovoljstvo što ga ponovo vidi i što je tu da pomogne starom prijatelju. Čovek je skrenuo pogled sa Mirka i okrenuo se ostalima. Svakog je pogledao i u sekundi analizirao. Iako nikada ranije nije video Markovića, čim je spustio pogled na njega, znao je da je to zločinac iz Mirkovog pisma. Prišao mu je.

— Marković, pretpostavljam...

Ovaj je blenuo u njega samrtnički bledog lica.

— Znaš li ko sam ja?

Pitanje je bilo suvišno. Naravno da je znao ko je bio Rade Jovanović, jedna od najznačajnijih ličnosti u Vladi. Čovek kome je bilo opasno zameriti se. Izraz na Markovićevom licu govorio je da zna u kakvom se gadnom sosu nalazi.

— Ne želim sad da gubim vreme s tobom, došao sam da vidim dragog prijatelja — reče Rade. Dok ga je streljao očima, nije podigao glas ni za oktavu. — Ali, videćemo se uskoro, obećavam.

— D... druže... — poče Marković.

— Gubi se odavde — reče Rade sasvim tiho.

Marković je brže-bolje poslušao. U prolazu je pokupio svoj službeni pištolj i tutnuo ga naopako u džep. Napravio je bolnu grimasu i uhvatio se za podlakticu. Napipao je jajasti otok tamo gde ga je ošinuo pajser. Da li mu je kost naprsla? Sada to i nije bilo tako važno... Nije ni pomislio da Bubi dobaci preteći pogled, znao je da je od ovog trenutka niko i ništa.

— Vozi odavde! — procedio je obrativši se onom milicajcu koga je Radetov čovek razoružao.

— Ali, šefe, moramo gumu da promenimo!

— Menjaćemo je posle, budalo! — siknu Marković dajući ostalima znak da požure i smeste se u maricu.

— Pa kako posle, šefe? Iskriviće nam se felna!

Marković ga je zdravom rukom zgrabio za rever.

— Vozi odma', jebala te felna, inače ću te ubiti na licu mesta!

Motor je istog trenutka zabrundao i marica je krenula onako naherena. Zaustavili su se tek kada su prešli most preko Lugomira i izašli na drum od kocke koji je vodio prema Svetozarevu. Jedva su skinuli deformisanu felnu okićenu fronclama raspadnute gume. Dok su to radili, Marković je šmugnuo u obližnji bagremov šumarak. Čim je bio dovoljno daleko od njihovih očiju, izvadio je pištolj iz džepa i prislonio ga na slepoočnicu. Zatvorio je oči i pritisnuo oroz... Ništa. Jedini pucanj koji je čuo bio je zvuk polomljene grane pod njegovim nogama. Pregledao je pištolj. Nešto se zaglavilo u mehanizmu za okidanje, verovatno od udarca u beton. Po drugi put ga smrt nije htela. Prvi put, kada je pijan zaspao u kadi, mislio je da ga je nebo sačuvalo radi viših ciljeva. Ali dvaput, to nije mogla biti slučajnost. Bog je izgleda rešio da ga okrutno kazni. Ipak je bio u zabludi od samog početka. Mirko iz nekog razloga više nije bio u politici, ali je još uvek uživao ozbiljnu zaštitu. Lepo ga je upozorio onog dana u školi, a on se zainatio da sâm sebi iskopa grob, i uspeo je. Njegova karijera, njegov život, sve je gotovo. Sada sledi kazna...

Presamitio se napola i ispovraćao od užasa na samu pomisao šta ga je čekalo. Ne! Neće dozvoliti da ga ponize i izvrnu ruglu! Neće im priuštiti to zadovoljstvo. Ovog se puta neće napiti i zaspati u vodi. Ovog puta njegova ruka neće zadrhtati. Želeo je da se već nalazi u kadi, zatvorenih očiju i spokojan, dok mu iz rasečenih vena lagano ističe život. Izašao je iz šumarka i ćutke seo u maricu. Ćutali su i ostali. Niko nije želeo da govori o gluposti koju su počinili. U stvari, želeli su da izbegnu gnev svog šefa, koji ih je u sve to i uvukao. Kada su ga ostavili pred kućom, svima je laknulo.

ZAVERA

Marković je drhtavim rukama izvadio ključ iz džepa i gurnuo ga u kapiju. U istom momentu kada se kapija otvorila, na rebrima je osetio cev pištolja. Neko veoma snažan ga je ugurao u dvorište i odmah zatvorio kapiju za sobom. Markoviću zadrhtaše kolena. Njegovi neprijatelji su ipak bili brži od njega. Neznanac ga je grubo sproveo do ulaznih vrata.

— Otključaj — zarežao je svojim dubokim glasom.

— Nemojte pred ženom i detetom — zacvileo je Marković, misleći da mu je došao sudnji čas. Saznanje da ipak neće umreti od sopstvene ruke, totalno ga je paralisalo. Celo telo mu je utrnulo od straha.

— Nisu ti tu žena i sin. Ulazi!

Čim su škljocnula vrata, čovek ga je odgurnuo od sebe. Marković se od siline sapleo i pao. Pomislio je da ipak nešto nije u redu. Rade

Jovanović je rekao da će se uskoro ponovo sresti. Čovek tog kalibra bi mogao da ga uništi legalnim putem, nije imao potrebe da šalje ubice i batinaše. Neznanca sigurno nije on poslao.

„Plavi gavran!", prošlo mu je kroz glavu.

— Okreni se.

Marković ga je poslušao. Strah mu je oduzeo snagu, ali ga radoznalost nije napustila. Želeo je da stavi lik na svog tajanstvenog noćnog neprijatelja. Nije bio razočaran, pred njim je stajao opasan čovek. I bez pištolja, odavao je utisak nekoga ko je bio sposoban da čoveka zakolje zubima. Nije bio previsok, ali mu je telo bilo žilavo i snažno. Na obrazima su mu se ocrtavali čvornovati vilični mišići. Najstrašnije od svega ipak, bile su njegove oči. Imao je oči krvožednog vuka.

— Znači ti si taj „opasni" Marković... — reče ironično, pokazavši zube.

Ovaj je ćutke klimnuo glavom. Iako je želeo i trudio se da u poslednjim minutima svog života bude hrabar, nije mogao da prikrije drhtanje.

— Pretpostavljam da te je Rade Jovanović našao, vidim da si se živ usrao.

Marković je začuđeno trepnuo.

— T... ti nisi Plavi gavran?

— Ko? — reče Jovan Kralj.

— Plavi gavran, noćni osvetnik...

— Nisam.

Marković se premestio s noge na nogu. Znači, ipak mu je Rade Jovanović poslao ubicu.

— Kaži mi, Markoviću, gde ti je bio mozak kada si odlučio da se zakačiš sa Mirkom Petrovim? Uvukao si sebe u govna do guše, znaš.

— Slušaj, burazeru! — osmelio se Marković, znajući da ionako nema šta da izgubi. — Nemoj da sereš, nego uradi ono zbog čega si došao!

— Ti misliš da ja hoću da te ukebam? — nasmešio se Kralj, zabavljen njegovom iznenadnom hrabrošću. — Ja sam tu da ti pomognem, budalo.

— Šta da mi pomogneš? — upitao je Marković iznenađeno.

— Da se jednim udarcem rešiš i Petrova i Jovanovića. Ali, moraćeš i ti da učiniš nešto za mene.

Marković se zadubio u njegove vučje oči. Odmah mu je bilo jasno da su od iste sorte, rođene ubice se međusobno prepoznaju. Ipak, ništa mu nije bilo jasno.

— Ko si ti?

— Ko sam ja? — opet se iskezio Kralj. — Ako je tačna izreka da je neprijatelj tvog neprijatelja tvoj prijatelj, u tom slučaju, Markoviću, možeš me smatrati svojim najvećim prijateljem.

***

— *Sanakolitasanamarana...* — šaputao je Milan po ko zna koji put, držeći malu ruku svog druga. Počivala je u njegovoj, sitna i mlitava. Ponavljao je taj ritual svakodnevno, dan za danom. Imao je veliku veru u moć Gišine čarobne reči, pa ipak, Miljan još uvek nije dolazio k sebi. Nije se ni obazreo kada su se odškrinula vrata. Mogla je to samo biti medicinska sestra, ili teta Marija.

— Milane... — trgao ga je nežan ženski glasić.

Sa vrata su ga gledala dva krupna plava oka. Namrštio se i skrenuo pogled. Umesto da momentalno ode uvređena, Marina je prinela stolicu i sela s druge strane kreveta, naspram njega. Sve to u cilju, činilo mu se, da ga iznervira. Da je još samo uzela Miljanovu ruku, ne bi mogao da izdrži. Otišao bi. Ali nije to učinila. Sedela je i ćutala. Milan ju je osmotrio krajičkom oka. Odjednom, kao da je osetila da je gleda, digla je glavu i uhvatila njegov pogled. Ovog puta nije hteo da ga skrene, naprotiv, uneo je u njega sav onaj revolt koji je nosio u sebi otkad je skriven u žbunju video poljubac.

— Zašto više ne govoriš sa mnom, Milane? — upitala je tužno. — Zašto me mrziš?

Nije očekivao tako direktno pitanje. I da je hteo, nije znao šta da odgovori. Okrenuo je glavu na drugu stranu, želeći da joj dâ do znanja da mu je paučina u ćošku daleko interesantnija od nje.

— Zašto me više ne gledaš?

On je ćutao dok mu se duša ispunjavala slašću. Prijala mu je njena pažnja, davala mu je osećaj nadmoći.

— Ti mene mrziš, a ja tebe... volim.

Poslednju reč je samo prošaputala, ali Milan je ipak čuo. Neka nevidljiva šaka ga je zgrabila za želudac i stegla ga iz sve snage.

— Šta si rekla? — upitao je pogledavši je s nevericom.

U njenom oku sinu nada.

— Zar ti Miljan nije rekao?

— Šta?

— Nije ti preneo moju poruku?

— Ne...

— Nije? — upitala je s nerazumevanjem. — Ali, ja sam ga zamolila, očekivala sam...

Milan se zamislio i shvatio. Miljan je onog dana hteo nešto radosno da mu kaže, ali nije stigao. Zaslepljen ljubomorom, umesto da ga sasluša, on ga je udario.

— Nije on kriv — reče Milan potišteno. — Ja sam.

Devojčica ga je pogledala kao da od njega očekuje odgovor. Ali, pravu istinu je znala samo ona.

— Moraš nešto da mi kažeš — reče on smelo. — Pročitala si moje pismo?

— Tvoje pismo je nešto najlepše što sam pročitala, a tvoja pesmica najdraži poklon — ushićeno će ona.

— Ali, ti si ga pokazivala drugaricama i ismevala me... — reče on, setivši se razočaranja i sramote koje je tad osetio.

— Nisam, Milane, kunem ti se! Drugarice su mi istrgle iz ruke dok sam krišom čitala, nisam kriva!

Oči joj se napuniše suzama.

— Dobro, nemoj da plačeš...

— Miljanu sam sve rekla. Nije hteo da ti prenese izvinjenje, bio je strašno ljut na mene. Pristao je jer sam mu priznala da sam... — stade ona u pola rečenice.

— Šta?

— Da sam od prvog dana... zaljubljena u tebe.

— U mene? — jedva je izgovorio jer ga je nabujalo srce naprosto gušilo.

— Da.

— Ali, ti si ga poljubila... Video sam svojim očima.

Marina ga čudno pogleda.

— Jesam, ali kao dobrog druga. Kada je obećao da će nas pomiriti, bila sam presrećna.

— A ja sam... — poče on, shvativši kakvu je grešku napravio i koliko je bio nepravedan.

Njegov najbolji drug će možda umreti njegovom krivicom, a on nikada neće moći da mu kaže koliko se kaje. Zaronio je lice u šake i zaplakao. Marina mu je prišla i obgrlila ga svojim belim ručicama. Kao i sva ženska bića, bez obzira na godine, i ona je u sebi nosila majčinski instinkt. Nežnost koja daje utehu. A onda se dogodilo čudo.

— Milane! — trgla se Marina uperivši prst prema postelji. — Pogledaj!

Prsti na Miljanovoj do tada beživotnoj ruci su počeli da se pokreću. U prvi mah su to bili samo blagi trzaji, ali ubrzo je počeo da mrda prstima i stiska šaku kao da nešto hvata.

— Miljane... — pozvao ga je tiho, plašeći se da svojim glasom ne prekine magiju.

Kao duh, bledi dečkić je polako otvorio oči. Milan je istrčao iz sobe. Posle nepunog minuta vratio se sa medicinskom sestrom. Miljan je već širom otvorenih očiju gledao oko sebe. Pogled mu je bio umoran, ali je u njegovom oku ipak sijala iskra radoznalosti. Bio je živ.

Čim je stigao doktor, sestra ih je izgurala iz sobe i sa širokim osmehom na licu zamolila da idu.

— Idem da javim teta Mariji, Miljanovoj mami! — reče Milan ushićeno.

— Idem i ja s tobom!

Držeći se za ruke, projurili su pored začuđene Marinine mame, koja je sedela u čekaonici na klupi. Put do Miljanove kuće bukvalno su preleteli. Kada su upali u trošnu kućicu, Marija je sedela na otomanu i tupo gledala u zid. U prvi mah se prestravila kada je na vratima ugledala zadihanu decu, ali sreća na njihovim licima je ubrzo odagnala njenu bojazan. Vrisnula je radosno digavši mršave ruke ka nebu. Zahvaljivala je Gospodu na milosti što je jednoj ubogoj ženi sačuvao jedino blago koje je imala.

***

— Kako je ovde lepo — reče Rade uživajući u crvenkastoj svetlosti zalazećeg sunca koja se mekano prosipala po sprudovima, milujući topli pesak. — Zavidim ti, čoveče.

Mirko se nasmešio.

— Ovde sam Milana prvi put doveo na pecanje. To nam je omiljeno mesto. A sećaš li se onog Kočinog hrasta što sam ti nekad pričao?

— Kako da ne!

— E, on ti je malo nizvodno. Obići ćemo ga sutra kada Buba bude došao s Milanom.

Rade je klimnuo zadovoljno. Osećao se srećnim u njegovom društvu, kao nekada, dok ih politika nije uvukla u svoj vrtlog.

— Drago mi je što si mi pisao, znaš... Mislio sam da si zaboravio starog prijatelja.

— Nisam te zaboravio, Rade — reče Mirko smušeno, skrenuvši pogled prema vodi.

— Znam da si bio ljut na mene, mislio si da sam ti okrenuo leđa.

— Nije važno, prijatelju, zgrešio sam, znam. Red je bio da platim za to.

— Tačno, ali iskupio si se — reče Rade pogledavši ga očinski. — Postao si pravi roditelj svom sinu.

Mirko se ponovo nasmešio na pomen dečaka.

— Milan je divan dečak, ponosan sam. Da samo znaš kako je odvažan i hrabar, ali i osećajan. Biće daleko bolji čovek nego njegov otac...

— Ajde, ajde... — potapša ga Rade po ruci. — Zaboravi prošlost, važno je ono što će biti.

— Hvala što si se odazvao mom pismu, Rade. Da nisi došao, bojim se da bih morao da ubijem onog manijaka.

— Zaboravi na njega, on je sad moja briga — reče, namignuvši mu. — Nego, imam nešto važno da ti kažem.

Mirko podiže obrve, iznenađen takvom promenom tona.

— Reci.

— Znaš li da se gradi novi Centralni komitet, moderan?

— Znam, čitao sam u novinama. Na ušću, čini mi se, na Novom Beogradu.

— Da.

— Baš lepo — reče Mirko, slegnuvši ramenima. — Ali kakve to veze ima sa mnom?

— Ima, videćeš uskoro — nasmešio se ovaj tajanstveno.

Mirko se uozbiljio.

— O čemu ti to, prijatelju?

Uozbiljio se i Rade.

— Mirko, Malina i ja nemamo dece i znaš da smo te uvek smatrali sinom. Atak na tebe sam doživeo kao atak na rođeno dete.

— Znam, ali...

— Otkad si otišao, nisam prestao da mozgam kako da te vratim u politiku. Ti si, sine, rođeni vođa, takav nam čovek treba na čelu zemlje. Daleko si sposobniji i pošteniji nego bilo koji od onih Titovih poltrona.

— Nadam se da sebe ne ubrajaš u jednog od njih — našalio se Mirko.

— Ja sam, sine, bolestan — nasmešio se Rade tužno. — Ne znam koliko ću još živeti, ali nadam se dovoljno dugo da ostvarim svoj san. Ti treba da vodiš ovu zemlju jednog dana, niko drugi.

Mirko se zagledao u Radetovu sedu kosu i prerano zgasle oči. Govorio je istinu, izjedala ga je neka bolest.

— Hteli su da te pošalju na Goli otok, tamo bi te sigurno ubili. Morao sam da te sklonim.

— Udba?

Rade klimnu glavom.

— Nisam dozvolio da robijaš, zapretio sam i ja nekim njihovim prljavim vešom. Ali, morao sam da te otklonim i degradiram, kako u tebi više ne bi videli smetnju i opasnost.

— Shvatam.

— Bio sam besan na tebe što mi nisi kazao za ćerku Komandanta Petra — nastavljao je Rade svoju priču. — Mogao sam da ti pomognem, da pripremimo odstupnicu. Ovako, držali su nas u šaci.

Mirko je uzdahnuo. Uspomena na Ružicu je i nakon svih godina bila sveža, a njegov greh pekao ga je nesmanjenom jačinom. Ipak, još uvek nije shvatao šta Rade želi da kaže. Pa on nije više bio ni član Partije, a kamoli neki kadar.

— Mirko — reče Rade videvši sumnju u njegovim očima — tvoj povratak na visoku političku scenu je gotovo spreman.

— Kako? — upita ovaj u čudu. — A Udba i njen dosije o meni?

— Udba će raditi ono što ja kažem, a sa tim dosijeom će moći samo da obriše... da ne kažem šta. Sada Rade Jovanović drži njih u šaci, mada još to ne znaju.

— O čemu se radi?

— Najveći politički skandal od kraja rata, Mirko, ali učini mi zadovoljstvo da me ništa ne pitaš. Želim da to bude iznenađenje.

Pošto je video da njegov mladi prijatelj prosto gori od znatiželje, nasmešio se i naglo promenio temu.

— Dok smo ratovali, pričao si mi o hvatanju somova. Znaš li da još od tad maštam da upecam jednog. Hajde da zabacimo pre mraka!

Mirko se namrštio, ali je veoma dobro poznavao svog prijatelja i znao je da mu neće ništa više reći. Umesto da ga ubeđuje, ustao je i počeo da raspakuje dubince. Kederi su već bili spremni, žičana čuvarka je već bila puna beovica. Iz ranca je izvadio metalne držače za štap i sekiricu koju je dobio na poklon od sina. Njome je vešto odsekao dve tanke grane i od njih začas napravio raklje. Rade ga je posmatrao s ponosom i ljubavlju. Nije ga lagao kada je rekao da ga je oduvek smatrao sinom. Pažnju mu je privukao čamac koji je, nošen rekom, tiho klizio po njenoj površini. U njemu je sedeo čovek s veslom u ruci. Kraj njega, naslonjeni na ivicu čamca, štrčali su ručno pravljeni štapovi za pecanje. Jedna noga bila mu je odsečena ispod kolena, a umesto nje, nosio je drveni umetak pričvršćen kožnim kaiševima. Lice mu je bilo skriveno u senci velikog slamenog šešira. Ličio je na nekog prekaljenog morskog, tačnije, moravskog vuka. Rade mu je mahnuo u znak pozdrava, ali mu on ne beše uzvraćen.

Činilo se da ih čovek i ne vidi. Pratio ga je pogledom sve dok nije otplovio, a ubrzo je i zaboravio na njega.

Negde oko ponoći, čovek se vratio kopnom. Mesečev zrak mu je osvetljavao put. I pored drvene noge hodao je gipko, kao da je s njom rođen. Prošao je pored njihovog šatora i sišao do reke. Iz pojasa je izvadio kamu s dvostrukim sečivom i njome presekao strunu na oba štapa. Polako, gotovo nečujno, skinuo je praporce sa vrhova i spustio ih u vodu. Vratio se istim putem s tuđim štapovima pod pazuhom. Kada je ponovo prolazio kraj Mirkovog šatora, nešto mu je privuklo pažnju. Vojnički ranac bio je naslonjen na obližnje drvo, a na njemu je počivala sekirica s neobičnom držaljom. Nije dugo razmišljao, zgrabio je i nju i nestao u noći. Sve je opet utonulo u savršen mir i tišinu, ako se izuzme povremeno „pevušenje" gatalinki, malih zelenih žaba koje su se verale po drveću. U takvoj tišini je nagažena i polomljena grana odjeknula poput pucnja. U šatoru, Mirko je otvorio oči. Nije bio svestan šta ga je probudilo, ali morao je odmah da izađe iz šatora. Pivo koje je podelio s Radetom napelo mu je bešiku do pucanja. Da mu pogled nije bio zamagljen od sna, verovatno bi primetio tamnu siluetu koja je bukvalno pred njim zamakla iza drveta. Počeo je da mokri sa uzdahom olakšanja. Kasnije se sećao da je osetio strašan bol u glavi i vratu, a posle toga ništa, mrak. Ne previše krupna silueta, koja je s toljagom u ruci stajala kraj Mirkovog besvesnog tela, tiho je zviznula. Iz mraka je izašla druga silueta, sagnula se i ušla u šator. Radeta Jovanovića nije probudio zvuk Mirkovog stropoštanog tela, probudilo ga je jako svetlo baterijske lampe uperene u oči.

— Ko je to?! — viknuo je.

I pre nego što mu je teški čekić razmrskao lobanju, znao je da to nije Mirko. Umro je odmah. Njegov ubica je ipak nastavio da ga udara sve dok mu glavu nije pretvorio u bezobličnu masu krvi, kose i mozga.

Marković, koji je s toljagom čekao napolju, zadrhtao je od stravičnih zvukova koji su dopirali iz šatora, iako je i sâm bio ogrezao u krvi. Želeo je da zvukovi već jednom prestanu jer mu je želudac svakim novim udarcem bio bliži nosu. Radetov ubica se najzad pojavio i prišao mu. Lice mu je bilo poprskano krvlju, a njegovi zubi beleli su se na mesečini. Obojica bez reči nestadoše u mraku.

Mirko se probudio s prvim zračkom sunca. Pridigao je glavu s teškom mukom i počeo da pljuje usirenu krv pomešanu s prašinom. Jezik mu je bio bolan i otečen, pri padu je sam sebe ugrizao. Mic po mic, prislonio se leđima uz drvo.

— Raaade... — pokušao je da dozove svog prijatelja.

Sa svešću je polako počelo da mu se vraća i sećanje. Nije mogao da padne tek tako, neko ga je udario po glavi. Šatorsko krilo je zalepršalo na vetru privukavši mu pažnju. Na izbledelom zelenkastom platnu ugledao je krvave mrlje. Skupivši svu raspoloživu snagu, nekako je stao na noge i oteturao se do šatora. Predosećao je da se dogodilo nešto strašno, iz unutrašnjosti je dopiralo zujanje muva. Sa strepnjom u srcu, odmakao je krvavu tkaninu i pogledao unutra. Trenutak kasnije moravskom obalom se razlegao njegov stravičan urlik.

25

ISTRAGA

Crni automobil je nečujno klizio Dorćolom ugašenih svetala i motora. Najzad se zaustavio u najmračnijem delu Zereka. Iz njega je izašao čovek, tiho zalupio vrata i nastavio peške još tridesetak metara do Ulice cara Dušana. Na samom ćošku je ušao u jednu zgradu. I ne pomišljajući da upali svetlo, popeo se na treći sprat. Lepljivim prstima je izvukao ključ iz džepa i gurnuo ga u bravu. Tek kada je za sobom zatvorio vrata, upalio je svetlo i nasmešio se svom odrazu u ogledalu. Beli vučji zubi izgledali su još belje u kontrastu s licem uprskanim krvlju. Pre nego što je otišao u kupatilo da sa sebe spere poslednje tragove svog „bivšeg" smrtnog neprijatelja, zatvorio je oči i duboko udahnuo težak miris koji se širio s njegovog odela. Zadrhtao je od sreće. Ubijanje mu je odavno postalo rutina, ali ovo, ovo je bilo nešto sasvim drugo. Nozdrve su mu se širile kao da je njušio najprefinjeniji parfem. Parfem koji je značio bogatstvo i blagostanje do kraja života i slobodu da najzad živi pored jedine žene koju je ikada voleo. Poželeo je da sedne u kola i odjuri u vilu na Dedinju. Da se privije uz njeno toplo telo i probudi je poljupcima. Da joj kaže da je čekanju i strepnji najzad došao kraj. Ali, morao je da bude strpljiv. Ostvarenje njegovog „skoro" savršenog plana je još uvek bilo u toku. Dok mu je niz telo curila voda odnoseći u slivnik tragove zločina, razrađivao je u glavi poslednje detalje. Planirao je da inscenira sopstvenu smrt. Na

Adi Ciganliji je već pronašao žrtvu koja je trebalo da odigra ulogu njegovog unakaženog leša, muškarca slične konstitucije njegovoj i bez prepoznatljivih znakova na telu, ni belega ni tetovaža. Saznao je sve o njemu i znao gde da ga nađe u po dana i noći. Da sve bude lakše, čovek je živeo sâm. Ali, tu pod tušem je naglo promenio svoj plan, a njegova nesuđena žrtva, koja je tog trenutka spavala dubokim snom, nije mogla ni da sanja da je postala prva osoba kojoj je Jovan Kralj poštedeo život. Za to nije morao da zahvali njegovoj milosti i sažaljenju, ovaj to nije posedovao. Kralju se jednostavno žurilo da ode i zato je odlučio da uprosti plan. Svoje saučesnike će u datom trenutku navući u šumu na Avali da im uruči lažne pasoše i kartu za Švajcarsku, gde će dobiti svoj deo plena. Umesto toga, budale će završiti u raki sa po metkom u glavi.

Obrijao se i ispljuskao lice kolonjskom vodom.

— Uhhh, krv ti jebem! — opsova on sa bolnom grimasom.

Tek kada ga je alkohol opekao između prstiju, setio se bola koji je u par navrata osetio u šaci dok je kolima jurio nazad za Beograd. Raširio je prste i malo bolje pogledao. Na mekom delu između srednjeg i kažiprsta nalazila se mala rupa. Dodirnuo je mahinalno ranu i trgao se. Pod prstom je napipao nešto tvrdo i u tom trenutku osetio još jaču bol. Nakon par minuta stenjanja i preznojavanja, uspeo je da uz obilje krvi izvadi komadić odlomljenog zuba.

— Ovo pseto voli i da grize, a ne samo da njuška... — reče s podsmehom. — Ali neće više...

Bacio ga je u WC šolju i povukao vodu. Zatim je oprao i dezinfikovao ranu i previo se čistom gazom. Ponovo je pogledao svoj odraz u ogledalu. Oči su mu sijale zadovoljstvom, na njima nije bilo ni traga neprospavanoj noći. Pogledao je na sat, bilo je pola šest. Digao je slušalicu, okrenuo broj i ubrzo začuo napukli glas jednog od dvojice koje će uskoro preseliti na onaj svet.

— Spavaš, smrdibubo, dok drugi ginu...

— Šefe?

Kralj se zakikotao. Uvek ga je zabavljalo da ponižava ljude.

— Kaži mi ono što me interesuje... Je li gospođa udovica nasela na pozivnicu i otišla na dobrotvornu izložbu?

— Udovica? — zabezeknuo se čovek s druge strane žice. — Znači ipak ste ga...

— Pitao sam te nešto — presekao ga je Kralj.

— Je... jeste, šefe, nasela je.

— I?

— Ništa nisam našao, šefe...

— Svud si tražio?

— Tražio? — nasmeja se čovek. — Pre bi moglo da se kaže da sam izvrnuo ceo stan naopako. Nema nikakvih dokaza protiv nas, šefe, izgleda da je sve bilo u onoj akten-tašni.

— Jesi li gledao u sefu?

— Nema sefa.

— Čovek njegovog kalibra da nema sef...

— Šefe, zašto si mene poslao u Jovanovićev stan?

— Zato što si šampion za obijanje.

— Kad ti šampion za obijanje kaže da u tom stanu nema sefa, veruj mu.

— Ništa protiv nas, znači?

— Ni slovce, šefe.

Kralj je ćutao skoro ceo minut uživajući u saznanju da će biti daleko lakše nego što je mislio.

— Šefe?

— Tu sam, Zlatko. Zadovoljan sam tobom.

— Hvala.

— Idi u kancelariju i sačekaj me tamo.

— U kancelariju? Pa zar ti, šefe, nisi juče uzeo godišnji odmor?

— Zlatko, jesi li ti stvarno toliko glup ili se samo praviš? — upitao je Kralj uzdahnuvši.

— Ne šefe, nego...

— Šta sam ti rekao?

— Da idem u kancelariju i sačekam te tamo...

— Pa idi i čekaj me, pička ti materina! — viknu Kralj u slušalicu.

U osam sati je zazvonio telefon trgnuvši Kralja iz dremeža. Ustao je polako s kauča i podigao slušalicu.

— Jovo — začuo je usplahireni Seferovićev glas.

— Šefe? — napravio se iznenađenim. — Otkud Vi?

— Jovo, moraš odmah da dođeš...

— Šta?! Kakva je to šala? Prekjuče ste mi uručili rešenje o godišnjem odmoru.

— Kakav, bre, odmor? Dolazi odmah kad ti kažem!

— Seferoviću — reče Kralj jetkim glasom — žena me čeka s koferima u predsoblju, trebalo je da krenemo još u 5 na more. Ako već hoćeš da mi upropastiš odmor, a i brak, budi malo ljubazniji i objasni mi o čemu se radi.

— Ubijen je Rade Jovanović...

Kralj je namerno napravio pauzu u razgovoru, želeći da pruži utisak da je od šoka ostao bez teksta.

— I to nije sve — reče Seferović. — Sa njim je bio naš stari „prijatelj” Mirko Petrov...

— Molim?! — zapanjio se tobož Jovo Kralj. — Petrov bio s njim? Gde se to dogodilo? Ništa mi nije jasno...

— Nije baš ni meni jasno šta se desilo, uglavnom Jovanović je noćas svirepo ubijen u Svetozarevu. Do malopre sam razgovarao sa tamošnjim šefom milicije i ako mu je verovati na reč, ovom je bukvalno razmrskana lobanja.

— A gde je bio onaj njegov vozač, što ga je pratio kao senka? Onaj specijalac, kako se zvaše?...

— Milorad? Nije bio s njim, poslao ga je nazad za Beograd jer je ostao kod Mirka u gostima. Momak plače na telefonu kô malo dete.

— A Petrov? Šta je s njim?

— Priveden je. Kaže da ga je neko udario po glavi, a kad je došao svesti, našao je Jovanovića u šatoru, ubijenog.

— Ne razumem zašto je priveden.

— Pa on je zadnji viđen sa Jovanovićem, nema svedoke, našli su ga na putu ulepljenog Radetovom krvlju...

— Šefe — reče Kralj sa vešto izglumljenom nevericom — ne misliš valjda da ga je Mirko?... Pa oni su bili najbolji prijatelji.

— Ništa ja ne mislim, Jovo. Dođi odmah da ti izdam nalog za hapšenje i pravac Svetozarevo. Potraži tamo Slavka Markovića, on je šef milicije. Naredio sam mu da nikog ne pušta kod Petrova u ćeliju dok ti ne stigneš.

— Odmah dolazim, šefe!

— Jovo!

— Molim.

— Budi veoma diskretan, nemoj da ovo procuri u javnost dok ne otkrijemo o čemu se radi. Šta bi rekao narod kad bi saznao da se zvaničnici međusobno ubijaju? Ako nešto zabrljamo, Stari će me obesiti za muda...

— Razume se, šefe, ništa ne brini...

„Odakle tebi muda, ulizice birokratska?!", podsmehnuo se Kralj u sebi.

Prezirao je svog šefa, kao i sve kancelarijske pacove u Udbi, nesposobnjakoviće koji su za svoju poziciju mogli da zahvale jedino rodbinskim vezama i ko zna kakvim drugim interesima. Cenio je samo ljude koji su, poput njega, epolete sticali na terenu, gde se vodio pravi rat i gde je trebalo imati velika muda. Rešio je da se malo poigra sa njim pre nego što nestane zauvek. Prstom je prekinuo vezu i odmah okrenuo broj.

— Karan, izvolite — čuo se odsečan glas.

— Stevice...

— Druže Kralj?

U glasu više nije bilo onog službenog tona. Zamenio ga je strah.

— Imam za tebe senzacionalne vesti, prijatelju. Uzmi olovku i piši šta ti kažem...

***

Istog trenutka kada je ušao u zgradu SUP-a, Dragan je osetio neko čudno gibanje u vazduhu. Nije bilo onog jutarnjeg žamora uobičajenog za ponedeljak, kada je svako osećao potrebu da kolegama prepriča svoj vikend. Ta mrtva tišina jednostavno nije bila normalna.

— Šta se dešava, momak, da nije neko umro? — upitao je mladog milicajca na portirnici.

— Mislite, da li su nekog ubili, druže inspektore? — odgovorio mu je mladić s uzdahom. — Jesu, jesu... a taj ne da je neko, nego je baaaš „neko”.

— O kome pričaš?

— O Radetu Jovanoviću, druže inspektore.

Dragan se zablenu u mladića. Nije mogao da poveruje u ono što je upravo čuo.

— Da, da... — klimnu portir glavom. — Taj Rade Jovanović. Gde baš kod nas da ga ubiju!

— Gde kod nas?

— Ovde, u Svetozarevu, u stvari, tu u nekom selu pored. I to ga neki naš Jagodinac ubio. Najebali smo sada od Udbe...

— Kako se zove taj Jagodinac?

Plašio se šta će mu ovaj odgovoriti. Znao je da ubistvo tako visokog funkcionera baš u Svetozarevu ne može biti slučajnost. Ako je

Jovanović došao u njihovo malo mesto, moglo je to biti samo zarad jednog čoveka.

— Ne znam, druže inspektore — odmahnuo je portir glavom. — Uveli su ga otpozadi, nisam ga ni video. Ali sam čuo da je zatvoren dole u podrumu.

— Hvala, momče — reče Dragan i brzo se okrenu.

Instinkt mu je govorio da mora da požuri. Podrumsko stepenište se nalazilo na kraju hodnika u kome je, slučajno ili ne, bio praktično mrak. Umalo se nije sudario sa svojim kolegom, koji je sav besan izleteo iz podruma. Prepoznali su se samo po glasu.

— Dragane, jesi li čuo šta se desilo?

— Jesam, Slobo, ubijen je Rade Jovanović. Ko je taj čovek u podrumu?

— Ne znam, nisu hteli da me puste u ćeliju! Popizdeo sam!

— Šta?! Ti si, bre, inspektor! Ko te nije pustio?

— Marković tako naredio, a ova dvojica što ih je postavio da ga čuvaju baš su bukvalno shvatili. On je lično otišao na uviđaj, ej, čoveče, pa to nikad nije bilo!

— Marković otišao na uviđaj! S kim?

— Ne znam, ali nije ni s jednim inspektorom za kriminal...

— Dođi sa mnom! — reče Dragan povukavši ga za rukav.

Nasuprot gornjem, hodnik u podrumu je bio daleko bolje osvetljen. Većina prostorija je služila za skladištenje stare policijske arhive, ali nekoliko njih je zadržalo svoju prvenstvenu namenu. Ispred jednih vrata stajala su dva krupna milicajca. Čim su ih ugledali, zagradili su hodnik svojim ugojenim telima. Jedan od njih je čak dodirnuo dršku svog pištolja. Dragan je bio svestan frustracije nekih starijih milicajaca, koji su na školovane inspektore gledali s prezirom. Marković je, po svemu sudeći, znao dobro da izabere svoje „saradnike”. Ipak, nadao se da neće doći do konflikta, uzdao se u svoj autoritet i dužno poštovanje koje su obični milicajci dugovali inspektorima, iako im nisu bili direktno podređeni.

— Dobro jutro, drugovi — reče on ljubazno.

Odsutnost odgovora i njihov hladan pogled najavio je poteškoće za nastavak konverzacije, ali trebalo je više da Dragana obeshrabri. Nastavio je ljubaznim tonom.

— Čuo sam šta se noćas desilo, drugovi. Užasna stvar za grad. Fino ste obavili svoj deo posla, ali sad bih vas zamolio da nas ostavite nasamo sa osumnjičenim. Postavili bismo mu par pitanja.

— Ne može, Pavloviću — odbrusio je jedan od njih. Dragan je primetio da je još jače stegao dršku svog pištolja.

Udahnuo je duboko i verovatno bi sačuvao hladnokrvnost da kroz minijaturno prozorče na gvozdenim vratima nije čuo poznat glas.

— Dragane...

Pavloviću se digla kosa na glavi. Tako bi voleo da ga je njegovo prokleto šesto čulo bar ovog puta prevarilo, ali, nažalost, nije. Čovek u ćeliji, navodni ubica Radeta Jovanovića je ipak bio Mirko. Ali, glas mu je bio tako slab da je bilo očigledno da je povređen. Više nije bilo vremena za kurtoaziju.

— Otvaraj vrata! — viknuo je na stražara.

Debeli je istupio korak, jasno mu stavljajući do znanja da ne namerava da ga posluša.

— Otvori ta vrata, magarče jedan! — razdrao se Dragan besno.

— Kome, bre, ti magarče, majku ti tvoju!? — uzvratio je milicajac cimnuvši pištolj iz futrole.

Pokajao se iste sekunde. Dragan mu je vrhovima prstiju zadao tako brz i kratak, gotovo nevidljiv udarac u dijafragmu da je debeli momentalno pao kao posečeno drvo. Zevao je boreći se za dah. Njegov kolega je pred uperenom cevkom pištolja i još ubojitijim Draganovim pogledom odmah otključao vrata Mirkove ćelije. Ovaj je ležao na hladnom prašnjavom betonu, krvavog lica.

— Mirko! — uzviknuo je bacivši se na kolena kraj njega.

— Dragane... — jedva je ovaj prozborio zakorelim usnama. Beonjače su mu bile prošarane mrežom popucalih kapilara.

— Je l' te Marković tukao, prijatelju?! — upitao je van sebe. — Ubiću ga, seme mu jebem zločinačko!

— Nije, nije...

— Kaži mi ko te je tukao, molim te, platiće mi skupo!

Digao je pogled prema milicajcu koji mu je otključao vrata.

— Ko mi je tukao prijatelja, pričaj, bre!

— Nnn... nismo mi, druže inspektore, kunem se! — pravdao se ovaj uplašeno.

— Nije niko, Dragane, smiri se...

— Pa od čega ti je ta krv?

— Neko me je udario po glavi, tamo na reci...

— Ko, Mirko?

— Ne znam... Rade je mrtav... ni... nisam ništa mogao da... nisam mogao da ga spasim...

— Ko ga je ubio, Mirko? Jesi li video bar nešto?

— Ne, nisam a... ali taj nije ljudsko biće. To može samo zver...

Dragan je video da od Mirka neće moći mnogo da sazna. Njegov zamućen pogled odavao je težak potres mozga. Bilo je pitanje koliko će ga dugo još držati svest, ali jedno je bilo sigurno, morala mu se pod hitno ukazati lekarska pomoć.

— Što mi nisi javio, Mirko?

— Nisam mogao, Dragane, bili smo na pecanju. Kod Kočinog hrasta, sećaš se tamo gde sam te jednom davno vodio?

— Što, prijatelju, nisi seo u kola i dojurio do mene? Kako da te Marković ščepa, bre?

— Izbušili su mi gume na kolima... — reče Mirko s naporom. Videlo se da mu razgovor i prisećanje sve teže pada. — Izašao sam na put i pao... Stala su neka kola... mislio sam da je neko stao da mi pomogne, ali bio je to Marković...

— On te je pokupio?

Mirko klimnu glavom zakolutavši očima. Od silnog napora ga je napuštala svest.

— Šta ti je rekao u kolima? — bio je uporan Dragan.

Pokušavao je da sazna što više. To što je Mirka u rano jutro pokupio Marković na nekom seoskom putu, na par stotina metara od mesta zločina, bio mu je dovoljan znak da mu je prijatelj u gadnom sosu. Saznanje da je taj isti Marković otišao na uviđaj bez ijednog inspektora, ubilo mu je svaku nadu da će naći ikakav dokaz u Mirkovu korist.

— Dragane... — reče Mirko tiho, uhvativši ga za rever. Dragan je pustio da ga prijatelj skroz privuče sebi. — Čuvaj se Udbe... — šapnuo mu je na uvo toliko tiho da ga je jedva čuo, a onda mu je ruka klonula. Izgubio je svest.

— Slobo! — pozvao je kolegu. — Trči, zovi Hitnu pomoć.

Ustao je i skinuo bluzu. Od nje je napravio smotuljak i nežno položio Mirkovu glavu na njega.

— Nemoj da si pokušao da sprečiš lekare da uđu u ćeliju, ubiću te — reče milicajcu u prolazu. Onog drugog na podu nije udostojio ni pogleda.

Popeo se direktno u svoju kancelariju. Posle nepunog minuta strčao je niz stepenice sa fotoaparatom u ruci. Uputio se kolima pravo u Kočino selo. Nadao se da Marković još nije stigao da uništi sve tragove. Da još uvek nije kasno. U glavi su mu zvonile poslednje Mirkove reči.

Zašto ga je upozorio da se čuva Udbe? Ima li to ikakve veze sa misterioznim prekidom njegove političke karijere i, naposletku, s ovim ubistvom? Ko je imao interes da ubije Jovanovića i da za to optuži Mirka? Sada je žalio što sa njim o tome nikada nije razgovarao, možda bi u slučaj ušao daleko spremniji. Ali ko je mogao da sanja da će se dogoditi takva tragedija? I najbizarnije od svega, kakva je Markovićeva uloga u svemu tome? Sve je mirisalo na pažljivo smišljenu nameštaljku, a bez svog jedinog zaštitnika, Mirko se našao na milost i nemilost vukovima. Koliko će brzo biti rastrgnut, zavisilo je samo od njihovog broja...

Nije morao dugo da traži mesto na kome se odigrao zločin, milicijska patrola je stajala na putu, braneći prilaz reci i Kočinom hrastu. Baš u trenutku kada je prilazio, milicajac je na veoma grub način, udarajući pendrekom po haubi istrošenog predratnog auta, terao nekog sirotog pecaroša. Otvorio je prozor i pozdravio ga, misleći da će to biti dovoljno da ga milicajac propusti, ali ovaj je skočio pravo pred auto. Dragan je pritisnuo kočnicu a kola su zaplesala po šljunkovitom drumu, dižući oblak prašine.

— Ne može dalje! — viknu milicajac.

— Jesi li ti poludeo, čoveče, šta skačeš pod kola?! To sam ja, Pavlović, pomeri se da prođem!

— Ne može! — reče zapretivši pendrekom. — Imam naređenje!

Draganu je ponovo proključalo u stomaku. Ipak, rekao je sasvim mirnim glasom:

— Udari slobodno njime po kolima, a posle ću ti ga zabiti u du...

— Čika Dragane... — preseče ga dečji glas.

Istog trenutka su ga podišli žmarci. Kroz prozor starog auta gledala su ga dva, kao ugalj crna oka.

— Milane! Šta ćeš ti ovde, sine?

— Tata je na reci, čeka nas, ali ovaj čika neće da nas pusti da prođemo!

— Znam, sine, stvarno ne možete sad da... — pravio se da pravda neljubaznog milicajca, ne znajući kako da im kaže da tamo gde žele da idu, leži čovek smrskane lobanje. Stao je u pola rečenice jer se setio nečeg što bi možda moglo biti značajno. — Milane, šta ti je rekao otac? Kad ste se dogovorili da dođeš na Moravu?

— Nije meni, nego je rekao Bubi da me doveze.

— Dobro jutro! — javio se dugajlija prepoznavši inspektora koji je uhapsio Jarca za krađu magacinske robe.

Dragan je izašao iz auta i čučnuo uz Bubin prozor. Nije želeo da milicajac čuje njihov razgovor.

— Bubo, kada je to bilo? Kad ti je Mirko rekao da dovedeš Milana na Moravu?

— Pa, juče, druže inspektore, posle radnog vremena.

— Mani to „druže inspektore", zovi me Dragane.

— Pa dobro... — reče prostodušni mladić sa snebivanjem.

— Jesi li primetio nešto neobično u njegovom ponašanju juče? Da li ti je delovao zabrinuto?

— Vi onda sigurno ne znate šta se desilo juče u fabrici...

— Šta se desilo? — zainteresovano će Dragan.

— Bio je onaj šef milicije, onaj Marković. Došao čovek da ga hapsi usred fabrike na radnom mestu, sa punom maricom pandura... Ovaj, milicajaca...

— Šta kažeš?! Došao da ga hapsi! A zašto?

— Izmislio da mu je drug Mirko zapalio auto i da mu je pobio neke golubove, doveo i nekog čoveka da potvrdi da ga je video.

— I šta je bilo posle?

— Pa, drug Mirko nije hteo da pođe, naravno, ali ovaj je izvadio pištolj i pucao mu pored glave.

— Pucao kažeš?

— Jeste, ali umešali smo se svi. Onaj stražar što ste ga ispitivali onog jutra je pustio vučjaka na milicajce, a mi smo probušili gume na marici i razoružali Markovića, ali pitaj boga šta bi bilo da nije došao drug Rade. U dve rečenice ih je rasterao kô džukele!

— Rade Jovanović?

— Znate ga? — razdragano će Buba. Sama priča o tome raspalila je žar u njemu. Do juče nije ni znao da ima toliko hrabrosti i da je sposoban da bez razmišljanja skoči u odbranu prijatelja, čak i ako mu prete pištoljem.

— Znam... mislim, ne znam ga lično...

— E, pa ja sam juče imao ogromnu čast da ga upoznam! — reče Buba važno. — Ali znam jednog koji je zažalio i tek će žaliti što ga je sreo. I žalićemo se Milan i ja na ovog ovde što neće da nas pusti!

Dragan je uzdahnuo dvoumeći se da li da Bubi kaže šta se desilo. Smetalo mu je prisustvo dečaka.

— Bubo — poče on pažljivo — ne možete tamo zasad, odvezi Milana kući. Doći ću ja do vas čim budem mogao.

— Ali, druže Dragane! — pobunio se Buba, koji je dečaku toliko pričao o jučerašnjem događaju i goreo od želje da ga upozna sa Radetom Jovanovićem.

— Bubo! — reče Dragan malo oštrijim tonom. — Drug Rade je imao nezgodu i zato, molim te, odvezi dete kući.

Dugajlija je prebledeo.

— Kakvu nezgodu? — prosto je prošaputao.

— Čika Dragane — reče Milan uplašenim glasom — a moj tata? Gde je on?

— Dobro ti je tata, sine, njemu nije ništa.

Bila je to samo delimična istina. U stvari, bilo je to daleko od istine.

— Ajde, Bubo, idite sad — ponovio je Dragan stisnuvši ga blago za rame.

Buba se uplašio njegovog pogleda. Čak je i njemu naivnom bilo jasno da se dogodilo nešto ozbiljno. Nešto daleko gore od obične nezgode. Ugrizao se za usnu i bacio brz pogled prema Milanu. Dečakov zabrinut pogled bio je pun pitanja na koje on nije mogao da mu pruži odgovor. Bez reči je okrenuo auto i zaputio se u pravcu grada. Vozili su se u tišini. Na pola puta, dečak se okrenuo ka njemu.

— Bubo, ja ne verujem da je tata dobro.

— Pa ne bi nas valjda drug Dragan lagao?

— Ako se tati nešto desilo — reče on jedva pomerajući blede usne — ostaću bez igde ikoga...

Dugajlija ga je pogledao. Nije ni pokušao da sakrije suze koje su na detetove reči potekle poput potoka.

— Nećeš, Milane... Ja sam tu...

Dečak je osetio drhtaj u njegovom glasu i znao je da ni Buba nije poverovao u čika Draganovu priču. Tamo na reci dogodilo se nešto strašno. Iako nije mogao da zna šta, bio je uveren da ludi Slavko Marković ima udela u tome. Desno, iznad Crnog vrha, gomilali su se tamni oblaci, a dok su stigli kući i najmanji zračak sunca beše nestao, kao i u njegovoj ranjenoj duši. Da li su njegov inat i luda hrabrost i ocu doneli nesreću? Jesu li priče u kojima dobro pobeđuje zlo ipak samo glupe i naivne bajke? Ako se ispostavi da je otac nastradao i da je u to na bilo koji način umešan Marković, osvetiće mu se. Makar mu to bilo poslednje u životu, neće dozvoliti da zlotvor čak i kratko uživa u svojoj pobedi. Odlučio je da zanemari Gišine savete, njegova duša je već ionako bila uprljana osvetoljubljem i nije bilo svrhe zaustavljati se na pola puta. Ako se ocu nešto desilo, ni njegov život više nije vredeo prebijene pare. Ali, mogao je bar da bira zarad čega će ga žrtvovati.

Dragan je, stigavši na mesto zločina, mogao samo da konstatuje da je ono već gotovo uništeno. Dva milicajca sa zgađenim izrazima na licu nevešto su pokušavala da spakuju šator. Prašina i sasušena trava lepili su se za platno umrljano krvlju. Nedaleko odatle, Marković je na kolenima preturao po sadržini izvrnutog vojnog ranca. Usne su mu bile razvučene u širok osmeh. Bilo je jasno da uživa u činu uništavanja dokaza koji bi Mirka verovatno spasili robije. Draganu je jurnula krv u glavu. Pošao je pravo ka njemu.

— Ne diraj to, bre! — zaurlao je, potpuno zaboravivši da se obraća ozloglašenom šefu milicije.

Marković se trgao i digao pogled. Razjareni inspektor približavao mu se toliko brzo da nije stigao ni da ga prepozna, a kamoli eskivira silovit šut u grudi. Brepio je o ledinu izgubivši dah. Kroz glavu mu je prošla scena iz napuštene kancelarije, kada su ga izbijena vrata na trenutak ošamutila. Bio je uveren da mu je tog dana nevinu žrtvu oteo Mirko Petrov. Sada je shvatio da je pogrešio.

Dragan ni tren nije razmišljao o posledicama. Ščepao je riđeg čovečuljka za gušu. Nije više mogao da zadržava bes u sebi. Od onog užasnog dana, kada je jedno dete umalo umrlo od batina, često je sanjao kako sopstvenim rukama davi Markovića. Kako ga steže toliko jako i dugo sve dok ne začuje krckanje zdrobljenog vrata. Tada bi se budio u znoju i obično nije mogao da zaspi do jutra. Marković je počeo da se koprca ne bi li se oslobodio smrtonosnog stiska, ali bio je suviše slab u poređenju sa krupnijim i mlađim inspektorom, uz to još razjarenim.

„Šta rade ova dva idiota!?", pomislio je sa mešavinom besa i panike. „Zar ne vide da me ovaj davi!?"

Zatečeni milicajci stajali su nedaleko odatle sa glupim izrazima na licu. Da Marković nije bio sa njima, verovatno bi pobegli glavom bez obzira, jer čak i oni su znali da ovo što rade na mestu jednog teškog zločina nije legalno. Zgledali su se bespomoćno pitajući se šta da rade, ali nijedan od njih nikada nije donosio samostalne odluke. Više od hrabrosti, bila im je potrebna samo jedna reč, samo jedan mig njihovog šefa. Sve to nije trajalo duže od dvadesetak sekundi, međutim, Markoviću, koji se očajnički borio za trunčicu vazduha, činilo se da umire već čitavu večnost. Panika je ustupila mesto užasu. Ipak, u trenutku kada je pomislio da mu je stvarno došao kraj, desilo se nešto neočekivano. Bio je na ivici da izgubi svest kada je čelični stisak iznenada prestao. Osetio je da ga snažne šake grabe za revere i podižu na noge.

— Ja nisam ubica i zločinac kao ti... — reče unevši mu se u lice.

Marković je blenuo u njega iskolačenih očiju. Grudi su mu se još uvek nadimale, kao da ne mogu da veruju da su opet pune vazduha. Pokušavao je nešto da kaže, ali iz doskora davljenog grla izlazilo je samo krkljanje. Dragan ga je odgurnuo od sebe.

— Gubi se odavde... — rekao je s gađenjem.

Marković se zateturao glavom napred. Jedan od milicajaca je pokušao da ga prihvati, ali ga je ovaj odgurnuo od sebe. Hteo je da što pre pobegne odatle. Bio je izbezumljen od sramote. Sagao je glavu da ne primete strah u njegovim krvavim očima, mada je to bilo nepotrebno. Svima je bilo jasno da je postao samo senka onog zastrašujućeg šefa od koga je drhtalo i staro i mlado. Međutim, kada je stigao do auta, setio se da u gepeku ima pušku. Na trenutak mu je kroz vene prostrujao tračak hrabrosti. Najradije bi bezobraznom inspektoru razneo mozak, ali razum mu je govorio da sada nije momenat za to. Rešio je da još jednom, poslednji put, proguta ponos i sramotu. Čak je uspeo i da se nasmeši. Zamislio je Pavlovića na kolenima, neprepoznatljivog od batina. Ruke su mu vezane na leđima a pogled molećiv. A on polako prilazi, repetira pištolj i prislanja mu hladnu cev na glavu. Uživa trenutak u svojoj moći i veličini a onda pritiska obarač pištolja i uzima još jedan dragoceni, a za njega bedni život. Nekažnjeno, kao nekada...

Dragan je sačekao da se udalje, a čak i kad je začuo zvuk automobila koji je odlazio, još uvek je proveo dobrih pet minuta gledajući u pravcu kojim su otišli. Nije hteo da Markoviću pruži šansu da ga iznenadi i uhvati nespremnog. Bio je svestan da je među njima objavljen otvoren rat. Tek kada se uverio da je zločinac otišao, osvrnuo se oko sebe. Stvari iz Mirkovog ranca ležale su rasute po travi. Udahnuo je duboko, izbrojao do tri i izdahnuo. Bio je to način da isprazni glavu od svih ličnih emocija i misli. Iako je bio uveren u Mirkovu nevinost, morao je da pristupi ovom uviđaju potpuno nepristrasno, kao što je činio sa bilo kojim drugim. Izvadio je fotoaparat i još jednom proverio da li je film dobro namešten.

Pre nego što je počeo da slika, dobro je pogledao prosuti sadržaj ranca. Koturi sa strunama raznih debljina, kutije sa udicama, olovima i rezervnim plovcima, nekoliko varalica i još koješta. Ali sve je služilo isključivo za ribolov. Bilo je jasno da je vlasnik ranca krenuo na pecanje, a ne sa namerom da počini gnusan zločin. Zapisao je to svoje mišljenje u svojoj debeloj, pomalo raskupusanoj svesci, a svaki predmet je ponaosob fotografisao. Na mestu zločina nije bilo alkohola, ako se izuzme jedna prazna flaša piva. Taj naizgled nebitan detalj je na sudu mogao biti važan. Mnoga ubistva se dogode nehatom, kada se usled jakog dejstva alkohola izgubi razum. Toga ovde najverovatnije nije bilo, mada su žrtva i osumnjičeni mogli već biti pijani kada su stigli na lice mesta. To je mogao utvrditi samo toksikološki nalaz iz laboratorije, koji je bio obavezan, kao i kod saobraćajnih nesreća.

Prišao je zgužvanom šatoru i polako ga raširio. Iz njega je izleteo roj muva. Iako je Dragan u plućima zadržao vazduh, na licu je osetio težak i lepljiv dah smrti. Pažljivo je izvadio od krvi ulepljenu vojničku ćebad. Istog trenutka je spoznao pravu dimenziju svireposti kojom je zločin počinjen. U zasušenim krvavim mrljama ugledao je parčiće razmrskane lobanje. Na nekim od njih je još uvek bilo kose i komadića beličaste mase. Žrtvinog mozga...

Dragan se stresao od jeze. Mogao je samo da zamisli silinu udaraca koji su lobanju jednog čoveka mogli da zdrobe kao ljusku od jajeta. U tako skučenom prostoru kao što je šator, takve povrede je mogla da nanese samo snažna ruka naoružana čekićem, i to ne preteškim. Više puta je video razmrskane lobanje ušicama od sekire, kada se pijane komšije posvađaju oko međe, ali nijedna povreda nije ličila na ovo što je sada gledao. Ovo je mogao da napravi jedino čekić od najviše pola kila, koji je imao dovoljnu težinu da razmrska kost, a dovoljnu probojnost da buši i komada...

Spustio se strmim putem do reke, pažljivo, da se ne oklizne i ošteti fotoaparat. Očekivao je da tamo ugleda štapove za pecanje, ali nije bilo ničega. Iako je bio siguran da gore nigde nije video nijednu pecaljku, ipak je ustrčao i ponovo sve podrobno pregledao. Našao je futrolu od nepromočivog platna, ali ni traga od bilo kakvog štapa. Pre nego što je ponovo sišao do reke, pretražio je i okolno žbunje. Bez uspeha. Kraj reke su bile pobodene dve raklje i dva gvozdena držača u koji se ubadao donji deo štapa, ali štapovi nisu bili tu. Bilo je malo verovatno da ih je Marković pokrao. Nije potpuno isključivao tu mogućnost, međutim, to bi se kosilo sa bilo kakvom logikom. Čovek koji je došao da uništi dokaze na jednom mestu zločina, usredsredio bi se na ono radi čega je došao, a ne na nebitne pecaljke, koje su, štaviše, bile strminom fizički odvojene od mesta zločina. Jedan detalj mu je privukao pažnju i trgao ga iz razmišljanja. Blizu vode, gde je zemlja bila mekša, primetio je par dubokih rupa. Rupe su bile skoro savršeno okruglog oblika i mogle su biti napravljene nekim štapom, međutim, njihov obim je bio suviše velik za štap. Osvrnuvši se oko sebe, shvatio je da sličnih rupa ima svud okolo. Na jednom mestu, gde je zemlja bila suvlja i tvrđa, rupe su bile savršeno jasne. Njihovo ovalno dno je čak ukazivalo na oblik predmeta koji ih je napravio, a oštre ivice na to da nije prošlo mnogo vremena otkad su nastale. Primetio je i da je jedna od rupa na toj tvrdoj zemlji bila prilično dublja od ostalih i to ga je na trenutak zbunilo, ali kada je bacio pogled na padinu, odjednom mu je nekako sve bilo jasno. Predmet koji je na ravnom pravio rupe na kosini je pravio duboke brazde. Pred očima mu se stvorila slika čoveka bez noge, odnosno sa drvenom nogom umesto prave. Tragovi su ukazivali da se čovek silazeći, verovatno u jednom trenutku okliznuo, a zatim da ne bi brepio o ledinu, skočio na ravni deo kraj reke. Tako je i napravio jednu dublju rupu od ostalih. Draganu je takođe bilo jasno da se radilo o spretnom, možda i mlađem čoveku. U svakom slučaju, bio je vrlo pokretljiv i pored svog hendikepa. Vizija koju je imao ga je još više zbunila. Šta je u vreme kada se odigrao zločin tu tražio jedan invalid s veštačkom nogom? Bio je gotovo siguran da je on imao udela u nestanku Mirkovih pecaljki, ali da li je na bilo koji način učestvovao u ubistvu, to nije mogao da sazna dok ga ne pronađe. Instinkt mu je govorio da krene za tragovima. Putanja kojom se čovek bez noge kretao nije bila ravnomerna. Reklo bi se da se šetkao tamo-amo i njuškao poput pravog lopova. Posle nekoliko minuta, Dragan je ipak uspeo da uhvati trag koji se udaljavao sa mesta zločina. Međutim, već kod prvog žbuna je zastao. Tu su tragovi bili totalno drugačiji. Izgledalo je kao da je čovek tu proveo izvesno vreme. Mladom inspektoru je srce zalupalo jače. Ako je čovek koji je pokrao štapove za pecanje čučao u žbunju, mora da se od nekog krio. Do žbuna su rupe bile bliže jedna drugoj jer je čovek hodao normalnim hodom, onda je nešto čuo ili video i sakrio se u žbunju, ali nije klečao nego čučao, jer je u tom položaju lakše mogao da pobegne u slučaju opasnosti. Tragovi koji su odlazili od žbuna i mesta zločina bili su veoma neobični, zbliženi i plitki. Činilo se da čovek sitnim koracima i jedva dotičući zemlju, beži odatle, ali da pazi da ga niko ne čuje, to jest da ne nagazi na neku suvu granu koja bi pukla i privukla pažnju. Čiju? Mirkovu ili pažnju ubice? Odgovor je dobio posle tridesetak metara. Rupe u zemlji su odjednom postale dublje i toliko udaljene jedna od druge da je bilo više nego očigledno da je čovek bežao u paničnom strahu. To nije bila bojazan da ga uhvate sa ukradenim štapovima, već strah za sopstveni život. A to znači da je video šta se dogodilo kraj reke. Da je bio slučajni svedok svirepog ubistva.

Sa srcem u grlu, Dragan se polako i pažljivo zaputio za tragovima. Oni su mogli da ga odvedu do jedine osobe koja je njegovog prijatelja mogla da spasi robije. Međutim, nakon izvesnog vremena, shvatio je da zadatak nije nimalo lak. Pratiti tragove na goloj zemlji i u niskoj travi je bila jedna stvar, ali nalaziti rupe od drvene noge u visokom rastinju je bilo nešto sasvim drugo. Draganu je trebalo više od sat da iz jednog topoljara ponovo izbije na čistinu, i taman kad je pomislio da će mu biti lakše, shvatio je da se nalazi pred gotovo nerešivim zadatkom. Čistina je bila divlja šljunkara, gde su seljaci kopali šljunak za svoje potrebe i prodaju na crno. Po takvom tlu svaki trag se gubio. Dragan je krenuo pravolinijski, vođen logikom da će čovek koji beži od smrtne opasnosti izabrati najkraći put da se ponovo dočepa šumarka. Ali, na drugoj strani čistine nije našao ništa. Krenuo je ivicom buljeći u tlo. Nije video ni najmanji trag, rupu ili bar polomljenu grančicu iako je prešao dobrih sto metara i već kružno počeo da se vraća nazad ka mestu gde je malopre izbio na čistinu. Kada je došao do tog mesta, produžio je ivicom šljunkare. Uzdao se u svoj orlovski pogled a još više u svoju sreću, ali kako je vreme prolazilo, do njega je polako dopiralo saznanje da je potpuno izgubio trag čoveka bez noge...

Seo je na jedno brdašce. Šljunak je zvecnuo pod njegovom stražnjicom. Iz džepa na reveru je izvadio paklu cigareta i pripalio. Pokušavao je već neko vreme da ostavi duvan i nije mu išlo loše, ali ogromno razočaranje koje je osećao bilo je i više nego dovoljan izgovor da povuče koji dim. Bio je totalno ubeđen u svoju teoriju i morao je da pronađe tog dragocenog svedoka, ali ovaj kao da se odjednom pretvorio u duha. Mogao je da nasumice krene i potraži ga kraj Morave, ali pomislio je na sve one dokaze koje je ostavio na mestu zločina. Nije smeo da rizikuje da propadnu ili budu ukradeni. Odlučio je da svog, zlata vrednog svedoka, potraži neki drugi put, nakon što se raspita o njemu u selu. Čovek sa drvenom nogom sigurno nije nešto svakidašnje. Neko mora da zna ko je on i gde živi. A kada ga bude pronašao, hteo ovaj il' ne hteo, moraće da propeva o onome što je te noći video. Ustao je, povukao još jedan dim i bacio dopola ispušenu cigaretu. Uputio je još jedan pogled ka gustom topoljaru s one strane šljunkare, a zatim se okrenuo i krenuo nazad istim putem kojim je i došao.

Čovek bez noge ležao je potrbuške i posmatrao Dragana kroz stari, rasklimani durbin. Držao ga je odozdo levom rukom, dok je desnom grčevito stezao ručno pravljenu kamu. U jednom momentu su ga podišli žmarci, jer mu se učinilo da čovek gleda pravo u njega, ali ovaj je već sledećeg trenutka otišao u sasvim drugom pravcu. Opsovao je sebi u bradu. Bio je kivan sâm na sebe što je navukao takvu opasnost i nesreću na vrat. Otkako se iz rata vratio kao invalid, pobegao je i od naroda i od države. Nije imao zbog koga da ostane u rodnom selu i sve je ostavio i otišao. Sklonio se od sažaljivih pogleda prijatelja i devojaka, koje su ga nekada, kao lepog mladića čežnjivo gledale, a sada okretale glavu od njega. Nije ih mrzeo. Želeo je samo da ga svi ostave na miru. Da ga zaborave kao da je umro.

Voleo je Moravu, reku svog detinjstva i mladosti. Njen miris i zvukove koji su mu u teškim usamljenim noćima pravili društvo i razgovarali s njim. Osećao se i on voljeno i prihvaćeno od nje i vremenom postao njen sastavni deo. Ali, kao i svako biće koje voli, bio je posesivan prema njoj. Mislio je da njegova reka pripada samo njemu. Zato nije trpeo te, nazovi ribolovce, koji su samo dolazili da mu remete mir i skrnave njegovu lepu Moravu. Nije voleo silu, jer njegova priroda nije bila agresivna, a nije ni želeo da privlači pažnju na sebe. Zato nikog nije dirao danju. Ali onima koji su se usuđivali da na njegovoj reci provedu noć, pravio je razne smicalice. Već je par puta video čoveka kome je noćas ukrao štapove, ali do sada nije hteo da ga dira jer je ovaj bio u društvu deteta. Međutim, ovoga puta nije mogao da odoli i čim je pala noć, krenuo je u akciju ni ne sluteći da će se naći na poprištu krvavog obračuna. Činilo mu se da nikada u životu nije osetio toliki strah. Čak ni na frontu, kada su mu meci zviždali oko ušiju, a granate komadale njegove saborce i na kraju i njemu raznele nogu. Noćas je u onom šatoru svirepo ubijen čovek na samo par metara od njega. U glavi su mu još uvek odzvanjali ti jezivi udarci. Bio je siguran da ih neće zaboraviti do kraja života, kao što neće zaboraviti ni to bledo lice uprskano krvlju, taj svirepi osmeh i oči koje su, obasjane mesečinom, sijale kao u divljeg vuka. Prepoznao bi to lice među hiljadu i zato je odahnuo kada je video da čovek na šljunkari nije noćašnji krvolok. Nije bio ni onaj sa toljagom. Onaj je bio sitan. Ali, bio je siguran da je tražio baš njega i da će se vratiti. Ustao je i brzim korakom odskakutao kroz rastinje, samo njemu vidljivim puteljkom. Nakon par minuta stigao je do dobro kamufliranog skrovišta u kome je živeo. Bila je to neka vrsta zemunice, dopola ukopana u tinju, a otpola napravljena od isprepletanog šiblja na način kako su seljaci pleli plotove. Daščani krov bio je prekriven granjem i mahovinom i savršeno se uklapao u okolinu, tako da je slučajnom prolazniku bilo gotovo nemoguće da primeti da tu neko živi. Iz granja na krovu je jedva virio limeni čunak, a dim iz njega je izlazio tek uveče kada padne mrak. Čovek sa drvenom nogom je uleteo u svoj skromni dom i odmah počeo da rastura minijaturni šporet. Sve što mu je bilo od trenutnog vitalnog značaja, bilo je utovareno u čamac nakon samo pola sata. Odgurnuo se i zaveslao preko reke gotovo kilometar nizvodno. Vratio se tek noću po ostatak, a u sledećih nekoliko noći preneo ceo krov od dasaka. Sve ostalo što mu je bilo potrebno da sagradi nov dom, našao je u prirodi oko sebe. Iako nije mogao da zaboravi šta se one noći dogodilo u šatoru, rešio je da se pretvara da ga se to ni najmanje ne tiče. Rešio je da ga čovek sa šljunkare, ma ko on bio, nikada ne pronađe.

Dragan se sa mesta zločina vratio direktno u SUP. Krvavi šator i ostale stvari koje je dovezao kolima, poverio je svojim dvama kolegama, a on sam odmah odjurio u podrum. Ćelija u kojoj se jutros nalazio Mirko bila je širom otvorena, a pod očišćen od krvavih mrlja.

— Opet kasniš, Pavloviću... — začuo je promukli glas iza sebe.

Okrenuo se i ugledao Markovića. Oko guše mu je bila vezana marama, verovatno da bi pokrio tragove davljenja. Oči su mu, kao i uvek, sijale mržnjom, ali iz njih je izbijala i neka čudna, obnovljena hrabrost.

— Gde je zatvorenik? — upitao je sasvim mirno. Namerno nije hteo da Mirka imenuje, ali po Markovićevom ironičnom osmehu, shvatio je da ovaj zna da su prijatelji.

— Malopre su ga odvezli za Beograd — reče ovaj zadovoljno. — Nećeš uspeti da ga spasiš robije. Tvoj drugar je ubica...

— Ko ga je odvezao za Beograd? Ko je to naredio?!

— Ja! — odjeknuo je dubok glas.

Pavlović se trgao jer do tada nije primetio da u polumračnom hodniku ima još nekog. Gotovo nečujno, ako se izuzme šuštanje dugačkog mantila, iz mraka je izronila silueta. Naježio se kao da vidi sablast, iako čoveka nikada ranije nije sreo. Na licu mu je titrao osmeh koji je više podsećao na vučji kez.

— Dozvolite da se predstavim — reče pruživši mu ruku. — Jovan Kralj, Državna bezbednost.

Dragan je prihvatio ponuđenu ruku, nije hteo da pokaže otvorenu odbojnost prema udbašu. Pod prstima je osetio zavoj. Njegovo šesto čulo vrisnulo je poput vatrogasnog zvona. U svom poslu se često bavio pretpostavkama, međutim, ovo što mu je upravo prošlo kroz glavu nije bila pretpostavka. Bio je siguran da se upravo pozdravio sa ubicom Radeta Jovanovića.

— Povređeni ste... — primetio je naglas.

Kraljeve zenice se jedva primetno raširiše. Bila je to jedina reakcija na Draganovu primedbu izrečenu sa neskrivenom ironijom.

— Mala povreda na radu, ništa strašno.

— Dešava se... I najboljima...

— Da. I najboljima — rekao je sa osmehom. Činilo se da mu je sve ovo veoma zabavno.

Gledali su se direktno u oči jedan prilično dug trenutak. Marković se naposletku zakašljao i tako prekinuo neprijatnu tišinu.

— Drug Marković mi je rekao da ste imali malu razmiricu tamo kraj Morave. Do toga nije smelo doći.

— Marković je gotovo uništio dragocene dokaze na mestu jednog zločina. Kada sam to video, izgubio sam kontrolu...

Slavko je nesvesno protrljao bolno grlo. Sećanje na gvozdeni stisak bilo je više nego sveže. Bio je siguran da Jovan Kralj zna šta radi, ali mu se nimalo nije dopadao blag, skoro drugarski ton prema Pavloviću.

— Mislim da ste suviše strogi prema njemu — nastavljao je Kralj da se smeši.

— Ne razumem.

— Drug Marković je samo obezbeđivao mesto zločina do našeg dolaska.

— Na čudan način ga je obezbeđivao, verujte mi. Uostalom, protokol nalaže da istragu vode inspektori koji su školovani za to, a ne nestručno lice, makar to bio i šef milicije.

— Manite se protokola, Pavloviću — uozbiljio se Kralj. — Mi moramo da zaboravimo lične razmirice u ovom teškom trenutku. Jedan veliki patriota i komunista je mučki ubijen, a vi se svađate kao babe. Bolje se ujedinite i pronađite ubicu.

— Marković misli da je već pronašao ubicu... — reče Pavlović ironično. — To samo dokazuje da nema pojma o ovom poslu.

— Važno je da ti imaš pojma! — dobacio je Marković, uboden u ego kao prstom u oko.

Kralj ga je pogledao na takav način da je odmah shvatio da treba da začepi gubicu.

— Imate li neku drugu pretpostavku? — upitao je Pavlovića.

— Imam.

— Mogu li da znam kakvu?

— Da je ovo smišljena likvidacija, a da je drug Petrov ostavljen u životu namerno, da bi se sumnjalo u njega.

— Interesantno... — reče Kralj sasvim mirno. — Imate li neke dokaze kojima biste potkrepili svoju pretpostavku?

— Recimo da sam zasad otkrio neke veoma relevantne tragove koji ukazuju da je u trenutku zločina bilo prisutno više osoba... Tačnije pet, zajedno sa žrtvom i Petrovim.

— Pa, Vi niste inspektor, Vi ste indijanski tragač...

Kraljeva primedba je mogla imati pohvalno-šaljiv prizvuk da mu pogled nije bio tako leden.

— Da. Mnogi mi priznaju tu sposobnost da vidim maltene nevidljivo.

— Da li biste bili ljubazni da mi ispričate šta se otkrili? Veoma me zanima...

— Učiniću nešto mnogo bolje od toga — reče Dragan sa smeškom. — Samo se morate strpiti par dana.

— Da čujem...

— Sve sam slikao i kada budem razvio fotografije, poslaću vam. Neke od njih me navode na pomisao da je peta osoba bila samo svedok zločina. Mislim da sam na dobrom putu da ga pronađem...

Sve vreme dok je ovo govorio nije ispuštao Kraljev pogled, vrebajući bilo kakvu reakciju. Skoro da je i nije bilo. Imao je ispred sebe mnogo opasnog čoveka, morao je to da prizna.

— E, pa ne bih Vas duže zadržavao, Pavloviću — reče Kralj nakon kraćeg ćutanja. — Idite, radite svoj posao i obavestite Markovića čim budete našli tog... svedoka.

Čim se Pavlović udaljio, Kralj se okrenuo i pogledao kočopernog šefa milicije.

— Blefira, siguran sam sto posto! — reče Marković.

— Ne blefira, budalo! Jesam li ti rekao da izbrišeš sve tragove, da ništa ne ostane?!

— Pa jeste, ali...

— Umukni, bre, govno jedno! — prosiktao je Kralj van sebe od besa. — Potrudi se da ovaj što kraće živi, jer ću u protivnom da ti pobijem sve mrtvo i živo!!!

— Druže...

— Mrš!!! — povika Kralj šutnuvši ga u zadnjicu.

Marković je poskočio od siline udarca, a zatim je brže-bolje pobegao, pokunjen kao prebijeni pas.

26

ZATOČENIK

Sivi, teški oblaci, koji su se valjali iznad Crnog vrha, tromo i bez žurbe su sišli niz planinu i nadvili se nad gradom, zavivši ga u tamu daleko pre večeri. Neko vreme se činilo da će produžiti dalje i prosuti svoj bes na nekom drugom mestu. Prosto je izgledalo da razmišljaju i kolebaju se. A onda je vetar zanjihao krošnje i podigao prašinu sa ulica. Iznenada, poput džinovskog topa, pukao je grom, a munja zaparala nebo kao neki blešteći, smrtonosni bič. Milion krupnih kišnih kapi se odjednom sručilo na grad. Njihov silovit udar u tvrdu podlogu prouzrokovao je zvuk koji je neodoljivo podsećao na gromoglasan aplauz. Veličanstvena simfonija je mogla da počne.

Sat vremena kasnije sve je bilo gotovo. Pljusak je ustupio mesto tihoj prolećnoj kišici, a besni vetar se povukao ostavivši za sobom jadan prizor po ulicama Svetozareva. Obešene krošnje drveća, ili bolje reći ono što je ostalo od njih, tužno su posmatrale svoje polomljene grane i pokidano lišće koje je plivalo u dubokim, mutnim barama.

Marković je stajao kraj prozora na spratu i odsutno zurio kroz okno isprskano kišom. Među požutelim prstima prevrtao je napola dogorelu cigaretu. Pepeljara na simsu bila je puna opušaka. S vremena na vreme, iz grudi bi mu se oteo uzdah, a staklo bi se zamaglilo od njegovog toplog daha. Stajao je tu sve vreme dok je trajala oluja, a i sat vremena nakon njenog prestanka još uvek nije mrdao i jednako je uzdisao. I ko zna koliko dugo bi još gledao u prazninu da nije zazvonio telefon. Obično se na pozive javljala njegova žena. I sada je čuo klepet nanula po parketu u prizemlju, ali joj je viknuo da ne dira telefon. Znao je ko ga zove i morao je da se javi lično. Nije želeo da bilo ko čuje razgovor. Pogledao je u visoka drvena vrata pred sobom. I iza njih je zvonio telefon, kao i uvek dosad, ali se na njega niko nije javio već punih šesnaest godina. Po prvi put, nakon toliko vremena, ušao je u radnu sobu gospodina Nićiforovića, polako i ponizno, kao da ulazi u sveti hram. Kao čuvar koji je u toj prostoriji ljubomorno čuvao uspomenu na jedinog čoveka kome se slepo divio, a koga je ubio jer je znao da nije i nikada neće biti dostojan njegove ljubavi i poštovanja. Oduzeo mu je život da bi zauzeo njegovo mesto i prekasno shvatio da je spas bio u ljubavi, a ne u mržnji. Zatvorio je tiho vrata za sobom i podigao prašnjavu slušalicu. Natečena ruka mu je podrhtavala.

— Alo... — promrmljao je.

Želeo je da mu glas zvuči snažno i sigurno, ali nekako mu je ponestalo vazduha jer ga je u isto vreme žignula bolna, povređena zadnjica. Otkako je u njegov život ušao Petrov, dobijao je po turu i figurativno i bukvalno. A sada se pojavio i ovaj krvolok, koji ga je šutirao kao starog, olinjalog psa. A od takvog čoveka je trebalo da očekuje da mu spasava obraz i karijeru... Petrov i Jovanović su, istina, bili smožđeni, ali pitao se sada Marković, nije li jednu noćnu moru zamenio drugom, mnogo gorom? Zašto je tako dugo priželjkivana osveta imala tako gorak ukus? Zašto su ga od prošle noći progonila sva ona molećiva lica znanih i neznanih ljudi kojima je nekada davno uzeo život? Zašto mu je ona slast ubijanja, koja je hranila njegov ego svih ovih godina, sada izgledala toliko bljutava? I ono najbitnije, a što ga je ujedno i najviše plašilo, zašto je nakon tolikih godina poželeo da ponovo oseti prijateljski stisak i zagrljaj onoga koji je, po svemu, bio njegov jedini pravi otac?

— Markoviću?

Od tog dubokog, hladnog glasa, podišli su ga žmarci.

— D... da...

— Šta, bre, ti meni da? Zovem po celom SUP-u kô budala, i niko ne zna gde si! Šta radiš kod kuće?

— Ništa... mislim, samo sam svratio da... Ali počeo je pljusak....

— Slušaj, Slavko — preseče ga Kralj — napravio si veliki propust kada si onom inspektoru dozvolio da njuška.

— Iznenadio me je, druže Kr...

— Ćuti, bre, kad ja pričam! — podviknu ovaj. — I ne spominji mi ime nikad više.

— Dobro, izvinite...

— Treba li da ti ponovim šta očekujem od tebe?

— Ne, ne treba! Čim mi se ukaže prilika...

— Markoviću? — preseče ga opet Kralj.

— Molim, druže?

— Miči dupe iz ovih stopa, nađi to njuškalo i ispravi ovo što si zasrao. Hoću da mu do jutra spakuješ metak u čelo. Jesam li dovoljno jasan?

— Jeste... — reče Marković tiho.

— Zvaću te sutra. Nemoj me razočarati.

Ovaj je zaustio da nešto kaže, ali ga je presekao zvuk prekinute veze. Neko vreme je gledao u prašnjavu slušalicu, a zatim je zaklopio.

Njegova žena je ćutke sedela na fotelji u dnevnoj sobi i čekala. Plašilo je čudno muževljevo ponašanje. Nije smela ništa da ga pita, ali osećala je da se u njihovom „mirnom" životu dešavaju neke tajanstvene promene. Počelo je sa tom crnom ptičurinom u golubarniku. Prvi put je u očima svog muža videla strah kada je čitao anonimno pismo, dok su mu iz dupeta vadili sačmu. Pa onda izgoreli auto. Prošle noći je čula da je negde otišao, a otkako se vratio, samo ćuti i uzdiše. Bilo joj je sve nelagodnije od te tišine. Sve neprijatnije u toj kući. Istrošena, ali još uvek luksuzna i udobna fotelja nekako kao da ju je danas žuljala. Markovićeva žena nikada nije čula za porodicu Nićiforović i nikada se nije čak ni zapitala kome je kuća nekada pripadala. Ali, uvek je imala neprijatan osećaj da tu ne pripada. Da nikome od njih tu nije mesto. Nikako nije mogla da se otme utisku da ih je sama kuća smatrala uljezima. Potekla je iz domaćinske porodice sa sela i svojski se trudila da udahne toplinu i život u svoj dom. Ali, kućerina je, i pored njenih nastojanja, i dalje bila hladna, tiha i negostoljubiva.

Marko je sedeo preko puta nje, bled kao krpa. Izraz njegovog lica nije imao nikakve veze sa atmosferom u kući. Bio je preveliki egoista da bi ga zanimali tuđi problemi, pa makar se radilo i o sopstvenim roditeljima. Sinoć je ocu iz pantalona okačenim na stolicu ukrao jednu izgužvanu stotinarku. Jutros rano, dok mu je majka bila na pijaci, otrčao je, onako bosonog i u pidžami, do svog skrovišta, želeći da je pridruži ostatku svog plena. Kada je umesto limene kutije ugledao crno pero, vrisnuo je i pao na dupe. Plavi gavran mu je odneo sve. Sav onaj novac koji je godinama predano krao iz kuće i ljubomorno čuvao pod kamenom, bio je sada u rukama onoga od čijeg su imena već danima drhtali. Osećao se totalno poraženim i jadnim. Što je najgore, nije uopšte shvatao zbog čega im se sve ovo dešava.

— Mileva! — viknuo je Marković sa sprata.

— Molim? — skočila je žena kao oparena.

— Spakuj brzo neke stvari! Idete na selo...

***

Podrum palate u Ulici kneza Miloša broj 82 bio je pravi lavirint nepreglednih hodnika. U tim hodnicima nalazile su se ćelije rezervisane za ispitivanje „državnih neprijatelja". U jednu od njih, prostraniju, doveden je Mirko Petrov. Oči su mu bile vezane, tako da nije ni znao gde se nalazi. Čvrste ruke su ga dugo sprovodile kroz hodnike. Bat oficirskih čizama odbijao se o zidove. U glavi mu je tutnjalo. Čas je kroz povez osećao svetlo, čas su hodali kroz mrak. Toliko su puta sišli niz razna stepeništa i skretali levo i desno da bi mu bilo nemoguće da pronađe izlaz, koliko da su mu oči i bile odvezane. Čuo je škljocanje masivne brave i nakon toga glasnu škripu, koja mu je sveprisutan bol u glavi još više pojačala. Snažne ruke su ga okrenule za sto osamdeset stepeni i pogurale unazad. Osetio je dodir daske iza kolena i već je sledećeg trenutka sedeo na krevetu. Ponovo se začula škripa koja je parala uši, škljocanje brave i bat čizama koji se udaljavao. Bio je sâm. Lagano je skinuo povez sa očiju. Neko vreme su mu kapci bili zatvoreni, jer je svetlo bilo suviše jako, i tek je nakon par minuta kroz trepavice osmotrio prostor oko sebe. Kao što je i pretpostavljao, bio je ostavljen u nekakvoj ćeliji. Ali nije to bila ćelija kakve je dotad viđao. Bila je to soba četiri sa četiri, podeljena tačno po sredini „zidom" od rešetaka. Zakatančena vrata otvarala su se i zatvarala kližući po nepodmazanoj šini na podu. Bila mu je jasnija ona škripa. Desno od njega nalazio se umivaonik, a u samom uglu betonski čučavac. U ćeliji nije smrdelo i delovala je prilično čisto. Sigurno u njoj dugo niko nije obitavao ili se niko dovoljno dugo nije zadržavao da bi je isprljao. Sada kada su mu se oči navikle na svetlost, bol u glavi je prestao da bude tako oštar. U ustima je osećao metalan ukus usirene krvi. Zubi su mu zaškripali kao da pod njima ima peska. Pokušao je da vrhom jezika ispipa i proveri zube, zaboravivši da je natečen od ugriza. Jeknuo je sa bolnom grimasom na licu. Držeći se za rešetke, prišao je umivaoniku. Vrtelo mu se u glavi kao da je sišao sa vrteške. U svom tom jadu, prijatno se iznenadio kada je iz česme potekla hladna voda. Sagao je glavu bez naglih pokreta i počeo da se umiva. Morao je da kvasi lice više puta dok nije oprao skorelu krv oko usta i nozdrva. Napunio je šaku i srknuo. Nakon par sekundi bućkanja, ispljunuo je vodu obojenu u crveno. Polako je gurnuo kažiprst u usnu duplju i ispipao zube, prvo prednje pa onda i kutnjake. Obradovao se što mu nijedan zub nije slomljen, ali je osetio nalet mučnine. Ispovraćao se u umivaonik sa osećajem da će mu ispasti oči iz glave. Iznad lavaboa se nalazio prazan metalni ram. Ogledalo je izgleda bilo odavno razbijeno. Možda je čak komad stakla, pomislio je, poslužio nekom mučeniku da sebi prekrati muke i liši svoje dželate zadovoljstva da ga batinaju dok ne prizna da je mislio i činio ono što možda nikada nije. Mirku nije trebalo ogledalo, nije želeo da se vidi. Nije hteo da ga jadni izgled uplaši i pokoleba. Morao je biti jak, priseban i dostojan protivnik svojim neprijateljima. Tu, iza rešetaka, sa razbijenom glavom i rasečenim jezikom, dok je od vrtoglavice i mučnine jedva stajao na nogama, mogao je jedino da se uzda u svoju inteligenciju i snagu svoje volje. I da se nada nekom čudu. Po prvi put nakon niza godina koji je dosezao čak u njegovo detinjstvo, Mirko se pomolio Bogu za spas svoj i svog deteta.

***

— *Commotio cerebri* — reče doktor na latinskom nakon što ga je pregledao i ispitao simptome, pod budnim okom čoveka u sivom mantilu. — Potres mozga, ali blaži oblik.

— Je l' gotovo? — reče udbaš nestrpljivo.

— Sačekajte koji minut, druže — pomirljivo će doktor. — Moram mu dati injekciju.

Iz torbe je izvadio špric i ostale instrumente. Mišicu iznad lakta mu je stegao gumenom trakom, a nateklu venu protrljao vatom natopljenom alkoholom.

— Nemate dijabetes? — upitao ga je rutinski, pre nego što ga je bocnuo.

— Ne — reče Mirko uperenog pogleda u tečnu sadržinu unutar staklenog šprica. — Šta je to?

— Blagi rastvor glukoze. Ublažava hematom u mozgu, ako ga ima. Videćete, biće Vam lakše...

Poslednju rečenicu je izgovorio sasvim tiho. Bilo je jasno da je na Mirkovoj strani, iako ga nikada ranije nije video. Uglavnom, ne bi se reklo da je previše uživao u prisustvu čoveka u sivom mantilu. Pred polazak, tutnuo je Mirku u ruku neki minijaturni, tvrdi predmet. Bila je to metalna kutijica a unutar nje se nalazila jedna jedina kapsula. Veći deo nje je bio napravljen od tankog stakla i kroz njega su se nazirali kristali, nalik na so. Njegovo solidno poznavanje istorije i poslednjih časova nacističkih vođa nije ostavljalo mesta sumnji. Doktor mu je velikodušno poklonio kapsulu cijanida, otrova koji ubija za manje od minut. Čovek nije znao zbog čega se on nalazi u ovoj ćeliji, ali humanost mu je nalagala da pomogne ljudskom biću. Da li je to značilo da će biti mučen? Prišao je umivaoniku i sa odlučnim izrazom na licu metalnom kutijicom zdrobio kapsulu, a zatim sve sprao vodom.

„Jedan Petrov ne diže ruku na sebe", pomislio je stegnutih vilica. „Moraće sami da mi uzmu život..."

Ali, njegovim dželatima je očigledno bilo stalo da poživi još neko vreme, jer je već sledećeg trenutka u ćeliju ušao udbaš sa poslužavnikom i gurnuo ga kroz vodoravni deo klizećih vrata.

— Drži! — reče grubo.

Mirko je prihvatio poslužavnik i spustio ga pored sebe na krevet. Iz tanjira se pušio nekakav drnč. Promešao ga je i sa kiselim izrazom na licu liznuo vrh kašike.

„Bar je vruće i slano", tešio se, jer čorbasto jelo sumnjivog sastava nije izgledalo nimalo primamljivo.

Kao što je i očekivao, hleb je bio bajat. Nadrobio ga je u tanjir i sačekao da malo nabubri.

„Što kažu stari, za dobru svinju nema loših pomija..."

Ležao je tako punog stomaka i buljio u plafon. Da li od jela ili od onog što mu je doktor ubrizgao, osećao se znatno bolje. Nije mogao sa sigurnošću da kaže koje je doba dana. U ovoj zatvorenoj prostoriji bez prozora, izgubio je pojam o vremenu. Ipak, nešto mu je govorilo da nije kraj vizitama i da glavni posetilac tek treba da stigne. Znao je da Radetov ubica neće leći u krevet a da se pre spavanja ne nasladi njegovom mukom. Razmišljajući kako da prekrati vreme do njegovog dolaska, na trenutak je zadremao. Iz sna ga je trglo škljocanje brave. S druge strane rešetaka gledala su ga dva vučja oka.

— Očekivao sam te — reče Mirko pridigavši se na krevetu.

— Stvarno? Pa eto, nisam te razočarao.

Posmatrali su se nekoliko trenutaka. Jovan Kralj nije mogao da sakrije svoje likovanje.

— Zašto si to uradio?

— To sada nije bitno. Važno je da sam ja sa ove strane rešetaka, a ti sa one.

— Da, ali to može i da se promeni. Niko još nije ostao nekažnjen za svoj zločin, na ovaj ili onaj način...

— Oduvek si voleo da prosipaš pamet, Petrov — reče Kralj podsmešljivo. — Za tako inteligentnog čoveka veoma si nisko pao.

— Ja nisko pao ili ti, koji ubijaš ljude na spavanju? Imaš li ti ikakvu savest?

Kralj dunu podsmešljivo.

— Savest je izgovor slabih za kukavičluk i neuspeh u životu. Ja te izgovore ne koristim. Ne tako davno, bio si sličan meni...

— Možda... — uzdahnuo je Mirko. Znao je na šta ovaj cilja. — Ali, ja sam svoj greh iskupio i zahvalan sam ti zbog toga. Iako su tvoje vodilje bile zle, učinio si mi veliko dobro.

— Nema na čemu, Petrov — reče Kralj ustavši. — Slobodno mi se zahvali i pre nego što ti metkom prosviraju glavu za Radetovo ubistvo...

Mirko mu je uzvratio blagim osmehom.

— Ah da, zamalo da zaboravim! — uzviknu Kralj, već na vratima.
— Poručio ti je naš zajednički „prijatelj" Marković da će se sa oso-
bitim zadovoljstvom pobrinuti za tvog sina. Taj baš ume s decom...

Trebalo mu je mnogo snage da izdrži poslednje reči, koje su
poput mača prošle kroz njegovo roditeljsko srce. Ali, čim su se vrata
zatvorila za zločincem, osmeh mu se pretvorio u jecaj. Pao je leđima
na krevet zaronivši lice u šake.

— Miiirkooo...

Tih i nežan ženski šapat pomilovao mu je obraz poput mlakog
prolećnog povetarca. Otvorio je oči. Glas mu je bio tako poznat i
blizak. I dalje je ležao na zatvorskom krevetu, samo što mu je iznad
lica šuštala krošnja poznate bele trešnje. Kroz lišće se naziralo plavo
nebo. Cvrkut ptica ispunio ga je srećom, kao nekada davno, kada je
prvi put u životu osetio pravu ljubav.

— Miiirkooo... — začuo se ponovo divni ženski glas.

— Ružice! — uzviknu on ustavši sa kreveta.

Srce mu je lupalo kao ludo dok je pogledom lutao po nepregled-
noj poljani. Ugledao je njeno lepo lice u podnožju livade, na samoj
ivici šume. Duga bela haljina vijorila se na povetarcu, iscrtavajući
konture njenog vitkog, ženstvenog tela. Bujna kosa uokviravala je
njeno svetlo lice. Bila je lepa kao vila. Ali nije bila sama. Kraj nje je
stajao njihov sin. Ruka joj je počivala na njegovom ramenu. Mirko
se nasmešio i mahnuo im. Srce mu se ispunilo srećom što ih vidi.
Ali, već sledećeg trenutka je osetio razočaranje. Ni jedno ni drugo
mu nije uzvratilo osmeh. Gledali su ga hladnim pogledom. Njihove
oči bile su pune prebacivanja. Hteo je nešto da im kaže, bilo šta.
Umesto toga, stajao je tu, pod trešnjom, nem i nepokretan. Vetar
je dunuo jače, njišući visoku travu. Oblaci su se pojavili niotkud,
gotovo trenutno. Kretali su se neprirodnom brzinom. Sunčev sjaj je
zgasnuo, a sa njim prestao i cvrkut ptica. Mirka je podišla jeza. Nije

mu bilo hladno, već ga je obuzeo neki veoma loš predosećaj. Bela haljina se zavijorila. Sa užasom je shvatio da mu je Ružica okrenula leđa i da odlazi vodeći Milana sa sobom.

— Stanite! — povikao je sa panikom u glasu.

Potrčao je za njima. Bela haljina je već nestajala u šumi.

— Čekajte meee! — drao se iz sveg grla. Želeo je da ih stigne, da potrči brzo kao vetar. Ali, noge su mu bile tako teške i trome, a vetar mu je neumoljivo duvao u prsa.

Na njegov povik, Ružica se okrenula i prostrelila ga očima. Snaga njenog pogleda prikovala ga je u mestu. Disao je teško.

— Če... čekajte me...

— Ne idi za nama, Mirko — reče mu Ružica. — Tebi nije mesto pored nas. Ti si nas zauvek napustio...

— Vratio sam se! Neću vas nikada više ostaviti!

— Kasno je, Mirko, kasno za sve — bila je neumoljiva Ružica. — Izgubio si nas zauvek...

Kiša mu je prskala po licu, spirajući njegove vrele suze.

— Oprosti mi, Ružice... — jecao je neutešno. — Ne ostavljaj me, molim te. Ne vodi mi Milana...

— Ne treba njemu takav otac, Mirko... Njega će majka tamo gde niko više neće moći da mu naudi...

Bela haljina se zabelasala još jednom, a zatim nestala u šumi. Mirko je obrisao oči nadlanicom. Pogled mu je bio zamagljen od kiše i suza. Ponovo je potrčao, ako se bauljanje kroz visoku mokru travu moglo tako nazvati. Uleteo je u šumu dozivajući i tražeći ih sumanutim pogledom. Saplitao se i padao, košulja mu se cepala o grube kore i trnovite žbunove. Svaki put kada bi zastao obeshrabren, učinilo mu se da u daljini nazire belu haljinu i ponovo grabio napred. U jednom trenutku bio je siguran da je bela haljina prestala da se vijori i da mu je svakim korakom sve bliža i bliža. Odjednom je izbio na čistinu i stao. Trepnuo je u čudu. Ono što je smatrao belom haljinom bio je beli nadgrobni kamen. Ružičin spomenik od belog mermera. Kraj njega nalazio se još jedan, sasvim mali spomenik. Na njemu je bilo ispisano Milanovo ime. Stomak mu se ispunio užasom. Tek sada je do njegove svesti doprlo pravo značenje njenih poslednjih reči.

„Vodim ga tamo gde niko više ne može da mu naudi...”

— Neee!!! — zaurlao je Mirko, bacivši se na kolena pred malim spomenikom.

Grlio je hladan kamen kao da je njegovo dete, ljubio je svako uklesano slovo njegovog imena. Očaj i bol u njegovom srcu bili su toliko jaki da je poželeo odmah da umre. Da i on ode u neki bolji svet, gde će ponovo biti sa svojim detetom. Možda će mu i Ružica tada oprostiti kukavičluk i ponovo mu podariti svoju ljubav i poverenje. Pružiti mu šansu da ponovo budu sve troje zajedno, kao što je oduvek trebalo da bude. Želeo je da umre jer nije više mogao da zamisli život bez njih.

— Neee! — urliknuo je poskočivši na zatvorskom krevetu u svojoj ćeliji.

Bio je okupan znojem, a srce mu je lupalo kao ludo. Znao je da je sve bilo san, ali u jednom trenutku je zažalio što je onako nepromišljeno uništio kapsulu s otrovom. Želeo je da umre i nastavi da sanja neke mnogo lepše snove. Snove koje su Ružica i on nekada davno snevali zajedno, pod krošnjom njihove bele trešnje.

***

Marković je pozajmljenim autom odvezao ženu i sina u Maršić kod Kragujevca, u tazbinu. Popio je sa tastom, „prijateljem” iz ratnih dana, po čašicu rakije i oprostio se. U Kragujevcu je doglavio sa još par čašica, a usput svratio u još u nekoliko seoskih kafana. Za riskantni zadatak koji mu je Kralj poverio bilo mu je potrebno dosta stimulansa. I naravno, okrilje mraka. Kada je nekoliko sati kasnije kolima umileo u grad, veče se već odavno spustilo na njegove krovove. Kiša je ponovo počela da pada. Bio je pijan i to mu je davalo potrebnu odlučnost. Nije smeo sebi da dozvoli da razočara udbaša, da se sledeći put javi na telefon i kaže da je Pavlović još živ. Bio je dužnik tom opasnom čoveku. Svratio je kući i uzeo lovačku pušku kojom ga je Marko nehotice ranio. Stavio je u nju dva patrona sa dramlijama za krupnu divljač. Zver koju je večeras lovio nije smela da preživi. Dok je u prtljažnik smeštao sačmaricu, na vratu je osetio hladne kapljice. Digao je glavu ka nebu i tiho opsovao.

— Jebem ti ovu kišu!

Osvrnuo se oko sebe. Ulica je bila pusta. Nije ni slutio da ga kroz tarabe napuštenog i zaraslog dvorišta posmatraju dva para očiju. Čim se auto udaljio, dve prilike izašle su kroz razvaljenu ogradu na ulicu. Već sekund kasnije njihova tamna odeća utopila se u krošnju stare žalosne vrbe, koja je preko taraba puštala svoje oklembešene grane ka trotoaru.

***

U kući Petrovih vladao je muk. Anka se uznemireno klatila na ivici kauča, kršeći ruke. Kad je zazvonio telefon, skočila je kao oparena.

— Alo! — prosto je dunula u slušalicu. Glas joj je bio obojen nadom.

— Anka, Vi ste?

— Da. Ko je to?

— Dragan ovde, inspektor. Mirkov prijatelj.

— Šta se to dogodilo, Dragane? Gde je Mirko?

— Odveli su ga za Beograd.

— Ko ga je odveo? Zašto?

Sa druge strane žice, začuo se uzdah.

— Slušajte, Anka. Nemam vremena da okolišam. Mirko je uhapšen...

Na te reči Anki su klecnula kolena. Jednom rukom se naslonila na zid, a drugom uhvatila za stočić na kome je stajao telefon. Slušalica je tresnula o pod.

— Alo! — reče Dragan. — Anka!

Morao je da se strpi dobar minut pre nego što je začuo njen slab glas.

— Dragane...

— Jeste li dobro, Anka? — zabrinuto će on, iako je znao da pravi šok tek sledi.

— Je... jesam...

— Moram još nešto da Vam kažem. Noćas je ubijen Rade Jovanović. Mirko je bio s njim...

— Jao, bože! — otelo joj se iz grudi. Njeno srce ispunilo se očajem.

— Smirite se, Anka! Nije ga on ubio.

— Pa zašto su ga...?

— Hoće da mu smeste njegovo ubistvo.

— Ali zašto, Dragane? Ko hoće da mu smesti?

— Ne mogu preko telefona. Ja znam ko stoji iza svega, ali nemam dokaza...

— Pa šta da radimo? — jeknu sirota žena.

— Moramo prvo saznati gde je odveden.

— Kako da saznamo? Kako?

— Zovite odmah Mirkovu sestru i oca. Neka stupe u kontakt sa udovicom Radeta Jovanovića. Možda će ona moći da ga pronađe.

— A šta ako pomisli da je Mirko zaista ubio njenog muža?

— Siguran sam da neće poverovati u to.

— Nadam se, Dragane. Nadam se...

— Još nešto, recite im da kontaktiraju Filipa Filipovića. To je najčuveniji advokat u Beogradu. Nije nikad izgubio nijedno suđenje.

— Filip Filipović... — ponovila je Anka to neobično ime.

— Anka, nemojte brinuti. Spasićemo mi našeg Mi... — zastao je u pola rečenice.

— Dragane? — pozva Anka, uplašena iznenadnom tišinom.

— Izvinite, neko mi zvoni na vrata — reče Dragan čudnim tonom. — Nazvaću Vas malo kasnije da vidim šta ste uradili.

Čim se veza prekinula, pozvala je jedan broj. Gotovo odmah javio se veseli ženski glas.

— Ena... — reče Anka suzdržavajući jecaj.

Dok je potreseno razgovarala sa Mirkovom sestrom, nije ni primetila da su vrata Milanove sobe odškrinuta. Iza njih dečak je neutešno plakao i proklinjao krv dedova u svojim venama. Hvatao se za glavu, čupajući sâm sebi kosu. Da je bio manje hrabar, da je samo mogao da proguta taj glupi ponos, njegov otac bi sad bio na slobodi. Ali, nije mogao. Nije mogao...

***

Zgrada u kojoj je Pavlović stanovao nalazila se preko puta Vinarskog podruma. Na zidu portirove kućice gorela je lampa, ali iako je njeno svetlo dopiralo do zgrade, ulazi koji su se nalazili sa suprotne strane bili su u potpunom mraku. Marković se kolima uvukao između dve zgrade i parkirao iza jednog kamiončeta. Bilo je to idealno mesto za ono što je nameravao da uradi nakon što upuca Pavlovića. Pucanj će nesumnjivo probuditi komšiluk, ali verovao je da će imati dovoljno vremena da otrči nazad do kola i vrati pušku u prtljažnik. Ako neko i pogleda kroz prozor, videće samo mrak. Nije nameravao da pobegne autom, već da se nečujno i nevidljivo izgubi kroz uske sokake. Ako nekog slučajno bude sreo, em neće imati pušku kod sebe, em ga u mraku niko neće ni prepoznati. Ali, još uvek nije došao dotle. Trebalo je prvo naći Pavlovićev stan. Posrećilo mu se odmah. Ovaj je živeo u ulazu najbližem kolima, a najudaljenijem od ulice. Na poštanskom sandučetu je pisalo njegovo ime i broj stana. Marković se nečujno popeo na prvi sprat. Dok je stajao ispred belih vrata s brojem pet, otkočio je pušku i zategao oroz. Dobro poznato škljocanje ulilo mu je samopouzdanje, iako mu je od uzbuđenja srce lupalo kao ludo. Svetlo na stepeništu se ugasilo i sve je utonulo u mrak. Kroz špijunku na vratima dopiralo je svetlo. Pavlović je bio kod kuće.

Napipao je i pritisnuo okruglo dugme. Tišinu je narušio prodoran zvuk zvona. Koraknuo je unazad i podigao pušku.

— Ko je? — začulo se iza vrata. Nije bilo sumnje, bio je to Draganov glas.

Marković je ćutao. Ubrzano je razmišljao šta da radi ako mu ovaj ne otvori vrata.

— Pitam ko je! — ponovio je Dragan, ali nije otvarao.

Pred zatvorenim vratima Markovićeva odlučnost se za par sekundi pretvorila u želju da se što pre izgubi odatle. Neko je mogao da upali svetlo i otkrije ga sa puškom u ruci. Nedoumica je trajala veoma kratko. Iza vrata se začulo šuškanje, a svetlo koje je dopiralo kroz špijunku na tren zaigra, a zatim potpuno nestade.

„Gleda kroz špijunku!", pomislio je Marković sa radošću. Iste sekunde je podigao pušku i opalio. U tom malom prostoru, pucanj je odjeknuo poput topa, a snop svetlosti koji je jurnuo kroz novonastalu rupu na vratima, taman je zločincu osvetlio beg niz stepenice. Prašina od raznetih vrata se već posle nekoliko minuta slegla. Iza zaključanih komšijskih vrata se jedva čulo uplašeno šaputanje. Iz Draganovog stana nije se čuo ni najmanji šum...

***

Te večeri u jednom beogradskom stanu, starija žena u svilenoj spavaćici sedela je na ivici bračnog kreveta i tiho plakala. Ruka joj je počivala na telefonu. Posle nekog vremena ustala je i polako prišla polici na zidu na kojoj su, poobarane, stajale uramljene fotografije. Jednu od njih je uzela u ruke i spustila na nju nežan poljubac. Dugo je gledala u lik na slici i čak se i osmehnula nekoliko puta, iako su joj suze u potocima tekle niz obraze. U prolazu je spustila fotografiju na krevet i izašla iz sobe. Njena bosa stopala gazila su po vešu koji je iz prevrnutih fioka ležao prosut po podu. Ormani su bili odmaknuti od zida i zjapili prazni, a njihov sadržaj bio je bezobzirno razbacan svud ukrug. Provalnici nisu ostavili ni jednu jedinu stvar na svom mestu. Čak su i umetničke slike na zidu rasporili nožem, ostavivši platno da u fronclama visi preko drvenih ramova. Ali ono što su tražili, ono zbog čega su joj ubili muža, nisu našli.

U kupatilu se umila hladnom vodom i osušila lice peškirom. Oči koje su joj uzvratile pogled sa ogledala više nisu bile uplakane oči ucveljene žene. U njima je goreo osvetnički plamen. Vratila se u spavaću sobu i okrenula jedan broj.

— Smiljana — reče bez uvoda.

— Da, izvolite — odgovorio joj je nežan glas, pun poštovanja. Bilo je očigledno da zna s kim razgovara.

— Možeš li da pričaš?

— Mogu. Nije tu...

— Kako si?

— Dobro... — reče žena neuverljivo. Glas joj je primetno zadrhtao kao da je na ivici plača.

— Smiljo... Gotovo je. Kucnuo je čas...

Sa druge strane žice, začuo se jecaj.

— Budi jaka, dušo — reče žena majčinski. — Molim te.

— Hoću, hoću... Samo mi recite šta da radim.

— Dođi sutra na čaj i ponesi... ono...

— D... dobro... U koje vreme?

— Što pre. Čekam te — reče ona.

Strah sa druge strane žice bio je gotovo opipljiv.

— Smiljo... — nežno će žena. — Posle ovoga ne moraš se više nikad bojati. Veruj mi.

— Znam... — odvratila je mlada žena pre nego što je polako zaklopila slušalicu.

Sedela je na fotelji u dnevnoj sobi. Ruke su joj nekontrolisano drhtale, a grudi nadimale od teško suzdržavanog plača. Udahnula je duboko, ne bi li se smirila, ali lice joj se iskrivilo u bolnu grimasu. Dodirnula je natečena rebra.

— Da li će ikada srasti? — upitala se tek onako.

Njena lepota postala joj je odavno nevažna. Pitanje koje je sebi sve češće postavljala bilo je da li će uopšte ostati živa, u rukama zlotvora koji se nazivao njenim mužem. Bledo lice i mršavi vrat bili su prekriveni modricama. Njene zgasle oči prelivale su tugom i očajem. Ipak, u njenoj zenici, nakon dugo godina, večeras se pojavila jedva vidljiva iskra. Bledi plamičak nade da se njenoj patnji i njenom ropstvu najzad bliži kraj. A za svoju slobodu bila je spremna na sve. Ustala je i otišla u spavaću sobu. Otvorila je donju fioku na komodi i zavukla ruku duboko ispod uredno spakovanog veša. Srce joj je poskočilo kada je napipala tvrdo ukoričenu fasciklu. Među tim koricama nalazio se ne samo ključ njene tamnice, već i sekira koja će pasti na vrat njenog dželata.

KAZNA

Od momenta kada je pucao u Draganova vrata, pa sve dok nije ušao u svoju ulicu, Marković se ničega nije sećao, kao da je pao u trans. Nadao se da pušku nije negde ispustio, već da je ubacio u prtljažnik, kao što je i planirao. Sitna kiša prskala ga je po licu muteći mu vid. Obrisao je oči i sklonio slepljenu kosu sa čela. Drugu ruku je zavukao u džep.

„Da li sam ga ubio?", zapitao se dok je drhtavim prstima tražio ključ od kapije.

Planirao je da sutra ujutru prošeta do SUP-a, iako je bila subota. Tamo će verovatno saznati sve što ga interesuje. Bio je gotovo siguran da je Pavloviću razneo glavu, a ako ovaj kojim čudom i preživi, ostaće nesposoban do kraja života. Otići će tobož da vidi šta se desilo, a onda će sasvim neprimetno sesti u auto i skloniti se sa mesta zločina. U dnu džepa je napipao ključ i uhvatio ga prstima, ali mokra ruka mu se zaglavila na pola puta. Drugom rukom je sa spoljne strane povukao džep nadole i nekako uspeo da oslobodi zaglavljenu ruku. Ali, izletela je suviše naglo, a ključ od siline odleteo u mrak. Začuo je tup udar s desne strane.

— Uhhh, jebem ti... — procedio je iznervirano.

Rukama je razgrnuo krošnju žalosne vrbe i čučnuo. Počeo je da nasumice pipa po makadamu, ali umesto ključa, napipao je nešto sasvim neočekivano. Kada je shvatio da nekog drži za gležanj, skočio je kao oparen. Njegove noge, još uvek teške od rakije, nisu izdržale. Sapleo se i pao na leđa. Čak i onako u mraku, video je da nečije ruke razmiču vrbu. Novi nalet straha ispunio je celo njegovo biće. Kroz glavu mu je prošla jedna jedina misao.

„Plavi gavran..."

Umalo nije urliknuo od užasa, kada su iz krošnje, umesto osvetnika iz noći, izašle dve ženske siluete.

— Izvinite, druže! — reče jedna od njih zabrinuto. — Nismo htele da Vas uplašimo.

Marković je blenuo u njih, širom otvorenih usta. Dve žene koje su se pojavile niotkud, u ovoj tamnoj, kišnoj noći... Scena je bila dostojna nekog holivudskog filma. Verovatno bi pomislio da sanja, da ga ranjena zadnjica nije ponovo zabolela od pada. Pogledao ih je malo bolje. Sudeći po vitkom stasu, bile su to mlade osobe. Lica su im još uvek bila skrivena tamom. Jedna od njih, ona koja mu se obratila, prišla je i pružila mu ruku.

— Ispao Vam je ključ?

— Da... — reče Marković zbunjeno, prihvativši ponuđenu ruku.

Žena je nosila rukavice od nekog tankog, oštrog materijala, verovatno čipke. I pored toga, osetio je svu prefinjenost njenih dugih prstiju. U stomaku mu je zatreperilo na neki čudan, njemu potpuno stran način. Pomislio je kako sigurno bazdi na rakiju i bilo mu je krivo zbog toga.

— Hoćete da ga potražimo zajedno? — reče ona pustivši mu ruku. — Evo, moja sestra ima upaljač u tašni.

— M... može. Hvala.

Marković je osetio kako mu se vatra penje u lice. Bio je zatečen svojim ponašanjem. Prosto nije mogao da veruje da je iz njegovih usta spontano izašla reč koju već odavno nije upotrebljavao. Kao da je kroz njega govorio neki sasvim drugi čovek.

Druga žena, nešto viša i mršavija, zavukla je ruku u tašnicu i posle jednog kratkog trenutka preturanja, izvadila metalni upaljač. Marković je stajao nem i čekao. Nije ni pomislio da ih upita ko su i šta su radile tu, skrivene kraj njegove kapije. Osećao se kao uljez koji treba da se stidi što u pola noći, polupijan baulja po ulici, tražeći izgubljeni ključ. Gotovo je i zaboravio da je te iste noći ubio čoveka.

— Dođite — pozva ga žena ljubazno. — Gde mislite da je pao?

Marković je ponovo razgrnuo savitljivo vrbino granje i čučnuo kraj taraba. Čučnula je i ona kraj njega. Miris njene kose pomilovao mu je nozdrve. Vatra s upaljača treperila je na vetru, jedva osvetljavajući trotoar. Nije video ništa do blatnjavog makadama i trulih, od lišaja pozelenelih taraba.

— Evo ga! — uzviknula je, krenuvši rukom ka zemlji.

U tom trenutku je i Marković ugledao ključ i brzim pokretom ga zgrabio.

— Da se ne prljate — objasnio je svoj postupak.

— Vi ste pravi kavaljer... — reče ona okrenuvši se prema njemu.

Našavši se između njih dvoje, plamen upaljača prestao je da treperi, a svetlost je na trenutak obasjala njeno lice. Kada je ugledao njen osmeh i bistre, zelene oči, zastao mu je dah. Bila je veoma lepa, ali nije to bilo ono što je ostavilo jak utisak. Osetio je prema toj neznanki toliku bliskost da je od uzbuđenja počelo da mu preskače srce. Negde iz ponora njegove crne duše isplivalo je nešto što je davno zaboravio. To nije bilo sećanje na nekog. Bilo je to više sećanje na gotovo identičnu emociju. Nekada davno osećao se isto kao ovog trenutka. Nekada davno, on je voleo... Ali, nije mogao da se seti kad, ni koga. Iz njegove crne duše to sećanje nije isplivalo.

— Moram još jednom da Vam se izvinim — reče ona kada su izašli iz krošnje. — Nas dve smo se tu sklonile od kiše, a krenule smo u miliciju da prijavimo krađu...

— Prestani! — po prvi put je progovorila njena sestra. Glas joj je bio hladan i strog.

Pogledi dve žene se ukrstiše. Čak i u mraku, bilo je vidno da među njima ima netrpeljivosti.

— Čoveka ne zanimaju problemi dveju glupih žena!

— Ma, naprotiv! — umešao se Marković. — Ko vas je pokrao?

— Pa lopovi, valjda! — odbrusila je ova i njemu.

— Anice! — usprotivila se ljubaznija sestra. — Nije lepo da tako razgovaraš s ovim finim čovekom. Odmah da si se izvinila!

„Ovaj zemaljski anđeo me uzima u odbranu...", pomislio je on s ushićenjem. Neljubaznost druge sestre nije mu uopšte zasmetala. Štaviše, istrpeo bi noćas sve uvrede, samo da čuje nju kako ga štiti i naziva finim čovekom i kavaljerom.

— Ne pada mi na pamet da se izvinjavam. Ti si kriva što su nam pokrali kofere! Gde si gledala kog vraga?

— Sad si stvarno preterala, Anice...

— Ja preterala? — siknula je ova razdraženo. — Kome su ukrali kofere dok sam ja bila u toaletu, a? Zašto si otišla u susedni kupe i ostavila prtljag onim lopovčinama?

— Pa plela sam kikice onoj slatkoj devojčici, rekla sam ti već... — poče ova da se pravda. — I otkud sam mogla da znam da su ona dvojica lopovi? Delovali su kao dobri ljudi...

— Pa tebi svi, uvek, deluju dobri! Kako možeš da budeš tako naivna i glupa?

— A tebi su svi odreda loši...

Neljubazna sestra je odmahnula rukom, dunuvši nehajno kroz nos.

— Ne filozofiraj, molim te — reče joj podsmešljivo. — Luda sam i ja što sam te poslušala. Mogli smo sa ostalima, lepo, u dva auta. A moja pametna sestra zapela, voz pa voz...

— Ali, Anice, znaš da me on uvek podseti na mamu i tatu, i naše lepo detinjstvo? Zato i volim voz.

— I mene podseti. Zato ga i mrzim.

— Ali zašto? Ne razumem.

— Zato što mi nedostaju! Zato što ih više nema...

Njena poslednja rečenica završila se u jecaju. Sestra je prišla i zagrlila je nežno.

— I meni nedostaju, Anice, svakog dana... ali, tu su zauvek — reče, stavivši ruku na srce.

Markoviću je stala knedla u grlu. Iako nikad nije patio za svojim roditeljima, sada ga je činjenica da je i ona siroče rastužila do te mere da su mu se oči napunile suzama. Želeo je da je zagrli, da joj kaže da je voli, i da je on sada tu. Da će paziti na nju, i štititi je. Shvatio je da čovek može biti i srećan i tužan istovremeno. Samo ako ima za koga. Pitao se u tom trenutku kako je uopšte i mogao da živi bez tog nestvarnog, zastrašujuće divnog osećanja. Činilo mu se da bez njene ljubavi neće više ni moći da živi. A kada bi mu ona uzvratila ljubav, mogao bi tada da umre kao najsrećniji čovek na svetu.

— Drugarice — reče on stegnuta grla. — Ja ću vam pomoći da nađete stvari.

— Ali, kako, druže? — upita ona okrenuvši glavu prema njemu.

— Ja stanujem ovde — reče on, pokazavši na veliku kapiju od kovanog gvožđa. — Uđite da se prvo osušite, pa...

— Ne dolazi u obzir! — javila se opet Anica. — Da ulazimo noću kod nepoznatih muškaraca! Šta Vi mislite ko smo mi, neke tamo...

— Ma kakvi, drugarice! — iskreno će Marković. — Nikad u životu!

— Anice — reče njena sestra uhvativši je ponovo za ruku — mogle bismo bar da uđemo i pozovemo miliciju, ako drug ima telefon.

— Drugarice — reče on važno — u mene možete imati potpuno poverenje. Ja sam komandir milicije.

— Stvarno? — oduševljeno će ona.

Marković se isprsio ponosno.

— Slavko Marković, Vama na usluzi!

— Vidiš, Anice! — strogo će ona. — Bila si stvarno nepravedna prema drugu Slavku.

— Ništa ne brinite, drugarice, ne ljutim se ja. Svakakvi loši ljudi hodaju zemljom. Eto, vas su pokrali u vozu...

— Pa jeste...

— Drugarice — reče Marković okuražen njenim ljupkim ponašanjem — slučajno sam čuo da se Vaša poštovana sestra zove Anica. Eto, i ja sam se Vama predstavio...

— Jao, oprostite — uzviknu ona pruživši mu ruku — moje ime je Milica.

Od dodira njenih dugih prstiju, srce mu je poskočilo u grudima.

— Drago mi je, Milice — reče upivši njen pogled svojim.

I protiv svoje volje, zadržao je njenu ruku u svojoj duže nego što je nalagala pristojnost.

— Pa Vi drhtite, Milice! — uzviknuo je, ne bi li na neki način opravdao svoj gest. — Hladno Vam je?

— Jeste malo. Pokisle smo.

Marković joj je pustio ruku i prišao kapiji.

— U kući je toplo — reče okrenuvši ključ u bravi — a i založiću, pa ćete se ugrejati i osušiti.

— Imate prelepu kuću... — oduševljeno će ona. — Oduvek sam želela da imam takvu.

Nešto kasnije, u velikoj kaljevoj peći, pucketala je vatra. Blizu nje, na stolicama donesenim iz trpezarije, pokačene na drvene ofingere, sušile su se stvari. Markovićeve gošće sedele su u luksuznoj garnituri, srkutale topao čaj i grickale domaće, suve kolačiće. Bile su ogrnute u kućne haljine od satena, koje je njegova žena „nasledila" od gospođe Nićiforović, a nikada ih nije obukla. U uglu, na starinskom stočiću od lakiranog orahovog furnira, gorela je velika stona lampa. Kroz njen abažur bež boje širila se prijatna svetlost i padala na njeno aristokartsko belo lice, dok mu je pričala o njihovoj neprijatnoj avanturi u vozu.

Saznao je da su njih dve članice pozorišta iz Subotice, da su vozom krenule u Niš i da je tamo trebalo da se nađu sa ostatkom trupe. Da je „njegova" Milica glumila glavnu ulogu u predstavi *Koštana*. Da su posle premijere u Nišu nastavljale turneju po svim većim mestima jugoslovenskih republika i pokrajina, počevši od Makedonije, preko Kosova, Crne Gore, Bosne i Hercegovine, kroz Hrvatsko primorje u Sloveniju, u povratku u Zagrebu i na kraju u Beogradu. Gledao je u njene, kao smaragd zelene oči, i pitao se koji su to lopovi kojima bi trebalo da zahvali što ju je sreo. Obećao je da će pronaći krivce. Da će im lično doneti stvari za koji dan, gde god da se nalaze, i u tu svrhu zapisao im svoj broj telefona. Rekao im je da, kao i one, ni on nema roditelje i da njihovu tugu i nesreću doživljava kao sopstvenu. Nije nijednog trenutka sumnjao u sebe. Bio je spreman da pohapsi sve svetozarevačke lopove i da ih krvnički bije sve dok ne propevaju. A propevaće brzo, ne zvao se on Slavko Marković.

— Slavko, Vi ste stvarno jedan divan čovek — reče Milica, dirnuta njegovom požrtvovanošću. — Blago Vašoj ženi što Vas ima.

— Eh, Milice... Kad bi svaka žena umela to da prepozna i ceni...

Pogledala ga je čudnim pogledom. Srce mu je opet poskočilo.

„Te oči...", pomislio je. „Kao da sam ih već video... Ili možda sanjao..."

— Prava žena ume da prepozna pravog čoveka... — reče ona gotovo šapatom.

„I on je prepoznao pravu ženu za sebe...", pomislio je Marković, totalno opčinjen. Zato su mu njene oči bile tako bliske, gotovo poznate. Ona je bila njegova srodna duša, o kojoj je, i nesvesno, sanjao čitav život. Tog trenutka rešio je da se razvede i otpočne sasvim nov život. Nije više mogao da zamisli da deli isti krov, a kamoli postelju, sa onom seljančurom koju je nepromišljeno oženio.

„A Marko?", pomislio je na svog sina. „Da li bi Milica prihvatila moje dete?"

Bila je to bojazan koja je trajala samo tren. Pa, nije valjda lud da dozvoli nekom da pokvari ovu savršenu ljubav... Nek Marko ide da živi s majkom, ionako mu više treba nego otac. A on... On će sa Milicom stvoriti drugu porodicu. Bolju i lepšu. Savršenu...

Nije ni primetio da je u svom sanjarenju zatvorio oči.

— Pa Vi ste, Slavko, mrtvi umorni! — reče Milica sažaljivo.

Marković se trgao i zatreptao. Bila je u pravu. Najednom se osetio iscrpljenim i setio se da prošle noći nije uopšte spavao.

— Odspavajte Vi do jutra, a mi ćemo sedeti ovde kraj tople peći.

— Ima u kući nekoliko spavaćih soba. Kakav bih ja domaćin bio kad...

— Vi ste savršen domaćin, Slavko, i dobar čovek. Učinili ste za nas što niko ne bi.

— Da li možemo samo da se negde umijemo i operemo zube? — upitala je Anica.

Njen pogled i glas bili su daleko prijatniji nego u početku. Odveo ih je u kupatilo na spratu i, poput pravog kavaljera, poželeo im laku noć. Na pragu spavaće sobe okrenuo se još jednom.

— Ako vam bilo šta treba — rekao je uslužno — slobodno me probudite. Inače, osećajte se kao kod svoje kuće.

— Ne brinite, Slavko — odvratila je Milica ljupko — upravo se tako i osećamo.

Čim je zatvorio vrata, sestre su oprale zube i sišle. Ubrzo je škljocnulo dugme stone lampe i cela kuća je utonula u mrak i tišinu. Neko vreme se jedino čulo pucketanje iz peći, a onda je prestalo i ono.

Negde oko pola noći, na podrumskom stepeništu blesnuo je upaljač, obasjavši Aničino ozbiljno lice. Upalila je njime malu voštanu sveću i vratila ga u džep. Na sebi više nije imala kućnu haljinu, već je bila odevena, s tom razlikom što je odeća sada bila suva. Prišla je zidu od cigala i osmotrila ga, naročito prozorče sa gvozdenim rešetkama. Kanula je nekoliko kapi voska na drvenu policu s desne strane prozorčeta i zalepila sveću. Srce joj je lupalo kao ludo. Zatvorila je oči i udahnula duboko, i tako nekoliko puta, sve dok se nije smirila. Okrenula se prema prozoru. Znala je tačno šta treba da radi, bilo je to ugravirano u njenu memoriju. Uhvatila se za prvu šipku sleva i pokušala da je okrene. Šipka nije mrdala. Stisla je zube i progunđala. Zgrabila je obema rukama i pokušala ponovo. Zapela je iz petnih žila, ali šipka je ostala neumoljiva. Čelo joj se orosilo znojem. Tresla se od uloženog napora, dovedavši mišiće gotovo do granice pucanja. I taman je pomislila da odustane, kada se šipka najzad pomerila. Iz grla joj je izleteo uzdah olakšanja. Okrenula ju je tri kruga u pravcu kazaljki na satu. Istu muku je imala i sa srednjom šipkom, ali je sada bar znala da stari mehanizam još uvek radi. Naposletku je obema rukama prodrmala treću, poslednju. Uprevši se o pod, počela je da gura nagore. Milimetar po milimetar, šipka je klizila, ulazeći u neki kanal unutar masivnog ciglenog zida. Ušla je ne više od dva centimetra kada je u dlanovima, kroz šipku osetila udar metala o metal. Dobro je znala šta to znači. Uzela je dopola dogorelu sveću sa police i njome osvetlila donji deo zida. Na jedno sedamdeset centimetara od poda, cigle su bile malo ispupčenije, a ispupčenje se vertikalno spuštalo do dole. Osvetlila je levu stranu zida. Sa te strane su cigle bile uvučene. Njegov pokretni deo imao je savršeni oblik kvadrata. Naslonila se na levu stranu i počela da gura. Isprva nije išlo lako, kao ni sa šipkama. Kada je videla da se desna strana pokretnog kvadrata dovoljno ispupčila, prestala je da gura ramenom i povukla rukama. Zidić se okrenuo oko svoje ose za devedeset stepeni, otkrivši metalna vrata sa okruglim dugmadima. Ispod dugmadi sa brojkama, ugledala je malu, okruglu rupu. Srce joj je tuklo kao ludo. Drhtavim rukama je skinula lančić sa vrata. Na njemu je, umesto priveska, visio ključić. Gurnula ga je u rupicu i okrenula. Ovog puta išlo je lako. Sigurnosni mehanizam sefa bio je još uvek dobro podmazan. Krenula je zdesna. Četiri, devet, dva... Začula je klik. Vrata sefa bila su otvorena. Unutar njega nalazila se vrećica od crnog satena. Uhvatila je nabrani deo iznad mašnice, prinela uhu i protresla. Sadržaj je zveckao poput kamenčića. Ustala je i ponovo odložila sveću na policu. Niz lice su joj nekontrolisano tekle suze. Razvezala je mašnicu i prinela vrećicu sveći. Kada je ugledala ono što se nalazilo unutra, nije više mogla da izdrži. Iz grla joj se oteo trijumfalni krik.

Marković se trgao u krevetu i otvorio oči. Sanjao je nešto divno i nije mu bilo jasno zašto se probudio tako naglo. Osećao se zaista čudno. Nešto nije bilo u redu. Hteo je da se pridigne, ali osetio je pritisak nečije ruke na grudima.

— Šššš, tiho... — začuo je njen glas u mraku.

Srce mu se ispunilo srećom.

— Milice...

— Da, Slavko, ja sam — reče ona šapatom. — Ostani da ležiš.

— Je l' sve u redu?

— Jeste. Želela sam samo da još malo razgovaramo. Imam nešto da ti kažem...

— I ja tebi, Milice... — prosto uzdahnu Marković. Osetio je da mu se vrti u glavi od sreće.

— Volela bih da ti vidim oči dok pričamo.

— Evo, ima ovde lampa... — reče on i htede da potraži prekidač, ali ga je njena ruka ponovo, sa neverovatnom lakoćom vratila u ležeći položaj.

Mirisna kosa pomilovala mu je obraz. Trenutak kasnije mala lampa osvetlila je sobu. Sijalica nije bila prejaka, tako da su mu se oči brzo navikle. Gledala ga je i smešila se. Međutim, nije to više bio onaj ljupki osmeh. A njene zelene oči bile su hladnije od leda. Markovića je podišla jeza. U glavi mu se sve više vrtelo. Pokušao je ponovo da se pridigne, ali nije imao snage za to. Ovog puta nije ga čak ni pritiskala rukom.

— Znaš, Slavko — reče ona — prvo sam htela da te ubijem iz pištolja. Ali dok sam bila u kupatilu i prala zube, na polici sam ugledala nešto i predomislila se.

Marković je zabezeknuto gledao u nju, ne verujući u ono što je upravo čuo. Podigla je ruku sa kreveta. U njoj je nešto blesnulo. Digla mu se kosa na glavi. Bila je to prelepa britva sa drškom od slonovače, kojom se već godinama brijao. Do svesti je polako počela da mu dopire istina. Te oči... Nije ih sanjao. Te oči je znao vrlo dobro. Nekad ih je voleo najviše na svetu, mada tad toga nije bio svestan. Nekad, dok su bili deca...

— Anđela... — reče on tiho. Jedva da je imao snage i da govori.

Klimnula je glavom.

— Tata te je jako voleo, Slavko. Bio je tvoj dobrotvor...

— Ja... ja... — pokušavao je nešto da odgovori kolutajući očima.

— Ubio si nam roditelje, Slavko. Ne znamo čak ni gde su sahranjeni.

„Zašto ovako nemam snage?", pomislio je panično. Jedva da je mogao i kapke da drži otvorenima.

— Mi... milost... — molio je, pogleda prikovanog za sjajno sečivo brijača.

— Šta si rekao? — reče ona podigavši obrvu. — Milost? Mislim da previše tražiš...

— Nemoj d... da me ubiješ... M... molim te...

— Već sam te ubila, izrode jedan — procedila je ona, bodući ga pogledom kao kopljem. — Presekla sam ti femuralnu arteriju. Iz tebe ističe krv, kao iz otvorene česme.

Marković je zevao boreći se za vazduh.

— Kad si se ponovo pojavio i uništio nam živote, bila sam apsolvent medicine. Želela sam da postanem hirurg. Recimo da je ovo bila moja prva, i poslednja operacija...

Rastvorila mu je šaku i u nju stavila britvu, a zatim ustala i krenula prema vratima. Želeo je da je zadrži, da joj kaže da mu je žao. Da se kaje. Da joj kaže da je voli. Ali nije imao glasa, a život ga je polako napuštao zajedno sa svešću. Pomislio je da je njegova kazna suviše okrutna. Ne zato što umire, već zato što ga ona mrzi. Zato što odlazi u trenutku kada je prvi put u svom srcu osetio ljubav. Zato što sve to ne može da joj kaže. Želeo je da ostane kraj njega još tren. Da ga, ako ništa drugo, bar još jednom pogleda svojim lepim, zelenim očima. Umesto toga, izašla je iz sobe bez reči i pogleda, ostavivši ga da umre sasvim sâm. Niz obraze su mu tekle suze. Negde u podsvesti je oduvek znao da će ga jednog dana stići kazna za sve počinjene zločine. Ali nikada nije mogao da zamisli da će ga toliko boleti. Umro je totalno nesrećan, pogleda prikovanog za vrata, iza kojih je nestala ona. Anđela, njegov nežni, voljeni anđeo...

27

OTKRIĆA

Mladi inspektor je proturio lice kroz rupu na vratima i zviznuo ugledavši skrunjeni malter na zidu u predsoblju. Vrata stana su se otvorila pod blagim pritiskom njegovog kolena. Razgrnuo je rukom prašinu na patosu i posle kratkog preturanja našao ono što je tražio.

— Ne smem ni da zamislim na šta bi ti ličila glava da te je pogodio ovim — reče osmotrivši među svojim prstima spljoštenu dramliju za divlje svinje.

— Verovatno na ovo — reče Dragan, podigavši patrljak od metle kojom je sinoć zaklopio špijunku. — Samo što bi mi mozak sada bio zalepljen za zid.

— Ćuti, jezik pregrizô! — stresao se njegov kolega od jeze. — Imao si đavolsku sreću.

— Nema to nikakve veze sa srećom, Slobo! Očekivao sam ih. Bacio sam im udicu i upecali su se...

— Ali kako si bio tako siguran da su oni umešani u Jovanovićevo ubistvo?

— Nije važno, ali bilo mi je sve jasno kao dan. Ovo je samo dokaz da sam u pravu.

— Dobro — reče Sloba slegnuvši ramenima. — I šta sad? Opet nemaš nikakav dokaz da je Marković pokušao da te ubije.

— Nemam, istina je. Ali, sada bar znam da je uspaničen i sigurno će napraviti neki pogrešan potez kada me bude video živog i zdravog.

— Ko zna, možda ga je neko video i prepoznao. Poslao sam Sretena da malo ispita po komšiluku...

— Ne verujem, ali neka, što više talasamo, veći će njegov strah da bude. Na pogrešnog je čoveka udario ovaj put.

Draganov mladi kolega se nasmešio na tu opasku i potapšao ga po ramenu.

— Znaj da sam uz tebe, Dragane, a i Sreten je.

— Hvala, prijatelju, znam ja dobro kome mogu da verujem.

Sloba je zaustio da nešto kaže, ali ga je prekinuo bat koraka na stepeništu. Bio je to inspektor Sreten, brkajlija sitnih pronicljivih očiju.

— Ništa, jebô im ja mater ćoravu i plašljivu! — reče izraženim crnogorskim naglaskom. — Nit je ko šta video, nit ko nešto zna!

— Ne psuj, Sretene, nisu ljudi krivi — reče Dragan.

— Ma kako da ne psujem, jadan ne bio? Pola SUP-a stanuje ovde i svi naoružani, a niko nema muda da spasava komšiju!

— Šta ćemo sad? — reče Sloba, okrenuvši se Draganu.

— Ako nemate drugih obaveza, idemo u Kočino selo da pokušamo nešto da saznamo o čoveku bez noge.

— Ma kakvih obaveza, jadan? — reče Sreten protrljavši brk. — Idemo svi!

Trojica prijatelja izađoše napolje i krenuše kroz pasaž prema garažama koje su se nalazile s druge strane bočnih zgrada. Jedno kamionče za ugalj bilo je parkirano na betonskom trotoaru i gotovo slepljeno za zid, tako da su morali da ga zaobiđu. Na travnatom delu pasaža bio je parkiran beli auto, a putić između dva vozila bio je blatnjav od kiše.

— Ajmo ovamo — reče Dragan krenuvši da zaobiđe beli auto sa suprotne strane. Gotovo se sudario s čovekom u untrucima i papučama, koji je, savijen, piljio unutar auta.

— Uhhh, izvinite, druže inspektore, nisam Vas video! — trže se čovek iznenađeno.

— Šta radiš tu, čoveče? — upitao je Dragan prepoznavši komšiju, inače milicajca.

— Ništa, druže inspektore, videla žena auto s terasu, a ja ga pozajmio šefu pre neki dan. Pa sam sišô da vidim je l' moj. Izgleda ga doterô, al' mi nije ostavio ključevi.

— Koji šef? — upitao je Dragan, iako je veoma dobro znao o kome se radi. Osetio je kako mu se žmarci penju uz leđa.

— Pa, moj šef, Marković... — reče čovek u untrucima, uplašen Draganovim tonom i prodornim pogledom.

Dragan je gledao u njega dok su mu kroz glavu misli letele brzinom munje. Znao je da se ništa ne dešava slučajno.

— Imaš li rezervni ključ?

— Paaa, valjda imam negde... — reče ovaj počešavši se po glavi. — Ću pitam ženu.

U odsustvu čoveka, nijedan od trojice nije progovorio ni reč. Gledali su kroz stakla u unutrašnjost automobila, ali na prvi pogled, sve je bilo u redu. Ipak, nisu mogli da se otrgnu utisku da su na putu nekog značajnog otkrića na samom početku svoje istrage. Čovek se vratio nakon nekih deset minuta. Ovog puta nosio je pantalone i, još važnije, ključeve od auta.

— Daj da pogledamo prvo u prtljažnik — reče Sloba.

— Nemoj tamo kroz blato, dođi ovamo — pozva ga Dragan, uzevši u prolazu ključeve iz čovekovih ruku.

Prišao je uz prtljažnik i gurnuo ključ u bravicu, ali nije otvarao dok obojica kolega nisu stali kraj njega. Uzdahnuo je od uzbuđenja i podigao vrata. Umalo nije kriknuo od radosti kada je na podu ugledao pušku.

— Imaš li ti lovačku pušku? — reče naposletku digavši pogled prema milicajcu.

— Pušku?

— Da, sačmaricu.

— Nemam, ja i nisam lovac... Što?

— Dođi ovamo — pozva ga Dragan s autoritetom.

Čovek je brže-bolje poslušao, svestan da se dešava nešto čudno i opasno. Ugledavši pušku u svom gepeku, ustuknuo je korak. Na sebi je osetio upitne poglede trojice inspektora.

— To nije moje! — uplašeno će on.

— Sigurno? — upitao je Dragan unevši mu se u lice. — Možeš li sa sigurnošću da tvrdiš da na ovom oružju nema tvojih otisaka?

Ovaj ga je pogledao zabezeknuto, prebledevši. Bio je obavešten da je neko sinoć pokušao da ubije inspektora i tog trenutka shvatio da ga puška u njegovim kolima direktno dovodi u vezu s tim. Njihovi sumnjičavi pogledi zaledili su mu krv u žilama.

— Dajem Vam časnu reč, druže inspektore! — reče ovaj kô iz topa.

— Dobro, ajde da ti verujem — reče Dragan ne puštajući mu pogled. — Ali, šta će ova puška u tvojim kolima?

— P... pa ne znam — poče on da zamuckuje. — Ja sam kola morao da pozajmim šefu! Nije to moja puška, dece mi!

Dragan nije nijednog trenutka sumnjao u čoveka, pa ipak, gledao ga je uporno u oči kao da pokušava da pronikne u najskrivenije delove njegove duše.

— Slušaj, prijatelju — reče Dragan — neko je noćas pokušao da me ubije. Sumnjao sam u Markovića i pre nego što sam našao ovu pušku, i siguran sam da je njome pucao u moja vrata. Ali, puška je sakrivena u tvojim kolima, što od tebe čini saučesnika za pokušaj ubistva...

Milicajcu su na Draganove reči klecnula kolena i da ga Sreten nije zgrabio za mišicu, sigurno bi pao.

— Pa nemam ja, druže, veze s tim! — uzviknuo je on plačnim glasom. Niz obraze mu potekoše suze iskrenog i poštenog čoveka.

Dragan se setio suza sirotog čuvara fabričkog magacina i znao je da sada od njega može da dobije šta god poželi. U glavi mu se sklapao precizan plan.

— Sretene — reče on okrenuvši se svom kolegi — dovedi nekog odgovornog iz lovačkog društva i traži da ti pruži uvid u registar za oružje. Mogu da se opkladim da je ova skupa lovačka puška zavedena pod Markovićevim imenom.

Brkajlija je odmah otišao da ga posluša.

— Slobo, ostani ti da čuvaš auto i pušku da se Marković slučajno ne vrati po njih. Ja ću biti u stanu, nek me Sreten pozove čim se vrati.

Mladi inspektor je klimnuo glavom. Puno puta je Dragana video na delu i uverio se u efikasnost njegovih metoda i sposobnost da nepogrešivo sledi svoj instinkt. Uživao je posmatrajući ga, svaki put nešto naučio i ni najmanje mu nije smetalo da ga bespogovorno sluša.

— Dođi sa mnom, prijatelju — reče uhvativši milicajca pod mišku. Čovek je krenuo s Draganom, poslušan kao pas. — Pogledaj ovo — reče pokazavši mu rupu u vratima i zidu.

— Auuu! — iznenađeno će čovek. — Druže inspektore, ja stvarno nisam ništa kriv!

— Sedi — rekao je Dragan pokazavši mu na stolice u kuhinji. — Sad ću ja da nam skuvam po jednu kafu i onda ćemo razgovarati.

***

Milan se probudio sav izmrcvaren i utučen. Imao je strašan košmar. Sanjao je kako ga prekriva zemlja poput crnih talasa, a oko njega stotine, hiljade pacova koji pretrčavaju preko njegovog tela bežeći sumanuto. Oseća njihove šapice i noktiće po leđima, zmijski hladne repove koji ga šibaju po licu. Beži i on, ali pada i uvek su mu noge nekako u zemlji, pritisnute i zarobljene. Muči se i stenje, znoj mu curi niz lice, dozivao bi u pomoć, ali zna da je potpuno sâm. Ispred njega uzburkano tlo, nepregledno more glodara koji skakuću, boreći se za život. Pomislio je da odustane, da pusti da ga prekrije zemlja. Pomislio je da sad, kada su mu zlotvori oduzeli oca, nema više ni razloga da živi. Jedina stvar koja ga je sprečavala da to učini bila je sramota. Sramota pred svim tim životinjicama koje su spasavale svoj bedni pacovski život kao da je nešto najdragocenije. Pa zar da on bude gori i slabiji od njih? Jedino ta misao ga je gonila da nastavi i ne dozvoli da ga zemlja prekrije i uguši. Negde duboko u sebi osećao je da zbog nečeg i nekog mora ostati živ. Kada je najzad otvorio oči i probudio se, prva njegova misao nije bila upućena ocu. Pomislio je na Miljana koji je ležao u bolnici. Ocu nije mogao da pomogne, ma gde se nalazio, ali bio je potreban svom najboljem drugu.

Ankine brižne oči bile su naduvene od nespavanja i, bio je siguran u to, plakanja. Njegov odraz u ogledalu nije bio ništa bolji. Umivao se hladnom vodom duže nego obično. Osetio je kako mu lice trne od hladnoće, ali nekako mu je to prijalo. Kada je izašao iz kupatila umiven i očešljan, sto u trpezariji je već bio postavljen, a vruća kajgana pušila se u tanjiru. Sve je bilo kao i obično, iako više ništa nije bilo isto. Imao je osećaj da oboje vise iznad ponora na tankoj struni koja svakog časa može da se prekine. Doručkovali su u tišini.

Anka je nakon jela odnela pribor i tanjire u kuhinju, a kada se vratila, dečaka nije bilo. Uzdahnula je i zaplakala. Setila se Ružice, najstarijeg deteta Petrovih. Njene divlje i neuhvatljive prirode i hrabrog, ali toplog srca. Iako je likom i telom podsećao na oca, Milan je u mnogo čemu bio ista tetka. Nadala se samo da će Bog biti milostiv prema njemu i da će ga sačuvati od zla.

Dečak se nije uzdao u Boga koliko u oštru kamu, od koje se više nije odvajao ni danju ni noću. Bio je rešen da Markoviću skupo naplati bilo koji pokušaj da mu priđe. Otac više nije bio tu da ga zaštiti, ali nije prihvatao da bude nejač kao siroti Miljan.

Nije bilo vreme posetama, međutim, nije zbog toga brinuo. Iz košulje je izvadio dve „drine", koje je uzeo iz fioke, iz očeve paklice cigareta i pružio portiru na vratima. Čovek s požutelim brkovima strastvenog pušača pustio ga je sa širokim osmehom. Na spratu, na Odeljenju intenzivne nege, bio je kao kod svoje kuće. U hodniku koji je vodio prema Miljanovoj sobi sreo je medicinsku sestru. Ni ona ga nije ništa pitala, samo mu je u prolazu razbarušila kosu.

Provirio je u sobu. Na krevetu kraj Miljana sedela je teta Marija i hranila sina supom. Dečak je pokušavao da srkne, ali još uvek nije imao osećaj u usnama, pa mu se supa slivala niz bradu i kapljala na ogromnu portiklu. Bio je jako omršao u licu. Ipak, pomislio je Milan zadovoljno, boja mu se polako vraćala u obraze. Marija je osetila njegovo prisustvo i okrenula glavu ka njemu. Miljan ga je takođe ugledao, a njegove tanke usne razvukoše se u blag osmeh.

— Milane — reče Miljanova mama — jesi li ti dobro, sine?

— Jesam, teta Marija.

Žena ga je pogledala zabrinuto. U dečakovom pogledu lebdela je senka koju nikakav osmeh nije mogao da prikrije.

— Je l' sve u redu kod kuće?

— Jeste — reče dečak, želeći da zvuči ubedljivo, ali je i nesvesno izbegao njen pogled zato što nije mogao da je laže u oči.

Marija mu nije poverovala, dobro je poznavala dečaka. U njegovim očima videla je nešto više od tuge, nešto nedokučivo. Nije insistirala, ne želeći da kvari ponovni susret dva najbolja druga. Rešila je da u povratku svrati kod Anke i vidi šta joj to mališan krije. Miljan ionako nije više hteo da jede, tako da je ubrzo otišla i ostavila ih same.

— Kako si? — reče Milan uhvativši druga za ruku čim je Marija izašla.

Miljan je mrdnuo ustima, ali iz njegovog grla nije izašao nikakav ton. Ipak, njegov radostan pogled govorio je umesto reči. Milan mu je ispričao skoro sve što se dogodilo otkako ga je Marković krvnički prebio. Ispričao mu je o gavranovom podvigu u golubarniku i Markovićevom ranjavanju u zadnjicu. O tome kako je veliki i lep plamen bio kad je zločincu goreo auto i kako se usred noći videlo kô po danu. Miljanu su od sreće oči sijale kao žeravice. Obrazi su mu od uzbuđenja bili sve rumeniji. Naposletku mu se izvinio što ga je udario.

— Marina mi je sve objasnila — reče on ugrizavši se za usne. — Obećavam ti da više nikad neću sumnjati u tebe. Nikad!

U tom trenutku u sobu je ušla mlada medicinska sestra bujne tršave kose. Proverila je da li je sve u redu i pre nego što je izašla, nasmešila se dečacima. Milan je uhvatio dobro poznati pogled svog druga.

— Šta je? — bocnuo ga je. — Opet si se zaljubio?

Dečak se nasmešio.

— Ima... — poče on jedva čujno.

— Šta? — iznenađeno će Milan. Ustao je s kreveta i približio mu se.

— Ima lepu kosu... — reče Miljan tiho, ali sasvim razumljivo.

Milan se odmakao i pogledao svog druga. Bio je sama kost i koža, ali bio je to ipak onaj stari Miljan.

— Pa tebi je stvarno dobro, bre! — nasmeja se on od srca.

***

Kada se Sreten vratio, zatekao je u Draganovom stanu i Živojina Cvetkovića, predsednika Opštine.

— Sad ga stvarno držimo za muda! — reče Sreten pruživši Draganu papir. — Njegova je puška!

Cvetković se nasmeja na njegovu opasku. Poznavao je lično brkatog Crnogorca i voleo njegovu neposrednost. Muškarci se rukovaše.

— Ako se ispostavi da je Marković stvarno pucao na tebe iz te puške, zvaću odmah javnog tužioca — reče Cvetković. — A onda ćemo ga uhapsiti.

— I Vi ćete s nama? — upitao je Sreten izvivši začuđeno obrve.

— Drug Cvetković ima sa Markovićem neke neraščišćene račune — pojasnio je Dragan. — Mislim da bi mogao da pođe.

— Da, da, daaa... — prisetio se Sreten. — Markovićev sin je zlostavljao Vašeg unuka u školi, zar ne?

— Zlostavljanje je blaga reč, ali nećemo sad o tome. Drug Pavlović ima plan, pa bih voleo da se sada dogovorimo šta nam je činiti.

Dragan je jedno kratko vreme ćutao, sklapajući u sebi poslednje kockice svog riskantnog plana. Znao je da nemaju mnogo vremena pred sobom, da su brzina akcije i faktor iznenađenja od primarnog značaja. Ipak, želeo je da dobro razmisli o svemu pre nego što počne da priča.

— Ovako, drugovi — reče on naposletku — juče je u toku noći ubijen Rade Jovanović. Svi znate ko je on, ne treba da objašnjavam. Dogodilo se to u Kočinom selu, kraj Morave. Ubijen je na najsvirepiji način, a moj prijatelj Mirko Petrov je uhapšen za to ubistvo. Osnovano sumnjam da mu je to ubistvo namešteno i gotovo sam siguran da je Jovanovića ubio Jovan Kralj, udbaš. Imam puno tehničkih dokaza, fotografija i slično, i sve može da pomogne na sudu, ali to sad nije toliko bitno. Ne znam zbog čega ga je ubio, ali siguran sam da je dugo planirano i da nije slučajno što je i Mirko bio tu. Trebalo mu je žrtveno jagnje. Još nešto mi nije jasno. Na koji način i kada su se Marković i Kralj upoznali.

— Marković i Kralj? — začuđeno će Cvetković.

— Bili su zajedno te noći, siguran sam u to — reče Dragan samouvereno. — I oni znaju da ja to znam, indirektno sam im rekao u podrumu SUP-a.

— I zato je Marković pokušao da Vas likvidira?

— Ne. Rekao sam im da je te noći bio prisutan peti čovek koji je sve video, i da ga tražim. Hteli su da me spreče da ga pronađem.

— Izmislili ste ga, pretpostavljam? — nasmešio se Cvetković. — Da ih uplašite.

— Nisam ga izmislio — reče Dragan. — Stvarno sam otkrio tragove petog čoveka koji se slučajno zatekao tu, i znam da je video nešto što ga je nagnalo u panični beg. Mislim da je video ubicu.

— Pa zašto ste im to otkrili, bre, Pavloviću? — reče Cvetković zavrtevši glavom. — Mogli ste život da izgubite!

— Želeo sam da ih isprovociram, da naprave neki pogrešan potez.

— Ne da je napravio pogrešan potez, nego kao da je namerno sâm sebe sjebô! — ubacio se i Sreten. — Hvala mu, onoliko!

— Ja sam mislio da je samo Marković u pitanju, ali ovo je mnogo komplikovanije — reče Cvetković dunuvši kroz nos.

— Nije toliko komplikovano, objasniću vam svoj plan.

— Hajde, da čujem...

— Markovića ćemo uhapsiti i optužiti za pokušaj ubistva. Imao je motiv, našli smo oružje koje je registrovano na njegovo ime, u kolima koja je pozajmio od vašeg imenjaka Živojina, milicajca. Prihvatio je da na sudu svedoči protiv njega.

— Prihvatio sam! — javio se ovaj usplahirenim glasom. — Neću da idem u zatvor ni kriv ni dužan.

— Dobro — klimnuo je Cvetković. — Nastavite dalje, Dragane.

— Suočićemo ga s dokazima za pokušaj mog ubistva, to će morati da prizna. Reći ćemo mu da znamo da je učestvovao u ubistvu Jovanovića. U međuvremenu ćemo pronaći petog čoveka, tog koji je prisustvovao Jovanovićevom ubistvu.

— A ako ga ne nađete?

— Spreman sam da Markoviću oprostim što je pucao na mene, ali moraće da nam proda udbaša. Meni je jedini cilj da spasim svog prijatelja.

— Nije loš plan, vredi pokušati — reče Cvetković protrljavši bradu. — Ali nije li opasno dirati Udbu? Možda je taj Kralj samo izvršavao naređenje svog šefa.

— Ne verujem, ne bi uključio Markovića u likvidaciju. Ovo je bilo nešto lične prirode za obojicu.

— Što za obojicu?

— Marković je već duže vreme u sukobu sa mojim prijateljem. Njegov sin je pokušao da maltretira Mirkovog, ali ga je ovaj isprebijao. Otad, samo problemi...

— Taj mali je isti otac — reče Cvetković podigavši telefonsku slušalicu. — Neće taj dobro proći u životu.

Nepun sat kasnije, u Draganov stan ušao je crnomanjasti čovek strogog lica.

— Ovo je Nenad Nedeljković, javni tužilac, inače moj dobar prijatelj.

Čovek je klimnuo glavom u znak pozdrava, a starom prijatelju je stegao ruku.

— Kako si, Žiko? — reče prisno. — Šta je to toliko hitno?

— Hitno je da hitnije ne može biti, Nešo. Pavlović će ti sve objasniti.

Dragan je takođe poznavao javnog tužioca i imao dosta dobro mišljenje o njemu. Po prirodi svog posla bio je strog, ali i veoma pravičan čovek. Primenjivao je zakon hladnokrvnošću pravog birokrate, međutim, često je umeo da posluša instinkt i pokaže humanost i razumevanje. Drugim rečima, bio je pravi čovek za ovu akciju. Dragan mu je ponovio celu priču, trudeći se da bude što ubedljiviji i jasniji. Čovek za sve vreme nije postavio nijedno pitanje, niti pokazao bilo kakvu emociju. Trljao je bradu zamišljeno i čak u jednom trenutku zatvorio oči kao da drema. Ostao je tako još par sekundi nakon što je Dragan završio.

— Poznajem Mirka — reče on iznenada. — U stvari, poznavao sam njegovu pokojnu sestru. Ružicu Petrov...

U trenutku kada je izgovorio Ružičino ime, njegovo strogo lice se na trenutak raznežilo. Na momenat se vratio u gimnazijsko dvorište, kada je prvi put spazio njeno nasmejano lice, i te oči pune divljeg plamena. Nikada nije saznala da je srce stidljivog mladića sa sela kucalo samo za nju, čak ni dok su se u partizanima borili rame uz rame. Napadao je neustrašivo nemačke vozove i konvoje, ali nikada nije smogao hrabrosti da njoj prizna ljubav. A onda je uhvaćena i streljana. Uzdahnuo je duboko i trepnuo kao da dolazi k sebi. Dragan i Živojin Cvetković se pogledaše iznenađeno. Shvatili su u tom trenutku da javnog tužioca nedovoljno poznaju.

— Mirko nije više u Komitetu? — upitao je ozbiljno poprimivši opet lik javnog tužioca.

— Ne, napustio je politiku još prošle godine — reče Dragan.

— Dobar je on čovek i sposoban, sigurno je nekom mnogo smetao. I izgleda još uvek nekom smeta pa hoće da ga pošalje na robiju.

— Izgleda... — klimnu Dragan.

— E, pa mi ćemo im pomrsiti račune. Zar ne?

— Nego šta ćemo! — prosto uzviknu Živojin Cvetković. — Uhapsićemo džukelu!

— Pa šta čekamo više u pičku materinu? — uzviknu i Sreten. Iz futrole na pojasu je izvukao pištolj i repetirao, ubacivši metak u cev, a zatim ga vratio nazad.

— Idemo! — reče Dragan otvorivši vrata.

U prolazu su pokupili Slobu, a kola su ostavili dvojici kolega koji su došli po pozivu. Bili su to iskusni inspektori i ljudi od poverenja.

Dragan je Živojina milicajca poslao kući, što je ovaj jedva dočekao. Jedno je bilo svedočiti na sudu, a drugo hapsiti svog šefa koji mu je ulivao strah u kosti i koji se sigurno neće tek tako predati. Bilo mu je stalo da dočeka penziju.

Nekih pola sata kasnije, pred Markovićevu kapiju je stao sanitet. Dočekao ih je Dragan bleda lica. Iz dvorišta je na ulicu izašao i Živojin Cvetković.

— Gde je telo, inspektore? — upitao ga je krupan momak u bolničarskoj uniformi. Drugi je izvlačio nosila iz sanitetskog vozila.

— Gore na spratu, momci. Samo pravo stepeništem, Sreten i Sloba su unutra s Nedeljkovićem tužiocem.

— Šta bi ovo, Dragane? — reče Živojin uhvativši se za glavu.

— Ne znam — uzdahnu ovaj. — Nisam više pametan.

— Mislite da je stvarno izvršio samoubistvo?

— Ne. Mislim da je ubijen.

— Udba uklonila neželjenog svedoka?

— Možda, ima logike. Ako je tako, ispali su mnogo pametniji nego što sam očekivao. Mada, nešto mi govori da nisu oni.

— Ne razumem...

— Mogu da Vam objasnim, ali nisam siguran da ćete me shvatiti.

— Pa hajde.

— U svojoj karijeri sam istraživao mnoga ubistva i primetio sam nešto. Mesta gde je izvršen zločin, to jest gde je žrtva umrla nasilnom smrću, nisu ista kao ona gde je smrt bila blaga. Ne govorim tu o evidentnim dokazima, nego o nečemu što se ne vidi okom, ali se oseća. Neko to oseća kao miris, mada mislim da se ne radi o mirisu, već o nekoj posebnoj energiji koja ostaje na mestu zločina. Nešto nedefinisano i neobjašnjivo. Ipak, meni baš to mnogo otkriva.

— Mislim da otprilike shvatam šta hoćete da kažete. To jest, ne baš...

— Dobro, nije ni bitno. Hoću da kažem da ne verujem da ga je ubila Udba. Jer da jeste, bilo bi to drugačije, nasilnije.

— Mislite, nema tragova borbe?

— Nema straha — reče Dragan. — U ovoj kući se ne oseća ta neobjašnjiva energija koju oslobađa žrtva koja se plaši. Kao da nije ni bio svestan da umire.

— A zašto ne samoubistvo? — zainteresovano će Cvetković. — Pokajao se, uspaničio, uplašio posledica...

— Siguran sam da ne. Ne zato što mislim da se Marković nikad ne bi pokajao, već zato što ništa ne ukazuje na samoubistvo. Kao prvo, nema pisma, ali ni to nije obavezno. Neki ljudi ne ostavljaju poruke za sobom. Ovde nema one teatralnosti koju svaki samoubica svesno ili nesvesno napravi. Jer sâm čin samoubistva je vapaj, želja da se nešto kaže. A Marković je ležao u krevetu, u pidžami, pokriven do grla. Kao da je legao da spava i iskrvario.

— Možda ga je neko posekao u snu.

— Da, ali oči su mu bile otvorene kad smo ga pronašli. Što znači da je bio budan u trenutku kad je umro.

Cvetković je zaustio da nešto kaže, ali Dragan je najednom potrčao i projurio kroz kapiju. U kući je zvonio telefon. Uleteo je u hol i prateći zvonjavu skrenuo desno u salon. U prolazu je ugledao Nedeljkovića na stepeništu i dao mu znak rukom i pogledom da brzo siđe i pridruži mu se. Pre nego što je podigao slušalicu, pružio mu je malu, pomoćnu.

— Alo — reče on pokušavši da ne deluje zadihano.

— Markoviću? — začuo je glas od koga su ga podišli žmarci.

— Ja sam — reče Dragan imitirajući Markovićev glas što je bolje mogao.

— Šta ti je s glasom? — reče Kralj podozrivo.

— Dotrčao sam iz dvorišta, pa sam zadihan — snašao se Dragan.

— Jesi li sredio ono njuškalo?

Dragan je pogledao u Nedeljkovića. Oči su mu zadovoljno sijale. Klimnuo mu je glavom da nastavi.

— Naravno. Preselio sam ga na onaj svet.

— Sigurno?

— Sigurno — reče Dragan mirno i ubedljivo. — Nema ga više.

— Odlično, Markoviću, znao sam da mogu da računam na tebe. Nazvaću te ako mi trebaš.

— Druže...

— Šta je bilo, Markoviću?

— Gde je Petrov?

S druge strane žice udbaš se tiho nasmejao.

— On je sad moja briga, Markoviću, ali njegov sin ti je još pred nosom. Ako imaš neraščišćenih računa, reši to slobodno sa malim...

Kralj je nakon tih reči odmah prekinuo vezu. Verovatno je imao važnija posla nego da gubi vreme sa provincijskim komandirom milicije. Smatrao je sigurno dovoljnom nagradom što mu je dozvolio da bije i muči dete bez zaštite.

— Sad bar znamo da ga nije ubio Jovan Kralj ili neki njegov kolega — reče Dragan.

Nedeljković klimnu glavom.

— Znamo da je i Vaša pretpostavka potpuno tačna. Ova dva zločinca su se nekako sastavila i udružila u zločinu.

— I svako je našao svoj račun — reče Živojin Cvetković. — Samo što je Markovića neko sprečio da dugo likuje.

— Da — klimnu Dragan. — I mislim da nikad nećemo saznati ko je Svetozarevu učinio tu uslugu...

— A nama, nažalost, medveđu...

— Da mi je neko rekao da ću jednog dana da žalim Markovićevu smrt, rekao bih mu da je lud — dunu Dragan besno.

— To sam upravo i ja pomislio, ali me je bilo stid da kažem... — reče Cvetković.

— Kako ćemo sad da oslobodimo Mirka? — upitao je javni tužilac. — Znamo da je nevin, ali naš jedini svedok protiv udbaša je upravo odvezen u mrtvačnicu.

— Nije jedini, zaboravljate čoveka bez noge.

— Nisam zaboravio, ali on me u ovom trenutku više podseća na duha nego na stvarnog čoveka.

— Ipak, siguran sam da postoji i da je video ubicu.

— Verujem Vam, Dragane, do sad su se sve Vaše pretpostavke pokazale kao tačne. Ako ga pronađete i ako je stvarno video ko je ubio Jovanovića, možda nam uspe da optužimo Kralja i oslobodimo Vašeg prijatelja. Ali bez čoveka s drvenom nogom, bojim se da neću moći ništa da učinim.

— Nadam se da je Mirko Petrov još živ — reče Cvetković.

— Siguran sam da jeste — reče Dragan. — Osetio bih u Kraljevom glasu da je drugačije. Ali nema vremena za gubljenje, odosmo odmah da potražimo našeg svedoka.

U tom trenutku se na vratima pojavio Sloba.

— Pronašli smo neke tragove u podrumu. Neko je voštanom svećom iskapljao i pod i policu kraj prozorčeta.

— Marković sigurno nije — začuo se Sretenov glas iz predsoblja. — On bi upalio svetlo.

— Prestanite da tražite tragove — reče Dragan hladno. — Nije zaslužio da tragamo za njegovim ubicom. Što se mene tiče, i ako se drug tužilac slaže, ovo je bilo samoubistvo.

— Slažem se, naravno.

— I ja — dodao je Cvetković i pružio mu ruku. — Srećno, i javite mi ako pronađete tog čoveka. Svi ćemo zalegnuti za Mirka, ne brinite.

Dragan je klimnuo glavom i namešio se.

— Onda, mislim da smo ovde završili. Sada pravac Kočino selo!

***

Sledeća noć je bila noć bez snova, a ako je dečak nešto i sanjao, u trenutku kada je otvorio oči, izgubio je svako sećanje o tome. Probudili su ga glasovi koji su dopirali iz dnevnog boravka.

— Može kafica? — začuo je Anku.

Glas joj je bio ljubazan, očigledno je došao neko poznat. Milanu poskoči srce u grudima. Svaki došljak je mogao da znači neku dobru vest o njegovom ocu.

— Može, Anka, hvala.

Milan je prepoznao glas inspektora Dragana. Naslonio je uvo na vrata ne bi li čuo o čemu pričaju, ali odmah se razočarao. Čuo je Anku kako zatvara kuhinjska vrata. Osim mumlanja, do uha mu nije više dopiralo ništa razumljivo. Što je tiše mogao, odškrinuo je vrata od sobe i na prstima se došunjao do kuhinje. Staklanca na vratima bila su prekrivena prozračnom belom zavesicom. Kuhinja je bila okupana jutarnjim suncem i mogao je jasno da ih vidi, a da u isto vreme oni ne vide njega. Nakon nekih dvadesetak minuta, shvatio je da je dovoljno čuo.

„Marković mrtav...”

U svakom drugom trenutku, saznanje da se njegov najgori košmar preselio na onaj svet, pobudila bi u njemu sreću i olakšanje. Zločinac je zaslužio da umre u najgorim mukama, ali ne još. Ne sada kada je bio možda jedini čovek pomoću koga je njegov otac mogao da bude spasen robije ili nečeg još mnogo goreg. Žalio je smrt čoveka koga je mrzeo najviše na svetu...

Ipak, Milan se nadao da nije sve izgubljeno. Ako je taj čovek bez noge bio poslednji svedok zločina, možda se otac ipak nađe na slobodi. Iako ga nije ni video, čika Dragan je verovao u njegovo postojanje i bio siguran da će ga pronaći. Dečak je jedino mogao da se moli da se to dogodi što pre. Lagano se okrenuo na petama ne bi li se što tiše vratio u svoju sobu, ali već nakon prvog koraka stao je kao zaleđen. Vrata koja su dnevnu sobu spajala sa holom se otvoriše. Bilo je kasno da se izgubi neviđen. Sa praga su ga gledala dva poznata nežna oka. Već sledećeg trena je potrčao i uleteo u raširene ruke svoje tetke. Privila ga je čvrsto uza sebe i držala toliko dugo, kao da ga nikad neće pustiti. Bio je to zagrljaj očaja. Tople suze kapale su mu po kosi i slivale se niz obraz. Uhvatio je za krhka ramena i polako je odvojio od sebe. Tetka ga je pogledala suznim očima želeći da mu kaže nešto utešno, ali pogled sa kojim se susrela nije bio pogled nejakog i uplašenog deteta. Bio je to pogled muškarca u mršavom telu dečaka. Pogled koji je odisao tolikom snagom i odlučnošću, kao da joj govori da je sada on glava porodice i da ona ne treba da brine. I taman je zaustio da joj to i kaže, kada je s trema u hol stupio čovek. Prekoračivši prag, na trenutak je zastao da se potpomogne štapom, a njegovu snežno belu kosu obasjao srebrni zrak jutarnjeg sunca. Još jedan korak i bio je u kući. Pogledao je u visoku tavanicu, a zatim prošetao oči po umetničkim slikama na zidu. Iz grudi mu se oteo uzdah, kao da mu je kuća probudila neke davne, tužne uspomene. Milan se odvojio od tetke i zakoračio u stranu ne bi li bolje osmotrio starca pred sobom. Svog dedu...

U trenutku kada su im se ukrstili pogledi, iz starog časovnika sa klatnom i utegama začuo se gong. Stajali su tako i posmatrali jedan drugog po prvi put u životu, a starcu se činilo da je posle svakog udara dečak rastao a on sâm bivao sve manji. Poslednji, deveti gong, ostao je da lebdi u vazduhu beskrajno dugo. Večito strogi gospodin Petrov bio je u tom trenutku toliko mali da se davio u oku svog unuka kao miš u dubokom, zift crnom jezeru. Znao je da mora nešto reći. Nešto veliko i pametno, ohrabrujuće ili utešno. Ali šta je plemenito ili utešno mogao reći on, koji godinu dana nije mogao da skupi dovoljno hrabrosti da dođe i upozna se sa svojim unukom? Koje reči mogu opravdati takvo ponašanje i kao čarolijom popuniti jaz kopan godinama i godinama unazad? Taj duboki, nedokučivi pogled njegovog unuka činio je da se silne reči gube i nestaju još u osušenom grlu. Gušile su ga poput čeličnog stiska. Davile i oduzimale vazduh. I kada mu se već činilo da neće preživeti i da je zauvek izgubljen, dečak je učinio nešto neočekivano. Nasmešio se i prišao mu.

— Zdravo, deda...

Starac je stajao ukočen, gledajući ga razrogačenih očiju. A onda se umesto reči, iz njegovog grla začu jecaj. Zagrlio je dečaka, grčevito kao davljenik svog spasioca.

***

U maloj trošnoj trpezariji, oko čkiljave sijalice umorno žućkastog svetla, oblitala je zunzara. Mršav, prerano ostareli čovek, sedeo je na stolici sa novinama u ruci. S vremena na vreme, pogledavao je u časovnik na zidu i svakim proteklim minutom bivao sve nervozniji. Čovek koga je očekivao kasnio je tek deset minuta, ali bolesnom kockaru koji čeka novac činilo se da čeka već čitavu večnost. Pokušavao je da ne misli na zakazanu partiju i zadimljeno podrumče u kome je ostavio mladost, zdravlje i čitav svoj imetak predratnog bogataškog sina. Međutim, već je nesvesno trljao prste kao da među njima širi zamišljeni špil karata. U retkim trenucima lucidnosti, osuđivao je sam sebe zbog poroka koji mu je uništio život. Ali ti trenuci su bili veoma retki. Obično se tešio time da je svoje bogatstvo spiskao sâm, iz sopstvenog ćefa i za lično zadovoljstvo i da je bar tako novu vlast sprečio da mu sve oduzme.

„Svejedno sada ne bih imao ništa, pa bar sam se ludo provodio za svoje pare!", govorio je nadahnućem nekog velikog filozofa. On, večiti gubitnik, tešio se da je bar partiju sa državom potpuno i zauvek dobio.

„Pošišaću im uši večeras!", pomislio je s ushićenjem i uzvrpoljio se na škripavoj stolici. Počešao je levi dlan. Sve je slutilo na dobitak, osećao je to svim svojim bićem, samo da se ovaj pojavi i donese mu pare.

Pogledao je po ko zna koji put u časovnik. Dvadeset minuta... Liznuo je suve usne. Kriza ga je obuzimala sve očiglednije. Tako je želeo da začuje korake na stepeništu i kucanje na vratima, ali sve što je čuo, bilo je kapljanje iz stare slavine i zujanje te neumoljive zunzare. U trenutku kada je časovnik odzvonio pola jedan, nije više mogao da izdrži. Skočio je sa stolice i smotanim novinama počeo sumanuto da maše oko sebe, želeći da prokletu muvu liši života. Ubrzo je shvatio da nije dorastao tako zahtevnom zadatku. Oborio je i sto i stolice, prevrnuo vazu punu uvelih ruža i smrdljive vode, čak je i sijalicu razbio, ali muva je još uvek zujala i letela, čila i vesela. Stajao je nasred trpezarije, zadihan i oznojen. Umalo nije i zaplakao od besa i nemoći kada na vratima začu tiho kucanje.

— Pasoši! — zašištao je kroza zube, setivši se koverte koja je, prevrnuta zajedno sa stolom, sada ležala negde na patosu. — Evo odmah! — uzviknuo je došljaku koji je čekao pred vratima. Sa parama...

Bacio se na kolena i počeo da rukama naslepo tapka po patosu, besomučno tražeći koverat. Osetio je vodu pod dlanovima, a lice mu je zapahnuo odvratni vonj ustajale vode. Kada je najzad napipao kovertu među skršenim stolicama, sa olakšanjem je konstatovao da ona i njen vredni sadržaj nisu pokvašeni. Doteturao se do ulaznih vrata i uz cijukanje nepodmazanih šarki polako ih odškrinuo. Bila je to njegova mušterija. Podišli su ga žmarci, kao i svaki put kada se sastajao s tim čovekom vučjeg osmeha. Ali u džepu njegovog mantila nalazio se njemu preko potreban novac. U stvari, bila je to suma koju odavno nije držao u rukama, suma za ozbiljne partije. A toliki novac nikako nije mogao da se zaradi poštenim putem. Mesto šefa Odeljenja za izdavanje pasoša je bio solidno plaćen posao, ali nepopravljivi kockar je sa svojom platom jedva sastavljao kraj s krajem.

— Izvolite — pozvao ga je ljubazno.

— Zašto se znojiš, Antiću? Ima neki problem?

— Ne, ne... — reče ovaj razvukavši usne u nešto što ni izdaleka nije ličilo na osmeh. Trudio se da izgleda što opuštenije, ali pod prodornim pogledom došljaka osećao se ogoljeno i prozreno.

Jovan Kralj ga je osmotrio kao krpelja koga će svakog trenutka zgnječiti.

— Čini mi se da imaš nešto za mene... — reče naposletku zakoračivši prema trpezariji.

— Ne tamo!

— Nisi sâm? — reče Kralj zastavši. Pitanje je više zvučilo kao optužba i pretnja.

— Nije to, nego je tamo pregorela sijalica. Meni niko ne dolazi, ne brinite.

— Neću valjda u predsoblju da gledam robu?

— Ne, naravno. Ima ovde jedna soba...

Udbaš je ipak promolio glavu kroz trpezarijska vrata i škljocnuo prekidač. Nije želeo nikakve nepotrebne svedoke u svojoj blizini. Tek kad se uverio da je ovaj govorio istinu, krenuo je za njim. Zatekao ga je u maloj, neurednoj spavaćoj sobi.

— Evo, tu su oba pasoša — reče čovek, pruživši mu koverat.

Kralj je okrenuo isprave u rukama i pregledao korice, a zatim ih otvorio i lagano prelistao. Na licu mu je zatitrao zadovoljan osmeh. On sa brkovima, a Natalija sa kestenjasto smeđom perikom na glavi, bili su neprepoznatljivi na fotografijama. Jedan sasvim običan par koji putuje van zemlje. Rastvorio je mantil i iz unutrašnjeg džepa izvukao podeblji snop novčanica.

— Izgledaju kao pravi. Bravo.

— I jesu pravi — ushićeno će ovaj, primivši u ruke dugo željeni novac. — Sve je uredno zavedeno ako bude ikakve provere na granici. Osobe postoje, imaju matični i socijalni broj, približnih su godina vama...

— Nisam baš siguran da razumem... — reče Kralj podigavši obrvu s podozrenjem.

— Prosto je. Već postoje identični pasoši vašim, izdati su pre nekoliko meseci jednom bračnom paru iz Beograda. Isti broj pasoša, isto sve. Jedino su slike različite.

— U redu je — potapša ga Kralj po koščatom ramenu. — Prebroj pare pa da se rastajemo.

Čovek je drhtavim rukama počeo da prebira po novčanicama, njušeći njihov opojni miris. Bio je toliko obuzet onim što radi da nije ni primetio da je udbaš ponovo zavukao ruku u mantil. Kada je završio s brojanjem, digao je prema njemu pogled pun zahvalnosti. U štosu para bilo je i malo više od dogovorene sume.

— Nadam se da mogu da računam na tvoju diskreciju.

— Ništa ne brinite, druže! Odneću tajnu u grob.

— E, to ti potpuno verujem — reče Kralj sa širokim osmehom na licu. Već sledećeg trenutka, zario mu je nož između rebara. Precizno i brzo, poput hirurga, mada bi reč kasapin možda više priličila.

Siroti čovek nije stigao ni da se iznenadi, a kamoli razočara što se te večeri neće pojaviti na zakazanoj partiji karata. Umro je na podu, ubrzo nakon što mu je oštro i dugo sečivo prošlo kroz srce. Udbaš je sasvim mirno pokupio rasute novčanice, obrisao nož o čaršav i tiho i neprimetno napustio skromni stan.

Odatle se uputio pravo na Avalu, gde se u srcu šume nalazila napuštena kuća. Znao je da ga tamo niko neće omesti u onome što je nameravao da radi. Obični smrtnici su u širokom luku izbegavali mesta gde je Udba batinala i mučila. Iz prtljažnika je izvadio neko staro odelo i cipele i presvukao se. Iza kuće, u gustom šipražju, ležali su ašov, budak i lopata. Zadovoljstvo kopanja rake uvek je ostavljao svojim podređenim pajtašima, ali ovoga puta morao je to obaviti sâm. Nakon sat vremena znojenja i psovanja iskočio je iz rupe. Pogledao je minuli rad i zadovoljno protrljao nažuljane ruke. Bacio je pogled na sat. Bilo je dva sata po podne. Svojim pulenima je zakazao sastanak sat vremena pre sumraka. Trenutak podele novca i rastanka je najzad došao. Znao je da ne smeju da kasne, a jedan sat biće mu sasvim dovoljan da ih likvidira i zakopa u već spremljene rake. A onda će Natalija i on otputovati u Cirih, a odatle, kao milioneri, gde god im srce bude poželelo. Voz je kretao u 22 časa. Faberžeovo jaje i vredno carsko prstenje planirao je da pokupi u zadnjem trenutku, tik pre nego što se budu ukrcali u voz za Švajcarsku. Mahinalno je dodirnuo ključ koji mu je visio na srebrnom lančiću oko vrata. Radno odelo i lopatu odložio je za kasnije, seo u kola i vratio se u grad. Srce mu je nalagalo da se umesto u kancelariju, zaputi na Dedinje, u zagrljaj voljene žene. Ali morao je da se strpi još malo. Još danas je bio Jovan Kralj, udbaš sa nadređenim iznad sebe. Sutra će već moći da radi šta hoće. Biće bogat i svemoćan. Iznad njega će biti jedino Bog, a u njega ionako nije verovao.

— Gde si dosad? — uzviknuo je Seferović, ugledavši ga na vratima.

— Imao sam posla napolju — reče Kralj hladno, ne mogavši da sakrije svoju odbojnost prema autoritetu bilo kakve vrste, makar dolazila od prvog čoveka Udbe.

— Imam za tebe jedan važan zadatak.

Kralj je osetio kako ga je preseklo u stomaku. Nije znao o čemu se radi, ali nije želeo da mu išta poremeti najvažniji i najrizičniji dan u životu.

— O čemu se radi? — reče namrštivši se.

Njegov šef se nasmešio, a lice mu je poprimilo loše izglumljen, tajanstveni izraz.

— Ne brini, neću ti tražiti da pišeš nikakve raporte. Imam za tebe jedan... prijatan zadatak. Nešto što ti najviše voliš...

— Kakav zadatak, Seferoviću? — procedio je ovaj, dajući mu do znanja da mu nije do šale.

— Želim da likvidiraš Mirka Petrova...

— Molim? — uzviknuo je Kralj iskolačenih očiju. Njegovo iznenađenje je bilo iskreno, jednostavno nije mogao da veruje u ono što je upravo čuo.

Seferović se i dalje smeškao. Činilo se da ga Kraljev zabezeknut izraz lica zabavlja.

— Tako? Bez suđenja?

— Ne želim da se kompetentnost Službe dovede u pitanje.

— Kako to?

— Zar Državna bezbednost ne treba da zaštiti državu i njene vođe?

— Naravno...

— Ali ipak smo dozvolili da se to desi.

— Pa šta smo mogli da uradimo? — reče Kralj ne shvatajući na šta ovaj cilja.

— Mogli smo Petrova da držimo na oku, a ne da ga pustimo da živi bez kontrole i smišlja osvetu.

— Ali Jovanović je bio izričit po tom pitanju...

— Jovanović je bio budala. Da je manje verovao svom bivšem pulenu, sada bi bio živ. Nismo smeli da ga ispuštamo iz vida.

— Sada je prekasno da ga spasavaš, šefe...

— Jeste — reče Seferović. — Ali nije kasno da spasavamo naša radna mesta. Stari je cenio Jovanovića, ko nam garantuje da nas neće smatrati odgovornima što je došlo do toga? Zamisli skandal koji bi suđenje izazvalo.

— Može mu se suditi i tajno. Zar to ne znaš?

— Naravno da znam! Nisam ni mislio na javno suđenje.

— Stvarno ne razumem...

— Skandal koji bi suđenje izazvalo u narodu nije opasan, pričali bi o tome par dana i gotovo. Ali skandal u Partiji je nešto mnogo gore. Nije samo problem u tome što je Petrov ubio Jovanovića. Mogao bi proces da iznese na videlo još mnogo toga.

— Šta?

— Ne znam i ne želim da znam. Još uvek držimo sve pod kontrolom i hoću da tako i ostane. Naređujem ti da likvidiraš Petrova, a ja ću sve ostalo zataškati. Što se onih policajaca u Svetozarevu tiče, ćutaće. Malo im zapretiš, a zatim ih unaprediš i gotova stvar.

— Dobro, šefe — reče Kralj slegnuvši ramenima. — Kada si mislio da uklonimo Petrova?

— Odmah. Moji ljudi će te odvesti u Kneza Miloša. Kad budeš završio, što se mene tiče, slobodan si da ideš na godišnji odmor.

Seferović se bojao i bio spreman na sve da ne izgubi svoju fotelju. Ni ranije nije prezao od radikalnih metoda i neretko je njemu poveravao najbrutalnije zadatke, a on ih besprekorno izvršavao. Razneti glavu tom nekada uspešnom i nadasve prepotentnom čoveku bila bi kruna njegove karijere. U prošlosti, u danima Mirkovog vrtoglavog uspona, često je maštao o tome. Odluka njegovog šefa mu nije bila baš jasna, međutim, nije ga bilo briga za to. Nije mogao da odbije naređenje. Kada je prvi nalet panike prošao, shvatio je da mu sve ide naruku. Pogledao je u zidni časovnik iznad šefove glave. Tek pola tri. Njegov plan neće nastradati zbog jednog jedinog izgubljenog sata. Ovaj neplanirani zadatak će mu, štaviše, ulepšati dan. Ubijao je hladnokrvno i bez emocija, ali na pomisao da će posle Jovanovićevog, oduzeti život i Mirku Petrovu, stomak mu se ispunio prijatnom toplinom. Svom šefu je čak uzvratio i osmeh.

28

BORBA ZA ŽIVOT

Mirko je ležao na tvrdom zatvorskom krevetu i posmatrao pokretne tačke na plafonu. Pitao se kako su muve dospele u njegovu ćeliju, tako duboko pod zemljom. Uglavnom, kada je stražar jutros doneo doručak i upalio svetlo, bile su tu. Nisu letele po ćeliji, ni dosađivale mu. Zadovoljavale su se time da ga posmatraju. Koliko je znao, takvo ponašanje za muve nije bilo normalno. Dok je žvakao bljutav obrok, osećao je njihove poglede na sebi. Pravio se da ih ne primećuje, ali bilo mu je sve teskobnije. U njihovoj smirenosti bilo je nečeg čudnog, gotovo podlog. Nije mogao da se otme utisku da su one tu sa nekim posebnim razlogom. Život u ćeliji padao mu je sve teže, koliko od dosade, toliko od neizvesnosti koja ga je pritiskala olovnom težinom. Priželjkivao je da se desi bilo šta, samo da se njegova situacija pomakne s mrtve tačke. Već deset dana viđao je jedino stražara koji mu je donosio hranu tri puta dnevno. Ali, on se zadržavao kratko i ostajao potpuno gluv na Mirkova pitanja. Otkad je ugledao te zloslutne muve na plafonu, nešto mu je govorilo da će taj dan biti drugačiji od prethodnih. I umesto da ga ta činjenica obraduje, ona ga je plašila. Više od svega su mu smetale sopstvene uvrnute misli. On koji je oduvek bio racionalan, dozvoljavao je da ga poremete glupa sujeverja. Nije mogao to da dozvoli. Diskretno je zgužvao svoju zatvorsku bluzu i kada je procenio da je pravi momenat, hitnuo je u plafon. Bluza je pala na patos, a zajedno sa njom i jedna od muva. Mirko je ispustio pobedonosni uzvik. Sagnuo se i uzeo je između prstiju a zatim položio na drveni stočić ispred sebe. Bila je mrtva, nije bilo sumnje. Protrljao je ruke samozadovoljno uputivši provokativan pogled ostalim, preživelim muvama. U sledećih deset minuta, uz nešto prolivenog znoja, pobio je i njih. Nijednog trenutka nije pomislio da se ponaša poput nekog čudaka. Bilo mu je veoma važno da makar samom sebi dokaže da to nisu nikakvi crni glasnici, već obične domaće muve. Nažalost, nije dugo uživao u tom uverenju. Muve nisu oživele, ali desilo se nešto što bi mu drugim danima možda i prijalo, a tog dana je samo dolilo ulje na plamen sumnje koja ga je tištila. Umesto splačine koju je obično dobijao za ručak, doneli su mu veliku bečku šniclu i grašak. Štaviše, dobio je i kupus salatu začinjenu po propisu. Ovaj dan je stvarno bio drugačiji od drugih, pomislio je Mirko. Sumnjao je da će to naglo poboljšanje tretmana izaći na dobro. Bio je gladan, ali je svoj obrok jeo bez užitka. Bojao se da će desert biti veoma gorkog ukusa...

Pola sata nakon što je stražar odneo dopola pojeden ručak, čuo je bat čizama, negde daleko u hodniku. Na momenat ga je nestalo da bi se koji trenutak kasnije začuo opet, samo bliže. Seo je na krevet i oslušnuo. Udaranje čizama po podu bilo je suviše glasno i neujednačeno da bi pripadalo samo jednom čoveku. I svake sledeće sekunde bilo je sve glasnije, to jest bliže.

„Dolaze po mene!", pomislio je Mirko. Osetio je žmarce na leđima. Još malo i proći će kraj njegovih vrata. Sudeći po brzini kojom su išli, verovao je da će produžiti pored ćelije, ali avaj, koraci se zaustaviše. Zvecnuli su ključevi. Mirko je ustao sa kreveta i prišao rešetkama kojima je njegova soba bila podeljena napola. Brava je škljocnula i vrata se otvoriše. Ugledao je svog stražara na njima, ali ovaj se odmah sklonio u stranu ne bi li propustio čoveka u sivom mantilu. Uputio je Mirku prodoran pogled. Za njim uđoše još dvojica.

„Udba… Crna trojka…", reče on u sebi, pomislivši na one tri zloslutne muve od jutros. Čelo mu se orosilo hladnim znojem a kolena odsekla. Ipak, pogledao je udbaše sa ironičnim smeškom. Osetio je da je o njegovoj sudbini već odlučeno. Možda će biti mučen, a možda je u tom trenu živeo svoje poslednje trenutke. Odlučio je da ih proživi poput pravog muškarca, stoički i ponosno. Da dušmanima ne pruži nijedan trenutak naslade. Nije se opirao kada su ga zgrabili i vezali mu ruke lisicama. Pre nego što su ga izveli iz ćelije, vezaše mu i oči.

„Zašto ta nepotrebna predostrožnost?", pomislio je on. Ako su, dovodeći ga, želeli da sakriju od njega mesto gde je zatvoren, kakve veze ima sada, kada su rešili da ga ubiju, gde se nalazi? Kome će to mrtav i moći da kaže? Sva ta farsa, verovao je, imala je za cilj da ga što više uplaši i ponizi. Ali, Mirko Petrov je svoje poslednje korake gazio čvrsto i hrabro, kao da ide na dodelu kakve nagrade ili povelje, a ne u smrt. Bio je u tom sudnjem času veći nego za celog svog života. Ljudi u sivom su ga, kao i pre, vodili dugim hodnicima, zavrtali čas levo, čas desno. Jedina razlika je bila u tome što su se sada penjali stepeništima umesto da silaze, i što je vazduh postajao sve svežiji. Mirku je proradila mašta. Pomislio je da ga vode u neku šumu gde će ga likvidirati i tajno zakopati. Setio se sudbine Komandanta Petra i Ružičine tuge kada je saznala za smrt svog oca. Oca, kome nikada neće moći da poseti grob. Pomislio je na Milana. Da li će on ikada saznati gde su njega zakopali? Da li će mu iko ikada reći da mu je otac umro ponosno i hrabro? Da li će bar znati da ga je otac zavoleo više od života?

Iznenada, njegovi čuvari stadoše.

— Stigli smo — promrmljao je jedan od njih i pokucao tiho na neka vrata.

Zvuk kucanja je Mirku otkrio da su vrata od drveta, a ne metalna, kao na ćelijama. Sve se odigralo veoma brzo. Čim su se vrata otvorila, udbaši su ga ugurali kroz njih. Jedan od njih ga je uhvatio oko ručnog zgloba i veštim pokretom ga oslobodio lisica. Nije stigao ni da se iznenadi, a već je čuo zatvaranje vrata i udaljavanje njihovih koraka. Sve ovo je bilo potpuno neočekivano i neko naivniji bi se možda ponadao da još uvek ima nade da izvuče živu glavu, ali ne i Mirko. Tim pre što je u prostoriji u kojoj su ga ostavili, osećao prisustvo druge osobe, nekog ko je malopre otvorio vrata. A taj neko mogao je da bude samo Jovan Kralj i verovatno ga je već držao na nišanu sa okrutnim osmehom na licu.

— E pa, zlikovče — reče Mirko prinevši ruku povezu na očima — dozvoli da ti se poslednji put nasmejem u brk...

Strgao je maramu s teatralnošću dostojnom nekog Šekspirovog junaka i uputio svom ubici pogled pun prezira. Ali, gotovo istog trena, prezir na njegovom licu ustupio je mesto iznenađenju, ako se zabezeknutost mogla nazvati tako blagim imenom.

— Vi!

***

Iz Seferovićeve kancelarije je izleteo Jovan Kralj, praćen dvojicom njegovih ljudi. Koračao je toliko brzo da su oni jedva držali korak s njim. Nije mogao da sakrije zadovoljstvo što je izabran za tako uzvišen zadatak kao što je smaknuće Mirka Petrova. Biće mu to divna i neprocenjiva uspomena, jednom kada život više ništa ne bude mogao da mu pruži, jer će sva zadovoljstva moći da kupi novcem. Dok je silazio stepeništem sve dublje u utrobu ogromne građevine, gde ga je, ništa ne sluteći, čekala njegova žrtva, tapkao je dršku svog pištolja u ritmu jedne popularne pesme koju je jutros čuo na radiju. Jurio je ispred svojih pratilaca i bio toliko obuzet svojom ulogom i veličinom da nije primetio poglede koje su njih dvojica međusobno razmenjivali. I oni su dodirivali drške svojih pištolja, ali ne iz istog razloga. Jovan Kralj je pogledom dao znak stražaru da otvori vrata. Bio je to visok i krupan momak, različit od stražara koga je video poslednji put kada je posetio Mirka. Senka sa šapke skrivala mu je oči, ali Kralj nije ni obraćao pažnju na njegovo lice. Već je iz futrole vadio oružje i taman je hteo da ga repetira kada stade u pola ćelije, iznenađen. Na krevetu iza rešetaka nije bilo nikog. Istog trenutka je osetio bolan udarac u potiljak i posrnuo. Iznenađen i ošamućen, ipak je zadržao dovoljno prisebnosti da ne ispusti pištolj iz ruke. Napravivši se da pada, okrenuo se oko sebe i sigurno bi i zapucao da je za to imao prilike. Ali njegov napadač je bio brži, a uskoro je Kralj shvatio, i jači od njega. Zgrabio ga je za ruku i pojas i veštim džudo zahvatom tresnuo o pod ćelije. Već sledećeg trenutka mu je kolenom stao na vrat, a ruku zavrnuo tako jako da mu je umalo iščašio rame. Okoreli udbaš je kriknuo od bola, a njegov pištolj zveknuo o beton. Bio je razoružan.

Shvatio je da se dogodilo nešto neplanirano. Bez ikakve sumnje, pomislio je, radilo se o nekom grdnom nesporazumu. Njegov napadač mu je vezao ruke lisicama i tek onda mu pomerio koleno sa vrata. Psovka je već počela da klizi sa njegovih krvavih usana, ali ga je čovek prekinuo strogim glasom.

— Bolje bi ti bilo da umukneš, zlikovče! Imam strašnu želju da ti slomim vrat, nemoj da me izazivaš.

Govoreći mu to, zgrabio ga je za ramena i okrenuo na leđa tako da je Kralj najzad mogao da mu vidi lice. Nikoga se u životu nije bojao, ali kada je ugledao, to jest prepoznao mladića koji se nadneo nad njim, sledila mu se krv u žilama. Bio je to Milorad, momak koji je bio zadužen za bezbednost Radeta Jovanovića. Onaj koji ga je vozio i uvek i svud pratio kao senka. Uvek, osim one krvave noći kraj Morave. Njegov pogled goreo je osvetničkim plamenom. Bio je to pogled sina kome su ubili oca. Izgleda da se ipak nije radilo o nesporazumu.

Ćutao je, ali kroz glavu su mu misli jurile munjevitom brzinom. Pitanja su se sudarala kao bilijarske kugle, međutim, nikako nije mogao da shvati kako je moglo da dođe do toga da sada leži vezan i razoružan na podu ćelije Mirka Petrova. Koji je to detalj mogao da promakne njemu, koji je mesecima strpljivo planirao svoj novi život? U poziciji u kojoj se nalazio, pretnje i psovke ne bi donele nikakav rezultat. Nije želeo da ga Jovanovićev gorila propusti kroz šake i onesposobi fizički. Morao je sebi ostaviti što više šansi da preokrene situaciju u svoju korist.

— Drugovi — reče obrativši se Seferovićevim ljudima — šta ovo treba da znači?

— To znači da si uhapšen! — reče jedan od njih sa širokim osmehom. Bilo je očigledno da uživa gledajući ga tako nemoćnog.

— Uhapšen? Mora da ste skrenuli s pameti! Seferović vam je naredio da me dovedete ovde da... da razgovaram sa Petrovim. Ako je hteo da me uhapsite, zašto to niste učinili malopre u njegovoj kancelariji?

— Zato što se vuk samotnjak ne hvata na čistini, nego se prvo satera u jazbinu... — odvratio je ovaj cereći se bezobrazno.

Kralj nije ništa odgovorio, već ga je samo sasekao pogledom. Ali, obećao je sebi da će mu naplatiti bezobrazluk čim bude slobodan. U zadnjem džepu uvek je nosio mali kalauz koji je otvarao gotovo sve katance. Prost mehanizam lisica sigurno neće dugo odoleti. Daleko teža prepreka bili su naoružani Seferovićevi puleni, a najviše se pribojavao odlučnog i snažnog Milorada. Ipak, u jednoj od čizama imao je pljosnati nož tankog sečiva, ali oštrog kao britva. Imao je plan, trebalo je samo ugrabiti pravu priliku. Nadao se da će mu se ona pružiti što pre, jer nije imao vremena. Svaki izgubljeni minut udaljavao ga je od njegovog životnog sna. A to nije smeo da dozvoli. Iako su mu ruke bile vezane, uspeo je da zavuče prst u zadnji džep pantalona. Napipao je vrh kalauza, međutim, u tom polusedećem položaju, nije mogao da ga izvuče iz džepa.

— Uh što me svrbi nešto! — reče Kralj napravivši se da se češe, jer primetio je da Milorad prati svaki njegov pokret.

— Češaćeš se ti i tamo gde te ne svrbi... — reče jedan od udbaša sa podsmehom.

— Vidim da si jako duhovit, Kucanoviću...

— Macanović — ispravi ga ovaj izgubivši osmeh. Očigledno nije bio prvi koji se sprdao sa njegovim prezimenom.

— Svejedno — uzvratio mu je Kralj namignuvši mu. — Dođi ti da me počešeš, ako smeš.

— Misliš da ne smem! — reče udbaš krenuvši prema njemu sa pretećim izrazom na licu, ali ga Miloradova snažna ruka zadrža na pola puta.

— Hrabar si na vezanog čoveka — i dalje ga je bockao Kralj. — Videću da li ćeš imati muda kada mi ruke budu slobodne.

— Umukni, bre!

— Da umuknem? Kad se kolega hapsi na ovakav način, zaslužuje da mu se bar objasni razlog. Koliko znam, ni Seferović, ni njegov prethodnik nisu se nikada žalili na mene. Naprotiv.

— Nisu, dok si ubijao radi bezbednosti države. Ali, ti si počeo ubijati i pljačkati za svoj lični profit. Postao si kriminalac, i zato te i tretiramo kao takvog.

— Ja pljačkao i ubijao? — začudio se Kralj tobože. — Ko to kaže?

— Ja kažem! — začuo se poznati glas iz hodnika. Sledećeg trenutka u ćeliju je ušao Seferović.

Kralj je začuđeno podigao obrve ugledavši ga.

— Milorade, budi ljubazan i prenesi ga na krevet — reče ovaj.

Momčina ga je zgrabila za revere i podigla na noge. Kralj je iskoristio taj trenutak komešanja i zavukao ruku dublje u zadnji džep. U trenutku kada ga je Milorad tresnuo na Mirkov krevet, kalauz mu se već nalazio u ruci van džepa. Seferović mu je prišao i pogledao ga u oči. U njegovom pogledu čitala se nelagodnost, ali i više od toga, razočaranje.

— Jovo... — reče gotovo prijateljski. — U pravu si da ti dugujemo objašnjenje, mada mislim da ti se ono neće svideti.

— Ajde, šefe, objasni mi zašto me vezuju kao nekog lopovčića. Da li je tvoj verni čovek to ičim zaslužio?

— Nisu oni tebe, Jovo, vezali kao lopova, već kao veoma opasnog čoveka. Ima razlike.

— Tvoje naređenje?

— Moje... — reče Seferović dunuvši kroz nos. Malo se prošetao uskom ćelijom pre nego što je nastavio. — U Beogradu se poslednjih godina dogodilo puno svirepih ubistava praćenih pljačkama. Modus operandi je uvek bio isti, žrtvama je razbijena lobanja tupim i teškim predmetom, a onda im je stan ispreturan i opljačkan. Nijedan od slučajeva nije razjašnjen.

— Kakve ja imam veze sa tim?

— Pre neko veče su na moju kućnu adresu pokucale dve žene. Morao sam da ih primim, shvatićeš uskoro i zbog čega. U rukama su nosile obiman dosije koji je govorio o tim slučajevima, zapravo o onim koji su se dogodili u poslednjih godinu dana. Sve što se nalazilo u njemu, inkriminisalo je tebe kao počinioca.

— Kakav, bre, dosije, Seferoviću? Koje su to žene? — viknuo je Kralj poskočivši na krevetu.

— Jedna od njih je doktorka Malina Jovanović, Radetova udovica.

— Šta ona hoće od mene?

— Hoće da platiš za ubistvo njenog supruga, a čini mi se da joj je i jako stalo da Petrova vrati na političku scenu. A ja ću joj pomoći u tome, jer me tvojom krivicom drži u šaci. U dosijeu se nalazi sve. Zna se kome si prodavao nakit u Ženevi, fotografisan si u više navrata.

— Šta pričaš, bre, čoveče? — viknuo je Kralj.

— Znam za Faberžeovo jaje, slikano je u tvom stanu pre nego što si ga sakrio.

— Lažeš! To je nemoguće! — prasnuo je ovaj. Saznanje da je raskrinkan do najmanjeg detalja na trenutak ga je izbacilo iz koloseka.

— Ako koza laže, rog ne laže — reče Seferović izvukavši iz dosijea spornu fotografiju i tutnuvši mu pod nos.

— I kakav ti je to dokaz?

— Ima još mnogo fotografija na kojima se prepoznaje tvoj stan.

— Ovo su gluposti. Pa ne misliš valjda da sam ja ubio Radeta Jovanovića? Da sam ubijao ljude i pljačkao stanove? Veruješ li toj babi, ili meni, koga znaš tolike godine?

— Nisam želeo da joj verujem, Jovo, ali ubedila me je dovoljno da uhapsim ona tvoja dva pulena. Olakšali su dušu i priznali sve, pa čak i potpisali.

— Lažu!

— Ne lažu, Jovo, i stvarno me čudi da još uvek negiraš. Ti bar treba da znaš kada je svemu kraj...

Kralj mu se nasmejao u brk, ali bilo je očigledno da bi mu radije odgrizao nos.

— Znaš li zašto tvoj čovek nije pronašao dosije u Jovanovićevom stanu? — upitao ga je Seferović sa osmehom.

— Zašto? — prkosno će ovaj.

— Zato što se nalazio u tvojoj kući, tebi pred nosom.

— Šta?

— Druga žena je bila tvoja supruga. Dok si ti spavao, ona je fotografisala sav plen koji si donosio iz pljački. Pomagala im je da prikupe dokaze protiv tebe i imali su poverenje u nju. Ona je bila ta kojoj je Radetova udovica poverila dosije na čuvanje. Skoro da si spavao na njemu, ali ništa nisi video.

— Smilja da radi protiv mene? — prosto se nasmejao Kralj dok su mu iz očiju sevale varnice. — Ne bi se usudila ni mrtva...

— Začudio bi se koliko hrabrosti može skupiti jedna žena koju muž tuče, ako ugleda i najmanju šansu da se oslobodi svog dušmanina. Na tvoju nesreću, Smilja se poverila Radetovoj ženi dok ju je ova lečila od batina. Tada joj je ispričala i za nakit koji donosiš kući i tako Radeta Jovanovića stavila na tvoj trag. Ubio si ga suviše kasno, Jovo, dosije o tebi već je bio kompletan.

Na njegove reči, okoreli ubica je prebledeo. Doskora, sve je izgledalo savršeno. Činilo mu se da je potpuno nedodirljiv i da mu se smeši zlatna budućnost. A sada je svakog sledećeg trenutka čupana po jedna cigla iz kule koju je tako predano gradio, preteći da je zauvek sruši i sa njom i sve njegove snove.

— Sjebao si se, Jovo, ali ne mogu da dozvolim da sjebeš i mene — reče Seferović pogledavši ga pravo u oči. Ovaj je spustio pogled i nije ništa odgovarao. Šef udbe se okrenuo od njega i krenuo ka vratima.

— Ubiću je... — promrmljao je Kralj i u tom trenutku ugurao kalauz u bravicu na lisicama.

Seferović ga je čuo i za trenutak zastao. Ali umesto da mu nešto odgovori, okrenuo se svojim ljudima i pozvao ih da izađu.

— Pazite na njega, momci, dok vam ne pošaljem zamenu. Mene i Milorada čeka važan razgovor.

— Ne brini, šefe, neće taj mrdnuti odavde — reče onaj sa kojim se Kralj prepucavao.

— Jeste li ga pretresli?

— Pa razoružan je i vezan...

— Milorade, jesi li ga ti pretresao?

— Nisam se setio, jedva sam se suzdržao da ga ne zadavim... — priznao je mladić.

— Vi kao da ne znate s kim imate posla. Odmah ga pretresite od glave do pete. Ne zaboravite i u gaće da mu pogledate.

— Pa nije valjda zavukao pištolj u dupe šefe? — odvratio je Macanović šeretski.

— Ne glupiraj se! — reče Seferović oštro. — Poslaću nekog za sat vremena, a dotad, ne ispuštajte ga iz vida. Gori je i opasniji od samog đavola.

Dvojica udbaša uđoše na trenutak u ćeliju. Videvši da Kralj pognute glave mirno sedi na krevetu, Macanović povuče svog kolegu za rukav.

— Da pripalimo po jednu?

— A da ga mi prvo pretresemo kô što reče šef?

— Ajde, bre, ne brini! — reče on izvadivši paklicu. — Pretrešćemo ga posle.

Dok su odbijali dimove, nisu ni slutili da je Kralj kalauzom otvorio lisice i nečujno ih spustio na ćebe. A onda je iz čizme izvukao nož. Sve se odigralo veoma brzo. Čim je prekoračio prag ćelije, Macanoviću je sečivo uletelo u dijafragmu. Iako nikada u životu nije osetio takvu bol, nije mogao ni da jaukne. Samo je pao na pod. Dok su mu pred očima igrale munje, čuo je krkljanje svog kolege i shvatio je da ga Kralj kolje. Pokušao je da iz futrole na pojasu iščupa pištolj, međutim bila je prazna. Do svesti mu je doprla stravična istina. Njegovo oružje je bilo u Kraljevim rukama, a time i njegov život. Više im nije bilo spasa. Hteo je da urlikne i dozove pomoć, ali umesto toga je samo nemoćno dahtao. A onda je osetio da ga snažna šaka grabi za kosu i povlači mu glavu unazad. Sledećeg trenutka, začuo je sopstveno krkljanje i kapljanje krvi po podu. Bio je zaklan.

Kralj je poput zakrvljenog vuka čvrsto držao svoju žrtvu sve dok se iole koprcala, a onda se ispravio i duboko udahnuo ne bi li smirio otkucaje srca. Dok ga je Seferović ispitivao, primetio je jednu mnogo bitnu stvar. Iako je ovaj znao mnogo toga, nijednom rečju se nije dotakao Natalije. Da li je to značilo da ga ona dvojica nisu baš u potpunosti izdala i da još uvek nije sve izgubljeno? Želeo je da što pre napusti te podrume i ponovo uzme život u svoje ruke, ali znao je da ne sme previše da žuri. Skinuo je sako i oprao ruke i lice u umivaoniku, a čaršavom obrisao cipele od krvi. Fleke na tamnim pantalonama nisu bile krupne i nadao se da nikom neće privući pažnju, makar dok ne napusti zgradu Udbe. Preko umrljane košulje obukao je sako koji je Macanović zakačio o stolicu. Bio je malo tešnji, ali je bar bio čist. Iz svog sakoa je uzeo pasoše, zadenuo oba pištolja za pojas i, zaobilazeći krvave barice, napustio ćeliju.

***

Seferović se nakon razgovora sa Kraljem uputio u svoju kancelariju. Tamo ga je čekala Malina Jovanović. Nasmešila mu se i uzela ga pod ruku gotovo majčinski. Velika kancelarija je imala dvoja vrata. Glavna, kroz koja se iz hodnika ulazilo u nju, i sporedna, koja su izlazila na lep balkon sa balusterima, a sa koga se pružao pogled na ogroman hol. Žena ga je povela tamo. Milorad je pristojno ostao u pozadini.

— Sve se na kraju završilo kako treba. Hvala što si preuzeo stvar u svoje ruke.

— Zar sam imao izbora? — reče Seferović pogledavši Radetovu udovicu namršteno. Njegov glas je ipak odisao poštovanjem, pa čak i dozom simpatije prema odlučnoj i hrabroj ženi.

— Nemoj se ljutiti — potapša ga ona po ruci. — Mogla sam sve ispričati Starom, ali sam prvo došla k tebi. Zar to nije pošteno od mene?

— Ipak ću morati sve da mu ispričam...

— Da, ali pojavićeš se pred njim kao čovek na visini svoje funkcije, a ne kao magarac koji ne zna da mu podređeni ubijaju i pljačkaju nevine ljude, umesto da brane državu...

— Hvala za to magarac... — reče Seferović dunuvši kroz nos.

— Ne zameri. Ipak je jedan udbaš ubio mog supruga.

— Znam. Veruj da mi je mnogo žao njegove smrti. Iskren sam...

— On te je poštovao i uvek govorio da si pošten i dobar čovek, ali na pogrešnoj funkciji.

— Kako stvari stoje, neću još dugo biti na toj funkciji.

Žena se opet dobronamerno nasmešila.

— Velika želja mog pokojnog supruga je bila da Mirka vrati na političku scenu. Sve ovo je radio samo u tom cilju, ali ma koliko to čudno zvučalo, Mirko to ne želi.

— Pa šta želi?

— Hoće da živi mirno i slobodno. Da se posveti svom detetu.

— To je sve?

— Znam da je čudno i Rade to sigurno ne bi shvatio, kao ni ti, ali ja ga kao žena potpuno razumem. Na neki način, udaljavanje od politike ga je učinilo boljim čovekom i nagradilo ga na način na koji ga nijedna funkcija ne bi mogla nagraditi.

— Da nije malo nezahvalan? Rade je, znači, poginuo uzalud.

— Rade je samo želeo njegovu sreću, kao što bi želeo svom rođenom sinu. Na kraju krajeva, to će i postići. Umesto da usreći slavoljubivog Mirka, usrećiće Mirka, dobrog čoveka i oca.

— Pa dobro, svi srećni samo ja grbav, izvin'te me na izrazu. Još uvek ne znam šta ću Starom da kažem, a da me ne obesi.

— Sigurna sam da ćeš smisliti. Uostalom, u rukama imaš nešto jedinstveno što će učiniti da proguta svaku tvoju priču.

— A šta je to, ako mogu da znam?

— Faberžeovo jaje.

— Pa nemam ga! Ko zna gde ga je sakrio, a sigurno mi nikad neće reći!

— Pregledaj pažljivo dosije, Seferoviću, sve je tu... — reče žena sa misterioznim smeškom na usnama. Ali gotovo istog trenutka, osmeh joj je iščezao. Nešto u daljini privuklo je njenu pažnju i ona namesti bolje naočare na nosu i naže se preko balkona.

— Šta je bilo? — upitao je Seferović prateći njen pogled.

— Čini mi se da tvoje Faberžeovo jaje upravo beži...

Istog trenutka je i on ugledao Jovana Kralja kako posve laganim korakom ide holom ka izlaznim vratima.

— Držite ga! — zagrmeo je njegov glas sa balkona.

Svi ljudi koji su se tog trenutka zatekli u holu zastali su i podigli glavu prema njemu. Isto je učinio i Kralj. Na trenutak se njegov vučji pogled ukrstio sa izbezumljenim Seferovićevim, ali umesto da se dâ u beg, nastavio je da korača kao i dotad. Niko nije ni obraćao pažnju na njega jer su svi i dalje buljili u balkon.

— Zatvorite vrata! — povikao je stražarima na izlazu videvši da će zločinac uteći. — Ne puštajte nikog napolje!

To naređenje je urodilo plodom. Dvojica stražara su odmah zatvorila vrata i stala ispred njih. Jedan od njih je ugledao Jovana Kralja kako se približava. Podigao je ruku i taman je hteo da ga oslovi kada je odjeknuo zaglušujući pucanj. Metak je sirotom čoveku probio grudni koš i on istog trenutka pade mrtav. Drugi stražar je zalegao od straha, a da nije ni shvatio šta se dogodilo. Jovan Kralj je mirno išetao iz zgrade.

— Šta je to bilo? — upitao je Milorad, koji je, privučen pucnjem, izleteo iz kancelarije.

— Pobegao je! — povikao je Seferović uperivši prst prema izlazu.

Mladić nije gubio vreme da postavlja nepotrebna pitanja, već je odmah pojurio hodnikom. Preskačući po nekoliko stepenika odjednom, prosto je sleteo niz stepenište i potrčao preko hola. Grubo je odgurnuo ljude koji su se tiskali oko vrata, pokušavajući uzaludno da pruže pomoć sirotom stražaru, kome smrt još uvek nije skinula začuđeni izraz sa lica. Istrčao je iz zgrade i osvrnuo se oko sebe, ali Kralja nije bilo na vidiku. Tiho je opsovao sebi u bradu. U tom trenutku je sa parkinga doprlo neuobičajeno škripanje guma. Instinktivno je potrčao ukoso preko travnjaka prema stražarskoj kućici. Još u trku je spazio crni automobil koji je jurio ka izlazu i shvatio da ovaj nema nikakvu nameru da se zaustavi pred spuštenom rampom. Nije bilo sumnje da je to bio Jovan Kralj. Izvežbanim pokretom je izvadio pištolj, ali nije imao vremena da stane i smireno nanišani. Opalio je nasumice u pravcu vozačkog mesta. Njegovi pucnji stopili su se sa zaglušujućom lomljavom metalne rampe i prskanja stakala. Crni auto je izleteo na ulicu i bukvalno preleteo preko ostrvca koji ga je delio napola. Jednog trenutka je izgledalo kao da će nastaviti dalje preko kolovoza i završiti u jednoj od kamenih fasada, koseći pred sobom nedužne pešake, ali to se nije dogodilo. U poslednjem trenutku gume su zavrištale i auto skrenu levo. Bilo je očigledno da pomahnitali šofer nije povređen Miloradovim metkom, ili bar ne u tolikoj meri da izgubi kontrolu nad vozilom. Mladić je pretrčao preko ulice i iskoristivši opštu pometnju koju je pomenuti događaj izazvao, otvorio vrata jednog automobila. Nije morao da izgovori ni jednu jedinu reč. Izraz njegovog lica i naročito pištolj u njegovoj ruci, ubedili su vozača da je najpametnije što je u tom trenutku mogao da uradi bilo da pod hitno napusti svoj auto.

Stežući volan od besa, a zube od bola, Jovan Kralj je toliko pritiskao papučicu za gas kao da njome želi da probije patos. Od trenutka kada je čuo Seferovićev povik i ugledao ga na balkonu, znao je da je sve svršeno. Nije više bilo govora o diskretnom napuštanju zgrade. Poslednji tračak nade pukao je poput sapunice. Neki drugi čovek bi se verovatno predao, ali njemu to nijednog trenutka nije palo na pamet. Pred očima mu je bio samo Natalijin lik. Morao je po bilo koju cenu dopreti do nje. Pre svih... Pre nego što mu je otmu. Nije smeo da dozvoli da više bilo ko sem njega dotakne tu mirisnu belu put. Tu kosu, mekšu od najmekše svile. Zato, kada mu je stražar preprečio put, bez razmišljanja ga je ubio.

Na sledećem kružnom toku je naglo skrenuo levo prema Slaviji, a na trgu uleteo u Bulevar JNA pod punim gasom. Na pešačkom prelazu je u poslednjem trenutku izbegao ženu koja je ispred sebe gurala bebu u kolicima.

— Bežite, bre, majku vam vašu! — psovao je automobile koji su mu smetali i sprečavali ga da ide još brže.

Motor je urlao ispod haube. Nije ni video da za njim juri drugi auto, nije ni mogao. Bočni retrovizori su mu popucali u trenutku kada je probio rampu, a unutrašnji je tandrkao negde po podu svaki put kada bi ulazio u neku krivinu. Nije mogao ni da sluti da je upravo zbog tog ogledala još uvek bio živ, i da je metak koji ga je otkinuo, umesto u njegovim grudima, završio u njegovoj desnoj slabini. Ipak, i ta bezopasnija rana je obilno krvarila i već kod železničke stanice je počeo da trese glavom ne bi li razbistrio vid koji je počeo da se muti. Ali, nije hteo da prizna bilo kakvu vrstu slabosti, ulog je bio suviše veliki. Stoga je još jače pritisnuo papučicu za gas.

I pored toga što je bio izuzetan šofer, Milorad je jedva uspevao da isprati pomahnitalog Kralja. Psovao je naglas i njega i auto koji nije mogao da pruži ono što očigledno nije imao u motoru. Kada je posle Autokomande na kružnom toku ovaj skrenuo put Dedinja, bio je siguran da će ga izgubiti. Da nesreća bude veća, put mu je presekao neki rasklimani kamion za prevoz uglja, i kao za inat, i on krenuo prema Dedinju. Imao je samo dovoljno vremena da vidi da je Kralj skrenuo levo, u Ulicu Ljutice Bogdana. Nadao se da će kamion produžiti pravo, ulica je bila pregrađena zbog radova. Milorad je zarežao od besa, mrzeći u tom trenutku sirotog kamiondžiju gotovo podjednako kao i zlotvora koga je jurio. Ovaj se vukao pred njim poput nekog džinovskog puža na izdisaju. Da je umesto kola vozio tenk, bez razmišljanja bi oduvao krntiju pred sobom, samo da mu Kralj ne pobegne. Pomislio je da sâm đavo štiti ubicu koga izgleda ni metak nije hteo. Morao je da prizna da više nije imao ni najmanju predstavu gde se Kralj nalazi. Jedna uličica se odvajala desno. Priljubio se uz kamion hoteći da što pre skrene u nju i najzad doda gas, iako je znao da su šanse da ponovo Kralju uđe u trag skoro ravne nuli. Iznenada, nešto je puklo pred njim a od siline udarca celo telo mu se odlepilo od sedišta i poletelo napred. Osetio je strahovit bol u levoj šaci i već sledećeg trenutka izgubio svest.

Kralj je, kao što smo rekli, krenuo Ulicom Ljutice Bogdana i skrenuo u prvu uličicu desno. Vila u kojoj se skrivala njegova Natalija nalazila se na još samo minut odatle, u Jezdićevoj ulici. Sama pomisao na nju na trenutak mu je ulila snagu, ali to nije potrajalo. Negde na trećini ulice, stajao je kamion pun nameštaja. Neko se selio. Da je kamion bio bar dvadesetak metara dublje u ulici, mogao je da ponovo skrene desno i dočepa se Maglajske i Jezdićeve, ali bio je baš tamo gde ne treba. Ukočio je besno i ubacio u rikverc, a onda pod punim gasom krenuo natrag. Sekundu kasnije, sudario se sa Miloradom i ne znajući da mu je ovaj za petama.

Vozač kamiona je buljio u lepe fasade predratnih kuća. Bio je pomoćni šofer u „Kolubari" i kada su mu saopštili da će sâm voziti ugalj za Beograd jer mu je kolega bio bolestan, od uzbuđenja je zaboravio naočare. Jedva da je uspevao da pročita i ime ulice, a kamoli da vidi brojeve kuća. Taman je hteo da stane i nekoga priupita, kada ga trže strahovita lomljava. Shvatio je da se nešto strašno desilo tik iza njega, u desnom retrovizoru je ugledao mutne crno-bele obrise zgužvanog lima i vodene pare. Preseklo ga je u stomaku. Nadao se samo da se to nije dogodilo njegovom krivicom. Klecavih kolena je izašao iz kamiona i bojažljivo prišao slupanim kolima. Iz grudi mu se oteo jauk kada je u jednom od njih ugledao nepomičnog mladog čoveka. Čelo mu je bilo posečeno od udara u šoferšajbnu i niz lice mu se slivala krv. Nije mogao da zna da li je bio mrtav ili samo onesvešćen. U drugom automobilu naprotiv, neko se pokrenuo. Kamiondžija je pritrčao i otvorio vrata u želji da pomogne, ali ustuknuo je pred Kraljevim ludačkim pogledom. Nesvestan svoje slabosti usled izgubljene krvi i šoka od sudara, ovaj je pokušao da izađe iz auta, ali se samo stropoštao na put. Iz pojasa mu je ispao jedan od pištolja i zveknuo o granitne kocke kojima je, u pariskom stilu, ulica bila popločana. Videvši oružje, već poprilično uplašeni čovek je pobegao u zaklon iza svog kamiona. Kada je posle par sekundi provirio, čovek zlokobnog izgleda se već udaljavao niz ulicu teturajući se. Iz okolnih dvorišta, pomaljale su se glave.

— Pozovite pomoć! — doviknuo je jednom starijem čoveku na kapiji.

Čovek se bez reči sklonio u sigurnost svog dvorišta.

— Pomoć, molim vas! — pokušao je opet, sada sa jednom ženom blagog izgleda, koja ga je uplašeno gledala sa balkona obližnje kuće. Klimnula je glavom i nestala unutra.

Prolazili su minuti dugi kao večnost, a ništa se nije dešavalo. Kamiondžija je kršio ruke, trudeći se da ne gleda u posečeno krvavo lice mladića za volanom. Niz obraze su mu nekontrolisano tekle suze. Za prostog, običnog čoveka, ovo je bilo dovoljno za blagi slom živaca.

„Nadam se da nisam ja ništa kriv...", sto puta mu je prošlo kroz glavu.

Iza njega, zaškripala je kapija. Bila je to sredovečna žena sa balkona.

— U hitnoj se nisu javljali, druže, pa sam pozvala miliciju.

Iza nje je na trotoar kročila mlađa žena prostog izgleda. Bila je opasana keceljom, a u ruci je nosila belu kuhinjsku krpu.

— Je l' neko povređen?

— Je... jeste, drugarice! — reče kamiondžija uperivši prst prema masi zgužvanog lima. Glas mu je poskakivao od suzdržanog plača.

Najednom, poskočio je od iznenađenja. Čovek u smrskanom automobilu se pokrenuo i protresao glavom. Sirotom kamiondžiji je srce poskočilo od radosti. Pritrčao je i otvorio vrata, spreman da pomogne. Iako ošamućen i očiju zalepljenih od krvi, Milorad je instinktivno zgrabio pištolj i uperio ga u njegove grudi spreman da opali. Žene vrisnuše ugledavši krv. Šofer je ustuknuo podignutih ruku.

— Ne pucajte, druže, molim Vas!

Milorad je polako sklonio prst sa oroza. Konture pred njim bile su mutne i nejasne, ali očigledno nisu predstavljale opasnost. Levom nadlanicom je pokušao da obriše krv sa očiju, ali nije išlo. Osetio je bol i nemoć u celoj ruci i shvatio da je verovatno slomljena. Poskočio je na sedištu. Poslednji događaji naglo su mu se vratili u sećanje, posebno jedan važan podatak. Pre nego što je izgubio svest, uspeo je da prepozna automobil koji ga je udario. Pogledao je u konturu čoveka pred sobom.

— Drugi vozač... gde je?

— Pobegao je, druže — reče kamiondžija pokazavši niz ulicu.

— Pobegao...

Miloradove svetloplave oči blesnuše na tu poražavajuću vest. Iako mu je lice bilo prekriveno krvlju, na njemu se jasno čitalo duboko razočaranje.

— Ma uhvatiće ga sigurno, ne brinite. Pa eto, i kola je ostavio, a kriv je sto posto — reče starija žena, gledajući sažaljivo u mladića koji je imao godine njenog sina. Druga, mlađa, pružila mu je krpu.

— Ne razumete... — uzvratio je mladić brišući krvavo lice. — Taj čovek je opasni ubica. Pobio je puno ljudi, a ja... ja sam ga pustio da pobegne...

— Ako je tako — reče čovek setivši se tog zlokobnog pogleda — trčite za njim. Ranjen je u stomak, ne verujem da je daleko stigao.

— Ranjen? — uzviknuo je Milorad.

— Da, druže, jedva na nogama stoji. Krvari kô zaklana svinja...

Milorad nije čuo njegove poslednje reči, već je koliko su ga noge nosile potrčao niz ulicu. Na sastavu sa Maglajskom ulicom je zastao.

Nije bio zadihan, trčao bi za Kraljem na kraj sveta a da se ne umori. Jednostavno, nije znao kuda da krene, a morao je da odluči brzo, jer sa svakom izgubljenom sekundom, zločinac je bio sve dalje i dalje. Htede da potrči desno, kada mu je nešto privuklo pažnju. Dvorište preko puta ulice bilo je ograđeno ogradom koja se potpuno utopila u gusti bršljan. Ono što mu je pobudilo pozor bili su listovi puzavice raštrkani po trotoaru, kao da ih je neko pokidao. Pritrčao je tom mestu i upiljio pogled u makadam. Umalo nije kriknuo od sreće kada je na kamenu ugledao krv. Stvorila mu se slika u glavi. Ranjeni i iscrpljeni Kralj je pokušao da se zadrži na nogama uhvativši se za bršljan, ali je samo pokidao njegove listove i pao. Tragovi su ukazivali na to da je neko vreme ležao tu u prašini. Koliko dugo? Bilo je to pitanje od koga je zavisio uspeh ili neuspeh Miloradove potere za zločincem.

U istom trenutku, na samo pedesetak metara odatle, Jovan Kralj je pokušavao da otključa staru, zarđalu kapiju. Ruka mu je drhtala a pogled mu se sve više mutio. Lice mu je bilo slepljeno krvlju i prašinom jer je usled pada posekao arkadu. Liznuo je suve usne i najzad uspeo da ključ ugura u bravu. Sa užasom je shvatio da nema više ni toliko snage da gurne i otvori kapiju. Život ga je napuštao sa krvlju koja je obilno isticala iz njega, ali nije mogao da dozvoli da umre. Ne tako sâm kao pas. Ne dok je bar još jednom ne zagrli. Stisnuo je zube i upro ramenom o zarđali lim. Kapija je najzad zaškripala i odškrinula se. Prešao je put do kuće posrćući kao pijanac.

— Natalija?

Njegov povik gotovo da je ličio na šapat, ali na spratu ipak začu zvuk njenih laganih koraka.

— Jovane, ti si? — pozvala je sa vrha stepeništa. Glas joj je bio uplašen, kao da je slutila da nešto nije u redu.

— Ja sam, krasnaja... — reče Kralj pre nego što se stropoštao na hladan mermer.

— Jovane! — povika Natalija strčavši niz stepenice. Klekla je kraj njega i uzela mu glavu u naručje. Gledala je razrogačenih očiju u košulju natopljenu krvlju.

Kralj je sklopio oči. Bio je samrtnički bled i duša je već počela da ga napušta. Ali kada je na svom licu osetio njene tople suze, naglo se prenuo. Gledao je njene predivne zelene oči i činilo mu se da nikada nisu bile tako lepe kao sada kada je plakala zbog njega. Njegova divna Natalija...

— Krasnaja... — reče on napipavši dršku svog pištolja.

— Molim, Jovane... — uzvratila je ona jecajem.

— Ne brini ništa, živote moj... Niko nam neće oduzeti snove...

Glas mu je bio nežan, a pogled pun ljubavi u trenutku kada je iz pojasa izvukao oružje. Njen pogled se, naprotiv, ispunio nevericom.

— Jovane... — izustila je molećivo.

— Ne dam te ja nikom, krasnaja... Nikom...

Kao lovački pas koji je nepogrešivo namirisao trag svog plena, Milorad je krenuo Jezdićevom ulicom. Obuhvatio je pogledom prostor oko sebe. Iako je ulica bila pusta, sva čula su mu bila naoštrena a prst na orozu. Nije mu promakla odškrinuta kapija. Primakao se pažljivo. Sa pištoljem ispred sebe, provirio je u zapušteno i obraslo dvorište. Kroz rastinje je jedva uspevao da vidi beličaste obrise neke kuće. Sve je naizgled bilo mirno i tiho, ali je znao da to isto rastinje može da sakrije i zločinca. Tu, u okviru kapijice, bio bi laka meta čak i za ranjenog Kralja. U tom trenutku, iz pravca kuće dopro je sasvim jasan pucanj. Nije bilo više vremena za razmišljanje i predostrožnost. Milorad šutnu kapijicu i ulete u dvorište. Po grudima su ga šibali cvetovi magnolije dok je trčao stazom popločanom sitnim, okruglim kamenjem. Prišao je ogromnoj kući sa zadnje strane. Drvene lakirane žaluzine skrivale su prozore. Pritisnuo je masivnu kvaku na vratima. Bila su zaključana. Obišao je oko kuće šarajući pogledom oko sebe ne bi li preduhitrio bilo kakav pokušaj napada. I sa druge strane,

dvorište je bilo podjednako obraslo, ali ne bi se moglo nazvati za-
puštenim. Nekako je još uvek odisalo stilom i bogatstvom, kao da
je tu vreme stalo. Ugledao je poprilično veliku prizemnu terasu sa
balusterima. Svud oko nje nalazio se proprani šljunak. Nije mu bilo
druge, morao je koračati po njemu ako je hteo da dospe do stepeništa
na suprotnoj strani. Kamenčići su mu zaškripali pod nogama. U
kratkim trenucima tišine između dva koraka, pokušavao je da uhvati
bilo kakav zvuk koji bi mu nagovestio opasnost. Živci su mu bili
zategnuti poput žica na gitari. Negde na pola puta, primetio je da su
ulazna vrata širom otvorena. Zagledao se između dva balustera u un-
utrašnjost kuće i odmah ugledao prizor od koga su ga podišli žmarci.
Na podu je ležao Jovan Kralj, a kraj njega, činilo mu se, ležala je neka
žena. U tri skoka bio je na terasi. S uperenim pištoljem provirio je
kroz vrata. Odmah mu je bilo jasno da je Kralj mrtav. Ležao je na
podu raširenih ruku, lica beljeg i od mermera pod sobom. Njegove
beživotne oči buljile su u strop. Mlada žena je, naprotiv, još uvek
pokazivala znake života. Njeno vretenasto vitko telo poskakivalo je
poput grančice na vetru, držeći se grčevito za poslednje iskre života
u sebi. Iz grudi joj je tekla krv i širila se oko nje poput barice.
Milorad se setio pucnja. Poslednji Kraljev zločin je dakle bio da ubije
tu mladu ženu crvene kose. Ali zašto? I ko je ona bila? Kleknuo
je kraj nje, nežno joj podvukao ruku ispod glave i malo je podigao.
Nije ništa znao o njoj, ali srce mu se cepalo na samu pomisao da je
možda mogao i da je spasi, samo da je bio malo brži. Bio je dovoljno
iskusan da zna da devojka živi svoje zadnje trenutke. Ma ko da je
bila, nije zaslužila da umre tako sama na hladnom podu napuštene
vile. Spustio joj je dlan na nežni beli obraz posut sitnim pegicama.
Otvorila je kapke i pogledala ga smaragdno zelenim očima. Isprva ga
je gledala odsutnim i mutnim pogledom, da se Milorad zapitao da
li ga je uopšte i videla. Ali, malo-pomalo, njen pogled je bivao sve
bistriji. Izgledalo je kao da u svom sećanju traži njegov lik i kada ga je

najzad našla, pogledala ga je očima deteta, a niz njen obraz skotrljala se suza.

— Serjoža? — reče nežno i tiho, kao da se bojala da ga ne otera svojim glasom. — Vratio si se...

— Natalija? — reče Milorad prepoznavši u tom trenutku nestalu rusku balerinu.

— Ne uhodi, Serjoža... — reče ona na ruskom, molećivo. — Ne uhodi...

— Ne idem nigde — odgovorio je Milorad umirujućim tonom. — Ostaću uz tebe...

— Spasibo... spasibo... — govorila je ljubeći mu ruku.

Miloradu je bilo jasno da ga je mlada žena pomešala sa nekim, ali ako joj je poslednja želja bila da taj neko ostane s njom dok umire, bilo je to najmanje što je mogao da joj pruži.

— Serjoža... Serjoženka... — pozvala ga je tiho.

— Da? — reče Milorad sluteći da joj je došao kraj.

— Ja ljublju tebja... — reče glasom tišim od šapata, ali u kome je bilo dovoljno ljubavi i snage da kroz Milorada, makar na tren, jednog odavno umrlog mladića vrati u život.

— I ja tebe volim... — reče on totalno nesvestan svojih reči.

Natalija se nasmešila i sklopila oči. Oslobođena tereta koji ju je toliko dugo pritiskao, njena duša je napustila telo pohrlivši u susret voljenom mladiću. Njenom dobrom i divnom Serjoži...

ČAST MIRKA PETROVA

Ne sluteći ništa o fantastičnom preokretu koji se upravo odigravao u Beogradu, Petrovi su za stolom, nakon ručka, smišljali strategiju za Mirkovu odbranu pred sudom. Za trpezom je sedeo i Viktor, koji je na vest o Mirkovom hapšenju stigao iz Bačine. Sa Milkom se dogovorio da pomognu kako znaju i umeju, i u tu svrhu poneo sa sobom svu njihovu ušteđevinu. Na trosedu je, ušuškan u ćebe, ležao Miljan, sada već vidno rumeniji. Kraj njega, mirni kao bubice, sedeli su Milan i Firga. Cigančić je kao opčinjen gledao u sedog čoveka na čelu stola, kuma o kome je celog života slušao, a koga je sada imao čast i da upozna. Tu čast je imao i Buba, koji je svratio da pita da li im je nešto potrebno i nije mogao da odbije ljubaznu ponudu da ostane kod njih na ručku. Dugajlija je ceo događaj doživeo kao ličnu tragediju, i na svaki pomen Mirka i njegovog hapšenja, brada bi mu zadrhtala, a oči napunile suzama. Nakon ručka, kada se povela rasprava o suđenju i pravnim detaljima, Buba se oprostio od njih, ali je pre toga tražio dozvolu da sutradan, u subotu, odvede dečake na pecanje. Na stoličici kraj vrata šćućurila se Miljanova majka Marija. Prvi put u životu videla je da teške nesreće pogađaju i bogate i moćne. Osećala se zbog toga još manjom i beznačajnijom, jer volela je te ljude, a nije bila u stanju da im bilo kako pomogne. Ipak, kada je gorostasni Viktor na astal tresnuo kesu s parama, u glavi joj je sinula ideja. Niko nije ni primetio kada je odškrinula vrata i izvukla se iz kuće.

— Čim se vratimo, nazvaću advokata Filipovića — reče deda Milan.

— Njegov sin Toma i on su jedni od najboljih advokata u Beogradu — dodala je Ena, obraćajući se istovremeno i Viktoru i Anki. — Mislimo da je to odličan izbor, jer ne samo da su dobri advokati, već su i članovi Partije. To može da ide u Mirkovu korist pred sudom.

— Šta ako suđenje traje unedogled? — upitala je Anka.

— Samo neka traje — reče Ena. — Sve dok traje, znači da je Mirko živ.

Deda Milan je klimnuo s odobravanjem.

— Prodaću sve što imam samo da ga spasim. Neću dozvoliti nikom da od mog sina napravi ubicu!

Anka je pogledala starca. Oči su mu sijale takvim žarom dok je izgovarao te reči da su se i njoj oči napunile suzama. Ako je nekada davno i sumnjala u očevu ljubav prema sinu, njegov pogled i njegove reči zauvek su odagnale tu sumnju.

— Ja nemam šta da prodam... — začuo se slab glas. Na vratima je stajala Marija, držeći u mršavoj ruci limenu kutiju. — Jedino što imam je ovo. Uzmite, molim vas...

Ugledavši kutiju koju je ukrao iz Markovog skrovišta i ostavio na Marijinom pragu, Milan je poskočio na krevetu. Viktor ju je uzeo i položio je na sto, a zatim je otklopio.

— Odakle ti ovo, Marija? — upitala je Anka zabezeknuto, ugledavši gomilu novčanica. Bilo je u toj kutiji, na prvi pogled, nekoliko puta više novca nego u Viktorovoj kesi.

— Ne znam — reče ova skrušeno, slegnuvši ramenima. — Našla sam to pred kućom nedavno.

— Kako pred kućom? Tek tako, neko ostavio?

— Da. Niko nije došao da traži, a ja čuvala...

Milan je zaustio da kaže kako je kutija u stvari dospela na njihov prag, ali se u poslednjem trenutku predomislio. Nije želeo da njegov deda pomisli kako mu je unuk lopov, pa je prećutao.

— Mislim da je to neki dobar čovek ostavio želeći da nam pomogne, ali vama to sada treba mnogo više nego nama. Meni je najveće blago moj sin i sada kada mi je on preživeo, ništa mi drugo ne treba.

Njene poslednje reči završile su jecajem. Anka je ustala od stola i zagrlila bledu mršavu ženu.

— Hvala, Marija, nikad ti to nećemo zaboraviti — reče deda Milan vidno dirnut.

— Ma samo da se naš Mirko vrati — reče ona brišući suze. — Samo nek nam se vrati...

Nešto kasnije ispratili su goste iz Beograda, a i Viktor je žurio nazad svom domu i obavezama. Pre nego što je otišao, preneo je još uvek slabašnog Miljana preko puta, u njegovu kuću. U dečakovom pogledu čitala se tuga što sa svojim najboljim drugom neće ići na pecanje, ali morao je da se pomiri s tim. Njegova brižna majka nije htela da ga ispusti iz vida nijedan tren, sve dok potpuno ne ozdravi. I Milan je bio tužan, mada, morao je da prizna da je Marija bila u pravu. Vetrovita obala Morave još uvek nije bila mesto za dečaka koji se do pre neki dan nalazio između života i smrti.

— Kume... — reče Firga snebivajući se. — Ako hočeš, ja ču podžem s tebe na pecanje.

— Pa ajde... — sleže Milan ramenima. — Ali da ti nije rano da ustaneš u pet ujutru? Buba tad dolazi po mene.

— Mogu ja da spavam u šupu nočas, pa me ti probudi kad dodže.

— Ma kakva šupa! — odmahnuo je Milan rukom. — Spavaćeš u mojoj sobi. Je l' tako, Anka?

Anka je bila žena bez rasnih predrasuda. A otkako je zahvaljujući Firgi, Miljan spasen iz Markovićevih kandži, prihvatila je Cigančе kao člana porodice. Ali na samu pomisao da će tako musav i krmeljiv leći u njenu, kao pucka belu posteljinu, i nesvesno se stresla. Momentalno je otišla da napuni kadu. Što se Firge tiče, bilo je to prvi i poslednji put u životu da se okupao u pravoj pravcatoj kadi. Nikada nije zaboravio ukus sapuna u ustima, i koliko ga je peklo kada mu je pena ušla u oko. Ali najgore od svega, bila je ribaća četka kojom mu je Anka bukvalno odrala kožu. Od tog dana dobro je pazio šta govori u njenom prisustvu.

Sutradan, u svitanje, Bubin fića je prešao Glogovački most i ubrzo sa puta skrenuo levo. Dečaci su zevali, još podnaduli od sna. Vozili su se dok je bilo kakvog-takvog puta, to jest samo par stotina metara, a onda se peške uputili niz obalu, tražeći neko pogodno mesto za pecanje. Ali, sa te strane Morave obala je bila kamenita i nepristupačna. Milan je pogledao preko vode, nesvesno tražeći mesto gde je tako često pecao sa ocem. Mesto gde je izvršen stravičan zločin. Ali obala je još uvek bila obgrljena tamom i samo je mogao da nazre konture ogromne krošnje Kočinog hrasta.

— Ovde je fino — reče Milan nakon još desetak minuta hoda.

Jedan puteljak se odvajao i blago silazio ka reci. Obala je bila raščišćena, a zemlja utabana. Ali, nisu se dugo radovali. Do nosa im je dopro miris dima.

— Čekaj! — uzviknu Buba njušeći. — Čini mi se da već nekog ima.

— Pogledajte! — reče i Firga. — Neki ćamac je vezan.

Buba je kratko razmišljao a onda se okrenuo prema dečacima.

— Ajmo mi bolje na drugo mesto, drugari...

Na par metara odatle, u dobro skrivenoj zemunici, čovek je tiho zatvorio vratanca od šporeta i oslušnuo. Kada je čuo dečje glasove, spustio je kamu na primitivan ležaj, a sa zida, okačenu o drveni klin, skinuo svoju drvenu nogu.

Naša trojka je pešačila još neko duže vreme i taman je Firga zažalio što je uopšte i pošao, kada su najzad pronašli lep prilaz obali i tijak iza jednog kamenog špirona. Već se sasvim dobro videlo i oni počeše da vade stvari iz ranca.

— Samo tiho. Riba ne sme da čuje da smo tu — reče Milan, ponosan na ribolovačko znanje naučeno od oca.

Buba je dodavao stvari dečacima, ali je strogo vodio računa da ne priđe suviše blizu vode. Već je nekoliko puta bio s Mirkom na pecanju, i želeo je da pobedi taj duboko usađeni strah, ali jednostavno nije išlo. Nakon pola sata, sve je bilo spremno. Milan je odlučio da pecaju na plovak, jer je taj način pecanja za početnike bio i zanimljiv i lak. Sve je počelo vrlo lepo. Prvo je zabacio Firgi i taman što mu je dao bambusov štap u ruke i krenuo sebi da kači crva, kada je njegov tamnoputi drug uskliknuo. Vrh njegove pecaljke je već bio savijen nadole.

— Kumeee! — zavapio je ovaj preplašeno. — Pomagaj!

Bio je to klen od nekih pola kila, tek prvi u nizu. Odmah za njim, jedan glavati kilaš je udario na Milanov štap. Sledeći im je čak priredio čitav mali spektakl. Iskakao je iz vode i praćakao se u vazduhu, a pre nego što bi ponovo upao u reku, njegov snažni rep zaprštao bi po površini. Klenovi su udarali iznenadno i nasilno, ali je posle par ubitačnih trzaja, njihova snaga jenjavala i lako su se predavali. Sa jednom mrenom je išlo daleko teže. Brkata, vretenasta riba bila je toliko izdržljiva da je borba s njom trajala desetostruko duže. Zabola bi vrh štapa na takav način da se činilo da je udica zakačena za neki panj. Ali kada se iznervirana neprestanim dečakovim cimanjem, digla sa dna, instinktivno je krenula ka sredini reke. Sasvim sigurno bi mu pokidala spremu da ga otac nije naučio jednoj efikasnoj caki. Mirko je, čak i kada je pecao na plovak, na bambusove štapove stavljao male čekrke. Naposletku je mali ribolovac i sa njom izašao na kraj, u maniru velikog majstora. Čuvarka se polako punila, a radost na Bubinom i Firginom licu je učinila da na trenutak zaboravi tešku tragediju koja je pogodila njegovu porodicu i njega. Tada se dogodilo nešto što nije ni sanjao. Iza špirona se pomolio kljun jednog čamca. Klizio je polako niz reku, a u njemu je sedeo čovek zaklonjenog lica slamenim šeširom. Kada se poravnao sa njima, neznanac je skrenuo, približivši im se još više. A zatim je izvadio veslo iz vode i lupio nekoliko puta njime po dnu čamca. U istom trenutku je digao glavu i uputio im provokativan pogled. Bilo je očigledno da njihovo prisustvo kraj reke nije bilo po njegovom ukusu i da je želeo da im rastera ribu. Ponašao se kao da mu ona pripada. Milanu je momentalno uzavrela krv. Bes koji je već danima gušio u sebi, pretio je da vrlo brzo ispliva na površinu. Došlo mu je da zgrabi kamen i bezobrazniku razbije čelo, ali poštovanje prema starijima je ipak prevagnulo. Uzvratio mu je samo sličnim pogledom. I sigurno bi ostalo na tome da mu u čamcu, na dasci na kojoj je čovek sedeo, nešto nije privuklo pažnju. Bila je to sekirica koju je poklonio ocu. Sekirica sa držaljom od vinovog čokota, nađena u Gišinoj daščari. Sledeće na šta je dečakov pogled pao je bila čovekova drvena noga. Trgao se kao da ga je udario grom.

Neznanac je susreo dečakove razrogačene oči. Nešto u tom pogledu nije slutilo na dobro. Štaviše, učinilo mu se da je dečaka već video ranije, a sledećeg trenutka se setio i gde. I najvažnije, s kim. Slušajući svoje šesto čulo, koje ga je upozoravalo na opasnost, pridigao se i odgurnuo veslom od obale u želji da se udalji od male, nepoželjne skupine. Ali, tada se dogodilo nešto što ga je potpuno iznenadilo. Mališan se zatrčao i s obale skočio na njega. Pokušao je da se skloni u stranu, ali drvena noga mu je zapela o nešto na dnu čamca izbacivši ga iz ravnoteže. Udarac Milanovog tela, iako je dečak bio lak, učinio je ostalo. Već sledećeg trenutka obojica su bili u reci.

Iako je bio početak juna, voda je bila toliko hladna da mu je presekla dah. Refleksno je uhvatio dečaka koji ga je oborio i kad je prvi šok od ledene vode prošao, pomislio je kako će malom bezobrazniku dobro isprašiti tur. Međutim, ispostavilo se da je to veoma težak zadatak. Mališanove ručice su ga toliko čvrsto stezale oko vrata da je svaki njegov pokušaj da ga se otarasi bio nemoguć. U mladosti je bio prekaljeni plivač, ali to je bilo dok je još uvek imao obe noge. Sa drvenom, više nije bilo isto. Sa podivljalim dečakom oko vrata, jedva je uspevao da se održi na površini. U jednom trenutku je čak uspeo da mu strgne ruku, ali onda je usledilo nešto još mnogo gore. Dete ga je jednom rukom zgrabilo za kosu, a prste druge ruke mu je zarilo u oko. Čovek je zaurlao od bola i straha da će ga udaviti derište od jedva trideset kila. A onda mu je iznenada nešto palo na pamet. Čim je za to bilo prilike, udahnuo je duboko a zatim pustio da ga proguta voda.

Milan je bio kao u transu. Znao je samo jedno. Ovog čoveka ne sme da pusti da pobegne, po cenu života. Koliko je shvatio iz čika Draganove priče, on je bio možda jedina nada da se otac oslobodi krivice. Jedini put do slobode. To saznanje mu je ulilo neku nadljudsku snagu. Čovek se otimao i otimao, ali svaki put je Milan bio taj koji je odnosio pobedu. Ipak, kako je vreme proticalo, uviđao je da njegov plan i nije bio tako dobar. Nije imao ni najmanju ideju kako da hromog čudaka natera da izađe na obalu. A ako nekim čudom i uspe u tome, ko će ga sprečiti da pobegne. Firga je bio dete, a Buba je bio plašljiviji od najplašljivijeg deteta. Nije znao šta da radi, samo je znao da sve dok ga on čvrsto drži, ovaj neće moći da pobegne. Odjednom, čovek je prestao da se otima, a tren posle toga obojica potonuše. Osetivši da ih guta rečna dubina, stisak mu je i nesvesno oslabio. I ovaj je to osetio i poslednjim, očajničkim naporom, uspeo da mu se otrgne. Milan je pokušao da ga zgrabi za pantalone, međutim, ovaj mu je iskliznuo poput jegulje. U tom magnovenju pod vodom, dečak je dobio udarac drvenom nogom u rame i osetio strahovit bol i sa njim i razočaranje. Čovek mu je pobegao. Hteo je da brzo ispliva, da dovikne Bubi da ga uhvati. Da im dovikne da spasavaju njegovog oca iz zatvora. Da im dâ bilo kakav znak. Ali, nije mogao da ispliva. Jedna ruka mu je visila labavo, a u ostatku tela nije više bilo nikakve energije. Sva snaga mu je ostala u toj neravnopravnoj, očajničkoj borbi. Nije više ostalo ništa u njemu da spasava sopstveni život. A i čemu? Umrla je i poslednja nada da spasi oca. Nije više bilo ni svrhe da živi. Voda ga je gutala i on joj se predade. Njegove poslednje misli bile su upućene majci, koju nije pamtio i ocu, koji je njegovom krivicom trunuo u zatvoru. Nadao se da će ih ponovo naći, makar na onom svetu... A onda se dogodilo nešto neočekivano. Poslednjim iskrama svesti, a samim tim i života, osetio je da ga grabe nečije snažne ruke. To ga je trgnulo nazad u život. Već sledećeg trenutka našao se na površini. Na licu je osetio svežinu vazduha i mahinalno zinuo. Njegova pluća ispunila su se kiseonikom. Otvorio je oči i ugledao Bubino zabrinuto lice. Mokra kosa slepljena po čelu dopola mu je prekrivala oči, a klempave uši štrčale su kao lopari. Videvši da ga Milan gleda, usne su mu se razvukle u osmeh olakšanja. Njegovi, kao domine veliki zubi, zabeleli su se na suncu.

I Milan se nasmejao. Ne zato što mu je komična prilika njegovog prijatelja bila smešna. U njegovim očima ličio je na pravog heroja. Zaboravio je činjenicu da ne ume da pliva i odbacio sve strahove da bi njega spasio sigurne smrti. Milan se smejao iz sasvim drugog razloga. Video je čoveka bez noge kako puzi van vode, i on vidno iscrpljen. Ali bilo je očigledno da neće pobeći. Na obali ga je čekao Firga sa nekom toljagom u ruci.

Kada je Milan skočio na čoveka u čamcu, Cigančić je odmah shvatio o čemu se radi. Bio je to onaj dragoceni svedok koji je čika Mirka mogao da spasi robije. Neko vreme je njegovom drugu dobro išlo. Borio se kao ris. On se jednom i lično uverio u snagu koju mu je bes ulivao. Ali, kada je video kako čovek izranja sâm, zaurlao je od straha za Milanov život. Tada je Buba skočio da ga vadi, a on, videvši da čovek pliva ka obali, brže-bolje zgrabio jednu odlomljenu granu. Bila je polutrula, ali bilo je to jedino što je u tom trenutku našao.

— ’De si pošô, bangea[1]? — reče Firga preprečivši mu put.

Nije nameravao da ga udari, već samo zaplaši. Ipak, kada je shvatio da ovaj nema nikakvu nameru da stane, morao je brzo da odluči. Podigao je granu i svom snagom ga njome tresnuo po glavi. Ova se raspala u paramparčad, rasuvši se po obali i čovekovim leđima. U Firginim rukama, ostao je samo patrljak. Čovek je pao potrbuške, bez svesti.

Cigančić je bacio ostatak grane i pritrčao svojim prijateljima koji su se, bauljajući po blatu, izvlačili iz vode. Uhvatio je iznemoglog Milana ispod pazuha i odvukao ga na suvo. Buba se pridigao sâm. Sa njegove natopljene odeće cedila se voda.

Na jedvite jade je skinuo džemper i potkošulju preko glave, ostavši samo u pantalonama.

— Kako si, Milane? — upitao je kleknuvši kraj svog malog druga.

— Dobro, dobro... — reče dečak zadihano. Na licu mu se ocrtavalo nešto između osmeha i bolne grimase. Rame ga je strašno bolelo, ali ipak je uspevao da pokreće ruku. — Imaš tamo konopac... — reče, uperivši prst druge ruke prema rancu. — Veži ga, ne sme da pobegne.

Dugajlija je poslušao i nakon par minuta, čovek sa drvenom nogom je bio naslonjen uz drvo, vezanih ruku.

— Trebalo bi ga bolje vezati, ali nema više kanapa — zaključio je Buba.

— Nema veze, dobro je — reče Milan.

U međuvremenu se čoveku vratila svest. Zaječao je i pokušao da rukom dodirne bolno teme, ali je shvatio da je vezan. Otvorio je oči i susreo se sa Bubinim dobrim očima. Činilo se kao da mu se pogledom izvinjava što je morao da ga veže. Nedaleko odatle, takođe naslonjen na drvo, sedeo je mršavi crnooki dečak koji ga je umalo udavio. Tik uz njega, stajao se Cigančić sa novom, jačom granom. Čovek je uzdahnuo. Bio je ljut na sebe što se našao u ovoj situaciji.

— Bubo, idi u varoš i dovedi odmah čika Dragana.

— Šta da mu kažem? — upitao je dugajlija totalno neupućen.

— Reci mu da smo uhvatili čoveka s drvenom nogom. Shvatiće.

Buba je dohvatio mokri smotuljak i odvojio potkošulju, a džemper okačio na obližnju granu. Na brzinu je iscedio i obukao.

— Kako ćete sami?

— Ništa ne brini — reče Firga mlatnuvši granom kroz vazduh. — Ču ga ćuvam kô oći u glavu.

— Idi, Bubo, požuri!

Dugajlija je još jednom pogledao u vezanog čoveka, a zatim se okrenuo i udaljio trčećim korakom. Ovaj je zatvorio oči i naslonio glavu na grubu topolinu koru. Dobrih pet minuta je vladala tišina, ako se izuzme šuštanje lišća i jedva čujni žubor vode. A onda je Milan polako ustao i pažljivo protegao ruku. Osim bola i utrnulosti, sve je bilo u redu.

— Firga, pomozi mi da skinem ovo mokro sa sebe, zima mi je.

Cigančić je pritrčao svom drugu, ali je granu ostavio na dohvat ruke i nijednog trenutka nije ispuštao čoveka iz vida. Ovaj se nije ni pomerio ni otvorio oči, ali znali su da ne spava.

— Evo ti, kume, moja suva bluza, nemoj se mrzneš! Ja imam košulju ispod.

Milan je prihvatio sa zadovoljstvom. Kada je na telu osetio prijatnu toplinu Firgine bluze, okrenuo se prema „zarobljeniku”.

— Čiko... — reče on s nelagodom, ne znajući kako da se obrati čoveku koga je do malopre davio u reci. — Je l' Vam hladno?

Ovaj je otvorio oči i pogledao ga mrko. Firga je odmah dohvatio granu.

— Zašto mi ovo radite, deco?

— Žao mi je, čiko... — reče dečak iskreno. — Vi ste bili tamo kada je ubijen onaj čovek...

— Ne znam o čemu pričaš, mali.

— Bili ste tamo i sve ste videli, znam — insistirao je dečak. — Videli ste ubicu, je l' tako?

— Nisam ja ništa video! — viknuo je čovek. — Pustite me da idem!

— Ona sekirica u Vašem čamcu, odakle Vam?

— Moja je!

— Ne! — viknu i Milan. — To je tatina sekirica, a Vi ste je one noći sigurno ukrali. To znači da ste bili tamo i sve videli!

— Nisam ništa video... Nisam video ubicu... Ostavite me svi na miru...

Njegov glas je primetno zadrhtao. Dok je odmahivao glavom i negirao, izgledalo je kao da moli. Bio je uplašen.

— Moj tata je u zatvoru zbog tog ubistva...

— Ne, ne... — ponavljao je ovaj vrteći glavom...

— Spasite mog tatu... Molim Vas... Molim Vas, čiko...

Ali čovek, iako vidno potresen, nije popustio pod Milanovim molbama. Umesto toga je zatvorio oči, a sva dečakova dalja nastojanja da probije zid tišine, ostala su neuspešna. Na kraju je i on ućutao. Nadao se da će čika Dragan, kao iskusan inspektor, naći način da mu razveže jezik. Nakon skoro dva sata do ušiju su im doprli muški glasovi. Milan je uzbuđeno ustao. I čovek je otvorio oči i pogledao u pravcu šumarka gde se gubio putić što vodi do obale. Dečak je načuljio uši, jer učinilo mu se da se muškarci glasno smeju. Zadrhtao je na samu pomisao da to nisu oni, jer se sigurno ne bi smejali u ovako ozbiljnom i važnom trenutku. Ako je to neko drugi, kako će im objasniti šta rade dvojica dečaka kraj reke sa vezanim čovekom? Ali, već sledećeg trenutka mu je laknulo. Prepoznao je Bubin glas, a odmah zatim i ugledao njegovu prepoznatljivu siluetu kroz krošnje drveća. Za njim je išlo još dvoje ljudi.

— Milane! — viknuo je Buba radosno kao da ga nije video sto godina.

Iako pomalo začuđen njegovim ponašanjem, dečak mu je uzvratio osmeh. Da stvar bude još čudnija, širok osmeh je titrao i na licu inspektora Dragana. A onda je iz šumarka izašao treći čovek. On se nije smejao. Samo je zastao i pogledao ga. Milanu su kolena zadrhtala, a srce mu se smandrljalo u grudima. Jedan trenutak je stajao u neverici. Jedan kratak trenutak.

— Tata! — urliknuo je zatim i potrčao.

Uleteo je u očev zagrljaj i stegao ga tako jako, kao da želi da se uveri da je od krvi i mesa. Da je istinit. Otac ga je odvojio od sebe i podigao visoko. Bio je bled i znatno mršaviji nego pre, ali bio je to on, glavom i bradom. Niz obraze su mu tekle suze.

— Milane, sine... — reče Mirko ganuto — gotovo je sve. Niko nas više neće rastaviti. Nikad!

Buba je iz ranca izvadio nož i pružio ga Draganu. Ovaj je kleknuo kraj čoveka s drvenom nogom i pažljivo presekao kanap kojim je bio vezan.

— Tražio sam te, prijatelju — reče zagledavši mu se duboko u oči.

Čovek ga je gledao u tišini. Prepoznao je u njemu čoveka sa šljunkare.

— Ne boj se — nastavio je Dragan ublaživši svoj pogled. — Ubice koje si video su obojica mrtvi.

— Ali, nisam...

— Nije više ni važno, prijatelju, zaboravi sve ovo. I oprosti dečacima, nisu hteli da ti učine zlo.

Čovek je slegao ramenima. Sada kada je shvatio da mu više ne preti nikakva opasnost, i sâm se divio hrabrosti tog mršavog, ali odlučnog dečaka.

Dragan je iz jakne izvadio paklu cigareta i ponudio ga.

— Kako se zoveš? — upitao ga je odbijajući dim.

— Milutin.

— Odakle si, Milutine?

— Iz Glogovca.

— Znam puno ljudi iz Glogovca — nasmešio se Dragan. — Gde ti je kuća?

Čovek je ćutao.

— Slobodno kaži, šta ti je?

— Nisam ja kročio u rodno selo, ne pamtim... — reče on pogledavši svoju drvenu nogu.

Draganu taj pogled nije promakao, kao ni tuga u njegovom glasu.

— Pobegao od ljudi, a?

— Tako nekako...

— Gde si izgubio nogu?

— U ratu, druže.

— Gde živiš?

— Tu, na reci, imam kolibu...

— Od čega živiš? — upitao je Dragan, shvativši da pred sobom ima dobrog, ali potpuno osamljenog čoveka.

— Od ribolova, prodam nešto seljacima za slave, ostalo pojedem. Preživi se...

Dragan se na trenutak zamislio kao da se nečeg setio.

— Milutine... reci mi još jednu stvar i možeš da ideš.

— Video sam ubicu.

— To znam, ali nisam to hteo da te pitam.

— Pa šta drugo?

— Gde si stavio štapove koje si one noći... pozajmio?

— U kolibi su... — reče ovaj posramljeno.

— Trebalo bi da ih vratiš.

— Uzmite ih u prolazu, koliba mi je uzvodno, prva čistina.

— Pa pođi s nama.

— Ne mogu, druže — reče on. — Voda mi je odnela čamac. Moram da pokušam da ga nađem.

— Ajde onda — reče Dragan pomogavši mu da ustane.

Milan i njegov otac su takođe sišli do reke. Buba je Mirku ushićeno prepričavao kako su Milan i Firga uhvatili čoveka bez noge. Milan je, naprotiv, ocu ispričao kako je Buba hrabro skočio u reku i spasio mu život. Ni dugajlija, a ni Cigančić se nikada kasnije u životu nisu osećali tako važno i ponosno kao tad. Kada je Dragan podigao hromog čoveka, mala družina se razmakla i pustila ga da prođe. U prolazu je pogledao u Milana i nasmešio se pomirljivo. Nasmešio se i dečak.

SPOZNAJE

Kraj ove priče je mogao biti još daleko lepši ili bar pošteniji da se nije umešala politika. Oko vrata Jovana Kralja, Seferovićevi ljudi su pronašli ključić obešen o srebrni lančić. Kao što mu je Malina Jovanović rekla, u dosijeu je našao informacije koje su ga odvele na Beogradsku železničku stanicu. U jednoj od metalnih kaseta za prtljag, pronašli su koferčić, a u njemu blago od koga zastaje dah. Udovica je imala pravo, Titu je morao sve da isprica, ali u rukama je imao kartu kojom je sačuvao i obraz i položaj. Sutradan je jugoslovenska Vlada sa stanice ispratila voz u kome su se, prekriveni tonom venaca i cveća, nalazili posmrtni ostaci možda najveće ruske balerine svih vremena. U pismu upućenom lično drugu Hruščovu, pisalo je sledeće:

Dragi Nikita, u suzama i žalosti smo ispratili Nataliju Smirnovu, ponos ne samo Sovjetskog Saveza, nego i svih socijalističkih zemalja u svetu. Od njenog nestanka, naša najelitnija policija je dan i noć, neumorno tragala za njom. Ne štedeći sredstva, infiltrirali smo najbolje agente Državne bezbednosti u kriminalne bande, kako kod nas, tako i u inostranstvu, među emigrantima. Istraga je urodila plodom, saznali su važne detalje u vezi sa njenom otmicom i najzad počinioca lokalizovali u jednoj vili na periferiji Beograda. U svetu kriminala je bio poznat kao veoma bogati kolekcionar, a kretao se slobodno po celoj Evropi sa diplomatskim pasošem. Vila je opkoljena i napadnuta u rano jutro, ali čuvali su je naoružani stražari i, nažalost, dok su naši uspeli da ih neutrališu i prodru u vilu, Natalija je već bila mučki ubijena. Bogati kolekcionar je izvršio samoubistvo, ali je pre toga sa sobom u smrt odveo najveći dragulj u svojoj kolekciji. Našu Nataliju.

U borbi za njeno oslobođenje je poginuo jedan od najboljih i najhrabrijih agenata Državne bezbednosti, i nekoliko njih je ranjeno, ali, dragi Nikita, nisu uspeli i duboko žalim zbog toga. U znak izvinjenja, ako je to ikako moguće, šaljem ti mali poklon.

Pozdravlja te i grli tvoj prijatelj Tito.

Poklon koji je Tito uputio ruskom predsedniku je, naravno, bilo Faberžeovo jaje, koje i dan-danas krasi jednu od vitrina prelepog muzeja Ermitaža. Kada su se kasnije susreli u Titovom Velenju u Sloveniji, razgovarali bi uveče o tom tužnom događaju uz viski i kubanske cigare.

Natalijino telo je na moskovskoj železničkoj stanici i oko nje dočekalo bezmalo milion ljudi. Svi su želeli da isprate tu divu nad divama. Plakalo je i muško i žensko, plakala su deca, a oni malobrojni, koji su imali sreću da dotaknu njen sanduk, gubili bi svest od uzbuđenja.

Sahrana Jovana Kralja u Beogradu bila je kudikamo skromnija od Natalijine. Malobrojna familija, nekoliko političkih zvaničnika i to je bilo sve. Kada su njegov sanduk spuštali u raku, ispaljen je počasni plotun kako dolikuje herojima, makar i lažnim. Njegovu ucveljenu suprugu tešili su blagim tapkanjem po leđima i ne sluteći da su njene suze bile suze radosnice.

Kao što je Jovanovićeva udovica rekla Seferoviću, Mirko više nije gajio političke ambicije, te nije morao da se trudi da ga rehabilituje i vraća na funkcije. Dobio je nazad jedino svoju člansku kartu. Velika želja Radeta Jovanovića nije bila ispunjena, ali lično, njegova žena je takvu Mirkovu odluku smatrala ispravnijom i poštenijom. Po njenom mišljenju, izašao je iz svega kao pobednik i još važnije, kao bolji čovek. Ipak, pošto je šef Udbe bio njen dužnik, zatražila je da joj ispuni jednu želju. Da Stevicu Karana, klevetalo koje otvara tuđa pisma, pošalje na produženi odmor i to na jedno ostrvo na Jadranu. Ostrvo ili tačnije Otok, gde će sigurno pronaći puno „prijatelja". Seferović joj je, naravno, ispunio želju, tim pre što je na njegovom radnom stolu pronašao za sebe kompromitujući tekst, koji je Titu trebalo da otkrije sve propuste Državne bezbednosti i njenog šefa. Nakon samo nekoliko dana, u malu uvalu na Jadranskom moru, uplovio je brodić. Sa njega Karan je iskrcan na mesto na koje je bez ikakvih skrupula poslao toliko ljudi, a koje će njemu samom postati gore od groba. Bilo je kasno po podne. Na goloj obali ga je sačekao čovek u uniformi. Visok, koščat, sa izraženim jagodicama. Gorštak.

— Mr'š gore, bando... — procedio je kroza zube pokazavši mu put.

Dok se sa srcem u petama penjao krivudavim puteljkom od tucanog kamena, činilo mu se da ga iza stena vreba stotine očiju. Okrenuo se. Čovek je išao za njim, polako, s rukama na leđima. Na nebu su se gomilali oblaci indigo boje. Pogledao je u daljinu. I more je poprimilo boju neba. Zagrmelo je, ravnomerno, poput doboša na stratištu. Progutao je knedlu i nastavio da se penje. Uzbrdica je bila velika, a kamen pod nogama vreo poput plotne. Dahtao je kao pas, isplaženog jezika. Odjednom, dunuo je takav vetar da mu je usta napunio prašinom. Kada je stigao gore, zgrabile su ga neke ruke. Odveli su ga u zgradu od kamena i ošišali, a zatim mu obrijali, to jest gotovo odrali glavu nekim tupim žiletom. Naredili su mu da se skroz skine. Bez reči je uguran u jednu veliku mračnu prostoriju u kojoj je duvala promaja. Iz njenog najudaljenijeg ugla dopirao je miris mokraće. Napolju je već počela oluja i kroz prozorčiće bi s vremena na vreme blesnula munja, osvetljujući na trenutak sablastan prizor oko njega.

— Zaperi se! — viknu neka prilika koja se pojavila na dovratku, a zatim nestala.

Poslušao je i prišao dugačkom, zidanom umivaoniku na kome nije bilo nijedne česme. Tumarajući, sapleo se o neku kofu. Hladna voda poprskala ga je po golim stopalima. Oprao se hvatajući vodu rukama, a zatim se s ostatkom polio preko glave. Pogledom je tražio nešto čime bi se obrisao, ali nije bilo ničeg. Samo go beton. Sušio se tako na promaji, drhteći od zime, a još više od straha. Nikada, dok je sa žarom pisao klevete protiv ljudi i svedočio protiv njih na sudu, nije mogao da zamisli da će se i on jednog dana naći na Golom otoku. A ti ljudi, te patriote koje su ponižene i s nevericom odvođene na robiju, bili su sada tu negde oko njega. Moćni kao bogovi. Njegovi dželati.

Dobio je zatvorsku uniformu koju je morao da obuče na još mokro telo, a onda je odveden u malu samicu, sa kao kamen tvrdim ležajem bez ćebeta i jastuka. Ostavljen je tu i zaključan. Sklupčao se i čekao dok su mu niz obraze nezadrživo tekle suze. Pogled mu je neprestano bio usmeren ka vratima. U jednom trenutku je zatvorio oči. Nije imao osećaj da je zaspao, uglavnom, kada ih je, trgnuvši se, ponovo otvorio, tri crne prilike stajale su kraj njegovog kreveta. Dvojica od njih su u rukama nosili male, nečim nabijene okrugle vrećice. U tom trenutku je sevnula munja, obasjavši im lica.

— Sjećaš li me se, Stevo Karane? — upitao je jedan od njih crnogorskim naglaskom.

— A sjećaš li se mene, jado? — reče drugi.

— Drugovi moji! — zakreštao je Karan pokušavši da ustane. Glas mu je bio potpuno deformisan strahom. — Stanite da vam objasnim!

Vrećica s peskom poletela je kroz vazduh. Težak udarac u vrat zakucao ga je nazad na krevet.

— Polako, jadan, đe žuriš? Imamo cijelu noć, objasnićeš...

Bio je to, istina, tek početak noćnog druženja između „starih prijatelja". Jauci koji su povremeno izlazili kroz prozorče s rešetkama stapali su se s grmljavinom i gubili, odnošeni besnim olujnim vetrom. Poslovica da se mator konj ne uči da vuče kola, na Golom otoku je gubila smisao. Karan je za samo jednu noć shvatio sve svoje greške u životu i bio spreman da ih desetostruko ispravi. I sigurno bi postao sasvim dobar i pošten čovek, samo da je preživeo tu kobnu noć...

Priča ne može da se završi ni bez kratkog osvrta na sudbinu Marka Tarzana nakon očeve smrti. Sa majkom se iselio iz vile Nićiforovića i otišao da živi u Kragujevcu, u malom stanu. Kuća je data na prodaju, ali poprište krvavih događaja, nikada nije pronašla kupca. Na kraju ju je otkupila opština za neku simboličnu sumu, okrečila i tu smestila četiri siromašne porodice.

Marko je u Kragujevcu na jedvite jade završio Majstorsku školu i postao stolar. Ali bio je rđav radnik i voleo je da popije, tako da nije dugo ostajao ni na jednom radnom mestu. Jednog dana, sredinom sedamdesetih godina, krenuo je put Nemačke ne mogavši više da živi od očeve penzije. Našao je posao u Truderingu, u predgrađu Minhena, kao prost građevinski radnik kod nekog Bosanca. Jednog dana, u nedelju, izašao je da prošeta. Prolazeći kraj jednog malog stadiona, gde je u toku bila utakmica, začuo je povike na srpskom jeziku. Igralište je bilo otvoreno, tako da je ušao i seo. Igrala su deca od nekih desetak godina. Osim ponekog roditelja, nije bilo publike, tako da je njegov dolazak odmah primećen. Trener, mlad i naočit čovek, bodrio je svoje pulene s entuzijazmom. U jednom trenutku se okrenuo i na tribinama ugledao sitnog čoveka lisičjih očiju. Zenice su mu se raširile. Prepoznao je u njemu dečaka koji ga je jednog kobnog dana u školskom klozetu ekserom zakucao za štok. Pozvao je svog pomoćnika, izvinio se da mu nije dobro i otišao. Sledećeg jutra su u obližjem šumarku blizu aerodroma slučajni prolaznici pronašli Marka Tarzana pretučenog do neprepoznavanja. Pantalone su mu bile smaknute do gležnjeva, a međunožje modro i oteklo od šutiranja. Da prizor bude još jeziviji, dlan mu je šrafcigerom, do drške bio zakucan u drvo. Nikada nije saznao ko mu je i zašto to učinio. I najvažnije od svega, nikada nije mogao da ima dece...

***

Mirko je zagrabio vodu veslom, a zatim udario duminu. Čamac je poskočio poslušno.

— Dobar je... — reče zadovoljno. — Lepo od Milutina što nam je ustupio svoj čamac, da vidiš kako tvoj stari otac ume da vesla.

— Nisi ti star! — ljutnuo se Milan tobože. Očeva crna kovrdžava kosa vijorila se na vetru, a njegovim obrazima već se potpuno vratila boja. Karirana košulja isticala mu je široka ramena dok je snažno veslao.

Sa obale im je mahnuo čovek s drvenom nogom. Obojica mu otpozdraviše.

— Dobar je čovek — reče Milan. — Šteta što živi ovako usamljen.

— Tako je izabrao. Neki ljudi su srećniji sami.

— Znam, tata, ali šta će kad ostari, a nema nikog da se o njemu brine. A nema ni para.

— E vidiš — reče Mirko s osmehom — to će uskoro da se reši. Dragan mu polako sređuje da dobije penziju kao ratni invalid.

— Stvarno! — obradovao se dečak. — Možda se onda i oženi! Možda dobije i decu!

Mirko se nasmejao. Na obali, Milutin se takođe smešio, kao da zna da Milan priča o njemu.

— Izgleda mu se jako dopadaš, iako si ga skoro udavio.

— Žao mi je što sam to uradio, tata, ali tada mi je samo bilo važno da tebe spasim robije. Zbog mene si i završio u zatvoru.

Mirko je prestao da vesla, okrenuvši se prema svom detetu. Čamac je klizio polako, nošen rečnom strujom.

— Milane... — reče Mirko blago — završio sam u zatvoru zbog zlih ljudi, ne zbog tebe. Ti si najhrabriji dečak koga znam i ponosan sam na tebe. I zahvalan sam ti.

— Zahvalan si mi? — iznenađeno će Milan. — Na čemu, tata?

— Naučio si me kako se brani porodica i prijatelj, sine. Pokazao si mi pravi put...

— Pravi put? — reče Milan izvivši obrve. — Koji je pravi put, tata?

— Ljubav, sine... samo ljubav i ništa drugo.

Dečak je neko vreme ćutao, razmišljajući.

— Tata — reče naposletku — obećaj mi da se nikad više nećeš posvađati s dedom.

— Obećavam.

— I obećaj mi još nešto.

— Šta?

— Da ćeš ga pozvati malo kod nas u goste.

Mirko ga pogleda začuđeno.

— Pa zar ti ja nisam rekao?

— Šta, tata? — reče dečak zatreptavši.

— Dolaze svi za moj rođendan, deda, tetka Ena i devojčice. A posle idemo na more...

— Stvarno! — uzviknuo je Milan radosno.

— Pa stvarno...

— Svi?

— Kakvo je to pitanje? — reče Mirko nakrivivši glavu. — Naravno da svi idemo.

Milan je opet ćutao neko vreme, kao uvek kada se spremao da pita nešto važno.

— A Miljan? — reče dečak, uputivši ocu pogled tužnog psa. — Ni on nikada nije video more...

— Nisi valjda pomislio da ćemo otići bez njega? — namignu mu otac šeretski. — Idu i on i Marija s nama.

Milan je poželeo da ocu skoči u zagrljaj, ali nije hteo da obojica završe u reci. Umesto toga, uputio mu je pogled pun zahvalnosti.

— Videćeš kako će nam biti lepo, iznajmio sam kuću u Petrovcu. U stvari, iznajmio sam pola kuće, drugu polovinu je iznajmila neka Ankina prijateljica s ćerkom.

— Koja prijateljica, tata?

— Neka mlađa žena, nisam joj upamtio ime... ali čini mi se da joj se ćerka zove Marina.

— Marina! — viknuo je Milan nekontrolisano.

Otac ga je pogledao.

— Da, Marina. Lepo ime, zar ne?

Milan se nasmešio stidljivo, shvativši da se odao i da mu se verovatno sve čita na licu. Otac mu je uzvratio osmeh i klimnuo s odobravanjem, a zatim uviđavno skrenuo pogled, pustivši ga da na miru uživa u tom čarobnom trenutku.

Dečak je uzdahnuo pritisnut emocijama. Bio je srećan i zaljubljen. Briga i patnja bile su samo loše uspomene koje su bledele na jedan jedini pomen njenog imena. Setio se Gišinih reči da je ljubav najmoćnija magija na svetu. Da jedino ona pobeđuje svako zlo, ma koliko to zlo bilo veliko i moćno. Mahinalno je podigao pogled ka nebu. Gotovo da je među oblacima nazreo nežni lik svoje majke i Gišin, šeretski. Smešili su se uživajući u njegovoj sreći.

Možda igrom slučaja, ali u tom trenutku se sa vrha obližnje topole vinuo gavran i poleteo prema njima. Kada je proleteo kraj čamca, nekoliko puta je glasno zagraktao. Glas mu je bio neprijatan, ali je u Milanovim ušima zvučao kao veličanstveni pobednički poklič.

— Zdravo! — povika Milan, mahnuvši mu u znak pozdrava.

Gledao je za njim sve dok se nije izgubio na horizontu. Do svog poslednjeg časa živeo je u uverenju da je to bio niko drugi nego njegov Plavi gavran...

---

1 Hrom, ćopav (na romskom jeziku)

O romanu „Plavi gavran"

U vreme današnjih modernih literarnih tokova, punih fikcije, epske fantastike i dubokog zadiranja u najtananije oblasti ljudske psihe, pravo je osveženje pročitati jedno književno delo u pravom smislu te reči, književno onako i onoliko kako se pisalo u sada već davna vremena — raskošno, s punoćom izraza, prijemčivo i poučno. Baš takav je roman *Plavi gavran*, koji će vas uvesti u atmosferu posleratnih pedesetih godina prošlog veka, punih previranja i ideološkog antagonizma, ispričati snažnu životnu priču o porodici Petrov i uvesti u čitav niz uklopljenih novela od kojih bi ponaosob mogao da se napiše po jedan novi roman.

Srđan Serge Milanović je napisao veliko delo, veliko po obimu, ali i po vrednosti. Čitajući ga, izgledaće vam kao da ste uplovili u brzake različitih književnih stilova i uticaja, kao da je od svakog uzeo ono najsnažnije da svoj prvenac načini najboljim mogućim. I uspeo je. U čvrstoj fabuli punoj neočekivanih događaja, autor će iznedriti mnoge ličnosti. Neke realistički tipične predstavnike svog vremena, neke koji se u naturalističkim slikama psihološki izvitoperuju pred našim očima, neke koji se kroz svoje preobražaje menjaju, ali sve uverljive, bliske nama samima, ali opet posebne i autentične.

Iako trezveno i na momente oštro razotkriva mentalitet srpskog sela i uskogrudost posleratne palanke, autor to ne čini hladno, bez uzbuđenja, naprotiv. On ih piše romantičarskom toplinom dajući reljefnost svakom liku otkrivajući u svakom iskru ljubavi koja može da se razgori i stvori ga boljim čovekom, spremnim i za najopasnije avanture. Zato kada književni prvenac jednog autora učini da izgleda da niste plovili kroz njegovu maštu već kroz priče obmotane stvarnošću, oživljene na hladnoj belini papira, ne preostaje nam ništa drugo do da sa nestrpljenjem čekamo nove redove i nove uzbudljive priče.

Jelena Dilber

Srđan Serž Milanović rođen je 14. januara 1974. godine u Jagodini, koja je tada još uvek nosila ime Svetozarevo, u duhu tadašnjeg vremena i prilika. U porodici su svi mislili da će biti lenj čovek, jer su ga na svet izvukli na silu, gotovo tri nedelje nakon termina, ali on sâm kaže da ne voli zimu te je sigurno hteo da sačeka toplije dane. Uglavnom, iako pomalo pomodreo i sa velikom čvorugom na glavi, rodio se zdrav i prav.

— Vidi kako je lep! — rekla je njegova mama ocu, koji se na vratima sobe kolebao da li da pobegne ili da, za početak, uloži protest babicama. Daleko objektivniji od svoje supruge u pogledu dečakove lepote, nije želeo da veruje da je zgažena žaba uvijena u pelenu stvarno njegov sin.

Tako u šali pisac *Plavog gavrana* opisuje svoje prve trenutke, govoreći da mu je otac bez imalo kajanja, doslovno preneo svoje misli i osećanja vezana za taj „srećni" događaj.

Otac. Čovek koji je retko bio tu, tačnije samo za školske raspuste, kada je dolazio na odmor iz Pariza, gde je otišao trbuhom za kruhom. Čovek koji ga je u ubrzanom kursu od mesec-dva učio da pliva, peca i da se tuče, sve ono što je smatrao da je potrebno jednom dečaku da preživi do sledećeg viđenja. Otac, od brega odvaljeni džin, ozbiljan i strog, stegnut u pokazivanju osećanja. Ipak otac koji je i sâm nekada bio dete i to dete bez majke i koji je umeo da priča tako potresne i čarobne priče o svom nesvakidašnjem detinjstvu. Imao je moć da kao

Pandorinu kutiju otvara prošlost i priče su tekle poput vode iz nekog nepresušnog izvora. I tada bi ponovo pakovao kofere i odlazio.

Srđan kaže da je verovatno baš zahvaljujući očevoj odsutnosti razvio svoju bujnu maštu, ne bi li ga njome vajao i stvarao, da bude tu kraj njega i kada je bio daleko. Hranio se tim pričama i uporedo stvarao nove, lične, u svojoj glavi. Jednog dana, priča je bilo toliko i toliko su narasle da su počele da pritiskaju i guše. Likovi, stvarni i izmišljeni, hteli su napolje po svaku cenu. Čitajući živopisne francuske i španske klasike, primetio je da njegovi likovi nimalo ne zaostaju za junacima iz tuđih romana.

— Zašto da ne? — rekao je sâm sebi. Odluka je bila doneta, trebalo je samo izabrati temu.

Srđan je jedne večeri seo za radni sto i prve reči su potekle same od sebe. Na papiru su bile tako žive i istinite, bodreći ga da nastavi. *Plavi gavran* je počeo da se rađa, iz reči je postao rečenica, iz rečenice pasus i tako dan za danom, stranica za stranicom, poglavlje za poglavljem, shvatio je da je uspeo da pretoči svoju dušu i srce na papir i stvori čitav jedan svet.

Bla-bla-bla...

I sad ono, posle završene prve godine srednje otišao u Francusku kod oca, nastavio obrazovanje, otvorio građevinsku firmu sa nepunih dvadeset godina, bavio se sportom, puno čitao i jednog dana napisao knjigu. Za ostalo ga pitajte, ako mislite da bi bilo lepo da se nešto doda. Aktivan na društvenim mrežama u duhu mladosti. Potražite ga...

Srđan Serž Milanović
PLAVI GAVRAN

London, 2024

Izdavač
Globland Books
27 Old Gloucester Street
London, WC1N 3AX
United Kingdom
www.globlandbooks.com
info@globlandbooks.com